霁光人文丛书

# 宋代诗学的多维观照

胡建次 邱美琼 著

创于1897 商务印书馆
The Commercial Press

**图书在版编目(CIP)数据**

宋代诗学的多维观照 / 胡建次,邱美琼著.
—北京：商务印书馆,2017
(霁光人文丛书)
ISBN 978－7－100－14338－7

Ⅰ.①宋…　Ⅱ.①胡…②邱…　Ⅲ.①诗学—研究—
中国—宋代　Ⅳ.①I207.2

中国版本图书馆 CIP 数据核字(2017)第 139339 号

**宋代诗学的多维观照**
胡建次　邱美琼　著

商 务 印 书 馆 出 版
(北京王府井大街36号　邮政编码100710)
商 务 印 书 馆 发 行
山东鸿君杰文化发展有限公司印刷
ISBN 978－7－100－14338－7

2017 年 8 月第 1 版　　　开本 710×1000　1/16
2017 年 8 月第 1 次印刷　　印张　23.5
定价：72.00 元

# 《霁光人文丛书》编辑委员会

# 出版前言

　　2015年，国家提出高等教育的"双一流"战略。为了对接这一伟大的战略部署，南昌大学实施了"三个一"工程，即建设一批"一流学科"、"一流平台"和"一流团队"。南昌大学人文学科也有幸被列入"一流学科"建设行列，获得了一定的经费资助。出版高水平的学术论著是人文学科学术发展的重要内容。为了提升人文学院的学术水准，经过教授委员会讨论，学院选取了16本质量比较高的学术论著，命名为"霁光人文丛书"，统一由商务印书馆出版发行。

　　谷霁光先生是我国著名的历史学家，他虽是湖南人，但却长期在江西工作，对江西的学术产生了深刻的影响，至今学术界提起江西史学研究，必提谷老。他亲手创办的历史系，也成为目前南昌大学人文学院的三个系之一。2017年5月，南昌大学人文学院在学校支持下，举办了"纪念谷霁光先生诞辰110周年暨传统中国军事、经济与社会"学术研讨会，目的在于继承谷老精神，弘扬人文学术。因此，我们把这套丛书命名为"霁光人文丛书"，一方面是为了承续谷老所倡导的刻苦、专一和精深的优良学术传统，另一方面，也希望借助"霁光"这个名字，隐喻南昌大学人文学科的美好愿景。

丛书编委会
2017年8月1日

# 目　　录

# 第一编　诗学范畴与命题研究

# 第一章　宋代诗学中的诗意论

诗意论作为我国古典诗学的传统理论之一,在宋代诗学批评中得到较系统地展开。诗论家们在接承魏晋南北朝以来,特别是中唐以来对诗歌表意及其审美质性论述的基础上,对"意"作为诗歌的本体要素、表现特征及其创造的具体方法予以了较充分的论述,为后世更深入地建构古典诗意论提供了空间。

## 一、诗歌审美本质论

诗的审美本质何在? 这是中国古典诗学反复探讨的论题。南北朝以来,范晔提出"以意为主,以文传意"的主张,这可视为我国古典诗意论的雏形。之后,刘勰、令狐德棻、韩愈、皎然、杜牧等人不断对此予以充实,逐渐使诗意论在诗歌理论体系中显露出不算微弱的声息。延展到宋代,诗意论在古典诗学批评中占据着突出的位置。宋代诗论家们以新的视点和更为开阔的视野,对"意"展开具有诗歌审美本体意义的建构。

(旧题)梅尧臣《续金针诗格》云"诗有三本":"一曰声调则意婉,律应则格清;二曰物象明则骨健,物象暗则骨弱;三曰意圆则髓满,格高则髓深。"①梅尧臣在宋人诗学著作中,首次将声、象、意作为诗歌在不同表现层次所必备的质性要素予以强调,阐明其相互间的内在关系,这开宋人诗学著作视"意"为诗歌审美质性要素之先河。黄庭坚提出:"每作一篇,先立大意,长篇须曲折三致意,乃可

---

① 张伯伟:《全唐五代诗格汇考》,江苏古籍出版社 2002 年,第 521 页。

成章。"①黄庭坚从诗歌创作与构思的相互关联角度,论定立意乃诗歌创作的前提,是诗歌创造的内在动力源;他并提出长篇律诗的构思与创作,其诗意表现应更见跳跃与曲折的审美表现要求。黄庭坚此论在宋代主意诗学思潮的孕育与发展过程中是很有意义的。它实际上提出了一种有别于以个人情志为出发点,通过"因物兴感"激发的创作路子;而强调最初由意念出发,通过观照、加工外在事象的"假象见意"的艺术思维模式。之后,张表臣《珊瑚钩诗话》云:"诗以意为主,又须篇中炼句,句中炼字,乃得工耳。"②张表臣在承黄庭坚之论的基础上,明确倡言诗应以"意"为主,着意将诗中的字、句、篇、意四者逐层置放,"意"被其标树到具有诗歌创作本体意义的高度。吴可《藏海诗话》认为:"凡看诗须是一篇立意,乃有归宿处。如童敏德《木笔花》诗,主意在笔之类是也。"③吴可不同于前人,从诗歌欣赏的角度加以论说,他将"意"视为诗作欣赏的归宿,强调作诗的根柢在其意旨。其又云:"凡装点者好在外,初读之似好,再三读之则无味。要当以意为主,辅之以华丽,则中边皆甜也。"④吴可进一步倡导诗作须以意为本,以外在形式为末,强调"意"乃是使诗作具有滋味的本质性要素。韩驹《陵阳室中语》认为:"凡作诗须命终篇之意,切勿以先得一句一联,因而成章;如此则意不多属。然古人亦不免如此。如述怀、即事之类,皆先成诗,而后命题者也。"⑤韩驹与黄庭坚、张表臣一样,也从诗歌创作与构思命意的内在关联立论。他认为,除去古人述怀、即事而后命题的"因物兴感"式的创作路子,作诗一般还是应将命意贯串于创作的各个要素和环节之中,即通过命意以贯通字、句、篇,如此,才可避免诗作结构破碎及意脉不连的毛病。

谢采伯《密斋笔记》记:"余与客论文曰:'今人文不及古人藻绘处。'客问曰:'如何是藻绘处?'答曰:'古人文纯是骨而后藻生焉。今人文尚无骨,安敢望其藻绘处?'客又问曰:'如何是骨?'答曰:'立意是也。字古不如语古,语古不如意古。'"又:"果斋先生云:'作诗写字都先要有骨,则其进未易量。'"⑥谢采伯形象

---

① 胡仔纂集,廖德明校点:《苕溪渔隐丛话》(前集),人民文学出版社 1984 年,第 320 页。
② 何文焕辑:《历代诗话》,中华书局 2004 年,第 455 页。
③ 丁福保辑:《历代诗话续编》,中华书局 1983 年,第 329 页。
④ 丁福保辑:《历代诗话续编》,第 331 页。
⑤ 魏庆之编:《诗人玉屑》,上海古籍出版社 1978 年,第 127 页。
⑥ 谢采伯:《密斋笔记》卷三,文渊阁影印《四库全书》本。

地将"立意"比譬为"诗骨",论断甚见高标而新颖。他提出,古人诗作表面看虽语欠藻绘,然其立意密集,在诗意的自然流转中自现修饰。故学习古人,不应从学其诗作字句入手,而应从规摹其意切入,如此,才可得古人诗作神髓,使自己诗艺大进。范公偁《过庭录》又记:"理窟尝与先子论诗曰:'古人规矩具在,学之不难,但患不能效之耳。凡人所作,必盗窃一句一字谓之工,而不知在意而不在言也。'"①理窟与谢采伯一样,也强调学诗从诗意入,认为诗之精髓在意不在言,反对一字一句地规摹古人。对此,杨万里《诚斋诗话》有言:"学诗者于李、杜、苏、黄诗中,求此等类,诵读沉酣,深得其意味,则落笔自绝矣。"②杨万里具体以学习唐宋四大诗人之作为例,论断领会诗之意味乃学诗的根本。上述几人从学诗的角度标举"意"乃诗歌的本体要素,这从另一个角度丰富了宋代诗学对"意"作为诗歌审美质性因素的论述。之后,洪迈《容斋随笔》提出:"古人酬和诗,必答其来意,非若为今人为次韵所局也。观《文选》所编何劭、张华、卢谌、刘琨、二陆、三谢诸人赠答,可知已。唐人尤多,不可具载。姑取杜集数篇,……皆如钟磬在簴,扣之则应,往来反复,于是乎有余味矣。"③洪迈从作诗唱和的角度,提出和诗必应以意为本,而不应为韵律所局囿。他接着例举杜甫唱和高适、严武等人诗,认为其都能以诗意相扣,寄复往返,确使诗味无穷。南宋末年,姜夔《白石道人诗说》总结道:"诗有四种高妙:一曰理高妙,二曰意高妙,三曰想高妙,四曰自然高妙。碍而实通,曰理高妙;出自意外,曰意高妙;写出幽微,如清潭见底,曰想高妙;非奇非怪,剥落文采,知其妙而不知其所以妙,曰自然高妙。"④姜夔具体从四种层境标举诗歌表现与审美的极致,将"意"置于与"理""想""自然"三者并置的本体层面,并认为从诗以见意的角度,诗作表现的极致便是出人之外。这无疑又在前人及同时代人论诗意的基础上,将"意"作为诗歌审美本质这一论题丰富开来。

总结宋代诗学视野审美本质论中的诗意论,可以看出,不少宋代诗论家已将"意"置于诗歌审美之本的高度予以阐释。他们或从创作构思角度,或从审美欣

---

① 吴文治主编:《宋诗话全编》,江苏古籍出版社1998年,第3298页。
② 丁福保辑:《历代诗话续编》,第139页。
③ 洪迈:《容斋随笔》卷十六,文渊阁影印《四库全书》本。
④ 何文焕辑:《历代诗话》,第682页。

赏角度,或从学诗角度,或从和诗角度,都肯定"意"乃诗歌之本,是诗歌创作、欣赏与模仿的切入口,其极致便是立意高妙,出人之外。这些论断与我国中古以来的审美传统是相融合的。

## 二、诗意特征论

宋代诗学在从审美本体因素角度提出"诗以意为主"、"立意"是"诗骨"等论断的同时,对诗意表现及其特征予以了多方面的论及,这成为宋代诗学建构其诗意论的另一维重要视域。

受中晚唐以来皎然、司空图等人诗论的影响,宋代诗论家对诗意表现的特征首先强调"意在言外",这几乎成有宋一代诗学批评的普遍审美原则。梅尧臣、欧阳修、司马光、黄庭坚、吴可、胡仔、曾季貍、葛立方、姜夔、罗大经、刘克庄、俞文豹、谢枋得等一大批诗论家,都以"意在言外"为诗歌审美表现的标的,这在两宋诗坛产生极大的影响。

与此同时,诗论家们也从其他方面对诗意表现提出要求,这主要集中在"立意深远"和"词婉意微""合于风雅之义"命题上。

黄庭坚《黄山谷诗话》认为,李商隐《锦瑟》诗,"一篇之中,曲尽其意,史称其瑰近奇古,信然"①。黄庭坚对李商隐诗作表现追求深远极为称许,认为其在瑰丽的形式中能深见古意,创作极见超妙。叶梦得《石林诗话》在逐首论评杜甫《病柏》《病橘》等四诗后,也云:"自汉魏以来,诗人用意深远,不失古风,惟此公为然,不但语言之工也。"②叶梦得通过具体论评杜诗,明确提出"用意深远"的诗意表现要求,既主张从精神上汇通古诗,又强调要做到语简而意深。张戒《岁寒堂诗话》认为:"梅圣俞云:'状难写之景,如在目前。'元微之云:'道得人心中事。'此固白乐天长处,然情意失于太详,景物失于太露,遂成浅近,略无余蕴,此其所短处。"③张戒论诗主张"意""味"并重,他对白居易作诗一味追求浅近、味欠涵咏提出批评,认为作为诗之内核的"情意",还是应以深致为切。对此,洪迈

---

① 王大鹏等编选:《中国历代诗话选》,岳麓书社 1985 年,第 251 页。
② 何文焕辑:《历代诗话》,第 414 页。
③ 丁福保辑:《历代诗话续编》,第 457 页。

《容斋随笔》也云："杜公诗,命意用事,旨趣深远。若随口一读,往往不能晓解。姑纪一二篇以示好事者。……又如:'乱后碧井废,时清瑶殿深。铜瓶未失水,百丈有哀音。侧想美人意,应悲寒鬒沉。皎龙半缺落,犹得折黄金。'此篇盖见故宫井内,汲者得铜瓶而作,然首句便说废井,则下文翻覆铺叙为难,而曲折宛转如是,他人毕一生模写,不能到也。"①洪边与叶梦得一样,对杜诗命意深远极为称赏。他前后还举杜甫《能画》《斗鸡》诗为例,认为其诗意表现均曲折宛转,达到后人难以企及的高度。姜夔《白石道人诗说》归结道:"意格欲高,句法欲响,只求工于句、字,亦末矣。故始于意格,成于句、字。句意欲深、欲远,句调欲清、欲古、欲和,是为作者。"②姜夔在探讨意格句法及其相互间的关系时,以甚具理论形态的话语对诗歌用意明确提出要求,这使诗意表现论上升到更高的理性层面,是极具意义的。之后,严羽《沧浪诗话》又提出诗有"六忌",即"语忌直,意忌浅,脉忌露,味忌短,音韵忌散缓,亦忌迫促"③,明确张扬浅近乃诗歌表现的大忌,而提倡诗意的深远与滋味的涵咏。对此,范晞文《对床夜语》也言:"诗在意远,固不以词语丰约为拘。然开元以后,五言未始不自古诗中流出,虽无穷之意,严有限之字,而视大篇长什,其实一也。"④范晞文具体联系唐开元以后五言诗的创作实践及其特征,从诗语与诗意的辩证关系入手,着意指出诗意深远实际上与词语丰约关涉并不大,主张通过有限的字句表达深致的内涵。很明显,其论断是富于辩证性的。

　　与上述要求相联系,一些诗论家又从创作旨向上对诗意表现提出规范。杨时《龟山先生语录》云:"作诗不知风雅之意,不可以作诗。诗尚讽谏,唯言之者无罪,闻之者足以戒,乃为有补;若谏而涉于毁谤,闻者怒之,何补之有。观苏东坡诗,只是讥诮朝廷,殊无温柔敦厚之气,以此,人故得而罪之。若是伯淳诗,则闻者自然感动矣。"⑤杨时在北宋中期较早地对诗意表现提出了拘限。他从儒家温柔敦厚的诗教传统出发,明确强调诗作表意应合乎风雅之义,重新拾掇起中唐

---

① 吴文治主编:《宋诗话全编》,第5617页。
② 何文焕辑:《历代诗话》,第682页。
③ 何文焕辑:《历代诗话》,第694页。
④ 丁福保辑:《历代诗话续编》,第420页。
⑤ 胡仔纂集,廖德明校点:《苕溪渔隐丛话》(后集),人民文学出版社1984年,第222页。

以来日渐松弛的诗教之论。杨时并以苏轼、伯淳二人诗作为例，批评前者诗作奔放怒张，不合中和之旨，而称扬后者诗作尽显温厚平和之气。这些论断开宋代诗论对诗意表现旨向进行规范的先导。张戒《岁寒堂诗话》也言："《国风》云：'爱而不见，搔首踟蹰。''瞻望弗及，伫立以泣。'其词婉，其意微，不迫不露，此其所以可贵也。"①张戒论诗取向与杨时相近，推尊儒家诗教，重情志而归于无邪，他将诗意表现的要求归结为词婉意微，亦即要含蓄蕴藉，平和优迫。此与杨时之论如出一辙。张戒又言："曹子建云：'虚无求列仙，松子久吾欺。'此语虽甚工，而意乃怨怒。古诗云：'服食求神仙，多为药所误。'可谓辞不迫切，而意已独至也。"②张戒进一步通过对照诗例，高倡摒弃怨怒而张扬优迫之意。王楙《野客丛书》云："仆尝谓晋宋间人诗虽规模不同，然大意不外乎先王三百篇之中，要非自有新意，如江淹等诗，即《毛诗·君子于役》之意也。"③王楙论诗主张规仿古诗意。他论断，晋宋诗歌其诗意可入于三百篇，其旨向合于先王之道，故可为后世诗作典范。罗大经《鹤林玉露》认为："古诗多矣，夫子独取三百篇，存劝戒也。吾辈所作诗，亦须有劝戒之意，庶几不为徒作。"④罗大经在杨时等人所倡诗以见风雅之义的基础上，进一步拘限诗意表现的旨向，强调需有益于劝诚，其识见甚为褊狭。他又在例举白居易《对酒》诗后云："自诗家言之，可谓流丽旷达，词旨俱美矣。然读之者，将必起其颓惰废放之意，而汲汲于取快乐，惜流光，则人之职分与夫古之所谓'三不朽'者，将何时而可为哉！"⑤罗大经明显囿于儒家传统的立身与致用的视点，基本否定诗的怡情悦性及艺术化的宣泄补充功能，一味将诗歌纳入现实伦常视界，对诗意表现予以了极为短视的规范。之后，俞文豹、周密二人也在具体论诗中对诗意表现提出了"意微""意婉"的要求。我们不作述及。

此外，宋代少数诗论家对诗意表现还提出"意新"的要求，这在欧阳修《六一诗话》、魏泰《临汉隐居诗话》、王应麟《困学纪闻》、周密《弁阳诗话》、徐度《却扫编》等诗话和笔记著作中均有表现。严羽《沧浪诗话》则独具地提出"意贵透彻，不可隔靴搔痒"的命题，这又可视为对传统诗学命题"意在言外""立意深远"论的一个修正和补充。

---

① ② 丁福保辑：《历代诗话续编》，第 454 页。
③ 程毅中主编：《宋人诗话外编》，国际文化出版公司 1996 年，第 1092 页。
④ ⑤ 程毅中主编：《宋人诗话外编》，第 1328 页。

## 三、诗意创造论

宋代诗学中诗意论的第三维视野,是从意与言、意与境、意与因袭、意与用事、意与偶对的角度具体探讨诗意的创造。

首先,在诗语之于诗意创造的探讨上,王得臣《麈史》提出,王安石所作《桃源行》诗,虽然对照具体历史存在不实,如云:"望夷宫中鹿为马,秦人半死长城下。"实际上,秦二世致斋望夷宫是在赵高指鹿为马之后,而大规模地役使百姓修筑长城则发生在秦始皇时,两者在时间先后上恰好倒置。但此句意在"概言秦乱而已,不以辞害意也"①。王得臣此论极为通俗地阐释出诗意创造中的一个理论命题,即言随意遣,不一定要具体坐实历史史实的细节,而应以着意于能为"意"服务为标的。陈师道《后山诗话》云:"望夫石在处有之,古今诗人,共享一律,惟刘梦得云:'望来已是几千岁,只似当年初望时。'语虽拙而意工。"②陈师道此论意在阐释诗作虽同咏一物,然其立意却可大相径庭。但落足于诗语与诗意创造相互关系的角度,则也形象地寓含用语可随意遣的理论命题,见出诗歌艺术世界中虽基于一定物象,但其下语与表意亦具有极大的自由性特征。吴开《优古堂诗话》在具体例举白居易和李白诗句时,指出:"乐天:'自从苦学空门法,销尽平生种种心。惟有诗魔降未得,每逢风月一闲吟。'又云:'人各有一癖,我癖在章句。万缘皆已销,此病独未去。'此意凡两用也。太白'举杯邀明月,对影成三人。'又云:'独酌劝孤影。'此意亦两用也。"③吴开通过具体例举同一诗人表达相同意义的不同诗句,甚具说服力地阐释出诗语之于诗意表现存在单向度不同对应的特征。之后,惠洪《天厨禁脔》云:"东坡曰:'善画者画意不画形,善诗者道意不道名。'……借如赋山中之境,居人清旷,不过称之深,称住山之久,称其闲逸,称其寂默,称其高远。能道其意者,不直言其深,而意中见其深。"④惠洪在王得臣等人所倡作诗应言随意遣、言为意用的基础上,实际上又见出这样一个

---

① 程毅中主编:《宋人诗话外编》,第 149 页。
② 何文焕辑:《历代诗话》,第 302 页。
③ 丁福保辑:《历代诗话续编》,第 235 页。
④ 张伯伟编校:《稀见本宋人诗话四种》,江苏古籍出版社 2002 年,第 138 页。

9

命题,即巧妙的诗意创造可撇开一般的言语名实,而可借助于与本事相关的征象加以表现。此论甚显识见。黄彻《碧溪诗话》在论及杜甫诗和韦应物诗时,则提出"言与意俱自在"的论断,强调诗语与诗意在审美自由状态中的相融相适。其主张对言随意遣论,一定意义上具有修正作用。杨万里《诚斋诗话》云:"诗有一句七言而三意者","有一句五言而两意者","诗有句中无其辞,而句外有其意者"①。杨万里又对诗语表意的密度、容量及其扩散效应予以了揭橥。陈昉《颍川语小》指出:"文之隐显起伏,皆由语助。虽西方之书,犹或用之;盖非假此以成声,则不能尽意。"②陈昉独具地见出诗作审美表现常用衬字、虚字等助以尽意的特征。这可以说在宋代诗学对言意关系探讨的视野中是一个引人眼目的亮点,其外未见人论及。南宋末年,张端义《贵耳集》提出:"作诗有句法,意连句圆。有云:'打起黄莺儿,莫教枝上啼,啼时惊妾梦,不得到辽西。'一句一接,未尝间断,作诗当参此意,便有神圣工巧。"③张端义又见出通过句意的递相踮接而使整个诗句连为一体的诗歌创作特征。这可视为从逆向层面对诗意创造提出的要求。

其次,在诗境与诗意创造的关系上,宋代一些诗论家也予以了较深入的论及。苏轼《东坡诗话》云:陶诗"'采菊东篱下,悠然见南山'。因采菊而见山,境与意会,此句最有妙处。"④苏轼在宋代诗话家中最早申论"境与意会"的诗意创造论。他认为,诗意的表现与物境的呈现应互为融合,主张通过物境的自然呈现而在"无意"中见出诗意。其论断得到不少宋代诗论家的回应。黄庭坚《黄山谷诗话》认为:"诗文不可凿空强作,待境而生,便自工耳。每作一篇,先立大意,长篇须曲折三致意,乃可成章。"⑤黄庭坚将"生境"和"立意"同时视为作诗的基础和根本,他反对诗意从虚空中蹦出。此与苏轼之论极为相近。叶梦得《石林诗话》在论及杜诗用平常字而出奇无穷时,也认为:"今人多取其已用字模放用之,偃蹇狭陋,尽成死法。不知意与境会,言中其节,凡字皆可用也。"⑥叶梦得具体

---

① 丁福保辑:《历代诗话续编》,第 138 页。
② 陈昉:《颍川语小》卷下,文渊阁影印《四库全书》本。
③ 张端义:《贵耳集》卷上,文渊阁影印《四库全书》本。
④ 王大鹏等编选:《中国历代诗话选》,第 204 页。
⑤ 胡仔纂集,廖德明校点:《苕溪渔隐丛话》(前集),人民文学出版社 1984 年,第 320 页。
⑥ 何文焕辑:《历代诗话》,第 421 页。

从作诗之法的视点立论诗作用语,明确反对拘泥于字句模仿的"死诗法",而主张诗意与诗境的相融相生,是作诗自由用字的根本。这从另一个角度揭示出诗境与诗意的相融之于诗歌表现的重要性。葛立方《韵语阳秋》云:"韦应物诗拟陶渊明,而作者甚多,然终不近也。……然渊明落世纷深入理窟,但见万象森罗,莫非真境,故因见南山而真意具焉。应物乃因意凄而采菊,因见秋山而遗万事,其与陶所得异矣。"①葛立方通过详细比照陶渊明诗和韦应物诗不同的创作路径,指出陶诗审美创造的特征在于将诗意表现藏纳于诗境的自然呈现中,而韦诗则表现为因意寻物,由意入境,故韦诗与陶诗不属同径。很显然,他是主张如陶诗意从境中出的诗意创造论的。南宋初,普闻《诗论》云:"天下之诗莫出于二句:一曰意句,二曰境句。境句则易琢,意句难制。境句人皆得之,独意(句)不得其妙者,盖不知其旨也。所以曾直、荆公之诗出十流辈者,以其得意句之妙也。何则?盖意从境中宣出。"②普闻在苏轼等人论诗意创造的基础上,通过详细比照、分析"意句"和"境句"在审美表现上的不同特征,明确提出"意中境中宣出"的诗意创造论,这可视为宋代诗学从境与意的关系角度,对诗意创造所提出的明确理论总结。

除上述外,宋代诗论家们还从因袭、用事、偶对的角度探讨到诗意的创造。黄庭坚云:"诗意无穷,而人之才有限。以有限之才,追无穷之意,虽渊明、少陵不得工也。然不易其意而造其语,谓之换骨法;规模其意形容之,谓之夺胎法。"(惠洪《冷斋夜话》记)③在宋代诗话家中,黄庭坚较早从因袭的角度对诗意创造提出主张。他别出心裁地拈出"换骨"和"夺胎"这两种具体的诗意创造方法,旨在"以故为新",这在宋代诗坛产生巨大的影响。之后,王直方《王直方诗话》在分别例举梁简文帝、李商隐及"近时乐府"诗中两句表现相同意义的诗作时,提出了"递相踵袭,以最为诗之大患"的告诫,反对一味因袭诗意。这其实与黄庭坚所倡"换骨""夺胎"是相与互补的。范温《潜溪诗眼》又较早从用事的角度论及诗意的因袭和创造。他论道:"又有意用事,有语用事。李义山'海外徒闻更九州岛',其意则用杨妃在蓬莱山,其语则用邹了云:'九州岛之外,更有九州

---

①　何文焕辑:《历代诗话》,第515页。
②　程毅中主编:《宋人诗话外编》,第1568页。
③　张伯伟编校:《稀见本宋人诗话四种》,第17页。

岛',如此然后深稳健丽。"①范温具体将诗作用事分为两类,即从诗意上用事和从诗语上用事。通过其对李商隐诗句的分析,可看出他是主张用事能使诗意充实、诗风稳健的。叶梦得《石林诗话》在分析苏轼用孔稚圭鸣蛙之本事后,提出:"故用事宁与出处语小异而意同,不可尽牵出处语而意不显也。"②叶梦得在探讨用事之于诗意表现的关系时,明确提出诗作用事当以意显为标的诗意创造要求,强调要始终以意贯通本事,为此,在语用事上甚至可作适当的变换。这显示出他对因意用事的不同于凡人的识见。之后,陆游《老学庵笔记》又言:"唐王建《牡丹》诗云:'可怜零落蕊,收取作香烧。'虽工而格卑。东坡用其意云:'未忍污泥沙,牛酥煎落蕊。'超然不同矣。"③陆游在前人论用事和诗意创造的基础上,见出在以意用事中,存在诗作表现格调、品味超然不同的情形,洞见出诗作用事、表意与诗格之间较为复杂的关系。最后,宋代诗论家们也从偶对的角度探讨其与诗意创造的关系。韩驹《陵阳室中语》提出:"作诗必先命意,意正则思生,然后择韵而用,如驱奴隶;此乃以韵承意,故首尾有序。今人非次韵诗,则迁意就韵,因韵求事。"④韩驹独辟蹊径地从偶对与诗意相互关联的角度探讨诗意创造,他反对唱和诗因求偶对而改变诗意的做法,强调"以韵承意"。很显然,他是将诗意视为生发偶对的根本的。对此,张戒《岁寒堂诗话》也云:"世人作篆字,不除隶体,作古诗不免律句,要须意在律前,乃可名古诗耳。"⑤张戒具体以书法之体的多样性并存为例,强调在诗意创造上,律诗与古诗实为同途,所应提及的则是律诗应将所写之意置放于具体的偶对声律之上。吴沆《环溪诗话》则云:"诗之工不在对句,然亦有时而用;第泥于对而失诗之意,则不可耳。"⑥吴沆以更简洁而富于辨证性的话语,实际上对韩驹、张戒之论作出归结。他肯定诗作工致不仅在偶对,但又离不开偶对,强调作诗不应拘泥于偶对而失却诗作的真意。其论是甚为全面的。

　　归结此一维面宋代诗学视野中的诗意创造论,可以看出,宋代诗论家们对因

---

① 吴文治主编:《宋诗话全编》,第1252页。
② 何文焕辑:《历代诗话》,第416页。
③ 程毅中主编:《宋人诗话外编》,第898页。
④ 魏庆之编:《诗人玉屑》,第127页。
⑤ 丁福保辑:《历代诗话续编》,第454页。
⑥ 惠洪、朱弁、吴沆撰,陈新点校:《冷斋夜话·风月堂诗话·环溪诗话》,中华书局1988年,第136页。

袭、用事、偶对与诗意创造相互关联论题的不少方面都予以了探讨,这无疑也为宋人及后人诗歌创作实践提供了参考和规范。

总之,宋代诗学对诗意理论进行了较为系统的标树和建构,这有机地体现在诗歌审美本质论、诗意特征论、诗意创造论三个相互联系的动态系统中。它为后世更深入地建构古典诗意理论开拓了空间,奠定了基础。

# 第二章　宋代诗学中的诗韵论

"韵"在我国古典诗学批评中是一个广为出现的审美概念,它在宋代诗学中出现得尤为普遍。作为宋人论诗的一个核心范畴,"韵"成为宋人建构其诗学理论系统的基本质素和子系统,它从一个视域影响了宋代诗学理论批评面貌的生成。

## 一、作为诗法层面的诗韵论

早在魏晋南北朝时期,"韵"作为一个审美概念,就出现在人物品评和评诗论文中,其最初涵义就诗的韵律、韵格而言。刘孝标注《世说新语》,论及两晋文化思潮的嬗变及其文学发展时云:"正始中,王弼、何晏好庄老玄胜之谈,而世遂贵焉。至过江,佛理尤盛,故郭璞五言始会合道家之言而韵之。"①这里,"韵"作为动词,是指以韵语的形式来表现玄理,它从形式层面导引了玄言诗的出现与发展。刘勰《文心雕龙·声律》也云:"异音相从谓之和,同声相应谓之韵。"②刘勰将"韵"与"和"对举,界定"韵"的内涵是指相近声律的相应相谐,它产生出余音缭绕的审美效果。钟嵘《诗品序》又云:"故三祖之词,文或不工,而韵入歌唱。此重音韵之义也,与世之言宫商异矣。"③钟嵘从强调诗须有"滋味"的角度出发,重视诗歌艺术形式的表现,但他将诗歌语言的音韵之美与沈约等人所倡声律之美区别开来。之后,延展到唐代,李峤、皎然、遍照金刚、范摅、李淑等人对"韵"

---

① 刘义庆撰,刘孝标注:《世说新语》,《诸子集成》本,河北人民出版社1986年,第67页。
② 黄霖编著:《文心雕龙汇评》,上海古籍出版社2005年,第114页。
③ 曹旭:《诗品集注》,上海古籍出版社1994年,第332页。

作为韵律、韵格之义均有所触及或论述。如，遍照金刚《文镜秘府论》曾言："诗不得一向把理，须纵横而作；不得转韵，转韵即无力。"①这一维面的诗韵论发展到宋代蔚为大观。人们从韵律、韵格与诗歌创作的关系角度对其展开多样的探讨。

（旧题）梅尧臣《续金针诗格》承唐人李峤、李淑等人之论，提出"诗有四字对"："叠韵字对一"，"叠语字对二"，"骨肉字对三"，"借声字对四"。②梅尧臣从归结诗歌用字之法的角度，见出字语叠韵而用是一种独特的诗歌表现形式。沈括《梦溪笔谈》在论及诗的"体制"时，也对其用语使韵进行具体的类归。他认为："古人文章，自应律度，未以音韵为主。自沈约增崇韵学……自后浮巧之语，体制渐多。如傍犯、蹉对、假对、双声、叠韵之类。诗又有正格、偏格，类例极多。"③沈括详细地以具体诗句例析诗的各种"体制"，见出诗歌用语使韵与诗之体格的多样关系。孔平仲《孔氏杂说》则指出重叠用韵为诗病。他批评韩愈诗歌创作道："退之诗好押狭韵，累句以示工，而不知重叠韵之为病也。"④孔平仲在北宋中期人们推尚韩诗的时风下，对韩诗用语使韵较早予以了破的。蔡居厚《蔡宽夫诗话》将考察的眼光投向对诗作使事与用韵关系的探讨。他论道："前史称王筠善押强韵，固是诗家要处，然人贪于捉对用事者，往往多有趁韵之失。"⑤蔡居厚对王筠作诗追求押韵虽持以肯定，但他由此见出用韵和使事间往往存在顾此失彼的矛盾，强调不可一味贪求用事而使诗韵失当。王直方《王直方诗话》记："陈君节，字明信，言炼句不如炼韵。余以为若只觅好韵，则失于首尾不相贯穿。"⑥王直方从强调诗作应一脉贯注的角度，针对陈君节之言，提出了反对一味"炼韵"的主张，他认为，这会使诗作本末倒置，在气脉上缺乏贯通。蔡絛《西清诗话》亦从用韵与文气表现的关系展开探讨，其云："秦汉以前，字书未备，既多假借，而音无反切，平仄皆通用。自齐梁后，概拘以四声，又限以音韵，故士率以偶俪声病为工，文气安得不卑弱。惟陶渊明、韩退之摆脱拘忌，皆取其旁

---

① 王大鹏等编选：《中国历代诗话选》，第 59 页。
② 张伯伟：《全唐五代诗格汇考》，第 532—533 页。
③ 程毅中主编：《宋人诗话外编》，第 89 页。
④ 王大鹏等编选：《中国历代诗话选》，第 236 页。
⑤ 郭绍虞辑：《宋诗话辑佚》，中华书局 1980 年，第 389 页。
⑥ 郭绍虞辑：《宋诗话辑佚》，第 66 页。

韵用,盖笔力自足以胜之。"①蔡絛对齐梁以来拘忌声病的诗法持以不满,他认为,这带给诗作表现的一个最大缺欠便是使文气卑弱,笔墨畏缩,诗作气脉不见通畅。他评断陶渊明、韩愈作诗能摆脱拘忌,泛取旁韵,这使他们的诗作得以纵横笔力。

在上述基础上,很多诗论家对诗作用韵与表意的关系集中进行了探讨。惠洪《天厨禁脔》云:"古诗以意为主,以气为客,故意欲完,气欲长,唯意之往而气追随之。故于韵无所拘,但行于其所当行,止于其不可不止。盖得其韵宽,则波澜泛入傍韵,乍还乍离,出入回合,殆不可拘以常格。……得韵窄则不复傍出,而因难见巧,愈险愈奇。"②惠洪对诗作用韵主张取法"古诗"所秉之原则,反对为韵所拘,取的是一种自然通脱的态度。他将"韵"界定为诗之本,主张气随意往,韵随气运,在用韵上并不应有什么固定的准则。在此基础上,韩驹《陵阳室中语》提出:"作诗必先命意,意正则思生,然后择韵而用,如驱奴隶;此乃以韵承意,故首尾有序。今人非次韵诗,则迁意就韵,因韵求事。"③韩驹将诗作用韵与其表意、用事综合联系起来考察,他明确强调"意"乃诗之本,因意而生思,因思而用韵,"韵"为诗之末。在相互关系的处理上,应"以韵承意",因事而韵。今人的次韵诗违背了这一创作原则,迁意就韵,因韵求事,这必然导致诗歌艺术表现的欠缺。对此,洪迈《容斋随笔》也针对今人酬和诗之弊,提出:"古人酬和诗,必答其来意,非若今人为次韵所局也。观《文选》所编何劭、张华、卢谌、刘琨、二陆、三谢诸人赠答,可知已。唐人尤多,不可具载。"④洪迈推尚古人酬意之诗,而反对宋人酬韵之诗。他认为,在《文选》诗和唐人诗作中,酬意是赠答诗的必然创作取向。之后,叶适《习学记言序目》云:"苏氏半字韵诗酬和最工,为一时所慕,次韵自此盛于天下,失诗本意最多。夫以六义为诗,犹不足言诗,况以韵为诗乎!"⑤叶适肯定苏轼和韵诗最工,这当然缘于其天资,但叶适认为其所导引的次韵之风,则往往失却酬和之意,这些诗以韵为尚,并不是真正意义上的酬和诗。

---

① 王大鹏等编选:《中国历代诗话选》,第 356 页。
② 张伯伟编校:《稀见本宋人诗话四种》,第 149 页。
③ 魏庆之编:《诗人玉屑》,第 127 页。
④ 程毅中主编:《宋人诗话外编》,第 801 页。
⑤ 王大鹏等编选:《中国历代诗话选》,第 752 页。

费衮《梁溪漫志》在肯定"作诗押韵是一奇"的同时，也认为"荆公、东坡、鲁直押韵最工，而东坡尤精于次韵，往返数四，愈出愈奇"。但费衮接着提出："初不着意寻好韵，而韵与意会，语皆浑成，此所以为好。若拘于用韵，必有牵强处。则害一篇之意，亦何足称。"①这里，费衮在韩驹等人以韵承意之论的基础上，提出了"韵与意会"的创作原则，强调两者在不经意中达到相融相生、浑然天成的境界。费衮将作为诗法层面的诗韵论内涵推到一个很高的标度。之后，严羽进一步从诗法层面对诗作用韵提出了论说。其《沧浪诗话》鲜明地提出："押韵不必有出处，用字不必拘来历。"②强调用字押韵应与寓典用事脱却开来。与此同时，严羽又对诗作用韵提出两大原则，一是在"学诗先除五俗"中，他将"俗韵"归为"五俗"之一，"一曰俗体，二曰俗意，三曰俗句，四曰俗字，五曰俗韵"③；一是对诗作审美质素，他提出"六忌"的原则，即"语忌直，意忌浅，脉忌露，味忌短，音韵忌散缓，亦忌迫促"④。严羽的诗歌用韵原则之论，与其崇尚盛唐的诗作审美理想是紧密相连的，这在宋人中表现为超拔流俗的识见。

一些诗论家对诗作用韵的具体技巧和拘限还展开探讨。吴可《藏海诗话》云："和平常韵要奇特押之，则不与众人同。如险韵，当要稳顺押之方妙。"⑤吴可将反常合道的原则贯彻于对诗韵运用的要求之中，强调在用韵中要脱略平常，以突显其个性。《藏海诗话》又引"张嘉父云：长韵诗要韵成双不成只"⑥，对长韵诗的用韵提出了具体要求。葛立方《韵语阳秋》云："连绵字不可挑转用，诗人间有挑转用者，非为平侧所牵，则为韵所牵也。"⑦葛立方从诗之用韵表现的角度论及诗作用语下字，对诗作用韵技巧的探讨甚见细致。胡仔《苕溪渔隐丛话》则针对北宋黄朝英在《缃素杂记》中所例析杜甫拘于用韵，如《早发射洪县南途中作及字韵》诗，"皆用缉字一韵，未尝用外韵也"，提出："黄朝英之言非也。老杜侧韵诗，何尝不用外韵，如《戏呈元二十一曹长》末字韵，一篇诗而用五韵，《南池》谷字韵，一篇诗而用四韵，《客堂》蜀字韵，一篇诗而用三韵，此特举其二三耳，其

---

① 王大鹏等编选：《中国历代诗话选》，第 777 页。
②④ 何文焕辑：《历代诗话》，第 694 页。
③ 何文焕辑：《历代诗话》，第 693 页。
⑤ 丁福保辑：《历代诗话续编》，第 330 页。
⑥ 丁福保辑：《历代诗话续编》，第 340 页。
⑦ 何文焕辑：《历代诗话》，第 494 页。

它如此者甚众。今若以一篇诗偶不用外韵,遂为定格,则老杜何以谓之能兼众体也。"①胡仔从"古诗不必拘于用韵"的角度出发,详细地以多首杜诗为例,论证杜甫在用韵时故意泛入旁韵,不拘一隅,这成为杜诗兼善众体的内在原因之一。

综观宋代诗学中作为诗法层面的诗韵论,我们看出,宋代诗论家对韵律、韵格与诗歌创作的多样关系切实展开了探讨。他们见出诗作用韵的多种体制,考察了诗作用韵与用事、贯气,特别是与诗作表意的辩证关系,还对诗作用韵的具体技巧与拘限予以了探讨。这将古典诗学中作为韵律、韵格之义的诗韵论内涵极大地充实与扩展开来。

## 二、作为诗论层面的诗韵论

宋代诗学诗韵论的第二个维面,是从审美和理论批评的层面来加以展开。这一维面诗韵论主要从"韵"作为风致、韵味之义加以生发,它由最初取"韵"的比譬之义,上升到将"韵"作为诗论的审美范畴,指称诗作所特具的内在审美特征及其艺术感染力。它较充分地体现出宋人对诗歌艺术特征的认识及其审美原则的倡导。

"韵"作为风致、韵味之义,最初是从魏晋南北朝时期品评人物当中引申而来的。刘义庆《世说新语·言语》注引《向秀别传》时,曾评向秀"并有拔俗之韵"。这里,"韵"作为对向秀风度、气质的概括,实是对其的一种审美性论评。发展到唐代,"韵"作为风致、韵味之义便延展到评诗论文中。皎然《诗式》记:"或云,诗不假修饰,任其丑朴。但风韵正,天真全,即名上等。"②这一论说迥拔于时俗,反对执着修饰的诗风,强调只要诗作的风神韵味趋正,得之自然,凸显本真,不管其体貌看似如何朴拙,其实都是好诗。之后,王玄《诗中旨格》曾分别就皎然所提出的"高""逸""贞""忠""节""志""气""情""思""德""诚""闲""达""悲""怨""意""力""静""远"十九字,分别列举诗句加以阐释。其中论

---

① 胡仔纂集,廖德明校点:《苕溪渔隐丛话》(前集),第 261—262 页。
② 张伯伟:《全唐五代诗格汇考》,第 232 页。

道:"风韵朗畅曰高。"并举例曰:"廖融《寄天台逸人》:'又闻乘桂楫,载月十洲行。'此高字体也。"①王玄将风神韵致疏朗畅达概括为一种超拔的诗作风格。发展到宋代,诗论家们就"韵"的这一维面展开了多样的审美论评及理论抽绎。

宋代一些诗论家在对前人及同时代人诗作的论评中,结合"韵"作为风致、韵味之义,表达出他们对诗作审美的本质要求。蔡居厚《诗史》云:"晚唐诗句尚切对,然气韵甚卑。"②蔡居厚界定晚唐人诗作以偶对声律为尚,拘泥琐细,在气格韵致上显得甚为卑弱。这与宋人的诗歌崇尚是异途分趋的。陈岩肖《庚溪诗话》在评及白居易《咏鹤》及李文饶《咏鹭》等诗句时,也指出其皆"格卑无远韵"③,体现出对诗作需具深远之韵的呼唤。蔡絛《西清诗话》在论及"东坡言僧诗要无蔬笋气"时,认为:"今时误解,便作世网中语,殊不知本分家风,水边林下气象,盖不可无。若尽洗去清拔之韵,使与俗同科,又何足尚?"④蔡絛借论评僧诗,提出了清拔之韵对于提升诗歌艺术表现的重要性。其《蔡百衲诗评》评唐宋十四家诗风时,又云:"杜少陵诗自与造化同流,孰可拟议,至若君子高处廊庙,动成法言,恨终欠风韵。"⑤他一方面肯定杜诗自然天成,在艺术表现上无法而法自寓其中;另一方面,又对一些人的诗作提出批评,认为其廊庙气十足,在风致情韵上见出不足。惠洪《冷斋夜话》在评王安石、苏轼诗句"造语之工","尽古今之变"的同时,亦指出他们的诗作"韵终不胜",表现出对诗作需具风韵的审美本质要求。周紫芝《竹坡诗话》道:"白乐天《长恨歌》云:'玉容寂寞泪阑干,梨花一枝春带雨。'人皆喜其工,而不知其气韵之近俗也。"⑥周紫芝借论评白居易诗作,表达出反对气韵媚俗的审美主张。葛立方《韵语阳秋》又云:"孟郊诗'楚山相蔽亏,日月无全辉。万株古柳根,擎此磷磷溪。大行横偃脊,百里方崔嵬'等句,皆造语工新,无一点俗韵。"⑦葛立方亦借论评孟郊诗作,从正面表达出诗韵忌俗的审美要求。

① 张伯伟:《全唐五代诗格汇考》,第468页。
② 郭绍虞辑:《宋诗话辑佚》,第448页。
③ 丁福保辑:《历代诗话续编》,第184页。
④ 王大鹏等编选:《中国历代诗话选》,第350页。
⑤ 胡仔纂集,廖德明校点:《苕溪渔隐丛话》(后集),第257页。
⑥ 何文焕辑:《历代诗话》,第346页。
⑦ 何文焕辑:《历代诗话》,第487页。

在人们从审美的角度评断诗要有风致、韵味,且此风致、韵味应避弃卑弱、媚俗,而趋向清拔与高古的同时,一些诗论家对"韵"的美学内涵进行理论探讨,对"韵"作为诗歌审美的概念予以了提升。

范温《潜溪诗眼》在宋人诗学诗韵之论中具有十分重要的意义。其中有一段极为集中而甚具理论性的笔墨论"韵",对"韵"的美学内涵、历史发展、类别层次及其审美表现特征首次进行了探讨。他否定"韵"为"不俗""潇洒""气韵生动""简而穷理"等观点,直述为"有余意之谓韵"。范温之论是极见卓识的,他将人们对诗韵的理解从余音、余味的层面拉向了余意,这更切实地表达出"韵"的美学内涵。范温又对"韵"的内涵的历史演变论述道:"自三代秦汉,非声不言韵;舍声言韵,自晋人始;唐人言韵者,亦不多见,惟论书画者颇及之。至近代先达,始推尊之以为极致;凡事既尽其美,必有其韵,韵苟不胜,亦亡其美。"[1]他勾勒出"韵"作为审美观照标准逐渐上升,并得以确立为诗歌审美本体的轨迹,见出宋人对诗歌风致的极至推尊。之后,范温着重探讨了"韵"的类别层次及其特征,他认为,"韵"大约有两类:一是集众美而成韵,一是具"一长有余"而成韵。他论道:"且以文章言之,有巧丽,有雄伟,有奇,有巧,有典,有富,有深,有稳,有清,有古。有此一者,则可以立于世而成名矣;然而一不备焉,不足以为韵,众善皆备而露才用长,亦不足以为韵。必也备众善而自防韬晦,行于简易闲淡之中,而有深远无穷之味。"[2]范温具体从诗作的多样审美特征入手论及"韵"的生成,指出此种"韵"必须是在兼美众长及创作主体才情得到较好体现的情况下才能产生,这是诗美的极致。他又言:"其次一长有余,亦足以为韵;故巧丽者发之于平淡,奇伟有余者行之于简易,如此之类是也。"[3]这里,范温实际上将诗韵划分为两个层次,见出不同的诗美类型。之后,范温着重对"韵"的审美表现特征予以探讨。他论道:"质而实绮,癯而实腴,初若散缓不收,反复观之,乃得其奇处;夫绮而腴、与其奇处,韵之所丛生,行乎质与癯,而又若散缓不收者,韵于是乎成。"[4]范温将"韵"的审美表现特征界定在质与绮、癯与腴的几方面因素的相互构合中,他界定"散缓不收"是"韵"的显在表现情态。这在我国古典韵论史上是极见深度的。

---

[1][2][3][4] 郭绍虞辑:《宋诗话辑佚》,第373页。

之后,张戒在运用多种审美概念评诗的同时,也将"韵"作为风致、韵味之义,上升到概括诗歌审美本质特征的高度。其《岁寒堂诗话》云:"阮嗣宗诗,专以意胜;陶渊明诗,专以味胜;曹子建诗,专以韵胜;杜子美诗,专以气胜。然意可学也,味亦可学也。若夫韵有高下,气有强弱,则不可强矣。"①张戒分别以"意""味""韵""气"概括不同典范诗人诗作审美上的特征,他概括曹植的诗作以凸显情韵见长,又认为诗歌的韵味有高低之分,这不是人力所能成就的。《岁寒堂诗话》多处以"韵"评诗,并将以"韵"见长的诗作与以"意"见长,或以"味"见长,或以"气"见长的诗作进行比较,体现出对诗作多样审美特征的认识及甚为宏通透脱的诗美观。如云:"韦苏州诗,韵高而气清。王右丞诗,格老而味长。虽皆五言之宗匠,然互有得失,不无优劣。以标韵观之,右丞远不逮苏州。至于词不迫切而味甚长,虽苏州亦所不及也。"②从诗歌审美本质特征的角度比照韦应物和王维诗,概括韦诗风致超迈,气韵清高,它与王维诗是互见优长的。其又云:"义山多奇趣,梦得有高韵,牧之专事华藻,此其优劣耳。"③"贺有太白之语,而无太白之韵。"④张戒在诗歌批评实践中将"韵"作为了一个独特的诗论审美范畴加以标树。在此基础上,陈善进一步以"气韵"论诗,将"气韵"提升到诗美本体的高度,赋予"韵"以诗歌审美的本质特征的内涵。其《扪虱新话》云:"文章以气韵为主,气韵不足,虽有词藻,要非佳作也,乍读渊明诗,颇似枯淡,久久有味。东坡晚年酷好之,谓李杜不及也。此无他,韵胜而已。韩退之诗,世谓押韵之文尔,然自有一种风韵。"⑤这里,陈善将"气韵"视为诗歌审美表现之本,它与词采等构成诗歌审美的质素,并不是处于同一层面。他认为,陶渊明诗在枯淡中引人回味,其关节便在于陶诗以韵为胜,即自有一种平淡之韵味;同时,韩愈诗也另有一种以文为诗之风味。陈善所论将对诗韵的标树及其内涵的提升又推进一步。姜夔《白石道人诗说》则从理论形态上将"韵"视为诗歌审美的质性要素。其论道:"大凡诗,自有气象、体面、血脉、韵度。气象欲其浑厚,其失也俗;体面欲其宏

---

① 丁福保辑:《历代诗话续编》,第450页。
② 丁福保辑:《历代诗话续编》,第459页。
③ 丁福保辑:《历代诗话续编》,第460页。
④ 丁福保辑:《历代诗话续编》,第462页。
⑤ 王大鹏等:《中国历代诗话选》,第542页。

大,其失也狂;血脉欲其贯穿,其失也露;韵度欲其飘逸,其失也轻。"①姜夔将"韵"归结进了诗作的质性要素系统之中,它与"气象""体面""血脉"一起,决定着诗作内容与形式诸方面的体貌特征。姜夔并提出诗韵应飘逸不群的论断,这实际上从本质上见出了诗韵所应具的美学特征。

　　总结宋代诗学中作为诗论层面的诗韵论,我们看出,宋人已将风致、气韵作为一个基本的审美标准加以倡扬。他们在倡导诗韵须避弃卑弱、媚俗的同时,对"韵"作为诗歌审美的本质内涵及其特征等进行了多样的探讨,这实际上已将"韵"提升为一个独特的审美范畴,为明清诗学理论的全面成熟和深化奠定了坚实的基础。

---

① 何文焕辑:《历代诗话》,第680页。

# 第三章　宋代诗学中的诗趣论

早在先秦时期,"趣"这一概念就已出现。但一直到两汉,"趣"基本上还未进入文学艺术审美领域。魏晋南北朝时期,"趣"由用于品评人物扩展到论文谈艺,显示出"趣"的多方面内涵。发展到宋代,"趣"开始较为集中地出现在诗歌批评与理论阐说中。人们一方面在诗评中大量使用"趣"这一术语,触论及诗趣的表现形态与审美形式等;另一方面,在诗论中,又将"趣"纳入诗歌审美的质性要素中,并对诗趣的形态、特征有更详细的论及,他们继而将"趣"上升为诗论的审美范畴,标示为一种很高的审美境界。上述历程,为"趣"作为审美范畴在后世诗论视野中的盛兴和深化提供了平台。

## 一、作为诗评层面的诗趣论

宋人开始大量以"趣"评诗,这与前代形成显著区别。唐时,殷璠《河岳英灵集》曾评储光羲诗"格高调逸,趣远情深"[①]。司空图《与王驾评诗书》评王维、韦应物诗"趣味澄复,若清风之出岫"[②]。但整体来看,唐人以"趣"评诗还极不普遍,人们更多地是以"兴象""风骨""味""韵"等美学术语来品评诗作。进入宋代,随着社会文化的逐渐转型,注重"风骨""韵味"的诗美理想日益受到消解,人们在人格情性日益"内转"的同时,将"意趣""气格"等逐渐抬升为诗歌审美的重要范畴。

---

① 元结、殷璠等:《唐人选唐诗》(十种),上海古籍出版社 1958 年,第 95 页。
② 郭绍虞主编:《中国历代文论选》(第二册),上海古籍出版社 1980 年,第 217 页。

司马光是宋人中较早的以"趣"评诗者。其《温公续诗话》云:"仲先诗有'妻喜栽花活,童夸斗草赢',真得野人之趣,以其皆非急务也。"①司马光称扬宋初晚唐体诗人魏野诗作自然,充满纯真的生活气息,将这概括为"野人之趣",其寓意大致含蕴真趣、童趣、生趣与自然之趣的统一。苏轼在诗评中提出"奇趣"说,据惠洪《冷斋夜话》记:"柳子厚诗曰:'渔翁夜傍西岩宿,晓汲清湘然楚竹。烟消日出不见人,欸乃一声山水绿。回看天际下中流,岩上无心云相逐。'东坡云:'诗以奇趣为宗,反常合道为趣,熟味此诗,有奇趣。然其尾两句,虽不必亦可。'"②苏轼评断柳宗元《渔翁》诗给人以奇特的意趣之美。他认为,此诗符合反常合道的艺术审美原则,体现在语言运用和诗意表现上,柳宗元打破了人们惯常的思维习惯和表述方式,将汲水燃薪表述为"汲清湘""燃楚竹";在写景叙事中,"烟消日出"后本应见人,但诗作却云"不见人","欸乃一声"本与"山水绿"无关,然作者也将它们缀联在一起。这些都使诗作富于审美的跳跃性和想象力,在寂寥神奇的诗境中传达出作者孤高淡漠的心情,确见独特的意趣。惠洪也以"奇趣"评诗,其《天厨禁脔》在评近体诗中"假借之法"时认为,相对于"假声""假色""假数"三种假借之法,无可《宿西林寺》诗句"听雨寒更尽,开门落叶深"与《登楼晚望》诗句"微阳下乔木,远烧入秋山","此句法最有奇趣,然譬之嚼蟹螯,不能多得。一夜萧萧,谓必雨也,及晓乃落叶也,其境清绝可知。方远望谓斜阳自乔木而下,乃是远烧入山,其远可知矣"。③惠洪通过详细论评唐代僧人无可之诗,见出假借之法中最给人以奇特审美感受的是借此喻彼。他认为,此种假借之法将事理逻辑的必然性与或然性含蕴于所描写景物的相互关联中,给人以含蓄深婉之意趣。张戒《岁寒堂诗话》在比较李商隐、刘禹锡与杜牧三人时,也道:"义山多奇趣,梦得有高韵,牧之专事华藻,此其优劣耳。"④张戒常以"味""韵""气""格""趣"等语词来品评诗作,较充分地表现出从质性上把握诗作美学品格的努力。他概括李商隐诗以凸显奇趣为旨,与杜牧诗注重词藻修饰在艺术追求上不是处于同一层面,故高下自现。一些诗评家在评诗中又提出"理趣"

① 何文焕辑:《历代诗话》,第 276 页。
② 张伯伟编校:《稀见本宋人诗话四种》,第 50—51 页。
③ 张伯伟编校:《稀见本宋人诗话四种》,第 114 页。
④ 丁福保辑:《历代诗话续编》,第 460—461 页。

说。袁燮《题魏丞相诗》云："魏晋诸贤之作,虽不逮古,犹有舂容恬畅之风,而陶靖节为最,不烦雕琢,理趣深长,非余子所及。故东坡苏公言:'渊明不为诗,写其胸中之妙耳。'"①袁燮在魏晋诗人中最为推重陶渊明。他论断陶诗脱却雕饰,一意自然平易,但因为陶渊明胸中有道,襟怀高蹈,这使其诗作思理深致,意趣悠远。李涂《文章精义》又云:"《选》诗惟陶渊明,唐文惟韩退之,自理趣中流出,故浑然天成,无斧凿痕……晦庵先生诗音节从陶韦柳中来,而理趣过之,所以卓乎不可及。"②李涂是朱熹的门人,他在评诗中极为注重理趣的凸显。他称扬陶诗理趣充蕴,浑然天成,但更推崇其师朱熹一意以理趣为本,界定其在对前人的继承中能高标理致,因而超拔于常人。李涂之论显示出一定的理学色彩。惠洪等人在诗评中又论及"天趣"。《冷斋夜话》曾记"吾弟超然"论诗,评王维《中山》、王安石《百家夜》诗时言:"'此皆得十大趣。'予问之曰:'句法固佳,然何以识其天趣?'超然曰:'能知萧何所以识韩信,则天趣可言。'予竟不能诘,叹曰:'溟涬然弟之哉!'"③这段对话中,惠洪和超然就王维、王安石诗作审美特征予以判析,二人并就"天趣"的获得展开了探讨。超然以比譬的形式道出了"天趣"获得的关节便在于极尽自然,入眼即寓识辨。对此,魏庆之《诗人玉屑》也引《冷斋夜话》记云:"王摩诘《山中》曰:'荆溪白石出,天寒红叶稀。山路元无雨,空翠湿人衣。'舒王《百家衣体》曰:'相看不忍发,惨淡暮潮平。语罢更携手,月明洲渚生。'此得天趣。"④在详举诗句中界定其得自然之趣。

宋人在诗评中还对"趣"与其他审美质素的联系有所论及。苏轼较早使用"意趣"这一术语评诗。其《答李方叔书》六:"惠示古赋、近诗,词气卓越,意趣不凡,甚可喜也。"苏轼称扬李廌诗赋用语中贯注气势,这使其意旨趣味有异于人。此论开启后世以"意趣"评诗之论。之后,惠洪、蔡條、魏庆之、胡仔、韩淲、俞文豹、刘辰翁等人,都有以"意趣"评诗之语。如,韩淲《涧泉日记》云:"少游在黄、陈之上,黄鲁直意趣极高。"韩淲较早见出黄庭坚诗作在审美质性上不同于他人的特征在于高标意趣。又如,俞文豹《吹剑录》云:"近世诗人攻晚唐体,句语轻

①　蒋述卓等编著:《宋代文艺理论集成》,中国社会科学出版社2000年,第931页。
②　李涂:《文章精义》,文渊阁影印《四库全书》本。
③　张伯伟编校:《稀见本宋人诗话四种》,第36—37页。
④　魏庆之编:《诗人玉屑》,第211页。

清而意趣深远,则谓之作家诗。饾饤故事,语涩而旨近,则谓之秀才诗。"①俞文豹从诗作旨趣表现入手界分诗作,他将当世诗作大致分为两种:"作家诗"与"秀才诗"。这与刘克庄将诗分为"风人之诗"与"学人之诗"持论甚为相同。相对于"秀才诗",俞文豹还是推尚"作家诗"意深趣远,为"风人之诗"。个别批评家在诗评中又提出"景趣"这一概念。马永卿《懒真子》评杜牧《乐游原》云:"牧之之意,盖自伤不遇宣帝、太宗之时,而远为郡守也。藉使意不出此,以景趣为意,亦自不凡,况感寓之深乎!此其所以不可及也。"②马永卿评断杜牧《乐游原》诗极写自伤之意。他认为,此诗感寓深邃,确见诗意深远,但即使不进入诗歌意蕴层面,只从其景物描写所显意趣来看,也不失为超凡之作。马永卿在诗歌艺术表现上是重视由"景"而"趣"的。这在北宋诗歌创作和批评大都高标由"意"而"趣"的时风背景下,不失为一个具有理论意义的倡导和补充。

宋人中曾以"趣"评诗的,还有秦观、叶梦得、陈正敏、唐庚、普闻、叶适、姜夔、吴子良、方岳等人。他们在对具体诗人诗作的论评中各有所标。如,秦观《韩愈论》评杜诗"包冲澹之趣";叶梦得《石林诗话》评王安石"晚年始尽深婉不迫之趣";张戒《岁寒堂诗话》评陶渊明《归园田居》中诗句有"闲适之趣";陈正敏《遁斋闲览》评"渊明趣向不群",评苏轼《咏梅》中诗句"颇得梅之幽独闲静之趣";唐庚《唐子西文录》评谢灵运、谢惠连、谢朓三人诗有"萧散自得之趣";普闻《诗论》评杜诗"旨趣深远";陆游《老学庵笔记》评岑参、韦应物诗句中"豪迈闲淡之趣,居然有异";朱熹《朱子全书·论诗》评苏轼"和陶诗""已失其自然之趣";吴子良《吴氏诗话》评屈原《湘夫人》中诗句"摹想无穷之趣如在目前";等等。宋代诗论家们将以"趣"评诗切实落足到一个较为广阔的层面,将"趣"作为诗歌审美的准则推广了开来。

## 二、作为诗论层面的诗趣论

在诗歌批评中广泛以"趣"评诗的同时,宋代诗论家们对"趣"予以了进一步

---

① 程毅中主编:《宋人诗话外编》,第 1233 页。
② 程毅中主编:《宋人诗话外编》,第 383 页。

地理论阐说和提升，"趣"逐渐成了宋人论诗最重要的审美标尺之一。

唐代，"趣"最早被纳入诗歌审美的质性要素系统中。王昌龄在《诗中密旨》中，首次将"趣"和"理""势"一起，视为诗作审美的三种质性要素。之后，权德舆在《左武卫胄曹许君集序》中，论断诗的深远之趣是与其审美表现紧密相连的。徐寅《雅道机要》又从诗的构思、定体方面论及诗趣。上述几人之论为宋代诗论家们对诗趣的阐说和提升打下基础。

苏轼《书唐氏六家书后》在评"永禅师书"时，言其："如观陶彭泽诗，初若散缓不收，反复不已，乃识其奇趣。"①魏庆之《诗人玉屑》记："东坡曰：渊明诗初看若散缓，熟读有奇趣。如曰：'日莫巾柴车，路暗光已夕。归人望烟火，稚子候檐隙。'"②苏轼具体以陶渊明诗为例，论断其用语虽然平淡，诗风散缓，但内中却包蕴着丰厚深致的内涵，我们通过反复涵咏，便可从其散缓中品味出奇崛，在平淡中见出奇趣。苏轼在创作实践中又身体力行，他的一些诗作如《纵笔三首》等都表现出独特的艺术趣味。黄庭坚则将"趣"明确标树为诗歌审美的准则。其《与洪甥驹父》云："凡作一文，皆须有宗有趣。"③界定意旨和趣味是诗作产生艺术魅力的核心要素。黄庭坚又说："作诗如作杂剧，临了必打诨方是出场。"黄庭坚见出在作诗中引入诙谐、滑稽等美学质素的重要意义，他从强化诗歌艺术表现的角度，首次在诗论史上触论到诗趣的来源与生成。其《书王知载〈胸山杂咏〉后》还云："情之所不能堪，因发于呻吟调笑之声，胸次释然，而闻者亦有所劝勉。"④黄庭坚阐说出"呻吟调笑"等喜剧性美学质素在诗歌传达人的悲痛无奈心绪，在释放与平衡人们心理趋向中的重要作用。这之中，诗歌创作中悲喜诸因素相互生发、相互转化的内在艺术机制为其所首先道出。此论从深层次上见出诗趣所包蕴的艺术内涵，已具有现代审美阐释学的意味。

之后，惠洪首次对诗趣进行了概括分类，其《天厨禁脔》提出"诗分三种趣"："奇趣、天趣、胜趣"。他例举陶渊明《田家》诗和江淹《效渊明体》诗，评断："此二诗脱去翰墨痕迹，读之令人想见其处，此谓之奇趣也。"又例举杜牧《宫词》和

---

① 蒋述卓等编著：《宋代文艺理论集成》，第 283 页。
② 魏庆之编：《诗人玉屑》，第 211 页。
③ 蒋述卓等编著：《宋代文艺理论集成》，第 347 页。
④ 蒋述卓等编著：《宋代文艺理论集成》，第 342 页。

白居易《大林寺》二诗,界定"其词语如水流花开,不假功力,此谓之天趣。天趣者,自然之趣耳"。又例举白居易《东林寺作》和杜牧《长安道中》二诗,归结"吐词气宛在事物之外,殆所谓胜趣也"①。惠洪对诗趣所进行的类分和例析,在我国古代诗趣论史上具有重要的意义。他所界分出的三种诗趣是从审美特征入手的,见出不同诗趣审美质性间的差异及其所蕴内涵的丰富性。大致来看,"奇趣"表现为一定要脱去平常格套,并要能引起人充分的艺术想象;"天趣"是指在不经雕琢中自然趣味的盎然呈现;"胜趣"则是诗语在表层结构中不触及诗意本体,但却又处处显示出艺术本体之旨味,有以少总多或"不着一字,尽得风流"之意味。惠洪之论在我国古代诗趣论史上首见细致。其《冷斋夜话》又云:"(韩琦)又尝以谓意趣所至,多见于嗜好。欧阳文忠喜士为天下第一,尝好诵孔北海'坐上客常满,樽中酒不空'。范文正公清严,而喜论兵,尝好诵韦苏州诗'兵卫森画戟,燕寝凝清香'。东坡友爱子由而味着清境,每诵'何时风雨夜,复此对床眠'。"②惠洪通过分别例析欧阳修、范仲淹、苏轼襟怀情性与其所赏好诗作的关系,见出诗歌意趣是与人的情性爱好紧密关联的,它是人的主观的产物,与人的襟怀情性具有同构性、对应性。

杨万里论道:"从来天分低拙之人,好谈格调,而不解风趣。何也?格调是空架子,有腔口易描;风趣专写性灵,非天才不办。"(袁枚《随园诗话》引)③杨万里在宋人中多方面地见出"趣"的审美特征及与其他美学质素的关系。其意大致包含以下三个方面:一、对风趣的赏悟是与人的天分紧密关联的,"趣"是人的智性的产物;二、"趣"又无关乎"格",两者是背道而驰的;三、"趣"还是人的灵性的体现,是人的性灵的艺术化、审美化。杨万里对诗趣的认识是极为深刻的。包恢《答曾子华论诗》对作为诗趣表现形态的"理趣"的特征予以了论析。他说:"盖古人于诗不苟作,不多作,而或一诗之出,必极天下之至精。状理则理趣浑然,状事则事情昭然,状物则物态宛然。"④包恢从诗歌艺术表现要精练、准确、传神的原则出发,论及对"理""事""情"的传达。他见出对事理的传达应"理"中

---

① 张伯伟编校:《稀见本宋人诗话四种》,第 126—127 页。
② 张伯伟编校:《稀见本宋人诗话四种》,第 21 页。
③ 袁枚:《随园诗话》,江苏古籍出版社 2000 年,第 1 页。
④ 蒋述卓等编著:《宋代文艺理论集成》,第 1039 页。

寓"趣","趣"与"理"相融相生,从而,使人们对诗中之"理"的接受与领悟能在一个更为自由自觉与鲜活通脱的层面进行。包恢对"理趣"审美特征的论述富于艺术接受学的意义。

南宋末年,严羽将"趣"上升为诗论的审美范畴。其《沧浪诗话》云:"夫诗有别材,非关书也;诗有别趣,非关理也。然非多读书,多穷理,则不能极其至。所谓不涉理路不落言筌者,上矣。"①这里,严羽针对诗歌创作和艺术表现提出"别材""别趣"说。他界定,诗歌创作需要特殊的才能,这与从书本上得来是不相关的;诗歌需要表现的是别一样的趣味,这与逻辑事理也是了不相涉的。但另一方面,诗趣与书理又是相辅相成的,读书穷理有助于诗趣的获得。严羽深刻地道出"趣"与"理"之间的对立统一关系。其又云:"诗者,吟咏情性也。盛唐诸人惟在兴趣,羚羊挂角,无迹可求。故其妙处,透彻玲珑,不可凑泊。如空中之音,相中之色,水中之月,镜中之象,言有尽而意无穷。"②严羽以"兴趣"来概括他所推崇的盛唐诗的审美特征。他使用一系列意象性语言来表达这种诗歌艺术之美,归结其突出的表征是浑融无迹,言尽旨远,给人以盎然的生机感和灵动的意趣美。严羽的"兴趣"之论,以"词""理""意""兴"等诗歌审美质性要素的有机构合为前提,标示出诗歌的一种很高审美境界。与严羽相前后,在著作形态上,魏庆之将北宋以来人们对诗趣的论述加以集辑类编。他在《诗人玉屑》(卷十)中专列"诗趣"一目,其中细分为"天趣""奇趣""野人趣""登高临远之趣"四类,分别收录惠洪《冷斋夜话》、欧阳修《六一诗话》、潘淳《潘子真诗话》中的有关论述。这标示出宋代诗论家们对诗趣表现形态的认识已经得到确立。

归结宋代诗学视野中的"趣",我们看出,它在诗评与诗论两个维面都得到一定的运用与阐说,表现为:在诗歌批评中开始广泛出现,在诗论中得到集中阐说和提升。这标示出了"趣"作为我国古代诗论审美范畴的成型。

---

①②　何文焕辑:《历代诗话》,第688页。

# 第四章 宋元诗学中的诗气论

"气"是我国古代文论的重要审美范畴,它与"味""韵""趣""格""境""神"等一起,被用来概括文学的审美本质特征,标示文学的不同审美质性。在我国古代文论史上,"气"是一个出现和成熟得较早的审美范畴,它孕育于先秦,凸显于秦汉,确立于魏晋南北朝,发展于唐宋,承传于元代,完善于明清,成为古代文学理论批评最重要的范畴之一。本章对宋元诗学理论批评中的诗气论予以考察。

## 一、对"气"作为诗歌之本的标树

宋元诗学理论批评中诗气论的第一个维面,是对"气"作为诗歌之本的标树。在这方面,杨时、陈善、卫宗武、严羽、刘克庄、范梈等人作出论说。杨时《龟山先生语录》云:"学诗不在语言文字,当想其气味,则诗之意得矣。"[①]杨时明确将"气味"界定为在语言文字之上的东西,主张通过对诗作气蕴与意味的体悟来解会诗意,这实际上将诗气、诗味放置到诗意之上。陈善《扪虱新话》云:"文章以气韵为主,气韵不足,虽有辞藻,要非佳作也。乍读渊明诗颇似枯淡,久久有味。东坡晚年酷好之,谓李杜不及也。此无他,韵胜而已。"[②]陈善以"气韵"作为诗文创作与审美之本。他主张诗文创作要气脉流贯、韵致飘动,概括陶渊明诗不以言辞取胜,表面枯淡,但内在始终有动态的气脉驱贯流注着,因此,呈现出独特的风致与韵味。卫宗武《赵帅干在莒吟集序》云:"文以气为主,诗亦然。诗者,

---

① 王大鹏等编:《中国历代诗话选》,第238页。
② 陈伯海主编:《历代唐诗论评选》,河北大学出版社2002年,第296页。

所以发越情思,而播于声歌者也。是气也,不抑则不张,不激则不扬。"①卫宗武以"气"作为诗歌创作的本质所在。他从诗歌创作发生的角度,肯定诗歌发乎情、行乎气,而后艺术地对象化于言辞与声律之中。卫宗武对作诗用气提出抑扬激荡、动态运行的要求,认为唯有如此,诗歌才能艺术地呈现出开张之态。严羽《沧浪诗话》云:"诗之法有五:曰体制,曰格力,曰气象,曰兴趣,曰音节。"②严羽将气蕴面目视为诗歌创作的五个质性要素系统之一,归结其与体制运用、格调呈现、滋味蕴含及声律表现一起,决定着诗歌艺术表现的主体骨架。刘克庄《刘圻父诗序》云:"文以气为主。少锐老惰,人莫不然。世谓鲍照、江淹,晚节才尽,予独以气为有惰而才尽。子美夔州、介甫钟山以后所作,岂以老而惰哉?"③刘克庄和卫宗武一样,论断诗文创作以"气"为本。他针对传统的"江郎才尽"之说予以辨析,认为鲍照、江淹晚年表现为才尽,其实际上是气蕴衰惰而造成的;与之相反,晚年的杜甫和王安石则愈老而诗作气蕴愈见沉郁深厚,呈现出丰硕盛大之情状。刘克庄将创作主体气蕴充盈视为彰显才情的决定性因素,切实地以具体诗人诗作为例对"气"作为诗歌创作之本予以标树。元代,范梈继续对"气"作为诗歌创作之本予以标树。其云:"绝句则先得后两句,律诗则先得中四句。当以神气为主,全篇浑成,无饾饤之迹,唐人间有此法。"(谢榛《四溟诗话》引)④范梈具体从绝句与律诗的创作入手,明确提出诗歌创作要以精神、气脉为本,在整体上追求浑融天成的审美表现效果。他将精神气蕴标树为了诗歌的审美本质之所在。

## 二、对诗气审美特征与要求的探讨

宋元诗学理论批评中诗气论的第二个维面,是对诗气审美特征与要求的探讨。此一维面论说,主要体现在晁迥、叶梦得、张表臣、张戒、魏庆之、叶适、严羽、姜夔、方回、杨载、范梈等人的言论中。

宋代,惠洪《冷斋夜话》记晁迥之言:"今人之诗,例无精彩,其气夺也。夫气

---

① 卫宗武:《秋声集》卷五,文渊阁影印《四库全书》本。
② 严羽著,郭绍虞校释:《沧浪诗话校释》,人民文学出版社1983年,第7页。
③ 刘克庄:《后村大全集》卷九十四,文渊阁影印《四库全书》本。
④ 丁福保辑:《历代诗话续编》,第1167页。

之夺人,百种禁忌,诗亦如之。富贵中不得言贫贱事,少壮中不得言衰老事,康强中不得言疾病死亡事,脱或犯之,人谓之诗谶,谓之无气,是大不然。诗者,妙观逸想之所寓也,岂可限以绳墨哉!"①晁迥通过评说宋人作诗以"气"为胜的特征,提出作诗以追求气蕴见长实际上会有很多的"禁忌",亦即诗歌创作之中应当时刻注意的问题。他认为,诗歌创作在更本质的意义上是依托于"妙观逸想"的,亦即在对外在事物的审美观照与艺术联想中得以生发与展开,依托这一艺术生发机制,诗歌创作便能无往而不胜,脱却外在各种法度的约束。晁迥将"妙观逸想"视为比气脉运行更为重要的环节,摆正了创作生发与艺术传达的内在关系,其论是甚显识见的。叶梦得《石林诗话》云:"七言难于气象雄浑,句中有力,而纡徐不失言外之意。"②叶梦得将诗作气脉的充盈与各部分的浑然一体视为七言律诗艺术表现的极致,他主张七言律诗既要气势充蕴,同时其艺术表现又要有言外之意、味外之旨。张表臣《珊瑚钩诗话》云:"诗以意为主,又须篇中炼句,句中炼字,乃得工耳。以气韵清高深眇者绝,以格力雅健雄豪者胜。"③张表臣在论断诗歌创作以"意"为本的同时,对其审美表现提出要求。他主张诗作气脉韵致要清远高妙,格调气力要雅健雄豪,从而对诗意的凸显起到内在的促进作用。张戒《岁寒堂诗话》在比较柳宗元和韩愈之诗后,其云:"意味可学,而才气则不可强也。"在比较阮籍、陶渊明、曹植、杜甫之诗后,其又云:"然意可学也,味亦可学也,若夫韵有高下,气有强弱,则不可强矣。"④其还云:"人才气格,自有高下,虽欲强学不能,如庭筠岂识《风》《雅》之旨也?"⑤张戒通过论说不同诗人诗作的审美特征,概括出诗歌审美意味是可以通过学习效仿而得到的,但创作主体的才性、气质却是难以改变的,它具有强烈的主体性特征。张戒极为强调,创作主体的才性、气脉、格调,各人都不一样,并非通过强求与学习效仿可以改变,他将曹丕以来的传统文气之论予以了伸张。魏庆之《诗人玉屑》云:"气高而易怒,力劲而易露,情多而易暗,才赡而易疏,道情而易僻,思深而易涩,放逸而易迁,飞动而

---

① 张伯伟:《稀见本宋人诗话四种》,第 42 页。
② 何文焕辑:《历代诗话》,第 432 页。
③ 何文焕辑:《历代诗话》,第 455 页。
④ 丁福保辑:《历代诗话续编》,第 459 页。
⑤ 丁福保辑:《历代诗话续编》,第 462 页。

易浮,新奇而易怪,容易而易弱。"①魏庆之论说到诗歌创作方方面面的原则,其中,反对行气过于高昂,认为这容易导致诗作筋骨尽张。魏庆之承皎然之论又予以了伸张。叶适《习学记言序目》云:"呜呼!以豪气言诗,凭陵古今,与孔子之论何异指哉!"②叶适反对以雄豪之气作诗,认为这与孔子所提倡的中和审美表现原则是相背离的。叶适之论,实际上见出一味逞"豪"则诗作容易导致怒张之态,此与魏庆之所论是相为一致的。严羽《沧浪诗话》云:"词气可颉颃,不可乖戾。"③严羽主张诗歌气脉流贯在各个部分间要相互谐和,反对不同气脉各行其是、互不关照,从而破坏诗作的整体和谐之美。姜夔《白石道人诗说》云:"大凡诗,自有气象、体面、血脉、韵度。气象欲其浑厚,其失也俗;体面欲其宏大,其失也狂;血脉欲其贯穿,其失也露;韵度欲其飘逸,其失也轻。"④姜夔以人的体貌风度作譬论说诗歌创作,他将"气象""体面""血脉""韵度"视为诗歌审美表现的最重要方面,主张诗歌的气脉与兴象要体现出浑融柔厚的特征,而避免流于俗化鄙陋之态。姜夔之论,体现出对诗气审美表现的整体性、雅正性之求。

元代,方回《瀛奎律髓》云:"五言律亦有拗者,止为语句要浑成,气势要顿挫,则换易一两字平仄,无害也,但不如七言'吴体'全拗尔。"⑤方回从五言律诗声律运用论说到其用语与运气。他认为,五言律诗在必要处应该"拗",让"拗"与"救"相映相生,如此,用语才更见浑成自然,气脉流转才更具抑扬顿挫之势。杨载《诗法家数》云:"凡作诗,气象欲其浑厚,体面欲其宏阔,血脉欲其贯串,风度欲其飘逸,音韵欲其铿锵,若雕刻伤气,敷演露骨,此涵养之未至也,当益以学。"⑥杨载承姜夔之论予以论说。他对诗歌创作的气蕴面目提出浑融柔厚的要求,反对盲目雕饰和一味铺叙展衍,认为这必然有伤诗作的气脉与体格。杨载主张创作主体平时要以学力为根柢,以涵养性情为原则,从而使诗作呈现出生动之态与浑厚之味。范梈《木天禁语》云:"诗之造极适中,各成一家。词气稍偏,句

---

① 何文焕辑:《历代诗话》,第112页。
② 陈伯海主编《历代唐诗论评选》,第391页。
③ 严羽著,郭绍虞校释:《沧浪诗话校释》,第125页。
④ 何文焕辑:《历代诗话》,第680页。
⑤ 方回选评,李庆甲集评校点:《瀛奎律髓汇评》,上海古籍出版社1986年,第1107页。
⑥ 何文焕辑:《历代诗话》,第736页。

有精粗,强弱不均,况成章乎? 不可不谨。"①范梈反对词气褊狭、言辞糅杂、节律不和,认为这必使诗作缺乏艺术魅力。范梈对诗气审美表现是持中和原则的。

## 三、从创作角度对诗气的考察

宋元诗学理论批评中诗气论的第三个维面,是从创作角度对诗气的考察。这方面,宋代有苏舜钦、惠洪、魏泰、许颛、曾幾、陆游、姜夔、周弼等人作出阐说。苏舜钦《石曼卿诗集序》云:"诗之作与人生偕者也。人函愉乐悲郁之气,必舒于言,能者财(载)之传于律,故其流行无穷,可以播而交鬼神也。"②苏舜钦肯定诗歌创作是对现实人生的艺术传达。他认为,人的喜怒哀乐之气的流动与变化,必然会体现在诗作的言辞与声律中,故可循言辞而探析创作主体当下之心情与状态。苏舜钦伸张了由"气"而"言"的诗歌创作与传达之途。惠洪《冷斋夜话》云:"句法欲老健有英气,当间用方俗言为妙。如奇男子行人群中,自然有颖脱不可干之韵。"③惠洪对作诗显气与用言的关系予以展开探讨。他主张诗歌创作要适当地运用方言俗语,在雅俗相生中体现出句法上的老练稳熟与气脉上的健朗。惠洪之论,重视对方言俗语的巧妙运用与审美转化,是富于识见的。其《天厨禁脔》又云:"古诗以意为主,以气为客,故意欲完,气欲长,唯意之往而气追随之。"④惠洪在以突显意致为诗歌创作本质所在的同时,将诗作"气"与"意"的关系界定为意似主人,气似客人,气随意行,其诗歌审美理想是在气脉充盈中使诗之意味似尽而实不尽。魏泰《临汉隐居诗话》云:"诗者述事以寄情,事贵详,情贵隐。如将盛气直述,更无余味,则感人也浅。"⑤魏泰主张诗歌审美表现要有"余味",为此,他从诗歌创作对物事的描摹与情感的表达角度,提出"述事"细致入微和"寄情"含蓄委婉的要求。他反对一味任气而行,对过于直露的表现方式不以为然。魏泰将作诗行气与艺术表现有机联系了起来。许颛《彦周诗话》云:

---

① 何文焕辑:《历代诗话》,第751页。
② 胡经之主编:《中国古典文艺学丛编》(一),北京大学出版社2001年,第223页。
③ 张伯伟:《稀见本宋人诗话四种》,第44页。
④ 张伯伟:《稀见本宋人诗话四种》,第149页。
⑤ 何文焕辑:《历代诗话》,第322页。

"作诗浅易鄙陋之气不除,大可恶。客问何从去之,仆曰:'熟读唐李义山与本朝黄鲁直诗而深思焉,则去也。'"①许顗提出诗歌创作去除浅俗鄙陋之气的要求。他主张通过向李商隐和黄庭坚学习,或效仿艺术表现的委婉深致,或效仿艺术表现的格调超拔,如此逐渐悟入,诗作气蕴自然高迈超远。曾幾云:"诗卷熟读,治择工夫已胜,而波澜尚未阔;欲波澜之阔,须令规模宏放,以涵养吾气而后可,规模既大,波澜自阔;少加治择,功已倍于古矣。"(魏庆之《诗人玉屑》引)②曾幾认为,通过学习与悟解他人之作可掌握诗歌创作的选择提炼之功,但诗歌的体制气象并不是通过学习效仿便可成就的。他主张作诗要有阔大的波澜起伏,要从追求体制的宏放通脱入手,通过对主体气脉的涵养来达到波澜壮阔的审美理想。曾幾之论,寓意出在诗歌创作中其选择提炼与气脉运行是取向互别的,相互间具有背离性。陆游《方德亨诗集序》云:"诗岂易言哉,才得之于天,而气者我之所自养。有才矣,气不足以御之,淫于富贵,移于贫贱,得不偿失,荣不盖愧,诗由此出,而欲追古人之逸驾,讵可得哉?"③陆游论说到"才"与"气"的论题。他认为,创作者的才性更多的是先天的授予,而气蕴则是主体在现实生活中不断积累蓄养的结果,"气"不足以御"才",亦即在诗歌创作中才性比气脉更具本体性。但正因为如此,才性便容易游移,如果一个人的才性游移发展到没有道德品格约束的时候,其创作也便会走向末途。由此出发,陆游提倡"养气",甚为强调"养气"在诗歌创作中的重要性,主张在蓄养主体之气中提高创作的品位。其《曾裘父诗集序》又云:"所养愈深,而诗亦加工。"④陆游肯定养气与诗作工致的正态关系,将诗歌创作的工致建基在养气的深浅之上。姜夔《白石道人诗说》云:"雕刻伤气,敷衍露骨。若鄙而不精巧,是不雕刻之过;拙而无委曲;是不敷衍之过。"⑤姜夔从诗歌创作笔法运用的角度,论断言辞过于雕琢则诗作气脉运行必然受到损害。他对辞饰的态度是主张不能不修饰,但又不能一味刻削,其论体现出辩证性。周弼《三体诗法》论五言律诗之"前虚后实"云:"谓前联情而虚,后联景而

---

① 何文焕辑:《历代诗话》,第401页。
② 何文焕辑:《历代诗话》,第6页。
③④ 胡经之主编:《中国古典文艺学丛编》(一),第228页。
⑤ 何文焕辑:《历代诗话》,第680页。

实。实则气势雄健,虚则态度谐婉,轻前重后,酌量适均,无窒塞轻俗之患。"①周弼在论说五言律诗创作之法时,阐说其前联用情、后联言景,故"前虚后实","情"含蕴于创作主体的心中,一般要通过外在物象予以艺术化呈现与传达,故言情要幽微,但写景要鲜明生动,始终有一股充蕴的气脉贯注其中,从而彰显出"力"的势态,如此,诗作才能在轻重相衬、虚实相生中保持内在的生命力。周弼将诗歌创作的情景构合与审美的气貌特征有机联系起来。

元代,刘将孙、杨维桢、杨载、范梈继续从创作角度对诗气作出考察。刘将孙《彭宏济诗序》云:"清以气,气岂可握而学,揽而蓄哉?目之于视,口之于言,耳之于听,奏不知其所以然而然,有得于情性者,亦如是而已。夫言亦孰非浮辞哉?惟发之真者不泯;惟遇之神者必传,惟悠然于人心者必传而不朽。彼求之物而不求之意,炼于辞而不炼于气,何如其远也。"②刘将孙论断天地自然之气乃诗文创作之本源。他认为,自然之气作用于人的情性,不同的创作主体是难以通过学习效仿而改变自身个性气质与创作风格的。为此,他提出"炼气"的主张,强调创作主体通过平时对自身精神气质的蓄养与锤炼,而使其艺术对象化于创作之中,因此,"炼辞"为末,"炼气"为本。刘将孙将诗歌创作中蓄养气脉的作用标树到很高的位置。杨维桢《赵氏诗录序》云:"然诗之情性神气,古今无间也。得古之情性神气,则古之诗在也。然而面目未识,而谓得其骨骼,妄矣。骨骼未得,而谓得其情性,妄矣。情性未得,而谓得其神气,益妄矣。"③杨维桢对诗歌的"面目""骨体""情性""神气"加以论说。他提出,学习古代诗歌就是要"得古之情性神气",从内在精神气质上去效仿古人,这样,才算是真正得到了神髓。但是,学习效仿古人还是要遵循由表而里的途径,由识其"面目"逐渐进入到"得其骨骼",继而"得其情性",最终入乎其"神气"。杨维桢之论,在将"神气"标树为诗歌审美之本的同时,对学习效仿古代的优秀诗作提出了切实的路径。杨载《诗法家数》论"立意"云:"要高古浑厚,有气概,要沉着。忌卑弱浅陋。"④杨载将作诗立意与充气有机联系起来。他主张要以有力的气势充贯于诗中,以气充意,以气显

① 张伯伟:《稀见本宋人诗话四种》,第404页。
② 胡经之主编:《中国古典文艺学丛编》(一),第231页。
③ 胡经之主编:《中国古典文艺学丛编》(二),北京大学出版社2001年,第151页。
④ 何文焕辑:《历代诗话》,第727页。

意,从而使诗歌意旨更为鲜明突出。范椁《木天禁语》则云:"翰苑、辇毂、山林、出世、偈颂、神仙、儒先、江湖、闾阎、末学。已上气象,各随人之资禀高下而发。学者以变化气质,须仗师友所习所读,以开导佐助,然后能脱去欲近,以游高明。谨之慎之。"①范椁论断诗作的气象是与人的内在质性有着本质联系的。他主张通过对他人的学习、悟解与效仿,逐渐在潜移默化中"变化"主体自身的"气质",从而脱却鄙陋而入乎雅正。其又云:"又诗之气象,犹字画然,长短肥瘦,清浊雅俗,皆在人性中流出。"②范椁又道出诗歌的气象面目是由人的内在情性所决定的,见出了诗作气蕴与人之情性的内在本质联系。

---

①②　何文焕辑:《历代诗话》,第751页。

# 第五章　宋代诗学中的诗格论

诗格论是我国古典诗学中的一个基本论题,它在宋代诗学中首次得到多方位的细致阐释。诗论家们在承继中唐以来人们对"格"广泛持论的基础上,结合对当下诗歌实践的批评和总结,对诗格论的丰富内涵予以了理论性地概括和提升,这为明清诗学中"格调"论的出现和成熟奠定了基础。

中唐以来,以"格"论诗,曾大量出现于当时逐步盛行起来的诗格、诗法类著作中,"格"成为复现频率最高的理论与批评术语之一。王昌龄、皎然、遍照金刚、齐己、徐寅、王玄、何光远、景淳等人在其所撰著作中,广泛提出或论及诗格的不同美学内涵,这使"格"在唐五代就成为了一个甚具包容性的诗学审美范畴。延展到宋代,经过三百年间诗论家们对其的不断开掘和建构,诗格论成为一个更具丰富美学内涵而初成体系的论题。

## 一、作为格调、品格之义的诗格论

早在中唐,王昌龄、皎然等人就赋予"格"以格调、品格之义。王昌龄《诗格》云:"诗有五趣向":"一曰高格。二曰古雅。三曰闲逸。四曰幽深。五曰神仙。"[1]王昌龄最早将格调视为诗作的五个基本审美特征之一,他并针对当时的诗歌创作提出格高的要求。皎然《诗式》也认为:"评曰:'古人于上格分三品等,有上上逸品。今不同此评,但以格情并高,可称上上品,不合分三。'"[2]他们的论

---

[1]　张伯伟:《全唐五代诗格汇考》,第 182 页。

[2]　张伯伟:《全唐五代诗格汇考》,第 252 页。

断,开启了宋人诗学理论批评中的格调、品格之论。

　　(旧题)梅尧臣《续金针诗格》云:"诗有二本":"一曰声调则意婉,律应则格清;二曰物象明则骨健,物象暗则骨弱;三曰意圆则髓满,格高则髓深。"①梅尧臣在唐五代诗格之论的基础上,将"格"升华为诗作审美的本质要素之一。他认为,诗作格调高标叮使诗意深远,故"格"成为诗作呈现艺术魅力的本质性要素。吴处厚《青箱杂记》亦云:晏殊"每读韦应物诗,爱之曰:'全没些脂腻气。'故公于文章尤负赏识,集梁《文选》以后迄于唐,别为集,选五卷,而诗之选尤精。凡格调猥俗而脂腻者皆不载也。"②晏殊在论评韦应物诗和编选前人诗作时,立足于诗歌格调与品味的视点,他称赏格调高致之作而低视猥俗之诗文。其论对入宋以来盛行的西昆体诗风具有纠偏的意义。魏泰《临汉隐居诗话》认为:"白居易亦善作长韵叙事,但格制不高,局于浅切,又不能更风操,虽百篇之意,只如一篇,故使人读而易厌也。"③魏泰论诗主张含蓄有"余味",他对白居易诗作极为贬抑,认为其突出的缺欠表现为格调不高,流于浅俗且诗旨呈雷同之迹。魏泰与晏殊一样,在诗作格调上是主张超迈高标的。李錞《李希声诗话》云:"古人作诗正以风调高古为主,虽意远语疏皆为佳作,后人有切近的当,气格凡下者,终使人可憎。"④李錞推尚古诗高古之风,他从正面标树出诗作格调高拔的审美要求。上述几人之论,体现出入宋以来诗话家们对升华诗作品格的普遍要求。

　　在此基础上,宋代一些诗论家从不同角度,对作为格调、品格之义的诗格论内涵展开了阐释。苏轼《东坡诗话》认为:"鲁直诗文,如蝤蛑江瑶柱,格韵高绝,盘飨尽废,然不可多食,多食则发风动气。"⑤苏轼首先拈出"格韵"来称赏黄庭坚诗,认为其格调高迈,气韵迥绝;但苏轼同时对黄诗追求"格韵"又提出异议,认为其诗作因一味内敛蓄势,造成在艺术表现上缺乏相应的审美发抒机制,这容易使欣赏者进入到一种审美理想与社会现实极不谐和的感受境局中。陈师道《后山诗话》记:"鲁直谓荆公之诗,暮年方妙,然格高而体下。"⑥黄庭坚通过论评王

---

① 　张伯伟:《全唐五代诗格汇考》,第 521 页。
② 　程毅中主编:《宋人诗话外编》,第 129 页。
③ 　何文焕辑:《历代诗话》,第 327 页。
④ 　郭绍虞辑:《宋诗话辑佚》,第 478 页。
⑤ 　王大鹏等编选:《中国历代诗话选》,第 205—206 页。
⑥ 　何文焕辑:《历代诗话》,第 306 页。

安石晚年诗作在格调上取势过高,迥拔前人,以至于与采用的诗歌体式不合,实际上提出了诗格与诗体应相适合的要求。这对一味高标格调之论具有反思、补充的意义。洪刍《洪驹父诗话》云:"东坡言郑谷诗'江上晚来堪画处,渔人披得一蓑归',此村学中诗也。子厚云:'千山鸟飞绝,万径人踪灭,孤舟蓑笠翁,独钓寒江雪',信有格也哉!殆天所赋不可及也。"①苏轼通过比照郑谷和柳宗元同以《江雪》为题之诗,对作为格调、品格之义的美学内涵也实际上予以了感性的描述。他认为,诗中所包蕴的突兀孤傲之气,所体现的会通大化的精神境界才是诗"格"的本质内涵,而这种内涵又是与人的天赋、气质紧密相连的。他见出诗的格调是以创作主体内在气质为基质的特征。对此,蔡絛《西清诗话》也认为:"作诗者,陶冶物情,体会光景,必贵乎自得;盖格有高下,才有分限,不可强力至也。"又进一步例析道:"余以谓少陵、太白当险阻艰难,流离困踬,意欲卑而语未尝不高;至于罗隐、贯休,得意于偏霸,夸雄逞奇,语欲高而意未尝不卑。乃知天禀自然,有不能易者。"②蔡絛与苏轼一样,强调诗之品格得因于人的禀性,因而,不可一概以高格来拘限人的创作。他提出,诗作抒情寓物,还是应落足在自由自在的视点之上,此论开启了金元王若虚等人诗学批评中的"自得"之论。吴可《藏海诗话》云:"凡装点者好在外,初读之似好,再三读之则无味。要当以意为主,辅之以华丽,则中边皆甜也。装点者外腴而中枯故也,或曰:'秀而不实。'晚唐诗失之太巧,只务外华,而气弱格卑,流为词体耳。又子由《叙陶》诗:'外枯中膏,质而实绮,癯而实腴',乃是叙意在内者也。"③吴可在诗作审美上是主张以意为本的。他从言意并举的角度,标举诗作应做到内容和形式的统一,认为如果一味地以华美为求,而不问诗中所氤氲的气韵,所含蕴的格调,那么,作为诗作所具有的"庄"的艺术本质性就等于被抽去了,就会变成以取"媚"为尚的词。吴可的文体观念还未跳脱传统的本色之论,但他将诗格与诗语、诗意、诗气一起,视为诗作审美的重要因素加以综合分析,这是甚具意义的。张戒《岁寒堂诗话》指出:"世言白少傅诗格卑,虽诚有之,然亦不可不察也。元白张籍诗,皆自陶阮中出,专以道得人心中事为工,本不应格卑。但其词伤于太烦,其意伤于太尽,遂成冗

---

① 郭绍虞辑:《宋诗话辑佚》,第 425 页。

② 胡仔纂集,廖德明校点:《苕溪渔隐丛话》(前集),第 383—384 页。

③ 丁福保辑:《历代诗话续编》,第 331 页。

长卑陋尔。比之吴融韩偓俳优之词,号为格卑,则有间矣。若收敛其词,而少加含蓄,其意味岂复可及也。"①张戒对白居易诗呈现出格调不高予以详细分析。他认为,白居易作诗以模写物事情意为宗旨,诗作是有充实的内涵的,但白居易在诗作审美表现上出现了偏失,片面追求铺叙敷陈,这使其诗意缺乏必要的含蓄和凝练。张戒此论将对诗作格调的探讨落足到诗意审美表现的视点之上,这在对诗歌格调之源的探讨中见出新意。其又云:"《江头五咏》物类虽同,格韵不等。同是花也,而梅花与桃李异观。同是鸟也,而鹰隼与燕雀殊科。咏物者要当高得其格致韵味,下得其形似,各相称耳。"②张戒在苏轼将"格韵"并举的基础上,明确对两者涵义作出比照。他指出,"格"是指格致,"韵"则指韵味,它们作为存在于诗作中的内在骨髓神味,是与形式相对相生的。此论见出了"格"和"韵",作为诗作不同审美范畴所具有的内在相对性特征。对此,陈善《扪虱新话》云:"予每论诗,以陶渊明、韩、杜诸公皆为韵胜。一日见林倅于径山,夜话及此。林倅曰:'诗有格有韵,故自不同。如渊明诗是其格高,谢灵运池塘生春草之句乃其韵胜也。格高似梅花,韵胜似海棠花。'予时听之,矍然若有所悟。自此读诗顿进,便觉两眼如月,尽见古人旨趣。"③从陈善的叙述中,我们看出,林倅进一步将"格""韵"作为诗作的两种不同审美质性因素予以了辨分。他比譬高格之诗如料峭冬日之梅花迎霜斗雪,韵胜之诗则似温暖春日之海棠摇曳多姿,它们之于人的审美感受是截然不同的,陶、谢诗之别就在上述两方面的偏胜之中。陈善并言林倅之论对自己启发甚大,使其对诗作的审美理解得到长足的进步。葛立方《韵语阳秋》提出:"陈去非尝为余言:'唐人皆苦思作诗,……故造语皆工,得句皆奇,但韵格不高,故不能参少陵逸步。后之学诗者,倘或能取唐人语而掇入少陵绳墨步骤中,此连胸之术也。'……由是论之,作诗者兴致先自高远,则去非之言可用;倘不然,便与郑都官无异。"④葛立方针对陈与义持论晚唐人诗句工致但格致不高之病,可通过将他们擅长的造语工夫融入杜诗的诗体诗法中加以救弊提出不同意见。他认为,陈与义之论的前提应该是,创作主体首先有高远

① 丁福保辑:《历代诗话续编》,第459页。
② 丁福保辑:《历代诗话续编》,第471页。
③ 王大鹏等编选:《中国历代诗话选》,第551页。
④ 何文焕辑:《历代诗话》,第493页。

的襟怀情兴,这才是诗作韵格提高的关键。葛立方之论在对诗作格调之源的探讨中乃探本之论。吴沆《环溪诗话》又云:"诗有肌肤,有血脉,有骨骼,有精神;无肌肤则不全,无血脉则不通,无骨骼则不健,无精神则不美。四者备,然后成诗,则不待识者而知其佳矣。"①吴沆将诗的审美质性要素归为四大系统,他论断"格"作为诗的内在质性要素系统之一,其审美价值便在于使诗作刚气充蕴,使"血脉"和"精神"能得到更好地会通。普闻《诗论》提出:"论曰:诗家云炼字莫如炼句,炼句莫若得格。格高本乎琢句,句高则格胜矣。"②普闻在前人及同时代人持论诗歌格调来源、表现及其审美特征的基础上,明确提出格调必须立足于"琢句"的基础上。他见出诗之格调、品格并不具艺术实体性,只能附着与体现于诗句之上,是一种氤氲于诗作中的"势"和"力"。陆游《老学庵笔记》又言:"唐王建《牡丹诗》云:'可怜零落蕊,收取作香烧。'虽工而格卑。东坡用其意云:'未忍污泥沙,牛酥煎落蕊。'超然不同矣。"③陆游通过比照苏轼对王建《牡丹》诗的化用,见出这样一个论题,即在转化前人诗意的过程中,诗作的格调可以判然有别。他见出诗的格调与诗意间相互的动态变化性特征。姜夔《白石道人诗说》归结道:"意格欲高,句法欲响,只求工于句、字,亦末矣。故始于意格,成于句、字。句意欲深、欲远,句调欲清、欲古、欲和,是为作者。"④姜夔在普闻之论的基础上进一步立论。他认为,诗歌格调与句、字之间其实不仅仅是艺术显现和载体的关系,两者还体现出共生共构的关系,好的诗作应该在追求字句的和谐、清朗、高古和诗意的深远上一并下力。此论甚为全面与辩证。

归结这一维视野中的诗格论,可以看出,宋代诗论家们在高标格调的同时,对诗歌格调的来源、表现、审美特征及其与诗歌字、句、意等要素的关系展开了探讨,这为明清诗学中"格调"之论的成熟累积了养料。

---

① 惠洪、朱弁、吴沆撰,陈新点校:《冷斋夜话·风月堂诗话·环溪诗话》,第130页。
② 蒋述卓等编著:《宋代文艺理论集成》,第501页。
③ 程毅中主编:《宋人诗话外编》,第898页。
④ 何文焕辑:《历代诗话》,中华书局2004年,第682页。

## 二、作为风格、风致之义的诗格论

宋代诗学中诗格论的第二维视野,是从风格学的角度来予以开掘与阐释,这是唐五代诗格、诗法类著作中所不具有的内涵。

(旧题)梅尧臣《续金针诗格》提出:"纯而归正上格。诗曰:'几席延尧舜,轩墀立禹汤。'淡而有味中格。诗曰:'闲敧太湖石,醉听洞庭秋。'华而不浮下格。诗曰:'山花插宝髻,石竹绣罗衣。'"①梅尧臣用"格"来类分诗的等次及品第,他在高标诗作思想旨向敦厚纯正之后,从自身诗学趣尚出发,推崇平淡而久有吟味之作。梅尧臣之论成为宋人从风格学角度论评和阐释诗格之滥觞。佚名《雪浪斋日记》云:"为诗:欲词格清美,当看鲍照、谢灵运;浑成而有正始以来风气,当看渊明;欲清深闲淡,当看韦苏州、柳子厚、孟浩然、王摩诘、贾长江;欲气格豪逸,当看退之、李白。"②《雪浪斋日记》作者立足于向学诗者指出"向上一路"的视点,明确指出诗风具有多样性的特征;他并对每种诗风的典范诗人各加以标树,见出了通过对前人的学习,可以有助于自身诗风的形成。何汶《竹庄诗话》记王安石之言:"李白歌诗豪放飘逸,人固莫及。然具格止于此而已,不知变也。至于甫,则悲欢、穷泰、发敛、抑扬、疾徐、纵横,无施不可。"③王安石认为李白诗作偏于一体,缺少变化,他推崇如杜诗一样,深具兼容性、变化性的诗作风格。王安石将变动之势引进到对诗作风格的审美要求之中,强调诗风内在的包容与变化是使诗作历久弥新的关键所在。魏泰《临汉隐居诗话》认为:"孟郊诗蹇涩穷僻,琢削不假,真苦吟而成。观其句法、格力可见矣。"④魏泰也通过对孟郊诗的论评,提出可通过句法及体现在句法之上的诗风,来反观诗人的性格气质及其艺术表现的论断。他见出人的生活经历、艺术表现是诗歌风格构成因素中的极为重要的内容。其又言:"老杜云:'美名人不及,佳句法如何。'盖诗欲气格宗邃,

---

① 张伯伟:《全唐五代诗格汇考》,第528页。
② 胡仔纂集,廖德明校点:《苕溪渔隐丛话》(前集),第11页。
③ 常振国、降云编:《历代诗话论作家》(上),湖南人民出版社1984年,第292页。
④ 何文焕辑:《历代诗话》,第321页。

终篇如一,然造句之法亦贵峻洁不凡也。"①魏泰将诗语和诗作风格联系起来观照,见出了风格是浑融地体现在诗作整体中的,而不是单单从某个语句中孤立地显现出来。他并在此认识的基础上,倡导一种端直简洁的诗语诗风。张戒《岁寒堂诗话》认为:"韦苏州诗,韵高而气清;王右丞诗,格老而味长。虽皆五言之宗匠,然互有得失,不无优劣。以标韵观之,右丞远不逮苏州。至于词不迫切而味甚长,虽苏州亦所不及也。"②张戒具体以韦应物和王维诗作为例,比照其所具审美特征。他指出风格老成之诗在诗味上更见深长,见出了风格与诗味之间具有内在紧密的联系。陈善《扪虱新话》指出:"欧阳公诗犹有国初唐人风气,公能变国朝文格,而不能变诗格。及荆公、苏、黄辈出,然后诗格极于高古。"③陈善在对欧阳修转变晚唐以来文风而未能转变同时代诗风的论断中,见出如果一个时代诗文发展各有不同的背景,那么,即使是同一个人,其对诗文之风的转变也存在差异性。此论触及诗风变化中的深层次问题,见出了不同文体间风格变化的非一一对应性。任舟《古今总类诗话》云:"贺铸字方回,言学诗于前辈,得八句云:……格见成于篇,浑然不可镌。"④贺铸在魏泰之论的基础上,明确提出风格是浑融体现在整个诗篇中的,单纯地通过雕琢某些字句、章节,是体现不出其整体风格特色的。发展到南宋末年,严羽对"格"作为风格学之义的内涵进行了细致深入地阐释。《沧浪诗话》云:"诗之法有五:曰体制,曰格力,曰气象,曰兴趣,曰音节。"⑤严羽将诗歌的审美构成概括成五大系统,风格即为其中审美系统之一。其又云:"诗之品有九:曰高,曰古,曰深,曰远,曰长,曰雄浑,曰飘逸,曰悲壮,曰凄婉。"⑥严羽具体从诗作不同的审美特征入手,将诗作风格概括成九种类型。在此基础上,《沧浪诗话》进一步提出:"大历以前,分明别是一副言语;晚唐,分明别是一副言语;本朝诸公,分明别是一副言语。如此见,方许具一只眼。"⑦严羽在类分多种诗作风格的同时,能具体联系不同历史时期立论。他认为,只有从诗作所蕴风格入手,才便于区划不同时期的诗作。其又提出:"五言

① 何文焕辑:《历代诗话》,第333页。
② 丁福保辑:《历代诗话续编》,第459页。
③ 王大鹏等编选:《中国历代诗话选》,第556页。
④ 王大鹏等编选:《中国历代诗话选》,第567页。
⑤⑥ 何文焕辑:《历代诗话》,第687页。
⑦ 何文焕辑:《历代诗话》,第695页。

绝句,众唐人是一样,少陵是一样,韩退之是一样,王荆公是一样,本朝诸公是一样。"①严羽进一步立足于同一种诗体的视点,辨分不同诗人间风格的差异。严羽还就诗歌风格的比照提出两个极具意义的论断。《沧浪诗话》云:"唐人与本朝人诗,未论工拙,直是气象不同。"②严羽见出具有不同风格的诗作,其相互间只是所呈面目的差异而已,在审美上并不存在高低之分。其又云:"子美不能为太白之飘逸,太白不能为子美之沉郁。"③严羽立足于创作主体个性气质的差异,见出了个体诗风具有不可替代性的特征。严羽的风格之论对后世产生深刻的影响。

纵观这一维视野中的诗格论,我们看出,一些宋代诗话家结合对前人及同时代人诗作的论评,对诗歌风格的来源、特征与表现等论题予以了论及。这在中国古典诗格之论中见出一定的新意。

## 三、作为体式、诗法之义的诗格论

宋代诗学中诗格论的第三维视野,是从"格"作为诗法、体式之义的角度来展开理论性阐释。

宋初,梅尧臣深受晚唐五代诗格、诗法论者影响,喜欢就诗作的体式、作法予以规范。(旧题)梅尧臣《续金针诗格》云:"喜而得之其辞丽格","怒而得之其辞愤格","哀而得之其辞伤格","乐而得之其辞逸格"。④ 梅尧臣从创作主体的不同心理情绪出发,标树作诗之法,他提出诗歌创作有四种基本的法式。这开启了宋代诗学中的诗法、体式之论。沈括《梦溪笔谈》认为:"古诗皆咏之,然后以声依咏以成曲,谓之协律。……唐人乃以词填入曲中,不复用和声。此格虽云自王涯始,然贞元、元和之间,为之者已多,亦有在涯之前者。"⑤沈括从辞与乐的不同结合的视点上,来考察不同历史时期诗体的差异。他认为,古体诗依吟诗而制曲,而近体诗则依曲而填词,它们在创作方法、艺术表现上是有所不同的。沈括

---

①② 何文焕辑:《历代诗话》,第 695 页。

③　何文焕辑:《历代诗话》,第 697 页。

④　张伯伟:《全唐五代诗格汇考》,第 529—530 页。

⑤　王大鹏等编选:《中国历代诗话选》,第 187 页。

初步以王涯的创作为分界线，别分古近体诗。沈括又在论评欧阳修诗时云："虽健美富赡，而格不近诗。"针对欧阳修诗中所出现的散文化笔法，沈括指责其偏离了诗歌之体，认为其于文体体式有所不合。这里，沈括对诗歌体式的认识还是比较保守的。之后，秦观《秦少游诗话》云："于是杜子美者，穷高妙之格，极豪逸之气，包冲淡之趣，兼峻洁之姿，备藻丽之态，而诸家之作所不及焉。"①秦观对杜诗极为称赏，认为其体式高妙，极具对文体变化的兼容性。他论断，也正是在这一点上，杜甫超出了其他诗人。秦观之论，在宋人诗论对诗歌体式的论评中，开推尚变化之滥觞。郭思《瑶溪集》亦云："老杜于诗学，世以谓前无古人，后无来者。……至老杜体格，无所不备，斯周诗以来，老杜所以为独步也。"②郭思与秦观一样，具体从杜诗诗体上予以立论，认为杜诗千古独步。他极为强调杜诗体式的内在变化性、兼容性之于诗作继承生新的意义。蔡絛《西清诗话》曾记："鲁直自黔南归，诗变前体，且云：'要须唐律中作活计，乃可言诗。如少陵渊蓄云萃，变态百出，虽数十百韵，格律益严谨；盖操制诗家如此？'"③黄庭坚对杜诗善于变化、体大律严极为推崇。他界定，杜诗不因具体句式、韵律的变化而使结构显得凌乱不堪；相反，其体式却显得更为严整，他认为，这是极值得后人学习的。在上述几人之论的基础上，蔡居厚《蔡宽夫诗话》云："唐末五代，流俗以诗自名者，多好妄立格法，取前人诗句为例，议论锋出，甚有狮子跳掷，毒龙顾尾等势，览之每使人拊掌不已。"④蔡居厚在秦观等人推尚诗之体式变化的基础上，对唐以来有人执着于诗法之论极为讥刺，认为这一作法粘皮滞骨，毫无活气，是有害于诗歌创作的。陈善《扪虱新话》提出："文章要须于题外立意，不可以寻常格律而自窘束。东坡尝有诗曰：'论画以形似，见与儿童邻。作诗必此诗，定非知诗人。'此便是文章关纽也。"⑤陈善具体以苏轼论画以得神略貌作比，提出诗作立意应在题外，切不可拘限诗歌的体制、法式，应在诗法的灵活自如中使诗意更见深远。陈善此论将能否跳脱法式视为作诗的关键，其论是极具理论穿透力的。对此，陈

① 秦观：《淮海集》卷十，清道光重刊本。
② 胡仔纂集，廖德明校点：《苕溪渔隐丛话》（前集），第 56 页。
③ 王大鹏等编选：《中国历代诗话选》，第 355 页。
④ 郭绍虞辑：《宋诗话辑佚》，第 410 页。
⑤ 王大鹏等编选：《中国历代诗话选》，第 557 页。

岩肖《庚溪诗话》也言："然近时学其(黄庭坚)诗者,或未得其妙处,每有所作,必使声韵拗捩,词语艰涩,曰'江西格'也。此何为哉?"①陈岩肖针对北宋中期以来不少人盲目推崇黄庭坚诗予以反诘,提出这些人的错误,在于一味追仿黄诗的奇峭声律和艰涩的言语表现,他们学得黄诗的皮毛而失略其神味,乃本末倒置之论。王楙《野客丛书》记:"《步里客谈》云:'古人作诗,断句辄旁入他意,最为警策。'……仆谓鲁直此体甚多,不但《水仙》诗也。……唐人多有此格。"②王楙认为,古人作诗也有一种诗法值得提倡,那就是在诗作表意中常通过引入他人之意来充实、丰富己意,这可使诗作意蕴更为警人。刘克庄《江西诗派小序》提出:"国初诗人,如潘阆魏野,规规晚唐格调,寸步不敢走样。杨刘则又专为昆体,故优人有掯扯义山之诮。"③刘克庄明确对宋初不少诗人规摹晚唐诗歌体式提出尖锐批评,认为他们的创作如优孟衣冠,毫无生气。刘克庄是主张作诗之法、体式应随时代的发展而变化的。也正因此,他在评黄庭坚诗时,又言其:"会萃百家句律之长,穷极历代体制之变,搜猎奇书,穿穴异闻,作为古律,自成一家,虽只字半句不轻出,遂为本朝诗家宗祖,在禅学中比得达磨,不易之论也。"④极力对黄庭坚作诗能从诗法体制而入,但又能做到有法而无法,不断加以创造生新予以高扬。南宋末年,俞文豹《吹剑录》总结道:"诗不可无体,亦不可拘于体。盖诗非一家,其体各异,随时遣兴,即事写情,意到语工则为之,岂能一切拘于体格哉?"⑤俞文豹针对少数人对诗法、体式的拘限之论,提出体式确是诗歌创作中的重要构成因素,但尽管如此,我们还是应该因人因事因情而变,切不可因独标某种体式而形成拘限。他提出,作诗本质上应以遣兴为宗旨,以辞达意致为现量。俞文豹之论在对体式的探讨中极显通脱性。《吹剑录》又云:"盖自叶水心喜晚唐体,世遂靡然从之,凡典雅之诗,皆不合时听。刘后村云:'始余厌之,欲息唐律,专造古体。'赵南塘谓言意深浅,存人胸襟,不系体格。若气象广大,虽唐律不害为黄钟大吕。否则手操云和,而惊飙骇电,犹隐隐弦拨间。"⑥俞文豹进一步

---

① 丁福保辑:《历代诗话续编》,第 182 页。
② 程毅中主编:《宋人诗话外编》,第 1112 页。
③④ 丁福保辑:《历代诗话续编》,第 478 页。
⑤ 王大鹏等编选:《中国历代诗话选》,第 900 页。
⑥ 王大鹏等编选:《中国历代诗话选》,第 905 页。

结合南宋末年诗坛创作和论评的实践展开分析。他认为,自从叶适欣赏晚唐诗作,为"四灵"派诗歌创作从理论上标榜提倡后,其诗学趣味影响到一大批人,以至于以追求典则雅致为宗旨的古体诗被看低。这其中,刘克庄从其自身审美趣味出发,试图与叶适一派所倡相抗,但实际上其持论也流于对古体诗体式的一偏之赏。俞文豹认为,赵南塘之言才是深切骨髓之论。赵南塘界定诗作表意的深浅根基于创作主体的襟怀情性,而不单纯体现在诗作的体制、格律之上,认为诗作如果意象丰满,境界充实,即使用晚唐诗之体式,也仍然不失为大气充蕴之作;反之,即使声势宏大,其诗作也难以在人心中产生巨大的审美冲击力。上述之论,极大地深化了宋代诗论家们对诗歌体式、诗法与诗作表意关系的认识探讨,代表了宋代诗论中"格"作为体式、诗法之论的最高水平。

　　总结这一维视野中的诗格论,我们看出,宋代诗论家们对体式、诗法之于诗作艺术表现的认识,存在一个由重规范到尚通脱的过程,他们由对诗法寓含变化的称赏入手,最终走向以"意"为本,以"格"为末,无法而法的认识境地。这体现出宋人对体式、诗法认识的不断自觉。当然,这与当时不断深化的诗歌"活法"理论是紧密联系在一起的。

# 第六章　宋代诗学中的雅俗论

　　雅俗论是中国古典诗学的一个基本论题,它在宋代诗学批评中首次得到充分地展开。诗话家们在承继前人对雅俗零碎之论的基础上,结合宋代这一特定历史时期的诗歌创作实践,对诗学雅俗展开了多样的论评。这些论评,高标出宋人去俗崇雅的普遍美学原则,辨析雅俗之别的具体美学内涵及接通雅俗的艺术转入途径。它为后世史全面深入地开掘诗学雅俗论内涵奠定了基础,拓展出空间。

## 一、去俗崇雅理念论

　　雅俗论在唐代以前,论之者寥寥。发展到唐五代诗格中,有少数论者触及这一论题。皎然《诗义》认为"俗有二种":"一鄙俚俗","二古今相传俗"。[1] 皎然最早对诗作所用俗语予以归类。李洪宣《缘情手鉴诗格》提出"诗忌俗字":"'摩挲''抖擞'之类是也。"[2]李洪宣在晚唐诗风偏于柔俗的背景下,于诗歌格律的探讨中强调作诗用语应避免凡俗,这可视为宋人去俗崇雅论的先声。稍后,徐衍《风骚要式》亦云:"夫用文字,要清浊相半。言虽容易,理必求险。句忌凡俗,意便质厚。"[3]徐衍在李洪宣之言的基础上,从诗歌言与理、句与意的相互关系入手,强调作诗用语应免却凡俗,如此,才可使诗意充实而丰厚。徐衍之论显示出一定的辩证色彩,在唐五代诗格中是具理论意义的论断。

---

① 张伯伟:《全唐五代诗格汇考》,第 206 页。
② 张伯伟:《全唐五代诗格汇考》,第 394 页。
③ 张伯伟:《全唐五代诗格汇考》,第 453 页。

发展到宋代,雅俗论判然有别于唐人的是,宋代诗论家们把去俗崇雅作为一个普遍的美学原则加以提倡和阐释,其论断一直贯穿三百余年宋代诗学批评的始终。

(旧题)梅尧臣《续金针诗格》认为"诗有五忌":"一曰格懦则诗不老;二曰字俗则诗不清;三曰才浮则诗不雅;四曰理短则诗不深;五曰意杂则诗不纯。"[1]在宋人诗学理论批评中,梅尧臣较早对作诗用语和诗人才力表现提出去俗崇雅的要求。他将诗语、诗才与诗格、诗理、诗意一起并论,界定为决定诗歌艺术魅力的五种基本美学质素。梅尧臣论诗力主平淡,很显然,他是执意将浅俗与平淡美学追求互别的。吴处厚《青箱杂记》记晏殊"每读韦应物诗,爱之曰:'全没些脂腻气。'故公于文章尤负赏识,集梁《文选》以后迄于唐,别为集,选五卷,而诗之选尤精,凡格调猥俗而脂腻者皆不载也。"[2]晏殊不同于梅尧臣从诗作忌用俗语上立论,而从诗歌格调情味入手论评及编选前人之作。这开宋人从风格学角度持论去俗崇雅之滥觞。王得臣《麈史》云:"庆历间,宋景文诸公在馆尝评唐人之诗云:'太白仙才,长吉鬼才。'其余不尽记也。然长吉才力奔放,不惊众绝俗不下笔。"[3]王得臣承梅尧臣之论取向,从李贺作诗才力表现张扬其超拔免俗之美学追求。其论断甚见高标。魏泰《东轩笔录》又云:"梅尧臣作诗,务为清切闲淡,近代诗人鲜及也。皇祐已后,时人作诗尚豪放,甚者粗俗强恶,遂以成风。"[4]魏泰论诗主张含蓄有"余味",故在诗风上推崇梅尧臣清切平淡但富于吟味之作,他对世人作诗一味粗豪,有的甚至流于粗俗表示不满。黄庭坚《黄山谷诗话》提出:"宁律不谐,而不使句弱;宁字不工,而不使语俗。此庾开府之所长也。"[5]黄庭坚一反自己对用字精工的提倡,极意强调用语去俗在诗歌创作中的重要性。其又云:"荆公暮年作小诗,雅丽清绝,脱去流俗;每讽味之,便觉沉濯生牙颊间。"[6]从风格上推崇王安石诗作清丽脱俗。之后,陈师道《后山诗话》亦

---

① 张伯伟:《全唐五代诗格汇考》,第 524 页。
② 程毅中主编:《宋人诗话外编》,第 129 页。
③ 程毅中主编:《宋人诗话外编》,第 148 页。
④ 程毅中主编:《宋人诗话外编》,第 213 页。
⑤ 王大鹏等编选:《中国历代诗话选》,第 244 页。
⑥ 王大鹏等编选:《中国历代诗话选》,第 247 页。

道:"宁拙毋巧,宁朴毋华,宁粗毋弱,宁僻毋俗,诗文皆然。"①陈师道共鸣黄庭坚之论,也从作诗用语上立论,提出宁可用语见于生僻,而不应流于俗化。黄、陈二人之论,丰富了梅尧臣以来诗语去俗论的内涵。蔡絛在诗学主张上是趋步黄庭坚的,他也从用语和风格上推尚拔俗之诗,但其不同于黄庭坚的是持论更具辩证性。其《蔡百衲诗评》云:"柳子厚诗,雄深简淡,迥拔流俗,至味自高,直揖陶、谢;然似入武库,但觉森严。"又云:"杜牧之诗,风调高华,片言不俗,有类新及第少年,略无少退藏处,固难求一唱而三叹也。"②黄伯思《东观余论》亦指出:"五季道衰文丧,当时操笔犊士,率皆哇俚浅下,乱杂无章。"③黄伯思痛斥五代诗风鄙俚浅俗,以致诗旨不明,文道衰落,这从侧面可看出他对诗风崇雅的呼唤。周紫芝《竹坡诗话》云:"郑谷《雪》诗,如'江上晚来堪画处,渔人披得一蓑归'之句,人皆以为奇绝,而不知其气象之浅俗也。东坡以谓此小学中教童蒙诗,可谓知言矣。"④周紫芝不同于人地从诗歌气局、境象上立论雅俗,他发挥欧阳修、苏轼之论,一反人们对郑谷《雪》诗的褒扬,认为其超拔实流于表象,而内蕴不免应俗与刻露。其又云:"白乐天《长恨歌》云:'玉容寂寞泪阑干,梨花一枝春带雨。'人皆喜其工,而不知其气韵之近俗也。"⑤周紫芝进一步从诗作气韵上论评,将高格之气、雅致之韵视为诗作应具的本质性审美特征。周紫芝上述对雅俗的辨析,一定程度上,将宋代诗学的去俗崇雅论进一步拓展与深化开来。之后,许顗《彦周诗话》也云:"作诗浅易鄙陋之气不除,大可恶。客问何从去之,仆曰:'熟读唐李义山诗与本朝黄鲁直诗而深思焉,则去也。'"⑥许顗从文气上倡导去俗,他对浅俗歹气之诗深恶痛疾。为此,他开出去除作诗浅俗之气的药方。吕本中《童蒙诗训》继续从风格学角度表述自己的去俗崇雅观。其云:"初学作诗,宁失之野,不可失之靡丽;失之野不害气质,失之靡丽不可复整顿。"⑦吕本中在学诗上,主张宁可从质朴入,反对追求华丽之风。他界定,素朴之风不会损害诗的内在气

---

① 何文焕辑:《历代诗话》,第 311 页。
② 胡仔纂集,廖德明校点:《苕溪渔隐丛话》(后集),人民文学出版社 1962 年,第 257 页,第 258 页。
③ 程毅中主编:《宋人诗话外编》,第 368 页。
④ 何文焕辑:《历代诗话》,第 341 页。
⑤ 何文焕辑:《历代诗话》,第 346 页。
⑥ 何文焕辑:《历代诗话》,第 401 页。
⑦ 郭绍虞辑:《宋诗话辑佚》,第 594 页。

质,而追求华丽却可能使诗歌艺术本末倒置。徐度《却扫篇》记崔德符之言:"凡作诗,工拙所未论,大要忌俗而已。"①崔德符之论承黄庭坚等人论评取向,将诗作忌俗作为其第一位的审美判断,将之定位于诗歌追求形式技巧的审美意义之上。陈善《扪虱新话》则一面持论"盖文字固不可犯俗,而字亦不可太清",一面又在论诗意时言"能立意者,未必能造语;能遣辞者,未必能免俗,此又其最难者"②。陈善将对雅俗尺度的把握及作诗造语立意中所难处理的关系拈出、探讨,很显然,这是有助于对去俗崇雅之论的综合思考的,是继前人高标之语后的坐实之论。吴聿《观林诗话》认为:"乐天云:'近世韦苏州歌行,才丽之外,颇近兴讽。其五言诗文,又高雅闲淡,自成一家之体,今之秉笔者,谁能及之。'故东坡有'乐天长短三千首,却爱韦郎五字诗'之句。然乐天既知韦应物之诗,而乃自甘心于浅俗,何耶? 岂才有所限乎?"③吴聿通过具体比照韦诗和白诗所具风格特征,揣析白居易作诗甘于浅俗之因,将其归为在艺术表现的才力上不及韦应物。吴聿论评取向的偏颇是显见的,但他在所倡去俗崇雅观念中,却亦能具体辨析与推论,这又显然在理论推断上显示出进步性。洪迈《容斋随笔》又云:"近世鄙词,如《一落索》数阙,盖效此格。语意亦新工,恨太俗耳,然非才士不能为。"④洪迈与陈善、吴聿等人一样,能较辩证地立论,他也明确地将去俗作为首要的审美追求加以标树。在上述基础上,姜夔《白石道人诗说》对如何免俗,提出自己独到的看法,其云:"人所易言,我寡言之,人所难言,我易言之,自不俗。"⑤姜夔强调在脱略众趣中,通过灵活把握好"我言"与"人言"的关系来凸显自身的不俗。很明显,这是甚具意义的论断。南宋末年,严羽《沧浪诗话》又道:"学诗先除五俗:一曰俗体,二曰俗意,三曰俗句,四曰俗字,五曰俗韵。"⑥严羽在综合前人及同时代人去俗崇雅论的基础上,全面地从诗体、诗意、诗语、诗律的角度加以归结,这进一步扩大了宋人去俗崇雅论的空间。其又云:"语忌直,意忌浅,脉忌

① 程毅中主编:《宋人诗话外编》,第 329 页。
② 王大鹏等编选:《中国历代诗话选》,第 549 页。
③ 丁福保辑:《历代诗话续编》,第 131 页。
④ 程毅中主编:《宋人诗话外编》,第 841 页。
⑤ 何文焕辑:《历代诗话》,第 680 页。
⑥ 何文焕辑:《历代诗话》,第 693 页。

露,味忌短,音韵忌散缓,亦忌迫促。"①严羽由其所倡"兴趣"说出发,对诗语、诗意、诗脉、诗味、诗律表现明确提出了自己的要求。

纵观这一维视野中的雅俗论,可以看出,宋代诗论家们将去俗崇雅观念贯彻到对诗歌构成各个因素的要求和探讨中,其论述由一味高标到逐渐展开分析。这基本吻合了宋代诗学在理论上不断推进与提高的轨迹。

## 二、雅俗之辨内涵论

宋代诗学雅俗论的第二维视野,是在高标去俗崇雅为诗作审美的普遍原则之后,对雅俗的本质内涵及其特征展开辨分。

黄庭坚《黄山谷诗话》云:"至于渊明,则所谓不烦绳削而自合者。虽然,巧于斧斤者,多疑其拙;窘于捡括者,辄病其放。孔子曰:'宁武子其智可及也,其愚不可及也。'渊明之拙与放,岂可与不知者道哉? ……说者曰:'若以法眼观,无俗不真;若以世眼观,无真不俗。'渊明之诗,要当与一丘一壑者共之耳。"②作为宋代最为推崇陶渊明的诗人之一,黄庭坚对陶渊明的推重不仅常从其人品气节着眼,更从其诗作审美表现特征立论。他认为,诗作的拙劣与高妙,并不在其表面的刻削工夫,这就好比我们观照事物,关键在于用何种"眼目"。实际上,欣赏主体的修养情性,是判评诗之雅俗与拙巧的关键。正由此,他充分肯定陶诗具有永久的艺术魅力。其又云:"谢康乐、庾义成之诗,炉锤之功不遗力也。然陶彭泽之墙数仞,谢、庾未能窥其仿佛者,何哉? 盖二子有意于俗人赞毁其不拙,渊明直寄焉耳。"③黄庭坚具体通过比照谢灵运、庾信二人诗与陶渊明诗,进一步肯定陶渊明脱却锤炼,"直寄焉耳"的艺术追求,高扬陶诗之妙正在其无意于一般俗见对他的褒扬或贬斥,故属大雅之作。范温《潜溪诗眼》认为:"世俗所谓乐天《金针集》,殊鄙浅,然其中有可取者,'炼句不如炼意',非老于文学不能道此。"④范温针对一般俗见评断白诗为鄙陋浅俗之论,立足于诗以意为主的视点,

---

① 何文焕辑:《历代诗话》,第 694 页。
② 王大鹏等编选:《中国历代诗话选》,第 244 页。
③ 王大鹏等编选:《中国历代诗话选》,第 245—246 页。
④ 郭绍虞辑:《宋诗话辑佚》,第 321 页。

辨析白诗虽表面看来流于俗化，但其在诗意表现上实内蕴"可取"，故为不俗。其又认为："义山诗世人但称其巧丽，至与温庭筠齐名，盖俗学只见其皮肤，其高情远意，皆不识也。"①范温着力于辨分不同人对李商隐诗的称赏实质，指出俗见只注目于李诗的巧丽，然李诗的真正审美价值却在其所表现的高蹈之情和深远之意，这是一般俗人所不识的。李錞《李希声诗话》云："有道之士胸中过人，落笔便造妙处。彼浅陋之人，雕琢肺肝，不过仅然嘲风弄月而已。"②李錞在范温之论的基础上，明确立足于创作主体人格修养、襟怀情性的视点，来辨分诗作雅俗。他认为，"嘲弄风月"的雕琢之功与诗作入雅其实是无关的。邵博《邵氏闻见后录》又云："王荆公以'力去陈言夸末俗，可怜无补费精神'薄韩退之矣。"然王安石《咏雪》诗，"全用退之句也。去古人陈言以为非，用古人陈言乃为是邪？"③邵博通过王安石对韩愈"去古人陈言"主张的批评及指陈王安石化用韩愈《雪诗》诗句之事，对单纯依据用语来判分诗作雅俗之途提出质疑。邵博试图论证的是：判定诗作是否凡俗，不在其"去陈言"还是"用陈言"，而在是否用的得当。邵博选取具体诗例辨析"去俗"的本质内涵，其论析所具意义超出了一般常论。张戒《岁寒堂诗话》认为："世徒见子美诗多粗俗，不知粗俗语在诗句中最难，非粗俗，乃高古之极也。……近世苏黄亦喜用俗语，然时用之亦颇安排勉强，不能如子美胸襟流出也。"④张戒从诗作同用俗语的视点比照杜诗和苏、黄诗，肯定杜诗于粗俗之表中实蕴含高古之实，其诗作表现又极为自然，而苏、黄诗用俗语则呈勉强之迹。因此，诗作真正的雅俗确不在其是否用俗语，关键在于用得如何。此寓意与邵博之论相通。张戒又在论评杜甫超出唐宋诸大家时认为，杜诗高明即在其"在山林则山林，在廊庙则廊庙，遇巧则巧，遇拙则拙，遇奇则奇，遇俗则俗，或放或收，或新或旧"⑤。他"吟多意有余"，以"诗尽人间兴"为准的。张戒将杜诗的成功落足于能撇开外在拘限，而立足于"吟意""尽兴"的支点。无疑，这是对杜诗"无法而法"的极好阐释。这之中，他对杜诗用俗原则的认识是甚为中的的。

---

① 郭绍虞辑：《宋诗话辑佚》，第 329 页。
② 郭绍虞辑：《宋诗话辑佚》，第 478 页。
③ 程毅中主编：《宋人诗话外编》，第 362 页。
④ 丁福保辑：《历代诗话续编》，第 450—451 页。
⑤ 丁福保辑：《历代诗话续编》，第 464 页。

陈善《扪虱新话》云："文章以气韵为主,气韵不足,虽有词藻,要非佳作也。"又云："予每见人爱诵'影摇千尺龙蛇动,声撼半天风雨寒'之句以为工,此如见富家子弟,非无福相,但未免俗耳。"①陈善受范温、张戒等人影响,也以气韵为诗作审美的本质特征,并由此判分诗之雅俗。他对诗作句语工致、然缺乏气韵极为低视。葛立方《韵语阳秋》指出:"近时论诗者,皆谓偶对不切,则失之粗;太切,则失之俗。如江西诗社所作,虑失之俗也,则往往不甚对,是亦一偏之见尔。"他接着例举杜甫《江陵》《秦州诗》《竖子至》中诗句,指出"可谓对偶太切,又何俗乎?"②葛立方之论,意在破解单纯从偶对的视点论诗之雅俗的辨分取向。这是极显理论穿透性的。朱熹《答巩仲至》在明确对有人"妄欲抄取经史诸书所载韵语,……以为诗之根本准则"提出批评后,认为:"其不合者,则悉去之,不使其接于耳目,而入于吾之胸次。要使方寸之中,无一字世俗言语意思,则其为诗,不期于高远而自高远矣。"③朱熹辨分雅俗着重从主体的胸襟情性生发开去。他在黄庭坚、李锌等人初识道蕴胸中,诗使自雅的基础上,进一步高标胸次的高远与脱却世俗言语为升华诗作之本。其论呈现出浓厚的理学色彩。其《答谢成之》又云:"若但以诗言之,则渊明所以为高,正在其超然自得,不费安排处。东坡乃欲篇篇句句依韵而和之,虽其高才合凑得着,似不费力,然已失其自然之趣矣,况今又出其后。……(东坡)但为才气所使,又颇要惊俗眼,所以不免为此俗下之计耳。"④朱熹通过对陶诗和苏诗的比照,称赏陶诗极显"自得",而苏轼的"和陶诗"却因逞才使气,依韵而和,以求奇惊人为旨归,故实际上已流于俗化。费衮《梁溪漫志》从诗风上来辨分雅俗,其云:"自六朝诗人以来,古淡之风衰,流为绮靡。至唐为尤甚。退之一世豪杰,而亦不能自脱于习俗。东野独一洗众陋,其诗高妙简古,力追汉魏作者。"⑤费衮认为,六朝至初唐一派绮靡之风,令人觉俗。孟郊能一洗众陋,独标高古,这在时俗中见出超拔,故其诗实为雅作。姜夔《白石道人诗说》提出:"大凡诗,自有气象、体面、血脉、韵度。气象欲其浑厚,其失

---

① 王大鹏等编选:《中国历代诗话选》,第 542 页。
② 何文焕辑:《历代诗话》,第 486—487 页。
③ 王大鹏等编选:《中国历代诗话选》,第 739 页。
④ 王大鹏等编选:《中国历代诗话选》,第 741 页。
⑤ 王大鹏等编选:《中国历代诗话选》,第 779 页。

也俗。"①姜夔从四个方面归结诗歌表现的基本美学质素,他将"气象"定为辨分雅俗的基本支点,提出凡具有充蕴之气脉、饱满之意象、浑融之境界的诗作均应归入雅诗之列。此论将宋人诗论对雅俗的辨分上升到一个很高的理论层面。之后,罗大经《鹤林玉露》认为:"余观杜陵诗,亦有全篇用常俗语者,然不害其为超妙。"②罗大经也将判评雅俗与诗作是否用俗语区分开来,显示出通达的识见。俞文豹《吹剑录》则展开道:"近世诗人攻晚唐体,句语轻清而意趣深远,则谓之作家诗。饤饾故事,语涩而旨近,则谓之秀才诗。"③俞文豹此论是针对南宋末年"四灵"等人的创作而论的,其独具新意的是能从诗语、诗意的不同艺术表现及相互间的参合来判分诗作高低。其论实际上寓意着:凡"意趣深远"之诗当归雅列,与之相对,凡"语涩旨近"之诗则应入俗位。俞文豹之论将对诗作雅俗的辨分,更细致地落足到了诗歌的内在审美因素及其本质特征之上。

归结这一维视野对雅俗内涵的辨析,我们见出:宋代很多诗论家已超越从诗作用语的表层视点来判分雅俗。他们或从诗人艺术追求,或从主体襟怀情性,或从诗歌风格,或从诗作内在审美因素及其本质特征等角度来加以辨析。这在一定意义上,体现出宋代诗学的崭新精神和通达识见,为宋人进一步倡导和探析从内在接通雅俗提供了平台。

## 三、以俗为雅贯通论

宋代诗学雅俗论的第三维视野,是在高标去俗崇雅的美学原则,辨分雅俗之别本质内涵的同时,倡导从内在接通雅俗,并探析其接通的合理性、必要性及所内蕴的艺术审美机制。

在宋代诗论家中,最早提出接通雅俗主张的当属梅尧臣。据陈师道《后山诗话》记:"闽士有好诗者,不用陈语常谈。写投梅尧臣,答书曰:'子诗诚工,但未能以故为新,以俗为雅尔。'"④梅尧臣针对晚唐以来不少人作诗片面追求雅

①　何文焕辑:《历代诗话》,第 680 页。
②　王大鹏等编选:《中国历代诗话选》,第 842 页。
③　程毅中主编:《宋人诗话外编》,第 1233 页。
④　何文焕辑:《历代诗话》,第 314 页。

丽,不敢用陈言和俚俗之语打并入诗的情况予以纠偏,倡导可将生活中所用的俗字、俗词、俗语运用于诗歌创作中,为此,他从用语上提出"以故为新,以俗为雅"的艺术转入原则,将之视为拓展诗作审美表现的有效途径。此主张顺应并反映出宋代社会发展及文学大众化的趋势,因而得到人们响应。苏轼《东坡诗话》亦云:"诗须要有为而作,用事当以故为新,以俗为雅。好奇务新,乃诗之病。"①苏轼在梅尧臣所倡作诗用语应以俗为雅的基础上,从用事的角度提出要以俗为雅,使雅俗得到贯通。他进一步认为,可将前人有关史事及与前人诗作相涉的题材、故实、旧意等引入诗中加以表现,并论断这是避免诗作盲目追求新奇之病的良方。苏轼之论促进了宋代诗学对激活史事的倡导。稍后,黄庭坚《再次韵杨明叔并序》云:"因明叔有意于斯文,试举一纲而张万目:盖以俗为雅,以故为新,百战百胜,如孙吴之兵,棘端可以破镞,如甘蝇飞卫之射,此诗人之奇也。"②黄庭坚通过教导杨明叔习诗,将"以俗为雅,以故为新"上升为诗歌创作的一条普遍美学原则。他认为,只要掌握了这一创作的化入转出之法,便可以以一统万,无往而不胜。黄庭坚之论对有宋以来的诗歌实践及其理论批评产生极大的影响。

在梅尧臣、苏轼、黄庭坚努力将以俗为雅作为诗学原则提出的同时及之后,宋代不少诗论家对其化入转出的内在合理性、必要性及其具体的接通予以了探讨。

刘攽《中山诗话》曾记,王安石一日与人论佛,"因曰:'投老欲依僧。'客遽对曰:'急则抱佛脚。'王曰:'"投老欲依僧",是古诗一句'。客亦曰:'"急则抱佛脚",是俗谚全语,上去'投',下去'脚',岂不的对也。'土大笑。"③从这则诗话中,我们不难看出,北宋前期,人们在参佛和作诗实践中已领悟到雅、俗成对的趣味,认识到以俗为雅具有其内在合理性,见出本应以高雅为旨归的诗歌创作,有时渗入俗语,反可求得生新的艺术趣味。陈辅《陈辅之诗话》言:"楚老云:'世间好语言,已被老杜道尽;世间俗语言,已被乐天道尽。'然李赞皇云:'譬之清风明月,四时常有,而光景常新。'又似不乏也。"④陈辅以物象的相对稳定性、有限性

---

①　王大鹏等编选:《中国历代诗话选》,第 205 页。
②　蒋述卓等编著:《宋代文艺理论集成》,第 344 页。
③　何文焕辑:《历代诗话》,第 290 页。
④　郭绍虞辑:《宋诗话辑佚》,第 291 页。

与其变化的无限性来比喻作诗用语的有限与无限。他认为,从事物有限与无限对立统一的关系来看,言语是可以不断激活生新的。此论实际上从用语的角度,对以俗为雅,以故为新的合理性、必要性作出了理论性的论证。

蔡絛《西清诗话》认为:"王君玉谓人曰:'诗家不妨间用俗语,尤见工夫。雪止未消者,俗谓之待伴。尝有《雪诗》:待伴不禁鸳瓦冷,羞明常怯玉钩斜。待伴、羞明,皆俗语而采拾入句,了无痕颣,此点瓦砾为黄金手也。'"①蔡絛通过分析前人《雪诗》中采用俗语入诗之例,极力论证王琪之论,肯定用俗确能体现诗家的艺术表现才力,如用得好,能使诗作雅俗掺杂,相反相成,相映成趣。惠洪《冷斋夜话》云:"句法欲老健有英气,当间用方俗言为妙。如奇男子行人群中,自然有颖脱不可干之韵。"②惠洪从追求句法老健的角度,提倡用方言俗语。这里,他是将立论的根基建立在对返俗为雅、反常合道的审美心理机制的认识上的。邵博《邵氏闻见后录》记:"刘梦得作《九日》诗,欲用糕字,以五经中无之,辍不复为。宋子京以为不然。故子京《九日食糕有咏》云:'飚馆轻霜拂曙袍,糗餈花饮斗分曹。刘郎不敢题糕字,虚负诗中一世豪。'遂为古本绝唱。"③刘禹锡、宋祁处于晚唐和北宋不同的时风背景和诗学趣尚中,宋祁不同于刘禹锡的是大胆采掇"糗""餈"等俗词入诗,并巧妙化用刘禹锡作《九日》诗之史事,这使其诗产生出令人意想不到的艺术效果,故成为宋诗中化俗为雅的典范。韩驹《陵阳室中语》明确表述道:"古人作诗,多用方言;今人作诗,复用禅语。盖是厌尘旧而欲新好也。"④韩驹对古今诗人作诗用语加以比照与总结,认为缘于追求旧中生新的创作和欣赏心理,这使诗人们的共同点,表现为都能根据不同时代特征及话语背景化用俗语,这当然是有利于诗作艺术表现的。朱弁《风月堂诗话》载参寥与客评诗,客言:"世间故实小说,有可以入诗者,有不可以入诗者。惟东坡全不拣择,入手便用,如街谈巷说,鄙俚之言,一经坡手,似神仙点瓦砾为黄金,自有妙处。"⑤"参寥客"对苏轼能巧妙化用史事、陈言、俗语入诗极为推崇,标树其如神

① 王大鹏等编选:《中国历代诗话选》,第348页。
② 张伯伟编校:《稀见本宋人诗话四种》,第44页。
③ 程毅中主编:《宋人诗话外编》,第363页。
④ 魏庆之编:《诗人玉屑》,第135页。
⑤ 惠洪、朱弁、吴沆撰,陈新点校:《冷斋夜话·风月堂诗话·环溪诗话》,第106页。

仙之手,是能点瓦成金的典范。陈岩肖《庚溪诗话》提出:"至山谷之诗,清新奇峭,颇造前人未常道处,自为一家,此其妙也。至古体诗,不拘声律,间有歇后语,小清新奇峭之极也。"①陈岩肖称赏黄庭坚诗清新奇峭,自为一家。评断其古体诗,惟不拘声律,故显奇峭;惟间用俗语,故转见清新。这也充分体现出他对以俗为雅所蕴反常合道审美心理机制的认识。

在不少诗论家着重对以俗为雅的合理性、必要性,特别是针对其中所蕴含的反常合道的审美心理机制展开论证的同时,还有个别诗论家见出以俗为雅艺术转入过程中的注意点。周紫芝《竹坡诗话》记苏轼之言:"街谈市语,皆可入诗,但要人镕化耳。"②苏轼在肯定凡俗语皆可入用的基础上,强调对俗语的艺术转化之功,认为这并不是一般人能轻易做到的。罗大经《鹤林玉露》亦记:"杨诚斋云:'诗固有以俗为雅,然亦需经前辈熔化,乃可因承。如李之"耐可"、杜之"遮莫"、唐人"里许""若个"之类是也。'……余观杜陵诗,亦有全篇用常俗语者,然不害其为超妙。……杨诚斋多效此体,小自痛快可喜。"③罗大经应和苏轼、杨万里之论,极力强调诗坛大家率先对俗语独特的化用生新。此论也寓意着论断并不是所有人对俗语都能入手便用,而要看是否经前人熔化运用过。一般人应该在学习、吸收、消化他人入用的基础上加以运用,以避免用之牵强而失却雅俗反常生新的妙趣。

总观这一维诗学视野中的雅俗论,可以看出,宋代诗论家们确将以俗为雅作为了接通雅俗的内在途径。他们有的从接通雅俗的内在合理性、必要性上进行论证;有的对化俗为雅所蕴含的审美心理机制予以论及;也有个别诗论家论及以俗为雅的其他相关注意点。但总起来看,上述论评还基本是就化用俗语而论的。至于化用故实如何以俗为雅的理论性探讨,也就显得相对不足了。

---

① 丁福保辑:《历代诗话续编》,第182页。
② 何文焕辑:《历代诗话》,第354页。
③ 程毅中主编:《宋人诗话外编》,第1327—1328页。

# 第七章　宋代诗学中的用事论

　　用事,在我国古典诗歌创作中是一种广泛使用的艺术表现形式,它在宋代诗歌创作中使用得尤为普遍。宋代诗论家在对具体诗人诗作用事的论评中,对诗歌用事的原则及其要求,诗歌用事的方式及其内涵、审美效果等有所抽绎,首次较为系统地从理论上对诗歌用事予以了规范和阐释。

## 一、用事原则与要求论

　　早在魏晋南北朝时期,人们对诗歌用事便予以过论及。钟嵘《诗品序》曾云:"至乎吟咏情性,亦何贵于用事?"钟嵘具体以"古今胜语"为例,论析它们"多非补假,皆由直寻";①又批评"大明、泰始中,文章殆同书钞"。② 钟嵘对诗歌用事是持批评态度的。延展到唐代,不少人仍视用事为诗歌创作的末事。(旧题)王昌龄《诗格》归结"诗有五用例":"用字""用形""用气""用势""用神",他界定:"用字一。用事不如用字也。"③王昌龄把用事排斥在"五用"之外,认为它是比用字层次还低的诗歌表现形式。但唐人在持论用事为诗歌创作末事的同时,还是正式将用事列进诗歌创作的"格法"之中。齐己《风骚旨格》云:"一曰上格用意。二曰中格用气。三曰下格用事。"④齐己在表现出重意轻事批评取向的同时,明确将"用事"列为诗之一"格"。此理论取向发展到宋代,随着诗歌创作中

---

① 曹旭:《诗品集注》,第174页。
② 曹旭:《诗品集注》,第180页。
③ 张伯伟:《全唐五代诗格汇考》,第189页。
④ 张伯伟:《全唐五代诗格汇考》,第415页。

用事之风的逐渐昌盛,人们对用事的观念发生很大的变化,已脱却开论析诗歌是否需要用事及对用事地位的判析,进入到对诗歌用事的原则、要求及其内涵与审美效果的探讨中。

苏轼最早从诗文革新的角度对诗歌用事提出要求。其《东坡诗话》云:"诗须要有为而作,用事当以故为新,以俗为雅。好奇务新,乃诗之病。"①苏轼针对北宋前期不少人诗歌创作仍多因袭之习,从创建新的诗歌体制的角度出发,对作诗用事提出两条原则:一是"以故为新",主张诗作从故实中化出新意;二是"以俗为雅",强调从俗事俗语中见出雅趣。苏轼之论,体现出强烈的革新精神与追求艺术陌生化的审美趣尚。它开启了宋人对诗歌用事的原则及要求之论。

一些诗论家对诗歌用事与整个诗作构成诸要素的关系进行探讨。蔡居厚《蔡宽夫诗话》分析说:"前史称王筠善押强韵,固是诗家要处,然人贪于捉对用事者,往往多有趁韵之失。"②蔡居厚从用事与押韵联系互动的角度,提出不可贪于用事而使诗韵失当的要求。他批评韩愈"务以词采凭陵一时,故间亦不免此患";称扬杜甫《收京》诗用事"浑然天成,略不见牵强之迹"。蔡居厚之论,较早从诗歌内在构成因素相互影响的角度对用事提出了拘限。之后,蔡絛《西清诗话》云:"杜少陵云:'作诗用事,要如禅家语:水中着盐,饮水乃知盐味。'此说诗家秘密藏也。"蔡絛以禅语水中着盐,饮者自知为喻,对诗歌用事寓典提出要求。他以杜甫《祢衡传》等中的诗句为例,认为"善用事者,如系风捕影,岂有迹邪?"③蔡絛对妙用事典的论述形象肯綮,在宋代诗话中较富于理论意味。叶梦得《石林诗话》也提出:"诗之用事,不可牵强,必至于不得不用而后用之,则事词为一,莫见其安排斗凑之迹。"④叶梦得从诗作用事的合理性、必要性角度,强调用事的自然与妥帖,强调事典与诗作用语的相融与浑成。他标树苏轼为人作挽诗"岂意日斜庚子后,忽惊岁在己辰年"的用事,"此乃天生作对,不假人力";批评温庭筠作诗用事"然以其用意附会观之,疑若得此对而就为之题者。此蔽于

---

① 吴文治主编:《宋诗话全编》,第794页。
② 郭绍虞辑:《宋诗话辑佚》,第389页。
③ 胡仔纂集,廖德明校点:《苕溪渔隐丛话》(前集),第66页。
④ 何文焕辑:《历代诗话》,第413页。

用事之弊也"①。叶梦得反对附会事典，提倡"不假人力"地用事寓典，这在宋代诗论家中更是别具慧眼。之后，韦居安《梅磵诗话》云："夺胎换骨之法，诗家有之，须善融化，则不见蹈袭之迹。"②韦居安在蔡絛、叶梦得等人持论用事应浑融、"不假人力"的基础上，极为强调对事典的"融化"之功。他进一步将对诗歌用事的要求落实进创作的具体关键之中。

一些诗论家对诗歌用事与用语、用意的关系集中进行探讨。周紫芝《竹坡诗话》云："凡诗人作语，要令事在语中而人不知。"他通过剖析杜甫诗句"五更鼓角声悲壮，三峡星河影动摇"暗用司马迁《天官书》之语，认为"诗至于此，可以为工也"③。周紫芝较早从用事与使语相联系的角度，提出了事融语中的要求。之后，唐庚《唐子西文录》论道："古之作者，初无意于造语，所谓因事以陈词。"④唐庚在周紫芝提出事融语中的基础上，又进一步提出因事陈词、词随事转的批评原则。他例举杜甫《北征》诗，"直纪行役尔"，"文章只如人作家书乃是"，体现出对事词为一的推尚。吴可《藏海诗话》也通过例析杜甫、李白、杜牧、苏轼、黄庭坚五人诗句，提出"其因事用字，造化中得其变者也"⑤。他与唐庚一样，在用事与使字用语的关系上主张因事陈词。对此，吴沆《环溪诗话》归结道："且如作诗，不可一字有来历，不可一字无来历，要不为事所使，要文从字顺，各当其职，而事意流行于裁句法中，方可以言也。"⑥吴沆对诗作用事与使字用语关系的论述极为精当。他肯定作诗用事是不可避免的，这合乎诗歌审美表现的内在要求，关键是我们在用事中，要注意其与下字用语的相随相融，让事典自然地潜伏于诗句中，这才是我们所应秉持的原则。吴沆对用事使语关系的论述，将宋人对用事的原则、要求之论推向一个标度。在对用事与表意关系的考察上，叶梦得《石林诗话》借论评"苏子瞻两用孔稚圭鸣蛙事"，提出"故用事宁与出处语小异而意同，不可尽牵出处语而意不显也"⑦。叶梦得主张将显意放在诗歌审美表现的本体

---

① 何文焕辑：《历代诗话》，第413页。
② 丁福保辑：《历代诗话续编》，第544页。
③ 何文焕辑：《历代诗话》，第346页。
④ 何文焕辑：《历代诗话》，第47页。
⑤ 丁福保辑：《历代诗话续编》，第331页。
⑥ 惠洪、朱弁、吴沆撰，陈新点校：《冷斋夜话·风月堂诗话·环溪诗话》，第148页。
⑦ 何文焕辑：《历代诗话》，第416页。

地位,强调围绕对诗意的突显可适当改变事语。他将意为事之本的原则落实到了具体的论评中。胡仔《苕溪渔隐丛话》也通过例析杜甫、王维、朱放二人吟咏重九事诗句,提出"此三人,类各有所感而作,用事则一,命意不同。后人用此为九日诗,自当随事分别用之,方得为善用故实也"①。胡仔这里又指出,诗作虽同用一事,但创作者却可根据各自的创作初衷,赋予其不同的命意,他见出了用事与表意间的多样对应关系。

　　与对用事与诗歌内在构成诸要素关系的论述相表里,宋代诗学对用事与创作主体学养的关系也予以了考察。吴坰《五总志》云:"唐李商隐为文,多检阅书史,鳞次堆积,左右时谓'獭祭鱼'。近世如《晏公类要》之类,虽博极冥搜,用功于闲暇之时,将革此弊,得非欲盖而反彰乎!"②吴坰是宋人中较早对李商隐诗作大量用事寓典提出批评的人。他论断北宋如《晏公类要》一类的诗歌类编本意在于教人作诗,欲革除晚唐、西昆以来的好用故实之弊,但实际上因其一味"博极冥搜",实际上未能达到最初的目的。姜夔《白石道人诗说》指出:"学有余而约以用之,善用事者也。"③姜夔论断善于用事是建立在宽广深厚的学养之上的,但他见出在用事和学养之间存在一个艺术处理的问题,强调不可一味逞才使学于用事中。周密《齐东野语》记:"陈简斋尝语人以作诗之要,云'天下书虽不可不读,然慎不可有意于用事',正谓此也。今人或以用事多为博赡,误矣。"④周密这里借陈与义论读书与用事的辩证关系之言,明确提出了反对执着用事,以炫"博赡"的创作偏向。范晞文《对床夜语》云:"萧千岩德藻云:诗不读书不可为,然以书为诗,不可也。老杜云:'读书破万卷,下笔如有神。'读书而至破万卷,则抑扬上下,何施不可,非谓以万卷之书为诗也。"⑤范晞文在萧德藻反对"以书为诗"之论的基础上,通过对杜甫诗句的剖析,甚为辩证地指出"破万卷书"之于用事的重要性与"以万卷书为诗"之间的差异。范晞文此论,实际上对上述诸人之论予以了归结,体现出对用事与读书、为学关系的切中把握。俞德邻《佩韦斋辑

---

① 胡仔纂集,廖德明校点:《苕溪渔隐丛话》(后集),第40页。
② 王大鹏等编选:《中国历代诗话选》,第486页。
③ 何文焕辑:《历代诗话》,第681页。
④ 程毅中主编:《宋人诗话外编》,第1463页。
⑤ 丁福保辑:《历代诗话续编》,第415—416页。

闻》又记范晞文之言:"为文之要,意不贵异而贵新,事不贵僻而贵当,语不贵古而贵淳,字不贵怪而贵奇。"①范晞文针对诗文构成的内在要素提出要求,他概括用事不在僻涩而在精当,反对一味炫耀学力而使用事不当。

一些诗论家还对用事与诗作主体情性的关系展开了探讨。韩驹《陵阳室中语》记:"使事要事自我使,不可反为事使。仆曰:如公《太一图诗》:'不是峰头十丈花,世间那得莲如许!'当如是耶?公徐曰:'事可使即使,不须强使耳。'"②这段对话中,韩驹提出两条用事的原则,其中之一便是"事自我使",强调应立足于创作者之本体,出于与合乎使事者之心意。韩驹较早将用事与创作主体情性联系考察,体现出以人为本、以事为用的创作精神。吴沆《环溪诗话》认为:"诗人岂可以不用事。然善用之,即是使事;不善用之,则反为事所使。事只是众人家事,但要人会使。"③吴沆亦从创作主体的才性基质出发论断诗歌用事,他也强调创作主体以己之力对事典的驾驭,强调变"众家事"为"我家事"。之后,佚名《蒲氏漫斋录》提出"用故事当如己出"。其作者分析杜甫诗句"径欲依刘表,还疑厌祢衡","此事用王粲依刘表、曹公厌祢衡,却点化只作杜甫欲去依他人、恐他人厌之语,此便是如己出也"④。《蒲氏漫斋录》又将韩驹、吴沆"事自我使"的用事理念予以了重申与发挥。

归结这一维面宋代诗学中的用事论,我们看出,宋人在用事与作品整体构成的关系上强调事文浑融,自然天成;在用事与使语及表意的关系上,强调因事用语,语随事转,意为事本,事为意显;在用事与创作主体学养的关系上,反对炫耀博赡,以书为诗,而主张以学养为根柢,化学力入事典。在用事与创作主体情性的关系上,则强调事自我使,如己所出。这多方面廓清了诗歌用事的美学原则及要求,为宋人及后世诗歌创作使事用典指明了方向。

---

① 王大鹏等编选:《中国历代诗话选》,第955页。
② 魏庆之编:《诗人玉屑》,第156—157页。
③ 惠洪、朱弁、吴沆撰,陈新点校:《冷斋夜话·风月堂诗话·环溪诗话》,第137页。
④ 王大鹏等编选:《中国历代诗话选》,第990页。

## 二、用事方式、内涵与审美效果论

早在唐人诗格中,就有对诗歌用事技巧的简要探讨,它们成为宋代诗学考察用事方式及其内涵与审美效果的先导。(旧题)白居易《文苑诗格》云:"若古文用事,又伤浮艳;不用事,又不精华。用古事似今事,为上格也。"①《文苑诗格》作者对诗歌用事较早进行思考,他认为,用"古事"胜于用"今事",这便是"古事"经过历史的淘洗,含咀英华,极具表现力。保暹《处囊诀》提出,"诗有四合题格:一曰放意远;二曰得句新;三曰语常用事密;四曰莫与古人用事同"。② 保暹对用事的原则、技巧明确提出规范。其所言"莫与古人用事同",便成为后世诗人用事的一条重要原则,它为活用事典及不断激活同一事典提供了理论依据。入宋后,随着宋诗之体在创建和确立过程中对事典运用的不断增多,宋代诗论家们对用事的方式及其内涵、审美效果等展开了考察。

一些诗论家首先对用事的方式及"意用事"展开探讨。黄庭坚《黄山谷诗话》云:"诗意无穷,人才有限。以有限之才,追无穷之意,虽少陵、渊明不得工也。然不易其意而造其语,谓之换骨法。规模其意而形容之,谓之夺胎法。"③黄庭坚从创作主体才力与诗意表现不可能无限趋近的角度出发,提出了不断激活诗歌创作的"换骨""夺胎"之法。他界定,这两种方法:一是承他人之意而用之,一是仿他人之意而为之。黄庭坚此论虽未明确论断此为"意用事"之法,但实际上道出了两种用意的方式。之后,范温《潜溪诗眼》对诗歌用事予以了类分。他在指出"诗有一篇命意,有句中命意"之后,其云:"又有意用事,有语用事。李义山'海外徒闻更九州岛',其意则用杨妃在蓬莱山,其语则用邹子云:'九州岛之外,更有九州岛',如此然后深稳健丽。"④范温将用事明确厘为"意用事"和"语用事"两大类。他通过例析李商隐诗句,具体向人们展示出"意用事"与"语用事"的不同,及两者在同一诗句中的交互为用。范温之论,使后人对诗歌用事的

---

① 张伯伟:《全唐五代诗格汇考》,第366页。
② 张伯伟:《全唐五代诗格汇考》,第497页。
③ 王大鹏等编选:《中国历代诗话选》,第246页。
④ 郭绍虞辑:《宋诗话辑佚》,第325—326页。

方式有了明确的认识。严有翼《艺苑雌黄》在范温类分用事的基础上,进一步对"意用事"的方式进行划分和论析。他说:"文人用故事有直用其事者,有反其意而用之者。……直用其事,人皆能之;反其意而用之者,非识学素高,超越寻常拘挛之见,不规规然蹈袭前人陈迹者,何以臻此。"①严有翼将"意用事"类分为"直用其事"和"反用其事"两种。他认为,前者相对较为容易;后者则需要创作者具有相应的主体素质:一是"识学素高",二是能脱却寻常识度,独具己见。严有翼对"意用事"的划分是从用意的不同侧面入手的。黄彻《䂬溪诗话》对"意用事"的方式也予以论析。他说:"老杜'途穷反遭俗眼白',本用阮籍事,意谓我辈本宜以白眼视俗人,至小人得志,嫉视君子,是反遭其眼白,故倒用之。亦如'水清反多鱼',乃倒用'水至清则无鱼'也。"②黄彻这里以具体的实例,例析出在"意用事"中所存在的倒用事现象。之后,叶寘《爱日斋丛钞》论道:"陶诗:'结庐在人境,而无车马喧。'少陵《东楼》诗:'虽有车马客,而无人世喧。'就古语一转,正使事之法。"③叶寘对反用其事的具体技巧又予以论及,他见出诗歌倒用事意应在语言技巧上着力,反势一转,则别有洞天,可显示出另一番意趣。姜夔《白石道人诗说》提出:"难说处一语而尽,易说处莫便放过;僻事实用,熟事虚用;说理要简切,说事要圆活,说景要微妙。多看自知,多作自好矣。"④姜夔秉持反常合道的艺术原则,从灵活通脱的用事态度出发,提出了诗歌用事要遵循实用僻事,虚用熟事的具体原则与技巧。姜夔之论是建立在僻熟就生、僻实就虚的深层审美机制之上的。佚名《诗宪》对黄庭坚所倡"夺胎""换骨"之法又予以进一步的理论阐释,其云:"夺胎者,因人之意,触类而长之,虽不尽为因袭,又□不至于转易,盖亦大同而小异耳。"又言:"换骨者,意同而语异也。"⑤《诗宪》作者以较为通俗的话语对黄庭坚"夺胎""换骨"两种"意用事"之法的内涵进行阐述,他并且界分出"夺胎"与"转易"间的细微差别,所论极为中的。楼昉《过庭录》又云:"古人字明用不如暗用,前代故事实说不如虚说,五行家之言以为明合不如暗

---

① 郭绍虞辑:《宋诗话辑佚》,第566页。
② 丁福保辑:《历代诗话续编》,第364页。
③ 程毅中主编:《宋人诗话外编》,第1520页。
④ 何文焕辑:《历代诗话》,第680页。
⑤ 郭绍虞辑:《宋诗话辑佚》,第534页。

合,供实不如供虚。知此说可以悟作文之法。"①楼昉在姜夔所论的基础上,对诗歌"意用事"又提出了化实入虚的要求。

更多的诗论家围绕"语用事"展开了探讨。黄庭坚《黄山谷诗话》云:"古之文章,真能陶冶万物,虽取古人陈言入翰墨,如灵丹一粒,点铁成金也。"②黄庭坚见出诗歌创作"语用事"可用古人语,他界定其如灵丹一粒,对诗歌艺术表现具有巨大的作用。佚名《诗宪》认为:"因袭者,用前人之语也。以陈为新,以拙为巧,非有过人之才,则未免以蹈袭为丑。""转意者,因袭之变也。前者既有是语矣,吾因而易之,虽语相反,皆不失为佳。"③《诗宪》作者对"语用事"用古人之语予以类分。他认为,因承前人之语,在艺术内在转化机制的作用下,能产生出超乎寻常的审美效果,但这须以"过人之才"为凭借;"转意"则属另一种用古人之语的"语用事"之法,它与"因袭"相反相承,共同支撑起"语用事"这片天空。杨万里《诚斋诗话》也云:"诗家用古人语,而不用其意,最为妙法。如山谷《猩猩毛笔》是也。"④杨万里在脱略江西,转趋唐人,最终走向通脱自如的诗作实践中,深悟活用古人之语的妙处。洪刍《洪驹父诗话》认为:"世谓兄弟为友于,谓子孙为贻厥者,歇后语也。子美诗曰:'山鸟山花皆友于',退之诗'谁谓贻厥无基址',虽韩杜亦未能免俗,何也?"⑤洪刍通过分析杜甫和韩愈作诗用语,又指出歇后语可为事语。蔡絛《西清诗话》记:"王君玉谓人曰:'诗家不妨间用俗语,尤见工夫。雪止未消者,俗谓之待伴。尝有《雪诗》:'待伴不禁鸳瓦冷,羞明常怯玉钩斜。'待伴、羞明,皆俗语而采拾入句,了无痕颣,此点瓦砾为黄金手也。"⑥王君玉通过自身的创作实践,雄辩地向人们证明俗语可为事语,他并且认为诗中用俗语是能见出诗家工夫的。之后,惠洪《冷斋夜话》指出,"诗人多用方言","句法欲老健有英气,当间用方俗言为妙。如奇男子行人群中,自然有颖脱不可干之韵"。⑦惠洪基于对雅俗相成相生艺术原则的认识,提出诗中"间用方俗言",可

---

① 王大鹏等编选:《中国历代诗话选》,第965页。
② 王大鹏等编选:《中国历代诗话选》,第247页。
③ 郭绍虞辑:《宋诗话辑佚》,第534页。
④ 丁福保辑:《历代诗话续编》,第141页。
⑤ 郭绍虞辑:《宋诗话辑佚》,第424页。
⑥ 王大鹏等编选:《中国历代诗话选》,第348页。
⑦ 张伯伟编校:《稀见本宋人诗话四种》,第44页。

超拔与消弭一般的文人习气，它可使诗作显示出老健、颖脱之气韵。

在论断古人之语、歇后语、俗语、方言可为事语的基础上，宋代诗论家较为集中地对"语用事"中用经史之语的情况进行了探讨。黄彻《䂮溪诗话》认为"杜集多用经书语"，他评断其皆浑然典重，又议论道："然后人不敢用者，岂所造语肤浅不类耶！"①黄彻见出杜诗所用"经书语"与其诗风的一致性，见出了杜诗在运用"经书语"上与他人的不同。王直方《王直方诗话》亦云："山谷尝谓余云：'作诗使《史》、《汉》间全语为有气骨。'后因读浩然诗，见'以吾一日长'，'异方之乐令人悲'，及'吾亦从此逝'，方悟山谷之言。"②王直方在黄庭坚的教诲下，深悟诗中用经史语之于诗作表现的作用，见出了它可使诗作在平实典重中凸显出气骨。杨万里《诚斋诗话》又云："诗句固难用经语，然善用者不胜其韵。"③杨万里见出诗中用经语的确存在很大的难度，但同时又指出了善用者能因难见巧，使诗作具有无尽的韵味。陈鹄《耆旧续闻》记："《温氏杂志》又云：作诗用经语，尤难得峭健。"陈鹄又例举杜甫《端午赐衣》诗句"自天题处湿，当暑着来轻"用经语而"不觉其弱"，辛弃疾"作长短句有用经语者"，"亦为新奇"。④ 陈鹄也见出诗中用经语可使诗作显示出劲峭老健的风格。在上述基础上，佚名《漫斋语录》归结道："大率诗语出入经史，自然有力，然须是看多做多，使自家机杼风骨先立，然后使得经史中全语作一体也。如是自出语弱，却使经史中全语，则头尾不相勾副，如两村夫舁一枝画梁，自觉经史中语在人眼中，不入看也。"⑤《漫斋语录》作者对诗中用经史之语的审美效果及其先决条件予以较全面的论述。他认为，经史之语入诗确可使诗作显示出不同一般的面目，但其前提必须是创作主体见多识广，且常于创作实践；其诗作必先自成一家，情脉流动，内蕴充实，只有这样，经史之语才能与整个诗作融为一体。《漫斋语录》对经史之语为事语的论述甚为辩证，显示出宋人对此论题辨识的高度。

① 丁福保辑：《历代诗话续编》，第 378 页。
② 郭绍虞辑：《宋诗话辑佚》，第 87—88 页。
③ 丁福保辑：《历代诗话续编》，第 147 页。
④ 王大鹏等编选：《中国历代诗话选》，第 823—824 页。
⑤ 魏庆之编：《诗人玉屑》，第 154 页。

　　总结这一维面宋代诗学中的用事论,我们看出,宋代诗论家将用事类分为"意用事"和"语用事"两大类,在两大类中,又对其分别进行了进一步的划分。之后,对"意用事"和"语用事"的具体内涵及其审美效果又进行了细致的探讨。这为宋人及后世诗歌创作更好地用事寓典提供了平台。

　　总之,宋代诗学首次较为系统地在中国古典诗学批评和理论发展史上对诗歌用事进行了探讨,它为元代诗法理论的再度兴盛提供了直接的养料。

# 第八章　宋代诗学中的法度论

　　法度论是我国古代文学创作的基本论题之一。它从强调具体创作技巧、创作法则、创作规律的角度,来论说文学作品的创造,考察的是文学的构思与传达问题。在我国古代诗论史上,有关法度的论说不少,形成源远流长的发展线索,由此,法度理论内涵也不断得到拓展、充实和深化。本章对宋代诗学法度之论予以考察。

## 一、对有法维面的论说

　　我国古代文学法度观念彰显于魏晋南北朝时期,其时,出现对诗歌声律和文章写作之法等的探讨。唐代,人们对诗歌创作的声律、技巧与格式给予大量关注,文学法度之论得到倡扬,并逐渐走上程序化论说的道路。上述历程,为宋代诗学法度之论提供了平台。

　　宋代,诗学理论批评体式形成主要由序跋书信、诗格、诗话三分的格局。此时,一方面,诗格创作走向衰落,但仍有少数人对诗歌创作的格式与规范予以程序化探讨;另一方面,宋人写作诗话之风大兴,出现数以百计的诗话著作,人们在谈诗论文中对诗学法度予以多方面的论说。宋人对创作格式与规范的程序化探讨,在所涉论题上,基本承扬了唐中后期以来诗格的主要论题,但也偶有创造性的引入与发挥。如,(旧题)梅尧臣《续金针诗格》列目有:诗有内外意、诗有三本、诗有四格、诗有四得、诗有三炼、诗有五忌、诗有八病、诗有五理、诗有三体、诗有上中下、诗有四得、诗有四失、诗有齐梁格、诗有扇对、诗有一般句、诗有四字对、诗有七不得、诗有物象比、诗有二家。惠洪《天厨禁脔》以唐宋名家诗句为例标举诗法,总结概括出 20 多种诗法、句法、韵法,如近体三种颔联法、四种琢句法、含蓄法、用事法、就句对法、十字对句法、十字句法、十四字对句法、错综句法、绝弦句法、影略句法、比物句法、造语法、赋题法、夺胎句法、换骨句法、遗音句法、古诗押韵法、顿挫掩抑法。宋人诗格在承传唐人的同时,显示出对诗艺探讨不断拓展深入也不断细碎琐屑的特征。宋人少数诗歌选本也对创作法度予以探讨。南宋末年,周弼所编《三体诗法》选录唐人七绝、七律、五律三体诗作,意在张扬唐人律诗之法。该书共选诗 524 首,分体编排,每体中按诗歌法式立格。绝句有实接、虚接、用事、前对、后对、拗体、侧体 7 格,七律有四实、四虚、前虚后实、前实后虚、结句、咏物 6 格,五律有四实、四虚、前虚后实、前实后虚、一意、起句、结句7 格,共 20 格。各卷开首均有周弼对本格诗法的说明,多属起结呼应、造句诔章之类,卜选诗以证之,多取中晚唐诗人作品。这一选评结合的诗选对近体诗创作的规则予以了详细深入的探析。在运用诗话体式对创作原则与要求的探讨方面,宋代诗话家对诗歌的取材、立意、结构、用语等方面都予以考察,提出了要求。这之中,以宋代诗学理论批评的几个核心命题如立意、雅俗、用事为例。例如,关于“意”这个范畴,宋人从创作的角度提出“以意为主”、以意为本的主张,其论说广泛体现在黄庭坚、张表臣、吴可、韩驹、谢采伯、范公偁、杨万里、姜夔等人的言论中。宋人对诗意表现的审美特征提出多方面的要求,如强调要“意在言外”,其论说广泛体现在梅尧臣、欧阳修、司马光、黄庭坚、吴可、胡仔、曾季貍、葛立方、姜夔、罗大经、刘克庄、俞文豹、谢枋得等人的言论中,追求“意在言外”成为有宋一代诗学批评的普遍审美原则;宋人还强调“立意深远”,其论说主要体现在黄庭坚、叶梦得、张戒、洪迈、姜夔、严羽、范晞文等人的言论中;又强调“词婉意微”“合于风雅之义”,这主要体现在杨时、张戒、王楙、罗大经、俞文豹、周密等人的论说中;还强调要“意新”,这又主要体现在欧阳修、魏泰、王应麟、周密、徐度等人的论说中。又如,关于雅俗的论题,宋人是高标去俗崇雅的,其论广泛体现在梅尧臣、吴处厚、王得臣、魏泰、黄庭坚、陈师道、黄伯思、周紫芝、许𫖮、吕本中、崔德符、陈善、吴聿、洪迈、姜夔、严羽等人的言论中,由此,去俗崇雅也成为宋人诗歌理论批评的普遍审美追求。再如,关于用事的问题,宋代诗论家对其原则、规范也作出多方面的论说,具体表现为:蔡居厚、蔡絛、叶梦得、韦居安在用事与作品整体构成的关系上强调要事文浑融,自然天成;周紫芝、唐庚、吴沆、叶梦得、胡仔在用事与使语及表意的关系上,强调要因事用语,语随事转,意为事本,事为意显;吴垧、姜夔、周密、范晞文、俞德邻在用事与创作主体学养的关系上,反对炫耀博赡,以书为诗,主张以学养为根柢,化学力入事典。韩驹、吴沆、《蒲氏漫斋录》作者在用事与创作主体情性的关系上,则强调事自我使,如己所出。如此等等,不一而足。

宋人有几部诗话著作对文学法度予以了集中探讨,这便是魏庆之的《诗人玉屑》、姜夔的《白石道人诗说》和严羽的《沧浪诗话》。魏庆之《诗人玉屑》是一部诗话总集,它在集收他人诗话条目时,也发表对诗歌创作的看法。魏庆之提出诗歌创作的不少原则,其概括均见中的、清晰而又系统。其提出的诗歌创作的原则有"十难""十易""十戒""十贵""十不可"等。如"十易"为:"气高而易怒,力劲而易露,情多而易暗,才瞻而易疏,道情而易僻,思深而易涩,放逸而易迂,飞动而易浮,新奇而易怪,容易而易弱";①"十戒"为:"一戒乎生硬,二戒乎烂熟,三戒乎差错,四戒乎直置,五戒乎妄诞,六戒乎绮靡,七戒乎蹈袭,八戒乎浊秽,九戒乎砌合,十戒乎俳谐";②"十贵"为:"一贵乎典重,二贵乎抛掷,三贵乎出尘,四贵乎浏亮,五贵乎缜密,六贵乎雅渊,七贵乎温蔚,八贵乎宏丽,九贵乎纯粹,十贵乎莹净"。③魏庆之对诗歌创作的审美表现原则分门别类而又较系统地提出了要求。姜夔《白石道人诗说》对诗作的布置、精思、修饰、切对、雅俗、体物、意与景、意与格、变化与法度、入妙、句法、审美表现等都有论说。如云:"作大篇,尤当布置:首尾匀停,腰腹肥满。多见人前面有余,后面不足;前面极工,后面草草。不可不知也";④"难说处一语而尽,易说处莫便放过;僻事实用,熟事虚用;说理要简切,说事要圆活,说景要微妙。多看自知,多作自好矣";⑤"意格欲高,句法欲响,只求工于句、字,亦末矣。故始于意格,成于句、字。句意欲深、欲远,句调欲清、欲古、欲和,是为作者"⑥等,所论也都见简洁精当。严羽《沧浪诗话》专列"诗法"一章,分为"体制""格力""气象""兴趣""音节"五个方面,所论范围甚为广泛。严羽对诗歌创作的语忌、语病、本色、对句、结句、发句,发端收拾,着题

---

① 魏庆之编:《诗人玉屑》,第 112 页。
②③ 魏庆之编:《诗人玉屑》,第 113 页。
④⑤ 何文焕辑:《历代诗话》,第 680 页。
⑥ 何文焕辑:《历代诗话》,第 682 页。

使事,押韵用字,下字造语,结裹等方面都有论说。如云:"学诗先除五俗:一曰俗体,二曰俗意,三曰俗句,四曰俗字,五曰俗韵";"发端忌作举止,收拾贵在出场";"不必太着题,不必多使事";"押韵不必有出处,用事不必拘来历";"下字贵响,造语贵圆";"意贵透彻,不可隔靴搔痒";"语贵脱洒,不可拖泥带水";"最忌骨董,最忌衬贴";"语忌直,意忌浅,脉忌露,味忌短,音韵忌散缓,亦忌迫促";"词气可颉颃,不可乖戾";①等等。严羽对诗歌创作之法的论说,是建基在对历代诗歌创作特征优劣比照的基础上的,其持论甚具启发性,对纠正宋诗一味枯瘠瘦硬之弊具有十分重要的意义。上述三部著作对诗歌创作原则规范的集中探讨,标志着宋代文学法度之论迈出更加平稳坚实的步子。

## 二、对活法维面的论说

在对诗学法度予以探讨的同时,宋代诗论家对活用法度展开了论说,此两方面渗透互补,使宋代诗学法度之论开始走上建构与消解并重的道路。

宋代,在接受前人中追求创新是时代的本质特征之一。此时,文学活法论异常兴盛和繁荣,与有法论形成异质同构的格局。北宋前期,梅尧臣最早倡导以故为新、以俗为雅,含寓活法论的思想。陈师道《后山诗话》记:"闽士有好诗者,不用陈语常谈。写投梅圣俞,答书曰:'子诗诚工,但未能以故为新,以俗为雅尔。'"②梅尧臣在宋人中最早提出以故为新、以俗为雅的创作主张,他将这作为一个普遍的审美原则加以倡导,这在宋代诗学批评中首显活络。苏轼《东坡诗话》云:"诗须要有为而作,用事当以故为新,以俗为雅。好奇务新,乃诗之病。"③苏轼针对诗歌创作中的因袭模拟及一味追新逐奇的两种偏向立论,他从创建新的诗歌体制的要求出发,对作诗用意提出两条原则:一是主张诗作从故实中化出新意;二是强调从俗事俗语中见出雅趣。苏轼之论将通达透脱的艺术原则落实到对诗歌创作具体技巧的要求中,体现出强烈的革新精神与适度把握陌生化审美追求的特征。之后,黄庭坚从作诗"意用事"和"语用事"两个角度提出"换

---

① 何文焕辑:《历代诗话》,第693—694页。
② 何文焕辑:《历代诗话》,第314页。
③ 王大鹏等编选:《中国历代诗话选》,第205页。

骨""夺胎"及"点铁成金"之法。其《黄山谷诗话》云:"诗意无穷,人才有限。以有限之才,追无穷之意,虽少陵、渊明不得工也。然不易其意而造其语,谓之换骨法。规模其意而形容之,谓之夺胎法。"①黄庭坚立足于激活诗歌创作的视点,从创作主体才力与诗意表现相互间不可能无限趋近的角度出发,明确提出作诗用意的两种基本方法:承他人之意而用之和仿他人之意而为之。他将对前人诗歌的继承创新概括为具体的用意原则,表现出对活用古代诗歌传统的努力。其又云:"古人之文章,真能陶冶万物,虽取古人陈言入翰墨,如灵丹一粒,点铁成金也。"②黄庭坚将转化古人之言为己所用视为一味妙方,界定其在诗歌创作中能起到"魔杖"般的功效。上述二论,赋予诗歌创作用意、用语以通脱之法。作为具体的甚具操作性的创作技巧及原则,它深刻影响到宋代诗歌创作及理论批评的发展。

苏、黄之后,宋诗作为一种诗歌体制得到确立,随之而来的是江西诗创作蔚成风气。一些人在创作中不经意地抛却了黄庭坚诗学思想中对"自由"的推尚,拘守法度,局囿体式,这使他们的诗作粘皮滞骨,斧凿痕迹甚为明显,在声律、语言、意象、技巧运用等方面也日渐僵化。针对这一情形,宋代诗学批评强调在对前人诗歌传统的学习中,注重自成一家的创作理念逐渐抬头,这导引了"活法"命题的提出。早在苏、黄从创作技巧和原则层面倡导激活诗歌创作的同时,王直方《王直方诗话》曾云:"宋景文云:'诗人必自成一家,然后传不朽,若体规画圆,准矩作方,终为人之臣仆。'故山谷诗云:'文章最忌随人后。'又云:'自成一家始逼真。'诚不易之论。"③王直方捡拾起宋祁和黄庭坚诗学思想中所含蕴的主张诗文必自成一家之言,道出在对前人诗歌传统的学习中,脱却模拟,摆脱"为人之臣仆"的重要性。吴可《藏海诗话》在主张"看诗且以数家为率,以杜为正经,余为兼经"的同时,提出:"如贯穿出入诸家之诗,与诸体俱化,便自成一家,而诸体俱备。若只守一家,则无变态,虽千百首,皆只一体耳。"④吴可道出诗歌创作中"贯穿诸家"与"自成一家"的辩证关系,界定自成一家是建基在对他人广泛学习

① 王大鹏等编选:《中国历代诗话选》,第246页。
② 王大鹏等编选:《中国历代诗话选》,第247页。
③ 郭绍虞辑:《宋诗话辑佚》,第52页。
④ 丁福保辑:《历代诗话续编》,第333页。

吸收基础上的。他反对作诗拘守一隅、不见变化。之后,吕本中明确提出"活法"的概念。其《夏均父集序》云:"学诗当识活法。所谓活法者,规矩备而能出于规矩之外,变化不测而亦不背于规矩也。是道也。盖有定法而无定法,无定法而有定法。知是者,则可以与语活法矣。"①吕本中阐述出活法的理论内涵及其意义。他界定,活法并非是对"法"的抛弃,实际上是在自由地驾驭"法"的基础上超越于"法"。这其中当然包含有两个环节:一是"规矩备",即全面而娴熟地掌握诗歌创作的规矩法度;二是"出于规矩之外",从心所欲不逾矩,变化莫测,游刃有余,进入到艺术创造的自由境界。其《江西诗社宗派图序》又云:"诗有活法,若灵均自得,忽然有入,然后惟意所在,万变不穷。"②吕本中在黄庭坚论作诗用意主张"换骨""夺胎"的基础上,进一步从发挥与张扬诗意入手论及活法,体现出立足诗意本体,抛却模拟甚至于点化的取向,这在梅尧臣、苏轼、黄庭坚等人的基础上往前迈出一步。其《童蒙诗训》又谓:"鲁直云:'随人作诗终后人';又云:'文章切忌随人后',此自鲁直见处也。近世人学老杜多矣,左规右矩,不能稍出新意,终成屋下架屋,无所取长。……如陈无己力尽规摹,已少变化。"③吕本中通过转述徐俯"作诗自立意,不可蹈袭前人"之言,申张自己的观点;还评断秦观《过岭后诗》,严重高古,自成一家④。他发挥黄庭坚论诗中不随人后的思想主张,反对在已有的诗歌体制框架内作文章,主张"自立意","自成一家",这较充分地体现出在对诗歌构成内在因素把握的前提下,对创作法度和程序的消解。吕本中的活法论,已有别于黄庭坚等人的变化生新之论,它立足于对"有法"与"无法"的辩证认识之上,主张惟意所之,不拘一隅,不名一体,将梅、苏、黄等人所主张的变化生新的"因子"予以了变异和放大。吕本中的"活法"论,其本质是要求诗人创作能够"出于规矩之外",这在精神实质上也是对苏轼"常行于所当行,常止于所不可不止","随物赋形"思想的继承。但是,吕本中的"活法"论较准确地概括了文学创作技巧、方法的灵活圆通特点,因而,被后人广泛接受,并形成声势浩大的"活法"论潮流。

---

① 郭绍虞主编:《中国历代文论选》(第二册),第367页。
② 郭绍虞主编:《中国历代文论选》(第二册),第368页。
③ 郭绍虞辑:《宋诗话辑佚》,第596页。
④ 郭绍虞辑:《宋诗话辑佚》,第592页。

在活法观念不断弥漫开来的同时,宋代文论家对活法理论内涵进行了多方面的论说,这主要体现在三个方面:一是从主体创作实践的角度论说活法的本质所在;二是对活法所"活"的内容与方式进行论说;三是对活法的内在关节和判析标准加以论说。在第一个方面,如,俞成针对黄庭坚、吕本中等人对活法内涵的不同理解,其《萤雪丛说》云:"吁!有胸中之活法,蒙于伊川之说得之;有纸上之活法,蒙于处厚、居仁、万里之说得之。"①俞成依据是否"对象化"于载体对活法予以类分,他界定:一类是存在于主体胸中的主观之活法;另一类是对象于诗作中的技艺之活法。俞成的活法论杂糅理学家及江西诗派之说,颇具新意的是他从主体创作实践的准备及审美欣赏角度划出"胸中之活法",这触及活法所涉心理机制,将宋代文学活法论的意义扩展开来。之后,罗大经在论诗中受理学思想影响,也发挥"胸中活法"之论。其《鹤林玉露》云:"大抵古人好诗,在人如何看,在人把做什么用。如'水流心不竞,云在意俱迟','野色更无山隔断,天光直与水相通','乐意相关禽对语,生香不断树交花'等句,只把做景物看亦可,把做道理看,其中亦尽有可玩索处。大抵看诗,要胸次玲珑活络。"②罗大经以具体的诗作为例,从审美欣赏的角度分析出"胸中之活法"对于"玩索"诗歌的重要意义,见出"胸中之活"是一切活法的生发机。在第二个方面,叶梦得《石林诗话》在论评谢灵运诗句"池塘生春草,园柳变鸣禽"时云:"此语之工,正在无所用意,猝然与景相遇,借以成章,不假绳削,故非常情所能到。诗家妙处,当须以此为根本,而思苦言难者,往往不悟。"③叶梦得将诗歌创作的工致界定在不假思虑,不经雕琢,情、景、意三者在瞬间的相融相生之上。他对作诗关节的论述已涉及所"活"的内容与方式。韩驹《陵阳室中语》亦云:"仆尝请益曰:下字之法当如何?公曰:正如弈棋,三百六十路都有好着,顾临时如何耳。"④韩驹论断用字如下棋,并无预先程序,关键在临场应变,任何一种棋法都可能显示出独到的妙处。张戒《岁寒堂诗话》在论析"萧萧马鸣,悠悠旆旌"诗句时又云:"以'萧萧''悠悠'字,而出师整暇之情状,宛在目前。此语非惟创始之为难,乃中的之为工也。……诗

---

① 王大鹏等编选:《中国历代诗话选》,第 599 页。

② 程毅中主编:《宋人诗话外编》,第 1305 页。

③ 何文焕辑:《历代诗话》,第 426 页。

④ 魏庆之编:《诗人玉屑》,第 139 页。

人之工,特在一时情味,固不可预设法式也。"①张戒与韩驹所论甚切,也反对诗作用语有固有的法式,他界定,诗作工致在"一时"之"情味",这与叶梦得"无所用意""猝然与景相遇"之论又显然为同调。曾敏行《独醒杂志》记:"汪彦章为豫章幕官,一日,会徐师川于南楼,问师川曰:'作诗法门当如何入?'师川答曰:'即此席间杯柈果蔬。使令以至目力所及,皆诗也。君但以意剪财之,驰骤约束,触类而长,皆当如人意,切不可闭门合目,作镌空妄实之想也。'"②徐俯将作诗悟入的法门界定在"即目所见"之上,强调"以意剪裁"所知见事物,在丰富的形象感知的基础上,与意相融,反对将作诗悟入置于虚空之地。叶梦得、张戒、徐俯之论,充分显示出活法所"活"的内容便在于从情、意、景几方面着力,而撇开预设、苦思与雕琢。这在一定程度上,对江西诗人将所"活"的内容框定在字语及用事等技巧上是一个有力的消解。姜夔《白石道人诗说》提出:"学有余而约以用之,善用事者也;意有余而约以尽之,善措辞者也;乍叙事而间以理言,得活法者也。"③姜夔对具体作诗技巧予以归结。他概括诗作在叙述中能不断地插入议论,夹叙夹议,此为"得活法"。严羽《沧浪诗话》又提出"须参活句,勿参死句"④,强调在对他人句语的学习与吸收中,应撷取有生命力的语言,避免呆板僵化。在第三个方面,如,俞成针对黄庭坚等人"夺胎""换骨"之论提出判分活法的标准。其《萤雪丛说》云:"文章一技,要自有活法。若胶古人之陈迹,而不能点化其句语,此乃谓之死法。死法专祖蹈袭,则不能生于吾言之外,活法夺胎换骨,则不能毙于吾言之内。毙吾言者,故为死法,生吾言者,故为活法。"⑤俞成就活法的内涵实际上提出判分的准则,这便是看其能否"生吾言",即能否激活创作者在特定创作情境中的语言表意系统。俞成此论虽从活用语言层面立论,但对揭示活法的特征、功效却具有普遍的意义。

---

① 丁福保辑:《历代诗话续编》,第453页。
② 程毅中主编:《宋人诗话外编》,第566页。
③ 何文焕辑:《历代诗话》,第681页。
④ 何文焕辑:《历代诗话》,第694页。
⑤ 王大鹏等编选:《中国历代诗话选》,第599页。

## 三、对"至法无法"维面的论说

宋代诗学法度论的第三个维面,是对"至法无法"的论说。这是在有法论与活法论的基础上所进一步生发出来的,它将文学法度论两个看似对立的维面在深层次上融通与结合起来。

宋代,"至法无法"论初见端倪。此期,苏轼、杨万里和陆游等人开始明确拈出和阐说"至法无法"。苏轼《答谢民师书》云:"(为文)大略如行云流水,初无定质,但常行于所当行,常止于所不可不止,文理自然,姿态横生。"①苏轼主张为文不必受什么诗法、文法的束缚,而应诗由己出,文随己意。在《文说》中,他又云:"吾文如万斛泉源,不择地而出,在平地滔滔汩汩,虽一日千里无难。及其与山石曲折、随物赋形而不可知也。所可知者,常行于所当行,常止于不可不止,如是而已矣,其它虽吾亦不能知也。"②苏轼总结自身文学创作的经验,他概括为文之道的关键在"随物赋形",以自然为宗,为文应该并不受什么外在法则的约束,而应随意脉的流动而涌动。在《书吴道子画后》等篇什中,苏轼不断地表达其蔑视法度的思想,如云:"出新意于法度之中,寄妙理于豪放之外";又云:"冲口出常言,法度去前轨。人言非妙处,妙处在于是";等等。苏轼主张为文要自由通脱,以辞达为贵,法不过是为文的形式与末技,这影响到其后的不少文论家。南宋,在文学创作论中体现出无法论思想的主要是杨万里和陆游。杨万里作诗初从江西入,复又转趋唐人,后脱略众家,自成一体,创造出独具一格的"诚斋体"。他在创作实践中深悟活法之旨。杨万里论活法,开初仍有"夺胎""换骨"之言,但更重要的,他又将诗歌活法论内涵予以了发展。其《诚斋荆溪集序》云:"予之诗,始学江西诸君子,既又学后山五字律,既又学半山老人七字绝句,晚乃学绝句于唐人,学之愈力,作之愈寡。"后"官荆溪","诗意时往日来于予怀",尔后"忽若有悟,于是辞谢唐人及王、陈、江西诸君子,皆不敢学,而后欣如也"。之后,"自此每过午,吏散庭空,即携一便面,步后园,登古城,采撷杞菊,攀翻花竹,万

---

① 郭绍虞主编:《中国历代文论选》(第二册),第307页。
② 郭绍虞主编:《中国历代文论选》(第二册),第310页。

象毕来,献予诗材,盖麾之不去,前者未雠,而后者已迫,涣然未觉作诗之难也"。① 杨万里回顾自身的创作实践,细致地道出他由取法前人到取法自然的创作过程,充分而形象地表达出其由"学"到"无学"的创作历程与境界。他通过对自身创作实践的描述,将诗歌创作之法落实到更为灵活通脱的层面。他不再在前人诗作中兜圈子,而将创作之源转移到对现实生活的体认和感悟之上,从大自然和现实生活中撷取诗材,自觉地以此来消解诗人之病,这对江西后学等一味从文字与技巧中讨创作的做法予以了有力的批判。其《和李天麟》(之一)吟道:"学诗须透脱,信手自孤高。衣钵无千古,丘山只一毛。句中池有草,字外目俱蒿。可口端何似,霜螯略带糟。"②杨万里将"透脱"作为学诗的根本,道出了诗歌创作的至高境界是不继衣钵。他比譬"衣钵"之法在诗歌创作中如"丘山一毛",微不足道;批评在字句中讨创作的诗人满目枯蒿,不见鲜活与生机。其《酬阁皂山碧崖道士甘叔怀赠十古风》还云:"问侬佳句如何法,无法无盂也没衣。"③杨万里又一次申张出自己脱却模拟,无所拘限,通脱自如,无法而法的创作特征。他将活法论的内涵明确提升到无所拘限、以自然为宗的"至法无法"层面。

综观宋代诗学中的法度论,可以看出,宋人一方面执着讲究法度与不断建构法度;另一方面,他们对法度又主张活脱之用,对执着法度之论开始予以了消解,少数诗论家更提出无法而妙、"至法无法"的主张,这体现出对文学创作辩证精神的把握,从而将"有法"与"无法"这两个命题开始结合与融通起来。

---

① 郭绍虞主编:《中国历代文论选》(第二册),第399—400页。
② 郭绍虞主编:《中国历代文论选》(第二册),第398页。
③ 郭绍虞主编:《中国历代文论选》(第二册),第397页。

# 第二编　诗人批评接受研究

# 第一章　宋代诗学批评中的陶渊明论

东晋诗人陶渊明,在宋人诗学批评中被反复论及,人们主要抓住其为人襟怀情性与诗作艺术表现两大方面着意进行论评。这些论评,超越前人零星之论,较为集中地建构出后世诗学批评陶渊明之论的视野。

## 一、诗人襟怀情性论

作为一位在古代以归隐而闻名、诗作呈现独特个性的诗人,陶渊明为人襟怀情性如何? 他是否悟道? 这成为宋代诗论家们关注的一个焦点。此前,钟嵘在《诗品》中曾称陶渊明为"古今隐逸诗人之宗",其论首开以隐士情怀论评陶渊明人生趣旨。唐代,杜甫《遣兴》云:"陶潜避俗翁,未必能达道。"杜甫认为,陶渊明归隐旨在避世,而不一定是悟道的结果。韩愈则认为:"及读阮籍陶潜诗,然后知彼虽偃蹇,不欲与世接,然犹未能平其心,或为事物是非相感发,于是有托而逃焉者也。"(张表臣《珊瑚钩诗话》引)[1]韩愈从陶渊明人生经历与襟怀情性上论定其志虽在遗世独立,但他内心却是热的,仍有不平之气,这使其会为外界事物所感发,故成为一个以诗寄托不平但又最终不离于归隐的人。上述论断在宋以前各具代表性。进入宋代,围绕此论题,诗学批评对陶渊明的论说形成交锋。

苏轼云:"靖节以无事为得此生,则见役于物者,非失此生耶?"(何汶《竹庄诗话》引)[2]苏轼认为,陶渊明以无事求此生,志在虚静,是一个深悟无为之道的

---

① 何文焕辑:《历代诗话》,第 474 页。
② 常振国、降云编:《历代诗话论作家》(上),第 99 页。

人,他不为物所累,故其人生充蕴生活的真正意义。其《和贫士诗》在陈述伯夷、叔齐等古人无心功名,执意于信道而退后也云:"……渊明初亦仕,弦歌本诚言。不乐乃径归,视世嗟独贤。"苏轼论断陶渊明受到儒家兼济思想的影响,初亦出仕,诗作中也曾极言其志向,但是,当现实情境使其不能乐于所求时,他便毅然遗世独立,与自然之道相守。苏轼还"拈出陶渊明谈理之诗,前后有三:一曰'采菊东篱下,悠然见南山'。二曰'笑傲东轩下,聊复得此生'。三曰'客养千金躯,临化消其宝'。皆以为知道之言"(葛立方《韵语阳秋》引)。① 苏轼通过详细例释诗句,肯定陶渊明深受老庄虚静与无为思想的影响,其一任造化,与生为本。苏轼之论首开宋人从道家思想因素论陶人生趣旨。蔡居厚《蔡宽夫诗话》在例举柳宗元诗"闵己伤志",白居易诗"自矜其达"之后,其云:"惟渊明则不然。观其《贫士》《责子》与其它所作,当忧则忧,遇喜则喜,忽然忧乐两忘,则随所遇而皆适,未尝有择于其间,所谓超世遗物者,要当如是而后可也。"②蔡居厚通过比照柳宗元、白居易遭贬退闲所作诗与陶诗所表情性趣旨,认为从陶诗中可看出其能顺意自如,随遇而安;又能忘怀忧乐,不因进退得失而或喜或悲,其人生之襟怀由此可见。蔡絛《西清诗话》也云:"诗家视渊明,犹孔门视伯夷也。"③蔡絛以伯夷作喻陶渊明,认为陶渊明内心实淡至极处,无意于功名而执着于归隐。许顗《彦周诗话》又言:"陶彭泽《归去来辞》云:'既自以心为形役,奚惆怅而独悲?'是此老悟道处。"④许顗具体拈出陶渊明诗句,认为陶能以心为支点去役使万物,其意趣不为物所累,因而,也无悲己伤志的惆怅寂寞之情,确已悟道。叶梦得《石林诗话》针对钟嵘所言陶诗源出应璩之论,指出:"渊明正以脱略世故,超然物外为意,顾区区在位者何足累其心哉?且此老何尝有意欲以诗自名,而追取一人而模放之,此乃当时文士与世进取竞进而争长者所为,何期此老之浅,盖嵘之陋也。"⑤叶梦得将应璩作诗"以刺在位"与陶渊明无意以诗自名相比照,肯定脱落世故、超然物外乃陶人生趣旨,他不曾对区区谁人在位挂怀过,必然地,其诗也就

---

① 何文焕辑:《历代诗话》,第 507 页。
② 郭绍虞辑:《宋诗话辑佚》,第 393 页。
③ 常振国、降云编:《历代诗话论作家》(上),第 99 页。
④ 何文焕辑:《历代诗话》,第 401 页。
⑤ 何文焕辑:《历代诗话》,第 434 页。

不可能去追仿应璩。此论从创作旨向上辨别应、陶二人，富于说服力。周紫芝《乱后并得陶杜二集》云："少陵有句皆忧国，陶令无诗不说归。"在宋代诗学批评的崇陶尊杜之声中，周紫芝继续从创作旨向上对二人诗作内涵予以比照，也认为一心归隐乃陶渊明的人生趣旨所在。张戒《岁寒堂诗话》云："渊明之穷，过于子美，抵触者固自不之，然而未尝有孔雀逢牛之诗，忘怀得失，以此自终，此渊明所以不可及也欤！"①张戒认为，杜甫对人不知己还曾作过《赤霄行》以讽吟，这表明其内心有不平之气，而陶渊明在穷途上有时比杜甫更甚，但却无丝毫断句残篇伤己讽人，这正体现出他忘怀得失，情性虚静，其境界确非常人所能达到。陈岩肖《庚溪诗话》针对王安石辞相位脱去世故，但其诗表现出仍存芥蒂云："如陶渊明则不然，曰：'结庐在人境，而无车马喧。问君何能尔，心远地自偏。'然则寄心于远，则虽在人境，而车马亦不能喧之。心有蒂芥，则虽擅一壑，而逢车马，亦不免惊猜也。"②陈岩肖通过详细例析王安石、陶渊明二人诗作所表心境，极力肯定陶渊明能真正脱略尘世，无心于寄，其心已深谙佛禅有无之道，确为知"道"之人。葛立方《韵语阳秋》则比较韦应物《答长安丞裴税》与陶渊明《饮酒》诗句，认为："韦应物诗拟陶渊明，而作者甚多，然终不近也。……然渊明落世纷深入理窟，但见万象森罗，莫非真境，故因见南山而真意具焉。应物乃因意凄而采菊，因见秋山而遗万事，其与陶所得异矣。"③葛立方明确从佛禅之道的角度立论，认为陶渊明极入禅境，他能在稀松平常景象中见出万象森罗，又能见山脱却山，观鸟泛化鸟，故在南山悠然中了见真意，其诗意、诗境与韦应物由意取物，因物遗世绝然相异。其又云："不立文字，见性成佛之宗，达摩西来方有之，陶渊明时未有也。"但"观其自祭文""其拟挽词""其《形影神》三篇"，"皆寓意高远，盖第一达摩也。而老杜乃谓'渊明避俗翁，未必能达道'何邪？东坡念陶子自祭文云：'出妙语于纩息之余，岂涉生死之流哉？'盖深知渊明者"④。葛立方进一步从佛禅之义上论断陶渊明实为诗国中"第一达摩"；同时驳斥杜甫之论，肯定陶能齐于生死，纩息无意，是未学禅而知禅者。陆游《读陶诗》亦吟道："我慕陶渊明，恨不造其微。

---

① 丁福保辑：《历代诗话续编》，第473页。
② 丁福保辑：《历代诗话续编》，第183页。
③ 何文焕辑：《历代诗话》，第515页。
④ 何文焕辑：《历代诗话》，第575页。

退归亦已晚,饮酒或庶几。雨余锄瓜垄,月下坐钓矶。千载无斯人,吾将谁与归!"①陆游人生志向力主"有为",但他同时亦极为称扬陶渊明旨在归隐的襟怀情性,他把陶渊明视为自己的人生知己和引路人,对雨后锄瓜、月下独钓的人生形式倾心领赏。

与上述辨析相对,大致从南宋初年开始,一些诗论家提出不同看法。黄彻《䂬溪诗话》言:"世人论渊明,皆以其专事肥遁,初无康济之念,能知其心者寡也。尝求其集,若云:'岁月掷人去,有志不获骋。'又有云:'猛志逸四海,骞翮思远翥。''荏苒岁月颓,此心稍已去。'其自乐田亩,乃眷怀不得已耳。士之出处,未易为世俗言也。"②黄彻针对北宋不少诗论家评论陶渊明着意于隐认为,陶渊明之人生趣旨并非一开始就执意归隐,他是初有儒者之念的,其志欲兼济,但这点常为人们所曲解。陶中年以后转向归隐田园,以此为乐,实乃迫不得已,其内心眷世之情并未完全蚀去。此论较早对以隐逸定论陶诗思想旨向予以了破解。胡仔《苕溪渔隐丛话》也云:"钟嵘评渊明诗为古今隐逸诗人之宗,余谓陋哉斯言,岂足以尽之! 不若萧统云:'……语时事则指而可想,论怀抱则旷而且真。加以贞志不休,安道苦节,不以躬耕为耻,不以无财为病,自非大贤笃志,与道污隆,孰能如此乎!'此言尽之矣。"③胡仔拈出钟嵘评陶渊明为"古今隐逸诗人之宗"论进行反对,认为此乃浅见,视偏了陶渊明为人品格与襟怀情性。陶渊明以真挚、旷达情怀,语时论事,对自己志向选择忠贞不悔,他能安贫乐道,坚守品节,无意于功名利禄与具体的生存境况如何贫苦,始终与自然大化一同进退,这绝不是一般常人所能做到的,确为大道中人。朱熹《朱子语类》认为,韦应物"其诗无一字做作,直是自在。其气象近道,意常爱之。问:'比陶如何?'曰:'陶却是有力,陶欲有为而不能者也,又好名,韦则自在。'"④朱熹持论与葛立方相对,他认为,韦应物诗自在而陶渊明诗却露骨相,这根源在陶渊明是个想有所作为而世却不与的人,因名利在其心中始终占有突出的地位。此论以好尚名利定论陶渊明襟怀情性,这在宋代诗学批评中是极为少见的。叶适《习学记言序目》认为:"陶

①　羊春秋等选注:《历代论诗绝句选》,湖南人民出版社 1981 年,第 99 页。
②　丁福保辑:《历代诗话续编》,第 387—388 页。
③　胡仔纂集,廖德明校点:《苕溪渔隐丛话》(后集),第 17 页。
④　王大鹏等编选:《中国历代诗话选》,第 737 页。

潜非必于隐者也,特见其不可而止耳。其所利所得,虽与必隐者无异,其所守则通而当于义,和而蹈于常,所以为优也。至于识趣言语足以高世,而咏歌陶然顺于物理,则不惟当于义,而又有文词之可观焉。"①叶适在诸人所论的基础上进一步认为,陶渊明并非是一定要归隐的人,是现实的情境使其不得不隐,其言其行虽与执意于隐者相合,但他所坚守的人生原则在合于大义,其生命形式旨在和于自然,这是其超拔于俗人之处。方岳《深雪偶谈》记杨时之言:"近世评诗者曰:'渊明之辞甚高,而其旨出于老庄。……'以予观之,渊明之学,正自经术中来,故形于诗,自不可掩。《荣木》之奄忧,逝川之叹也。《贫士》之咏,箪瓢之乐也。"②方岳明确针对从道家思想因素评陶之言立论,认为陶渊明深受儒家思想影响,胸中充蕴儒者之念,其对草木、贫士等的吟咏,处处都表现出悲天悯人之情。此论将陶渊明定论为纯儒之人,立论见出偏颇。方岳又针对杨时之论进一步云:"其说诚是矣。……然《荣木》《贫士》,方之逝川、箪瓢,几于□□牵合之论,真知渊明,不必视此。若夫食薇饮水之言,衔木填海之喻,眷眷王室,实有乃祖长沙公之心,惜其力不得为而止。此则西山发微之论。"③方岳对杨时之论进一步予以修正,认为其过于牵强,有不合陶诗思想旨向之处。像陶渊明《精卫衔微木》这样的篇什,确充分表现出忠荩之忱,其心远韶长沙公陶侃,但遗憾的是,现实情境未使其有为,他只能将济世之念归向自在,以自守为志,这应该才是杨时之论的主旨。此论也极力消解论评陶渊明为隐者之论,而标树其是深怀兼济、不得而为之人。

　　归结此诗学批评视野中的陶渊明论,我们看出,宋代诗论家对陶渊明为人志向、襟怀情性展开了探讨:一些人认为陶着意于隐,内心深处淡到极致,他以无事求此生,随所遇适,情性修为已入道禅之境;另一些人则认为其志本在兼济,归隐乃不得已而为之,其人生原则旨在合于大义,和于自然;也有个别诗论家论断陶渊明好尚虚名,高自标持。这些辨析,或相互补充,或彼此相对,首次较为完整地开拓出陶渊明襟怀情性论的批评视野。

---

① 王大鹏等编选:《中国历代诗话选》,第 749 页。
②③ 程毅中主编:《宋人诗话外编》,第 1339 页。

## 二、诗作艺术表现论

围绕陶诗创作和诗作艺术表现予以论评,是宋代诗学批评陶渊明论的另一维视野。这之中,由于宋代诗学主潮崇尚平淡而有思致的艺术表现,陶诗在多方面得到称扬。

苏轼云:"渊明意不在诗,诗以寄其意耳。"(何汶《竹庄诗话》引)①苏轼指出陶渊明作诗旨在寄托心意,而无心于诗作艺术表现,故从本质而言,陶无意于作诗人。陈师道《后山诗话》亦云:"渊明不为诗,写其胸中之妙耳。"②陈师道认为陶渊明不是执意作诗的人,只不过抒写心中的意趣罢了,但事实上因其内心意趣极为高妙,故其在无意中成为古今以来的大诗人之一。张戒《岁寒堂诗话》则云:"言志乃诗人之本意,咏物特诗人之余事。古诗、苏、李、曹、刘、陶、阮本不期于咏物,而咏物之工,卓然天成,不可复及。"③张戒论断陶渊明作诗本来并未着意于对事物的吟咏,但其对事物的表现,却达到自然不可及的境地,他无意为诗而诗却自然天成。此论较早论述到陶渊明无意作诗与其诗作自然天成的辩证关系。进一步,黄彻《䂬溪诗话》认为:"渊明所以不可及者,盖无心于非誉巧拙之间也。"④黄彻明确指出,陶渊明无意于诗作艺术表现的巧拙与人们的誉贬,所以其作诗态度是极高的,常人难及。曾幾也认为:"渊明之诗,皆适然寓意而不留于物。"(陆游《老学庵笔记》引)⑤曾幾从作诗指事写物与表意的相互关系入手,认为陶诗以意为致,不胶着于拟物,极尽作诗意致之法,它去形迹而重神髓。陆游《读陶诗》吟道:"陶谢文章造化侔,篇成能使鬼神愁。君看夏木扶疏句,还许诗家更道不?"⑥陆游对陶渊明诗极为推扬,认为其艺术表现与自然同工;在诗境创造上又超拔于一般常人,创造出极平淡散缓之境,确能令鬼神愁绝。上述诸人之论,揭橥出陶诗创作的一大特征,即以意为致,以自然为工,而无意于诗作艺术

---

① 常振国,降云编:《历代诗话论作家》(上),第 98 页。
② 何文焕辑:《历代诗话》,第 304 页。
③ 丁福保辑:《历代诗话续编》,第 450 页。
④ 丁福保辑:《历代诗话续编》,第 371 页。
⑤ 王大鹏等编选:《中国历代诗话选》,第 696 页。
⑥ 羊春秋等选注:《历代论诗绝句选》,第 98 页。

技巧表现。

对于陶诗用语及其与造意的关系，宋代诗论家们也予以了有见地的论评。苏轼认为："渊明诗初看若散缓，熟看有奇句。……大率才高意远，则所寓得其妙，造语精到之至，遂能如此。似大匠运斤，不见斧凿之痕。"（惠洪《冷斋夜话》引）①苏轼论断陶渊明才情高标，意度高远，其诗作用语表面散缓，却内寓奇警，极为精到，无任何人工雕琢的痕迹。黄庭坚《黄山谷诗话》云："诗中不见斧斤，而磊落清壮，惟陶能之。"②黄庭坚也认为陶诗创作自然，但其却极显作者襟怀、品格与气度。周紫芝《竹坡诗话》认为："士大夫学渊明作诗，往往故为平淡之语，而不知渊明制作之妙，已在其中矣。"③周紫芝论断陶渊明作诗用语平淡，其中自有独到的妙处，与那些故意用平淡之语作诗而内心却着意于事功的人迥异，其诗作语淡而味不淡。唐庚《唐子西文录》通过比照唐人与陶渊明诗句，认为陶诗造语简妙，似毫不费力，"盖晋人工造语，而元亮其尤也"④，极力称扬陶渊明诗作用语自然高妙。葛立方视陶渊明为"睹道者"，其《韵语阳秋》认为，陶"出语自然超诣，非常人能蹈其轨辙也"⑤，持论与唐庚相近。

持不同意见者有陈师道、吕本中。陈师道《后山诗话》云："陶渊明之诗，切于事情，但不文耳。"⑥陈师道认为，陶诗叙事体物精切，但诗语缺乏文采，平淡有余，而绮美不足。吕本中《童蒙诗训》认为："渊明、退之诗，句法分明，卓然异众，惟鲁直为能深识之。学者若能识此等语，自然过人。"⑦吕本中一反众人论陶诗自然简妙之言，而以句法分明归结其用语使句特征，认为陶诗法度森严，纹理细密，宋人中惟黄庭坚知其妙。此立论甚见突兀，在宋代诗学批评中亦极少见。

对陶渊明诗审美特征与风格的论评，也成为宋代诗学批评关于陶诗艺术表现论的一个聚合点。何汶《竹庄诗话》引苏轼之言："渊明诗，质而实绮，癯而实

---

① 张伯伟编校：《稀见本宋人诗话四种》，第 14 页。
② 王大鹏等编选：《中国历代诗话选》，第 244 页。
③ 何文焕辑：《历代诗话》，第 340 页。
④ 何文焕辑：《历代诗话》，第 443 页。
⑤ 何文焕辑：《历代诗话》，第 507 页。
⑥ 何文焕辑：《历代诗话》，第 313 页。
⑦ 郭绍虞辑：《宋诗话辑佚》，第 588 页。

腴。自曹、刘、鲍、谢、李、杜诸公,皆莫及也。"①苏轼概括陶诗审美特征,认为其外表朴素简洁,然内中却丰腴绮丽,外实内秀,在艺术地体现辩证原则这一点上超过历代的大诗人。苏轼《评韩柳诗》云:"外枯中膏,似淡实美,渊明、子厚之流是也。"②苏轼继续从艺术辩证法的角度论断陶诗在枯槁中寓膏泽,于平淡中现绮美。秦观认为:"陶潜、阮籍之诗,长于冲淡。"(何汶《竹庄诗话》引)③秦观概括陶诗风格特色在于平淡冲和,于写景叙事中独见徐迂散缓之气。杨时《龟山先生语录》则认为:"渊明诗所不及者,冲淡深粹,出于自然;若曾用力学,然后知渊明诗非着力之所能成。"④杨时在接承陶诗自然冲淡之论的基础上,论断陶诗旨意精粹,思致极深,其所现平淡之风绝非一般人下力所能为,已入创作的极高层境。韩驹《陵阳室中语》认为:"淹之比渊明情致,徒效其语,……予观古今诗人,惟韦苏州得其清闲,尚不得其枯淡;柳州独得之,但恨其少遒尔。"⑤韩驹通过辨析江淹、韦应物、柳宗元三人学陶,实指出陶诗几方面的审美特征,即用语极尽情致,诗风枯淡闲远,但内中又包蕴着柔性的力道。陈善《扪虱新话》也认为:"山谷尝谓:白乐天、柳子厚俱效陶渊明作诗,而惟柳子厚为近。然以予观之,子厚语近而气不近,乐天气近而语不近,子厚气凄怆,乐天语散缓,虽各得其一,要于渊明诗未能尽似也。东坡亦尝和陶诗百余篇,自谓不甚愧渊明,然坡诗语亦微伤巧,不若陶诗体合自然也。"⑥陈善通过详细辨析白、柳、苏三人学陶之优长与缺失,拈出"语"与"气"两方面予以比照,肯定陶诗在用语的自然浅切和所表现出的闲散澹淡上胜过三人。其又云:"文章以气韵为主,气韵不足,虽有词藻,要非佳作也。乍读渊明诗,颇似枯淡,久久有味。"⑦陈善论诗力主"气韵",他肯定陶诗表面似给人以枯淡之感,但深入其中,咀嚼涵咏,却韵味无穷。此论亦极简练地指出了陶诗的审美特征。葛立方《韵语阳秋》云:"陶潜、谢朓诗皆平淡有思致,非后来诗人怵心刿目雕琢者所为也。……大抵欲造平淡,当自组丽中来,落

① 常振国,降云编:《历代诗话论作家》(上),第98页。
② 苏轼:《苏轼文集》卷六十七,中华书局排印本。
③ 常振国,降云编:《历代诗话论作家》(上),第99页。
④ 王大鹏等编选:《中国历代诗话选》,第237页。
⑤ 王大鹏等编选:《中国历代诗话选》,第489页。
⑥ 王大鹏等编选:《中国历代诗话选》,第556页。
⑦ 王大鹏等编选:《中国历代诗话选》,第542页。

其华芬,然后可造平淡之境,如此则陶、谢不足进矣。"①葛立方在肯定陶诗得之无意、于平淡中见思致的基础上,论断陶诗已入更高层境,它升华绮丽,略却风华,故创造出诗味醇厚的平淡之境。陈知柔《休斋诗话》也云:"人之为诗要有野意。盖诗非文不腴,非质不枯,能始腴而终枯,无中边之殊,意味自长,风人以来得野意者,惟渊明耳。如太白之豪放,乐天之浅陋,至于郊寒岛瘦,去之益远。"②陈知柔承苏轼外枯中膏之论,论诗主张要有"野意",他由此把陶渊明诗标树到极高的境地,认为其比李白的豪放、白居易的浅易、孟郊的寒衲、贾岛的瘦硬诗风均高出几筹,关键便在于外枯中膏,意味深长。姜夔《白石道人诗说》又云:"陶渊明天资既高,趣旨又远,故其诗散而庄、淡而腴,断不容作邯郸步也。"③姜夔继续对陶诗风格特征予以概括,认为其在散缓中显庄重,在平淡中见丰腴,此境界不是一般人所容易追及的。敖陶孙《敖器之诗话》在评古今诸名人诗时云:"陶彭泽如绛云在霄,舒卷自如。"④敖陶孙以比喻的形式,描述出陶诗自由散缓、收放自在的特征。严羽《沧浪诗话》也云:"谢所以不及陶者,康乐之诗精工,渊明之诗质而自然耳。"⑤严羽归结谢诗不如陶诗之因,乃在于前者精密,力在人工;后者朴质,出于自然。陈仁子《牧莱脞语》又云:"世之诗,陶者自冲澹处悟入,杜者自忠义处悟入。"⑥陈仁子在宋代诗学批评的崇陶尊杜之声中,对陶、杜二人诗作产生艺术魅力的最关键处予以概括,即在审美表现上,陶诗以冲淡见长;而在思想旨向上,杜诗则以极见忠荩令人生敬。此概括极为精当。

与此同时,少数诗论家还见出陶诗充蕴浑朴之气。佚名《雪浪斋日记》云:"浑成而有正始以来风气,当看渊明。"⑦《雪浪斋日记》作者认为,陶诗浑朴自然而有正始清迈之气,极近古诗之体。蔡絛《西清诗话》也云:"渊明意趣,真古淡之宗。诗家视渊明,犹孔门视伯夷也。"⑧蔡絛从诗作内涵表现上论断陶诗长在

---

① 何文焕辑:《历代诗话》,第483页。
② 郭绍虞辑:《宋诗话辑佚》,第484页。
③ 何文焕辑:《历代诗话》,第681页。
④ 王大鹏等编选:《中国历代诗话选》,第784页。
⑤ 何文焕辑:《历代诗话》,第696页。
⑥ 引自萧华荣:《中国古典诗学理论史》,华东师范大学出版社2005年,第163页。
⑦ 王大鹏等编选:《中国历代诗话选》,第198—199页。
⑧ 王大鹏等编选:《中国历代诗话选》,第99页。

古淡,于平淡之语中能见浑朴醇厚之旨趣,令后人高仰。方回《观渊明、工部诗因叹诸家有可憾者》吟道:"'三百五篇'既删后,寥寥正派有传否? 如何更历晋唐世,唯见推尊陶杜流? 应是二家诗尚古,故能千载世无俦。"①方回以尚古定论陶诗为后人推崇之因,虽较为片面,但应该说还是见出了陶诗在审美风格表现上的显在特征。

当然,也有个别诗论家提出相异的看法。朱熹《朱子语类》一面云:"渊明诗平淡出于自然,后人学他平淡便相去远矣。"②一面又云:"陶渊明诗,人皆说平淡,据某看他自豪放,但豪放来得不觉耳。"③朱熹立论看似矛盾,他一面认为陶诗平淡自然,一面又认为它豪放无迹。这实际上是针对陶渊明不同诗作所进行的论评,见出了陶诗风格特征的多样性。

总之,宋代诗学批评视野中的陶渊明之论,抓住陶渊明为人襟怀情性与诗作艺术表现两大方面予以了展开。人们从儒、道、释思想因素出发,对陶渊明襟怀情性、创作旨向进行了多方面的辨析,但这些辨析实际上相互间并不矛盾,它们共同见出陶渊明人生趣旨的多维取向。在对陶诗艺术表现的论评上,人们看法则大致相近,有时亦能相互补充,他们一致推扬陶渊明无意作诗,用语平淡自然,诗风枯淡散缓而见思致。上述论评,超越前人零星之论,较为集中地建构出后世诗学批评陶渊明之论的视野。

---

① 引自萧华荣《中国古典诗学理论史》,第 160 页。
② 王大鹏等编选:《中国历代诗话选》,第 736 页。
③ 王大鹏等编选:《中国历代诗话选》,第 737 页。

# 第二章　宋代诗学批评中的李白论

李白,这位我国盛唐时期的大诗人,在宋代诗学批评中受到广泛的关注。人们在接承唐代诗学批评李白之论的基础上,将其与杜甫的比照更为集中地纳入诗学批评的视野中来;同时,对其创作旨向、才力情性、艺术承继及作品艺术表现和审美风格特征等展开较详细的论析。这些论析,视点较为多样,辨析亦见细密,在个别论题上还形成交锋。这在一定程度上拓展了诗学批评对李白的论评,为后人进一步深化对李白的认识提供了丰富的理论批评养料。

## 一、李杜优劣论

李白、杜甫作为盛唐时期的两大诗人,从文学批评的角度,他们可否比照,能否见出优劣,这成为宋代诗论家们关注的焦点。此前,元、白等人曾抑李扬杜。元稹《唐故工部员外郎杜君墓系铭并序》云:"诗人以来,未有如子美者。"①白居易《与元九书》也云:"诗之豪者,世称李、杜。李之作,才矣奇矣,人不逮矣,索其风雅比兴,十无一焉。杜诗最多,可传者千余首,至于贯穿古今,觌缕格律,尽工尽善,又过于李。"②白居易从创作旨向和艺术表现上首次比照李杜,定论李劣于杜。但韩愈对元、白之论不以为然,其《调张籍》吟道:"李杜文章在,光焰万丈长。不知群儿愚,那用故谤伤? 蚍蜉撼大树,可笑不自量。伊我生其后,举颈遥相望。"③韩愈主张并论李、杜,并标树二人为千古诗坛的典范。进入宋代,围绕

---

① 郭绍虞主编:《中国历代文论选》(第二册),第66页。
② 郭绍虞主编:《中国历代文论选》(第二册),第97页。
③ 郭绍虞主编:《中国历代文论选》(第二册),第131页。

此论题,诗论家们展开了较充分的论评。

王安石认为:"白之歌诗豪放飘逸,人固莫及。然其格止于此而已,不知变也。至于甫,则悲欢穷泰,发敛抑扬,疾徐纵横,无施不可。……盖其诗绪密而思深,观者苟不能臻其阃奥,未易识其妙处。夫岂浅近者所能窥哉!此甫之所以光掩前人,而后来无继也。"(陈正敏《遯斋闲览》引)①王安石在肯定李诗豪放飘逸的同时,认为其艺术表现特征止于一端,与杜诗"无施不可"相比,它缺少变化。杜诗并且思绪缜密,构思讲究,极尽作诗之妙,因此能前超古人,后却来者。王安石又将持论贯穿到批评实践中,他编选《四家诗选》,置杜诗于选首,李诗于选末,这还引发同时代及后世诗论家的不少话题。苏辙《诗病五事》云:"唐诗人李杜称首,今其诗皆在。杜甫有好义之心,白所不及也。"②苏辙从尚守道义之心上比照李、杜,认为杜甫尚仁好义,充蕴儒者之念,因此,相比李白为高。蔡居厚《蔡宽夫诗话》也云:"景祐、庆历后,天下之尚古文,于是李太白、韦苏州诸人始杂见于世。杜子美最为晚出,三十年来学诗者,非子美不道,虽武夫女子皆知尊异之,李太白而下殆莫与抗。"③蔡居厚认为,随着北宋中期文学趣尚的嬗变,李、杜诸人诗作才出见于世,成为时人学习的典范。但诸人中,以杜甫声名最盛,故从诗为人们所接受的视点看,李不能与杜相提并论。唐庚《唐子西文录》又云:"过岳阳楼观杜子美诗,不过四十字尔,气象闳放,涵蓄深远,殆与洞庭争雄,所谓富哉言乎者。太白、退之辈率为大篇,极其笔力,终不逮也。杜诗虽小而大,余诗虽大而小。"④唐庚从诗作体制上比照李、杜诗,具体以杜甫《登岳阳楼》为例,论断其诗虽然体制短小,但景象宏阔,气势恢闳,似小而实大;而李诗虽极尽笔力,讲究铺排,却显含蕴不足,似大实小,由此可见李诗之弊。黄彻《碧溪诗话》在例举李白《答王十二寒夜独酌有怀》等三首诗中之句后,认为:"愚谓虽累千万篇,只是此意,非如少陵伤风忧国,感时触景,忠诚激切,蓄意深远,各有所当也。"⑤黄彻从创作旨向和诗作涵咏上比照李、杜诗,认为李诗虽然数量甚多,但

---

① 王大鹏等编选:《中国历代诗话选》,第386页。
② 王大鹏等编选:《中国历代诗话选》,第220页。
③ 郭绍虞辑:《宋诗话辑佚》,第398—399页。
④ 何文焕辑:《历代诗话》,第447页。
⑤ 丁福保辑:《历代诗话续编》,第361页。

所言在对幸臣权贵愤激憎恶的同时,不外人生虚无、及时行乐之类题旨,不如杜诗伤时忧乱、触物而感、寓意深致、极见忠荩。其又云:"愚观唐宗渠渠于白,岂真乐道下贤者哉,其意急得艳词媟语,以悦妇人耳。白之论撰,亦不过为玉楼、金殿、莺莺、翡翠等语,社稷苍生何赖? ……余窃谓如论其文章豪逸,真一代伟人,如论其心术事业,叵施廊庙,李杜齐名,真忝窃也。"①黄彻持论李白诗被唐玄宗用来取悦妇人,乃因其语极尽丰华绮美,但其诗作题材却少涉家国百姓,创作旨向不显忠荩之忧,因此,从艺术表现上讲,李白可谓一代伟人;但如从创作旨向上看,则李白不能比肩于杜甫。陈善《扪虱新话》也针对一些人并称李、杜,认为:"然学者至今但雷同称说,其实李杜韩柳岂无优劣? 达者观之,自可默喻。"②陈善持异中唐以来并论李、杜之言,明确持论李劣杜优。葛立方《韵语阳秋》云:"杜甫、李白以诗齐名,……似未易以优劣也。然杜诗思苦而语奇,李诗思疾而语豪。……则杜甫诗,唐朝以来,一人而已,岂白所能望耶!"③葛立方论诗以事理为要,旨在探求风雅之正,故认为深具思致、用语奇警而见平常的杜诗是构思俊速、用语粗豪的李诗所不能相比的。罗大经诗学观与葛立方相近,其《鹤林玉露》也认为,李白"其视杜少陵之忧国忧民,岂可同年语哉!"④亦明确从创作旨向上论断李白不能与杜甫相提并论。

　　与上述李劣杜优论相对,也有不少人主张并论李、杜。苏轼《书〈黄子思诗集〉后》认为:"李太白、杜子美以英伟绝世之资,凌跨百代,古今诗人尽废,然魏、晋以来高风绝尘,亦少衰矣。"⑤苏轼在宋代最早主张并论李、杜。从诗史发展立论,他认为,李、杜卓绝前人,成就令人高仰,但二人在承扬魏晋诗风这点上,确也见出衰气。苏轼此论从历史纵向比较辨正,具有说服力。王巩《闻见近录》记:"黄鲁直尝问王荆公:'世谓四选诗,丞相以欧、韩高于李太白邪?'荆公曰:'不然。陈和叔尝问四家之诗,乘间签示和叔,时书史适先持杜诗来,而和叔遂以其所送先后编集,初无高下也。李、杜自昔齐名者也,何可下之。'鲁直归问和叔,

---

① 丁福保辑:《历代诗话续编》,第 351 页。
② 王大鹏等编选:《中国历代诗话选》岳第 555 页。
③ 何文焕辑:《历代诗话》,第 486 页。
④ 罗大经:《鹤林玉露》卷六,文渊阁影印《四库全书》本。
⑤ 苏轼:《苏轼文集》卷六十七,中华书局排印本。

和叔与荆公之说同。今乃以太白下欧、韩而不可破也。"①王巩所记与其他宋人所记相矛盾,可能不实,但其言之凿凿,力引王安石之言辩李、杜并无优劣,这实际上反映出王巩本人对比照李、杜的基本取向。吴可《藏海诗话》云:"叶集之云:'……硕儒巨公,各有造极处,不可比量高下。元微之论杜诗,以为李谪仙尚未历其藩翰,岂当如此说。'异乎微之之论也。此为知言。"②吴可引证叶适之言,针对元稹之论予以驳斥,认为单从铺陈排比与诗法变化上并不能比照李、杜优劣,元稹之论是片面的。张戒《岁寒堂诗话》也拈出黄庭坚、王安石、元稹、韩愈论李白之言,认为黄庭坚持论"太白诗与汉魏乐府争衡",这是"真知太白者";王安石以李白诗识见污下,元稹论断李劣于杜则是不对的;唯"退之于李杜但极口推尊,而未尝优劣,此乃公论也"。③ 张戒辨析诸人之论,明确主张不以优劣论李、杜。其辨析亦见详细。严羽《沧浪诗话》认为:"李杜二公,正不当优劣。太白有一二妙处,子美不能道;子美有一二妙处,太白不能作。"又云:"子美不能为太白之飘逸,太白不能为子美之沉郁。""论诗以李杜为准,挟天子以令诸侯也。"④严羽论断李、杜作为盛唐大诗人,各臻所长,相互间独到之处彼此不能到,李白诗以飘逸不群见长,而杜甫诗则凭深沉郁致为优,二人同为诗坛巨擘,不应有所轩轾。郑景韦《离经》亦认为:"李谪仙,诗中龙也,矫矫焉不受拘束;杜子美,则麟游灵囿,凤鸣朝阳,自是人间瑞物。二豪所得,殆不可以优劣论也。"⑤郑景韦形象地比譬李、杜,认为李白就像诗坛之龙,个性洒脱不拘,矫矫尚健;杜甫则如麒麟优游,凤鸟朝阳,个性优游不迫,茹古涵今。二人具有迥异的个性特征和艺术追求,相互间亦不可比照优劣。

此时期,值得提及的还有欧阳修,其《李白杜甫诗优劣说》云:"杜甫于白,得其一节,而精强过之。至于天才自放,非甫可到也。"⑥欧阳修在北宋初期宋诗尚未形成独特面目的历史背景下,从自身艺术趣尚出发,独持李优杜劣之论,这在宋代诗学批评李白之论中几成绝响。

---

① 王大鹏等编选:《中国历代诗话选》,第 197 页。
② 丁福保辑:《历代诗话续编》,第 339 页。
③ 丁福保辑:《历代诗话续编》,第 451 页。
④ 何文焕辑:《历代诗话》,第 697 页。
⑤ 王大鹏等编选:《中国历代诗话选》,第 873 页。
⑥ 欧阳修著,李之亮笺注:《欧阳修集编年笺注》(第七册),巴蜀书社 2007 年,第 155—156 页。

归结此诗学批评视野中的李白论,可以见出,宋代诗论家们对李杜优劣展开了考察,抑李者认为李诗思想旨向上,少涉伤时忧乱,不见忠荩之忱,艺术表现上体现为变化不足,似大实小;并论李、杜者则认为二人个性迥异,诗作各具所长,并无轩轾。这在批评取向上丰富与拓展了唐人之论,为后世李、杜之论积累了批评养料。

## 二、诗作旨向论

对李白诗歌创作旨向着意辨析,是宋代诗学批评李白论的另一维视野。这之中,由于受理学思想文化的影响,不少诗论家十分强调诗作对社会教化、伦理道德规范等的艺术承载功能,他们由此对李白诗作旨向予以了指责。

王安石言:"李白词语迅快,无疏脱处;然其识污下,诗词十句九句言妇人酒耳。"(惠洪《冷斋夜话》引)[①]王安石认为,李白作诗取思用语均极为迅速,且无空疏脱漏之处,但其诗作取材不雅,识见不纯,格调欠高,创作旨向不合诗教之旨。苏辙《诗病五事》也云:"李白诗类其为人,骏华豪放,华而不实,好事喜名,不知义理之所在也。"[②]苏辙在持论李白为人与作诗豪放俊逸的同时,认为其追华遗实,好尚虚名,诗作中全不见经国济世、君臣父子之义,诗道甚见空疏。葛立方《韵语阳秋》认为:"李白《乐府》三卷,于三纲五常之道,数致意焉。"葛立方肯定李诗创作旨向亦触及纲常之道,但他接着又详细例举李白《君道曲》《东海勇妇》《上留田》《箜篌引》《双燕离》之中诗句,认为其分别于君臣、父子、兄弟、朋友、夫妇之情义不笃,并由此归结李白"此所以不能为醇儒也"。[③] 此论正反立论,通过对李白具体诗作的分析,论断李白思想因素较为驳杂,创作旨向不一,肯定李白不为充蕴忠荩之心的儒者。陆游《老学庵笔记》也认为:"世言荆公《四家诗》后李白,以其十首九首说酒及妇人,恐非荆公之言。白诗乐府外,及妇人者实少,言酒固多,比之陶渊明辈,亦未为过。此乃读白诗不熟者,妄立此论耳。《四家诗》未必有次序,使诚不喜白,当自有故。盖白识度甚浅,……浅陋有索客

---

① 张伯伟编校:《稀见本宋人诗话四种》,第50页。
② 王大鹏等编选:《中国历代诗话选》,第220页。
③ 何文焕辑:《历代诗话》,第557—558页。

之风。"①陆游对王安石编《四家诗》持论异于众人。他认为,王安石编诗其中未必有抑扬,如果说王安石不喜爱李白诗,那是因为其识见浅陋,气度过于飘忽之故。罗大经《鹤林玉露》又认为:"李太白当王室多难,海宇横溃之日,作为歌诗,不过豪侠使气,狂醉于花月之间耳,社稷苍生曾不系其心胸。"②罗大经明确指责李白作诗不关民瘼,不见家国民生系其心怀,而一味以任侠使气、好尚花月为其诗作表现的题材和主旨,极不合艺术的中和原则,故不入风教。

极少数诗论家对李白诗歌创作旨向持相异看法。陈善《扪虱新话》针对人们所记王安石贬斥李白之语,认为:"予谓诗者,妙思逸想所寓而已。太白之神气,当游戏万物之表,其于诗特寓意焉耳,岂以妇人、酒能败其志乎?"③陈善认为,李白人生旨趣表现为以自由自在的心态观照万物,祈求与自然之道相吐纳,诗作为其人生寄意的特有表现形式,其取材用象并不能从根本上影响其创作旨向和诗作涵咏。此论显示出不少辩证意味。吕本中《与曾吉甫论诗第一帖》也云:"如东坡、太白诗,虽规摹广大,学者难依,然读之使人敢道,澡雪滞思,无穷苦艰难之状,亦一助也。"④吕本中在论说李白之诗体制阔大、常人难以追摹的同时,认为其诗所创塑的境界时空,所表现的思想内涵能使人澡雪精神,凝聚思致,于人生存在确为一助,极具现实价值。但他们二人所论与时代风会不甚切合,故影响不著。

## 三、创作才性、渊源承继与审美表现论

论评李白作为诗人的创作才性、渊源承继及其诗作艺术表现和审美风格特征,是宋代诗学批评李白之论的第三维视野。

钱易《南部新书》云:"李白为天才绝,白居易为人才绝,李贺为鬼才绝。"⑤钱易持论李白为天才诗人,认为其诗如有神助,非人力所能到。张戒《岁寒堂诗

---

① 王大鹏等编选:《中国历代诗话选》,第 700 页。
② 王大鹏等编选:《中国历代诗话选》,第 847 页。
③ 王大鹏等编选:《中国历代诗话选》,第 548 页。
④ 郭绍虞主编:《中国历代文论选》(第二册),第 369 页。
⑤ 王大鹏等编选:《中国历代诗话选》,第 142 页。

话》也云："才力有不可及者,李太白、韩退之是也。"①张戒持论李白具有高妙的创作才力,常人难及。吴沆《环溪诗话》又云："杜甫长于学,故以字见功;李白长于才,故以篇见功;韩愈长于气,故十数篇见功。"②吴沆通过比照杜、李、韩三人创作才性,也认为李白才情横溢,诗作以全篇整体见功。沈光《李白酒楼记》详细展开道:"或酒醒神健,视听锐发,振笔着纸,乃以聪明移于月露风云,使之涓洁飞动;移于草木禽鱼,使之妍茂褰掷;移于闺情边思,使之壮气激人,离情溢目;移于幽岩邃谷,使之辽历物外,爽人精魂;移于车马弓矢,悲愤酣歌,使之驰骋决发,如睨幽并,而失意放怀,尽见穷通焉。"③沈光进一步认为李白才性兼擅,深具创作之神,这表现为他能迅速将耳目所触艺术地转化为一篇篇旨味丰腴的诗作。他写尽草木风云、闺情边思、离情幽隐与穷途失意,万事万物只要经他笔触所点,便形神兼具,爽人心魂。此论见出李白作为创作主体的高超艺术表现才力,肯定了其诗作题材与所表趣旨的丰富性。黄庭坚《黄山谷诗话》认为:"太白豪放,人中凤凰麒麟。譬如生富贵人,虽醉着瞑暗噎呓中作无义语,终不作寒乞声耳。"④黄庭坚论及李白性情豪迈旷放,气质高贵超拔,并运用形象的语言比喻其高贵独拔之气质终不可掩。罗大经《鹤林玉露》则认为,李、杜"二公所以为诗人冠冕者,胸襟阔大故也"。⑤ 罗大经持论李白襟怀开阔,并认为这直接影响到其诗作豪迈之风。

　　关于李白诗歌艺术承继,宋代诗论家们也予以了论及。佚名《雪浪斋日记》记:"或云,太白诗其源流出于鲍明远。"⑥范温《潜溪诗眼》云:"惟老杜、李太白、韩退之早年皆学建安,晚乃各自变成一家耳。……李太白亦多建安句法,而罕全篇,多杂以鲍明远体。"⑦范温认为,李白在创作上承继建安文学传统,它质而不俚,气象高华,格力遒壮;同时在具体句法上,则将学习建安文学传统和鲍照诗作相结合。曾季狸《艇斋诗话》认为:"古今诗人有《离骚》体者,惟李白一人,虽老

---

① 丁福保辑:《历代诗话续编》,第452页。
② 惠洪、朱弁、吴沆撰,陈新点校:《冷斋夜话·风月堂诗话·环溪诗话》,第131页。
③ 王大鹏等编选:《中国历代诗话》,第982页。
④ 王大鹏等编选:《中国历代诗话选》,第245页。
⑤ 王大鹏等编选:《中国历代诗话选》,第853页。
⑥ 王大鹏等编选:《中国历代诗话选》,第199页。
⑦ 郭绍虞辑:《宋诗话辑佚》,第315页。

杜亦无似《骚》者。"①曾季貍探本溯源,认为李白作诗渊源于《离骚》之体,在用语和所显体貌上极为相似。朱熹《朱子语类》认为:"李太白终始学《选》诗,所以好。"②朱熹论断李白作诗承继萧统《文选》,显然,《文选》的论文标准"事出于沉思,义归乎翰藻"也为李白作诗所本。上述几人所论,互有别致,但相互间互补互渗,他们共同见出李白诗歌艺术渊源的多面性特点。

在此基础上,李白诗歌艺术表现和审美风格特征成为宋人论评的重点。佚名《雪浪斋日记》云:"欲气格豪逸,当看退之、李白。"③《雪浪斋日记》作者较早持论李白诗所表情性豪迈,格调飘逸。魏泰《临汉隐居诗话》也云:"老杜最善评诗,观其爱李白深矣,至称白则曰:'李侯有佳句,往往似阴铿。'又曰:'清新庾开府,俊逸鲍将军。'信斯言也。"④魏泰引用并称善杜甫对李白诗的论评,以清新、俊逸归结其风格特色。黄庭坚《黄山谷诗话》认为:"余评李白诗如黄帝张乐于洞庭之野,无首无尾,不主故常,非墨工椠人所可拟议。"⑤黄庭坚认为,李白诗开阖自如,不主故常,全无人工之痕,极为自然。其又云:"李白歌诗,度越六代,与汉魏乐府争衡。"⑥黄庭坚见出李诗力图脱却齐梁诗风,而追正汉魏乐府传统的审美特征。许顗《彦周诗话》认为:"张籍王建,乐府宫词皆杰出,所不能追逐李杜者,气不胜耳。"⑦许顗较早论断李白诗以气势见长,认为这必然使其体貌极为劲健。吕本中《童蒙诗训》也认为:"李太白诗如'晓月出天山,苍茫云海间。长风一万里,吹度玉门关',及'沙墩至梁苑,二十五长亭,大舶夹双橹,中流鹅鹳鸣'之类,皆气盖一世,学者能熟味之,自然不褊浅矣。"⑧吕本中以气势归结李白诗之长,并寓意其气势恢宏消解了识见之浅的缺陷。张戒《岁寒堂诗话》又认为:"李太白喜任侠,喜神仙,故其诗豪而逸。"⑨张戒明确持论李白诗豪放飘逸,与《雪浪斋日记》所论甚切。张戒又例比王安石、苏轼与李白诗句道:"如介甫、

① 丁福保辑:《历代诗话续编》,第 322 页。
② 王大鹏等编选:《中国历代诗话选》,第 737 页。
③ 王大鹏等编选:《中国历代诗话选》,第 198 页。
④ 何文焕辑:《历代诗话》,第 319 页。
⑤ 王大鹏等编选:《中国历代诗话选》,第 245 页。
⑥ 王大鹏等编选:《中国历代诗话选》,第 250 页。
⑦ 何文焕辑:《历代诗话》,第 385 页。
⑧ 郭绍虞辑:《宋诗话辑佚》,第 585 页。
⑨ 丁福保辑:《历代诗话续编》,第 459 页。

东坡,皆一代宗匠,然其词气视太白一何远也。"①高倡李白之诗词气高远,他人难及。葛立方《韵语阳秋》云:"今之人多作拙易语,而自以为平淡,识者未尝不绝倒也。……李白云:'清水出芙蓉,天然去雕饰。'平淡而到天然处,则善矣。"②葛立方通过比照宋人诗学趣尚所追求的"平淡"与李白诗所呈现的自然之平淡,极力称扬后者为善。吴沆《环溪诗话》也云:"太白发言造语,宜若率然,初无计较,然用事亦多实,作语亦多健。"③吴沆与黄庭坚、葛立方所论相近,论断李白诗天真自然;但他同时又认为李白诗述事写物意象充实,这强化了诗中所蕴气势,风格极显劲健。敖陶孙《敖器之诗话》又云:"李太白如刘安鸡犬,遗响白云,核其归存,恍无定处。"④敖陶孙运用形象的话语比譬李白诗作风格,认为散缓飘逸乃其最大的审美特征。罗大经《鹤林玉露》认为,李、杜二人诗"此皆自然流出,不假安排"。⑤也与黄庭坚、吴沆等人持相同看法。严羽《沧浪诗话》认为:"太白天材豪逸语,多率然而成者。学者于每篇中,要识其安身立命处可也。"⑥严羽继续以诗风豪放飘逸、自然天成持论李诗艺术表现和审美风格特征,对后世李白之论产生很大的影响。赵与时《宾退录》又记:"刘中叟次庄尘土黄诗序谓:乐府以来,杜甫则壮丽结约,如龙骧虎伏,容止有威;李白则飘扬振激,如游云转石,势不可遏。"⑦刘次庄以意象性的话语比照李、杜诗作风格,也认为气势劲健、流转自如,乃李白诗最大的优长所在。

　　个别诗论家则见出李白诗艺术表现上的缺失和多样性。蔡絛《蔡百衲诗评》道:"李太白诗,逸态凌云,照映千载;然时作齐梁间人体段,略不近浑厚。"⑧蔡絛在肯定李白诗飘逸的同时,认为其不足在于有时显露出齐梁时代诗人的毛病,在诗意、诗境的浑厚蕴籍上见出不足。黄彻《䂮溪诗话》也云:"《剑阁》云:'吾将罪真宰,意欲铲叠嶂',与太白'捶碎黄鹤楼,划却君山好'语亦何异。……

---

①　常振国,降云编:《历代诗话论作家》(上),第641页。
②　何文焕辑:《历代诗话》,第483—484页。
③　惠洪、朱弁、吴沆撰,陈新点校:《冷斋夜话·风月堂诗话·环溪诗话》,第132页。
④　王大鹏等编选:《中国历代诗话选》,第784页。
⑤　王大鹏等编选:《中国历代诗话选》,第853页。
⑥　何文焕辑:《历代诗话》,第697页。
⑦　王大鹏等编选:《中国历代诗话选》,第819页。
⑧　王大鹏等编选:《中国历代诗话选》,第357页。

捶碎、划却之语,但觉一味粗豪耳。故昔人论文字,以意为上。"①黄彻具体拈出李白诗句,认为个中语句有一味豪气而现粗疏的缺点,诗语还应以意致为尚。朱熹《朱子语类》则云:"李太白诗,不专是豪放,亦有雍容和缓底。如首篇'大雅久不作'多少和缓。"②朱熹在人们持论李白诗风格豪放的同时,又见出其也有舒缓的一面。此论断是切合实际的。

总结此诗学批评视野中的李白论,我们见出,宋人在论及李白的创作才性、艺术渊源的基础上,着重对其诗作艺术表现和审美风格特征发表了不同看法:他们见出李白诗豪放俊逸与平淡自然相揉,意象积聚中呈现出以气势见长的特点;同时也指出其缺失在浑厚不足与一味粗豪。这较为全面地论述出李白诗艺术表现的特征,为后人进一步深化对李白的认识打下基础。

总之,宋代诗学批评对李白的论评涉及其创作旨向、为人才性、诗作渊源、艺术表现和审美风格特征等多方面,同时,结合上述方面又展开了对李、杜优劣的集中性比照。这些,为后世诗学批评李白之论累积了丰富的理论批评养料,也基本建构出古典诗学批评李白之论的视野。

---

① 丁福保辑:《历代诗话续编》,第 347—348 页。
② 王大鹏等编选:《中国历代诗话选》,第 736—737 页。

# 第三章　宋代诗学批评中的杜甫论

　　杜甫,这位我国诗歌史上风格独具、继往开来的大家,在古典诗学批评中占有重要的地位。千百年来,各个时代的人们,总是从不同的社会历史背景、文化传承、诗学趣尚等方面去诠释和评价他,这使博大精深的杜甫及其诗作更见积淀丰厚,绚丽多姿,而这些首先与宋代诗学批评对杜甫的下力是分不开的。我们纵观三百年宋代诗学中的杜甫之论,其批评的内涵充实而多样,这为后世诗学批评的杜甫论拓展出广阔的空间。

　　杜甫生前,其诗歌并未得到社会应有的重视,欣赏者寥寥。唯见王昌龄言:"王维诗天子,杜甫诗宰相。"王昌龄把杜甫看作仅次于王维的盛唐诗坛大家。杜甫死后,韩愈、白居易、元稹对他作出高度评价。韩愈《调张籍》云:"李、杜文章在,光焰万丈长。不知群儿愚,那用故谤伤? 蚍蜉撼大树,可笑不自量。伊我生其后,举头遥相望。"[1]韩愈借李白推扬杜甫,对不少人欲比肩李、杜深感可笑。元稹《唐故工部员外郎杜君墓系铭并序》云:"至于子美,盖所谓上薄风、骚,下该沈、宋,古傍苏、李,气夺曹、刘,掩颜、谢之孤高,杂徐、庾之流丽,尽得古今之体势,而兼人人之所独专矣。……则诗人以来,未有如子美者!"[2]元稹对杜甫转益多师、总萃诸家更给予高度评价。然而,就整个中、晚唐而论,杜甫及其诗作是备受冷遇的。我们从今存《唐人选唐诗》(十种)可见一斑。当时,除韦庄《又玄集》选录杜诗7首,其余九种均将杜诗排斥在选目之外,这之中,即便是韦庄所选《西郊》《春望》《禹庙》等7首诗,它们在审美风格上也都偏近于简约清丽,并

---

① 郭绍虞主编:《中国历代文论选》(第二册),第131页。
② 郭绍虞主编:《中国历代文论选》(第二册),第66页。

不能较好地体现出杜诗丰厚的思想内涵和独特的美学品格,故仍止于对杜诗的一种片面认识。

入宋后,上述情形逐渐发生了变化。此时,社会的各种矛盾、民族间的对峙深深地触动着文人士大夫敏感的神经,充分激发起他们的忧国忧民之情。杜诗的意旨品格与这一社会情境至为合拍,杜诗开始为人们所普遍肯定和推重。

# 一、从推重到神化论

宋初,王禹偁在《日长简仲咸》一文中云:"子美集开诗世界",首先肯定杜甫独特的诗作取向和艺术表现为我们开掘出一个新的诗美世界。之后,很多人开始从不同方面评论杜甫。田锡《贻宋小著书》在列举唐人诗文特点时言"李白、杜甫之豪健"。田锡承继白居易《与元九书》"又诗之豪者,世称李、杜"之论,见出杜甫诗作的豪气特征。欧阳修《堂中画像探题得杜子美》吟道:"风骚久寂寞,吾思见其人。杜君诗之豪,来者孰比伦。"[1]欧阳修也用"豪"字概括杜诗审美特征,并认为杜诗的"豪"是后人无与伦比的。编选《唐文粹》一百卷的姚铉在其书序中认为:"有唐三百年,用文治天下。陈子昂起于庸蜀,始振《风》《雅》。由是沈、宋嗣兴,李、杜杰出;六义四始,一变至道。"[2]陈子昂从振兴诗道、标举风雅的角度肯定杜甫,认为杜诗接承诗歌传统之正,其创作至为"杰出"。张方平《读杜工部诗》吟道:"文物皇唐盛,诗家老杜豪。雅音还正始,感兴出离骚。连海张鹏翅,追风骋骥髦。三春上林苑,八月浙江涛。"[3]张方平从杜甫诗作取向及审美特征立论,认为杜诗在接承诗歌传统之正的过程中,形成自身"浑涵汪茫"的独特艺术境界和风格。其《读杜诗》又云:"杜陵有穷老,白头惟苦吟。正气自天降,至音感人深。昭回切云汉,旷眇包古今。万壑入溟海,一枝成邓林。掩抑鬼神泣,寂寞星月沉。……流寓四方路,浩荡平生心。每览《述怀》篇,使我清泪淫。"[4]详尽地对杜甫博大深沉的思想感情、艰难苦恨的人生历程、融通古今的艺

---

① 华文轩编:《古典文学研究资料汇编·杜甫卷》,中华书局1964年,第69页。
② 蒋述卓等编著:《宋代文艺理论集成》,第35页。
③ 华文轩编:《古典文学研究资料汇编·杜甫卷》,第71页。
④ 华文轩编:《古典文学研究资料汇编·杜甫卷》,第72页。

术技巧及其诗作高度的现实价值予以了描述。宋祁《新唐书·杜甫传》认为："逮开元间,稍裁以雅正,然恃华者质反,好丽者壮违,人得一概,皆自名所长。至杜甫,浑涵汪茫,千汇万状,兼古今而有之。他人不足,甫乃厌余,残膏剩馥,沾丐后人多矣!故元稹谓:'诗人以来,未有如子美者。'"①宋祁深化张方平诗意,认为杜甫承前启后,总萃诸家,是善于创造出浑茫无垠诗境的大家,其诗作的思想内涵和艺术技巧深刻影响到后世。王安石云:"至于甫,则悲欢、穷泰、发敛、抑扬、疾徐、纵横,无施不可。故其诗有平淡简易者;有绮丽精确者;有丽重威武若三军之师者;有奋迅驰骤若泛驾之马者;有淡泊闲静若山谷隐士者;有风流蕴藉若贵介公子者。盖其诗绪密而思深,观者苟不能臻其阃奥,未易识其妙处。"(何汶《竹庄诗话》引)②王安石十分形象地道出杜诗所蕴内涵及其风格特征的多样性,他并且认为杜诗肌理细密,思虑深至,由此十分推重。苏轼《书唐氏六家书后》云:"如杜子美诗,格力天纵,奋有汉、魏、晋、宋以来风流。"③陈师道《后山诗话》又记苏轼之言:"子美之诗,退之之文,鲁公之书,皆集大成者也。"④苏轼也大声疾呼杜甫集诸家所长而为诸家所不及。对此,秦观《韩愈论》也言:"犹杜子美之于诗,实积众家之长,适当其时而已。"⑤秦观高度肯定杜甫善于继承,取人所长,艺术地应和共鸣了时代社会的变化发展。

李纲《重校杜子美集序》云:"子美之诗凡千四百三十余篇,其忠义气节、羁旅艰难、悲愤无聊,一见于诗。句法理致,老而益精。"⑥李纲全面地从内容和形式两方面论及杜诗,见出杜诗取材广泛,气格郁勃,技巧精熟。张戒《岁寒堂诗话》认为:"世徒见子美诗多粗俗,不知粗俗语在诗句中最难,非粗俗,乃高古之极也。自曹刘死至今一千年,惟子美一人能之。……子美之诗,颜鲁公之书,雄姿杰出,千古独步,可仰而不可及耳。"⑦张戒高倡杜诗取意高古,融通古今,令人景仰。葛立方《韵语阳秋》极力肯定杜诗具有不朽的价值,认为:"然自唐至宋已

---

① 蒋述卓等编著:《宋代文艺理论集成》,第63页。
② 常振国、降云编:《历代诗话论作家》(上),第292页。
③ 蒋述卓等编著:《宋代文艺理论集成》,第283页。
④ 何文焕辑:《历代诗话》,第304页。
⑤ 蒋述卓等编著:《宋代文艺理论集成》,第390页。
⑥ 蒋述卓等编著:《宋代文艺理论集成》,第623页。
⑦ 丁福保辑:《历代诗话续编》,第450—451页。

数百载,而草堂之名与其山川草木皆因公诗以为不朽之传。盖公之不幸,而其山川草木之幸也。"①延展到蔡梦弼,其《杜工部草堂诗话》重申:"子美亦集诗之大成欤","逮至子美之诗,周情孔思,千汇万状,茹古涵今,无有涯涘,森严昭焕,若在武库,见戈戟布列,荡人耳目,非特意语天出,尤工于用字,故卓然为一代冠,而历世千百,脍炙人口"。②蔡梦弼既评断杜诗卓绝一代,又分析个中原因,立论极富说服力。他集录宋代"名儒"评杜言论200余条成《杜工部草堂诗话》,为杜诗学史上第一部评论专集,故在理论与实践上都把对杜甫的推重上升到一个高度。

在对杜甫及其诗作大力肯定的过程中,两宋诗学批评也出现把杜甫偶像化、神化的倾向。孙仅《读杜工部诗集序》云:"其夐邈高耸,则若凿太虚而嗷万籁;其驰骤怪骇,则若仗天策而骑箕尾;其首截峻整,则若俨钩陈而界云汉。枢机日月,开阖雷电,昂昂然神其谋、挺其勇、握其正,以高视天壤,趋入作者之域,所谓真粹气中人也。"③孙仅使用意象性的话语进行描述,认为杜甫可"高视天壤",在创作上取向不俗,格调超拔,句法整饬而多变,到达精粹气贯的高度,故成为近乎神一样的诗人。这开启明人以"诗圣"论杜甫之先河。秦观《韩愈论》引用孟子之言,"孔子,圣之时者也。孔子之谓集大成者",将杜甫与孔子相比譬:"呜呼,杜氏韩氏,亦集诗文之大成者欤!"④在宋代理学逐渐昌明的背景下,秦观将杜甫论为"集诗文之大成者",这又在很大程度上寓意着对杜甫的封建正统化和道德理念化,从汉儒诗教的立场上神化了杜甫。杨万里《江西宗派诗序》也云:"今夫四家者流,苏似李,黄似杜:苏李之诗,子列子之御风也;杜黄之诗,灵均之乘桂舟,驾玉车也。无待者神于诗者欤? 有待而未尝有待者,圣于诗者欤?"⑤杨万里分别标举出唐宋两大时代诗歌领袖,认为杜诗绝然有别于出神入化的"无待"之品,但它却能在"有待"中脱却"有待",化有为无,汇形于神,开创出一个诗歌创作中的新境界,就像诗歌殿堂里的圣人一般。此后,严羽《沧浪诗话》也云:"诗

① 何文焕辑:《历代诗话》,第538页。
② 常振国,降云编:《历代诗话论作家》(上),第283页。
③ 华文轩编:《古典文学研究资料汇编·杜甫卷》,第59页。
④ 蒋述卓等编著:《宋代文艺理论集成》,第391页。
⑤ 蒋述卓等编著:《宋代文艺理论集成》,第819页。

而入神,至矣,尽矣,蔑以加矣。惟李杜得之,他人得之盖寡也。"①严羽并论李、杜,也把杜诗标举到出神入化的境地。它至高至极,各方面都难以复加,是人所不可企及的。

纵观这一维批评视野中的杜甫论,它由对杜甫及其诗作不同方面的肯定到总体评断他为诗歌史上的集大成者,这内中掺和着对杜甫的一味推崇。个别诗论家脱离诗人所处社会历史立论,把杜甫看成一个无所不能、无体不精的诗人,这无疑片面地把杜甫偶像化、神化了。在不经意中,失却了诗学批评应有的辩证态度。

## 二、诗人思想与诗作内涵论

宋代诗学批评杜甫论的另一个很重要的切入点,是从杜甫思想和诗作内涵表现上来论评他。

晁说之《杜诗》吟道:"古人愁在吾愁里,庾信江淹可共论。孰似少陵能叹息,一身牢落识乾坤。"②晁说之通过比照不同诗人,盛赞杜甫一生虽流离漂泊,但却能把个人的哀愁扩展开去,心怀天下,情系苍生。朱弁《风月堂诗话》云:"有论诗者曰:'老杜以稷契自许,而有志于斯人者。故于《茅屋为秋风所破歌》,其词云:"安得广厦千万间,大庇天下寒士俱欢颜。"又云:"呜呼眼前何如突兀见此屋,吾庐独破受冻死亦足。"意在是也。'予曰:'孟子论士,穷则独善其身,达则兼善天下。又言得志事虽不两立,而穷能不忘兼善,不得志而能不忘泽民,乃仁人君子之用心也。'"③朱弁直接从儒家穷善兼达的传统思想出发,认为杜甫与受传统儒家思想影响的士人还有所不同,这便是他不论自身境遇的"穷"与"达",总是以家国为重,以生民为怀,把忧国忧民之情贯串始终。对此,黄淮也认为杜甫"忠君爱国之意,常拳拳于声嗟气叹之中",充分肯定杜甫崇高的思想情怀。陆游《读杜诗》云:"千载诗亡不复删,少陵谈笑即追还。常憎晚辈言诗史,清庙

---

① 何文焕辑:《历代诗话》,第 687 页。
② 羊春秋等选著:《历代论诗绝句选》,第 69 页。
③ 惠洪、朱弁、吴沆撰,陈新点校:《冷斋夜话·风月堂诗话·环溪诗话》,第 115 页。

生民伯仲间。"①陆游与姚铉、张方平一样,把杜甫看成"风""雅"精神的直接继承者,其诗作和《诗经》中的《清庙》《生民》具有同等重要的意义。他不同意止于用"诗史"评断杜诗,极力标树杜甫为忧国忧民的民众诗人。

张戒常从儒家诗教出发诠释杜诗内涵。然而,其《岁寒堂诗话》也言:"少陵在布衣中,慨然有致君尧舜之志,而世无知者,虽同学翁亦颇笑之,故'浩歌弥激烈','沈饮聊自遣'也。此与诸葛孔明抱膝长啸无异,读其诗,可以想其胸臆矣。嗟夫,子美岂诗人而已哉!"②这里,张戒无意中突破自身思想局囿,肯定杜甫有兼济苍生之志,其胸臆高远,"岂诗人而已"。黄彻《䂖溪诗话》也认为:"今观杜集忧战伐,呼苍生,悯疮痍者,往往而是,岂止三四十而已哉,岂乐天未尝熟考之耶?"③黄彻继续界定杜诗意旨乃为民而歌,其数量并非如白居易所言仅三四十篇,事实应该是杜甫把忧国忧民作为其诗作的内在精神品格。戴复古《杜甫祠》归结道:"平生稷契心,致君尧舜上。……高吟比兴体,力救风雅丧。如史数十篇,才气一何壮。"④极赞杜甫匡扶社稷之志及以诗的形式对现实的切入,认为其诗作直逼现实,气势充沛。其《论诗十绝》又云:"飘零忧国杜陵老,感遇伤时陈子昂。近日不闻秋鹤泪,乱蝉无数噪斜阳。"⑤更在对时人无病呻吟的针砭中不忘重提杜甫崇高的思想情怀。

同样,此时期,在对杜甫思想情怀和诗作内涵作出高度评价的过程中,也一定程度上出现两种穿凿、曲解杜诗的批评取向。

苏轼《王定国诗集叙》云:"古今诗人众矣,而杜子美为首,岂非以其流落饥寒,终身不用,而一饭未尝忘君也欤"⑥苏轼从忠君的角度来界定杜甫思想旨向,认为杜甫是古今诗人中忠君的典范。这一立论把杜甫以家国为重,以生民为怀的崇高思想感情简化,狭隘化为"一饭未尝忘君",为后世以忠君解读杜诗之滥觞。黄彻《䂖溪诗话》认为:"杜老非畏乱离,其所以愁愤于干戈盗贼者,盖以王

---

① 羊春秋等选注:《历代论诗绝句选》,第 84 页。
② 丁福保辑:《历代诗话续编》,第 467 页。
③ 丁福保辑:《历代诗话续编》,第 400 页。
④ 羊春秋等选注:《历代论诗绝句选》,第 129 页。
⑤ 羊春秋等选注:《历代论诗绝句选》,第 128 页。
⑥ 蒋述卓等编著:《宋代文艺理论集成》,第 257 页。

室元元为怀也，俗士何以识之。"①黄彻也从以王室为怀、耿耿忠君的角度阐释诗人"愁愤"之因。潘淳《潘子真诗话》又云："山谷尝谓余言：老杜虽在流落颠沛，未尝一日不在本朝。"②潘淳从形与心的比较角度，评断杜甫为人和作诗的立场与视点，论断也过于封建道德化。刘宰把对杜诗思想内涵的穿凿上升到极点，他论道："诗家以杜陵为首，正谓其无一篇不寓尊君敬上之义。"完全从封建正统忠君思想和伦理思想出发曲解杜诗，把杜诗广阔深厚的社会内涵狭隘化、概念化了。

　　与此同时，不少诗论家又从汉儒狭隘的诗教立场来称扬杜诗。司马光《温公续诗话》云："古人为诗，贵于意在言外，使人思而得之，故言之者无罪，闻之者足以戒也。近世诗人，惟杜子美最得诗人之体。"③司马光较早地从儒家中和诗教精神立论杜诗内涵表现，认为杜诗贵于意在言外，闻之足戒，是完全吻合诗教传统的。稍后，陈造《答陈梦锡书》也云："夫三百篇之为经，后世无以加。士以诗名，舍是无善学。屈氏之骚，杜氏之古律，三百篇之正派。"④也把杜诗看成合于封建诗教传统之正的典范。张戒《岁寒堂诗话》更认为："杜子美、李太白，才气虽不相上下，而子美独得圣人删诗之本旨，与《三百五篇》无异，此则太白所无也。"⑤其又云："然子美诗读之，使人凛然兴起，肃然生敬，《诗序》所谓'经夫妇，成孝敬，厚人伦，美教化，移风俗'者也。"⑥张戒通过比较李、杜诗作取向与意旨，抑李扬杜，极言杜甫深得诗教之旨，诗作温柔敦厚，和平中正，移风易俗。其还云："孔子删诗，取其思无邪者而已。自建安七子、六朝、有唐及近世诸人，思无邪者，惟陶渊明、杜子美耳，余皆不免落邪思也。"⑦张戒直接从汉儒诗教"思无邪"的角度标举杜诗文质纯正，思虑清洁，是合于诗教的典范。陈善《扪虱新话》更认为："老杜诗当是诗中《六经》，他人诗乃诸子之流也。"⑧陈善明确把杜诗视为"六经"，这在把杜甫及其诗作道德化、诗教化的轨道上走得更远。这一批评

---

① 丁福保辑：《历代诗话续编》，第 378 页。
② 郭绍虞辑：《宋诗话辑佚》，第 310 页。
③ 何文焕辑：《历代诗话》，第 277 页。
④ 华文轩编：《古典文学研究资料汇编·杜甫卷》，第 659 页。
⑤ 丁福保辑：《历代诗话续编》，第 469 页。
⑥⑦ 丁福保辑：《历代诗话续编》，第 465 页。
⑧ 常振国、降云编：《历代诗话论作家》（上），第 286 页。

取向泯灭了杜诗的批评精神,消去了杜诗沉郁起伏的发敛之气。

归结这一维批评视野中的杜甫论,有对杜甫创作思想及其诗作内涵的深入分析,也有穿凿与曲解杜诗的批评取向。一些人或把杜甫看作忠君的典范,或论断杜诗极合于温柔敦厚的汉儒诗教,而这两种偏向与对杜甫的深入分析又相互参合,这使宋代诗学批评在对杜甫及其诗作内涵高度肯定的同时,也为他罩上几圈神圣的光环。

# 三、"诗史"论

宋代诗学批评杜甫论还有一个极具特色的视点,便是用"诗史"称扬杜诗。我们循着这一视点线索,可以见出宋人对杜甫现实主义创作特征的各异理解。

用"诗史"立论杜诗,最早是在晚唐。孟棨《本事诗》曾云:"杜逢禄山之难,流离陇蜀,毕陈于诗,推见至隐,殆无遗事,故当时号为'诗史'。"①孟棨第一次使用"诗史"这个词,来概括杜甫在安史之乱时的创作特征,见出杜甫以诗的形式"毕陈"时事,并且"殆无遗事"。这是从"记时事之详"的角度加以运用的。入宋后,这一术语得到广泛阐释。诗僧文莹承继孟棨"诗史"之论内涵,在《玉壶诗话》中认为杜诗乃"一时之史"。宋祁《新唐书·杜甫传》云:"甫又善陈时事,律切精深,至千年不少衰,世号'诗史'。"②宋祁也从善记时事这个角度称扬杜诗。胡宗愈《成都草堂诗碑序》云:"先生以诗鸣于唐,凡出处、动息劳佚、悲欢忧乐、忠愤感激、好贤恶恶,一见于诗,读之可以知其世。学士大夫,谓之诗史。"③胡宗愈在孟棨、宋祁等人论杜诗善记时事的基础上,认为杜诗对现实的反映不是照章实录,而是通过诗人的主观感受来切入现实,它把作者强烈的情感评判都融注于诗,因而是一般历史所不能比拟的。通过它,我们可知人论世,抑扬史笔。这一立论取向突出了杜诗的艺术特征,见出杜甫激扬时事、铺陈史实的现实主义创作特色,十分中的。魏泰《临汉隐居诗话》也认为,杜诗之所以称为"诗史","非但

---

① 华文轩编:《古典文学研究资料汇编·杜甫卷》,第38页。
② 蒋述卓等编著:《宋代文艺理论集成》,第63—64页。
③ 华文轩编:《古典文学研究资料汇编·杜甫卷》,第92页。

叙尘迹,撦故实",而是因为它表现出史笔不能到的时代气氛。这一理解也见出杜诗对时代社会历史的艺术折射之功。黄庭坚《次韵伯氏寄赠盖郎中喜学老杜诗》吟道:"老杜文章擅一家,国风纯正不欹斜。帝阍悠邈开关键,虎穴深沉样爪牙。千古是非存史笔,百年忠义寄江花。"①黄庭坚从魏晋时"文""笔"之分的角度,认为杜诗平和中正,直记时事,起到的是"史笔"一样的识见作用。黄彻《碧溪诗话》则认为:"子美世号'诗史',观《北征》诗云:'皇帝二载秋,闰八月初吉。'《送李校书》云:'乾元元年春,万姓始安宅。'……史笔森严,未易及也。"②黄彻与黄庭坚对杜甫独特创作取向的界定有所差异,而认为杜甫叙事笔法客观、细致。陈岩肖《庚溪诗话》进一步认为:"杜少陵子美诗,多纪当时事,皆有据依,古号'诗史'。"③又云:"少陵诗非特纪事,至于都邑所出,土地所生,物之有无贵贱,亦时见于吟咏。"④陈岩肖把杜诗为"诗史"的涵义作过于实体化的理解。其举例道:"如云:'急须相就饮一斗,恰有青铜三百钱。'丁晋公谓以是知唐之酒价也。"⑤又:"江南五月梅熟时,霖雨连旬,谓之黄梅雨。然少陵曰:'南京犀浦道,四月熟黄梅。湛湛长江去,冥冥细雨来。'盖唐人以成都为南京,则蜀中梅雨,乃在四月也。"⑥完全从符合逻辑事理的"实录"角度理解"诗史"之论,当然也就显得颇为机械。此后,蔡居厚《蔡宽夫诗话》又云:"子美诗善叙事,故号诗史。"⑦蔡居厚从杜诗艺术表现技巧上立论"诗史"内涵,见出了杜诗善用"赋"的特征。

从这一维诗学批评可以看出,宋人用"诗史"称扬杜诗的涵义是十分丰富的。这之中,有些理解见出杜诗激扬时事、铺陈史实的现实主义特征,有些理解则不免流于机械化。然而,它们在把杜诗与历史事件相连这点上是相通的。由这一视点观照,可见出一代诗学批评的多元取向。

总之,宋代诗学批评视野中的杜甫论,从对杜甫及其诗作总体上的大力肯定到出现偶像化、神化的批评倾向;由对杜甫思想旨向及其诗作内涵的高度张扬到

① 华文轩编:《古典文学研究资料汇编·杜甫卷》,第 123 页。
② 丁福保辑:《历代诗话续编》,第 348—349 页。
③④ 丁福保辑:《历代诗话续编》,第 167 页。
⑤ 丁福保辑:《历代诗话续编》,第 167—168 页。
⑥ 丁福保辑:《历代诗话续编》,第 168 页。
⑦ 郭绍虞辑:《宋诗话辑佚》,第 393 页。

一定程度上出现穿凿、曲解杜诗的取向；从用"诗史"称扬杜诗到"诗史"意义的多样化，诗学批评杜甫论的视野被不断拓展出来。这为后世更辩证深入地研究杜甫提供了广阔的空间。

# 第四章　宋代诗学批评中的韩愈论

韩愈这位我国中唐时期具有独特艺术追求的诗文大家,在宋代诗学批评中受到广泛的关注。人们结合特定历史时期诗学趣尚对其予以大量的论评。这些论评,其维面主要体现在:一、从是否本色与能否通变的角度整体考察其诗歌创作;二、对韩愈作为诗人的主体素质及其诗作审美特征展开论评;三、对韩诗独特的法则技巧着意辨析。这些都极大地拓展了诗学批评韩愈论的内涵,为后世诗学批评韩愈论的不断深化奠定了基础。

叶燮《原诗》曾云:"韩愈为唐诗之一大变,其力大,其思雄,崛起特为鼻祖。宋之苏、梅、欧、苏、王、黄,皆愈为之发其端,可谓极盛。"①此乃切合诗史之论。在诗学批评中,韩愈是作为一个对宋诗产生很大影响的诗人,进入宋代诗学批评视野的。

## 一、诗歌创作取向与诗体论

韩愈以文为诗的创作取向,奇崛险怪、变化议论的诗体诗法,是否契合传统诗体质性,是否顺应诗歌的宏观历史发展,这是宋代诗论家们首先考察的问题。人们结合对当时诗歌创作实践的思考,对此予以了辨析。黄庭坚在诗作实践中受韩愈影响不小,但他认为:"诗文各有体,韩以文为诗,杜以诗为文,故不工尔。"(陈师道《后山诗话》引)②黄庭坚从不同文学体式各有自身内在的本质特

---

① 王夫之等:《清诗话》,上海古籍出版社 1978 年,第 570 页。
② 何文焕辑:《历代诗话》,303 页。

征出发,认为无论以文为诗或以诗为文都可能破坏各自文体的审美质性,故对此文体而言,它肯定不见工致,这连杜甫、韩愈这样的诗文大家也不例外。陈师道《后山诗话》云:"退之以文为诗,子瞻以诗为词,如教坊雷大使之舞,虽极天下之工,要非本色。"①陈师道较早拈出"本色"一词来衡量韩诗,从维护传统诗体质性的角度,认为韩诗虽然极见纯熟自如,但模糊了诗、文作为不同文体的界限,故不是传统意义上的好诗。惠洪《冷斋夜话》记沈括之言:"退之诗,押韵之文耳,虽健美富赡,然终不近诗。"②沈括更明确地从规范诗体的角度否定韩诗,界定它虽气势劲健,辞采富赡,但不属诗体,只不过是押韵之文罢了。此论对韩诗的持异较之黄、陈二人推进一步。沈括同僚中的王存也赞同其看法。朱弁对韩愈给他自己作为诗人的定位持以异议,其《风月堂诗话》云:"韩退之云:'余事作诗人。'未可以为笃论也。"③朱弁对韩愈把诗人定位为"余事"之人不以为然,认为这实际上寓意着贬低了诗作为文学之体的意义,与人们的传统观念不合。范晞文《对床夜语》记刘克庄之言:"唐文人皆能诗,柳尤高,韩尚非本色。"④刘克庄仍承北宋陈师道等人之论,论断韩诗不合传统诗体质性。这反映出在南宋末年,诗体"本色"观念在一些人中仍有一定的市场。

与上述对韩诗创作取向、诗体诗法持异相对的是,更多的人称扬韩诗。刘攽《中山诗话》记:"欧公亦不甚喜杜诗,谓韩吏部绝伦。"⑤欧阳修十分欣赏韩诗,力倡在平易质朴中以文为诗,这影响到苏轼、王安石等不少诗人。其《六一诗话》阐述道:"退之笔力,无施不可,而尝以诗为文章末事,故其诗曰:'多情怀酒伴,余事作诗人'也。然其资谈笑,助谐谑,叙人情,状物态,一寓于诗,而曲尽其妙。"⑥欧阳修认为,韩愈致力于散文创作,故把写诗作为文章末事,这在创作心理与态度上似乎轻视诗歌;但他的诗,实际上无所不写,题材内容十分广阔,并极善于细致地表现所写事物,这极大地拓展了诗歌的表现空间,丰富了诗歌的表现手法,实是一种值得张扬的诗作。佚名《雪浪斋日记》云:"王逸少于书知变,犹

① 何文焕辑:《历代诗话》,第309页。
② 张伯伟编校:《稀见本宋人诗话四种》,第25页。
③ 惠洪、朱弁、吴沆撰,陈新点校:《冷斋夜话·风月堂诗话·环溪诗话》,第101页。
④ 丁福保辑:《历代诗话续编》,第416页。
⑤ 何文焕辑:《历代诗话》,第288页。
⑥ 何文焕辑:《历代诗话》,第272页。

退之于诗知变,则'一洗万古凡马空'也。"①《雪浪斋日记》作者认为,韩愈在诗歌创作中是个通变者,他不步盛唐、中唐诸人诗作后尘,而是独辟蹊径,从变求通,这使其诗能超然迈伦,脱却凡俗。王直方《王直方诗话》记:"东坡云:'书之美者莫如颜鲁公,然书法之坏自鲁公始;诗之美者莫如韩退之,然诗格之变自退之始。"②从论诗取向上来说,苏轼此论不见称扬之意。但他立足于较为辩证的角度,认为韩诗在极显奇崛之美中改变了传统诗歌的作法和审美风格特征。它纵横雄放,变化议论,成为一种异于时人的诗体,故对唐诗而言为一变。苏轼实际上也肯定韩诗乃知变的产物。前述惠洪《冷斋夜话》亦记,吕惠卿在与沈括等人讨论韩诗时言:"诗正当如是,吾谓诗人亦未有如退之者。"③吕惠卿对韩诗极力推崇,论断韩愈为开辟诗道以来的前无古人者。此论极显意气化。在讨论者中,李常亦持相同看法。范温《潜溪诗眼》云:"老杜李太白韩退之早年皆学建安,晚乃各自变成一家耳。"④范温从分析杜、李、韩三人诗作承继出发,肯定各自能推陈出新,自成一家。这从创作取向上极大地张扬了韩诗。吴沆《环溪诗话》记:"环溪从兄常从容谓:古今诗人既多,各是其是,何者为正? 环溪云:'若论诗之妙,则好者固多;若论诗之正,则古今惟有三人。所谓一祖、二宗,杜甫、李白、韩愈是也。'"⑤吴沆独出新意地将韩诗与李杜诗一同标树为古今诗作之正,这寓意着在诗作内容和诗法形式上视三人为诗人中的典范。此论极大地抬高了韩诗在诗歌史上的地位,与陈师道等人所持韩诗非"本色"之论针锋相对。

同样肯定韩诗,但与上述诸人稍见区别的是张戒和严羽,二人立论更见持平。张戒《岁寒堂诗话》六:"韩退之诗,爱憎相半,爱者以为虽杜子美亦不及,不爱者以为退之于诗本无所得,自陈无己辈皆有此论。然二家之论俱过矣。以为子美亦不及者固非,以为退之于诗本无所得者,谈何容易耶?"⑥张戒以较平正的态度分析前此一些人对韩愈的片面抑扬,认为其持论是偏于意气化的。他又比照杜、李、韩三人道:"子美笃于忠义,深于经术,故其诗雄而正。李太白喜任侠,

---

① 王大鹏等编选:《中国历代诗话选》,第 198 页。
② 郭绍虞辑:《宋诗话辑佚》,第 4—5 页。
③ 张伯伟编校:《稀见本宋人诗话四种》,第 25 页。
④ 郭绍虞辑:《宋诗话辑佚》,第 315 页。
⑤ 惠洪、朱弁、吴沆撰,陈新点校:《冷斋夜话·风月堂诗话·环溪诗话》,第 130 页。
⑥ 丁福保辑:《历代诗话续编》,第 458 页。

喜神仙,故其诗豪而逸。退之文章侍从,故其诗文有廊庙气。退之诗正可以太白
为敌,然二豪不并立,当屈退之第三。"①张戒对杜、李、韩三人思想旨向和诗作审
美特征细致辨析,界定韩居杜、李之后。此论当然仍是一家之言,也难以避却意
气化,但其对韩诗的肯定应该说具有一定的说服力。严羽《沧浪诗话》云:"以人
而论,则有:……韩昌黎体。"②"五言绝句,众唐人是一样,少陵是一样,韩退之是
一样,王荆公是一样,本朝诸公是一样。"③严羽也首先从诗体意义上肯定韩愈独
特的创作,认为其诗独自成体,与众唐人、杜甫等人诗均有互别。其又云:"韩退
之《琴操》极高古,正是本色,非唐贤所及。"④严羽针对一些人言韩诗非"本色"
之论,指出韩诗中像《琴操》这样的古体诗,极见高古,与汉魏六朝诗作格调、旨
趣相合,不是一般诗人所能达到的。其《答吴景仙书》还云:"又谓韩柳不得为盛
唐,犹未落晚唐,以其时则可矣。"⑤此论从诗歌发展演变的宏观历史出发,见出韩
诗不步趋前人,又努力不落流俗,它顺应了时代发展的必然,符合艺术发展的规律。
严羽论诗推崇盛唐,但他并不因此就贬低韩诗,相反,却极力肯定韩诗"以其时则
可",立论极见平正。这比吕惠卿、吴沆等人一味抬高韩诗,更令人信服。

　　归结此批评视野,我们看出,宋代诗论家们对韩诗予以了反复的辨析。少数
持异者从维护诗体的立场出发,论断韩诗不合"本色",违背了传统诗体的审美
质性;大多数肯定者则由诗歌的宏观历史发展立论,论断韩愈为知变者,其诗顺
应时代的发展,个别人甚至把它标树为诗体之正。这形成一定的理论交锋,反映
出宋人在诗作实践和理论探求中对不同诗作取向的多方面思考。

## 二、诗人才性与诗作审美特征论

　　宋代诗学批评韩愈论的另一个重要切入面,是抓住韩愈作为诗人的主体素
质及其诗作所显现的审美特征而展开论评。

---

① 丁福保辑:《历代诗话续编》,第 459 页。
② 何文焕辑:《历代诗话》,第 689 页。
③ 何文焕辑:《历代诗话》,第 695 页。
④ 何文焕辑:《历代诗话》,第 698 页。
⑤ 何文焕辑:《历代诗话》,第 707 页。

　　韩愈作为诗人的最大特点何在？这一论题在宋人诗论中被反复论及。佚名《雪浪斋日记》云："读退之《南山》诗，颇觉似《上林》《子虚赋》，才力小者不能到。"①《雪浪斋日记》作者通过例举韩愈《南山》一诗，认为它具有汉大赋铺张扬厉、纵横富赡的审美特征，这是才力小的诗人所难以创造出的，故对韩愈作为诗人的才力高度推扬。陈师道《后山诗话》也云："退之于诗，本无解处，以才高而好尔。"②陈师道对韩愈以文为诗的创作取向深持异议，因而，认定韩诗并无何超越前人之处；但他同时又认为，韩愈有高蹈才力，这使其诗仍不失为好诗。吴可《藏海诗话》又云："有大才，作小诗辄不工，退之是也。"③吴可界定韩愈才力巨大，这适合作鸿篇巨制。他创作的散文"起八代之衰"，成为后世的典范；但让他熔炼才情于短章，却显不合适，因为短小的体制难以驰骋才力，故其诗不见工致。此看法也得到诗人韩驹的赞同。张戒《岁寒堂诗话》肯定道："才力有不可及者，李太白韩退之是也。"④又展开分析道："退之诗，大抵才气有余，故能擒能纵，颠倒崛奇，无施不可。放之则如长江大河，澜翻汹涌，滚滚不穷；收之则藏形匿影，乍出乍没，姿态横生，变怪百出，可喜可愕，可畏可服也。"⑤张戒从韩诗所呈审美风格特征立论，认为它之所以能纵横疾徐，收放自如，千奇百怪，姿态横生，这完全与他作为诗人的才情气质有关，其才气盛盈确令人叹为观止。张戒又认为："柳柳州诗，字字如珠玉，精则精矣，然不若退之之变态百出也。使退之收敛而为子厚则易，使子厚开拓而为退之则难。意味可学，而才气则不可强也。"⑥张戒通过比照韩、柳二人诗作特征，高倡韩愈有不可强学之才气，这是其诗"变态自出"的根本原因所在，而这是一般诗人所难以臻全的。

　　宋代诗论在大力称扬韩愈作为诗人有才的同时，对韩诗在审美上的特征予以较详细的论析。李颀《古今诗话》记："东坡云：'子厚诗在陶渊明下，韦苏州上，退之诗豪放奇险则过之，而温丽精深不及也。'"⑦苏轼通过比照韩、柳二人

① 王大鹏等编选：《中国历代诗话选》，第 198 页。
② 何文焕辑：《历代诗话》，第 304 页。
③ 丁福保辑：《历代诗话续编》，第 337 页。
④ 丁福保辑：《历代诗话续编》，第 452 页。
⑤ 丁福保辑：《历代诗话续编》，第 458 页。
⑥ 丁福保辑：《历代诗话续编》，第 459 页。
⑦ 郭绍虞辑：《宋诗话辑佚》，第 264 页。

诗,认为韩诗在气韵格调上豪放奇险甚过柳诗,但在温婉绵丽和表意之精细上则不及柳诗。柳诗外枯中膏,似淡实美;而韩诗则一味求豪逐险,在诗味的吟玩上见出缺欠。蔡居厚《蔡宽夫诗话》云:"退之诗豪健雄放,自成一家,世特恨其深婉不足。《南溪始泛》三篇,乃末年所作,独为闲远,有渊明风气,而《诗选》亦无有。"①蔡居厚在对韩诗审美特征的探讨上与苏轼一样,见出韩诗气势有余,然深婉不足,缺少反复吟咏之味。这一点在其晚年诗作中得到一定程度的修正。蔡絛《蔡百衲诗评》则云:"韩退之诗,山立霆碎,自成一法;然譬之樊侯冠佩,微露粗疏与。"②蔡絛此论与苏轼之论直通,见出韩诗虽卓然独立,自成一体,然不够精细,与传统诗歌比较注重艺术形式的表现稍见出入,它在表现中确有粗糙之处。叶梦得《石林诗话》云:"七言难于气象雄浑,句中有力,而纡徐不失言外之意。……韩退之笔力最为杰出,然每苦意与语俱尽。"③叶梦得通过对七言律诗创作特点的分析,认为韩诗与一般七言律诗的特点相对,这表现为韩诗笔力超迈,卓尔不凡,能极致地驾驭诗材、语言,但最大的缺憾便是语尽而意亦收,缺涵咏蕴藉之意。此论辩证地见出韩诗在审美上的特长与不足。唐庚《唐子西文录》又云:"过岳阳楼观杜子美诗,不过四十字尔,气象阔放,涵蓄深远,殆与洞庭争雄,所谓富哉言乎者。太白、退之辈率为大篇,极其笔力,终不逮也。杜诗虽小而大,余诗虽大而小。"④唐庚从"大"与"小"的辩证关系角度,比照杜诗与李、韩诗,指出杜诗能寓大于小,在短制中使气象和余味兼融;而韩诗在体制和气势上虽大,笔力亦极见雄健,但在创意上较杜诗却见不敌。此论亦极富辩证色彩。

与此同时,宋人诗论零星地论评到韩诗其他方面的一些特征。刘攽《中山诗话》云:"韩吏部古诗高卓,至律诗虽称善,要有不工者,而好韩之人,句句称述,未可谓然也。"⑤刘攽针对少数人一味推扬韩诗之工致,认为韩愈所写古体诗契合此论,但所作近体诗却不见工致。他常不拘声韵,使用拗句,故从近体诗内在规范来衡量实不见工致。对此,前述吴可《藏海诗话》亦言:"有大才,作小诗

---

① 郭绍虞辑:《宋诗话辑佚》,第393页。
② 王大鹏等编选:《中国历代诗话选》,第357页。
③ 何文焕辑:《历代诗话》,第432页。
④ 何文焕辑:《历代诗话》,第447页。
⑤ 何文焕辑:《历代诗话》,第285页。

辄不工,退之是也。"①刘攽、吴可二人共同见出不能一概用工致定评韩诗。这确是韩诗在创作上的一个特点。吴沆《环溪诗话》云:"杜甫长于学,故以字见功;李白长于才,故以篇见功;韩愈长于气,故十数篇见功。"②吴沆特别拈出"气"这一审美范畴来论评韩诗,认为韩诗自始至终充蕴着一股气势,这使其诗在单篇中可能不见独到,但将十数篇相连缀,便可见出其不同于他人的特征。黄彻《䂬溪诗话》云:"子建称孔北海文章多杂以嘲戏,子美亦戏效俳谐体,退之亦有寄诗杂诙俳,不独文举为然。自东方生而下,祢处士、张长史、颜延年辈,往往多滑稽语。大体材力豪迈有余,而用之不尽,自然如此。韩诗'浊醪沸入口,口角如衔钳','试将诗义授,如以肉贯串','初食不下喉,近亦能稍稍',皆谑语也。"③黄彻见出韩愈一些诗作具有诙谐幽默的审美风格特征,而这与其高迈之才力又是密不可分的。佚名《苍梧杂志》则云:"退之尽是直道,更无斧凿痕。人多嫌退之律诗不工,使鲁直为之,未必能得如是气象。"④《苍梧杂志》作者认为韩诗取法汉魏诗作取向,尽是直道,不加藻饰,这使其诗在质朴中自见天成,气象浑然。上述诸论断从不同方面洞见出韩诗的一些审美特征,这在很大程度上开启着后世诗学批评对韩愈及其诗作特征的评析。

## 三、诗法技巧论

对韩愈诗法技巧的着意考察,也是宋代诗学批评韩愈论的一维重要视野。其批评的内容主要集中在对韩诗使韵、用事及用句的探讨上。

关于韩诗使韵,欧阳修《六一诗话》云:"而独余爱其工于用韵也。盖其得韵宽,则波澜横溢,泛入傍韵,乍还乍离,出入回合,殆不可拘以常格,如《此日足可惜》之类是也。得韵窄,则不复傍出,而因难见巧,愈险愈奇,如《病中赠张十八》之类是也。"⑤欧阳修通过例举韩愈两首典型诗作,认为韩诗用韵不拘一格,随意

① 丁福保辑:《历代诗话续编》,第337页。
② 惠洪、朱弁、吴沆撰,陈新点校:《冷斋夜话·风月堂诗话·环溪诗话》,第131页。
③ 丁福保辑:《历代诗话续编》,第395页。
④ 常振国、降云编:《历代诗话论作家》(上),第409页。
⑤ 何文焕辑:《历代诗话》,第272页。

自如,当所用韵范围大,包括字数多时,它偏转入他韵;而当所用韵范围小,涵括字数少时,他却不出本韵,执意因难见巧,越用越奇,这使其诗作显示出独到的魅力。蔡居厚《蔡宽夫诗话》也云:"前史称王筠善押强韵,固是诗家要处,然人贪于捉对用事者,往往多有趁韵之失。退之笔力雄赡,务以词采凭陵一时,故间亦不免此患。"①蔡居厚较早地指出韩诗好凭任词采,极呈笔力,不拘泥于近体诗之规范,常有像王筠一样强押韵以作诗之举。此论亦明确指出韩诗好押旁韵,或以相近韵代本韵的特征。严有翼《艺苑雌黄》认为,韩愈作诗如"古人诗押字,或有语颠倒而于理无害者"②,严有翼见出韩诗有时为入韵而颠倒语词,反映出其不拘一格的创作旨趣。张戒《岁寒堂诗话》云:"以押韵为工,始于韩退之而极于苏黄。"③亦洞见出韩诗十分注重用韵。严羽对韩诗用韵持论与欧阳修不同,其《沧浪诗话》云:"有古诗旁取六七许韵者(韩退之'此日足可惜'篇是也。凡杂用东、冬、江、阳、庚、青六韵。欧阳公谓退之遇宽韵则故傍入他韵,非也。此乃用古韵耳。于《集韵》自见之。)"④严羽界定韩诗不是喜欢泛入旁韵,而是极善使用古韵,在同一首诗中极见变化韵部。此论在评韩诗使韵观点上与欧阳修背道而驰,但两者在批评取向上仍为一致,它在实际上仍肯定韩诗用韵的驳杂、繁富与纯熟,见出韩诗用韵不囿于一隅的特征。

对于韩诗用事的特征,宋人诗论亦有不少揭橥。魏泰《临汉隐居诗话》云:"诗恶蹈袭古人之意,亦有袭而愈工若出于己者。盖思之愈精,则造语愈深也。魏人章疏云:'福不盈身,祸将溢世。'韩愈则曰:'欢华不满眼,咎责塞两仪。'"⑤魏泰通过例析韩诗对前人诗意的化用,认为韩诗用事能做到"袭而愈工",见出其用事之自然与精深。惠洪《冷斋夜话》亦云:"予尝熟味退之诗,真出自然,其用事深密,高出老杜之上。"⑥惠洪论断韩诗用事既用得深切,又表现为不露痕迹。唐庚《唐子西文录》认为:"凡作诗,平居须收拾诗材以备用。退之作《范阳卢殷墓志》云:'于

---

① 郭绍虞辑:《宋诗话辑佚》,第389页。
② 郭绍虞辑:《宋诗话辑佚》,第574页。
③ 丁福保辑:《历代诗话续编》,第452页。
④ 何文焕辑:《历代诗话》,691页。
⑤ 何文焕辑:《历代诗话》,第328页。
⑥ 张伯伟编校:《稀见本宋人诗话四种》,第25页。

书无所不读,然止用以资为诗'是也。"①唐庚揭橥出韩诗用事深密、自然的根本原因乃在平时学养的不断积累,高扬了韩愈学识之富赡,熔炼之自如。

关于韩诗用句的特点,佚名《漫叟诗话》云:"诗中有拙句,不失为奇作。若退之逸诗云:'偶上城南土骨堆,共倾春酒两三杯。'"②《漫叟诗话》作者见出韩诗有时能化拙为巧,变平庸为神奇。这在诗歌史上是一种极高妙的句法和创意。吕本中《童蒙诗训》认为:"渊明、退之诗,句法分明,卓然异众。"③吕本中见出韩诗注重用句、句中自现法度的特征。唐庚《唐子西文录》又云:"韩退之作古诗,有故避属对者,'淮之水舒舒,楚山直丛丛'是也。"④唐庚见出韩诗用句也追求参差灵活,不守属对的特征。吴沆《环溪诗话》则云:"近体当法杜,长句当法韩与李。"⑤"韩愈之妙,在用叠句。……惟其叠多,故事实而语健。……惟其叠语故句健,是以为好诗也。"⑥吴沆在见出韩愈善于使用长句的同时,又见出韩愈善于通过在句子中叠加多种物象,而后又将这些句子相叠,达到物事缀连、语句劲健的审美效果。这是其诗成为好诗的内在根源之　。

此外,宋人诗论对韩愈诗法承继、诗作旨向及人品亦有论及。他们见出韩诗深受诗骚、《文选》体、建安诗及杜诗的影响;在诗作思想旨向上,则雅正有余;而其作为诗人,又心诚忠厚,不露才扬己。以上三方面,零星地见于胡仔《苕溪渔隐丛话》、何汶《竹庄诗话》、吴沆《环溪诗话》、曾季貍《艇斋诗话》等诗话著作之中。这些内容,在后世诗学批评韩愈论中都有一定程度的展开。但遗憾的是,此时期并未引起稍多的关注。

总之,宋代诗论着重抓住韩诗创作取向、诗体诗法和韩愈作为诗人的主体素质及其诗作审美特征进行了多方面、多角度的论评,这为后人进一步认识韩愈及其诗作提供了丰富的理论批评养料。从中,我们也可在一定程度上见出宋代诗学批评的基本取向及其建构趋势。

---

① 何文焕辑:《历代诗话》,第447页。
② 常振国、降云编:《历代诗话论作家》(上),第415页。
③ 郭绍虞辑:《宋诗话辑佚》,第588页。
④ 何文焕辑:《历代诗话》,第444页。
⑤ 惠洪、朱弁、吴沆撰,陈新点校:《冷斋夜话·风月堂诗话·环溪诗话》,第131—132页。
⑥ 惠洪、朱弁、吴沆撰,陈新点校:《冷斋夜话·风月堂诗话·环溪诗话》,第132页。

# 第五章　宋代诗学批评中的欧阳修论

欧阳修是宋代杰出的文学家。他的散文广为人们所称赏；其诗歌也独具特色，在宋人诗学批评中受到不少关注。宋代批评家们对其人格襟怀、文学成就，诗作审美特征及诗学渊源进行了广泛的论评，这有力地导引了后世诗学批评的欧阳修之论。

## 一、诗人人格襟怀与文学成就论

对诗人人格襟怀进行判析是宋代诗学批评的一个显著特色。作为"天下翕然师尊"的北宋诗文革新的领袖，欧阳修首先是以其为人刚正不阿、胸襟豁达，不吝提携、奖掖后进而进入宋代文学批评视野的。

梅尧臣首称欧阳修的人品气节。其《送永叔归乾德》云："渊明节本高，曾不为吏屈。斗酒从故人，篮舆傲华绂。悠然目远空，旷尔遗群物。饮罢即言归，胸中宁郁郁。"[1]作为挚友，梅尧臣对欧阳修知之甚深。这里，梅尧臣借陶渊明气节称赏欧阳修具有刚正不阿、处逆境而不悲的轩豁胸襟。韩琦《祭少师欧阳公永叔文》亦云："襟怀坦易，事贵穷理，言无饰伪。"[2]其《故观文殿学士太子少师致仕赠太子太师欧阳公墓志铭》又云："公素禀忠义，遭时遇主，自任言责，无所顾忌，横身正路，风节凛然。"[3]韩琦对欧阳修磊落坦荡的胸襟，肩担道义、致君尧舜的情怀，贫贱不移、威武不屈的气节予以高度称扬。曾巩《寄致仕欧阳少伯》吟

---

① 洪本健编：《欧阳修资料汇编》，中华书局 1995 年，第 7 页。
②③ 洪本健编：《欧阳修资料汇编》，第 20 页。

道:"四海文章伯,二朝社稷臣。功名垂竹帛,风义动簪绅。此道推先觉,诸儒出后尘。忘机心皎皎,乐善意循循。"①曾巩总括欧阳修历仕仁宗、英宗、神宗三朝,其鲜明的政治态度,敢于直言、有胆有识的气魄,果敢刚正的节义令朝野之士刮目相待,必将留名青史。其《祭欧阳少师文》又云:"公在庙堂,尊明道术。清静简易,仁民爱物。"②曾巩从廉洁清正、体恤民瘼上称扬欧阳修,极表他对欧阳修的爱戴之情。刘敞《和永叔食糟民》诗曰:"翰林仙伯屈主诺,忧民之忧乐民乐。祸阶六笼不易救,惠及连城自云薄。周公以来千百年,希世俗儒玩糟粕。排斥《酒诰》终莫用,感激长谣岂虚作? 恨公未为富民侯,此等区区岂所忧?"③刘敞对欧阳修《食糟民》诗抨击贪官污吏、同情民瘼的创作旨向极为激赏,此诗道出欧阳修具有"先天下之忧而忧"的淑世情怀。王安石《祭欧阳文忠公文》亦云:"自公仕宦四十年,上下往复,感世路之崎岖。虽屯邅困踬,窜斥流离,而终不可掩者,以其公议之是非。既压复起,遂显于世。果敢之气,刚正之节,至晚而不衰。"④王安石之论进一步将欧阳修处事不惊、宠辱无碍于心、从容果敢、坦然面对生活的人格精神揭示出来。南宋,葛立方《韵语阳秋》例举欧阳修《下直》《书怀》《青州书事》《送祖择之》等诗中之句道:"观其思归之言,重复如是,岂怀禄固位者哉? 老杜云:'非无江海志,潇洒送日月。生逢尧舜君,不忍便永诀。'此永叔志也。"⑤葛立方通过具体评析欧阳修的诗作,鲜明地标示出其人生追求与价值取向。

　　一些批评家对欧阳修推赏同仁、奖掖后进的豁达胸襟也予以标树。吴充《赠太子太师欧阳公行状》称道:"生平以奖进人材为己任,一时贤士大夫,虽潜晦不为人知者,必延誉慰荐,极其力而后已。"⑥吴充首对欧阳修极力举才、奖掖后进的襟怀予以称赏。之后,苏轼《送晁美叔发运右司年兄赴阙》云:"醉翁遣我从子游,翁如退之蹈轲丘。尚欲放子出一头,酒醒梦断四十秋。"⑦苏轼作诗妙用

---

① 洪本健编:《欧阳修资料汇编》,第39页。
② 洪本健编:《欧阳修资料汇编》,第41页。
③ 洪本健编:《欧阳修资料汇编》,第47页。
④ 洪本健编:《欧阳修资料汇编》,第63页。
⑤ 何文焕辑:《历代诗话》,第587页。
⑥ 洪本健编:《欧阳修资料汇编》,第54页。
⑦ 洪本健编:《欧阳修资料汇编》,第81页。

"放出一头地"的典故,极表自己对欧阳修知遇的感激及对其谦逊豁达胸怀的敬佩。"放出一头地"遂成为后世诗话、诗论中一再述及的称赏欧阳修的佳话。宋人诗话、笔记中亦多有记述欧阳修提携、奖掖后进的史实,如沈括《梦溪笔谈》记其激赏一书生事,孙升《孙公谈圃》记其赏荐苏洵、崔公度事,王直方《王直方诗话》记其称自己不如梅尧臣、苏舜钦事,等等,均以具体事例对欧阳修虚怀若谷的显豁胸襟予以了称扬。

宋代批评家们在对欧阳修人格襟怀进行标树的同时,对其文学成就着力予以称扬。韩琦《祭少师欧阳公永叔文》云:"公之文章,独步当世。子长、退之,伟赡宏肆,旷无拟伦,逮公始继。自唐之衰,文弱无气,降及五代,愈极颓敝。唯公振之,坐还醇粹,复古之功,在时莫二。"①韩琦从复兴儒学的角度立论欧阳修对诗文革新的贡献。他认为,唐季五代文风柔靡颓衰,直到欧阳修倡导复古、弘扬儒学精神,才振起文学之路,对宋代文学独成一体贡献巨大。其《故观文殿学士太子少师致仕赠太子太师欧阳公墓志铭》又云:"景祐初,公与尹师鲁以古文相尚,而公得之自然,非学所至,超然独惊,众莫能及。譬夫天地之妙,造化万物,动者、植者,无细与大,不见痕迹,自极其工。于是文风一变,时人竞为模范。"②韩琦具体联系当时创作情况来称扬欧阳修。他评断欧阳修不仅在理论上倡导诗文革新,而且以自己的创作践履之。欧阳修拓展了创作领域,其诗文追求自然之美,以精工锻炼化入自然,导引了一代文学。曾巩《祭欧阳少师文》云:"惟公学为儒宗,材不世出。文章逸发,醇深炳蔚。体备韩、马,思兼庄、屈。垂光简编,焯若星日。绝去刀尺,浑然天质。辞穷卷尽,含意未卒。读者心醒,开蒙愈疾。当代一人,顾无俦匹。"③曾巩从创作旨向和表现形式两个方面高度称扬欧阳修的诗文。他认为,欧阳修之文以儒学要义为根柢,在执着于社会现实的基础上,涵容吐纳,针砭时弊,具有振聋发聩的作用;在表现形式上,则万法入我,以自然天成、简洁明畅为特征。王安石《祭欧阳文忠公文》也云:"如公器质之深厚,智识之高远,而辅学术之精微,故充于文章,见于议论,豪健俊伟,怪巧瑰奇。其积于中者,浩如江河之停蓄;其发于外者,烂如日星之光辉;其清音幽韵,凄如飘风急

---

① 洪本健编:《欧阳修资料汇编》,第19页。
② 洪本健编:《欧阳修资料汇编》,第24页。
③ 洪本健编:《欧阳修资料汇编》,第41页。

雨之骤至;其雄辞闳辩,快如轻车骏马之奔驰。"①王安石从欧阳修的情性气质、学养积累的角度评其诗文,他归结欧阳修本性淳厚、见识高远、学识精微,发而为诗文,则神奇怪伟、清新飘逸、雄豪劲健,极力称扬欧阳修诗文兼备众体,风格多样,取得了垂范后世的文学成就。

## 二、诗歌审美特征论

宋代诗学批评欧阳修论的第二维视野,是对欧阳修诗作的多方面审美特征展开论析。诗论家们从欧阳修具体创作出发,结合诗学思潮,对其诗作审美特征展开多样的论评。

一些诗论家见出欧阳修诗作具有温润藻丽的风格特征。陈辅《陈辅之诗话》记:"楚老云:'欧诗如玉烛。'叶致远曰:'得非四时皆是和气,满幅俱同流水乎?'公曰:'致远可谓善鉴裁者。惜乎不令欧公生前闻之。'"②王安石、叶致远道出欧阳修诗作具有平易流畅、温润秀洁的审美特征。这在同时代人多激赏欧阳修散文的风气中,是较为少见的论评欧诗之言。吴曾《能改斋漫录》又记:"芸叟尝评诗云:'永叔之诗,如乍成春服,乍热酸醅,登山临水,竟日忘归。'"③张舜民(芸叟)以形象的话语论评欧阳修诗作,他评断欧诗有如春日丽装、自酿美酒,清新艳丽、悦目怡人。蔡絛《蔡百衲诗评》也道:"欧阳公诗温丽深稳,自是学者所宗。"④蔡絛认为欧阳修诗作温润藻丽、精深工稳,成为众多诗人追摹的对象。南宋,李纲《读四家诗选四首并序》云:"永叔诗温润藻艳,有廊庙富贵之气。"其《读四家诗选四首·永叔》又云:"诗篇尤藻丽,句法含万象。平夷谢雕镌,醇厚如酝酿。温温廊庙姿,不作穷愁相。"⑤李纲诗序、诗评契合王安石、张舜民、蔡絛之论,明确道出欧阳修诗作具有藻丽新艳、醇厚温润的审美特征。

一些诗论家又见出欧阳修诗作具有自然精工的风格特征。叶梦得《石林诗

---

① 洪本健编:《欧阳修资料汇编》,第63页。
② 郭绍虞辑:《宋诗话辑佚》,第291页。
③ 洪本健编:《欧阳修资料汇编》,第234页。
④ 王大鹏等编选:《中国历代诗话选》,第357页。
⑤ 洪本健编:《欧阳修资料汇编》,第192页。

话》云："欧阳文忠公诗始矫'昆体',专以气格为主,故其言多平易疏畅,律诗意所到处,虽语有不伦,亦不复问。而学之者往往遂失于快直,倾困倒禀,无复余地。然公诗好处岂专在此? 如《崇徽公主手痕》诗:'玉颜自古为身累,肉食何人与国谋?'此自是两段大议论,而抑扬曲折,发见于七字之中,婉丽雄胜,字字不失相对,虽'昆体'之工者,亦未易比。"①叶梦得认为,欧阳修诗作具有自然平易而精致工巧的特征,他评断欧阳修能将豪纵奇峭归于平易,将前人那种即景生情、一挥而就的自然化为诗律精工、用意深刻而不露人工痕迹的天然化境。胡仔《苕溪渔隐丛话》又云:"欧公作诗,盖欲自出胸臆,不肯蹈袭前人,亦其才高,故不见牵强之迹耳。"②胡仔认为欧阳修诗从胸中溢出,自然流畅,精工锻炼而不见牵强斗凑之迹。袁燮《跋西园诗集》云:"欧阳公言语妙天下,浑然精粹,无片言半辞舛驳于其间,可谓至矣。……譬之美玉,极雕琢之工,而后莹乎可观也。"③袁燮论断欧阳修诗如璞玉一般,极尽人工雕琢之妙,却又自然流畅,毫无斧凿之痕。孙奕《履斋示儿编》又云:"醉翁在夷陵后诗,涪翁到黔南后诗,比兴益明,用事益精,短章雅而伟,大篇豪而古。"④孙奕论断欧阳修后期诗作,无论"短章""大篇",都更加典雅古朴、精工合律。

个别诗论家则见出欧阳修诗作具有以文为诗、以议论为诗的创作特征。朱熹《朱子语类》云:"欧公文字锋刃利,文字好,议论亦好,尝有诗云:'玉颜自古为身累,肉食何人为国谋?'以诗言之,是第一等好诗;以议论言之,是第一等好议论。"⑤朱熹以欧阳修《唐崇徽公主和蕃手痕和韩内翰》中诗句为例,认为其诗作议论深切痛快、切中时弊,又对仗工整,是"第一等好议论"。朱熹之论,独具只眼地揭示出欧阳修"以议论为诗"的特点,这是宋诗最受后人诟病的特征之一,朱熹在这里却给予相当的赞赏,从诗歌发展的角度肯定了欧阳修创立宋诗格调的努力,实际上也肯定了宋诗对唐诗的超越。

以上对欧阳修诗作审美特征的揭示,有的为唐诗风味,有的是宋诗格调,这

① 何文焕辑:《历代诗话》,第407页。
② 洪本健编:《欧阳修资料汇编》,第225页。
③ 洪本健编:《欧阳修资料汇编》,第347页。
④ 洪本健编:《欧阳修资料汇编》,第361页。
⑤ 洪本健编:《欧阳修资料汇编》,第334页。

既展示了欧阳修诗歌创作继承与创新的并举,也为人们更好地理解宋代诗歌的"学唐为宋"提供了平台。

## 三、诗学渊源论

我国古典诗学批评自古以来就具有浓厚的源流意识,辨析诗学渊源在宋代诗学批评中也甚为流行。处于宋代诗坛由"宗韩"到"宗杜"位移中的欧阳修诗,很自然地成为诗论家们辨析的重心之一。

刘攽《中山诗话》云:"欧公亦不甚喜杜诗,谓韩吏部绝伦。吏部于唐世文章,未尝屈下,独称道李、杜不已。欧贵韩而不悦子美,所不可晓;然于李白而甚赏爱,将由李白超卓飞扬为感动也。"①刘攽首论欧阳修诗作渊源自韩愈、李白。他并认为,欧阳修虽推崇韩愈,却没有以韩愈之尚为尚,而是舍杜取李,激赏李白诗的洒脱自如、超拔飘逸。刘攽之论,成为后世批评家论析欧阳修诗学渊源的起点。苏轼《六一居士集叙》又云:"欧阳子论大道似韩愈,论事似陆贽,记事似司马迁,诗赋似李白。此非余言也,天下之言也。"②苏轼辨析欧阳修文学创作各体的渊源,认为欧阳修诗歌创作学习李白,大有其清新飘逸、雄豪壮丽之风。晁说之《成州同谷县杜工部祠堂记》云:"本朝王元之学白公;杨大年矫之,专尚李义山;欧阳公又矫杨,而归韩门。"③晁说之梳理宋初诗坛的流变,他认为,首先是王禹偁等人学白居易,诗风趋于直切浅俗;其次是杨亿等西昆诗人以学李商隐来矫正白体,诗风幽深柔靡;然后,欧阳修又转宗韩愈,以雄豪劲健力矫西昆诗风。晁说之的评说,道出欧阳修之继承韩愈诗风在宋诗脱胎唐音、自成一格的转捩过程中的关键作用。王直方《王直方诗话》又记:"荆公编集四家诗,其先后之序,或以为存深意,或以为初无意。盖以子美为第一,此无可议者;至永叔次之,退之又次之,以太白为下,何邪? 或者云,太白之诗固不及退之,而永叔本学退之,而所谓青出于蓝者,故其先后如此。"①王直方从王安石《四家诗选》的排序入手,转述

---

① 何文焕辑:《历代诗话》,第288页。
② 洪本健编:《欧阳修资料汇编》,第90页。
③ 洪本健编:《欧阳修资料汇编》,第148页。
④ 郭绍虞辑:《宋诗话辑佚》,第86页。

了一些评论家的看法,即欧阳修诗学源自韩愈又胜于韩愈,故居于韩之上。此论从一个侧面见出欧阳修作诗既主继承又重创新,因而别具一格、自成面目,后来居上。之后,张戒远承刘攽之论,认为欧阳修作诗源自韩愈、李白二人,其《岁寒堂诗话》辨析道:"欧阳公喜太白诗,乃称其'清风明月不用一钱买,玉山自倒非人推'之句。此等句虽奇逸,然在太白诗中,特其浅浅者。鲁直云:'太白诗与汉、魏乐府争衡',此语乃真知太白者。"①又云:"欧阳公诗学退之,又学李太白。"②张戒认为,欧阳修于李白诗,仅得其清新飘逸,至于其针砭现实、指陈时事的汉魏统绪,则并未承继。陈善《扪虱新语》亦云:"欧公文字,寄兴高远,多喜为风月闲适之语,盖是效太白为之,故东坡作欧公集序亦云:'诗赋似李白。'"③陈善重拾苏轼话头,详细评说欧阳修诗作的清新闲远源自李白。他还例举欧阳修《菱溪大石》等诗作,认为"观其立意,故欲追仿韩作,然颇觉烦冗,不及韩歌为浑成尔"。④论断欧阳修的长句大篇纵横捭阖、博辩无碍,源自韩愈,但缺乏韩诗的浑融圆成。吴沆《环溪诗话》则接承王直方之论,就王安石《四家诗选》问题论道:"盖谓永叔能兼韩、李之体,而近于正,故选焉耳。"⑤吴沆认为欧阳修作诗,继轨韩愈、李白,并将韩的奇诡、李的"邪思"归于雅正,合乎温柔敦厚诗旨,故而成为唐宋四大诗人之一。

从整体看,认为欧阳修诗学渊源自韩愈,乃是宋代大多数批评家的共识。但在熙宁后诗学普遍宗杜的情形下,一些人对欧阳修宗韩不宗杜表示不解,并试图进行解释,进而提出欧诗宗杜说。何汶《竹庄诗话》记:"《延漏录》云:'予尝以师礼见参政欧公修,因论及唐诗,谓杜子美才出人表,不可学。学必不至,徒无所成,故未始学之。韩退之才可及,而每学之。故今欧诗多类韩体。'"⑥《延漏录》作者试图解释欧阳修学韩不学杜的原因,他认为,欧阳修以杜甫才高,难以企及,而与韩愈才力相当,故而师之。他从诗人主体才力的角度来阐释欧阳修诗学渊源,识见独到。陈师道《后山诗话》云:"欧阳永叔不好杜诗,苏子瞻不好司马《史

---

① 丁福保辑:《历代诗话续编》,第451页。
② 丁福保辑:《历代诗话续编》,第451—452页。
③④ 洪本健编:《欧阳修资料汇编》,第204页。
⑤ 惠洪、朱弁、吴沆撰,陈新点校:《冷斋夜话·风月堂诗话·环溪诗话》,第131页。
⑥ 洪本健编:《欧阳修资料汇编》,第421页。

记》，余每与黄鲁直怪叹，以为异事。"①陈师道直接表明自己和黄庭坚对欧阳修宗韩不宗杜的不解。邵博《邵氏闻见后录》则从不解到不满："欧阳公于诗主韩退之，不主杜子美。刘中原父每不然之。公曰：'子美"老夫清晨梳白头，玄都道士来相访"之句，有俗气，退之决不道也。'中原父曰：'亦退之"昔在四门馆，晨有僧来谒"之句之类耳。'公赏中原父之辩，一笑也。"②这里，邵博记述了欧阳修因为杜诗卑俗而不学之言，又借刘敞认为韩愈亦有杜甫式的"村夫子"语驳斥之，以具体的事例表达了对欧阳修宗韩不宗杜的不满。之后，一些诗论家则直接反驳流行的"韩、李渊源"说，力主欧阳修诗学渊源于杜甫。佚名《雪浪斋日记》云："或疑六一居士诗，以为未尽妙，以质于子和。子和曰：'六一诗只欲平易耳，西风酒旗市，细雨菊花天，岂不佳？晚烟寒橘柚，秋色老梧桐，岂不似少陵？'"③《雪浪斋日记》作者的友人例举欧阳修《秋怀》等诗中之句，认为"西风"句纯用白描，十字咏尽秋日佳趣，精练传神；"晚烟"句苍劲圆融，沉郁顿挫，颇有杜诗之风。陈岩肖《庚溪诗话》又云："世谓六一居士欧阳永叔不好杜少陵诗。……六一于杜诗既称其虽一字人不能到，又称其格之豪放，又取以证碑刻之真伪，讵可谓六一不好之乎？"④陈岩肖对"欧诗宗杜"说进行多方辨正。他以《六一诗话》中欧阳修刊补杜诗，并称"虽一字，诸君亦不能到也"，"唐之晚年，诗人无复李杜豪放之格"，认为欧阳修激赏杜诗，于杜诗多有研讨，亦是杜甫之继嗣。陈岩肖之论采据于欧阳修之具体行动与言辞，论证甚力，极力主张欧阳修诗学渊源自杜甫。

上述对欧阳修诗学渊源的辨析，由力主欧阳修诗学渊源自韩愈、李白，渐渐转向力主其渊源自杜甫，这一方面显现了欧阳修诗歌兼取众长、不专一体的创作倾向，另一方面也体现了宋诗风貌形成过程中由宗韩到宗杜的内在转变，从而展现出宋代诗歌从"唐音"到"宋调"的渐变流程及其创作走向。

① 何文焕辑：《历代诗话》，第 303 页。
② 洪本健编：《欧阳修资料汇编》，第 178 页。
③ 洪本健编：《欧阳修资料汇编》，第 221 页。
④ 丁福保辑：《历代诗话续编》，第 168 页。

# 第六章　宋代诗学批评中的苏轼论

　　苏轼,这位我国北宋时期具有多方面艺术才华的诗人,其诗作开一代宋诗之先,对宋诗之体的最终形成产生过重要影响。他宏放通脱的诗歌之体、变化议论的作诗之法,曾引起宋代诗论家们的高度关注。人们在对其作诗本事的记述及诗作特征等的品评中,针对他独特的诗作取向、作为诗人所显露的襟怀情性、人品气节及诗作用事展开过较充分的论评。这些论评,有些见出一定的理论意义,为后人进一步认识苏轼奠定了基础。

## 一、诗歌创作取向论

　　北宋中期,宋诗如何进一步发展,这成为摆在人们面前的一个大问题。当时,诗歌创作实践中,梅尧臣、苏舜钦、欧阳修等人的诗作都从不同角度拓展了宋诗的表现力,但遗憾的是他们的创作主张仍没有形成较大的辐射场。苏轼认为,要想使宋诗走上一条康庄大道,必须力脱空疏,"有触于中而发于咏叹","诗贵传神",力求达于"天工"与"清新"。其《答谢民师书》云,为文作诗"大略如行云流水,初无定质,但常行于所当行,常止于所不可不止,文理自然,姿态横生"。① 其《书吴道子画后》又云:"出新意于法度之中,寄妙理于豪放之外。"② 其《书鄢陵王主簿所画折枝》则云:"诗画本一律,天工与清新。"③ 苏轼的诗正是这样:信笔写来,仿佛不着力气,然自出新意;议论横生,理趣盎然,又通脱自如。这在时

---

① 郭绍虞主编:《中国历代文论选》(第二册),第 307 页。
② 蒋述卓等编著:《宋代文艺理论集成》,第 269 页。
③ 蒋述卓等编著:《宋代文艺理论集成》,第 277 页。

人中产生很大反响,引起宋代诗论家们的极大关注。

不少人肯定苏轼诗作取向。吕本中《童蒙诗训》记张末在谈到学诗时言:"但把秦汉以前文字熟读,自然滔滔地流也。"又云:"近世所当学者惟东坡。"①吕本中在提倡向质朴直畅的秦汉诗学习的同时,对同时代的苏诗高度推扬,把其标树为近世诗歌的典范。许颉《彦周诗话》云:"东坡诗,不可指责轻议,词源如长河大江,飘沙卷沫,枯槎束薪,兰舟绣鹢,皆随流矣。珍泉幽涧,澄泽灵沼,可爱可喜,无一点尘滓,只是体不似江湖,读者幸以此意求之。"②许颉针对有人对苏轼的指责认为,苏诗虽然有别于黄庭坚等江西诗派诸人之作,但它用语宏放,一凭流泻,旨趣灵爱,脱尽杂质,属诗歌世界中的自成一体者,我们应用别一种意趣来观照、体悟它。吕本中《童蒙诗训》云:"老杜歌行,最见次第,出入本末。而东坡长句,波澜浩大,变化不测;如作杂剧,打猛诨入,却打猛诨出也。"③吕本中在张扬杜诗法度谨严的同时,通过比照杜、苏二人诗法,也肯定苏诗善于变化,不拘法度,如杂剧之体,自有其"诨入""诨出"的妙处,其诗法确灵动异常。其《与曾吉甫论诗第一帖》又云:"如东坡、太白诗,虽规摹广大,学者难依,然读之使人敢道,澡雪滞思,无穷苦艰难之状,亦一助也。"④此论将以李、杜为代表的两种诗作取向并列,在承认李、苏二人诗难学的同时,极力肯定两人诗法取向自如,不见生涩之状。它使人凝神思虑,引发出无穷的理趣,是一种值得张扬的诗法。曾季貍《艇斋诗话》亦道:"东坡之文妙天下,然皆非本色,与其他文人之文、诗人之诗不同。文非欧、曾之文,诗非山谷之诗,四六非荆公之四六,然皆自极其妙。"⑤曾季貍着重从区分苏轼与北宋其他代表作家的不同入手,一方面肯定苏轼诗文"非本色",与宋代主流诗文规范有异;另一方面,又明确指出其诗文"自极其妙",有其契合艺术规律的质性所在。此论与许颉、吕本中二人之论直通。周必大《二老堂诗话》针对有人只见苏诗超然迈伦,认为"苏文忠公诗,初若豪迈天成,其实关键甚密"。⑥ 周必大透过苏诗审美风格的显在样态,指出其诗实际上结构紧

① 　郭绍虞辑:《宋诗话辑佚》,第 605 页。

② 　何文焕辑:《历代诗话》,第 401 页。

③ 　郭绍虞辑:《宋诗话辑佚》,第 590 页。

④ 　郭绍虞主编:《中国历代文论选》(第二册),第 369 页。

⑤ 　丁福保辑:《历代诗话续编》,第 323 页。

⑥ 　常振国,降云编:《历代诗话论作家》(上),第 733 页。

凑,针线细密,勾连之中自见天成。敖陶孙《敖器之诗话》云:"本朝苏东坡如屈注天潢,倒连沧海,变眩百怪,终归雄浑。"①刘克庄《后村诗话》亦云:"坡诗翕张开阖,千变万化。"均充分见出苏诗千变万化、自如不拘的诗法及审美特征。

与张扬苏轼创作取向及其诗作相对的是,少数人对其持批评态度。魏泰论诗主张有"余味"。其《临汉隐居诗话》云:"诗主优柔感讽,不在逞豪放而致怒张也。"②魏泰对苏诗开阖宏放、极显议论不以为然。张戒《岁寒堂诗话》更云:"《国风》《离骚》固不论,自汉魏以来,诗妙于子建,成于李、杜,而坏于苏、黄。余之此论,固未易为俗人言也。子瞻以议论作诗,鲁直又专以补缀奇字,学者未得其所长,而先得其所短,诗人之意扫地矣。"③张戒对苏轼诗法极力指责,认为苏、黄一道,共同破坏了传统的诗歌审美原则。苏轼在其中首先执着于以议论入诗,开后世不少人偏离诗歌质性创作之滥觞,使诗歌走进死胡同。他接着又云:"苏、黄习气净尽,始可以论唐人诗,……镌刻之习气净尽,始可以论曹、刘、李、杜诗。"④还指责道:"苏端明诗专以刻意为工。"⑤把苏诗与唐人诗相对,界定它其实在表意中仍显镌刻之病,这破坏了诗作的内在之美。张戒上述几论难免流于意气,但在偏激之中还是抓住了苏诗的要害。

不同于上述两种单向度抑扬取向的是,一些人对苏诗进行更为持平的论析。黄庭坚《答洪驹父书》云:"东坡文章妙天下,其短处在好骂,慎勿袭其轨也。"⑥黄庭坚与苏轼同为宋诗之体的开创者,在诗作取向上有诸多共同之处,然其对苏诗有时执着议论,极表疾恶,锋芒毕露,缺乏必要的艺术形式的护佑感到遗憾,因而告诫学苏诗者应力避其弊。陈师道《后山诗话》亦云:"苏诗始学刘禹锡,故多怨刺,学不可不慎也。晚学太白,至其得意,则似之矣。然失于粗,以其得之易也。"⑦陈师道一面从品评早期苏诗的思想旨向出发,认为其极表"怨刺",不合中和之旨;一面又认为其晚期诗有时不免流于粗率,这必然影响到诗的整体之美。前论在批评取向上较为保守,但后论应该说甚为公允。对此,吴可《藏海诗话》

① 王大鹏等编选:《中国历代诗话选》,第785页。
② 何文焕辑:《历代诗话》,第319页。
③④ 丁福保辑:《历代诗话续编》,第455页。
⑤ 丁福保辑:《历代诗话续编》,第464页。
⑥ 郭绍虞主编:《中国历代文论选》(第二册),第316页。
⑦ 何文焕辑:《历代诗话》,第306页。

也言:"东坡诗不无精粗,当汰之。"①蔡絛《蔡百衲诗评》云:"东坡公诗,天才宏放,宜与日月争光,凡古人所不到处,发明殆尽,万斛泉源,未为过也;然颇恨似方朔极谏,时杂滑稽,故罕逢蕴藉。"②蔡絛极致肯定苏诗不拘一格,气象恢宏天放,具有永恒的艺术魅力。它汩汩滔滔,不择地而出,能发前人所未见,是一种从总体上值得张扬的诗作。但同时又认为,苏诗有时为求达意,杂滑稽之语于诗中,这必然使诗失却余味。陈岩肖《庚溪诗话》云:"本朝诗人与唐世相亢,其所得各不同,而俱自有妙处,不必相蹈袭也。"③又云:"坡为人慷慨疾恶,亦时见于诗,有古人规讽体。"④陈岩肖在从总体上肯定宋人诗作各有其妙的同时,亦见出苏轼"有为而发"的诗学原则背后所隐含的缺欠,它在一定程度上使诗变成规劝之言。朱熹《朱子语类》云:"苏、黄只是今人诗。苏才豪,然一滚说尽,无余意,黄费安排。"⑤朱熹也在肯定苏轼才情豪迈的同时,指责其有时因直说而缺蕴藉之意。严羽《沧浪诗话》一面言:"以人而论,则有:……东坡体。"⑥"国初之诗,尚沿袭唐人,……至东坡、山谷始自出己意以为诗,唐人之风变矣。"⑦见出苏、黄独特的诗体诗法开有宋一代诗风;一面又在《答吴景仙书》中分析道:"坡、谷诸公之诗,如米元章之字,虽笔力劲健,终有子路未事夫子时气象。盛唐诸公之诗,如颜鲁公书,既笔力雄壮,又气象浑厚,其不同如此。"⑧在肯定苏诗的同时,指出其缺浑成气象、沉厚之味。

归结此一维视野中的苏轼之论,可以看出,宋人诗论对苏诗予以了反复的辨析:肯定者推扬其不拘一格,宏放灵爱,无所不入,独为一体;持异者则对其尚议论、失余味、杂滑稽、缺浑融等予以指责。这反映出宋诗自成体制时人们所进行的多方面思考。

---

① 丁福保辑:《历代诗话续编》,第336页。
② 工大鹏等编选:《中国历代诗话选》,第357页。
③ 丁福保辑:《历代诗话续编》,第182页。
④ 丁福保辑:《历代诗话续编》,第181页。
⑤ 蒋述卓等编著:《宋代文艺理论集成》,第874页。
⑥ 何文焕辑:《历代诗话》,第689页。
⑦ 何文焕辑:《历代诗话》,第688页。
⑧ 何文焕辑:《历代诗话》,第707页。

## 二、诗人襟怀情性与人品气节论

北宋末年,许颉《彦周诗话》云:"诗话者,辨句法,备古今,纪盛德,录异事,正讹误也。"①这概括出初期诗话的基本内容。确实如此,诗话在开初多为记述、考辨之体,而少理论性的批评之论,这影响到其对作为创作主体的诗人本身之评。但尽管如此,以诗话为主体的宋代诗学批评还在一定程度上触及苏轼作为诗人的情性襟怀、人品气节之论。

惠洪《冷斋夜话》记:"东坡在惠州,尽和渊明诗。鲁直在黔南闻之,作偈曰:'子瞻谪海南,时宰欲杀之。饱吃惠州饭,细和渊明诗。渊明千载人,子瞻百世士。出处固不同,风味亦相似。'"②黄庭坚较早把苏、陶相提并论,将二人标树到极致高度。他认为,苏轼抛却对现实的思虑,处厄境能静心以对,临危难却我亦泰然。其与陶渊明情性之静穆、襟怀之坦荡,百年难求。二人诗作所写虽然不同,然多澹淡之味,极给人以超拔现实之感。《冷斋夜话》又云:"东坡友爱子由,而味著清境,每诵'何时风雨夜,复此对床眠'。"③惠洪认为,苏轼本性尚清寂,在现实的风浪面前常氤氲着淡泊独乐之意。其还云:"东坡《南中》诗曰:'平生万事足,所欠惟一死。'则英特迈往之气,不受梦幻折困,可畏而仰哉。"惠洪通过分析苏诗,见出苏轼能以平常心面对万事万物。他知足而处,不像一般人那样为现实中"梦幻"所"折困",而能超然迈伦,通脱随缘,快意十足,确令人高仰。黄彻《碧溪诗话》记,白居易被贬九江时,元稹与其以诗互往,共写伤怀落寞之情。针对此,黄彻言:"去来乃士之常,二公不应如此之戚戚也。子瞻《送文与可》云:'夺官遣去不自觉,晓梳脱发谁能收。'推之前诗,厥论高矣。"④黄彻也认为,苏诗表现出其确能在内心深处忘却功名仕宦,其心志唯见清静平淡,有类前人陶渊明诗所表情性,澹淡之心自现于读者眼前。其诗意相对于元、白互往之诗,高下互别,不言而喻。葛立方《韵语阳秋》在例举白居易很多诗句后,论断早年白居易

---

① 何文焕辑:《历代诗话》,第378页。
② 张伯伟编校:《稀见本宋人诗话四种》,第63页。
③ 张伯伟编校:《稀见本宋人诗话四种》,第21页。
④ 丁福保辑:《历代诗话续编》,第387页。

"是未能忘情于仕宦者",接着云:"东坡谪琼州有诗云:'平生学道真实意,岂与穷达俱存广。'要当如是尔。"①葛立方十分推崇苏轼襟怀情性,主张以苏轼为法,忘情穷达,一心向道。他又通过对弈棋之道的分析,称扬苏轼心中实乃清静,超然于物外,寄道于妙然;还通过对司马光所乐寂寞与苏轼所赋诗的述评,认为苏轼与司马光实为同道中人,二人心意相契,他们常高视"众乐"。其又云:"东坡《奉新别子由诗》云:'何以解我忧,粗了一事大。'《哭遁儿诗》云:'中年忝闻道,梦幻讲已详。'故《赠钱道人诗》云:'首断故应无断者,冰消那复有冰知。主人苦苦令侬认,认主人人竟是谁!'又云:'有主还须更有宾,不知无境自无尘。只从半夜安心后,失却当年觉痛人。'……如此等句,虽宿禅老衲,不能屈也。"②更通过详细例举苏轼诗句,指出苏轼由内心独乐清静、洞穿穷达到时刻氤氲禅意化境,其情性之修为,可比类禅林老宿。

与上述相连,宋人诗论还对苏轼对白居易思想的承继及苏轼的人品气节予以论评。王直方《王直方诗话》云:"东坡平生最慕乐天之为人,故有诗云:'我甚似乐天,但无素与蛮';……又云:'渊明形神似我,乐天心相似我。'"③王直方指出,苏轼为人以白居易为法,尊尚儒家"达则兼济天下,穷则独善其身"的思想主张,他对白居易"似出复似处"的人生态度及忠厚直节的做人准则极为仰慕。陈岩肖《庚溪诗话》认为:"东坡先生学术文章,忠言直节,不特士大夫所钦仰,而累朝圣主,宠遇皆厚。"④陈岩肖较早明确标举苏轼为人忠言直节之说,认为其人品不仅为士大夫,也为历代最高统治者所景仰,故是历代文士的楷模。周必大《二老堂诗话》云:"本朝苏文忠公不轻许可,独敬爱乐天,屡形诗篇。盖其文章皆主辞达,而忠厚好施,刚直尽言,与人有情,于物无着,大略相似。"⑤周必大直接类比苏轼和白居易作诗与为人,认为二人文学主张相同,人品气节亦忠厚刚直,人生境界均表现为对人情意深切,于物却不胶着。周必大对苏轼人品气节、人生境界极为推扬。

---

① 何文焕辑:《历代诗话》,第566页。
② 何文焕辑:《历代诗话》,第577页。
③ 郭绍虞辑:《宋诗话辑佚》,第45页。
④ 丁福保辑:《历代诗话续编》,第170页。
⑤ 常振国,降云编:《历代诗话论作家》(上),第732页。

## 三、诗作用事论

宋人诗学批评对苏轼的论评还有一个很重要的切入面,便是对苏诗用事进行分析,这在整个苏轼论中占有很大的篇幅。它在诗作技巧理论的探讨上见出一定的意义。

苏轼《题柳子厚诗》认为诗歌"用事当以故为新,以俗为雅"。① 在这里,苏轼对作诗用事提出两个重要的原则:一是将旧材料新用,转化或赋之以新意;二是通过用事,使诗之理趣、格调脱胎换骨。苏轼在创作中是积极实践的,用事成为其诗作的最显著特色之一。

对于苏轼用事,宋代诗论者中极少数人持反对态度。张戒《岁寒堂诗话》云:"诗以用事为博,始于颜光禄而极于杜子美。……用事押韵,何足道哉!苏、黄用事押韵之工,至矣尽矣,然究其实,乃诗人中一害,使后生只知用事押韵之为诗,而不知咏物之为工,言志之为本也,风雅至此扫地矣。"②张戒认为,苏轼作诗用事在数量和方法技巧上胜却前人,但极见执着之意,这无形中成为影响后世诗歌创作的一害。它使人扪表而不知里,本末倒置,忘却了诗作的审美本质所在,给后世诗歌创作以极坏的影响。

但成为批评主流的是推扬苏诗用事。佚名《漫叟诗话》云:"东坡最善用事,既显而易读,又切当。"③又,作者在例举苏轼《和李公择》诗后,认为其"用事亲切如此,他人不及"。④ 对苏诗用事甚为推崇,认为它既用之切当,又用之浅显、亲切。对此,朱弁《风月堂诗话》亦在例举苏轼和黄庭坚送李方叔诗后云:"其用事精切,虽老杜、白乐天集中未尝见也。"⑤吕本中《童蒙诗训》认为:"苏、黄用韵下字用故事处亦古所未到。晋、宋间人造语题品绝妙今古,近世苏、黄帖题跋之类,率用此法,尤为要妙。"⑥吕本中较早提出苏诗用事超越于古人之说,认为其

---

① 蒋述卓等编著:《宋代文艺理论集成》,第 262 页。
② 丁福保辑:《历代诗话续编》,第 452 页。
③ 常振国、降云编:《历代诗话论作家》(上),第 745 页。
④ 常振国、降云编:《历代诗话论作家》(上),第 746 页。
⑤ 惠洪、朱弁、吴沆撰,陈新点校:《冷斋夜话·风月堂诗话·环溪诗话》,第 104—105 页。
⑥ 郭绍虞辑:《宋诗话辑佚》,第 597 页。

与黄庭坚题跋诗多用此法,且用得巧妙,值得后人学习。佚名《复斋漫录》亦云:
"杜老歌行与长韵律诗,后人莫及。而苏、黄用韵下字,用故事处,亦古所未到。"
此诗论与吕本中同。叶梦得《石林诗话》又云:"诗之用事,不可牵强,必至于不
得不用而后用之,则事词为一,莫见其安排斗凑之迹。苏子瞻尝为人作挽诗云:
'岂意日斜庚子后,忽惊岁在己辰年。'此乃天生作对,不假人力。"①叶梦得认为
苏诗用事注意时候,讲求分寸,不见人力之痕迹,确用得入情入理。

在不少诗论家肯定苏诗用事精当、亲切、古所未到、用得入情入理的同时,宋
人诗学批评对苏诗用事进行了细致的探究。惠洪《冷斋夜话》云:"用事琢句,妙
在言其用,不言其名耳。此法唯荆公、东坡、山谷三老知之。"惠洪举例云:"东坡
《别子由》诗:'犹胜相逢不相识,形容变尽语音存。'此用事而不言其名也。"②惠
洪见出,苏轼不直接点破夏馥为避祸而"形貌毁瘁",兄弟凭音相认之事,巧妙地
采摘东汉故实中的关键性词语,熔铸到诗句之中,切合言兄弟情事。所用之事,
拓深了诗意。苏轼此种暗用事典,与王安石、黄庭坚一道,开拓了诗作用事的新
途径。周紫芝《竹坡诗话》言:"白乐天《长恨歌》云:'玉容寂寞泪阑干,梨花一
枝春带雨。'人皆喜其工,而不知其气韵之近俗也。东坡作送人小词云:'故将别
语调佳人,要看梨花枝上雨。'虽用乐天语,而别有一种风味,非点铁成黄金手,
不能为此也。"③周紫芝在见出苏诗善于化用古人诗语、诗意的同时,认为苏诗能
以俗为雅,使诗呈现出别一种滋味,他确能点铁成金。吴可《藏海诗话》言:"东
坡云:'我携此石归,袖中有东海。平生五千卷,一字不救饥',……其因事用字,
造化中得其变者也。"④吴可则认为,苏轼在用事时并讲究用字,以字带事,字与
事融而为一,如出胸臆,无馅钉隔膜之感。黄彻《碧溪诗话》又云:"用自己诗为
故事,须作诗多者乃有之。……坡赴黄州,过春风岭,有两绝句,后诗云:'去年
今日关山路,细雨梅花正断魂。'至海外,又云:'春风岭下淮南村,昔年梅花曾断
魂。'"⑤黄彻指出,苏轼前后两次拈起梅花使人断魂以入诗意,巧妙写出自己遭

① 何文焕辑:《历代诗话》,第413页。
② 张伯伟编校:《稀见本宋人诗话四种》,第43页。
③ 何文焕辑:《历代诗话》,第346页。
④ 丁福保辑:《历代诗话续编》,第331页。
⑤ 丁福保辑:《历代诗话续编》,第366页。

贬黄州路过春风岭之事。四首诗,三次境遇,前后相映,流落疏放之情自现于纸上,甚为言简而意丰。吴聿《观林诗话》指出,苏诗讲究用事还表现为"赠人诗多用同姓事","如东坡赠郑户曹云:'公业有田常乏食,广文好客竟无毡。'又赠蔡子华云:'莫寻唐举问封侯,但遣麻姑为爬背。'"①吴聿用唐代郑虔、东汉蔡经之事,分别融入赠郑户曹和蔡子华之诗,既切所赠诗之人姓氏,又合赠诗时情境,两方面妙合无垠,极见精当亲切。曾季貍《艇斋诗话》承惠洪、吴聿等人之论,对苏诗用古人事进行大量例举和分析,也认为苏轼善融古人事于诗中。如:"东坡'羡君怀中双桔红',用陆绩事也。"②"东坡杭州诗云'在郡依前六百日',用白乐天事。乐天诗云:'在郡六百日,游山二十回。'"③"东坡和陶云:'一挥三十纸,持去听坐人。'盖用《南史》萧子显事。"④这些事典的运用,较好地熔炼了诗作,言短而意深。杨万里《诚斋诗话》云:"诗家用古人语,而不用其意,最为妙法。"杨万里详细列举苏诗用此法三例,如"老杜有诗云:'忽忆往时秋井塌,古人白骨生青苔,如何不饮令心哀。'东坡则云:'何须更待秋井塌,见人白骨方衔杯。'此皆翻案法也。"⑤又言:"唐人云:'因过竹院逢僧话,又得浮生半日闲。'坡云:'殷勤昨夜三更雨,又得浮生尽日凉。'……此皆用古人句律,而不用其句意,以故为新,夺胎换骨。"⑥杨万里通过例释,令人信服地阐明苏诗用事的新途径,对苏诗用事予以了倡扬。

纵观此苏轼之论视野,宋代诗论家们对苏诗用事进行了多方面的探讨。他们见出苏诗用事精当亲切,用得自然;不仅大量用古人事,也偶用自己事;有时用古人诗语,有时则用古人诗意;有时重在用事之名,有时则重在用事之用;还能因事用字,因人用事。这洞见出苏诗用事的多元化特征。通过此,我们亦大致可以见出宋人诗学对诗法用事探讨的偏好。

总之,宋代诗学批评既对苏轼创作取向及其诗作予以了反复的辨析,又对苏

---

① 丁福保辑:《历代诗话续编》,第 129 页。
② 丁福保辑:《历代诗话续编》,第 284 页。
③ 丁福保辑:《历代诗话续编》,第 308 页。
④ 丁福保辑:《历代诗话续编》,第 326 页。
⑤ 丁福保辑:《历代诗话续编》,第 141 页。
⑥ 丁福保辑:《历代诗话续编》,第 148 页。

轼作为诗人的情性襟怀、人品气节有所论及,特别是抓住苏诗用事进行了大量的分析,这基本见出苏轼及其诗作的内在特征,为后世进一步认识苏轼及其诗作准备了丰富的理论批评养料。

# 第七章　宋代诗学批评中的黄庭坚论

黄庭坚，这位我国北宋中期成就一代诗体的大家，在宋代诗学批评中受到特别的关注，诗论家们对他在诗歌史上的地位、诗作审美特征及其独特的诗法运用几方面予以广泛的论评，有力地导引了后世诗学批评黄庭坚之论。

## 一、对黄庭坚人格襟怀及其诗作自成一家的标树

对诗人人格襟怀进行论析，是宋代诗学批评的一个显著特色。作为成就宋诗之体、影响一代诗歌创作的典范诗人，黄庭坚首先是以其为人超拔于世俗和创作自成一家进入诗学批评视野的。

在对黄庭坚人格襟怀的论评方面，苏轼《答黄鲁直书一首》首先道："然观其文以求其为人，必轻外物而自重者，今之君子，莫能用也。……意其超逸绝尘，独立万物之表，驭风骑气，以与造物者游，非独世之君子所不能用，虽如轼之放浪自弃与世阔疏者，亦莫得而友也。"①苏轼最早对黄庭坚为人襟怀情性予以称扬。他界定黄庭坚以物为轻，于时俗特立独行，是一位以己为持的君子，其人格襟怀是自己自叹弗如的。苏辙《答黄庭坚书》也云："比闻鲁直吏事之余，独居而蔬食，陶然自得。盖古之君子不用于世，必寄于物以自遣，阮籍以酒，嵇康以琴，阮无酒，嵇无琴，则其食草木而友麋鹿，有不安者矣。……今鲁直目不求色，口不求味，此其中所有过人远矣。"②苏辙明确从道学人格角度标树黄庭坚。他认为黄

---

① 傅璇琮编：《古典文学研究资料汇编·黄庭坚和江西诗派卷》，中华书局1978年，第4页。
② 傅璇琮编：《古典文学研究资料汇编·黄庭坚和江西诗派卷》，第5—6页。

氏自持自得,以平淡充蕴为人生旨趣,比阮籍、嵇康寄意于物更高一筹。他身无外求,完全脱略于物,这也正是他真正上超古人的地方。晁补之《书鲁直题高求文扬清亭诗后》云:"鲁直于怡心养气,能为人所不为,故用于读书、为文字,致思高远,亦似其为人。陶渊明泊然物外,故其语言多物外意,而世之学渊明者,处喧为淡,利作一种不二无味之辞,曰吾似渊明,其质非也。"①晁补之将黄庭坚与当世少数标榜学陶渊明但只得其皮毛的人比照立论。他指出黄氏为人注重怡心养气,得失不碍乎心,表现在诗作上,便是凸显高远之思致。这与那些内里媚俗,表面却刻意为淡者有着本质的区别。惠洪《跋东坡山谷帖》认为:"东坡、山谷之名非雷非霆,而天下震惊者,以忠义之效,与天地相始终耳。"②惠洪以儒家忠义精神来标树黄庭坚思想旨向,他界定,其心可与天地大化一同不朽,具有永恒的价值。其《冷斋夜话》又云:"少游情钟,故其诗酸楚;鲁直学道休歇,故其诗闲暇。"③惠洪在对黄庭坚和秦观诗作审美风格特征的比较中,评断黄庭坚乃入道之人。此论旨与苏辙之论直通。吴垧《五总志》在论及黄庭坚时云:"呜呼!古所谓卓立特起临大节而不可夺者,非斯人其谁与!"④吴垧从人品气节上对黄庭坚进行称扬,其论开后世论黄庭坚气节超拔之滥觞。洪咨夔《豫章外集诗注序》认为:"公得清宁正明之全气,气全而神之,挟丰隆,骑倒景,飘飘乎与造物者游,放为篇章,超轶绝尘,独立万物之表,坡翁盖心服之,而后山师焉。"⑤洪咨夔于苏、黄、陈三人最为推崇黄庭坚。他评断黄庭坚秉天地日月之精气,与自然大化相融相通,显现在人格襟怀上,便是超尘拔俗,高视于物,这是苏轼和陈师道都甚为叹服和钦慕的。魏了翁《黄太史集序》云:"公年三十有四,上苏长公诗,其志已荦荦不凡,然犹是少作也。迨元祐初,与众贤汇进,博文学德,大非前此。……元祐史笔,宁正不阿。"⑥魏了翁继续从为人志向与人格旨趣上立论,他界定,黄庭坚中年时人生志向卓尔不群,到晚年则见忠正。其借此所书史实和因之所引发的遭逐之事,人们将之概括为"元祐史笔",成为文士忠正的象征。黄震《黄氏

---

① 傅璇琮编:《古典文学研究资料汇编·黄庭坚和江西诗派卷》,第13页。
② 傅璇琮编:《古典文学研究资料汇编·黄庭坚和江西诗派卷》,第30页。
③ 张伯伟校:《稀见本宋人诗话四种》,第34页。
④ 傅璇琮编:《古典文学研究资料汇编·黄庭坚和江西诗派卷》,第40页。
⑤ 傅璇琮编:《古典文学研究资料汇编·黄庭坚和江西诗派卷》,第143页。
⑥ 傅璇琮编:《古典文学研究资料汇编·黄庭坚和江西诗派卷》,第144页。

日钞》认为:"涪翁孝友忠信,笃行君子人也。……方苏门与程子学术不同,其徒互相攻讦,独涪翁超然其间,无一语党同。"①黄震从脱却学术门户之见的角度论评黄庭坚,标树其为"笃行君子",指出其在门户意气之争中,无任何党同伐异之辞,确见其本心之正大,情性之忠厚,而这不是一般常人所能做到的。

一些诗论家对黄庭坚作诗自成一家也极意进行标树。王直方《王直方诗话》记张耒之言:"以声律作诗,其末流也,而唐至今谨守之。独鲁直一扫古今,直出胸臆,破弃声律,作五七言,如金石未作,钟声和鸣,浑然天成,有言外意。近来作诗者颇有此体,然自吾鲁直始也。"②张耒最早从敢于破体的角度称扬黄庭坚,他认为,黄氏一扫唐以来积习,其诗虽不离声律,但却以浑然天成为旨,努力拓展诗的言外之意,这开拓出了诗的新境界。吴垧《五总志》也云:"(黄庭坚)至中年以后,句律超妙入神,于诗人有开辟之功。"③吴垧明确界定黄庭坚中年以后诗作"超妙入神",指出其在宋人诗歌创作中具有开创意义。此寓意与张耒之论相通。吕本中《童蒙诗训》认为:"自古以来语文章之妙,广备众体,出奇无穷者,唯东坡一人;极风雅之变,尽比兴之体,包括众作,本以新意者,唯豫章一人,此二者当永以为法。"④吕本中将苏、黄二人标树为诗歌创作的典范。他概括黄诗在合于风雅之义中极见变化,它一方面会通比兴,另一方面又将众人之长融为己有,这使其诗作迭现"新意",在艺术表现上显得极为独特。陈善《扪虱新话》认为:"黄鲁直诗本是规模老杜,至今遂别立宗派,所谓当仁不让者也。若乃学退之而不至者为孙樵,学渊明而不至者为白乐天,则又所谓减师半德也耶。"⑤陈善从师承前人上立论黄庭坚学杜甫,认为其与孙樵学韩愈、白居易学陶渊明有着本质的不同,这便是黄庭坚善于继承创新,独自为家,从而成为"当仁不让者"。吴可《藏海诗话》则认为:"七言律诗极难做,盖易得俗,是以山谷别为一体。"⑥吴可从七言律诗创作的内在拘限立论,肯定黄庭坚自创一体,其意并寓含着黄氏创体是与其去俗崇雅的美学追求紧密相连的。普闻《诗论》云:"近世所论,东坡长

---

① 傅璇琮编:《古典文学研究资料汇编·黄庭坚和江西诗派卷》,第170页。
② 郭绍虞辑:《宋诗话辑佚》,第101页。
③ 傅璇琮编:《古典文学研究资料汇编·黄庭坚和江西诗派卷》,第40页。
④ 郭绍虞辑:《宋诗话辑佚》,第604页。
⑤ 傅璇琮编:《古典文学研究资料汇编·黄庭坚和江西诗派卷》,第75页。
⑥ 丁福保辑:《历代诗话续编》,第335页。

于古韵,豪逸大度;鲁直长于律诗,老健超迈;荆公长于绝句,闲暇清癯,其各一家也。"①普闻拈出苏、黄、王三大家,比照辨析其各自创作之长及诗作审美特征,明确肯定黄庭坚作诗独成一家。朱弁《风月堂诗话》也云:"义山亦自觉,故别立门户成一家。后人挹其余波,号西昆体,句律太严,无自然态度。黄鲁直深悟此理,乃独用昆体工夫,而造老杜浑成之地,今之诗人少有及者。此禅家所谓更高一着也。"②朱弁在前人论黄诗独自为体、自成一家的基础上,详细分析其"成一家"之因。他认为,黄庭坚摒弃了西昆体学李商隐未切其神髓而拾掇其"余波",终至使诗作显出雕琢的弊端,他注重寓精细于笔法中,同时又不以此为旨归,而努力创造出如杜诗般浑成圆融之境,因而高出常人。陈岩肖《庚溪诗话》又道:"本朝诗人与唐世相亢,其所得各不同,而俱自有妙处,不必相蹈袭也。至山谷之诗,清新奇峭,颇造前人未尝道处,自为一家,此其妙也。至古体诗,不拘声律,间有歇后语,亦清新奇峭之极也。"③陈岩肖从诗风创造上立论黄庭坚自为一家,他见出黄氏古体诗在使字用语中常常出人意表及内中所蕴反常合道的妙趣。严羽《沧浪诗话》认为:"至东坡、山谷始自出己意以为诗,唐人之风变矣。山谷用工尤为深刻,其后法席盛行,海内称为江西宗派。"④严羽从黄庭坚作诗"自出己意"上见出他对唐人诗风的变革,他并指出黄庭坚作诗极见工致,其诗法后来影响到宋代的一大批诗人,这成为其开宗立派的内在缘由。刘克庄《江西诗派》评"黄山谷":"豫章稍出后,会粹百家句律之长,穷极历代体制之变,搜□笔,穿异穴,间作为古律,自成一家;虽只字半句不□轻,遂为本朝诗家宗祖,在禅学中比得达摩,不易之论也。"⑤刘克庄此论带有总结性,他在吕本中等人论黄诗"广备众体"和张耒、陈善、朱弁等人论黄诗善于变化的基础上,具体从句法、诗律、诗体上评断黄庭坚,将其高标为宋代诗学的宗祖。他将对黄庭坚自成一家的标树推到极点。之后,罗大经《鹤林玉露》又云:"至于诗,则山谷倡之,自为一家,并不蹈古人町畦。"⑥罗大经继续承前人之论,对黄庭坚作诗自成一家予以了张扬。

---

① 傅璇琮编:《古典文学研究资料汇编·黄庭坚和江西诗派卷》,第631页。
② 惠洪、朱弁、吴沆撰,陈新点校:《冷斋夜话·风月堂诗话·环溪诗话》,第112页。
③ 丁福保辑:《历代诗话续编》,第182页。
④ 何文焕辑:《历代诗话》,第688页。
⑤ 傅璇琮编:《古典文学研究资料汇编·黄庭坚和江西诗派卷》,第159—160页。
⑥ 傅璇琮编:《古典文学研究资料汇编·黄庭坚和江西诗派卷》,第166页。

## 二、对黄庭坚诗作审美特征的辨析

宋代诗学批评黄庭坚之论的第二维视野，是对其诗作多方面审美特征展开辨析。诗论家们从自身所持诗学视点出发，对黄诗的格调、用语、结构、笔法等展开多样的论评。这些论评，褒贬各异，体现出宋人诗学批评的多维取向。

苏轼《东坡题跋》云："读鲁直诗，如见鲁仲连、李太白，不敢复论鄙事，虽若不入用，亦不无补于世也。鲁直诗文如蝤蛑江瑶柱，格高韵绝，盘飧尽废；然不可多食，多食则风发动气。"①苏轼拈出"格韵"二字论评黄诗，他评断其格调高绝，气韵拔俗，与鄙俗不合，这是其优长。但苏轼同时又认为黄诗不可多读，因其一味脱却世俗，故使人容易沉入高标的诗境中，从而与生活本身拉开距离。苏轼是主张将生活本身诗性化的。陈善《扪虱新话》又云："欧阳公诗，犹有国初唐人风气。公能变国朝文格，而不能变诗格，及荆公、苏、黄辈出，然后诗格遂及于高古。"②陈善从宋诗对唐诗的承继与生新立论，认为欧阳修诗还留有唐人的尘俗之气，到黄庭坚等人，便将诗作的品格、格调向上提高了，显示出与汉魏古诗相近的高古特征。许顗《彦周诗话》则直述道："作诗浅易鄙陋之气不除，大可恶。客问何从去之，仆曰：'熟读唐李义山诗与本朝黄鲁直诗而深思焉，则去也。'"③许顗将黄诗视为格高的典范，他不满少数宋人诗中仍存在的浅易鄙陋之气，指出提高诗作格调的学习途径是通过学习李商隐诗和黄庭坚诗，使诗意深远。韩淲《涧泉日记》亦云："少游在黄、陈之上，黄鲁直意趣极高。"④韩淲在诗法表现上主张要含蓄、富于情味，为此，他曾与赵蕃编选唐人绝句选，但在诗作思想内容的表现上，他仍然推重黄诗中所寓含的高远之意趣。方岳《秋崖先生小稿》也云："后山诸人为一节，派家也，深山云卧，松风自寒，飘飘欲仙，芰荷衣而芙蓉裳也，而极其挚者黄山谷。"⑤方岳以形象化的语言描述黄庭坚等人品格气质，比譬其

① 傅璇琮编：《古典文学研究资料汇编·黄庭坚和江西诗派卷》，第4—5页。
② 傅璇琮编：《古典文学研究资料汇编·黄庭坚和江西诗派卷》，第75页。
③ 何文焕辑：《历代诗话》，第401页。
④ 傅璇琮编：《古典文学研究资料汇编·黄庭坚和江西诗派卷》，第141页。
⑤ 傅璇琮编：《古典文学研究资料汇编·黄庭坚和江西诗派卷》，第168页。

为不食人间烟火的松风云山,极为感性地道出黄庭坚生命中脱略世俗的一面,道出了其诗格之高的内在凭借。

对黄诗用语展开论评,也是辨析黄庭坚诗作审美特征的重要内容。在这方面,宋代诗论家们大都对其持批评态度。魏泰《临汉隐居诗话》云:"黄庭坚喜作诗得名,好用南朝人语,专求古人未使之事,又一二奇字,缀葺而成诗,自以为工,其实所见之僻也。故句虽新奇,而气乏浑厚。"①魏泰论诗主张有"余味"。他界定黄氏好用奇字僻典,这使其诗作新奇有余,在艺术审美上呈现出陌生化的效果,但在意境的创造上,却不见浑融绵厚,诗作表现本末倒置。陈师道《后山诗话》也云:"诗欲其好,则不能好矣。王介甫以工,苏子瞻以新,黄鲁直以奇。而子美之诗,奇常、工易、新陈,莫不好也。"②陈师道以"奇"来论评黄诗用语特征,他将黄庭坚等人诗与杜诗比照立论,见出了黄诗于杜诗熔炼众长中只得其一美。陈师道又批评黄诗"然过于出奇,不如杜之遇物而奇也",他强调将"奇"建基在对自然事物生发的基质之上。张戒在对江西诗的猛烈抨击中也迁怒于黄庭坚,《岁寒堂诗话》批评"子瞻以议论作诗,鲁直又专以补缀奇字"。③ 对黄庭坚一味贪求字句新奇提出尖锐的批评。其又云:"王介甫只知巧语之为诗,而不知拙语亦诗也。山谷只知奇语之为诗,而不知常语亦诗也。"④张戒从艺术创作相反相成、各有其妙的角度,批评黄庭坚作诗用语一味求奇,违背了艺术辩证法的内在要求。对此,吴可《藏海诗话》也云:"东坡豪,山谷奇,二者有余,而于渊明则为不足,所以皆慕之。"⑤吴可将黄庭坚作诗用语之奇置于与陶诗用语平淡的比较中,其对黄诗用语求奇实寓含了批评。胡仔《苕溪渔隐丛话》坦言道:"后山谓鲁直作诗,过于出奇。诚哉是言也。"他详举黄庭坚《和文潜赠无咎诗》中诗句"本心如日月,利欲食之既"和《王圣途二亭歌》中诗句"绝去薮泽之罗兮,官于落羽"为例,说:"凡此之类,出奇之过也。"⑥胡仔以具体的诗例对黄庭坚作诗用语过于求奇予以了切实的论析。

① 何文焕辑:《历代诗话》,第 327 页。
② 何文焕辑:《历代诗话》,第 306 页。
③ 丁福保辑:《历代诗话续编》,第 455 页。
④ 丁福保辑:《历代诗话续编》,第 464 页。
⑤ 丁福保辑:《历代诗话续编》,第 339 页。
⑥ 胡仔纂集,廖德明校点:《苕溪渔隐丛话》(后集),第 243 页。

对黄诗结构、笔法,宋代诗论家们也予以了剖析。陈师道《后山诗话》云:"黄诗韩文,有意故有工,左杜则无工矣。然学者先黄后韩,不由黄、韩而为左杜,则失之拙易矣。"①陈师道较早论断黄诗笔法工致。他认为,这是由于黄诗对诗意突显所必然伴随的特征,它成为学韩、继而学杜的桥梁。王直方《王直方诗话》也云:"造语之工,至于舒王、东坡、山谷,尽古今之变。"②王直方从用语的角度指出黄诗在变尽古今中见出工致。朱弁《曲洧旧闻》认为:"至黄鲁直始专集取古人才语以叙事,虽造次闻必期于工,遂以名家。二十年前士大夫翕然效之,至有不论他事而专为之者,亦各一时所尚而已。"③朱弁从黄诗好用古人语入诗立论,认为其有时在语意上虽见混乱,但在句语的连接上却极见工致,这影响到很多人,以致一时形成风尚。林光朝《艾轩集》认为:"苏黄之别,犹丈夫女子之应接,丈夫见宾客,信步出将去,如女子则非涂泽不可。"④林光朝以形象化的话语比照苏黄作诗之别,切中地比譬出黄诗好用修饰,追求工致的特征。费衮《梁溪漫志》论道:"作诗押韵是一奇,荆公、东坡、鲁直押韵最工,而东坡尤精于次韵,……鲁直和粲字数首,亦皆杰出。盖其胸中有数万卷书,左抽右取,皆出自然。初不着意要寻好韵,而韵与意会,语皆浑成,此所以为好。若拘于用韵,必有牵强处,此害一篇之意,亦何足称。"⑤费衮在指出黄庭坚等三人作诗押韵最见工致的同时,对作诗押韵予以辩证的分析,他界定押韵必须自然,必须附着于诗歌的表意之上,这是其基本原则,如果一味追求用韵工致,则必然本末倒置。黄庭坚用韵工致中注重"韵与意会",这使其诗脱却了"牵强"表意的弊端。林希逸《竹溪十一稿》吟道:"我生所敬涪江翁,知翁不独哦诗工。……颉颃韩柳追庄骚,笔意尤工是晚节。"⑥林希逸在南宋末诗风转趋晚唐的时代风会下,仍然从作诗工致上推崇黄庭坚,其立论与陈师道一样,是从诗意入手的。

但一些诗论家对黄诗在用意、造语、押韵上追求工致则提出批评。吕本中《童蒙诗训》云:"学古人文字,须得其短处。……东坡诗有汗漫处;鲁直诗有太

①　何文焕辑:《历代诗话》,第 305 页。
②　郭绍虞辑:《宋诗话辑佚》,第 104 页。
③　傅璇琮编:《古典文学研究资料汇编·黄庭坚和江西诗派卷》,第 83 页。
④　傅璇琮编:《古典文学研究资料汇编·黄庭坚和江西诗派卷》,第 85 页。
⑤　傅璇琮编:《古典文学研究资料汇编·黄庭坚和江西诗派卷》,第 140 页。
⑥　傅璇琮编:《古典文学研究资料汇编·黄庭坚和江西诗派卷》,第 164 页。

尖新、太巧处;皆不可不知。"①吕本中对黄庭坚作诗造语、用意过于求新求巧较早提出批评,他见出黄诗在学习古人,追求工致中的弊端。张戒《岁寒堂诗话》则直言批评道:"苏黄用事押韵之工,至矣尽矣,然究其实,乃诗人中一害,使后生只知用事押韵之为诗,而不知咏物之为工,言志之为本也,风雅自此扫地矣。"②张戒由对江西诗派的反对上溯到批评黄庭坚,他认为,黄诗在用典寓事和声律运用上过于求工,这成为其创作中一个突出的负面因素,对后世产生极大的消极影响。朱熹《朱子语类》认为:"苏、黄只是今人诗。苏才豪,然一滚说尽无余意,黄费安排。"又"董卿问山谷诗,曰:'精绝,知他是用多少工夫,今人卒乍,如何及得,可谓巧好无余,自成一家矣。但只是古诗较自在,山谷则刻意为之。'又曰:'山谷诗忒好了。'"③朱熹对黄庭坚着意安排诗作持辩证分析的态度,他一方面肯定其诗作"精绝",另一方面又对其刻意为诗提出批评。其论是甚为中的的。

## 三、对黄庭坚独特诗法的论析

在对黄庭坚人格襟怀及诗作自成一家进行标树和对其诗作多方面审美特征展开辨析的同时,宋代诗论家们对黄氏诗法渊源及其特征也展开了论析。

洪刍《洪驹父诗话》云:"山谷父亚父诗自有句法。……山谷句法高妙,盖其源流有所自云。"④洪刍较早对黄庭坚作诗探源溯流,他认为,黄氏诗法源自其父,受家教影响极深。曹勋在《松隐文集》中也认为:"黄太史以诗专门,天下士大夫宗仰之,及观其父所为诗,则江西正派,有自来矣。是父是子,呜呼盛哉!"⑤曹勋与洪刍一样,从推溯江西诗作渊源上立论,他称扬黄氏父子是江西诗人所宗奉的典范。但王直方、曾季貍认为黄庭坚诗法源自谢师厚。王直方《王直方诗话》记:"山谷对余言,谢师厚七言绝类老杜,但人少知之耳。……师厚为其女择

① 郭绍虞辑:《宋诗话辑佚》,第591页。
② 丁福保辑:《历代诗话续编》,第452页。
③ 傅璇琮编:《古典文学研究资料汇编·黄庭坚和江西诗派卷》,第126页。
④ 郭绍虞辑:《宋诗话辑佚》,第428页。
⑤ 傅璇琮编:《古典文学研究资料汇编·黄庭坚和江西诗派卷》,第66页。

对,见庭坚诗,乃云吾得婿如是足矣。庭坚因往求之。然庭坚之诗竟从谢公得句法,故尝有诗曰:'自往见谢公,论诗得濠梁。'"①王直方在"诗话"中通过详细记述谢、黄二人所结岳婿之关系,道出黄庭坚深受谢师厚的影响。他认为,黄诗在源流上实远韶杜诗,但谢氏对其的影响却是直接而显著的。曾季狸《艇斋诗话》也认为:"山谷诗妙天下,然自谓得句法于谢师厚,得用事于韩持国,此取诸人以为善也。"②曾季狸持论比王直方更为细致,他将诗法分割为"句法"和"用事"两个方面,论断黄庭坚只是在句法上深受谢师厚的影响。

更多的诗论家则界定黄诗在诗法渊源上承继杜甫。胡仔《苕溪渔隐丛话》针对张耒之言论道:"古诗不拘声律,自唐至今诗人皆然,初不待破弃声律。诗破弃声律,老杜自有此体,……文潜不细考老杜诗,便谓此体'自吾鲁直始',非也。鲁直诗本得法于杜少陵,其用老杜此体何疑。"③胡仔不同意张耒对黄庭坚作诗首破声律的界说,他界定黄庭坚在诗法上远韶杜甫,将洪刍、王直方等人对黄庭坚诗法承继的论述往前予以了溯源。张戒《岁寒堂诗话》也认为:"黄鲁直自言学杜子美,子瞻自言学陶渊明,二人好恶已自不同。鲁直学子美,但得其格律耳。"④张戒持论与胡仔同中有异,也肯定黄庭坚得诗法于杜甫,但他又认为黄仅是得杜诗格律之法而已。与胡仔相比,张戒之论稍见褊狭。许尹《黄陈诗注序》云:"宋兴二百年,文章之盛追还三代,而以诗名世者,豫章黄庭坚鲁直,其后学黄而不至者后山陈师道无己。二公之诗,皆本于老杜而不为者也。"⑤许尹在肯定黄诗渊源于杜诗的基础上,指出黄诗能继承生新,独自为家。他将对黄庭坚诗法渊源与自成一家的论述予以了综合。之后,赵蕃在《淳熙稿》中论道:"少陵在大历,涪翁在元祐,相去几百载,合若出一手。"⑥赵蕃论断杜、黄二人虽在绵长的历史视域中隔断几百年,但二人"若出一手",在诗法上渊源一体。

宋代诗论家们还对黄诗化用故实之法进行了评说。惠洪《冷斋夜话》云:

① 郭绍虞辑:《宋诗话辑佚》,第 16 页。
② 丁福保辑:《历代诗话续编》,第 299 页。
③ 胡仔纂集,廖德明校点:《苕溪渔隐丛话》(前集),第 319 页。
④ 丁福保辑:《历代诗话续编》,第 451 页。
⑤ 傅璇琮编:《古典文学研究资料汇编·黄庭坚和江西诗派卷》,第 70 页。
⑥ 傅璇琮编:《古典文学研究资料汇编·黄庭坚和江西诗派卷》,第 132 页。

"用事琢句,妙在言其用,而不言其名耳。此法唯荆公、东坡、山谷三老知之。"①惠洪对黄庭坚诗法视之甚切,他见出黄诗用事琢句妙在用其意而脱略其名,较早见出黄氏在诗法上脱胎换骨的特征。惠洪《天厨禁脔》并举例分析道:"《春日》:'有情芍药含春泪,无力蔷薇卧晓枝。'又'白蚁拨醅官酒熟,紫绵揉色海棠开'。前少游诗,后山谷诗。大言花与酒者,自古至今,不可胜数,然皆一律。若两杰,则以妙意取其骨而换之。"②具体以黄庭坚诗句为例,对其换骨之法予以阐析。吕本中《童蒙诗训》也云:"老杜歌行与长韵律诗,后人莫及,而苏、黄用韵下字用故事处亦古所未到。"③吕本中将黄诗在用字造句上的具体诗法技巧标树到一个至高的境界。陈长方《步里客谈》又记:"章叔度宪云:'每下一俗间言语,无一字无来处,此陈无己、黄鲁直作诗法也。'"④章宪对黄庭坚"语用事"加以归结,他道出黄诗用语具有将化用与入俗相结合的特征。周紫芝《竹坡诗话》则通过论评黄庭坚诗作"花气熏人欲破禅,心情其实过中年。春来诗思何所似?八节滩头上水船",认为"山谷点化前人语,而其妙如此,诗中三昧手也"。⑤ 周紫芝以具体诗作为例,对黄庭坚妙用点化之法予以高度称扬。沈作喆《寓简》又云:"黄鲁直离《庄子》、《世说》一步不得。"⑥沈作喆进一步指出黄诗化用故实的范围不拘于前人诗作,而是泛入经史和杂说中。杨万里《诚斋诗话》认为,黄庭坚作诗有"用古人语,而不用其意"者,如《猩猩毛笔》诗;⑦有"用古人句律,而不用其句意"者,如《簟》诗,他认为皆"以故为新,脱胎换骨"。⑧ 杨万里对黄庭坚作诗用语之法予以了界分,他道出黄诗以故为新,脱胎换骨之法的多样性,将对黄庭坚诗法特征的探析予以了细化。

　　纵观宋代诗学批评中的黄庭坚之论,我们看出,宋代诗论家对黄氏人格襟怀

① 张伯伟编校:《稀见本宋人诗话四种》,第43页。
② 张伯伟编校:《稀见本宋人诗话四种》,第136—137页。
③ 郭绍虞辑:《宋诗话辑佚》,第597页。
④ 傅璇琮编:《古典文学研究资料汇编·黄庭坚和江西诗派卷》,第49页。
⑤ 何文焕辑:《历代诗话》,第345页。
⑥ 傅璇琮编:《古典文学研究资料汇编·黄庭坚和江西诗派卷》,第79页。
⑦ 丁福保辑:《历代诗话续编》,第141页。
⑧ 丁福保辑:《历代诗话续编》,第148页。

和创作自成一家进行了极意标树,同时,对其诗作格调、用语、结构、笔法等方面审美特征展开了辨析;对其诗法渊源及特征等也有论评。人们在对其诗作审美特征及诗法的论析中,褒贬各异,不一而足。这反映出宋人诗学批评的多元取向,为后世诗学批评黄庭坚之论建构出了广阔的空间。

第三编　宋代唐诗学研究

# 第一章　唐宋诗风的交替与宋代唐诗学

## 一、宋代社会文化的转型与唐宋诗风的交替

960 年,赵匡胤"黄袍加身",即位称帝,揭开了有宋三百多年的王朝史。此后小久,他和弟弟赵光义便结束五代十国的分裂割据局面,重新建立起与汉、唐并称的统一王朝。但在体制上,赵宋有别于汉、唐,在建立、发展的过程中形成自身一套"祖宗家法"。它实行权力制衡、强内虚外、厚禄养士、佑文抑武等一系列政策措施,以其独有的社会政治文化个性彪炳于中国历史。

宋代社会政治文化有异于前代。对此,中外不少学者提出"唐型文化"与"宋型文化"之辨的问题,就宋代社会与文化的转型及其内涵加以论断。在政权建设上,宋承隋、唐中央集权制,而皇权得到空前加强,王朝的政权基础更为广泛,与前代形成区别。据张希清《北宋贡举登科人数考》统计,仅北宋一代共开科 69 次,取正奏名进士 19281 人,诸科 16331 人,合计 35612 人,如果包括特奏名及史料缺载者,取士总数约为 61000 人,平均每年约为 360 人。[①] 宋代在取士上不仅数量远超唐代,在择选的公平性、开放性上也较唐代为优。这从深层次上打破了势家大族把持权柄的局面,对赵宋政权的稳固和社会文明的进程起到积极的推动作用。在政权结构上,赵宋统治者普遍引进权力制衡机制,希望通过相互牵制,强化皇权和实现社会的全面稳固。这一措施在客观上膨胀了官吏队伍,加重了国家的财政负担,但同时也助长士人议政讲学之风,在很大意义上,又有

---

① 张希清:《北宋贡举登科人数考》,北京大学《国学研究》第二卷。

助于社会思想的沟通与文化的拓建。赵宋统治者的"佑文"政策在中国历史上是极为突出的。文士的社会地位得到空前提高,表现在政治前途、经济待遇、自由论说等各个方面。赵宋统治者曾立下不杀士大夫及上书言事者的"祖宗家法",对文学之臣尤加礼遇,这增强了士大夫以道自任的独立自主意识,浓厚了文士们的淑世情怀,直接导致士人对儒学道统精神的弘扬。士人或忧怀国事,执着淑世;或忠节相望,自励名节;或自由论议,优游自处,对宋代社会的发展与文化的建构起到积极的推动作用。

王国维《宋代之金石学》曾言:"天水一朝,人智之活动,与文化之多方面,前之汉唐,后之元明,皆所不逮也。"①陈寅恪《邓广铭〈宋史职官志考证〉序》更云:"华夏民族之文化,历数千年之演进,造极于赵宋之世。"②宋代作为我国古代社会文化发展的一个中继点,对后世产生深远的影响。陈来指出:"中唐的中国文化出现了三件大事,即新禅宗的盛行、新文化运动(即古文运动)的开展与新儒家的兴起。宗教的、文学的、思想的运动的出现,共同推动了中国文化的新发展。三者的发展持续到北宋,并形成了主导宋以后文化的主要形态,也是这一时期知识阶层的精神表现。"③事实确如此,在唐宋之际盛行的多种文化潮流中,新禅宗的盛行,导致人们对生存方式、生存样态价值观念的转变,追求自适、自乐、任运、平淡的作风在社会中广泛濡染开来。儒学的再创造,则将传统以礼教为核心的儒学转移到对人的道德价值实现的探讨上来,追求自持、自省成为社会的普遍人格,道德主义蔚成时代风气,希望通过"正心诚意"走向"修、齐、治、平",最终达到内外一贯,成为宋人所执着追求的人格方式与人生境界。

与以上社会文化的转型相联系,宋代诗歌创作中也出现唐宋诗风的交替。唐代独特的社会文化形态使唐诗在整体上呈现出自由抒写,辞采华茂,情脉流动,意象玲珑,意境浑融,兴味盎然等特征。从唐人诗歌创作的态度来看,他们大多即兴而起,自由吟唱,更多地继承风骚传统,将诗歌创作当成一种生存形式和生命快乐与托寄,取的是艺术化、诗性化的人生态度与创作精神。在语言运用上,唐诗辞采华茂而又自然天成,通俗畅达然又丰腴华美。唐人惟情而动,一任

---

① 王国维:《王国维遗书》(第五册),上海书店出版社1983年,第70页。
② 陈寅恪:《金明馆丛稿二编》,上海古籍出版社1980年,第245页。
③ 陈来:《宋明理学》,辽宁教育出版社1992年,第16页。

情感的自由宣泄或曲折摆弄,立足于"情"的本体是大多数唐代诗歌的生发之源。唐人追求在意象的创构中生成诗境,追求情景的共构共生,以营造出浑融汪茫的诗歌境界和摇曳不尽的兴味神韵,故能在接受时空的不断变化中显现出永恒的魅力。相对于唐诗,宋诗在逐渐的学习、吸收、融化与生成的过程中形成自身创作的体制、特征,这与宋代社会文化的多方面转型是紧密相连的。宋人在诗歌创作态度上,大都以意为上,因思而起,他们在"诗庄词媚"传统观念的影响下,托心志于诗,走的是精思于诗的道路。在语言运用上,宋诗平淡枯涩、极少修饰,不求天成,转逐思虑,这使宋诗在欣赏形式上不太适应于"唱""吟",而更趋近于"读"。宋诗惟意而动,追求诗意的深远,诗人们对浅显平易之作极为漠视,并强调诗意与"风人之旨"的谐合。宋人在意象的运用上不尽下力,他们常常补之以议论,直入诗意诗理,这使宋诗极见筋骨;宋人强调"意从境中宣出",将诗意标树于诗境之上,这导致宋诗以"思"代"境",理趣的巧妙、深刻往往成为宋诗的特色之一。在总体上,宋人更多的是以一种严肃化、实体化的态度于诗,对诗歌创作持内敛观照与人格自省的取向。这实际上界分出以唐、宋为代表的两种诗歌范型,为唐诗学的成长与确立,奠定了比照分析与理性抽绎的基础。

## 二、宋诗的创建与唐诗传统的发扬

宋诗的创建是从对前代文学传统,尤其是唐诗传统的直接承传中切入的。唐诗传统在宋人心目中已成为一个包容众多的集合体,宋人对它进行了多方面的学习、借鉴与吸收。在很大意义上,宋诗的创建过程,便是唐诗传统的发扬生新过程,它们成为同一事物的两个不同方面。

宋代诗坛承唐五代而下,在最初的六十多年间,白体、晚唐体、西昆体诗人们在探索自身诗歌发展路向时,便对唐诗传统自觉地予以继承与发扬。与后来的宋诗创建者不同的是,他们虽然也是诗歌新变的产物,但相对于欧、梅、苏、黄等人,他们更重视对唐诗传统中某一血脉的接通与放大,在变异改造、综合生新上还显得不够成熟与到位,因而难以自成体格,但他们也为宋代唐诗学的建立做出初步贡献。如,白体诗在艺术表现上以白居易诗的平直、浅切、流畅为创作宗尚,这继承了唐诗传统中所涵容的"讲"的因子;晚唐体诗对贾岛等人炼辞炼意创作取向的追求,又发扬了唐诗传统中追求精工的特色。西昆体诗人在对李商隐的一意高标中,一方面将事典大量运用于诗歌创作,另一方面又努力雅化诗歌,追求诗意的深远,这接通了唐诗传统中对诗意表现的企求与化学问入诗的气脉。宋初"三体"为宋人创建自身诗歌体制和进一步扬弃唐诗传统,提供了直接的实践准备与理性思考的平台。

梅尧臣作为宋诗的开创者,他与宋初"三体"诗人不同的是在对唐诗传统的学习、吸收中不名一家,追求自立的气度。他的诗,早年师法王、韦,中年以后学习韩、孟,而用笔命意又多本于白居易。他将上述诸人的创作特征加以融合,其诗作呈现出劲峭老健、平淡简远的特征。梅尧臣之诗在对唐诗传统的融通上作了文章,对唐诗的平淡与劲健予以了发扬生新。欧阳修作为领袖北宋中期文坛风会之人,他在参与宋诗的创建过程中,主要继承发扬了李白、韩愈等人的创作路径。他一方面将古文章法运用于诗歌创作之中;另一方面,又浓厚了诗歌的散文化色彩,将中唐以文为诗的血脉予以接通和生新。欧阳修在执矫昆体雕琢之弊中,还"专以气格为主",将盛唐诗及韩愈等人诗中以气为主的传统因子加以放大。苏舜钦进一步张扬中唐以文为诗的创作取向。其作诗,写景、状物、咏史、言情,触处即生议论,他又在几乎所有的题材中都寓道谈理,初步体现出宋诗在创作观念与思维方式上的转换。苏舜钦的创作也表现出将唐代文学传统中的养料加以融合的特征。之后,在创建宋诗中起到不可替代作用的王安石,一方面大力发扬中唐以文为诗的创作路径;另一方面又努力追求晚唐作者余韵悠然的诗歌趣尚。他早期诗作直抒胸臆,语意直露;中年以后,遍览唐人诗,博观约取,逐渐形成自己峭拔遒丽、跌宕绵密的风格;晚年致仕后,诗风则变为优游不迫,精工华美。王安石对宋诗体制的探索是以他深得唐诗之风神骨髓为基础的。作为一个诗歌创作的多面手,他将创建宋诗与发扬唐诗传统并置地凸显出来。

苏轼和黄庭坚是最终使宋诗在创作质性上与唐诗区别开来,形成自身体制的关键人物。如果说,梅、欧、苏(舜钦)、王等人的探索仍处于宋诗由量变到质变积累的话,那么,苏、黄的创作则意味着宋诗创建的成熟。作为一种诗型,宋诗的一些特色如平淡、老劲、瘦硬的风格,押险韵、造硬语、以议论为诗、以文为诗、以才学为诗等手法,在苏、黄手中得到了成熟和拓展。严羽在《沧浪诗话·诗辨》曾指出,苏、黄对宋诗之体的定型是以"自出己意"为出发点的。他们在新变取得实绩的基础上,进一步继承发展,融通生新,立足于自身主体素质的基点,各自从不同方面完成了宋诗的创建。

苏、黄在完成宋诗创建的过程中,对唐诗传统这一集合体是持扬弃态度的。他们确立了李、杜、韩、白作为学习的典范,但又并不盲目追随。《苏东坡诗话》曾批评李白诗"伤于易",批评杜甫诗"村陋",批评白居易诗"俗",黄庭坚"于退之诗少所许可",他们对晚唐诗在整体上则持否定态度,强调对唐诗传统与典范的学习应取法乎上,从而,将唐诗的优秀传统有机地融入到自身诗歌体制的创造之中。苏轼作诗为文主张行于所当行,止于所不可不止。在笔法结构上,他深受歌行体的影响,将李白等人对古文章法的运用进一步发挥,跌宕起伏,收放自如;在思想人格上,他推崇杜甫;在对生活的体认和人生的态度上,他又崇尚陶渊明的平淡和白居易的随缘放旷。综合上述几方面取向,苏轼的诗作纵横自如中深寓理趣,自现平淡,显现出才气过人、识度博大的特征。黄庭坚与苏轼同中有异。其《与徐师川书》指点后学说,作诗要熟读"老杜、李白、韩退之诗"。他与苏轼一样推崇杜甫的人格情怀,但他对杜诗的技巧、法度更为激赏,深入研究,大力提倡,身体力行地在创作实践中学杜、扬杜。正因此,张戒《岁寒堂诗话》说:"子美之诗,得山谷而后发明。"[1]黄庭坚诗作多方面地从杜诗中获取养料。黄庭坚也吸纳李商隐等人诗作中的审美质素。朱弁《风月堂诗话》曾评价他"独用昆体功夫,而造老杜浑成之地"[2]。黄庭坚充分利用艺术的融通生新与反常合道原则,将创建宋诗与发扬唐诗传统有机地结合起来。

总之,梅尧臣、欧阳修、苏舜钦、王安石等人在前人基础上,一方面从人格层面入手,使宋诗进一步主体人格化,内在地提升了宋诗的审美品格;但更重要的是,他们对唐诗传统广泛汲取,发扬生新。如将中唐以文为诗创作因子加以放大,将古文章法广泛运用于宋诗的创作中,这浓厚了宋诗的散体化色彩,强化了其议论性,使宋诗在诗意的表现上更见突显,而对唐人一唱三叹的诗歌审美模式构成突破。苏轼的崇陶、崇李、崇白,进一步从个体人格和生命情趣层面强化了宋诗的生命化意蕴;其自由放舒的创作精神,一定意义上开启后来诗学中的"活

---

① 丁福保辑:《历代诗话续编》,第463页。

② 惠洪、朱弁、吴沆撰,陈新点校:《冷斋夜话·风月堂诗话·环溪诗话》,第112页。

法",对润滑宋诗流程,促进宋诗自我否定、自我扬弃起到不可替代的作用。黄庭坚及江西派诗人对作诗体制、法度、格式、词语、具体技巧等的广泛学习探求,最终使宋诗沿着杜甫等人所开创的以意为旨、法度森严,然又自如舒放的道路前进。他们在从创作程序、体貌上规范宋诗的同时,实际上也从血脉精气上接通了唐诗,是对唐诗传统的创造性继承与发扬。

## 三、"宋调"的质疑与"唐音"的突显

宋诗在经过梅、欧、苏(舜钦)、王等人的探索,开创出诗歌创作的新局面之后,苏、黄又进一步发展以才学为诗和以技巧、法度为诗,他们使"宋调"与"唐音"判然有别,为宋诗体制的最终确立作出贡献。但正像任何事物的成熟也就意味着衰变的开始一样,对于北宋中期以来自成体制的"宋调",从它成熟、昌盛之日起就有不少诗论家对之提出质疑,予以反思。他们在质疑和反思中,往往将"宋调"与"唐音"对举,努力在两者的比照、融化中进行其批评,标树其理论。这使北宋后期至南宋末年唐诗学的发展在对"宋调"的质疑和反思中鲜明地突显出唐诗的质性,为古典唐诗学的确立奠定扎实的根基。

早在北宋中后期,魏泰就对苏、黄诗作及前人诗作中近于"宋调"者提出质疑和批评。他在《临汉隐居诗话》中批评苏轼诗"逞豪放而致怒张",评断黄庭坚诗专使"古人未使之事",又爱用"奇字",这使其诗"句虽新奇,而气乏浑厚",又批评石延年"长韵律诗善叙事,其它无大好处",还指责杨亿、刘筠"作诗务积故实,而语意轻浅"。魏泰以"余味"为论诗的准则,对宋人作诗缺失较早提出批评。魏泰对唐诗中近于"宋调"者也不满。他指责韩诗乃"押韵之文",批评白居易等人新乐府诗"述情叙怨,委曲周详,言尽意尽,更无余味"。[①] 魏泰对"宋调"的质疑及对韩、白等人诗作的批评,在审美本质上体现出对诗歌应具浑融气韵和意境的呼唤。

进入南宋,随着江西诗创作弊端的日益显露,对"宋调"的质疑之声不断出现。叶梦得《石林诗话》从诗作须有蕴藉之味的角度立论,批评宋代学欧阳修者

---

① 何文焕辑:《历代诗话》,第 322 页。

"往往遂失其快直,倾困倒廪,无复余地";①针对江西诗用事下语之习气,强调用事的自然与妥帖,宣扬诗的工妙不在言语,而在"缘情体物";在论述宋人学杜时,又批评他们流于从"模放"字句入手,"偃蹇狭陋,尽成死法。不知意与境会,言中其节,凡字皆可用也"。② 叶梦得还借论评王安石晚年律诗,提出"意与言会,言随意遣,浑然天然"的美学原则,强调诗歌应在内容与形式的统一中达到完融的艺术表现效果。他对"宋调"的质疑比魏泰更具体化了。

　　之后,张戒对"宋调"进一步予以反思。《岁寒堂诗话》直言批评代表"宋调"的苏、黄道:"诗妙于子建,成于李杜,而坏于苏黄",尖锐地指出苏黄"用事押韵",乃"诗人中一害",认为只有使"苏黄习气净尽",方可以论唐人诗。③ 他明确将"唐音"与"宋调"并置对照起来。张戒在唐人中又高标杜诗高古莫及,推尚"韦苏州诗,韵高而气清。工右丞诗,格老而味长"④,还认为"义山多奇趣,梦得有高韵"⑤,等等。他从诗作的多样审美特征上对唐宋诗人进行评析,在通过质疑宋诗而突显唐诗质性上迈出了一大步。

　　向后延展,严羽将对"宋调"的质疑与对"唐音"质性的突显推向高峰。他从总结诗歌艺术规律入手,对典型地体现"宋调"的江西诗和归宗唐人的"四灵""江湖"诗都作了审视。《沧浪诗话》认为,江西诗最根本的缺陷在于"以文字为诗,以才学为诗,以议论为诗",此三方面特征的凸现,使"宋调"在体制、面貌、韵味上远离"古人之诗",这便是缺少兴味与吟咏。《沧浪诗话》概括道:"本朝人尚理而病于意兴,唐人尚意兴而理在其中。"⑥见出唐宋诗在不同审美质性要素间的差异。严羽论诗高标盛唐,他概括"盛唐诸公"在创作构思上基于"透彻之悟",在审美表现上"惟在兴趣""言有尽而意无穷"。这一比照辨析,将"唐音"的质性、特征更为清晰地突显出来。

　　之后,刘克庄、范晞文又将对"宋调"的质疑与"唐音"的突显推进一步。刘克庄《后村诗话》在努力融通唐宋中,对宋人多有反思。其云:"元祐后,诗人迭

---

① 何文焕辑:《历代诗话》,第407页。
② 何文焕辑:《历代诗话》,第421页。
③ 丁福保辑:《历代诗话续编》,第455页。
④ 丁福保辑:《历代诗话续编》,第459页。
⑤ 丁福保辑:《历代诗话续编》,第460页。
⑥ 何文焕辑:《历代诗话》,第696页。

起。一种则波澜富而句律疏,一种则锻炼精而情性远。要之,不出苏、黄二体而已。"①刘克庄对一味翕张开合的苏体诗和远离情性的黄体诗都持有不满。他同时对唐代诗人也进行论评。他批评韩诗"但以气为之,直截者多,隽永者少",肯定陈子昂"首倡高雅冲淡之音,一扫六朝之纤弱",称扬杜甫诗语有骨气,柳宗元为本色诗人。刘克庄对唐宋诗人的评析,建立在"言近旨远""意在言外""意兴而理长"的审美准则之上。范晞文《对床夜语》在周弼《三体诗法》纵论情景、虚实关系,张扬唐近体诗的基础上,通过辨析唐宋不同诗人诗作,亦对唐诗质性予以了突显。他指斥宋人在对唐人的承传、吸纳中"徒法其句",虽"毕力竭思",亦"非其意",批评"四灵"一派模拟尤甚,其"立志未高而止于姚贾","相煽成风","万喙一声",流于"尖纤浅易"。他称赞唐人行旅之作,"殆如直述","最能感动人意";认为杜甫诗呈现出"情景相触而莫分"的特征,即一方面"景无情不发",另一方面"情无景不生";还评断刘长卿诗辞妙气逸,郑谷咏物诗自在,王建等人诗有曲折之意,等等。范晞文实际上也将情景交融、自然流畅视为对"宋调"纠偏的根本途径。纪昀等《四库全书总目提要》称其"沿波讨源,颇能探索汉魏六朝唐人旧法,于诗学多所发明"②,道出了范晞文对唐诗质性突显的努力。

总的来说,唐宋诗风的交替是与宋代社会文化的转型紧密相连的。这种"交替"在前半阶段,体现在宋诗的创建和唐诗传统的发扬中;在后半阶段,则体现在"宋调"的质疑与"唐音"的突显中。这一承一转的关系,从内在来看,便是宋诗的创建需要多方面发扬唐诗传统,而对宋调的质疑和反思则突显出"唐音"的质性。宋代唐诗学就在宋人诗歌创作的这一"变"一"复"、一"去"一"来"中得以成长和确立。

---

① 王大鹏等编选:《中国历代诗话选》,第 878 页。
② 永瑢等:《四库全书总目》,中华书局 1965 年,第 1790 页。

# 第二章　宋代唐诗学的展开与演进

宋代是我国古典唐诗学的成长期,在唐诗学史上占有重要的地位。宋代唐诗学的展开与演进呈现出多头并进的特征,从文献资料的整理到创作实践中的取径,再到理论探讨的深入,宋人在对唐诗的整理、接受、读解和阐释上倾注了大量心力,最终促成唐诗学作为学科的确立与发展。

## 一、文献资料的整理加工

宋代是我国图书文献资料的重要繁荣时期,无论官方或民间,都为辑编、整理古代文化典籍作出重大贡献,表现在对唐诗文献的整理加工上,成就尤为显著。

唐人诗文经过唐末五代的战乱,到宋时已亡佚惨重,所传大致占其总数的十之一二。赵宋建制后,推行"偃武修文"的基本国策,重视文治;加之此时雕版印刷的发展和活字印刷术的出现,大大提高了出书效率,这有力地促进古籍整理事业的发展。宋人对唐人诗文的整理加工主要体现在辑佚、校勘、集注和编年几个方面。

宋人对唐诗文献资料的整理,首先是从辑佚和校勘入手的,所做工作艰苦而卓有成效。宋辑唐人别集、选集、总集数量甚多,各具特色。在对唐人别集的辑佚、校勘上,出现:赵彦清编《杜审言诗集》,沈侯、宋敏求、留元刚分别所编《颜鲁公集》,乐史、宋敏求、曾巩分别所编《李翰林集》,王钦臣、韩琮、魏杞分别所编《韦苏州集》,孙仅、苏舜钦、王洙、王淇分别所编《杜工部集》,刘敞编《杜子美外集》,王安石编《杜工部诗后集》,黄伯思编《校定杜工部集》,穆修、欧阳修分别所编《昌黎先生集》，穆修、沈晦、李石分别所编《河东先生集》，宋敏求编《刘宾客集》《孟东野集》，韩盈、胡如埙分别所编《玉川子诗集》，陈起编《李贺歌诗》，刘麟、洪适分别所编《元氏长庆集》，黄公度、黄沃分别所编《黄御史集》等。在对唐人诗作的选编上，出现：王安石《唐百家诗选》，佚名《唐五言诗》，佚名《唐七言诗》，佚名《唐贤诗范》，佚名《唐诗主客集》，佚名《唐名僧集》，张九成《唐诗该》，佚名《唐三十二僧诗》，佚名《唐杂诗》，佚名《唐省试诗集》，刘充《唐诗续选》，孙伯温《大唐风雅》，鲁苍山《鲁苍山选唐诗》，赵师秀《众妙集》《二妙集》，林清之《唐绝句选》，柯梦得《唐贤绝句》，刘克庄《唐五七言绝句》《唐绝句续选》，李龏《唐僧弘秀集》《剪绡集》，时少章《续唐绝句》，周弼《三体诗法》，陈德新《陈德新选唐诗》，姚铉《唐文粹》等。宋编唐人诗文总集，据不完全统计，也有30多种，如李昉等编《文苑英华》，赵孟奎辑《分门纂类唐歌诗》，郭茂倩《乐府诗集》，洪迈《万首唐人绝句》等。上述成就的取得，其间都经过艰苦的辑校，如对杜集、韩集的辑收便是其中典型的事例。据周采泉《杜集书录》所收，仅宋代所编杜集就有近100种，而当时的情况则是，《旧唐书》本传记载杜集原有六十卷之多，后来亡佚甚众，至晚唐五代间，主要靠一种六卷本的小集行世。孙仅、刘敞、苏舜钦、王洙、王安石、王淇等人各以所见，对杜集重加辑校，才使杜诗终于有了比较可靠完备的本子。韩愈的集子，在长期流传中虽散佚不多，但五代宋初骈文盛行，韩集受到冷落，传世的几种抄本，讹夺零乱，脱略颠倒，几不可读。穆修、欧阳修分别以几十年心力辑校整理，方使韩集得以流播。杜甫、韩愈作为宋人最推重的唐代诗人，其作品的辑佚、校勘尚需经过这样的周折，其他诗人之作便可想而知了。

　　在辑佚、校勘唐诗文献的基础上，宋人从更深层次对唐人唐诗有关文献资料予以整理加工，这便是宋人所开展的集注和编年工作。宋代曾出现"千家注杜""五百家注韩""五百家注柳"的盛况。注家们各以自己所历、所知、所感、所识，对不同唐人之诗作出诠释阐说，这使对唐人唐诗的接受呈现出各擅一途、百花竞放的繁盛局面。宋代出现的著名唐人诗文注本有：赵次公《杜诗注》，王彦辅《增注杜工部诗》，蔡兴宗《杜诗正异》，郑卬《杜诗音义》，郭知达《杜工部诗集注》，徐居仁、黄鹤《集千家注分类杜工部诗》，刘辰翁等《集千家注批点杜工部诗》，蔡梦弼《杜工部草堂诗笺》，方崧卿《韩集举正》，朱熹《韩文考异》，魏仲举《新刊五百家注音辩昌黎先生文集》，廖莹中《世彩堂昌黎先生集注》，张敦颐《柳文音释》,魏仲举《新刊五百家注音辩唐柳先生文集》,杨齐贤《注李翰林集》等。这些工作,将对唐人文献的整理加工切实推进了一步。

对唐人诗作进行编年,则标志着宋人对唐诗文献资料整理的深化。宋代学者已经认识到,对诗作予以正确系年,"知人论世",是进行诗歌研究必不可少的关节之一,对正确理解诗作具有不可替代的意义。宋人对诗作编年的成就突出地体现在杜诗编年上。早在北宋宝元年间、王洙辑编杜集,得诗 1405 首,他在将其分为古、近体的同时,即对杜诗进行初步的编年,这成为杜集中最早的一个编年本。黄伯思《校定杜工部集》,在王洙辑收杜诗分体编年的基础上,将杜集古、近体分编的体例打破,对杜诗予以进一步地补充考实,以编年排列诗作。遗憾的是,此本未流传下来。蔡兴宗《少陵诗年谱》,也是对杜诗编年的一个本子,不过,蔡氏仍坚持分体而编,目的是为了让读者感受杜甫的多舛人生及悯世情怀。赵次公《杜诗注》,是又一个编年本的杜诗注本。它在吕大防、蔡兴宗编年的基础上完成,㐌以编年为序排列诗作。黄鹤、黄希父子在对杜诗的编年上用力最勤,他们在引史证诗、匡谬辨伪方面做了大量工作,把杜诗编年推到一个新的阶段。黄氏父子编年力求对每首诗都予以坐实,他们纠正了前人及同时代人编年中的不少错误,在编年中注重注明编于此年的理由和根据,为后人更精确地对杜诗进行编年和较完整、切近地把握杜诗作出了贡献。

## 二、批评与理论探讨的逐步深入

宋代唐诗学展开与演进的第二维视域,表现为批评与理论探讨的逐步深入。宋代诗学的主要载体是诗话、笔记及文人在相互交往中所写的序、跋、书信等。这些形式中,笔记属志怪小说类,以记逸闻琐事为能事;诗话从笔记中脱胎而出,体制为漫笔散条,亦多记诗事趣闻,品评论说,以"以资闲谈"为特征,因而,述事、考证、品评相互糅合。在这两种形式中,诗话是不断演变的,由重述事到重品评是宋代诗话发展的一个基本特征。诗论是较纯粹的论诗之体,但其随着时代的发展,论者的视点也由窄到宽,由拘限而贯通。上述几方面综合,使宋代唐诗学对诗作的批评,对唐诗理论的探讨呈现出由局部性论析到整体性观照的特征。

宋人对唐诗的批评探讨,主要体现在三个层面:一是对单个诗人诗作的具体论评;二是联系具体诗人诗作,对唐代某个特定历史时期的诗歌发展及其特征,或对具有创作共性的诗人群体进行分析;三是站在审视唐诗发展的视点,结合自身所持诗学主张,对唐诗发展、特征及其内蕴规律所进行的整体性观照。

宋代唐诗学中数量最大的是对单个唐人唐诗的具体论评。这方面论析出现最早,而后大量充斥于宋人笔记、诗话和诗论中。以北宋笔记、诗话、诗论为例,如晁迥《法藏碎金录》评白居易"词旨旷达";钱易《南部新书》评"诗人三才绝";司马光《答福昌张尉来书》评柳宗元"变古体,造新意";刘攽《中山诗话》评"张籍乐府词,清丽可爱";王得臣《麈史》评李贺"才力奔放,不惊众绝俗不下笔";苏辙《诗病五事》评李白诗"华而不实","不知义理之所在";魏泰《临汉隐居诗话》评"孟郊诗蹇涩穷僻","苦吟而成";黄庭坚《黄山谷诗话》评李白歌诗"度越六代,与汉魏乐府争衡";秦观《秦少游诗话》评杜甫、韩愈"集诗文之大成";郭思《瑶溪集》评杜诗宗法《文选》;范温《潜溪诗眼》评柳宗元诗"深远难识",评李商隐诗"盖俗学只见其皮肤,其高情远意,皆不识也";蔡居厚《诗史》评"许浑诗格清丽,然不干教化";王直方《王直方诗话》评王维凭己之才而善取前人句;许颉《彦周诗话》评孟郊诗"苦思深远,可爱不可学";叶梦得《石林诗话》评杜甫诗用意深远;周紫芝《竹坡诗话》评郑谷《雪》诗"人皆以为奇绝,而不知其气象之浅俗也";吕本中《童蒙诗训》评韦应物诗有六朝风致;唐庚《唐子西文录》评杜甫诗与洞庭争雄,"虽小而大";等等。延展到南宋,这一层面论评仍然占极大比重。我们不作过多述及。

大致从北宋中期开始,对唐人唐诗的论评在对不同历史时期及创作群体共性的把握上向前迈出一步。欧阳修《六一诗话》较早对晚唐人诗作共性作出归纳,认为他们"无复李杜豪放之格,然亦务以精意相高"。①之后,蔡居厚《诗史》、吴可《藏海诗话》、韩驹《陵阳室中语》等都对晚唐诗作审美特征、作诗优长与缺欠作出多样化的论评。如,蔡居厚《诗史》云:"晚唐诗多小巧,无风骚气味。"又云:"晚唐诗句尚切对,然气韵甚卑。"②蔡居厚认为晚唐诗一味追求细碎工巧,这使其脱离诗骚的法乳,在气格、诗韵上也显得甚为卑弱。韩驹《陵阳室

---

① 何文焕辑:《历代诗话》,第267页。
② 郭绍虞辑:《宋诗话辑佚》,第448页。

中语》持论则与蔡居厚相同相异,他说:"唐末人诗,虽格致卑浅,然谓其非诗则不可。今人作诗,虽句语轩昂,但可远听,其理略不可究。"①韩驹也论断晚唐诗作格调卑弱,但他在将其与宋人诗的比照中,认为晚唐诗是合乎诗歌作为艺术之体的内在要求的,在这点上与宋诗判然有别。北宋中期,魏泰《临汉隐居诗话》针对唐代新乐府诗的创作优缺点,范温《潜溪诗眼》针对李、杜、韩作诗学建安也作了论析。这一层面批评在进入南宋后亦得到倡扬。

从北宋中后期开始,对唐诗的批评探讨,进一步显示出整体性观照和深层次抽绎的特征。佚名《雪浪斋日记》在对唐代诸大诗人不同风格特征作出肯定后,其云:"予尝与能诗者论书止于晋,而诗止于唐。盖唐自大历以来,诗人无不可观者,特晚唐气象衰薾耳。"②《雪浪斋日记》作者较早从历时角度论及唐诗,在对唐诗流程的粗线条勾划中充分含蕴了其诗史观。王得臣《凤台王彦辅诗话》则清晰地为我们拉出一条由初唐延展到中唐杜甫的文学思潮发展演变线索,对开元年间不同诗人创作审美特征予以了辨析,在此基础上,他归结杜诗"卓然为一代冠,而历世千百,脍炙人口"。③ 王谠对中唐诗风的细微变化则审视甚切,其《唐语林》云:"大抵天宝之风俗尚党,大历之风尚浮,贞元之风尚荡,元和之风尚怪也。"④对同一历史时期的不同阶段诗风作出细致的把握。蔡絛《蔡百衲诗评》评议唐宋 14 家诗风,其中,评唐诗人 11 家,在极为形象的描述中直入各家精蕴。蔡絛在品评中,皆长短并举,最后归结"皆吾平生宗师追仰",表现出对有唐一代典范诗人的整体性辨识眼光和对唐人诗作质性的深层次把握,如云:"白乐天诗,白擅天然,贵在近俗;恨如苏小虽美,终带风尘。李太白诗,逸态凌云,照映千载;然作齐梁间人体段,略不近浑厚。"⑤极为传神到位。与蔡絛相类的还有南宋中期的敖陶孙,他在《敖器之诗话》中评古今诸名人诗,皆要言不烦,形象肯綮。很显然,没有对诗歌历史的整体把握与辨识,是不可能达到其标度的。

发展到南宋,这一批评探讨取向得到加强和深化。张戒《岁寒堂诗话》将历

---

① 魏庆之编:《诗人玉屑》,第 359 页。
② 胡仔纂集,廖德明校点:《苕溪渔隐丛话》(前集),第 12 页。
③ 王大鹏等编选:《中国历代诗话选》,第 216 页。
④ 王大鹏等编选:《中国历代诗话选》,第 320 页。
⑤ 胡仔纂集,廖德明校点:《苕溪渔隐丛话》(后集),第 258 页。

代诗歌发展分为五等。其中,"唐人诗为一等",他从学诗溯源的角度立论,认为由唐上溯六朝、汉魏以至风、骚,是后人悟入诗道的必然途径。他主张把唐人声律去除,明确标示出唐诗与六朝诗、与宋诗的界限,这实际上寓意着唐诗有着与其他时代、其他品类诗歌不同的质性。张戒之论,促使人们去认真地探求唐诗的独特质性。之后,朱熹和张戒一样,从绵延的历时视域观照唐诗,他将唐诗定为二等诗,是上溯"古诗"的津梁。而在唐诗的演变中,他认为,唐初尚沿古法,而等到律诗出,其创作程序、格调则与"古诗"大相径庭,失却"古诗"之风味。刘克庄亦多整体性观照的眼光,其《后村诗话》在肯定陈子昂一扫六朝诗风的同时,上挂下贯,对初唐至盛唐的诗歌发展作出勾勒。发展到严羽,则将对唐诗的整体性观照和深层次质性的把握推向高峰。他从师法盛唐出发,探讨到唐诗的一系列根本问题。《沧浪诗话》对唐诗不同历史时期、不同诗人群体作出辨分,如云:"次取沈、宋、王、杨、卢、骆、陈拾遗之诗而熟参之,次取开元、天宝诸家之诗而熟参之,次独取李杜二公之诗而熟参之,又取大历十才子之诗而熟参之,又取元和之诗而熟参之,又尽取晚唐诸家之诗而熟参之。"[1]"大历以前,分明别是一副言语;晚唐,分明别是一幅言语;……如此见,方许具一只眼。"[2]这里,严羽实际上划分出唐诗发展的五个历史时期,即初唐、盛唐、大历、元和、晚唐,此亦即唐诗的五种基本体式。它成为后世长期沿用的"四唐"说的先导。《沧浪诗话》又云:"南朝人尚词而病于理,本朝人尚理而病于意兴,唐人尚意兴而理在其中。汉魏之诗,词理意兴,可迹可求。"[3]严羽将汉魏至宋的诗歌区划为四个类别,在相互的比照中阐释唐诗的质性。他以"尚意兴"为唐诗的本质特征,树立起唐诗之所以为唐诗的基本观念。这在唐诗学研究史上显示出划时代的意义。《沧浪诗话》还云:"唐诗之说未唱,唐诗之道或有时而明也。今既唱其体曰唐诗矣,则学者谓唐诗诚止于是耳,得非诗道之重不幸邪!"[4]严羽以高标唐诗作为反对江西诗的有力倡导,他在对"唐诗之说"的张扬中实际上已从名理上提出了"唐诗学"的命题。这为后人进一步从理论抽绎的角度研究唐诗吹响了号角。

---

① 何文焕辑:《历代诗话》。
② 何文焕辑:《历代诗话》,第695页。
③ 何文焕辑:《历代诗话》,第696页。
④ 何文焕辑:《历代诗话》,第688页。

## 三、创作范型的推移转换

宋代唐诗学的展开与演进，还体现在创作接受方面。宋代诗歌的发展是在对前代诗作特别是唐诗的继承、吸收、消化、转换的过程中建构起来的。宋人面对唐诗近三百年中不同的创作范式，结合其自身所处社会文化思潮及诗学趣尚、审美个性，逐渐走出一条不断转换创作路径，以寻求适合宋诗自身发展的道路。这条道路，是在内蕴着不断自我否定、不断扬弃的过程中踩出的。

三百余年宋诗的流程是从对晚唐五代的承续中起步的。宋代初年，结束了五代十国动荡不安的社会现状，但此时王朝初立，文事尚未兴盛，文风尚待扫荡。以后周旧臣李昉、南唐旧臣徐铉为代表的一批诗人，直接将晚唐五代诗风带入北宋。蔡居厚《蔡宽夫诗话》曾云："国初沿袭五代之余，士大夫皆宗白乐天诗，故王黄州主盟一时。"[1]这道出宋初白体诗的流行。另一方面，一批僧人、隐士及下层官吏和潦倒文人则承袭五代以来流行的晚唐体诗风，以学贾岛为创作宗尚。此两方面双线并行，构筑出宋初诗坛的平台骨架。

白体诗人着重学白居易的两个东西：一是学其平易浅切的语言，流畅自然的作派；二是在相互应酬唱和中学白氏的闲适旷放。正因如此，白体诗在缘情遣兴、流连光景中不免题材狭窄，诗风平直乏味。王禹偁中年后创作大量讽喻诗。他努力继承白居易诗作反映时政民瘼的内容，在对白体诗内容的空乏上有所消弭；他还对诗作语言稍加锻炼约束，对白体诗一味浅白放任的作风也有所修正。王禹偁后来由学白进而学杜，以自身的实践探索寓示出宋诗发展的方向，遗憾的是其早殁，未能产生普遍的影响。与白体诗执着创构平易、闲适不同，晚唐体诗人则表现出对构思与笔法的极致讲究，注重对字句的锤炼。"发任茎茎白，诗须字字清"，便是对他们创作态度的形象写照。在诗作内涵上，他们追求创造清幽意境，突显清苦意味，强调将个体孤芳自赏的人格旨趣艺术化地对象到诗作中。因晚唐体诗当时主要在一批社会"闲人"中倡扬，加之他们一味注重字语的锤炼而相对忽视内容的开拓，又与社会历史的发展不合拍，故在诗坛上始终未能上升

---

① 郭绍虞辑：《宋诗话辑佚》，第398页。

到权力话语系统之内。

诗歌创作在承续晚唐五代诗风的基础上,如何能更好地与社会文化氛围、当下气象与时代精神结合起来,这便成为宋初诗坛弄潮儿深入思考的问题。这一历史任务落到西昆诗人身上。杨亿等人找到了李商隐,他们希望能在对李商隐诗的标树、学习中走出宋诗发展的坦途。他们努力消解白体诗的浅俗、鄙俚和平易,以"雕章丽句"为主要宗旨,追求华美、丰腴、雍容的作派;同时,顺应宋代社会文化对博大深远的追求,努力从遣词用语上深化诗意表达,希冀涵容更丰富的诗歌信息,因而大量用典使事,堆砌故实,从学问化的角度切入创作。这一体诗在宋初诗坛倡扬了很长一段时间。

但西昆体毕竟是在模范李商隐等人中兜圈子,加之内在矛盾与弊端日益显露,到北宋中期人们对它已生厌倦。如何走出一条宋人诗歌创作自身的可行之路,成为摆在人们面前的时代课题,这不得不促使人们继续寻求新变。欧阳修等人开始将学习的对象转为取径中唐,他们将中唐以文为诗的因子加以放大,从而走出一条变唐成宋的新路。山东、汴京、西京出现的几个文人小团体,促成了这一创作范式的推移。范沨、石延年、刘潜、石介、杜默、穆修、苏舜钦等人,是欧、梅变革诗风的先导。欧阳修等人在创作中主要从以下几个方面进行了新变。首先,从题材上进行拓展,他们将中唐韩孟诗派写日常生活一切情事细节的做法加以发扬,占尽了唐贤这片未及占尽的空间;二、在题旨表现上,他们一方面将传统题材翻出新意,从前人不太留意处拓展,另一方面,以议论直入所有题材,在写景、状物、咏史、言情中无处不生议论;三、在艺术表现上,大量引"古文章法"入诗,使诗作显示出散文般流动的气韵与品格;四、在诗作章法行布上,又极为注重将自然天成和注重剪裁锻炼结合起来。由于梅、欧、苏、王等人的共同努力,前后相继,终于基本上打破了唐代近三百年形成的诗歌传统及其基本的创作模式。

之后,苏轼、黄庭坚等人进一步将取径上溯到杜甫。特别是黄庭坚,在熔炼众家、推陈出新上更为明显。刘克庄《江西诗派小序》曾评其:"荟萃百家句律之长,究极历代体制之变,搜猎奇书,穿穴异闻,作为古律,自成一家,虽只字半句不轻出,遂为本朝诗家宗祖。"①黄庭坚创造性地继承杜甫诗作取向与创作特征,在

① 何文焕辑:《历代诗话》,第478页。

对诗作艺术表现的探索上甚为卖力,总结出一系列有别于唐人的诗歌创作基本法式,为宋诗之体的成熟贡献了毕生的精力。苏、黄主要从以下两方面取径杜甫而推陈出新的。一、在欧阳修等人广泛拓展诗歌题材的基础上,进一步开掘,从时政民瘼到艺术之道,从山川物理到禅宗偈颂,无不化入诗中;二、在艺术表现上,一方面驰骋才力,另一方面又讲究技巧与法度,从而将"才"和"学"较好地统一到作诗中,将"有法无法""无法而法"有机融合起来。黄庭坚对创作范型的推移尤其值得一提。他的诗更加内敛,更趋于个体文人生活感觉的表达,更显示出士人的审美情趣和价值取向,他在对技巧、法度、学力的重视与张扬中,消释了诗歌创作普遍需有的激情,将"文人之诗"改变成"学人之诗"。他又将唐诗以丰神情韵取胜和圆熟浑成的风格意境,彻底变成以筋骨思理为主,拗峭锻炼的风格意境。苏、黄在诗作意境、风格、技巧、法度多方面的努力,终于使诗歌创作不再向"唐音"回归。到他们手里,才算真正完成"宋调"的创造。当然,苏、黄之后,宋人在诗歌创作实践中取径过唐人的人有人在,如陆游、杨万里、"永嘉四灵"及"江湖"诸人等,他们都通过自身的创作体现出对唐诗的接受性研究,但遗憾的是,在取径上并未超出北宋前中期的欧、王、苏、黄等人。

　　总之,宋代唐诗学的研究形态就以上三方面而言,实含蕴编、选、注、考、点、评、论、作八种形式。这之中,它们相互之间虽起时各异,发育不同,体现出不平衡的特征,但已初步全景式地展示出唐诗学的体貌,规划出后世唐诗研究的形态。

# 第三章　北宋唐诗文献整理工作

北宋开国,统治者注重以人文化成天下,借文献经邦治国。在承五代动乱,形成文物凋丧、卷帙散坠的局面后,不少人开始了辑佚理旧的工作。其中,对作为文学遗产的唐诗文献的整理便成为一项重要的内容。

## 一、唐人别集的辑佚与校刊

唐代文人别集经过唐末五代的战乱,至宋时很多已经亡佚,所存者不少也脱漏严重,讹误迭出,不能适应宋代社会与文化建设的需要。为此,宋人整理前代文学遗产的第一步工作,便是对唐人别集予以搜辑和校刊。

北宋人辑校唐人别集数量极为可观。我们今天所见到的唐人集子,大部分是经过他们整理出来的。如乐史所编《李翰林集》,穆修所编《河东先生集》,宋敏求所编《李白草堂集》《颜鲁公集》《刘宾客集》《孟东野集》,曾巩所编《李翰林集》,韩盈所编《玉川子诗集》,韩琮所编《韦苏州集》,魏杞所编《韦苏州集》,沈侯所编《颜鲁公集》,刘麟所编《元氏长庆集》,沈晦所编《河东先生集》,等等。这些唐人集子,在辑收过程中历经曲折,不少诗集经过多人之手才得以基本完备。

李、杜、韩诗文集的辑收,最典型地体现出逐步完备的过程。李白的集子在唐时曾有魏颢、李阳冰、范传正等人的几种本子流传。但李白诗在长期流传的过程中,特别是经过唐末五代的战乱,已"十丧其九"。到北宋咸平年间,乐史广泛搜辑整理,编成《李翰林集》二十卷,"凡七百七十六篇"。在此基础上,宋敏求进一步辑收,其《李太白文集后序》曾说:"治平元年,得王文献公溥家藏白诗集上中两帙,凡广一百四篇,惜遗其下帙。熙宁元年,得唐魏万所纂诗集二卷,凡广四十四篇。因衷唐类诗诸编,泊刻石所传,别集所载者,又得七十七篇。无虑千篇,沿旧目而厘正其汇次,使各相从,以别集附于后,……合为三十卷。"①之后,曾巩又对李白诗进行编年,其《李太白集分类补注序》也云:"李白集三十卷,旧歌诗七百七十六篇,今千有一篇,杂著六十五篇者,知制诰常山宋敏求字次道之所广也。次道既以类广李白诗,白为序,而未考次其作之前后。余得其书,乃考其先后而次第之。"②曾巩在宋敏求对李白诗分类的基础上进一步排定其顺序,努力为其编年,这使《李白集》趋于完善。

杜甫的集子,北宋时,先后有孙仅、刘敞、苏舜钦、王洙、王淇、王安石、黄庭坚等人进行过辑佚、整理工作,最终使之趋于完善。北宋人所编杜集有孙仅所编《杜工部集》、苏舜钦所编《杜工部集》、王洙所编《杜工部集》、刘敞所编《杜子美外集》、王安石所编《杜工部诗后集》、王淇所编《杜工部集》,等等。这些集子,在所收篇目上不断充实,在编次上也渐趋合理。他们为宋人学杜、崇杜奠定最初的文献基础。孙仅是北宋辑编杜诗的第一人,其编本虽只有一卷,但引领了宋人整理杜诗的风气。大致从苏舜钦开始,对杜诗的整理就日趋追求完备。据苏舜钦在《题杜子美别集后》中所说,他通过参考五代本、韩琮本、王纬本等"杂录成册",理校而成。王洙《杜工部集》则是北宋杜集整理中较好的一种。王洙在"集序"中曾交代说,他经过广泛的搜辑整理后,"除其重复,定千四百有五篇,凡古诗三百九十有九,近体千有六。起太平时,终湖南所作,视居行之次,与岁时为先后,分十八卷。又别录赋笔杂著二十九篇为二卷,合二十卷。"③此编在收诗数量上最多,且以杜甫人生经历为编次依据,时间跨度亦长,它成为北宋杜诗整理中较完备的本子。对于当时这种学习、编辑杜诗的热潮,王淇在其刊后本中曾作过形象的描述:"近世学者争言杜诗,爱之深者至剽掠句语迨所用险字而厝画之,沛然自以绝洪流而穷深源矣,又人人购其亡逸,多或百余篇,少数十句,藏弄矜大,复自为有得。"④这在历代唐诗文献整理工作中是极为独特的。

---

① 陈伯海主编:《历代唐诗论评选》,第 272 页。
② 陈伯海主编:《历代唐诗论评选》,第 270 页。
③ 陈伯海主编:《历代唐诗论评选》,第 273 页。
④ 引自万曼:《唐集叙录》,中华书局 1980 年,第 109 页。

　　韩愈文集的辑佚、校勘也经过艰辛的过程。穆修、沈晦、欧阳修等人致力于对其文集进行整理。穆修对韩愈恢复古代道统，变当世之文极为称赏。他以二十余年心力校勘、整理韩集，用力甚勤，成为韩集整理史上的第一人。欧阳修对韩集的校勘也甚为下力，他少年时即对韩愈诗文极见会心，入仕后常托心志于韩集。他前后三十年相续校勘、整理韩集，其在《记旧本韩文后》中曾云："凡十三（注：疑为三十）年间，闻人有善本者，必求而正之。"其所校编的《昌黎集》终于成为"时人共传"的"善本"。

　　韦应物、颜真卿、柳宗元、刘禹锡、孟郊、杜牧等人文集的辑佚、整理情况无不如此。《韦应物集》在《新唐书·艺文志》中著录为十卷，这个本子虽在北宋时仍存于世，但据王钦臣《韦苏州集序》所言，已"缀叙猥并，非旧次矣"。他在嘉祐元年（1056）参用了几个本子，对《韦应物集》予以重编，定为十卷，别分诗 15 类，共 571 篇。这成为宋代第一个较完备的《韦应物集》。颜真卿生前诗文甚多，相传每官一集，有《庐陵集》《临川集》《吴兴集》等，但到宋初皆散佚不传。沈侯、宋敏求、留元刚等人不断收辑、整理，终使颜集有了一个十五卷的本子。虽仍然只保留了颜真卿诗文中的极小一部分，但为后人了解颜氏提供了弥足珍贵的文献依据。柳宗元诗文，唐时曾由刘禹锡编为三十卷的集子。到北宋，穆修和李之才重新对柳宗元诗文加以校订，遂编为一个四十五卷本的集子。政和四年（1114），沈晦又以穆修本为底本，参以"元符间京师开行"三十三卷本、"曾丞相家本"及"晏元献家本"重加校订，增编外集二卷，遂成为宋代最流行的本子。孟郊诗集的整理情况则是：据宋敏求所见，当时曾有多种本子，"家家自异"，如"汴吴镂本甲卷"124 篇，"周安惠本"十卷 331 篇，"蜀人蹇浚用退之赠郊句纂《咸池集》"二卷 180 篇。在这种情况下，宋敏求"总括遗逸，摘去重复若体制不类者"，得 511 篇，编为《孟东野诗集》十卷，亦成为孟集最为完善的版本。《刘禹锡集》原有四十卷之多，至宋时已佚十卷，其中诗仅存十卷，392 篇。宋敏求根据见存的《刘白唱和集》等总集、《柳柳州集》等别集以及其他各种文献广泛搜求《刘禹锡集》以外的诗文，共得诗 407 篇，杂文 23 篇，编为十卷，刻为《刘宾客外集》。其所辑得诗数，竟超出原集。杜牧诗作，唐时曾由其外甥裴延翰编为《樊川文集》二十卷，但所收并不完备。入宋后，李昉等编《文苑英华》，即对其予以补辑。到北宋中期，有人把各种总集、选集中的杜牧集外诗汇集在一起，出现一个"家家有之"的"集外诗"本。之后,杜陵人田概又搜得 59 首正、外集中均未收的杜牧逸诗,编成《樊川别集》。于是,便形成了流传至今的《樊川文集》二十卷《外集》一卷《别集》一卷的本子。

此外,北宋人辑佚、校刊的唐人诗集还有很多。这在整体规模上呈现出首见宏大的气势,在辑校编次上亦呈现出不断完备的特征。这方面工作,为宋人接受和研究唐诗准备了基本的文献。

## 二、大型诗文总集及其他文学史料的汇纂

宋代推行"佑文"政策,重视文化建设,注意保存前代文化典籍,开国不久便组织大批人力,陆续修成《文苑英华》《太平御览》《太平广记》《册府元龟》四大类书。私家修纂方面,则出现有姚铉《唐文粹》等。它们对后世产生深远的影响。

《文苑英华》是对前人文章的整理集结。宋太宗于太平兴国七年(982)命学士李昉、扈蒙、徐铉、宋白等编撰此书,至雍熙三年(986)书成。此书共一千卷,上承萧统《文选》,起于南朝梁末,下讫唐五代。共收近 2200 位作家的诗文 20000 篇。其中,唐代诗人几乎占全书的 9/10,包括唐诗 1500 余首,首次对唐人诗作予以了汇辑。明人胡震亨《唐音癸签》曾评价说:"唐人诗得传,实藉此书为多。"①《文苑英华》的编撰目的在于完整而又有条理性地保存前人文献。它仿《文选》分类辑编,而门类更为繁多,共划分为 38 类。它在汇编上有以下几方面的特点:一、主要汇辑的是唐人诗文。纪昀等《四库全书总目提要》曾说:"考唐文者惟赖此书之存,实为著作之渊海。"②《文苑英华》在对唐人诗文的收辑上是极为下力的,不少诗文甚至是从未刊印的唐集钞本中编入的。宋初,唐人别集流传不广,编者有意以这种方式来保存唐人诗文。周必大在《文苑英华志》中谈到当时的诗文留存与辑收情况时,曾说:"是时印本绝少,虽韩柳元白之文,尚未甚传,其如陈子昂、张说、九龄、李翱等诸名士文章文集,世尤罕见。修书官于宗元、

---

① ②　陈伯海主编:《历代唐诗论评选》,第 233 页。

居易、权德舆、李商隐、顾云、罗隐辈或全卷收入。"①这道出《文苑英华》编者们的努力。二、按类书体例汇编。从编目上看,除了乐府诗以诗体名目编选外,其余都以门类编入,这多方面反映出唐诗丰富的创作形态,为后人研究唐诗从体制上提供了一个宏通的视域。三、《文苑英华》还依据诗人的创作情况,类收不同方面的诗作,较充分地反映了诗人在各类诗作上的擅长,为人们了解具体诗人创作提供了一个切实的视点。正因此,作为一部大型诗文总集,《文苑英华》对唐诗研究具有重要的文献资料价值。

姚铉《唐文粹》是北宋初年编辑的又一大型诗文总集,共一百卷,收唐人诗文 2085 篇,其中收诗最多,共 981 篇。作为一部私修的断代诗文集,《唐文粹》有通过择选诗文以导引、扭转、推动宋初文学发展的企求。是书开始编选于宋真宗咸平五年(1002)。姚铉在《唐文粹序》中曾明确提出选录标准:"止以古雅为命,不以雕篆为工,故侈言曼词,率皆不取。"②整部书基本贯穿了这一主旨。诗赋只选古体,文章以古质简奥为主,骈体入选极少,四六文一篇未选,复古倾向甚为明显。《唐文粹》是一部从根本上区别于《文苑英华》,在内容、风格、体制、编排上都具有自身独特价值的诗文集。《唐文粹》在唐诗文献资料整理工作中的作用,则体现在以下两个方面:首先,它对后世整理、研究唐代文学具有不可替代的功能。由于它与《文苑英华》选文标准不同,所收诗文很多并不见于《文苑英华》,有不少唐人诗文正是因为被选进《唐文粹》,才赖以保存下来,为后世《全唐文》《全唐诗》的收集及辑补唐人文集作出了贡献。《唐文粹》的诗歌部分共收153 位诗人的作品,其中,大部分亦见于《文苑英华》,但却有宋华、韦楚老、高骈、孟迟、卢仝、谢陶、李华、胡幽贞、裴迪等 26 位作者不见其中。也有一些文人如李华、独孤及等,虽然选进《文苑英华》,但《文苑英华》没有选他们的诗歌,而选了其他体裁的作品。这样,《唐文粹》在保存这些人的诗作上就显示出不没之功。即使选相同的诗人,也有不少作品《文苑英华》未收,《唐文粹》却加收录。如《唐文粹》中所收 6 首韩愈诗,5 首萧颖士诗,7 首司空图诗,40 首吴筠诗,《文苑英华》均 1 首未录。《唐文粹》所收唐人诗作在补充《文苑英华》之缺上显示出独有

---

① 陈伯海主编:《历代唐诗论评选》,第 230 页。
② 陈伯海主编:《历代唐诗论评选》,第 227 页。

的价值。其次,《唐文粹》对唐代诗文的校勘具有很重要的作用。由于材料来源不同,《唐文粹》在与存世唐人别集互校时,提供了与《文苑英华》不同的另一种文本。清人谭献在光绪十六年许增刻本《唐文粹·序》中曾说:"《文粹》与《英华》先后成书,其时唐代别集所存略具,得以左右采获。"①这道出了此书的文献校勘价值。

《太平广记》《太平御览》《册府元龟》等类书也汇纂与保存了丰富的唐诗研究材料。以《太平广记》为例,它专门收集自汉代至宋初的野史小说,汇聚了大量的历史文献,其征引材料之丰富甚为惊人。据旧刻本书前所引用书目,共343种,但实际上并不止此数。兹据《太平广记引得》所统计,其中,书目有而书中没有的15种,书目没有而书中实引的147种,合计引书475种。这些野史、杂记、笔记小说半数以上都已散佚。此书题材分为92大类,又分150余细目。"其书五百卷,并目录十卷,共五百十卷。"②《太平广记》在所列92大类题材中,有不少涉及唐人唐诗本事、逸事,有些诗人还不只一次出现在不同题材史料的汇纂中,为后世了解唐人唐诗作出有益的贡献。当然,笔记小说中的材料来自传闻,非必实事,但我们仍可借以考见文坛风尚及时人心目中的作者形象。如在"神仙四十二""贺知章"条中,《太平广记》引《原化记》,记述贺知章如何"入道还乡"的经过,甚为警人。其事大致为:贺知章与一老人相交,赠之以明珠,然老人命童子以珠换饼而食。贺以其轻用,"意甚不快","老人曰:夫道者可以心得,岂在力争?悭惜未止,术无由成,当须深山穷谷,勤求致之,非市朝所授也。贺意颇悟。"③贺知章后来才知老人乃仙人也。此材料看似荒诞不经,但有助于后人了解贺知章人生情趣与价值观念的变化。在"知人二""韩愈"条中,《太平广记》引《云溪友议》所记:"李贺以歌诗谒吏部韩愈,时为国子博士分司。时送客出归,极困,门人呈卷,解带旋读之。首篇《雁门太守行》云:'黑云压城城欲摧,甲光向日金鳞开。'却插带,急命邀之。"④这则材料生动地反映了韩愈与李贺之间

---

① 引自郭勉愈《〈唐文粹〉"铨择"〈文苑英华〉说辨析》,《北京师范大学学报》(哲学社会版),2002年第6期。
② 李昉等编:《太平广记》,中华书局1982年,第1页。
③ 李昉等编:《太平广记》,第263页。
④ 李昉等编:《太平广记》,第1247页。

的一段交往及韩愈作为当世文豪对后辈的赏重,亦可由此考见唐代以诗干谒风气之一斑。在"俊辨二"之"李白"条中,《太平广记》又引《摭言》记:"开元中,李翰林白应诏草白莲花开序及宫词十首。时方大醉,中贵人以冷水沃之,稍醒。白于御前,索笔一挥,文不加点。"①生动形象地描述出李白的不羁个性及才气横溢的形象。如此等等,不一而足。

## 三、杂史、野史、笔记小说对唐诗文献的保存

北宋,唐诗文献整理工作的成就,还体现在杂史、野史、笔记小说的写作中。宋代文人士夫生活较为优裕,吏事之余有大量的闲暇时间,加之俸禄较为优厚,这为他们驰骋笔力、寄托闲趣提供了条件。宋人承袭唐五代文人余习,遂使杂史、野史、笔记小说一类著作大量产生。这些著作与正史、事典相比,具有民间性、闲话性、零碎性等特征。所记内容多道听途说,甚至荒诞不经,但有时亦可补正史与文集之不足,或为之提供参证。

宋人杂史、野史、笔记小说的写作,在唐五代的基础上,向更为综合的方向发展。所出现的数量,更比唐五代为多。较著名的如孙光宪《北梦琐言》、晁迥《法藏碎金录》、钱易《南部新书》、李上交《近事会元》、沈括《梦溪笔谈》、佚名《雪浪斋日记》、王得臣《麈史》、苏辙《诗病五事》、郭思《瑶溪集》、黄朝英《缃素杂记》、王谠《唐语林》、陈正敏《遁斋闲览》、马永卿《懒真子》、邵博《邵氏闻见后录》、庄绰《鸡肋编》、吴垧《五总志》、叶寘《爱日斋丛钞》,等等。这些著作,保存了大量的唐诗文献材料。如,孙光宪《北梦琐言》共二十卷,记唐至后唐、后梁、后蜀江南诸国史实,其中,记载不少唐五代著名诗人的轶事,尤以记诗人的坎坷遭遇为多。像孟浩然、白居易、李商隐、温庭筠等人之压抑,均在书中有所反映。特别是书中记述了一些女诗人如乐安孙氏、鱼玄机、萧惟香等的不幸遭遇,对研究唐代女性作家亦有一定参考价值。如,该书载孟浩然以诗失意事:"一日,玄宗召李入对,因从容说及孟浩然。李奏曰:'臣故人也,见在臣私第。'上令急召赐对,俾口进佳句。孟浩然诵诗曰:'北阙休上书,南山归敝庐。不才明主弃,多病故人

---

① 李昉等编:《太平广记》,第 1289 页。

疏。'上意不悦,乃曰:'未曾见浩然进书,朝廷退黜。何不云气蒸云梦泽,波动岳阳城?'缘是不降恩泽,终于布衣而已。"①这则材料并不一定可靠,但为后人认识孟浩然的为人、作诗及唐代君臣以辞章相交和唐人以诗干谒,取终南之路等提供了参考。此外,像李德裕抑白居易诗,陆龟蒙被追赠等故实均记于内,不一而足。又如,王谠《唐语林》,它由诸家著作选辑而成。其仿《世说新语》休例分门论述,内容多有关唐代政治、历史、文学等方面的遗文轶事,所述事可与新、旧《唐书》相发明。在诗歌创作方面,它记载了王勃、李白、王维、刘禹锡、韦应物等人的有关故实。如记:"王勃凡欲作文,先令磨墨数升,饮酒数杯,以被覆面而寝。既寤,援笔而成,文不加点,时人谓为腹稿也。"②此则材料形象地反映出王勃作文的才子习性及独特的创作情态。又有反映唐代凡人皆能诗的史实载录:"衡山五峰曰紫盖、云密、祝融、天柱、石廪。下人多文词,至于樵夫往往能言诗。尝有广州幕府夜闻舟中吟曰:'野鹊滩西一棹孤,月光遥接洞庭湖。堪憎回雁峰前过,望断家山一字无。'问之,乃其所作也。"③从这则史实中,我们可深刻地感受到唐代作为"诗的时代"所呈现出的气象风尚。此外,所记白居易对徐凝、张祜诗的衡定,李白作《蜀道难》之因等,均为后人多方面、多视域地了解唐人唐诗提供了参考。

总结北宋的唐诗文献整理工作,可以看出,人们从辑佚理旧入手,主观上体现为对唐人别集的辑佚与校刊,编录大型诗文总集及汇纂有关文学史料;客观上则体现为不少杂史、野史、笔记小说的写作,也保存了大量的唐诗文献资料。这些工作,为宋代唐诗学的成长与发展奠定了坚实的基础。

---

① 程毅中主编:《宋人诗话外编》,第 7 页。
② 王大鹏等编选:《中国历代诗话选》,第 318 页。
③ 王大鹏等编选:《中国历代诗话选》,第 319 页。

# 第四章　北宋诗坛对唐诗模本的选择与改造

## 一、白体、晚唐体、西昆体的唐诗接受

赵宋建制后的六七十年中，诗坛流行白体、晚唐体、西昆体，此"三体"作为宋诗创建自身体制前的过渡，它们对宋诗艺术实践具有重要的借鉴反思意义。宋初"三体"具有很强的模仿性，它们是在对唐诗传统的直接承纳中切入的，体现出对整个唐诗传统这一集合体所含蕴血脉的不断选择、学习的特征。

宋诗的演进过程，首先是从白体诗和晚唐体诗发端的。白体诗流行于宋初至真宗朝，代表人物有李昉、徐铉、徐锴、王奇、王禹偁等，学者称之为"香山派"。宋代结束五代十国的分裂局面，政局重趋稳定，经济再获复苏，这给文人士夫提供了一个安定悠闲的生活环境。赵宋统治者所奉行的"佑文"政策，也客观上助长与浓厚了雍和安闲的社会生活氛围。当时，在宫廷和群僚之间，由于最高统治者的身先垂范，相与唱和之风极为盛行。《禁林宴会集》《二李唱和集》便是这一风潮的产物。位居清要的文人们，其清贵优闲的生活正相类于晚年的白居易，加之宋初受佛道思想影响所形成的清静无为士风以及晚唐五代以来士人中所潜存的苟安循默之习，促使不少文人士夫把闲适之求当作人生的得意之境和生命快乐。于是，张扬闲适竟成了他们表述其生存状况与人生理想的主旨所在。在形式上，他们接受白居易诗的浅切直率之风，力图通过平和的形式趋近于清宁心境。《二李唱和集》中有云："秘阁清虚地，深居好养贤。不闻尘外事，如在洞中天。日转迟迟影，炉梦袅袅烟。应同白少傅，时复枕书眠。"这点出白体诗人们的地位处境与创作追求。有别于一般白体诗人的是，王禹偁将对白居易的学习

拓展开来,他不仅着眼于学白诗的浅易平直,还继承其"歌诗合为事而作"的讽喻精神。在创作旨向上,他将人们执着于对晚年白居易的学习拉回到中年白居易,并进而导向学习杜甫。王禹偁的创作为白体诗灌输进新的血液,他将中唐诗歌创作的事功精神与散体化的艺术追求接受、发扬开来。

与白体诗共同构筑宋初诗坛平台的晚唐体诗,则承衍五代以来对贾岛等人的宗尚。这派诗人主要从炼辞、炼意的角度接受唐诗的传统营养。其代表人物有魏野、潘阆、林逋、寇准、九僧等,其人员身份大多为隐士、僧人与下层官僚文人。他们在诗作题材和创作旨向上多描摹凄清幽寂的山水景物,发挥超尘出世的隐逸之趣,反映出倾向内敛的一部分人的精神状态。潘阆《逍遥集·叙吟》曾云:"发任茎茎白,诗须字字清。搜疑沧海竭,得恐鬼神惊。此外非关念,人间万事轻。"此诗形象地道出晚唐体诗人为力求精警而耽于苦吟、脱却世俗的创作理念和审美追求。正由此出发,晚唐体诗人们在诗歌体式上主要创作律诗,个中又偏爱五律。他们注重在创作实践中锤炼诗律,如八句中尤重中二联,首尾则一笔带过,中二联又刻意锤炼写景的一联,等等。这使他们的诗作整体上显示出工巧精警,但缺乏浑融的特征。晚唐体诗人在创作上的另一特征则是反对用典。杨慎《升庵诗话》曾概括为"惟搜眼前景而深刻思之",这使他们诗作审美特征表现为"不隔",与白体诗所追求的浅切直率有异曲近趋之效。

之后,在对白体和晚唐体诗风予以消解和修正的基础上出现西昆体。西昆体本身也是诗歌新变的产物,它一方面针对白体诗的浅直缺乏蕴藉而来;另一方面也力图对晚唐诗的清瘦野逸、诗境狭窄予以修正,努力体现出王朝的雍容典雅之态。杨亿、刘筠、钱惟演等人在李商隐诗中找到了血脉。杨亿甚至由此欲对宋初诗坛进行"若涤肠而换骨"的改造。他们主要从以下几方面开展工作:一、在创作取向上,一改白体诗的清贵优闲和晚唐体诗的内敛避世,而换之以意象措辞寓深妙之意,托意微婉,然不乏讽喻之旨。二、在诗作风格上,追求典丽精工,深刻细密,音律谐和,含蓄蕴藉,努力以富丽典雅取代山林村野之气,以含蓄丰腴取代工巧精警之习,从而,整体上呈现出较浓郁的铺陈、装饰意味。三、极为重视用典和安排密集的意象,努力融学问于诗,融"肌理"于诗;同时,也甚为注重对其他诗歌技巧的运用。西昆体将晚唐李商隐等人的诗歌理念予以了倡扬,在晚唐体的基础上,进一步体现出宋人对诗歌创作的严谨追求。

宋初"三体"对唐诗的接受,总体来看,分别接通了唐诗传统中的不同血脉,在彼此的相异和解构中,建构出北宋前期诗歌的发展历程和诗坛面貌。他们对唐诗的接受,是以选择与改造为内蕴的。白体诗主要选择学白居易的浅切和闲适,而抛却其铺叙和讽喻,取的是白诗中"讲"的因子;晚唐体诗将唐人对意境的努力创构,对诗味的执着倡导落实于对诗语和诗意的锤炼中,在创作旨向上显示出"内转"的特征,在创作态度上则体现出对谨严的追求;西昆体在李商隐诗的"深情绵邈"创作特征中,取的是其绵丽与"层深创构",他们特别注重从字语的运用和结构的安排上开掘诗意。上述这些,充分显示出宋初"三体"对唐诗传统的选择接受。

## 二、"诗文复古"与唐诗范式的转换

北宋诗坛对作为创作范式的唐诗模本的选择与改造,和北宋中期出现的"诗文复古"运动紧密相连。后者凭借着对复兴儒学文化的倡扬,对宋代诗文发展的执着革新,最终使宋诗走上转换唐诗范式的道路。上述两方面相辅相成,共同推动宋代社会文化和诗歌创作的发展。

赵宋立国之初,统治者在实施"佑文"政策的同时,就采取一系列提高儒学地位的措施,这为北宋"诗文复古"运动的出现准备了条件。针对北宋初承衍的晚唐五代浮靡文气,柳开、王禹偁、穆修、尹洙、苏舜钦等先驱们,从反对时风出发,逐渐形成一个在文学创作上主张复古的群体。他们以尊经相号召,倡导为文作诗应关注现实,济世致用,传道明心;在文风上主张贵实尚散,平易自然,这在当时产生不小的影响。柳开首倡"复古",终生以此自任。他倡导尊韩,认为韩文体现出儒家文化的内涵。王禹偁诗文亦独立当世,他主张"远师六经,近师吏部,使句之易道,义之易晓;又辅之以学,助之以气","有言","有文","传道而明心"。① 其诗文风格简淡古雅,自然明快,体现出对儒学精神的弘扬。穆修在柳、王之后,继续倡导宗经尊韩,反骈尚散,努力创作古文,他曾前后用二十多年时间校勘、整理韩愈集子,并募资刻印,成为倡导文风复古的一大力举。尹洙亦

---

① 蒋述卓等编著:《宋代文艺理论集成》,第23—24 页。

主张"立言矫当时以法后世",反对为文而文或狭隘地以功利为文,表现出执着于现实的文学致用观。苏舜钦则提出为文须"原于古,致于用","泽于物",他对"诗文复古"也始终不渝。上述诸人的所言所行,直接开启了"诗文复古"的潮流。

北宋中期,是"诗文复古"鼎盛并取得重大成就的时期,在宋人对唐诗模本的选择和改造中起着举足轻重的作用。脱脱等编《宋史·文苑传》曾云:"庐陵欧阳修出,以古文倡,临川王安石、眉山苏轼、南丰曾巩起而和之,宋文日趋于古矣。"①这句话简洁地概括了欧阳修等人对宋代诗文的变革。当时,以欧阳修和苏轼为前后核心,形成一个虽无严格结构关系,但又具有相当亲缘的创作群体。这一创作群体,主要包括欧阳修、梅尧臣、范仲淹、石介、孙复、李觏、曾巩、王安石、苏轼、黄庭坚等人。他们前后相续、互为呼应,以群体的力量顺应时代而振兴于文坛。

北宋"诗文复古"运动具有强烈的革新意义,这大致表现在如下几方面:一、它冲破传统儒家之道以伦理纲常为核心的局囿,而以"百事""万物"为道,以"事实"为道,以"理"为道,这极大地扩充了儒家道统论的内涵。二、在创作旨向上,"诗文复古"者一方面强调诗文匡正时世的社会政治作用;另一方面,也更多地把诗文当作人格气韵的一种对象化产物,从而将"外求"与"内功"较好地结合起来。三、在创作风格上,他们普遍追求化骈为散,内实外素,气势充蕴,博奥畅达。他们的创作对宋初诗文是一次有力的消解和替代。

北宋中期的这场"诗文复古"运动,在诗歌历史发展上的一个最大成就便是促进了宋人诗歌创作对唐诗范式的转换。"诗文复古"者高扬尊韩、扬杜的大旗,从转变以西昆体为代表的流行诗风入手,对诗歌创作的题材、主旨、表现手法、语言运用、格调、气韵等都进行了改造。他们努力从前人特别是唐代文学传统中接通与吸纳,建构出新的诗歌范式。

"诗文复古"者首先在诗作题材表现上,继承了杜甫、韩愈以来对诗歌题材的拓展。最早,苏舜钦、梅尧臣诗中即出现大量描写日常生活、抒写日常情怀的作品,发展到苏轼,他在题材的多样化、日常化上,几乎达到无事无物不可入诗的

---

① 脱脱等:《宋史》,中华书局1977年,第12997页。

境地。胡仔《苕溪渔隐丛话》曾评苏诗云:"凡古人所不到处,发明殆尽。""诗文复古"者不避凡俗,大量叙写日常生活中的细事琐物:从经国政事到生活琐细,从社稷民生到谈玄说理,无不呈现于他们的笔端,极大地开拓了诗歌的表现领域,从源头活水上赋予诗歌创作以生命力。缪钺《论宋诗》在谈到此特点时,曾说:"韩愈、孟郊等以作散文之法作诗,始于心之所思,目之所睹,身之所经,描摹刻画,委曲详尽,此在唐诗为别派。宋人承其流而衍之,凡唐人以为不能入诗或不宜入诗之材料,宋人皆写入诗中,且往往喜于琐事微物逞其才技。"①这充分揭橥出"诗文复古"者对诗歌题材表现的开拓运用之功,诗歌创作在他们手中变得更为贴近生活、贴近大众了。在诗作主题表现上,"诗文复古"者极为注重抒写日常情怀,关注社会民生,这在欧阳修、苏舜钦、梅尧臣、苏轼几人的诗作中表现得甚为明显,黄庭坚进一步发展到表现富有道德人格的精神境界。这之中,"诗文复古"者一方面将诗作主题世俗化;另一方面,又极为注重"反常合道","以俗为雅"。这从现实针砭而言,当然也是基于力矫晚唐体清幽脱世与西昆体点缀雍容之弊。"诗文复古"者使诗歌在一个更为广阔的范围内抒情言志了。在表现手法上,欧阳修、苏舜钦、梅尧臣、王安石、苏轼等人则发扬杜甫、韩愈以来"以文为诗"的创作取向,他们改借景传情式的兴象风神为铺叙直陈式的委曲详尽。欧阳修较早将古文的一整套路数运用到诗歌创作中来,之后,苏轼又继之,这不仅使诗歌句法趋于散文化,在谋篇布局上也极见翻转变化。借助于这种形式,诗歌的意象组合与比兴寄托,便从内在转化成条分缕析的表情达意。这使北宋中期以来的诗歌创作主流自然转到对诗意凸显的轨道上来。在语言运用上,"诗文复古"者承杜甫的"语不惊人死不休"和韩愈的"唯陈言之务去"创作宗旨,又提出"意新语工"和"含不尽之意见于言外"的命题,希望通过工巧的语言,穷形尽相,创造出"不隔"之意境,这成为"诗文复古"者普遍的用语创意原则。"诗文复古"者还极为注重从内在提升诗作的品格,他们虽然大量抒写凡物俗事,运用俚词俗语,但大都能从诗歌所内蕴艺术机制上化俗为雅,展示出对社会现实的感慨,对自然大化的体味与对人生万象的超拔。特别是发展到黄庭坚,他从"忌俗"的审美理想出发,将诗歌创作当作高尚人格境界与丰沛生命精神的体现,他

①　缪钺:《诗词散论》,上海古籍出版社1982年,第37页。

以自身的创作实践充分地表现"诗文复古"者的人格理想。黄庭坚的诗作,往往在平淡中包孕骨力,透出劲健峭拔,而其实质则是超旷的人生态度中所内含的秉持节操的道德人格。黄庭坚诗作,将陶渊明、杜甫以来的寓超旷之志和道德之求于诗的创作旨向进一步予以了张扬。

归结北宋中期所掀起的"诗文复古"运动,体现在对诗歌创作的影响上,就是多方面地促成宋人对唐诗传统血脉的接通与转化。"诗文复古"者从唐代不同时期诗人,特别是从韩愈、杜甫等人身上借鉴,放大了其无事无物不道,"以俗为雅","以文为诗","意新语工"以及贯注气格于诗等创作特征,重新加以组合,这建立起新的诗歌范式,亦是对唐诗范式的转换。

## 三、"诗圣"观念的形成及其形象的变化

杜甫的诗歌创作作为唐诗模本中的一种经典范式,在宋人中得到广泛的推扬。但宋人对杜甫的推扬,经历一个由低到高,由异到同,由局部到整体,由零碎到系统的过程,发展到北宋中后期,杜甫得到极致的高标和神化,一定程度上还出现穿凿、曲解杜诗的接受、批评取向,典型地体现出宋人对唐诗模本选择与改造的时代特征。

杜甫生前,其诗作并未被社会广泛接受和重视。但韩愈、白居易、元稹等人对他作出高度评价,这为宋人高标杜甫奠定基础。入宋后,社会的各种矛盾、理学文化思潮的兴盛及审美思潮的嬗变,深深地触动和影响着文人士夫敏感的神经及其文心,杜诗的意旨与此时社会情境,杜甫的人格旨趣与文人士夫的忧患情怀,杜诗的创作特征与宋人对诗法的讲究与推尚至为合拍,杜甫及其诗作逐渐为人们所推重。

北宋初,人们对杜甫的认识还各从己出,尚未有模式化的倾向,也还未有推其为"诗圣"的迹象,对杜甫的论评主要围绕其诗风及"以时事入诗"而展开。王禹偁《日长简仲咸》称"子美集开诗世界",他肯定杜甫独特的诗作取向和艺术表现为人们开掘出一个新的诗美世界。之后,很多人从不同方面对杜甫进行论评。孙仅《读杜工部诗集序》认为,杜诗具有一定的包容性,它"支而为六家",影响到孟郊、张籍等人的创作。田锡在比较唐人诗文特点时,则较早指出杜诗具有"豪

健"的审美特征。欧阳修进一步认为,杜诗的这种审美风格特征是后人无与伦比的。姚铉《唐文粹序》从标举、振兴风雅之道的角度出发,认为杜诗接承诗歌传统之正,是风雅精神的杰出体现者。张方平在《读杜诗》中,则以形象化的语言详尽地对杜甫人格情怀、人生历程、诗作技巧及其高度的现实价值作出综合性的肯定。此时,承继晚唐孟棨"诗史"之论,诗僧文莹在《玉壶诗话》中指称杜诗乃"一时之史",简练地概括出杜诗善记时事的写实特征。之后,胡宗愈在《成都草堂石碑序》中,进一步指出杜诗对历史的反映不是照章实录,而是融强烈的情感体验和评判于诗,以此来切入现实。他并概括杜诗的这一特征是一般历史所不能比拟的,通过它,人们可知人论世,抑扬史笔,洞见出一个更鲜活的历史时代。

北宋中后期,随着民族的衰敝对人们心脉的扣动及理学文化思潮对人的思维方式、价值观念的影响,杜甫的形象发生着细微的变化。人们从忠君和诗教的角度来标树杜甫及其诗作,表现出从创作旨向上对杜甫形象予以改造的特征。

王安石最早揭橥出杜甫人格具有道德典范的意义。其《杜甫画像》吟道:"吾观少陵诗,为与元气侔。……吟哦当此时,不废朝廷忧,常愿天子圣,大臣各伊周,宁令吾庐独破受冻死,不忍四海寒飕飗!"王安石首将杜诗中吟咏个人悲哀而能推己及人的仁学内涵发掘出来,将其阐释为忠君、爱国、病民的责任感。之后,苏轼在标树杜甫为"集大成者"的同时,也从忠君的角度阐释杜甫的思想情怀。其《王定国诗集叙》云:"古今诗人众矣,而子美独为首者,岂非以其流落饥荒,终身不用,而一饭未尝忘君也欤?"[1]苏轼着力标树杜甫为古今诗人忠君的典范。此论成为后世变化杜甫形象的一个重要切入点。孔武仲《读杜子美〈哀江头〉后》亦称杜诗"褒善贬恶,尊君卑臣,不琢不砻,暗与经会"[2],论断杜甫为倡导"尊君卑臣"的典范。黄彻在《碧溪诗话》中承苏轼等人之论,也认为杜甫"其所以愁愤于干戈盗贼者,盖以王室元元为怀也"[3],评断杜甫忠君之心耿耿可见。潘淳《潘子真诗话》也记黄庭坚之言:"老杜虽在流落颠沛,未尝一日不在本

---

① 蒋述卓等编著:《宋代文艺理论集成》,第 257 页。
② 蒋述卓等编著:《宋代文艺理论集成》,第 323 页。
③ 丁福保辑:《历代诗话续编》,第 378 页。

朝。"①刘辛则完全从封建正统伦理思想出发来阐释杜诗广阔深厚的社会内涵。
他认为,杜诗"无一篇不寓尊君敬上之义",将杜甫忧国患民的形象很大程度上
歪曲了。

　　一些人又从诗教的角度诠释杜诗,司马光较早开启这一接受与批评取向。
他认为,杜诗贵于意在言外,闻之足戒。之后,陈造、张戒、陈善等人予以了发挥。
陈造《答陈梦锡书》把杜诗看成合于封建诗教之正的典范。张戒《岁寒堂诗话》
则通过比照李、杜诗作取向和意旨,评断杜甫得孔子删诗之本旨,诗作温柔敦厚,
和平中正;又直接从"思无邪"的角度标举杜诗文质纯正,思虑清洁。陈善《扪虱
新话》则干脆认为"老杜诗当是诗中《六经》,他人诗乃诸子之流也"。② 把杜诗
比譬为"六经",在狭隘地从道德化的立场理解杜诗上走得更远。

　　在从道德人格和诗教角度推扬杜甫及其诗作的同时,人们对杜甫作为艺术
上的"集大成者"展开论析。宋祁在《新唐书·杜甫传》中首先作出综合性评价。
他认为,杜甫承前启后,总萃诸家,是善于创造浑茫无垠诗境的大家。其诗作的
思想内涵和艺术技巧深刻影响到后世。王安石也十分形象地道出杜诗所蕴内涵
及其风格特征的多样性。他并且认为杜诗肌理细密,思虑深至,由此十分推重。
苏轼《书唐氏六家书后》在肯定"杜子美诗,格力天纵,奄有汉、魏、晋、宋以来风
流"③的同时,高扬杜诗集诸家之长而为诸家所不及。秦观在《韩愈论》中也高度
肯定杜诗善于继承,取人所长,艺术地共鸣了时代社会的变化发展,确是诗坛上
的集大成者。陈师道《后山诗话》通过比照"宋调"中的几个典范诗人,简练地概
括出杜诗具有包融众长的技巧表现之功。蔡居厚《蔡宽夫诗话》则认为:"杜子
美最为晚出,三十年来学诗者,非子美不道。"④见出杜甫对时人诗歌创作影响的
威力。北宋文人士夫们以群体的力量逐渐将杜甫推到"诗圣"的高台之上。

　　总之,对杜甫诗歌范式的推崇是和"诗圣"观念的形成紧密联系在一起的,
"诗圣"观念的形成过程便是杜诗作为经典范式的确立过程。它典型地体现出
北宋诗坛对唐诗模本的选择与改造。

---

① 郭绍虞辑:《宋诗话辑佚》,第310页。
② 常振国、降云编:《历代诗话论作家》(上),第286页。
③ 蒋述卓等编著:《宋代文艺理论集成》,第283页。
④ 郭绍虞辑:《宋诗话辑佚》,第399页。

　　总结北宋诗坛对唐诗模本的选择与改造,可以看出,从白体、晚唐体、西昆体对唐诗传统的选择接受,到北宋中期"诗文复古"运动中唐诗范式逐渐转换,再到伴随杜甫"诗圣"观念的变化,杜诗作为经典范式得以确立并开始被片面张扬,这几个步骤与方面或前后相续,或相互渗透,它们最终促成了宋诗的成形。

# 第五章　北宋几种文学批评形式中的唐诗研究

宋代作为我国古典唐诗学的成长期,其对唐诗的接受与研究的方式多种多样,在选、编、注、考、点、评、论、作诸种形式中都有体现。其中,选、编、评、论作为几种直接的、主要的诗歌批评形式,在北宋唐诗学中占有主导地位,它们具体体现在诗选、诗话、笔记、论诗诗、文人相互交往间的序、跋、书信等批评形式中。

## 一、北宋诗话中的唐诗研究

通过诗话论说唐诗,是宋代唐诗研究的主体形式之一。北宋,诗话之体开始产生。它由简渐繁,由零碎渐系统,这使北宋诗话对唐诗的研究也呈现出不断拓展与深化的特征。

北宋诗话对唐诗的研究,从历时角度大致可分为三个阶段:一是以欧阳修为首的文人群体创作的　批诗话,如欧阳修《六一诗话》、司马光《温公续诗话》、刘攽《中山诗话》等。这一阶段诗话,主要针对宋代前期诗坛现状"闲谈"发挥,如对西昆体学李商隐便多有所论,体制相对短小,以述事为主,但在诗学思想上开崇韩尊杜之滥觞。其中,对晚唐诗的论评也不少,这隐约显示出以欧阳修为首的诗话家们为树立新的诗学规范所作的探求。二是以苏轼、黄庭坚为首的文人群体写作的一批诗话,如陈师道《后山诗话》、范温《潜溪诗眼》等。这些诗话在梅尧臣、苏舜钦等人变更晚唐诗风旧习,促使宋诗渐成自身体制的过程中,站在比较、辨析的角度,对唐诗予以了多样的研究。其述事和论评的范围超过以欧阳修为首的诗话家们,在诗话的体制、研究的内容上都有较大的扩充。三是主要结合江西诗创作为话题而产生的一批诗话,如王直方《王直方诗话》、叶梦得《石林诗

187

话》、吕本中《童蒙诗训》等。它们在唐诗研究范围上进一步扩大,考典述事,鉴赏佳语妙字,评诗论人,有些还鲜明地标举出自身的诗学理论主张,在体制上有所增扩,在论评的逻辑性、理论性、系统性上也更为增强,显示出北宋诗话对唐诗研究梯度拓展、上升的轨迹。但总体来看,北宋诗话对唐诗的研究还大多停留于表层的、零碎的层面。对诗歌历史发展及其特征的认识也较少整体观照的眼光,理论层面的阐发相对南宋诗话而言还显得较为薄弱。尽管如此,北宋诗话在对诗人诗作的论评中,还是形成了一些评论的集中点,如对晚唐诗,对李杜,对韩愈,对李商隐,对元白,对郊岛等。我们通过这些论评,可以从不同视域见出北宋人所关心的诗学取向与对不同唐诗传统认识与把握的变化。

对晚唐诗的论评,在北宋前期晚唐体诗成为宋初"三体"之一盛行之后,欧阳修《六一诗话》论道:"唐之晚年,诗人无复李杜豪放之格,然亦务以精意相高。"①欧阳修在对晚唐诗局促感到遗憾的同时,对晚唐诗的构思造意还是持以称扬的。但到黄庭坚,其在《与赵伯充书》中便把学晚唐诗归为诗病,指出"学晚唐诸人诗,所谓作法于凉,其弊犹贪"②。之后,蔡居厚《诗史》一方面概括晚唐诗在创作技法上小巧细琐,缺少风骚之味;另一方面,又指出其诗律工切,但在诗作气韵上显得甚为卑弱。吴可《藏海诗话》在肯定晚唐诗"造语成就"的同时,也认为其"格不高","有衰陋之气";在诗作构思上"虽稳顺而奇特处甚少";又从诗词两体内在联系与转化的角度,提出"晚唐诗失之太巧,只务外华,而气弱格卑,流为词体耳"③,见出晚唐诗在艺术表现上的根本缺陷。韩驹与吴可持论相近相异,其《陵阳室中语》论道:"唐末人诗,虽格致卑浅,然谓其非诗则不可。"④一方面承认晚唐诗格力卑弱,但另一方面却肯定其未脱却诗体的规范。这些论评,虽然围绕晚唐诗的审美表现特征而展开,但却充分表现出北宋人对诗作审美表现的要求及其变化。

对韩愈的论评,也成为北宋诗话唐诗研究的集中点之一。北宋中期以来,对韩愈的评价日渐走低。苏轼《东坡诗话》评韩、柳诗时,认为"退之豪放奇险则过

---

① 何文焕辑:《历代诗话》,第 267 页。
② 王大鹏等编选:《中国历代诗话选》,第 244 页。
③ 丁福保辑:《历代诗话续编》,第 331 页。
④ 魏庆之编:《诗人玉屑》,第 359 页。

之,而温丽靖深不及也"。① 苏轼将韩愈在诗史上的地位界定在柳宗元之下。魏泰《临汉隐居诗话》则借沈括所言"韩退之诗乃押韵之文尔,虽健美富赡,而格不近诗"②,从诗作审美表现的角度指责韩愈以文为诗。陈师道《后山诗话》把韩诗和苏词类归在一起,认为他们的创作分别脱却诗体和词体的本色。晁说之《晁氏客语》也对韩诗表现手法持以批评,其论道:"韩文公诗号壮体,谓铺叙而无含蓄也。若'虽近不袭狎,虽远不背谬',该于理多矣。"③晁说之一方面批评韩诗过于铺叙展衍,另一方面又指责其凸显诗理。但蔡絛《西清诗话》则对韩诗不拘于用韵予以称扬,认为其能"摆脱拘忌",泛取旁韵,"盖笔力自足以胜之",肯定韩诗在艺术技巧表现上的独创性。北宋诗话家围绕韩愈"以文为诗"展开了多样的论评。

　　北宋诗话对李、杜的论评也较为集中,这从一个视域大致反映出宋人诗学批评的取向及其变化。北宋初期,人们对李白还是持以高标的,后来便渐由高趋低,与杜甫被分置开来,直到南宋严羽才发生根本性的变化。钱易《南部新书》概括"李白为天才绝",对李白诗艺才情推崇备至。王巩《闻见录》亦记王安石之言,认为"李、杜自昔齐名者也,何可下之"。④ 之后,遂出现对李白的批评及抑李扬杜之声。苏辙《诗病五事》较早开启对李白的批评,他说:"李白诗类其为人,骏发豪放,华而不实,好事喜名,不知义理之所在也。"又云:"杜甫有好义之心,白所不及也。"⑤从诗作思想内涵上对李诗予以指责,将李、杜予以分置。郭思《瑶溪集》在论述杜诗宗法《文选》中,推尚杜甫"前无古人,后无来者"。陈师道《后山诗话》肯定杜诗为"集大成者",提倡"学诗当以子美为师","而子美之诗,奇常、工易、新陈,莫不好也"。⑥ 他同时也肯定李白诗"如张乐于洞庭之野,无首无尾,不主故常,非墨工椠人所可拟议"。⑦ 陈师道在对李、杜二人的肯定与推扬中,实际上对李、杜还是予以了分置。唐庚《唐子西文录》高标杜甫与司马迁在

---

① 王大鹏等编选:《中国历代诗话选》,第205页。
② 何文焕辑:《历代诗话》,第323页。
③ 程毅中主编:《宋人诗话外编》,第272页。
④ 胡仔纂集,廖德明校点:《苕溪渔隐丛话》(前集),第37页。
⑤ 王大鹏等编选:《中国历代诗话选》,第220页。
⑥ 何文焕辑:《历代诗话》,第304、306页。
⑦ 何文焕辑:《历代诗话》,第312页。

诗文二体上的典范性。其云:"六经已后,便有司马迁,三百五篇之后,便有杜子美。六经不可学,亦不须学,故作文当学司马迁,作诗当学杜子美。"①唐庚亦将杜诗标举到极致的高度。吴可《藏海诗话》一方面肯定杜诗善于变化,"少而锐,壮而肆,老而严,非妙于文章不足以致此";②另一方面,又指出"老杜句语稳顺而奇特"。③ 吴可还提出"学诗当以杜为体,以苏黄为用";④"看诗且以数家为率,以杜为正经,余为兼经也"。⑤ 极力界定杜诗为诗中的正体和典范。总之,北宋诗话对李、杜的论评,论李少而论杜多,并高标后者,李、杜在不经意中被分置开来。

对唐诗精言妙语的赏鉴与对唐诗作品的辨识,也是北宋诗话唐诗研究的主要内容之一。这方面研究显示出北宋诗话家对唐人诗艺成就的多方面学习和探求,对唐诗作为传统的各异理解,在促进宋人对唐诗的学习、消化及变异中起到重要的作用。如,司马光《温公续诗话》云:"郑工部诗有'杜曲花香醲似酒,灞陵春色老于人',亦为时人所传诵,诚难得之句也。"⑥司马光欣赏郑谷精致的写景之句。又从"古人为诗,贵于意在言外"的角度,辨析杜甫《春望》道:"近世诗人,惟杜子美最得诗人之体,如'国破山河在,城春草木深。感时花溅泪,恨别鸟惊心'。山河在,明无余物矣;草木深,明无人矣;花鸟,平时可娱之物,见之而泣,闻之而悲,则时可知矣。"⑦从"意在言外""思而得之"的角度,对《春望》一诗的前四句做出精辟的辨释。王直方《王直方诗话》亦多对诗人诗作的赏鉴辨析。如辨析白居易诗与韦应物、杜甫诗意虽同然高低有别,但称赏白居易《昭君词》:"古今人作昭君词多矣,余独爱乐天一绝云:'汉使却回传寄语,黄金何日赎蛾眉?君王若问妾颜色,莫道不如宫里时!'其意优游而不迫切。"⑧又评,"李商隐《柳》诗云:'动春何限叶,撼晓几多枝?'恨其有斧凿痕也。"⑨评"老杜:'风吹客

---

① 何文焕辑:《历代诗话》,第443页。
② 丁福保辑:《历代诗话续编》,第328页。
③ 丁福保辑:《历代诗话续编》,第330页。
④ 丁福保辑:《历代诗话续编》,第331页。
⑤ 丁福保辑:《历代诗话续编》,第333页。
⑥ 何文焕辑:《历代诗话》,第275页。
⑦ 何文焕辑:《历代诗话》,第277—278页。
⑧ 郭绍虞辑:《宋诗话辑佚》,第30页。
⑨ 郭绍虞辑:《宋诗话辑佚》,第99页。

衣日杲杲,树搅离思花冥冥',此最着意深远。"①表现出对唐人诗歌艺术表现的
细致判析。

北宋诗话唐诗研究的还一重要内容,则是对唐人诗事的录载,对诗作用事的
辨析,以及对各种各样轶闻趣事的记述品评。这方面内容极为丰富而芜杂,我们
不作述及。

## 二、北宋序跋书信中的唐诗研究

北宋唐诗研究的第二个维面,体现在文人相互交往所写的序、跋、书信中。
这方面论说内容也极为丰富:有对诗人单个作品或某一类作品的品评,有对单个
诗人的评价,有对诗人群体或相互间有比照性诗人诗作的辨析,有对唐诗诗史流
变的观照等。北宋文人以群体的努力,将对唐诗的理论阐说推向一个高度。

一、对唐诗历史发展的观照与论评。北宋文人面对作为一种已然存在近三
百年的唐诗,是有着不同认识的。他们对唐诗发展的不同环节:孕育与新变、发
展与衰弱进行梳理,不少人作出了富于启发性的论评。

北宋初年,田锡在《贻陈季和书》中较早从历时视野论评唐代文学发展。他
说:"李太白天付俊才,豪侠吾道。观其乐府,得非专变于文欤! 乐天有《长恨
词》《霓裳曲》,五十讽谏,出人意表,大儒端士,谁敢非之! 何以明其然也? 世称
韩退之柳子厚,萌一意,措一词,苟非美颂时政,则必激扬教义。……然李贺作
歌,二公嗟赏;岂非艳歌不害于正理,而专变于斯文哉!"②田锡从文章不必拘于
常态而应变化自如、出人意表的角度肯定李白等人诗作,认为他们各以自己的创
作个性推进了唐代文学的历史发展。穆修在《唐柳先生集后序》中认为,唐代诗
歌开初在努力去除"周隋五代之气"中发展,一直到李、杜,才开始以本色称雄于
诗坛,而文道的真正充蕴则应到韩、柳二人起。他从唐诗作为独特的诗体及其附
道的功能立论,表现出对唐代文学发展的阶段性辨识。石介《上赵先生书》则在
深斥文风日衰,古道不存,时弊难救之后,结合唐代文学风尚的变化,着重阐述了

---

① 郭绍虞辑:《宋诗话辑佚》,第 100 页。
② 蒋述卓等编著:《宋代文艺理论集成》,第 7 页。

韩愈"应期会而生,学独去常俗,直以古道在己"在唐代文学发展中的作用;同时,对中唐柳宗元、孟郊、张籍、元稹、白居易等人的创作,从历史的角度予以肯定。苏轼在《书〈黄子思诗集〉后》中,对李、杜及其后的唐诗发展予以观照。他论道:"李太白、杜子美以英玮绝世之姿,凌跨百代,古今诗人尽废。然魏、晋以来高风绝尘,亦少衰矣。李、杜之后,诗人继作,虽间有远韵,而才不逮意。独韦应物、柳宗元发纤秾于简古,寄至味于澹泊,非余子所及也。唐末司空图,崎岖兵乱之间,而诗文高雅,犹有承平之遗风。"①苏轼从唐诗发展的历时之维中对盛唐到晚唐一些诗人诗作特征予以论评,粗略而切中地辨析出这一段诗史中几个关节点的创作特征。苏轼评韩愈时又道:"诗之美者,莫如韩退之,然诗格之变自退之始。"②从诗史的角度,见出韩愈在转变唐诗体制与风格中的关键意义。之后,苏辙亦从整体观照的角度概括说:"唐人工于为诗,而陋于闻道。"③苏辙从甚具封建正统观念的视点出发,但见出唐人在追求艺术表现和含蕴道统上的不平衡性。张耒则云:"唐之晚年,诗人类多穷士。如孟东野、贾阆仙之徒,皆以刻琢穷苦之言为工。"④张耒也从共性概括的角度对晚唐诗创作主体的特征予以论评。沿此论评取向延展到南宋,陆游《宋都曹屡寄诗且督和答作此示之》、杨万里《周子益〈训蒙省题诗〉序》、李洪《槺株集序》、刘克庄《山名别集序》《林子显序》等,都从不同角度与方面对唐诗的历史流变及其分期、特征予以了整体的观照。这为后人对唐诗的更深层次整体把握作出引导。

二、对唐诗人的不同推重、批评及对其各自创作特征的剖析。北宋文人唐诗论评中的大量内容,是对唐代不同诗人的推重、批评及对他们各自创作特征的剖析。宋代文人最为推崇的唐代几大诗人如杜甫、韩愈、柳宗元,以及次为推崇的李白、韦应物、白居易、孟郊、贾岛等都得到各样的论析。其内容之丰富,是甚为可观的。

早在北宋初年,孙仅在《读杜工部诗集序》中就较早对杜甫予以标举,他视

① 蒋述卓等编著:《宋代文艺理论集成》,第 258 页。
② 蒋述卓等编著:《宋代文艺理论集成》,第 263 页。
③ 蒋述卓等编著:《宋代文艺理论集成》,第 293 页。
④ 蒋述卓等编著:《宋代文艺理论集成》,第 426 页。

杜甫为"风骚而下,唐而上,一人而已"。① 孙仪虽偏颇地把杜甫标树为像圣人一样的诗人,但他从杜甫为人、作诗立论,又分析在其之后派生出的六家,见出杜诗深广的包容性。梅尧臣《答裴送序意》针对晚唐诗人剖析其创作缺欠,认为,"安取唐季二三子,区区物象磨穷年"。② 他反对晚唐诗人一味胶着物象,内敛诗意。欧阳修对韩愈、孟郊都甚为推重,其《读蟠桃诗寄子美》在提出"韩孟于文词,两雄力相当"时,又剖析道:"孟穷苦累累,韩富浩穰穰,穷者啄其精,富者烂文章;发生一为宫,挚敛一为商,二律虽不同,合奏乃锵锵。"③这里,欧阳修实提出了兼融二美的主张。曾巩在《代人祭李白文》中,则对李白极尽高标之能事,他称赞说:"子之文章,杰立人上。地辟天开,云蒸雨降。"之后,又对李白诗作特征予以形象的描述:"播产万物,玮丽瑰奇。大巧自然,人力何施? 又如长河,浩浩奔放。万里一泻,末势犹壮。大骋厥辞,至于如此。意气飘然,发扬俊伟。飞黄骇骎,轶群绝类。"④苏轼在《潮州韩文公庙碑》中高倡韩愈"文起八代之衰,而道济天下之溺"。⑤ 在《王定国诗集叙》中,他则从忠君思想的角度论析杜甫诗歌创作,认为其"一饭未尝忘君",开后世圣化杜甫形象之滥觞。黄庭坚《题李白诗草后》云:"余评李白诗,如黄帝张乐于洞庭之野,无首无尾,不主故常,非墨工槩人所可拟议。"⑥黄庭坚作诗法度森严,但他持论通脱,对李白亦极尽形象之高标。秦观《韩愈论》认为杜甫"实积众家之长",他详细分析自苏武、李陵直到徐陵、庾信诗作的审美风格特征,提出"于是杜子美者,穷高妙之格,极豪逸之气,包冲澹之趣,兼峻洁之姿,备藻丽之态,而诸家之作,所不及焉"。⑦ 将杜诗的广泛包容性内涵形象地呈现出来。张守《姚进道文集序》也评李贺诗文,"绝出笔墨畦径间"。之后,李纲在《读〈四家诗选〉并序》《五峰居士文集序》《重校正杜子美集序》《书〈四家诗选〉后》等之中,对杜甫、李白、韩愈等诗人予以多层次的论析。如其《书〈四家诗选〉后》说:"子美之诗,非无文也,而质胜文;永叔之诗,非无质

① 蒋述卓等编著:《宋代文艺理论集成》,第38页。
② 蒋述卓等编著:《宋代文艺理论集成》,第72页。
③ 蒋述卓等编著:《宋代文艺理论集成》,第93页。
④ 蒋述卓等编著:《宋代文艺理论集成》,第174页。
⑤ 蒋述卓等编著:《宋代文艺理论集成》,第239页。
⑥ 蒋述卓等编著:《宋代文艺理论集成》,第359页。
⑦ 蒋述卓等编著:《宋代文艺理论集成》,第391页。

也,而文胜质。退之之诗,质而无文;太白之诗,文而无质。"①从我国传统文论中的文质关系入手,比照辨析杜、欧、韩、李四家诗,极见简约精当。

值得指出的是,北宋文人文事交往间的序、跋、书信,对唐人唐诗的论评与剖析是和诗话中对唐人唐诗的论评紧密相连的。它们相互印证、相互生发,论评条目由少渐多,论评层度由表及里,发展到南宋,诗人诗作之评更蔚为气候。这对促进宋代诗学理论于具体批评中产生具有十分重要的意义。

## 三、北宋诗选中的唐诗研究

北宋唐诗研究除诗话、序跋书信外,诗选也是其主要形式之一,它并且是一种独特而微的研究。北宋时期,唐诗选本留存下来的极少,王安石《唐百家诗选》是其中的代表。它首次切实地体现出宋人以选诗形式所进行的唐诗研究。

王安石《唐百家诗选》是我国古代著名的唐诗选本。它作为唐诗择选历史上第一部完整的通代诗选,具有一定的开创意义。在王安石之前,唐人亦曾自选唐诗,但多是就某一历史阶段,或某一地域、某一体式而选的,较少从事整体观照。进入晚唐五代,顾陶《唐诗类选》、韦庄《又玄集》、韦谷《才调集》始具有通代唐诗选本的性质。顾陶《唐诗类选》共选取唐人诗作1232首,努力"察风纪之雅正,审王化之兴废",推崇李、杜,但因唐诗的历史行程尚未终结,故也还不能算严格意义上的通代诗选。王安石《唐百家诗选》首次以后代人的眼光来通检唐诗。全书共二十卷,选唐诗人104家,诗作1246首,按诗人时代先后编次。其中,选王建诗最多,共92首,以下分别是:皇甫冉85首,岑参81首,高适71首,韩渥59首,戴叔伦47首,杨巨源46首,李涉37首,卢纶36首,孟浩然33首,许浑32首,吴融27首,薛能26首,司空曙、雍陶各25首,李颀24首,贾岛、王昌龄各23首,储光羲、郎士元各21首,李频19首,李郢18首,羊士谔、刘言史各17首,戎昱16首,曹松14首,长孙佐辅、卢仝、张祜各13首,李嘉佑、项斯、崔鲁各12首,卢象10首,余皆不满10首。此选集不选李白、杜甫、韩愈、柳宗元、王维、元稹、白居易、刘长卿、刘禹锡、韦应物、杜牧、李商隐、孟郊、张籍这些大家名家。

---

① 蒋述卓等编著:《宋代文艺理论集成》,第623页。

对于这点,后人曾有无数的辨说,自宋至清,争议不绝。或驳其序论中的观点,责其偏隘,或释其选诗原委,辨其识力。如,赵彦卫《云麓漫钞》说,"或云:荆公当删取时,用纸帖出付笔吏,而吏惮于巨篇,易以四韵或二韵诗,公不复再看"。① 朱熹《答巩仲至书》说,"就宋次道家所有因为点定"。② 陈振孙《直斋书录解题》则解释为,"意荆公所选,特世所罕见,其显然共知者,固不待选耳"。这大致是切合王安石编选初衷的,因为王安石另有《四家诗选》,专选杜甫、韩愈、欧阳修、李白四家诗以作标树;同时,王安石在《题张司业诗》中对张籍,在《读柳宗元传》中对柳宗元等人均有称扬。《唐百家诗选》就是要选出那些大家名家之外的诗人诗作,以便将人们的目光引向中小家,从而窥见唐诗全貌,可谓用心别具。

《唐百家诗选》从入选诗人来看:晚唐最多,有28人,盛唐20人,中唐17人,大历14人。从作品数量来看:中唐诗人入选诗作最多,初盛唐次之,晚唐最少。从诗体看:诗选对初、盛、中唐的古近体诗兼收并蓄,对晚唐则多收近体,诗选中还编选有长篇的古体诗、乐府歌行及精致的律绝。从题材来看:诗选所选诗作反映社会生活面极为广阔,如登览、抒怀、怀古、酬赠、征戍、田园、山水、旅况、悲悼、禽鸟花卉、戏谑、闺怨、怀春等无不涉及。该书在唐诗研究中具有重要的价值,比较全面地展示出唐诗创作发展的全貌。它不同于"唐人选唐诗"中的或以分体选,或以时代分期选,或以一定地域空间选,或以某种审美标准选,而是编选者根据自己对有唐一代大小诗人的理解予以通选。这之中,又专注于对中小家诗作的选录,这与其他唐诗选集形成一种互补,拓展了择选唐诗的范围,基本反映出唐诗广阔的风貌,也在一定程度上显现出唐诗变化发展的流程,为人们从纵向动态地把握唐诗发展提供了参照。王安石在创作上是一个唐宋兼收、各体擅长的大家。他在创建宋诗的努力中,广泛吸取的是中唐"以文为诗"的传统血液,强调诗作对"意"的突显;晚年,他致力于追求晚唐人的精工与蕴藉,这在他的选诗中也得到体现。在体制上,他对古、近体唐诗兼融并收,实际上似含寓着这样的理念:古体诗纵横开阖,利于显意;近体诗律绝精工细密,有益敛情。这两种创作都是王安石所激赏的。

除王安石《唐百家诗选》外,北宋出现的唐诗选本还有佚名《唐五言诗》、佚

---

① ②　陈伯海主编:《历代唐诗论评选》,第266页。

名《唐七言诗》、佚名《唐名僧诗》等。这些唐诗选本,现都已散佚,故无从得知其选编情况。但从所编集名目来看,它们无疑继承了"唐人选唐诗"的传统,或分体而选,或分门而录。这方面工作与北宋诗话、序跋书信对唐诗的研究一起,极大地推动了宋人对唐诗的学习和研究。

总结北宋几种文学批评形式中的唐诗研究,可以看出,北宋诗话中的唐诗研究呈现出梯度拓展与上升的轨迹,围绕对诗人诗作的论评形成不少集中点,透视出宋人对不同唐诗传统认识与把握的变化;北宋文人序跋书信中的唐诗研究主要体现在两个方面:一是对唐诗历史发展的观照和论评,二是对唐诗人的不同推重、批评及对其各自创作特征的剖析;北宋诗选中的唐诗研究则集中体现在王安石《唐百家诗选》中。上述三个系统,相互联系、相互生发、同构并进,共同推动了宋代唐诗学的成长和发展。

# 第六章　北宋史学、理学、博学视野中的唐诗论

## 一、北宋史学视野中的唐诗论

赵宋建制后,以文治天下。统治者对历代兴衰之变极为警悟,命人修史撰文,一方面以史为鉴,以助政治;另一方面,在考史论人中标树典范。北宋出现的史学著作主要有《新唐书》《资治通鉴》等。其中,欧阳修、宋祁等编撰的《新唐书》从历史的角度,以史家之识多方面论及唐诗。

《新唐书》对唐诗的论述,主要集中在《文艺》传中。它共分上、中、下三卷,录载唐代文学家79人(含附收)。其中,上卷32人,分别是袁朗、贺德仁、蔡允恭、谢偃、崔信明、刘延佑、张昌龄、崔行功、杜审言、杜甫、王勃、杨炯、卢照邻、骆宾王、元万顷等;中卷26人,分别是李适、沈佺期、宋之问、尹元凯、刘宪、李邕、吕向、王翰、孙逖、李白、张旭、王维、郑虔、萧颖士、皇甫冉、苏源明等;下卷21人,分别是李华、孟浩然、王昌龄、崔颢、刘太真、邵说、于邵、崔元翰、于公异、李益、卢纶、欧阳詹、李贺、吴武陵、李商隐、薛逢、李频、吴融等。史书编者在对上述文学家的记述及少量论评中显示出或隐或明的唐诗观。这主要体现在以下三大方面:

首先,《新唐书》在对唐代文学家的归类和立传中,即隐性地体现出其对唐人唐诗的一些基本观点。它并未将大量唐诗人列入《文艺》传中,相反,只选取其中极少部分诗人,一些大诗人如陈子昂、高适、岑参、贺知章、张说、白居易、元稹、韩愈、柳宗元、孟郊、贾岛、杜牧、司空图等均未列入。这之中,他们有的作为不同的传主被列入其他类中,如司空图被归入“卓行”类,王绩、吴筠、贺知章、张

志和、陆龟蒙被归入"隐逸"类,有的则无传。在列进《文艺》传的 79 位诗人中,著名诗人则屈指可数,如李白、杜甫、王昌龄、孟浩然等,总共不过 20 来位;相反,一些成就甚小的诗人则因附传的原因而得以列入,如王勮、王助、萧存等。《新唐书》在归类唐人上的特点,大致体现在以下两方面:一、它不是纯粹地把凡能作诗之人都当作诗人看,而是综合考察人生经历、性格气质等方面因素对其的影响。如司空图虽为诗人兼诗论家,但因其遗世独立、卓然特行的气质秉性为当世所敬重,故归于"卓行"类中。一些唐代诗人乃因隐而为诗,作诗只是其隐居生存方式与生命体验的一种表现形式而已,故这些人也不宜列入《文艺》中。二、从列入《文艺》的 79 人身份来看,大多在仕途上无显要之位,且不少以文学为终身之事,除王维等极少数人曾身居高位外,大多为落拓无羁、以文为寄或在文学流变的关节中产生过一定影响的人。

其次,《新唐书》对唐诗的演变发展有自己独到的看法,显示出对唐诗历史的清晰勾勒和对唐人诗风整体而又细致的把握。《文艺传序》在总体概括唐代文风演变时曾云:

> 唐有天下三百年,文章无虑三变。高祖、太宗,大难始夷,沿江左余风,缀句绘章,揣合低昂,故王、杨为之伯。玄宗好经术,群臣稍厌雕琢,索理致,崇雅黜浮,气益雄浑,则燕、许擅其宗。是时,唐兴已百年,诸儒争自名家。大历、贞元间,美才辈出,擩哜道真,涵泳圣涯,于是韩愈倡之,柳宗元、李翱、皇甫湜等和之,排逐百家,法度森严,抵轹晋、魏,上轧汉、周,唐之文完然为一王法,此其极也。若侍从酬奉,则李峤、宋之问、沈佺期、王维,……言诗则杜甫、李白、元稹、白居易、刘禹锡,谲怪则李贺、杜牧、李商隐,皆卓然以所长为一世冠,其可尚已。①

这段文字为我们具体勾勒了唐朝立国三百年中文风的三次重大变化,即由太宗时的"缀句绘章",到玄宗时的"崇雅黜浮",再发展到德宗时的"擩哜道真"而臻于极致。其中,对中唐韩、柳所倡导的古文运动大力肯定,认为其使"唐之文完

---

① 欧阳修、宋祁等:《新唐书》,中华书局 1975 年,第 5725—5726 页。

然为一王法"。《新唐书》同时充分肯定唐诗人各家之所长,肯定他们在诗史上
都具有独特的价值。《杜甫传》中又道:"唐兴,诗人承陈、隋风流,浮靡相矜。至
宋之问、沈佺期等,研揣声音,浮切不差,而号'律诗',竞相袭沿。逮开元间,稍
裁以雅正,然恃华者质反,好丽者壮违,人得一概,皆自名所长。"①这段话对初唐
至盛唐的诗歌发展作出梳理,见出唐诗风尚由"浮靡"到"雅正",而后"自名所
长",显示出各擅一途的轨迹及多样性特征。这之中,唐诗发展实走过一个自我
否定和不断倡扬的过程。

　　第三,在对具体诗人诗风的论评上,《文艺》传中往往对所录诗人不评一词,
但在杜甫、王昌龄、李贺、李商隐等人的"传"中,则有评论性话语,从中可看出
《新唐书》不拘一隅、甚为宏通但又追求融炼众家、绪密警迈的唐诗观。如评杜
甫云:"至甫,浑涵汪茫,千汇万状,兼古今而有之,它人不足,甫乃厌余,残膏剩
馥,沾丐后人多矣。故元稹谓:'诗人以来,未有如子美者。'甫又善陈时事,律切
精深,至千言不少衰,世号'诗史'。昌黎韩愈于文章慎许可,至歌诗,独推曰:
'李、杜文章在,光焰万丈长。'诚可信云。"②《新唐书》大力推崇杜甫集众家之
长,认为其诗作显示出浑茫博大的气象,这多方面影响到后人,成为后世诗作的
典范。《王昌龄传》又道:"昌龄工诗,绪密而思清,时谓王江宁云。"③抓住王昌
龄诗作构思和结构予以评断,见出其诗作思致清迈、结构严密的特征。《新唐
书》又评李贺道:"辞尚奇诡,所得皆警迈,绝去翰墨畦径,当时无能效者。乐府
数十篇,云韶诸工皆合之弦管。"④李贺诗作奇诡超迈,但在入宋后影响并不彰,
《新唐书》有别于时论,对李贺诗作持大力肯定的态度。它从其用语、立意、格
调、声律诸方面予以论评,全面地见出李贺诗作在审美上的特征。《新唐书》还
评曰:"商隐初为文瑰迈奇古,及在令狐楚府,楚本工章奏,因授其学。商隐俪偶
长短,而繁缛过之。时温庭筠、段成式俱用是相夸,号'三十六体'。"⑤从李商隐
的生平经历,论说其诗风的演变,指出它由最初的"瑰迈奇古"演变为追逐偶俪,
诗作极见"繁缛"。这在诗歌审美表现上已见退化,但温庭筠、段成式二人仍以

---

①②　欧阳修,宋祁等:《新唐书》,第 5738 页。
③　欧阳修,宋祁等:《新唐书》,第 5780 页。
④　欧阳修,宋祁等:《新唐书》,第 5788 页。
⑤　欧阳修,宋祁等:《新唐书》,第 5793 页。

此相夸,终于在晚唐形成一种独特体制与风格的诗作——"三十六体"。对此,《新唐书》实际上是持批评态度的。

## 二、北宋理学视野中的唐诗论

宋代是我国传统儒学发展的一个高峰,理学在思想学术界占有重要地位,成为学术史上与经学、玄学、佛学相并立的一种哲学伦理思想。理学家们以探讨天理、人性、人生境界为旨归,他们在将理学思想贯注于品诗论文时,也偶尔论及唐诗。

李觏在《上宋舍人书》中认为,魏晋以后,"斯道(按:文道)积羸,日剧一日","虚荒巧伪,灭去义理","赖天相唐室,生大贤以维持之:李、杜称兵于前,韩、柳主盟于后,诛邪赏正,方内向服。尧、舜之道,晦而复明;周、孔之教,枯而复荣"。① 李觏从阐扬义理的视点出发,对魏晋至唐前的大多数作品予以痛斥,认为它们使文道不振,义理丧尽;但延展到盛唐和中唐的李、杜、韩、柳,他们四人各以自己的创作努力使"灭去义理"的文章之道又回归到正途。李觏接着批评晚唐五代至宋初文坛状况道:"近年以来,新进之士,重为其所扇动。不求经术,而撼小说以为新;不思理道,而专雕镂以为丽。"② 对其时流行的靡丽、空泛的文风予以严厉批评,这当然主要是针对西昆体而发的。从上述可看出,李觏崇尚的是高古充蕴之音。

程颐是宋代理学家中极为贬视文学之道的代表人物。他提出"作文害道"的论断,把"为文"视为"玩物丧志"。其《论诗》云:"圣人亦撼发胸中所蕴,自成文耳","有德者必有言"。由此出发,他反对对诗作艺术表现力的探求,认为"既用功,甚妨事","某素不作诗,亦非是禁止不作,但不欲为此闲言语"。体现于对唐诗的论评中,他甚至对杜诗中别具一格的名句也持否定态度,"且如今言能诗,无如杜甫。如云:'穿花蛱蝶深深见,点水蜻蜓款款飞。'如此闲言语道出作甚"。③ 从极为狭隘的功利观出发,将杜甫直写景象、移情于物的诗句界断为闲

---

①② 蒋述卓等编著:《宋代文艺理论集成》,第 137 页。
③ 蒋述卓等编著:《宋代文艺理论集成》,第 219 页。

言碎语,极见短视。

　　杨时也立足于推尊"六经"和孔孟的视点,表现出轻视文学的思想旨向。他在《送吴子正序》中曾严苛地论道:"积至于唐,文籍之备,盖十百前古。元和之间,韩柳辈出,咸以古文名天下,然其论著不诡于圣人盖寡矣。"①从所谓的"圣人"之道出发观照唐人诗文,立论甚见理学旨趣。其又云:"自汉至唐丁余岁,而士之名能文者无过是数人,及考其所至,卒未有能倡明道学,窥圣人阃奥如古人者。"②在《与陈传道序》中,杨时进一步论道:"若唐之韩愈,盖尝谓世无仲尼,不当在弟子之列,则亦不可谓无其志也。及观所学,则不过乎欲雕章镂句,取名誉而止耳。"③这里,杨时表现出比其师程颐更为严苛的文道观,在保守与狭隘之路上走得更远。但杨时论唐诗也有其独特贡献之处。《龟山先生语录》云:"诗自河梁之后,诗之变,至唐而止。元和之诗极盛。诗有盛唐、中唐、晚唐。五代陋矣。"④杨时立足于诗歌流变的视点观照唐诗,大致道出以下三方面的内容:一、诗作休制、形式自汉魏以来不断变化发展,到唐已基本定型;二、界定"元和诗"是唐诗发展中的高峰,故相对于其他历史时期,他更择取中唐;三、他将唐诗历史发展区划为三个时期,这直接影响到后世严羽、高棅等人对唐诗的历史分期。值得指出的是,杨时的这一区划,未将初唐作为一个独立的发展时期勾出,似寓含着认为此期在承前人中还未形成唐诗的体制,也即是说,唐诗真正体制的确立是在盛唐。杨时的上述论断,在宋代理学家对唐诗的偶然之论和严苛指责中不失为一个闪光之点。

## 三、北宋博学视野中的唐诗论

　　宋代文化昌盛,科技发达,两方面都达到很高的水平。这一时期,少数人博取广收,将多门类知识集于一身,成为名著一时的博物学家,如沈括、洪迈等。他们在谈诗论艺中,对唐诗也予以了论评。

　　沈括是北宋著名的博物学家。他通晓天文、历算、音乐、方志、律历、医药等

---

①② 蒋述卓等编著:《宋代文艺理论集成》,第 421 页。
③　蒋述卓等编著:《宋代文艺理论集成》,第 422 页。
④　王大鹏等编选:《中国历代诗话选》,第 239 页。

多学科知识。他从自身所具知识结构出发,为唐诗研究作出了贡献。

他首先从音律的角度切入论唐诗。《梦溪笔谈·乐律》道:"古诗皆咏之,然后以声依咏以成曲,谓之协律。……唐人乃以词填入曲中,不复用和声。……然唐人填曲,多咏其曲名,所以哀乐与声尚相谐会。今人则不复知有声矣,哀声而歌乐词,乐声而歌怨词,故语虽切而不能感动人情,由声与意不相谐故也。"[1]沈括从诗乐相入的视点,考察自古及唐宋间诗乐关系的变化。他认为,古人依声以咏而成曲,唐人则依曲填词,但声与乐谐,在情感表现上达到相生相成的效果;宋人则抛开依曲填词、情声相谐的传统,这导致声情相隔,音声不谐。《梦溪笔谈》又云:"外国之声,前世自别为四夷乐。自唐天宝十三载,始诏法曲与胡部合奏。自此乐奏全失古法。以先王之乐为雅乐,前世新声为清乐,合胡部者为宴乐。"[2]沈括明确厘清了几种不同的诗乐,特别将"先王之乐"与"唐人之乐"予以了别分。沈括还将雅乐与燕乐予以比照,探析"新声"不能与诗意相谐之因,论析亦极见中的。

其次,沈括将"学理"运用于对唐诗的研究中。他考释诗句、语词的来龙去脉,广涉经史及诸子百家,旁征博引,为人们理解唐诗作出有益的帮助,在唐诗考据学上有开风气的意义。如关于李白作《蜀道难》之意,历来有不同的说法,《梦溪笔谈》道:"前史称严武为剑南节度使,放肆不法,李白为之作《蜀道难》。按孟棨所记,白初至京师,贺知章闻其名,首诣之,白出《蜀道难》,读未毕,称叹数四,时乃天宝初也,此时白已作《蜀道难》。严武为剑南,乃在至德以后肃宗时,年代甚远。盖小说所记,各得于一时见闻,本末不相知,率多舛误,皆此文之类。李白集中称刺章仇兼琼,与《唐书》所载不同,此《唐书》误也。"[3]沈括征引孟棨《本事诗》所载史实,依据历史事件顺序考实《旧唐书》所记有误,这为人们理解李白《蜀道难》诗作奠定了基础。又如,《梦溪笔谈》还载:"《庄子》言,'野马也,尘埃也',乃是两物。古人即谓野马为尘埃,如吴融云:'动梁间之野马。'又韩偓云:'窗里日光飞野马。'皆以尘为野马,恐不然也。'野马'乃田野间浮气耳,远望如

---

[1]　蒋述卓等编著:《宋代文艺理论集成》,第205页。

[2]　蒋述卓等编著:《宋代文艺理论集成》,第204—205页。

[3]　陈伯海主编:《历代唐诗论评选》,第280页。

群马,又如水波,佛书谓'如热时野马阳焰',即此物也。"①这段文字辨析"野马"与"尘埃"之别,对人们理解唐诗人吴融、韩偓诗意是极有帮助的。

当然,沈括在唐诗之论中也表现出缺失,这就是过于重视诗意的考实,漠视诗歌作为艺术之体所具审美特征。如《梦溪笔谈》言:"又白乐天《长恨歌》云:'峨嵋山下少人行,旌旗无光日色薄。'峨嵋在嘉州,与幸蜀路全无交涉。杜甫《武侯庙柏》诗云:'霜皮溜雨四十围,黛色参天二千尺。'四十围乃是径七尺,无乃太细长乎?"②沈括以纯粹的逻辑事理解诗、论诗,无视艺术的想象与夸张功能,在琐细拘泥中未能切入诗意诗味,这显示出其作为博物学家的不足。

自沈括以博学论诗,将学理考据运用于唐诗研究中后,发展到南宋,不少人借博学论诗,实证与考据研究蔚成一股不小的风潮。这对唐诗学研究整体上起到推进作用。

总结北宋史学家、理学家、博学家批评视野中的唐诗之论,可以看出,与一般诗话家、诗论家、诗选家不同,他们从自身所具知识结构、所持批评原则出发,对唐人唐诗进行了多样的、富于时代意味的观照。这拓展了北宋唐诗论评的视域,为宋代唐诗学的成长与发展捐献了血液,贡献了力量。

---

① 陈伯海主编:《历代唐诗论评选》,第 280 页。
② 陈伯海主编:《历代唐诗论评选》,第 281 页。

# 第七章　南宋唐诗文献工作的深化

宋代作为我国古典唐诗学的成长期,在唐诗文献的整理上有着突出的成就。宋代唐诗文献工作的成就,以南、北宋为期,呈现出不同的特征。这便是,北宋人所从事的主要是对唐人诗集的辑佚、编集工作;南宋人所从事的则主要是对唐人别集的校勘、注释、考辨、编年及编纂大型诗歌总集等工作,这使宋代唐诗文献学最终得以深化。

## 一、唐集校勘、整理工作的进一步发展

对唐人诗作的辑佚与编集,经过北宋人的努力取得很大的成绩。到宋室南渡以前,可以说,有关唐人诗集的搜辑工作已基本完成。进入南宋,人们将对唐人别集的进一步校勘、整理作为深化唐诗研究的第一步工作。因北宋以来,在民间传抄和雕版印刷的过程中,唐集版本甚多,文字互有不同,有的甚至错讹不少,有些则收诗仍然不全。南宋人对唐诗文献的整理循此而入,校勘同异,订正讹误,增补诗作,努力使唐人别集有一个较为完备的本子。南宋人下力校勘、整理的唐人集子主要有杜集、韩集、韦集。

在杜集的校勘与整理上,宋宁宗嘉泰年间,蔡梦弼在前人辑佚、校勘的基础上,进一步对杜诗进行笺注。其《杜工部草堂诗笺跋》云:"博求唐宋诸本杜诗十门,聚而阅之,三复参校,仍用嘉兴鲁氏编次先生用舍之行藏、岁月之先后以为定本。每于逐句本文之下,先正其字之异同,次审其音之反切,方作诗之义以释之,复引经子史传记以证其用事之所从出。"①编成《杜工部草堂诗笺》四十卷,外集

---

① 陈伯海主编:《历代唐诗论评选》,第332页。

一卷,补遗十卷,传序碑铭一卷,目录二卷,年谱二卷,诗话二卷。蔡梦弼在题记中谈到其校雠时曾说,他所参阅的版本甚多,有前人的不同校本 10 余家,如樊晃本、顾陶本、后晋开运四年官书本、欧阳修本、宋祁本;有前人"义说"本 10 家,如宋次道本、崔德符本;还有前人"训解"本 10 家,如徐居仁本,谢任伯本、吕祖谦本等。在此基础上,"复参以蜀石碑、诸儒之定本,各因其实以葛记之;至于旧德硕儒间有一二说者,亦两存之,以俟博识之抉择"。①这样,综合数十种本子而成的蔡本,便成为杜集中甚为完善的一个本子。

在韩集的校勘与整理上,北宋时曾出现欧阳修本。此本是具有相当权威性的本子,但遗憾的是没有雕版印行,流布不广。穆修本曾印行过,奇怪的是影响不大。结果是各本之间相差不小,人们迫切希望能有一个集众本之长的本子出现。在这种情况下,方崧卿《韩集举正》和朱熹《韩文考异》将韩集的校勘与整理推向一个新的高度。宋孝宗淳熙年间,方崧卿广搜韩集古本、旧本及韩文石本,来校正当时通行的监本。他以祥符杭本、嘉祐蜀本及阁本为主校本,互为参校,并参考《文录》《文苑英华》《文粹》等书,对当时刊行的杭监本、潮本、袁本也都广加涉猎,终成《韩集举正》一书。它成为韩集流传中的"善本"之一。之后,朱熹在方崧卿的基础上,进一步网罗综合官本、古本、石本、祥符杭本、嘉祐蜀本、莆田方氏本等版本,比较参酌,作成《韩文考异》,将韩集的整理又往前推进一步。朱熹《韩文考异》代表了宋代版本校勘之学的卓越成就。

《韦应物集》在北宋时期,曾有嘉祐年间出现的王钦臣校本和熙宁年间出现的葛繁校本,但此二本文字相差甚多。之后,南宋绍兴二年(1132)曾出现过一个校补本。在这种情况下,宋孝宗乾道七年(1171),魏杞以葛繁本为底本,参以王钦臣本、绍兴本等诸本,择善而从,勘正葛繁本讹误多达 300 多处,并补辑了韦应物诗作。《韦应物集》从此有了一个较好的本子。

## 二、杜、韩等人诗集注释的空前繁荣

在校勘与整理唐人别集的同时,南宋人为唐人诗集作了大量笺注工作。因

---

① 陈伯海主编:《历代唐诗论评选》,第 332 页。

从北宋中期以来,人们日益从创作取向和道德人格上推崇韩愈、杜甫等人,故在笺注过程中,很多人也选择杜集、韩集作为下力的对象,这使杜集、韩集的注释达到空前繁荣的程度,出现所谓"千家注杜""五百家注韩"的繁盛局面。

早在北宋时,一些学者曾给杜集作过辑佚、校勘或笺注工作,如孙仅、刘敞、苏舜钦、王洙、王淇、王安石、黄庭坚等人。但他们对杜诗的笺注大多停步于偶然的读书之得,尚未形成系统,如荆公注、山谷注都散见于诗话、笔记中。发展到南宋,注杜局面发生很大的变化。

南宋出现的最著名的杜诗注本是绍兴年间的赵次公《杜诗注》,它是宋代唐诗文献学的一个优秀成果。曾噩《九家集注杜诗序》在批评一些人注杜"牵合附会,颇失诗意",甚至有"挟伪乱真"之病时,曾说"惟蜀士赵次公为少陵忠臣"[①],对赵注杜诗予以很高的评价。赵次公《杜诗注》共五十九卷,"因留功十年"而成。在注解源流上,它继承吕大防《少陵年谱》、蔡兴宗《诗谱》等著作对杜诗编年的成就,以吴若注本为底本,在注杜上取得很大的成就。赵注杜诗的成就,主要体现在以下几方面:一、紧扣文本,注解杜诗中的各种用事之法。它对杜诗用典、借语溯根探源,明其所本,评其新意,往往能使诗意明了清楚。赵次公认为,笺注的任务之一便要将杜诗中的多种用事之法辨析出来,以使后人能知见杜诗的用事之妙。二、通过注解以证误,澄清杜诗研究中的"舛缪"。赵注杜诗注重探源溯流和比照辨析,匡正了长期以来形成的一些舛误。三、对杜诗的脉络结构进行考察,努力提供人们认识杜诗诗法与句法的各种门径。四、对杜诗习用的比兴手法予以阐释,揭示杜诗具体物象与抽象名理的内在联系,从"意深"的角度对杜诗进行破解和诠释。赵次公《杜诗注》对后世产生很大的影响。

淳熙年间,郭知达的《九家集注杜诗》则是南宋时较好的一个杜诗集注本。郭知达在《杜工部诗集注序》中曾言,其"因辑善本,得王文公、宋景文公、豫章先生、王原叔、薛梦符、杜时可、鲍文虎、师民瞻、赵彦材,凡九家,属二三士友,各随是非而去取之,……精其雠校,正其讹舛,……庶几便于观览,绝去疑误"。这表明,郭知达在集注中并非只做了一些简单的汇辑工作,他将对杜诗的笺注推上一个台阶。曾噩在《九家集注杜诗序》中,也曾联系当时的注杜现状及郭知达集注

---

① 陈伯海主编:《历代唐诗论评选》,第333页。

的特点说:"独少陵巨编,至今数百年,乡校家塾龆总之童琅琅成诵,殆与《孝经》《论语》《孟子》并行。况其遭时多艰,瘦妻饥子,短褐不全,流离困苦,崎岖埂厄,一饭一啜,犹不忘君,忠肝义胆,发为词章,嫉邪愤世,比兴深远,读者未能猝解,是故不可无注也。"①从曾噩序文可以看出,郭知达集注很重视注解杜诗的深远"比兴"之义。佚名《分门集注杜集》是南宋宁宗庆元至嘉定年间(1195—1224)出现的又一个较好的杜诗集注本。此书把杜诗按诗题分为72门类,书前亦开列注家150人,名录有虚张声势之嫌。但此集注本有两个明显优点:一是收杜诗较全,除1首重复以外,达1454首,几乎接近清人钱谦益、朱鹤龄注本数量;二是注解收罗比较完备,颇多可采之处。虽然所收远不到150家,但仍然比较广泛,可省去读者搜寻之劳。其缺点是失于详考,有时不免穿凿附会;繁重复沓,往往按而不断。

在对韩集的注释上,南宋曾先后出现过很多注本。如,樊汝霖《韩集谱注》,韩醇《新刊训诂唐昌黎先生集》,文谠注、王俦补注《新刊经进详注昌黎先生文》,祝充《音注韩文公文集》,等等。魏仲举《新刊五百家注音辨昌黎先生集》和廖莹中世彩堂注《昌黎先生集》,是南宋时两个影响较大而且后世又有翻刻的注本。

魏仲举《新刊五百家注音辨昌黎先生集》是一个集注性质的注本,共四十卷,外集十卷。魏仲举在书前共开列注家148家,又注明"新添集注五十家、新添补注五十家、新添广注五十家、新添释事二十家、新添补音二十家、新添协音十家、新添正误二十家、新添考异十家",总计378家。魏仲举此书虽亦夸大汇集注释的家数,但的确集中了不少宋人的注解,像樊汝霖、韩醇、祝充以及孙汝听、张敦颐、刘崧、蔡元定诸家注及方崧卿等人的校订,他都采用了。此书的最大价值就在于保存大量今已罕见的宋人注说和丰富资料,为研究者提供了可贵的线索。廖莹中世彩堂注《昌黎先生集》,共四十卷,外集十卷,遗文一卷,成书于宋度宗咸淳年间(1265—1274)。它是在魏仲举所编《五百家注》基础上编撰的。但它对《五百家注》作了两方面较大的改革:一是韩愈诗文以朱熹《韩文考异》文本为准。魏仲举《五百家注》文本是兼用诸家校订,包括方崧卿《韩集举正》等,但没有参用较晚的《韩文考异》;而廖注则完全以《考异》校订的文字为准,故在

---

① 陈伯海主编:《历代唐诗论评选》,第333页。

文本上较魏本更完善。二是魏注引众家之说,虽然资料丰富,有保存文献之利,但对读者来说,毕竟显得繁冗,魏注对他人注释又毫无辨证,不利读者识断;廖注则酌取魏本,参以己见,融为一体,从而自成一家新注。它比起魏注要清楚、简明得多。当然廖注也有缺点,最明显的是它删节撮抄魏仲举《五百家注》,但抄时却不注意鉴别,往往抄出错误来。

在注杜、注韩之外,南宋注家也对其他唐代诗人集子予以注释。如柳宗元集注本有童宗说《增广注释音辨柳先生集》、韩醇《新刊训诂唐柳先生文集》、魏仲举《新刊五百家注音辨唐柳先生文集》、郑定《重校添注柳文》、廖莹中《世彩堂河东先生集》。李白诗文注本有杨齐贤注《李翰林集》(二十五卷),这是历史上第一个李白诗注本。

## 三、诗作系年与诗人年谱的编撰

对唐人诗作进行系年和编撰唐诗人年谱,是南宋唐诗文献工作深化的又一重要表征。南宋学者们认识到,对诗作的理解与对诗人生平经历的把握是紧密相连的。他们将我国传统的"知人论世"原则,以具体方式落实进唐诗文献整理之中。这方面,仍然以对杜诗的编年最为典范。

早在北宋宝元二年(1039),王洙编杜集得诗1405首,分为古、近体时,在编排上便大体以时间为序。其所编《杜工部集》,便是杜集中较早的一个编年本。北宋以来,杜诗为"诗史"之说逐渐深入人心,更引发宋人对杜诗反映出的诗人生平行迹考辨研究的兴趣。

吕大防首先创为《年谱》。《分门集注杜工部诗》载其《后记》云:"既雠正之,又各为《年谱》,以次第其出处之岁月,而略见其为文之时,则其歌时伤世,幽忧切叹之意,粲然可观。"[①]吕氏年谱虽属草创,却成为后世杜甫年谱之始祖。之后,蔡兴宗亦有《少陵诗年谱》,是杜诗的一个编年本;鲁訔有《编次杜工部诗》,是一个分体兼编年的本子。他们的工作,为南宋人对杜诗的编年打下基础。

两宋之交,士人们在杜甫研究中特重知人论世,以诗鉴史,因而年谱、编年之

---

① 陈伯海主编:《历代唐诗论评选》,第276页。

学在此时更为勃兴。李纲为之作序的黄伯思本《校定杜工部集》,就是将王洙以来杜集古、近体分编的体例打破,对杜诗作编年排列的。此编年本特点,诚如李纲在所"序"中云:"随年编纂,以古律相参,先后始末,皆有次第,然后子美之出处及少壮老成之作,灿然可观。"①很明显,这是南宋对杜诗完全据写作时间编年的一个本子,可惜未流传下来。之后,赵次公《杜诗洴》也是一个编年体的杜诗注本。赵次公在吕大防、蔡兴宗编年的基础上,以诗作先后为序注解杜诗,因其对杜诗所作年月大体把握有据,这为其成为宋人杜诗注中较好的一种提供了前提。

在上述基础上,黄鹤用力于杜诗系年。他在引史证诗、匡谬辨伪方面做了大量工作,把杜诗文献整理推到一个新的阶段。黄鹤对此前的吕、蔡、鲁三家年谱曾有一个评说,其《年谱辨疑后记》云:"吕汲公年谱既失之略,而蔡、鲁二谱,亦多疏卤。"②因此,其志在补充三家年谱之粗略,纠正其疏误。黄鹤年谱较为详尽地勾勒出杜甫生平的轮廓,杜甫一生的重大事仵都基本涉及了,它为后世对杜诗的更准确系年确立梗概。黄鹤编年努力对每首诗都加以考实,纠正了前代及同时代人编年中的不少错误。他在编年中注重注明所编于此年月的依据,为此,曾大量征引新、旧《唐书》和其他史籍、方志,为后来治杜者树立了榜样。如,关于杜甫向朝廷献《三大礼赋》的时间,《旧唐书》对此语焉不详,只言"天宝末献《三大礼赋》"。《新唐书》则道:"天宝十三载,玄宗朝献太清宫,飨庙及郊,甫奏赋三篇。"③鲁訔年谱把杜甫献赋编于天宝九载,但黄鹤经过细致考订,把献《三大礼赋》的时间定在天宝十三载。此界定为现代绝大多数学者所肯定。又如,杜甫《封西岳赋》的写作时间,鲁訔认为作于天宝九载,因为这一年,唐玄宗封西岳。但黄鹤经过详细考证,界定杜甫进《封西岳赋》最早也得在天宝十二载,这一系年也为现代大多数学者所接受。黄鹤对杜诗的系年附在其父子所辑编《黄氏补千家集注杜工部诗史》中,其书是一个将系年和注释加以综合的本子。此书虽曰"补注",实功在编年。它于正文前冠以黄鹤所订《杜甫年谱辨疑》,以下则按年编诗,所作岁月注于篇下,这使读者得以清晰地见出杜甫诗作先后之大致。诚

①　华文轩编:《古典文学研究资料汇编·杜甫卷》,第 277 页。
②　陈伯海主编:《历代唐诗论评选》,第 278 页。
③　欧阳修、宋祁等:《新唐书》,第 5376 页。

如其"后记"所说,该书参核诸说,"或因人以核其时,或搜地以校其迹,或摘句以辨其事,或即物以求其意"①,从诗作中所涉及具体人物、地点、事物、时期中钩连引申,考证辨析,所获颇多。

对韩愈诗集,北宋元丰年间,吕大防曾编《韩昌黎文集》四十卷外集十卷,这是现在可知的第一个有年谱的韩集。进入南宋以后,韩集异本纷出,版本甚多。此时,洪兴祖、樊汝霖尽己之力,各为年谱附入韩集。之后,方崧卿《韩集举正》在校勘韩集的同时,也考订韩愈诗文中的一些年代、人物、事件等。他们的工作,促进了对韩集的编辑与注释,为后人准确理解韩愈诗文确立了基础。

## 四、大型诗歌总集汇纂的启动

南宋,唐诗文献工作的深化还表现在编纂大型诗歌总集上。此时,对唐集的辑收在规模上大大超过北宋,在体制上也见出新意。

郭茂倩《乐府诗集》是宋人就乐府诗体裁所汇编的一部大型诗歌总集。它汇编上古至唐末五代的乐府歌诗和谣词,其中,半数以上是唐人的乐府诗。此书网罗丰富,共一百卷,分为12大类。其分类在当时是比较简括而不繁琐的,适应乐府诗的时代变化发展。其具体为:郊庙歌辞12卷、燕射歌辞3卷、鼓吹曲辞5卷、横吹曲辞5卷、相和歌辞18卷、清商曲辞8卷、舞曲歌辞5卷、琴曲歌辞4卷、杂曲歌辞18卷、近代曲辞4卷、杂歌谣辞7卷、新乐府辞11卷。诗集在结构编排上,每题以古辞居前,后来拟作则按时代顺序居后,从中可考见各题乐府的原始与流变。在外在结构编排上,12大类各有叙说,一些大类又分若干小类,各小类亦有叙说。各曲题有解题,它们对各类别、各曲题歌辞的源流、内容、特色等均有详细精当的论述,引用了许多有价值的资料,成为研究汉魏迄唐五代乐府诗最重要的总集。《乐府诗集》对唐诗研究具有多方面的价值。首先,它提供了研究唐人乐府诗的完整素材和历史状况。《乐府诗集》收集唐代40多位诗人的400余首新乐府诗,素材完整,题材多样,为后人研究唐代乐府诗提供了大量甚有价值的文本依据。在所收不同时期乐府诗中,以收中唐乐府诗数量最多,较清

---

① 陈伯海主编:《历代唐诗论评选》,第278页。

晰地反映出唐代乐府诗的发展状况。其次,它提供了唐诗与音乐关系的线索。《乐府诗集》以音乐曲调分类,在每一类乐府诗前都附有解题,这不仅能帮助人们了解音乐类型,而且标示出它们的演变过程,人们可从某一诗人的乐府诗同前代乐府诗或同时代乐府诗的比照中,看出唐代诗人同类同曲乐府诗内在与外在风格神髓的变化。再次,它还提供了研究唐代诗人对乐府旧题的运用和创造的材料。《乐府诗集》把前代乐府诗和唐代乐府诗在同一旧题名目下按历史顺序排列在一起,人们可从其提示的本事和感情基调中对比这些诗,从中看出唐人对乐府旧题的创造性运用以及他们不同的创作个性。

洪迈《万首唐人绝句》是宋人第一次对唐人绝句所做的大规模集收与整理。此书系分体唐诗总集,成于宋光宗绍熙三年(1192)。其初衷为教稚儿诵唐人绝句,先得5400余首,后不断补充,进呈孝宗。洪迈在"序"中云:"搜讨文集,傍及传记小说,遂得满万首。"它共收唐人七言绝句七十五卷,五言绝句二十五卷,末附六绝一卷,诗37首。此书的编纂,事先并没有周详的计划和合理的体例,随得随录,所以编次较为紊乱,以致"时代后先,不复诠次,而收载重复,一人三、四见者有之",重收、误收现象也不少,还偶有删律诗为绝句或取宋人诗以凑万首之数者。该书对唐诗研究的意义,在于它全面地汇存唐一代绝句之诗,为后人学习、鉴赏与研究唐诗提供了最基本的文献;同时,它将七绝和五绝类分开来,又大致以时代先后为汇编依据,这也为研究唐人绝句诗,特别是其发展与分布等情况作出初步的铺垫。洪迈之后,明代赵宦光等人对《万首唐人绝句》进行重新整理,补充其数量,厘正其顺次,为后人全面地认识唐人近体诗创作作出了贡献。

赵孟奎《分门纂类唐歌诗》则是宋代所编规模最大的唐诗总集。该书共一百卷,现存十一卷,分8大类,依次是"天地山川类""草木虫鱼类""朝会宫阙类""经史诗集类""城郭园庐类""仙释观寺类""服食器用类""兵师边塞类",每类之下又分若干小类。作为一部唐诗总集,它共收诗人1352家,录诗作40791首,虽然诗人数量还不算多,但收诗数量已接近清编《全唐诗》。赵孟奎在"序言"中曾云:"是集之编,搜罗包括,靡所不备。凡唐人所作,上自圣制,下及俚歌、郊庙军旅、宴飨道途、感事送行、伤时吊古、庆贺哀挽、迁谪隐沦、宫怨闺情、闲居边思、风月雨雪、草木禽鱼,莫不类聚而旷分之。虽不足追思无邪之盛,要皆由人心以出,非尽背于情性之正者也。"①从这段序言中,可以看出编者旁搜逸坠,网罗散佚的功夫。此总集以"类聚而旷分之"的结构单独汇纂唐诗,相对于北宋初年所汇编的《文苑英华》,在体例上实推进一步。同时,它基本按照诗作的题材进行分类,这在诗文总集汇编上亦表现出有别于前人处。

总结南宋唐诗文献的整理,可以看出,人们从进一步校勘唐诗文献入手,到对唐人诗集的笺注、集注,再到对唐人诗作的系年、诗人年谱的编撰,最后到汇纂大型诗歌总集。这多方位地展开了唐诗接受与研究工作,为后世唐诗学的盛兴和深化奠定坚实的基础。

---

① 陈伯海主编:《历代唐诗论评选》,第 232 页。

# 第八章　唐宋之辨与唐宋诗之争的发轫

## 一、唐宋之辨的端绪

北宋中期以后,苏、黄的影响日益扩大,"宋调"有别于"唐音",自成面目。到北宋末年,代表"宋调"的江西诗创作进入到鼎盛时期。随着诗坛上江西诗独自为家局面的形成,对宋诗的不满之声也开始出现,由此开启了历经近千年之久的唐宋诗之争的端绪。

魏泰是较早洞开这一窗户的人。他以"余味"为对诗作审美的本质要求,对唐宋一些著名诗人展开论评。其《临汉隐居诗话》云:"黄庭坚喜作诗得名,好用南朝人语,专求古人未使之事,又一二奇字,缀茸而成诗,自以为工,其实所见之僻也。故句虽新奇,而气乏浑厚。"①魏泰批评黄庭坚作诗过于在用事、使字等细微技巧上下工夫,这使其诗作本末倒置,在诗意、诗味表现上缺乏浑融与气象。他指责欧阳修:"至如永叔之诗,才力敏迈,句亦清健,但恨其少余味耳。"②魏泰一方面肯定欧阳修有才思,句语风格清健;另一方面又针对其诗的散体化特征,指出缺咏长之意味。其《东轩笔录》批评苏舜钦、苏轼等人道:"皇祐已后,时人作诗尚豪放,甚者粗俗强恶,遂以成风。"③《临汉隐居诗话》又批评杨亿、刘筠"作诗务积故实,而语意轻浅。一时慕之,号'西昆体',识者病之"。④ 已含寓从

---

① 何文焕辑:《历代诗话》,第327页。
② 何文焕辑:《历代诗话》,第323页。
③ 魏泰:《东轩笔录》卷十一,文渊阁影印《四库全书》本。
④ 何文焕辑:《历代诗话》,第328页。

反对用典,但要求诗意深致的角度来论诗。魏泰对唐人也多有批评,他批评唐人乐府诗少"余味","其述情叙怨,委曲周详,言尽意尽,更无余味。及其末也,或是诙谐,便使人发笑"。① 指出唐人新乐府在艺术表现上过于浅切直露,个别末流诗人更使新乐府诗偏离了文学之体。魏泰又批评韩愈以文为诗,"乃押韵之文尔","格不近诗";论断"白居易亦善作长韵叙事,但格制不高,局于浅切,又不能更风操,虽百篇之意,只如一篇,故使人读而易厌也"。② 界定白居易诗格调俚俗,表现浅切,风格千篇一律。

魏泰对唐宋诗人的论评显示出的基本原则,是反对细枝末节地追求技巧表现,反对意轻语浅,主张情隐词中,有格调,有气韵。在论析中,他虽未明确界分唐宋,但其所标举的有"余味",恰是唐诗之长而成为宋诗之短,他已隐约将唐宋诗作为具有不同质性的诗作加以观照,这成为唐宋诗之争的滥觞。

之后,叶梦得承魏泰之论多有发挥。他论诗强调自然天成之美,其意颇近于钟嵘的"自然"真美说。叶梦得在江西诗风正炽之时,明确批评其牵率斗凑,故求奇僻之习,在对唐诗传统回归的呼唤中显示出重要的意义。

叶梦得《石林诗话》评王安石诗时,其云:"王荆公晚年诗律尤精严,造语用字,间不容发。然意与言会,言随意遣,浑然天成,殆不见有牵率排比处。"③叶梦得论诗讲究言意的相融和诗境的浑然天成,这成为其论诗根本的美学原则。《石林诗话》别分杜甫诗与江西之诗道:"诗人以一字为工,世固知之,惟老杜变化开阖,出奇无穷,殆不可以形迹捕。……而此老独雍容闲肆,出于自然,略不见其用力处。今人多取其已用字模放用之,偃蹇狭陋,尽成死法。不知意与境会,言中其节,凡字皆可用也。"④叶梦得肯定杜甫使字用语无法而妙,但却明确反对江西诗人对杜诗流于字句的模仿,认为其已堕入牵率斗凑之迹,违背杜诗的创造精神。他又批评不少学欧阳修的宋代诗人,"往往遂失其快直,倾困倒廪,无复余地"⑤,对宋人一味散体化的诗歌创作直言提出批评。对于宋人作诗好用事典,叶梦得主张:"诗之用事,不可牵强,必至于不得不用而后用之,则事词为一,

---

①② 何文焕辑:《历代诗话》,第327页。
③ 何文焕辑:《历代诗话》,第406页。
④ 何文焕辑:《历代诗话》,第420页。
⑤ 何文焕辑:《历代诗话》,第407页。

莫见其安排斗凑之迹。"①强调用事的随意妥帖与自然谐和,以此抗对江西诸人。他称赞杜诗:"自汉魏以来,诗人用意深远,不失古风,惟此公为然,不但语言之工也。"②叶梦得对江西诗的批评和对杜甫的推崇,将宋人对唐宋诗的比照和反思突显出来。

进入南宋,对江西诗批评不遗余力,并努力上溯诗歌传统的是张戒。他较早从诗歌历史流变的视点出发,对历代诗予以分等。其《岁寒堂诗话》道:"国朝诸人诗为一等,唐人诗为一等,六朝诗为一等,陶、阮、建安七子、两汉为一等,《风》《骚》为一等,学者须以次参究,盈科而后进,可也。"③在诗论史上,张戒首次依据历史发展将自古至今的诗歌厘为五等,在区划中已表现出具有诗歌类型的观念,"国朝诗"在其心目中被认为是与唐诗等不一类的诗作。他提倡由近而远,逐渐上溯的学诗路径。张戒的诗歌等次说,为唐宋诗之争奠定基本的理论前提。针对宋人作诗喜用事、押韵,《岁寒堂诗话》又疾呼:"苏黄用事押韵之工,至矣尽矣,然究其实,乃诗人中一害,使后生只知用事押韵之为诗,而不知咏物之为工,言志之为本也,风雅自此扫地矣。"④批评苏、黄在创作上有本末倒置之嫌,认为他们在不经意中将咏物、言志抛到脑后,消弭了诗中的风雅之意味。张戒还从"以议论作诗"和"专以补缀奇字"两大方面剖析宋人创作缺失,论断其使"诗人之意扫地矣",见出了江西诗之两大弊端。

张戒在诗作审美理想上崇尚汉魏古诗,循此出发,他对唐诗也予以多样的论评。他认为,杜诗高古莫及,"世徒见子美诗多粗俗,不知粗俗语在诗句中最难,非粗俗,乃高古之极也"⑤,以"高古"界定杜诗质性,将其纳入到古诗之道中;又认为唐代新乐府诗意浅直,诗味寡索,"意非不佳,然而词意浅露,略无余蕴。元白张籍,其病正在此,只知道得人心中事,而不知道尽则又浅露也"。⑥他还评价"韦苏州诗,韵高而气清;王右丞诗,格老而味长"⑦;批评"李义山诗,只知有金玉

---

① 何文焕辑:《历代诗话》,第413页。
② 何文焕辑:《历代诗话》,第414页。
③ 丁福保辑:《历代诗话续编》,第451页。
④ 丁福保辑:《历代诗话续编》,第452页。
⑤ 丁福保辑:《历代诗话续编》,第450页。
⑥ 何文焕辑:《历代诗话》,第454页。
⑦ 丁福保辑:《历代诗话续编》,第459页。

龙凤,杜牧之诗,只知有绮罗脂粉,李长吉诗,只知有花草蜂蝶"①。均能从不同诗人的创作特征与审美风格入手,进行具体而微的论评,深见出不同唐人诗作之个性。总之,立足于情志而归于无邪,以韵味为审美理想,张戒较全面地从理论辨识的高度论评唐宋诗人,显示出有别于前人的独持意味,从而开启了唐宋诗之争的大门。

## 二、朱熹对唐宋诗的论析

朱熹从理学家的视点出发,对唐宋诗也展开多样的论析。

朱熹《答巩仲至》在对古今诗歌流变进行勾勒的过程中,对唐宋诗予以类分。他论道:"古今之诗,凡有三变。盖自书传所记,虞、夏以来,下及魏、晋,自为一等。自晋、宋间颜、谢以后,下及唐初,自为一等。自沈、宋以后,定著律诗,下及今日,又为一等。然自唐初以前,其为诗者,固有高下,而法犹未变;至律诗出,而后诗之与法始皆大变,以至今日,益巧益密,而无复古人之风矣。"②朱熹将自古至今的诗作类分为三个等次。其中,初唐诗与晋宋间诗为第二等次,唐自沈、宋以后的律诗与宋诗为第三等次。一、二两个等次的诗作其"法"相同,第三等次律诗在诗法上则发生很大变化。朱熹从诗体变化的角度见出不同时期诗的大致差异,这之中,他以沈、宋为界对唐宋人诗作出区划。他提倡以《诗经》《楚辞》、经史诸书所载韵语、《文选》、汉魏古词、郭璞、陶渊明之作为"诗之根本准则"。循此取向,落实于对唐人诗作的择取中,朱熹又于自注中云:"且以李、杜言之,则如李之《古风》五十首,杜之秦、蜀纪行、《遣兴》《出塞》《潼关》《石壕》《夏日》《夏夜》诸篇。律诗则王维、韦应物辈,亦自有萧散之趣,未至如今日之细碎卑冗,无余味也。"③这充分表现出朱熹对唐人诗作的去取,李白、杜甫、王维、韦应物四人诗,在其心目中是唐诗中的"近于古者"。

在对唐宋诗人的具体论析中,朱熹对"唐音"中的大家普遍持以称扬,对"宋调"中的典范则大多予以指责。他说:"李太白终始学《选》诗,所以好。杜子美

① 丁福保辑:《历代诗话续编》,第464页。
② 郭绍虞主编:《中国历代文论选》(第二册),第410页。
③ 郭绍虞主编:《中国历代文论选》(第二册),第411页。

诗好者亦多是效《选》诗。渐放手,夔州诸诗,则不然也。"①从诗法渊源上论析李、杜二人诗作"所以好"之因;同时,又将杜甫晚年诗与学《选》体诗加以界分开来。他又说:"杜诗初年甚精细,晚年横逆不可当,……李太白诗非无法度,乃从容于法度之中,盖圣于诗者也。"②分别细致地比照和剖析李、杜诗作,指出杜甫早期诗的优长在精工细腻,晚年诗则纵横出入,无法而法自寓其中;李白诗也是表面无法度,实却深寓法度于诗作的变化中。朱熹还超乎众人地指出李白诗风的多面性。他说:"李太白诗,不专是豪放,亦有雍容和缓底。如首篇'大雅久不作'多少和缓。"③他称赏:"韦苏州诗,高于王维、孟浩然诸人,以其无声色臭味也。"④从理学家的文道观和对心性涵养的要求出发,极力抬高韦应物诗。他论评卢仝诗亦颇高:"诗须是平易不费力,句法浑成。如唐人玉川子辈,句语险怪,意思亦自有混成气象。"⑤从卢仝能从深层凸显浑成之意上对之加以肯定。但朱熹对唐代一些诗人也进行了寓含批评的评析。其《跋病翁先生诗》云:"李、杜、韩、柳,初亦皆学《选》诗者,然杜、韩变多,而柳、李变少。"⑥朱熹细致敏锐地省察到李、杜之间的差异。实际上,在对汉魏六朝诗歌传统的承继中,柳、李主要是"继往",杜、韩则更多地属"开来"。朱熹在渊源之论上对后二人是有所隔的。《朱子语类》又批评"孟郊吃饱了饭,思量到人不到处,联句被他牵得亦著如此做";"李贺诗怪些子,不如太白自在"。⑦ 这是从作诗应平易自然,反对奇险的视点立论的。

对于宋诗,朱熹整体上持以贬抑,但亦能对其中优长辩证地作出肯定。《朱子语类》云:"占诗须看西晋以前,如乐府诸作皆佳。杜甫夔州以前诗佳,夔州以后,自出规模,不可学。苏黄只是今人诗,苏才豪,然一滚说尽无余意,黄费安排。"⑧朱熹从历时视域比照分析,立足于推尚古诗平易味醇的基点,批评苏、黄诗或一味逐豪,余味不存;或空费安排,舍本逐末,都在一定程度上脱离诗歌创作

①② 王大鹏等编选:《中国历代诗话选》,第 737 页。
③　王大鹏等编选:《中国历代诗话选》,第 736—737 页。
④　王大鹏等编选:《中国历代诗话选》,第 738 页。
⑤　王大鹏等编选:《中国历代诗话选》,第 743 页。
⑥　王大鹏等编选:《中国历代诗话选》,第 740 页。
⑦　王大鹏等编选:《中国历代诗话选》,第 742 页。
⑧　王大鹏等编选:《中国历代诗话选》,第 736 页。

的法乳。其《答谢成之》批评苏轼道:"若但以诗言之,则渊明所以为高,正在其超然自得,不费安排处。东坡乃欲篇篇句句依韵而和之,虽其高才合凑得着,似不费力,然已失其自然之趣矣,况今又出其后。……但为才气所使,又颇要惊俗眼,所以不免为此俗下之计耳。"①从具体分析苏轼的《和陶诗》入手,但却别分开陶、苏二人。提出陶诗旨趣超然自得,而苏诗则一味"合凑",实丧却自然之趣。在表现手法上,陶诗"不费安排",而苏诗则逞才使气,欲追盖陶诗,已流于俗化。《朱子语类》又道:"山谷诗精绝,知他用多少功夫。今人卒乍如何及得? 可谓巧好无余,自成一家矣。但只是古诗较自在,山谷则刻意为之。又曰:山谷诗忒巧了。"②朱熹虽然称赏黄庭坚诗精巧工绝,自成一家,但对其刻意雕琢实又提出批评,认为它过于求精,令人生腻。这与"古诗"的创作追求是背道而驰的。朱熹对不少宋代诗人如梅尧臣、石延年、张耒等也展开评析,或褒或贬,均具深意,表现出整体而又细致的眼光。

朱熹对唐宋诗的论析,不时体现出他作为理学家的立场为视点在论评中的作祟,但他又能脱开理学思想的羁绊,对唐宋诗作出切中肯綮的论析。朱熹之论,拓展了唐宋之辨的视域,丰富了唐宋诗之争的内涵。

## 三、叶适和"四灵"对"唐音"的鼓吹

南宋中后期,江西诗的创作仍然影响很大,绵延不绝。中间,陆游、杨万里等人虽趋尚"唐音",试图以唐弥宋,但未能从根本上改变江西诗的作派;朱熹等人标举性理之学,以汉魏六朝冲融淡远的古诗为依归,对纠偏江西诗尖新瘦硬产生一定影响,但在创作实践中还不能形成与江西诗的对垒之势。真正能与江西诗创作分庭抗礼的是活动于南宋孝宗至宁宗朝的"四灵"诗派。

"四灵"的创作是宋诗发展中一次显著的转型。北宋后期以来,宋诗主潮愈益体现出耽于说理、恣肆直露,或生涩奥衍、粗硬枯瘠等特色。人们以各种方式补江西诗之弊。"四灵"的创作顺应这一时代特征。他们公开打出宗晚唐的旗

---

① 王大鹏等编选:《中国历代诗话选》,第741页。
② 王大鹏等编选:《中国历代诗话选》,第743页。

号。在创作上，多写山水小景和日常生活中的闲情雅趣，风格清瘦野逸。他们步趋晚唐人之路，在创作体式上以律诗为主；在艺术表现上则以白描见长，努力脱却事典，追求在字语运用的凝练、密集中体现精巧与灵秀。他们以自身的创作实践表达着对"唐音"回归的倡导。以"四灵"为核心，当时诗坛上造成一股气势不小的规模唐体的风气。王绰在《薛瓜庐墓志铭》中，对此曾有详细载录："永嘉之作唐诗者，首四灵。继灵之后，则有刘咏道、戴文子、张直翁、潘幼明、赵几道、刘成道、卢次夔、赵叔鲁、赵端行、陈叔方者作，而鼓舞倡率，从容指论，则又有瓜庐隐君薛景石者焉。……继诸家后，又有徐太古、陈居端、胡象德、高竹友之伦。风流相沿，用意益笃，永嘉视昔之江西几似矣，岂不盛哉！"①这段文字，为我们详细地列出南宋中后期与"四灵"一起，以创作实践方式倡导回归"唐音"的诗人名录，可见一时影响之巨。

对于"四灵"这种消弭江西诗风，努力回归"唐音"的创作实践，叶适曾给予大力的鼓倡和支持。他不满意江西诗奇峭生硬和"资书以为诗"的作风而倾向"唐音"，故对"四灵"予以扶持。他从理论批评的角度为"四灵"创作护法，相互间形成呼应之势。

叶适在《徐斯远文集序》中说："庆历、嘉祐以来，天下以杜甫为师，始黜唐人之学，而江西宗派章焉。然而格有高下，技有工拙，趣有浅深，材有大小。以夫汗漫广莫，徒枵然从之而不足充其所求，曾不如腥鸣吻决，出豪芒之奇，可以运转而无极也。故近岁学者，已复稍趋于唐而有获焉。"②叶适从宋诗的宏观历史发展立论，划出北宋中期至南宋中后期诗歌发展所走过的"之"字形轨迹；他又详细分析江西诗末流之弊，认为他们使诗歌创作走进死胡同。正是在这一点上，叶适认为"四灵"对回归"唐音"的倡导和追求，有矫江西诗之弊的功绩。在《徐道晖墓志铭》中，其又云："盖魏晋名家，多发兴高远之言，少验物切近之实。……故善为是者，取成于心，寄妍于物，融会于法，涵受万象，猭苓桔梗，时而为帝，无不按节赴之，君尊臣卑，宾顺主穆，如丸投区、矢破的，此唐人之精也。……然则发今人未怡之机，回百年已废之学，使后复言唐诗自君始，不亦词人墨卿之一快

---

① 陈伯海主编：《历代唐诗论评选》，第 393 页。
② 陈伯海主编：《历代唐诗论评选》，第 391 页。

也!"①叶适论断唐人接承魏晋名家诗歌创作传统,但更在"验物切近之实"上对之予以充实与发挥。唐诗极为注重心物交融,意象缤纷,精思致远,这充分显示出对魏晋诗的创造性发展。徐照等"四灵"继承唐人的这一创作传统,实以复古为新变。其《徐文渊墓志铭》又从诗歌创作技巧表现的角度,评析唐人创作使"风骚至精",可起到纠偏江西诗风的功效。叶适界定两相比较,唐人注重诗作声律的低昂互切,字语的巧拙相济;而江西诗人则"汗漫无禁",一意以文为诗,散体化色彩甚浓。

　　叶适对"四灵"倡导"唐音"创作的鼓倡,是建立在其深层次理论辨识的基础之上的。其《习学记言序目》对唐人唐诗各有论评,个别之论极具理论辨识意义。他说:"后世诗,《文选》集诗通为一家,陶潜、杜甫、李白、韦应物、韩愈、欧阳修、王安石、苏轼各自为家,唐诗通为一家,黄庭坚及江西诗通为一家。"②在这一梳理勾划中,叶适已将唐诗作为一种具有独特规定性的诗作加以看待。这之中,并不是所有唐人诗作都属于"唐诗"的范围,他们中有各自成家,独自为体者,如杜甫、李白、韦应物、韩愈等人;也有其他不相类者,"如郊寒苦孤特,自鸣其私,深刻刺骨";③也有"以多为能","专以讽为主"的白居易、元稹等人。叶适《王木叔诗序》又云:"木叔不喜唐诗,谓其格卑而气弱。近岁唐诗方盛行,闻者皆以为疑。夫争妍斗巧,极外物之变态,唐人所长也;反求于内,不足以定其志之所止,唐人所短也。木叔之评,其可忽诸?"④在这段论述中,叶适更进一步区划、描述出唐宋诗作为两种具有不同质性"诗的集合体"所分别具有的特征。他概括唐诗在语言运用上,尚华丽之美;在描摹事物上,尽物态之变;在表达志趣与凸显诗意上,则不注重"反求于内",内敛情性,积聚思绪,而力求在意象的多样组合中创造诗美。当然,叶适虽支持"四灵"倡"唐音",但他并不以唐诗为绝响,从道学家立场出发,他对唐诗长于体物而短于气格是有所不满的,《王木叔诗序》正反映出他的这种态度。

　　叶适和"四灵"对"唐音"的鼓吹和实践,进一步浓厚了宋代唐宋诗之争的氛围,促进了人们对唐宋诗的更深层次的比照分析。

---

①　陈伯海主编:《历代唐诗论评选》,第388页。
②③　王大鹏等编选:《中国历代诗话选》,第751页。
④　叶适:《水心文集》卷二十,《四部丛刊》本。

## 四、戴复古、刘克庄对唐宋诗的辨析

比"四灵"和叶适对"唐音"的鼓倡稍后,戴复古、刘克庄对唐宋诗予以进一步辨析。他们在努力融通唐宋,力诋"四灵"中,不主一时、一体,显示出卓然高标的诗史观。

戴复古所处的时代,诗歌创作中"唐音""宋调"已成对垒之势。"四灵"派以晚唐体对抗江西诗,在当时产生很大的影响。受时风影响,戴复古学诗也由晚唐入手。他曾对赵师秀给予过不低的评价,但戴复古对"晚唐家数"又是不满的。其《论诗十绝》云:"文章随世作低昂,变尽风雅到晚唐。举世吟哦推李杜,时人不识有陈黄。"①既从文学发展角度肯定晚唐诗流衍的必然趋势,又指出学诗还是应向李、杜学习,对江西诗学中的精髓也不能偏废。他又道:"飘零忧国杜陵芑,感寓伤时陈子昂。近日不闻秋鹤唳,乱蝉无数噪斜阳。"②戴复古认为,对照忧国伤时的杜甫和陈子昂诗作,南宋"四灵"诗派承继晚唐诗的作派,呈现出"乱蝉无数噪斜阳"的创作情势,他们虚化了诗歌创作的社会内涵。此论实际上也对晚唐诗吟风弄月、局促内敛提出了批评。王埜《石屏前序》对戴复古欲超脱晚唐、浓化诗作内涵予以描述。其云:"近世以诗鸣者,多学晚唐,致思婉巧,起人耳目,然终乏实用。所谓言之者无罪,闻之者足以戒,要不专在风云月露间也。式之独知之,长篇短章,隐然有江湖廊庙之忧,虽诋时忌,忤达官,弗顾也。"③王埜评断戴复古深识"四灵"等人学晚唐诗之特征及弊端,努力在诗作中凸显社会政治内涵,这纠偏与充实了"四灵"派以来的创作。对于戴复古这种诗学思想和创作追求,赵以夫《题石屏诗集》概括道:"戴石屏诗备众体,采本朝前辈理致,而守唐人格律,其用功深矣。"④方回《跋石屏诗》则道:"诗无事料,清健轻快,自成一家,在晚唐间而无晚唐之纤陋。"⑤赵以夫之论,道出戴复古参酌唐宋、诗兼众体的特色;方回之评则见出戴复古诗脱却事典、清新劲健、远离晚唐纤

---

① 羊春秋等选注:《历代论诗绝句选》,第 123 页。
② 羊春秋等选注:《历代论诗绝句选》,第 128 页。
③④ 戴复古:《石屏诗集》卷首,《四部丛刊》本。
⑤ 戴复古:《石屏诗集》卷末,《四部丛刊》本。

弱法乳的创作特征。

比戴复古稍后,刘克庄执着于反思与整合的诗学理论和批评,将对唐宋诗彼此消长、转替的观照及其意义进一步予以了深化。

刘克庄早年作诗亦曾从晚唐、"四灵"入手,收入《江湖集》中的《南岳稿》就体现了此创作倾向。但随着唐体在诗界的日渐风行乃至成为诗坛的主潮,刘克庄较他人更清醒地看到它的偏颇与弊端,于是试图扭转此偏向。他参酌唐宋,努力在调和中力辟新境,这成为其诗论的基本特色。其《刘圻父诗序》云:"余尝病世之为唐律者,胶挛浅易,僒局才思,千篇一体;而为派家者,则又驰骛广远,荡弃幅尺,一嗅味尽。"[1]刘克庄见出南宋后期诗坛"为唐律者"与"为派家者"相互间的缺失。他界定前者胶着于诗歌的意象组合,局促的诗境表现拘限人的才思,且面目大同小异,千篇一律;而后者则驰骋才思,脱却尺幅,因一味突显诗意而使诗的含蓄蕴藉之味丧失殆尽。其《宋希仁诗序》又道:"近世诗学有二:嗜古者宗《选》,缚律者宗唐。……余谓诗之体格有古律之变,人之情性无今昔之异。《选》诗有芜拙于唐者,唐诗有佳于《选》者。常欲与同志切磋此事,然众作多而无穷,余论孤而少助。晚见宋君希仁诗……皆油然发于情性,盖四灵抉露无遗巧,君含蓄有余味。余不辨其为《选》为唐,要是世间好诗也。"[2]针对南宋诗坛宗《选》与宗唐的两种创作倾向立论,认为宗尚并不能成为评价诗之优劣的根据,"《选》诗"与"唐诗"中各有芜拙与优秀的篇什。刘克庄立足于诗作对人之情性的表现,以此为支点,作为脱略"体""派"之论的根本,在一般宗唐、宗宋者的基础上显示出迥异于他人的看法。

在此基础上,刘克庄对唐人唐诗作出多样的论评。他肯定陈子昂对唐代诗风的转变,其《后村诗话》云:"唐初王、杨、沈、宋擅名,然不脱齐、梁之体,独陈拾遗首倡高雅冲淡之音,一扫六朝之纤弱,趋于黄初、建安矣。太白、韦、柳继出,皆自子昂发之。"[3]刘克庄从唐诗的历史发展立论陈子昂,极力肯定其对六朝积习的扫除之功,认为其所倡高雅冲淡之诗味一直影响到盛唐大家。他论断柳宗元为本色诗人:"韩、柳齐名,然柳乃本色诗人。自渊明没,雅道几熄,当一世竞作

---

① 蒋述卓等编著:《宋代文艺理论集成》,第 1054 页。
② 刘克庄:《后村先生大全集》卷九十七,涵芬楼影印赐砚堂钞本。
③ 刘克庄:《后村诗话》(前集)卷一,《适园丛书》本。

唐诗之时,独为古体以矫之。"①从纠偏世风的高度肯定柳宗元古体诗的创作。对韩愈诗,他评论道:"自唐以来,李、杜之后,便到韩、柳。韩诗沉着痛快,可以配杜;但以气为之,直截者多,隽永者少。"②从诗作审美特征上指出韩诗充孕流畅的气势,但缺乏蕴藉隽永之味。对温庭筠、李商隐诗,他又评道:"二人记览精博,才思横溢,其艳丽者类徐、庾,其切近者类姚、贾。李义山之作,尤锻炼精粹,探幽索微,不可草草看过。"③切中地见出温、李诗在字语运用、结构安排及诗意表现上的特征。此外,刘克庄还对杜甫诗语有骨气,杜牧、许浑诗体迥异于时,卢纶、李益五言绝句意在言外,郑谷诗格不高,孟郊诗中亦有淡雅等作出多样的论评。这些论评,贯穿着一个基本的宗旨,就是脱却"体""派"之论,立足于具体诗人所处历史时期及所作具体诗作,把他们放到诗歌发展的历时之维及相互间影响互动的共时视域中,看其是否接承诗歌传统,是否富于创造性,是否抒发性情之真,是否合乎诗歌创作的内在规律。刘克庄的唐诗观内涵将宋人唐宋诗之争抬升到甚具理论意味的层面。他与严羽一起,标示出宋代唐诗学所达到的高度。

　　总之,宋代作为唐宋诗之争的发轫期,自身有一个演化的过程。大体说来,魏泰、叶梦得尚处在孕育阶段,唐宋诗之争是透过具体作家评论而反映出来的,并未明确揭示。张戒始揭开唐宋诗的分野,且带有扬唐抑宋的倾向。由此而到"四灵","唐音"与"宋调"的对立愈益尖锐,但其间也有调和超越的追求,如朱熹和晚年叶适,都有超越唐宋、上溯魏晋以前的表示。南宋末年江湖派起,在创作上折中江西与"四灵",理论上亦趋于融会唐宋,引导此风会的戴复古、刘克庄即体现出这一动向。他们为上千年唐宋诗之争踩出第一段曲折繁富的轨迹。

---

①② 刘克庄:《后村诗话》(新集)卷五,《适园丛书》本。
③　 刘克庄:《后村诗话》(新集)卷四,《适园丛书》本。

# 第九章　严羽对古典唐诗学的建构及其贡献

在唐诗研究史上,严羽是古典唐诗学的奠基人。他对古典唐诗学进行了多方面的建构,有力地促进了唐诗学理论的渐趋成熟。其理论被后人推衍阐发为古典唐诗学史上的正宗思想体系,深刻地影响上千年古典唐诗学的历史流程及其面貌。

## 一、严羽对古典唐诗学的多方面建构

### 1. 对唐诗流变的系统勾勒和分期

严羽首先从学诗辨体入手,对不同时期唐诗进行区划,对之予以较合乎诗歌历史发展与逻辑推演的分期。《沧浪诗话·诗辨》在论述学诗"须从最上乘"入手时云:"论诗如论禅,汉魏晋与盛唐之诗,则第一义也。大历以还之诗,则小乘禅也,已落第二义也。晚唐之诗,则声闻、辟支果也。学汉魏晋与盛唐诗者,临济下也。学大历以还之诗者,曹洞下也。"①严羽以入禅的不同层境为喻,对不同时期唐诗予以初步然又明确的区划。他认为,由盛唐经大历到晚唐,唐诗在历时流变中呈现出一条不断衰变的道路。在严羽之前,佚名《雪浪斋日记》、杨时《龟山先生语录》、朱熹《答巩仲至》对唐诗流变曾作过勾划,但均显粗略。佚名《雪浪斋日记》云:"予尝与能诗者论书止于晋,而诗止于唐。盖唐自大历以来,诗人无不可观者,特晚唐气象衰薾耳。"②《雪浪斋日记》作者在持论"诗止于唐"的过程

---

① 严羽著,郭绍虞校释:《沧浪诗话校释》,第 2 页。
② 王大鹏等编选:《中国历代诗话选》,第 199 页。

中,将唐诗一盛一衰,即大历和晚唐两个历史时期突显出来。杨时《龟山先生语录》亦云:"诗自河梁之后,诗之变,至唐而止。元和之诗极盛。诗有盛唐、中唐、晚唐,五代陋矣。"①不同于《雪浪斋日记》作者的是,杨时以盛、中、晚三期界分唐诗的历史发展,他界定元和时期为唐诗的盛期。朱熹《答巩仲至》在论及"古今之诗,凡有三变"时,其云:"盖自书传所记,虞夏以来,下及魏晋,自为一等;自晋宋间颜谢之后,下及唐初,自为一等;自沈宋以后,定著律诗,下及今日,又为一等。然自唐初以前,其为诗者,固有高下,而法犹未变。至律诗出,而后诗之与法,始皆大变。以至今日,益巧益密,而无复古人之风矣。"②朱熹从诗歌体制与体格着眼,论及唐诗之变。他大致以沈、宋"定著律诗"为界,将唐诗的流程断分开来。他认为,前期诗与"古诗"及魏晋诗相比,虽自出其下,但诗"法"未变;沈、宋之后,则变尽体制与风格,彼此间大相径庭。朱熹对唐诗流变的区划依据于诗体之变,其对诗体的区划中又寓含历史的变迁。严羽创造性地继承上述几人对唐诗流变的勾划。其《沧浪诗话·诗辨》在论述学诗需盈科而后进,不断上溯古人时又云:"次取沈宋王杨卢骆陈拾遗之诗而熟参之,次取开元天宝诸家之诗而熟参之,次独取李、杜二公之诗而熟参之,又取大历十才子之诗而熟参之,又取元和之诗而熟参之,又尽取晚唐诸家之诗而熟参之。"③这里,严羽进一步细致地论及唐诗的分期。王、杨、卢、骆、陈子昂诸人,处于初唐;而李、杜则处开元、天宝年间,属盛唐。这样,严羽实际上将唐诗历史勾划为初唐、盛唐、大历、元和、晚唐五个阶段。与上述几人的区划相对照,严羽突显出"初唐"这一历史时期,很显然,这是顺乎唐诗历史发展内在规律的。同时,他又融合《雪浪斋日记》作者和杨时分别持论大历、元和为唐诗之盛的意见,将它们单独别分为两个时期,与初唐、盛唐、晚唐并列,这见出严羽对唐诗历史发展勾划的良苦用心。《沧浪诗话·诗评》对此又予以进一步阐说:"大历以前,分明别是一副言语;晚唐分明别是一副言语;……如此见,方许具一只眼";"大历之诗,高者尚未失盛唐,下者渐入晚唐矣。"④严羽既以大历为断限勾划其前后诗,又从唐诗历史发展之维上将大历诗

---

① 王大鹏等编选:《中国历代诗话选》,第 239 页。
② 王大鹏等编选:《中国历代诗话选》,第 739 页。
③ 严羽著,郭绍虞校释:《沧浪诗话校释》,第 2 页。
④ 严羽著,郭绍虞校释:《沧浪诗话校释》,第 19 页。

作为一个独立的时段看待,在其诗人诗作的高下之别中,体现出其沟通盛唐与晚唐的过渡性。

严羽还通过论诗体对唐诗历史分期作出实际上的勾划。这与《诗辨》中从学诗角度所论是完全一致的。《沧浪诗话·诗体》云:"以时而论,则有建安体(汉末年号,曹子建父子及邺中七子之诗)。……唐初体(唐初犹袭陈隋之体)。盛唐体(景云以后,开元天宝诸公之诗)。大历体(大历十才子之诗)。元和体(元白诸公)。晚唐体……江西宗派体(山谷为之宗)。"①严羽具有明晰的诗体流变意识,所勾划出的唐诗五体实际上便是唐诗演进的五个阶段。值得指出的是,《诗体》明确界分唐诗五体,并各加简注,正可看出其盛衰正变观念。这显示出严羽对一代诗歌流变的系统、深入的观照。

**2. 对唐诗美学质性及特征的细致探析**

在对唐诗历史勾划的同时,严羽在历时比照的视野中对唐诗美学质性与特征进行了探讨。《沧浪诗话·诗评》论道:"诗有词理意兴。南朝人尚词而病于理,本朝人尚理而病于意兴。唐人尚意兴而理在其中。汉魏之诗,词理意兴,无迹可求。"②严羽立足于诗歌所包容不同美学质素的视点,比照汉魏、南朝、唐人与宋人诗,他界定在以上四个不同的历史时期,诗中的"词""理""意""兴"美学质素是互动消长的。其中,唐诗承继汉魏古诗的传统,以意兴为尚,极为注重对诗兴的突显与追求气象的浑融,它又能融理于诗中,但又并未脱却汉魏古诗的传统。南朝人诗及宋人诗则走向歧途,或过于重词,或偏于重理,破坏了诗作的浑融谐和之美。《诗评》又道:"唐人与本朝人诗,未论工拙,直是气象不同。"③从诗作所呈面貌特征上立论唐宋诗的差异,其对唐宋诗作整体观照的追求也于此可见。

严羽着重对盛唐诗的审美质性与特征予以探析。《沧浪诗话·诗辨》云:"诗者,吟咏情性也,盛唐诸人,惟在兴趣,羚羊挂角,无迹可求。故其妙处,透彻玲珑,不可凑泊。如空中之音,相中之色,水中之月,镜中之象,言有尽而意无穷。"④这段文字,是严羽在集中论述诗歌具有别于其他文章之体的独特素材和

---

① 严羽著,郭绍虞校释:《沧浪诗话校释》,第23—24页。
②③ 严羽著,郭绍虞校释:《沧浪诗话校释》,第19页。
④ 严羽著,郭绍虞校释:《沧浪诗话校释》,第3页。

情味后而提出的。他认为,盛唐诗立足于对人的情性的吟咏,在此基础上,诗人们执着于创造出融含兴象、韵味深永的诗歌艺术之美。严羽用一系列意象性语言来表达这种诗歌艺术之美,归结其突出的审美特征是"言有尽而意无穷"。严羽此论对盛唐诗在审美上的特征予以了质性的概括。《诗辨》在指出"大抵禅道惟在妙悟,诗道亦在妙悟","然悟有浅深,有分限"之后说:"汉魏尚矣,不假悟也。谢灵运至盛唐诸公,透彻之悟也;他虽有悟者,皆非第一义也。"①严羽从创作与审美的内在思维机制角度阐说盛唐诗的审美特征,界分出盛唐诗是与灵感、"直寻"等紧密关联的诗歌范型,见出其与别的时期诗作的不同。其《答吴景仙书》道:"又谓:盛唐之诗,雄深雅健。仆谓此四字,但可评文,于诗则用健字不得。不若《诗辨》雄浑悲壮之语,为得诗之体也。……盛唐诸公之诗,如颜鲁公书,既笔力雄壮,又气象浑厚,其不同如此。"②严羽详细地辨析盛唐诗的审美风格特征,他纠正吴陵以"雄深雅健"对盛唐诗风的概括,认为盛唐诗作风格确雄壮而雅致,但却不为劲健,其气脉极为贯通,意境极见浑融。这与宋人诗作一味尚"健"而致使诗境破碎是完全不同的,它在审美上甚给人以立体的空间感、和谐感。此外,严羽还承殷璠之论,提出"盛唐风骨"的概念。《沧浪诗话·诗评》云:"顾况诗多在元白之上,稍有盛唐风骨处。"③以"风骨"概括盛唐诗作美学质性,这在诗评史上是极显标识的。

### 3. 从论评原则上深化了唐诗风格学

宋人对唐人诗作风格有着极为丰富的论评,这大量充斥于宋人诗话、笔记及文人相互交往间所写的序、跋、书信中。著名的如,蔡絛《蔡百衲诗评》评唐宋14家诗风,敖陶孙《敖器之诗话》评古今诸名人诗,均极为集中形象,要言不烦。宋人极大地开拓了唐诗风格之学。在前人基础上,严羽赋予唐诗风格学以较为平正的视点。《沧浪诗话·诗评》云:"李杜二公,正不当优劣。太白有一二妙处,子美不能道;子美有一二妙处,太白不能作";"子美不能为太白之飘逸,太白不能为子美之沉郁";"论诗以李杜为准,挟天子以令诸侯也"。④严羽一反前人及同时代大多数人对李、杜所持的或扬或抑态度,高标二人在诗史上都具有崇高的

---

① 　严羽著,郭绍虞校释:《沧浪诗话校释》,第 2 页。
② 　严羽著,郭绍虞校释:《沧浪诗话校释》,第 252—253 页。
③④ 　严羽著,郭绍虞校释:《沧浪诗话校释》,第 20 页。

地位,各有其妙处。他分别以"飘逸"和"沉郁"概括李、杜诗作的主体风格特征,认为他们诗风各有所长,彼此不可替代,也无法比照优劣。在论及二人诗法时,严羽同样持以辩证的观照,《沧浪诗话·诗评》又道:"少陵诗法如孙吴,太白诗法如李广,少陵如节制之师";"少陵诗,宪章汉魏而取材于六朝。至其自得之妙,则前辈所谓集大成者也";"太白天才豪逸语,多率然而成者。学者于每篇中,要识其安身立命处可也"。① 对李、杜二人诗法特征、诗作渊源予以形象而切中的比照辨析,即一如孙吴用兵,布阵谨严,一似李广治军,无法而法;一对前人转益多师,自得其妙,一出语豪逸,率然而成。对于唐代诗人诗作,严羽虽各有褒贬,但从风格特色的呈现上,他对凡深具个性特征、符合诗歌发展内在规律的诗作均加以肯定。《沧浪诗话·诗评》还云:"玉川之怪,长吉之瑰诡,天地间自欠此体不得";"孟浩然之诗,讽咏之久,有金石宫商之声";"太白天仙之词,长吉鬼仙之词耳"。② 严羽的这些论评,体现出一个鲜明的原则,那就是风格难以比其优劣高下(当然,严羽的风格论仍有宗盛唐的倾向),并且,只要深具个性之风格,便有其存在的价值。这赋予古典唐诗学以新的视点和论评原则。

### 4. 提出了"唐诗学"的命题

严羽对唐诗学的建构,还体现为提出了一个极具理论意义的命题和一个卓然高标的倡导。《沧浪诗话·诗评》云:"或问! 唐诗何以胜我朝? 唐以诗取士,故多专门之学,我朝之诗所以不及也。"③严羽从唐代以诗取士的社会文化背景立论,提出唐诗多"专门之学"的论断。这里,"专门之学"的内涵虽然还不就是"唐诗学"的意义,但这为"唐诗学"的称名确立了基础。《沧浪诗话·诗辨》又道:"近世赵紫芝翁灵舒辈,独喜贾岛姚合之诗,稍稍复就清苦之风;江湖诗人多效其体,一时自谓之唐宗;不知止入声闻辟支之果,岂盛唐诸公大乘正法眼者哉! 嗟乎! 正法眼之无传久矣。唐诗之说未唱,唐诗之道或有时而明也。今既唱其体曰唐诗矣,则学者谓唐诗诚止于是耳,得非诗道之重不幸耶! 故予不自量度,辄定诗之宗旨,且借禅以为喻,推原汉魏以来,而截然谓当以盛唐为法,虽获罪于

① 严羽著,郭绍虞校释:《沧浪诗话校释》,第20—21页。
② 严羽著,郭绍虞校释:《沧浪诗话校释》,第21页。
③ 严羽著,郭绍虞校释:《沧浪诗话校释》,第19页。

世之君子,不辞也。"①这段话在古典唐诗学史上具有十分重要的意义。严羽在
这里提出了"唐诗之说""唐诗之道"的命题。当然,这里的"唐诗之说""唐诗之
道"也还不是今天所说的唐诗学。其"唐诗之说"是指对唐诗的倡扬,"唐诗之
道"则指按唐诗的路子写作,但此论为"名正言顺"地开创唐诗学鸣了锣,开了
道。严羽见出"四灵"派、"江湖"派诸人在以晚唐姚合、贾岛为宗,"自谓之唐
宗"中的偏颇与荒唐,由此,他高声疾呼真正的"唐诗之说"并未得到倡扬,博大
丰厚的"唐诗之道"并未真正得到继承和弘扬,这当然是数百年唐诗的不幸,但
却成为他执着呼吁、鼓倡的历史使命。由此,我们可见出严羽对建构唐诗之为
"学"的努力。严羽在最后针对南宋末年诗坛宗晚唐之风,超迈高标地疾呼"以
盛唐为法",这标示出其对诗作兴象、风骨与情味的坚定追求,为后人全面地宗
唐、研唐洞开了大门。

## 二、严羽对古典唐诗学的贡献

　　严羽对古典唐诗学的建构在唐诗学史上具有十分重要的意义,深刻影响了
上千年古典唐诗学的历史流程及其面貌。他对古典唐诗学作出独特的贡献。

　　首先,严羽在对唐诗历史发展的区划中,他是将唐诗视为一个有机联系的整
体加以观照的。他见出三百年唐诗演变发展存在一个抛物线似的轨迹。由此切
入,严羽从诗风兴替因革的角度将唐诗区划为唐初、盛唐、大历、元和、晚唐五种
体式,亦即唐诗演变的五个阶段,并赋予其以正变观念。他比譬盛唐诗为佛教中
的"大乘正法眼";批评晚唐诗如"声闻辟支果",直斥其为"野狐外道";又归结
"唐初犹袭陈、隋之体",见出其为由六朝过渡到盛唐的桥梁;还云:"大历之诗,
高者尚未盛唐,下者渐入晚唐矣",归结大历诗又处于另一种过渡状态中。严羽
的"五体"说,将唐诗发展的历史和内在逻辑较好地钩连贯通起来,为人们认识
三百年唐诗发展勾划出一个初步然又极具意义的链节。五阶段划分深刻影响后
世,它成为"四唐"说的直接雏形,为"四唐"说的出现奠定基础。严羽之后,方回
《瀛奎律髓》将"大历以后,元和以前"归并为中唐,寓含"四唐"说之意。杨士弘

---

① 　严羽著,郭绍虞校释:《沧浪诗话校释》,第 3 页。

选编《唐音》,虽未从理论上阐发唐诗的分期,但正式列出"初、盛、中、晚"的标目,为"四唐"作了断限。高棅《唐诗品汇》则将"四唐"说扩展成一个完整的系统,对唐诗在四个时期的流衍变化作出具体的分析。之后,徐师曾《文体明辨序》明确提出"四唐"说的具体界标。"四唐"说遂成为影响至今,流传最为久远的唐诗分期说。①

严羽同是将唐诗当作一种传统加以接受和批评剖析的。他高标盛唐诗,概括盛唐诗是"妙悟"的产物;归结盛唐诗的审美本质在"兴趣"二字;又概括"盛唐诸公之诗,如颜鲁公书,既笔力雄壮,又气象浑厚"。他认为,盛唐诗与汉魏晋诗,均为"第一义"之诗,属"临济下"诗,由盛唐而返溯汉魏,以至于《楚辞》则是学诗的必然途径。严羽将盛唐诗与古代优秀的诗歌传统加以联系起来,从中国古代伸正诎变的文学批评原则来看,他从逻辑推演的角度确立了盛唐诗的正体地位,为人们广泛学习唐诗、普及唐诗提供了舆论和逻辑论证。严羽对盛唐诗的崇尚和高标,在共时上,具有针砭时弊的意义;在历时上,则深刻影响后世诗学批评及其理论面貌的生成。南宋末年,诗坛宗晚唐之风极盛,"四灵"等人鼓倡晚唐之音,江湖诸人欲调和唐宋而不能上溯,他们使南宋后期的诗歌创作囿于琐细纤弱、局促狭陋的创作路径中。严羽一反时人及前此江西诗人的诗学崇尚,高标盛唐气象,意欲扭转诗坛积重难返之习,这具有振聋发聩的启示意义。严羽之后,明代前后"七子"等人论诗亦高标盛唐,倡言"文必秦汉,诗必盛唐",试图以复古为新变,这与严羽对盛唐诗作的辨析及其高标是紧密相连的。严羽对唐诗的观照又表现出其对唐诗共性抽绎的努力,他内在地提升了对唐诗论评与研究的水平,将对唐人唐诗的个案式论评研究上升到群体及分时段共性抽绎的平台之上。

严羽对唐人诗作风格的多样论评和肯定,则夯实了唐诗风格学。严羽在诗作审美趣味上是偏重于激赏自然天成、气象浑融、韵味深永之作的。但他不以一己之好尚而否定不相类的诗人诗作,对凡个性特征鲜明,又符合诗歌发展内在规律的诗作,他均予以大力评断。这实际上赋予唐诗之学以平正的视点。他对盛唐诗作审美特征的细致、形象而切中的辨析,更为人们从风格学的角度评析唐诗

---

① 陈伯海:《唐诗学引论》,知识出版社 1988 年,第 97—103 页。

作出标树。严羽在对唐人诗作的论评中，又极为推崇李、杜之作。《沧浪诗话·诗辨》云："诗之极至有一，曰入神。诗而入神，至矣尽矣，蔑以加矣！惟李杜得之，他人得之盖寡矣。"①《诗评》又云："论诗以李杜为准，挟天子以令诸侯也。"②严羽将李、杜诗作视为"入神"之作，界定其为唐人诗作中的典范，这一观念也是有别于时人而在后世产生深刻影响的。宋人对李、杜并不一视同仁，不少人抑李扬杜，特别在谈及思想人格及诗法时更是如此。严羽超拔于时论，在诗作风格上，他认为李、杜各有所长，"不当优劣"，都站在诗歌审美表现的至高点上，成为后世学习的楷模。严羽赋予李、杜之论以辩证的视点，其观点也成为对李、杜的定评。

严羽把对唐诗的学习、研究当作"专门之学"，首次在唐诗研究史上提出唐诗学的命题。他在《沧浪诗话·诗评》中所言"唐以诗取士，故多专门之学"，明确道出唐诗之为"学"的现实基础。在《沧浪诗话·诗辨》中，他针对宋人宗唐止于晚唐而不能上溯所大声疾呼的"嗟乎！正法眼之无传久矣。唐诗之说未唱，唐诗之道或有时而明也"的论断，则从唐诗应为"学"的历史背景上论证了建立专学的必要性、纠偏性。因此，从这个意义上，我们完全可以说，严羽是"古典唐诗学之父"。

此外，严羽对古典唐诗学的贡献，还表现在努力树立唐人七律典范的观念。《沧浪诗话·诗评》高标"唐人七言律诗，当以崔灏《黄鹤楼》为第一"。③ 这开启后世的"唐人七律第一"之争。之后，何景明、薛蕙推沈佺期《古意》为第一，胡应麟、潘德舆以杜甫《登高》为第一，这也成为人们认识不同历史时期文学审美及其唐诗观念的一维独特视域。唐诗学研究由此也进一步趋向细部。

总之，严羽以自己独成一体的诗学理论和批评实践确立了古典唐诗学。他在名理上提出了"唐诗之说""唐诗之道"的命题；在具体批评中则进一步挖掘、剖析出唐诗的美学质性与特征；又从诗史发展及其内在逻辑推演的角度，对唐诗流程予以了勾划和分期，还对不同唐人唐诗风貌与特征予以具体论评。他将古典唐诗学带上一个新平台，引入一个新境界。

---

① 严羽著，郭绍虞校释：《沧浪诗话校释》，第1—2页。
② 严羽著，郭绍虞校释：《沧浪诗话校释》，第20页。
③ 严羽著，郭绍虞校释：《沧浪诗话校释》，第197页。

# 第四编　宋代江西籍诗论家研究

# 第一章　黄庭坚对洪氏兄弟的诗法诲示及诸洪的诗学继承

黄庭坚一生多处于逆境,但他孜孜追求内心的充实与人格的完善,表现在与家族成员的关系上,则极重孝悌忠信,笃于亲情,对家族后人颇多教育,不论为人还是文学,他的兄弟、侄儿、外甥均受其濡养,成长为文坛上较有名气的诗人。洪氏兄弟就是他着力培植的成果。

洪氏兄弟并称"洪州四洪",又称"豫章四洪",即黄庭坚外甥洪朋、洪刍、洪炎、洪羽四兄弟。他们出生于书香门第,幼年父母去世,由祖母抚养并启蒙,后受到舅父黄庭坚的教育和影响,对黄庭坚的诗风多有继承发扬,取得了较高的艺术成就,号称"四洪",被列入"江西诗派"。

## 一、"洪州四洪"及与黄庭坚的亲属关系

关于洪氏兄弟的生平经历,保存下来的资料不很丰富,综合《直斋书录解题》(陈振孙)、《四库全书总目提要》《江西通志》及今之《全宋诗》,大致如下:

洪朋,字龟父,号清非居士,南昌(今属江西)人。与弟刍、炎、羽俱有才名,号"四洪",为江西诗派中著名诗人。曾两举进士不第,以布衣终身,卒年37。有《洪龟父集》《清非集》(《永乐大典》《直斋书录解题》作《清虚集》),已佚。清四库馆臣据《永乐大典》辑为《洪龟父集》二卷,收诗178首。

洪刍,字驹父,南昌(今属江西)人。哲宗绍圣元年(1094)进士。徽宗崇宁三年(1104)入党籍,贬谪闽南。五年,复宣德郎。钦宗靖康元年(1126),官谏议大夫。高宗建炎元年(1127),坐事长流沙门岛,卒于贬所。有《老圃集》一卷及

《豫章职方乘》《后乘》等,已佚。清四库馆臣据《永乐大典》辑为《老圃集》二卷,收诗172首。

洪炎(1067?—1133),字玉父,绍圣元年与兄洪刍同登进士第,任谷城(今河南河阳)县令。享有"循政"美誉,官至著作郎、秘书少监。因金兵入侵,其后半生颠沛流离,躲避战乱。著有《西渡集》,存诗112首,还编有《列仙曜儒事迹》三卷。

洪羽,字鸿父,绍圣四年(1097)进士,官浙江台州知府。元符(1098—1100)中因上书而被列入党籍,早卒。他能诗善文,因英年早逝,其诗不传。

洪氏兄弟为黄庭坚妹妹与洪州洪民师之子。陈振孙《直斋书录解题》云:"洪氏兄弟四人,其母黄鲁直之妹,不淑,早世所为赋毁璧者也。"①说明了"四洪"与黄庭坚的关系。关于这,其实说得更为详细具体的是黄庭坚所作的《毁璧序》,其云:

> 夫人黄氏,先大夫之长女。生重瞳子,眉目如画,玉雪可念。其为女工,皆妙绝人。幼少能自珍重,常欲炼形仙去。先大夫弃诸孤早,太夫人为家世埋替,持孤女托,以夫人归南康洪民师。民师之母文成县君李氏,太夫人母弟也。治《春秋》,甚文,有权智如士大夫。夫人归洪氏,非先大夫意,快快逼之而后行,为洪氏生四男子,曰:朋、刍、炎、羽,年二十五而卒。民师亦孝谨,喜读书,登进士第,为石州司户参军,奔父丧,客死。文成君闻夫人初不愿行,心少之,故夫人归则得罪。及舅与夫皆葬,夫人不得藏骨于其域,焚而投诸江,是时朋、刍、炎、羽未成人也。②

从此文得知,黄庭坚之母与洪民师之母"文成君"为亲姐妹。当年黄庭坚母可能出于家庭依靠的考虑,将黄庭坚妹嫁到各方面条件都不错的洪氏,生朋、刍、炎、羽四兄弟。但黄庭坚这个妹妹十分苦命,一是洪民师早逝,早年丧夫,二是为婆母所不容,三是年仅二十五岁就离开人世,尸骨得不到安葬,被焚烧后抛入江中,

---

① 陈振孙:《直斋书录解题》,上海古籍出版社1987年,第597页。
② 黄庭坚:《山谷外集》卷十一,文渊阁影印《四库全书》本。

所以黄庭坚作《毁璧》诗痛悼之。当然,黄庭坚并未因此而与洪氏兄弟有隙,反倒竭力培养他们成人。

　　"四洪"并列而称,人们往往泛泛而指,具体何时而称,出于何典籍,则语焉不详。征之于古人典籍,可知"四洪"之称出于四兄弟生活的当世。王直方《王直方诗话》记:"洪氏俣庑轩,邠老作诗云:'封胡羯末(封指谢韶,胡指谢朗,羯指谢玄,末指谢川)谢,龟驹玉鸿洪。千载望四谢,四洪天壤同。'谓龟父、驹父、玉父、鸿父也。时人以为急口令。"①曾季貍《艇斋诗话》亦云:"东莱作《江西宗派图》,本无诠次,后人妄以为有高下,非也。予尝见东莱自言少时率意而作,不知流传人间,甚悔其作也。然予观其序,论古今诗文,其说至矣尽矣,不可以有加矣。其图则真非有诠次,若有诠次,则不应如此紊乱,兼亦有漏落。如四洪兄弟皆得山谷句法,而龟父不预,何邪?"②王直方的记载中所称"邠老",即宋代诗人潘大临,在江西派诗人名录中,列名黄庭坚、陈师道之后,排名第三。潘大临将四兄弟与东晋的谢氏"四才子"相提并论,诸洪本为黄庭坚之甥,又得潘大临如此夸赏,"四洪"之扬名可想而知。曾季貍《艇斋诗话》之语,虽侧重点不在于褒奖"四洪",主要表示对吕本中遗漏"四洪"之一的异议,却也强调了"四洪"的整体性。"四洪"之称谓从此得到人们的认可,清代纪昀所撰《四库全书总目提要》中就说:"炎与兄朋、刍,弟羽,号曰四洪,皆黄庭坚之甥,受诗法于庭坚。"③事实确是如此。

## 二、黄庭坚对"洪州四洪"的诗法诲示

　　"四洪"的诗歌从风格上来说,应该是有差异的,其成就也不一样,所以诗名也各有高低,但深受黄庭坚的影响却是共同的。吴聿《观林诗话》云:"豫章诸洪作诗有外家法律,然多不见于世。"④周紫芝《书老圃集后》认为洪刍诗:"用意精

①　郭绍虞辑:《宋诗话辑佚》,第 22 页。
②　丁福保辑:《历代诗话续编》,第 299 页。
③　永瑢等:《四库全书总目》卷一百五十六。
④　吴文治主编:《宋诗话全编》,第 2736 页。

深,颇加雕绘之功,盖酷似其舅。"①纪昀《四库全书总目提要》也认为洪炎诗"酷似其舅",洪刍"学有师承,深得豫章之格"。② 黄庭坚对"四洪"确实影响很深,并且这种影响不是无意的,而出自黄庭坚有意识的诗法诲示。像黄庭坚诗学中著名的"点铁成金"即出于其《答洪驹父书》,书云:"自作语最难,老杜作诗、退之作文,无一字无来历,盖后人读书少,故谓韩、杜自作此语耳。古之能为文章者,真能陶冶万物,虽取古人之陈言入于翰墨,如灵丹一粒,点铁成金也。"③黄庭坚对洪氏兄弟常常寄上近作,诲之以作诗之法,并品评他们所寄来的新作,在给他们的诗文序跋中也往往谈诗论文。黄庭坚总是以这种较为随意、乐于为人接受的形式给"四洪"予以方方面面的指导,达到关怀教育的目的。如:

《书倦壳轩诗后》云:"洪氏四甥才器不同,要之皆能独秀于林者也。师川亦吾甥也,比之武事,万人敌也。因五甥又得潘延之之孙子真,虽未识面,如观虎皮知其啸于林而百兽伏也。夫九人者,皆可望以名世。"④

《书舅诗与洪龟父跋其后》云:"龟父笔力可扛鼎,它日不无文章垂世。要须尽心于克己,不见人物臧否,全用其辉光以照本心。力学,有暇更精读千卷书,乃可毕之能事。"⑤

《与洪驹父书六首》云:"所寄文字,更觉超迈,当是读书益有味也。学问文章,如甥才器笔力,当求配于古人,勿以贤于流俗遂自足也。"⑥

《与洪驹父书六首》云:"得见书札已眼明,及见诗,叹息弥日,不谓便能入律如此!可谓江南泽中产此千里驹也。然望甥不以今所能者骄稊人,而思不如舜、禹、颜渊也。"⑦

《与洪驹父书六首》云:"得来书并寄近诗,句甚秀而气有余,慰喜不可言。甥风骨清润,似吾家尊行中有文者。忽见法句如此,殆欲不孤老舅此意。君子之事亲,当立身行道,扬名于后,文章直是太仓之一稊米耳。"⑧

《与洪驹父书六首》云:"须留意作五言六韵诗,若能此物,取青紫如拾芥

---

① 周紫芝:《太仓稊米集》卷五十六,文渊阁影印《四库全书》本。
② 永瑢等:《四库全书总目》卷一百五十六。
③ 黄庭坚:《山谷集》卷十九,文渊阁影印《四库全书》本。
④ 黄庭坚:《山谷集》卷二十,文渊阁影印《四库全书》本。
⑤ 黄庭坚:《山谷集》卷三十,文渊阁影印《四库全书》本。
⑥⑦⑧ 黄庭坚:《山谷外集》卷十,文渊阁影印《四库全书》本。

耳……大体作省题诗,尤当用老杜句法,将有鼻孔者,便知是好诗也。"①

《与洪氏四甥书五》云:"龟父所寄诗,语益老健,甚慰相期之意。"②

这些书信序跋,论到学养、超俗、行气、师杜及诗语老健等诗学理论内涵,可以说,已大致是黄庭坚诗学的主体了。从这里也看出,洪氏兄弟确实受过黄庭坚诗学的濡染,并且,黄庭坚在教育诸洪时常常褒奖有加,这对他们诗歌创作的进步无疑具有很大的激励作用。

宋人的一些诗话也涉及黄庭坚对"四洪"诗歌创作进行交流训练及给予诗法的诲示。如,王直方《王直方诗话》云:"洪龟父有诗云:'琅玕严佛界,薜荔上僧垣。'山谷改云:'琅珰鸣佛屋。'以谓薜荔是一声,须要一声对,琅珰即一声也。余以为然。"③"龟父云,朋见张文潜,言鲁直楚词诚不可及。晁无咎言鲁直楚词固不可及,而律诗,补之终身不敢近也。"④"余尝闻龟父前后诗,有'一朝厌蜗角,万里骑鹏背'一联,最为妙绝。龟父云:'山谷亦叹赏此句。'"⑤"山谷谓龟父云:'甥最爱老舅诗中何等篇?'龟父举'蜂房各自开户牖,蚁穴或梦封侯王',及'黄尘不解涴明月,碧树为我生凉秋',以为绝类工部。山谷云:'得之矣。'"⑥

吕本中《童蒙诗训》云:"山谷尝谓诸洪言:'作诗不必多,如《三百篇》足矣。某平生诗甚多,意欲止留三百篇,余者不能认得。'诸洪皆以为然。徐师川独笑曰:'诗岂论多少,只要道尽眼前景致耳。'山谷回顾曰:'某所说止谓诸洪作诗太多,不能精致耳。'"⑦

曾慥《高斋诗话》云:"乐天诗:'相争两蜗角,所得一牛毛。'后之使蜗角事悉稽之,而偶对各有所长。吕吉甫云:'南北战争蜗两角,古今兴废貉同邱。'山谷云:'千里追奔两蜗角,百年得意大槐官。'又云:'功名富贵蜗两角,险阻艰难酒一杯。'洪龟父云:'一朝厌蜗角,万里骑鲸背。'"⑧

这些诗话记载,显示了黄庭坚对诸洪诗法指导的更为详细具体的方面,诸如平仄、押韵、偶对等。洪炎《豫章黄先生〈退听堂录〉序》中所谈的一些日常事件,

---

① 黄庭坚:《山谷外集》卷十,文渊阁影印《四库全书》本。
② 黄庭坚:《山谷别集》卷十七,文渊阁影印《四库全书》本。
③④⑤ 郭绍虞辑:《宋诗话辑佚》,第53页。
⑥ 郭绍虞辑:《宋诗话辑佚》,第53—54页。
⑦ 郭绍虞辑:《宋诗话辑佚》,第634页。
⑧ 郭绍虞辑:《宋诗话辑佚》,第538页。

也让人感受到长辈对后人的言传身教,亲切感人。其云:"炎元祐戊辰、辛未岁两试礼部,皆寓舅氏鲁直廨中,鲁直出诗一编,曰《退听堂录》,云:'余作诗至多,不足传,所可传者,皆百余篇而已。'鲁直时为校书郎,稍迁佐著作,修《神宗实录》,与翰林学士苏公子瞻游最密,赋诗或无辍。炎既手抄《退听录》矣,随抄录评论,见鲁直昔尝作《退听序》云:'诗非苦思不可为,余得第后始知此。'"①

## 三、"洪州四洪"对黄庭坚诗学的继承与创新

"四洪"没有辜负黄庭坚通过各种方式的诗法指导,对黄庭坚诗学之学杜宗杜、化俗为雅、以故为新等方面多有继承发扬,并落实到具体的诗歌创作实践中,取得了不凡的成就。

首先是在学杜宗杜的诗学继承问题上。黄庭坚的诗学渊源是丰富多样的,他在晚年常常将陶渊明、杜甫相提并论,非常重视杜甫诗法的精微与陶渊明的平淡自然之旨,认为"拾遗句中有眼,彭泽意在无弦"(《赠高子勉》之四)。② 在前所引《答洪驹父书》中,黄庭坚即倡导学杜甫作诗的"无一字无来历",又在《大雅堂记》中认为"子美诗妙处乃在无意为文"。③ "四洪"在此问题上亦以杜甫为宗。洪刍的《洪驹父诗话》,郭绍虞《宋诗话辑佚》中只辑得 22 条,其中就有"太白赠杜甫诗""杜诗注""杜诗黑暗解""杜韩诗用歇后语""杜甫送惠二诗""山谷父亚夫诗"等 6 条言及杜甫诗。"四洪"的学杜,更多地体现在诗学实践上,他们的许多诗作都极其类似杜诗。像洪朋的《送谢无逸归临川》《游南汰寺》《幽寻》,洪刍的《同陈虚中劝农出郊因游明水山寺》《松棚》《次李少微韵》,洪炎的《云溪院》《信州逢寒食》《山中闻杜鹃》《次韵公实雷雨》等,都是人们公认的具有杜诗风味的佳作。

一般认为,黄庭坚倡导师杜,多是在诗歌形式技巧方面。事实上,黄庭坚对杜甫在"安史之乱"中所体现出的正直儒士的那种忧国忧民的道德风范和高尚的人格非常尊崇,因此,他曾作《老杜浣花溪图引》《大雅堂记》来表达景仰之情。"四

---

① 黄庭坚著,黄宝华点校:《山谷诗集注》,上海古籍出版社 2003 年,第 1357 页。
② 黄庭坚:《山谷集》卷十六,文渊阁影印《四库全书》本。
③ 黄庭坚:《豫章先生文集》卷十七,文渊阁影印《四库全书》本。

洪"对其舅父这种并未纳入诗法中反复强调的神髓耳濡目染、心领神会,亦往往在诗作中结合自我的人生体验,抒写忧国忧民之情。如,洪刍《田家谣》:

> 鸠妇勃溪农荷锄,身披被禠头茅蒲。
> 雨不破块田坼图,稊稗青青佳谷枯。
> 大妇碓舂头鬓疏,小妇拾穗行饷姑。
> 四时作苦无袴襦,门前叫嗔官索租。

诗作反映农家劳作之苦及官租对他们的严重盘剥。农夫披蓑戴茅下田劳作,田地因雨水少板结成片,耕田内野稗丛生、禾苗枯死,农人劳累而无衣御寒,逼租之吏又咆哮临门,等等,诗人对此极表同情。洪炎曾亲历靖康之变,诗中更多国破家亡的慨叹,思想感情深邃沉郁,尤以《迁居》《次韵公实雷雨》《己酉十一月二十六日避寇至龙潭院十二月十五日作五首》《山中闻杜鹃》《石门中夏雨寒》等较为突出。

　　其次是以俗为雅。黄庭坚诗论注重诗歌语言的锤炼。他在《次韵杨明叔四首再次韵并序》中说:"盖以俗为雅,以故为新,百战百胜,如孙吴之兵;棘端可以破镞,如甘蝇飞卫之射。此诗人之奇也。"①所谓"以俗为雅",就是在前人典雅的诗句中融以俗语;"以故为新",就是在自己诗句中化用前人的诗句,或成语、典故。黄庭坚认为,这是"百战百胜"的诗法。"四洪"诗作亦常常运用方言、俗语、俚语,以达到化俗为雅的目的。如"此公活国胸,正直天所鉴"(洪朋《赋双剑峰》),"端如逃虚空,而闻跫音喜"(洪刍《次子字韵呈郑太玉》),"围棋争道未得去,遮莫城头日西沉"(洪刍《饮汪彦章池阁见龙挂》),"人随乘雁集,地隔一牛鸣"(洪炎《信州逢寒食》),等等。

　　第三是以故为新。关于"以故为新",除上所述之论外,黄庭坚又具体提出"点铁成金"与"夺胎换骨"的方法,即在作品中化用古人的现成句子,或不直接使用前人语句,袭用其意而略有变化。当然,黄庭坚学识渊博,涉猎广泛,能将经史子集的故事信手拈来,而驱遣灵妙,浑化无迹。"四洪"也常用典故,或化用前人诗语,只

---

① 黄庭坚:《山谷集》卷十二,文渊阁影印《四库全书》本。

不过有些用得妥帖,有些用得生硬罢了。如,洪刍《次山谷韵》(其一):

> 宝石峥嵘佛所庐,经宿何年下清都?
> 海市楼台涌金碧,木落牖户明江湖。
> 千波春撞有崩态,万栋凌压无完肤。
> 巨鳌冠山勿惊走,欲寻高处垂明珠。

洪刍在创作上常与舅父黄庭坚诗酒唱和,交流甚多,获益匪浅,所作颇有乃舅之风。该诗作叙写寺之来历及其圣景——海市蜃楼的奇幻景象,其中"木落"句暗用黄庭坚的"落木千山天远大,澄江一道月分明",并合而为一,不落痕迹。"巨鳌"句也是如此手法,典出《列子·汤问》,又化用李白《怀仙歌》"巨鳌莫载三山去,我欲蓬莱顶上行",用典精切而又浑然一体,且词意新奇,拗峭兀傲,正是黄诗风味。至于用典生硬处,吴曾《能改斋漫录》便批评洪朋云:"洪龟父诗:'鸿雁书远空,马牛风寒草。'予于下句全不解。案《左氏》:'君处北海,寡人处南海,惟是风马牛不相及也。'案服虔云:'风,放也。牝牡相诱谓之风。'《尚书》称'马牛其风',《左氏》所谓'风马牛',以马牛风逸,牝牡相诱。孔颖达云:'盖是末界之微事。言此事不相及,故以取喻不相干也。'而洪用于此,何哉?"①洪朋诗句出于《题胡潜风雨山水图》。有意思的是,关于此诗,王直方《王直方诗话》中载:"潘邠老爱其第二句,余爱其第三句,山谷爱其第四句,徐师川爱其第三、第四句。"②其中,黄庭坚、徐俯都"爱"的第四句,就是吴曾指疵的"马牛风寒草"(《全宋诗》作"马牛风塞草"),所以,吴曾的指疵也许正中江西诗派的"通病"。

"四洪"的诗歌创作虽然于黄庭坚诗学颇多继承,却并非黄诗翻版,往往是在似与不似之间,甚至于完全不同的风格,这也是"四洪"能够扬名诗坛的重要因素,因为仅能亦步亦趋学习他人,是不可能有所成就的。如洪炎诗作,即以善夺胎换骨、意象清奇、倔曲拗峭,喜用拗体为长,但他又多以律句、拗句间用,创建出奇中有平的美感,代表作有《山中闻杜鹃》。而如洪朋之《宿范氏水阁》,则情

---

① 吴曾:《能改斋漫录》卷十,文渊阁影印《四库全书》本。
② 郭绍虞辑:《宋诗话辑佚》,第35页。

趣清幽,语言生新简净,远非黄诗典型风格了。

"四洪"的这些变化,一方面,正是对黄庭坚诗学中求新求变、锐意超越前辈之因子的承扬;另一方面,也体现出江西诗派走出自身垣墙的艺术追求,成为了江西诗派自我超越的良好开端。

# 第二章　惠洪《冷斋夜话》补辑

　　《冷斋夜话》，北宋惠洪撰。是书体例介于笔记与诗话之间，论诗内容丰富，多称引元祐诸人之语，引黄庭坚语尤多。此书宋刻本无存，现有日本覆宋五山版、元末明初陶宗仪所辑《说郛》本、明商濬稗海本、毛晋汲古阁本行于世，《四库全书》即据毛晋汲古阁本刻录。《冷斋夜话》在宋元各史志中著录的卷数各不相同，晁公武《郡斋读书志》著录为六卷，陈振孙《直斋书录解题》著录为十卷，脱脱等《宋史·艺文志》著录为十三卷，而现在流行的版本为十卷。可见，《冷斋夜话》有散佚的情况存在。纪昀等《四库全书总目提要》认为此书"盖已经后人删削，非其完本"。① 事实确如此。

## 一、《冷斋夜话》散失和辑佚情况简述

　　较早谈及《冷斋夜话》条目出入的是许顗《彦周诗话》，其云："洪觉范在潭州水西小南台寺。觉范作《冷斋夜话》，有曰：'诗至李义山，为文章一厄。'仆至此蹙额无语，渠再三穷诘，仆不得已曰：'夕阳无限好，只是近黄昏。'觉范曰：'我解子意矣。'即时删去。今印本犹存之，盖已前传出者。"② 这一条目说明《冷斋夜话》至少有两个传本，一有"诗至李义山"条，一为惠洪删改过，无"诗至李义山"条。

　　《冷斋夜话》中有些条目的记事被人们认为有"假托伪造"之嫌。陈善《扪虱

---

① 永瑢等：《四库全书总目》，第 1038 页。
② 何文焕辑：《历代诗话》，第 388 页。

新话》卷八专列"《冷斋夜话》诞妄"条驳斥之；晁公武《郡斋读书志》也认为其"多夸诞,人莫之信"；清代,纪昀等《四库全书总目》于此用力颇勤,列举甚多。这些恐怕是《冷斋夜话》传本刊落、遗散部分条目的主要原因。然而此书屡经阮阅《诗话总龟》、胡仔《苕溪渔隐丛话》和魏庆之《诗人玉屑》引用,这三部书成为辑伏《冷斋夜话》的重要典籍。

1980 年,中华书局重印郭绍虞《宋诗话辑伏》,此书可以说是辑录宋代失传诗话的一部专门著作。书中辑伏诗话著作 35 种,宋代诗话总集以及单行诗话之外的失传作品大致已经包括在内。但《冷斋夜话》的辑伏工作尚未展开。

1988 年,中华书局出版陈新点校的《冷斋夜话》,末附《〈冷斋夜话〉辑伏》,为陈新从《诗话总龟》《苕溪渔隐丛话》中辑出的《冷斋夜话》伏文 27 条。这是迄今为止辑录《冷斋夜话》伏文数量最多的一次,值得充分肯定。由于种种原因,其中仍有少量《冷斋夜话》伏文未被辑录。

2003 年,《天中学刊》发表岳珍《宋诗话辑补》一文,其中辑出《冷斋夜话》1条,文中认为:"韩集文谠本征引《冷斋夜话》1 条,今本不载,可供辑补,今钩稽于下。""《赠同游》'唤起窗全曙,催归日未西。无心花里鸟,更与尽情啼。'篇末注:按:东坡《游张山人园诗》云:'杜鹃催归声更速。'知'催归'即杜鹃也。韩诗又云:'朝曦入牖来,鸟唤昏不醒。'而东坡亦和子由诗云:'中间罹旱暵,欲作唤雨鸠。'疑'唤起'亦鸠类。山谷曰:'吾为儿时,每读此诗,而不解其义。自谪峡川,吾年五十八矣,时春晚忆此诗,方悟之:唤起、催归二鸟名。若虚设,故人不觉耳。古人于小诗用意精深如此,况其大者乎？ 催归,子规鸟也。唤起,声如络纬,圆转清亮,偏于春晓,亦谓之春唤。'杜鹃一名子规。事见《冷斋夜话》。"①陈新点校本《冷斋夜话》附《〈冷斋夜话〉辑伏》中已从《诗话总龟》辑出此条,但内容略有不同,一是无前引苏轼诗、韩愈"朝曦"诗；二是"余儿时"前无"山谷曰"三字；三是无"若虚设,故人不觉耳。古人于小诗用意精深如此,况其大者乎？"之句。那么,是岳珍所引的"文谠木"条目,还是陈新所引的《诗话总龟》条目更接近《冷斋夜话》的原貌呢？ 笔者在《苕溪渔隐丛话》前集卷十七也见到此条。比较三处文字,很明显,《诗话总龟》中所引缺漏较多,而且不明辨析韩诗中"唤起、

---

①　岳珍:《宋诗话辑补》,《天中学刊》2003 年第 1 期,第 56 页。

催归"为二鸟者是何许人,将黄庭坚之言张冠李戴地扣在惠洪头上,实际上,在"年五十八""谪峡州"的是黄庭坚而不是惠洪,因而"山谷曰"三字不可少;再细读岳珍所引,可以看出,"山谷曰"之前的文字及最末一句"杜鹃一名子规。事见《冷斋夜话》。"应为《新刊经进详注昌黎先生文》文说本注者之语,前句作为对韩诗的补充说明,后句则是对中间所引《冷斋夜话》原文中的"子规"加以注释,并非《冷斋夜话》原文,并且也不是岳珍所云:"《苕溪渔隐丛话》后集卷十引《复斋漫录》,录此条后半。"显然,《苕溪渔隐丛话》前集卷十七所引《冷斋夜话》更接近原文。

## 二、新辑佚文

笔者根据《诗话总龟》《苕溪渔隐丛话》《诗人玉屑》三部宋代诗话汇编本,在陈新《〈冷斋夜话〉辑佚》的基础上又辑出5条,全录于后。

1. 邹志完归常州,余在蒋山,以书见招,有长短句曰:"慧眼舒光无不见,尘中一一藏经卷。闲话大千摊已遍。门方便,法轮尽向毛端转。月挂烛笼知再见,西方可履休回盼。要与老岑同掣电。(新与岑禅师游。)酬所愿,欣逢十二观音面。"余未相识,作偈答之曰:"知有道乡何处是?(邹自号道乡居士。)个中归路滑于苔。方机罢后见城郭,一念不生金锁开。""丹霞未见彭居士,已有言词满四方。何似他时亲面识,不劳语默强遮藏。"(《诗话总龟》前集卷二十八)①

2. 温关西,解州人。余渡丹阳,温荷布囊,如世所画布袋和尚,其丰硕如此。来附舟,好谈苏黄,大讶之。余住临汝景德,温来谒曰:"吾食荔子于闽,饱饫而还。过此,春白粳米,欲入西川看未见碑。"余赠诗曰:"铁面关西气送勤,平生踪迹付浮云。瓜洲渡口曾同载,石廪峰前又见君。荔子招邀闽岭外,白粳留滞汝江濆。拄藤更欲西川去,要读丰碑未见文。"余谪海外,中间传余死,温诵《华严经》泣拜荐福。已而闻未死,又喜余还自南荒,馆石门山寺,温来省,余作诗曰:"雀罗门巷榻凝尘,千里相寻骇四邻。好事真诚虹贯日,照人情气水含春。忽言我净今无比,高笑君痴亦绝伦。此别遥知对标格,断云残处拥冰轮。"(《诗话总龟》前

---

① 阮阅纂集,周本淳校点:《诗话总龟》,人民文学出版社1978年,第289页。

集卷二十八)①

3. 贺方回妙于小词,吐语皆蝉蜕尘埃之表。晏叔原、王逐客俱当溟涬然第之。山谷尝手写所作青玉案者,置之几研间,时自玩味。曰:"凌波不过横塘路,但目送飞鸿去。锦瑟华年谁与度?小桥幽径,绮窗朱户,只有春知处。碧云冉冉衡皋暮,彩笔空题断肠句。试问闲愁都几许,一川烟草,满城风絮,梅子黄时雨。"山谷云:此词少游能道之。作小诗曰:"少游醉卧古藤下,无复愁眉唱一杯。解道江南断肠句,而今惟有贺方回。"(《诗人玉屑》卷二十一)②

4. 予留南昌,久而忘归,独行无侣,意绪萧然;偶登秋屏阁望西山,于是浩然有归志,作长短句寄意,其词曰:"城里久偷闲,尘浣云衫。此身已是再眠蚕。隔岸有山归去好,万壑千岩。霜晓更凭栏,灭尽晴岚,微云生处是茅庵。试问此生谁作伴?弥勒同龛。"(《苕溪渔隐丛话》后集卷三十七)③

按:陈新《〈冷斋夜话〉辑佚》从阮阅《诗话总龟》辑出有此条,文字略有不同,原文如下:"余登秋屏阁,浩然有归老之兴,作长短句寄意,曰:'城里久偷闲,尘浣云山。此生已是再眠蚕。隔岸有山归去好,万壑千岩。霜晓更凭栏,灭尽晴岚,微云生处是茅庵。试问此行谁作伴?弥勒同龛。'"④

5. 陈莹中北归,过南昌,言邹志完在韶州极精进,闭门诵《华严经》,舍利生袖间,此真人信位。日诵《华严经》于观音像前,有修竹三根,生像之后,志完揭茅出之,不可,乃垂枝覆像,如世所画宝陀岩竹,今犹无恙,韶人扃锁之,以为过客游观。北还至永州澹山岩,有驯狐,凡贵客至则鸣。志完将至,而狐则鸣,寺僧出迎,志完怪之,僧以狐鸣为言,志完作诗曰:"我入幽岩亦偶然,初无消息与人传,驯弧戏学仙伽客,一夜飞鸣报老禅。"(《苕溪渔隐丛话》后集卷三十七)⑤

按:陈新点校本《冷斋夜话》卷二有此条,文字略有不同,原文如下:"邹志完南迁,自号道乡居士。在昭州上为居室,因阅《华严经》于观音像前,有修竹三根生像之后,志完揭茅出之,不可,乃垂枝覆像,如世所画宝陀岩竹,今犹在,昭人扃

① 阮阅纂集,周本淳校点:《诗话总龟》,第289—290页。
② 魏庆之编:《诗人玉屑》,第472页。
③ 胡仔纂集,廖德明校点:《苕溪渔隐丛话》(后集),第296页。
④ 惠洪撰,陈新点校:《冷斋夜话》,第88页。
⑤ 胡仔纂集,廖德明校点:《苕溪渔隐丛话》(后集),第301页。

锁之,以俟过客游观。比还,过永州澹山岩,岩有驯狐,凡贵客至则鸣。志完将至,而狐则鸣,寺僧出迎,志完怪之,僧以狐鸣为言,志完作诗曰:'我入幽岩亦偶然,初无消息与人传,驯弧戏学仙伽客,一夜飞鸣报老禅。'"①

## 三、三部诗话汇编及新辑佚文的几点说明

《冷斋夜话》虽有所散佚,但有相当一部分佚文仍间接保存在类书、笔记、诗话、词话等典籍中。搜集这些佚文,不仅有助于从整体上把握《冷斋夜话》的价值,还有助于宋代诗词的辑校。

首先,值得提出的是,《诗话总龟》《苕溪渔隐丛话》《诗人玉屑》这三部诗话汇编本,征引《冷斋夜话》条目颇多,又都成书于宋代,距离惠洪所生活的时代不远,具有较高的可信度和辑佚学价值,是辑补《冷斋夜话》佚文的重要典籍。阮阅《诗话总龟》,原名《诗总》,成书于宣和癸卯年(1123),此时正值严禁元祐文章,所以略去了元祐诸贤。胡仔有感于《诗总》体例不善和内容不全,遂续之而作《苕溪渔隐丛话》。该书分《前集》六十卷,《后集》四十卷。《前集》于绍兴十八年(1148)完成初稿并撰自序。至宋孝宗乾道初再加搜辑,编成《后集》,成于乾道三年(1167)。《丛话》广为搜采,品藻特多,足补阮书之缺;并且诗词分辑,搜集前人资料时,既有抉择,亦较详审,可资考证。魏庆之《诗人玉屑》,有黄升署为"淳祐甲辰"年(1244)之序,书大概成于此时。《诗人玉屑》虽在篇幅上不及《诗话总龟》《苕溪渔隐丛话》浩繁,但能博观约取、"尽择其精而录之",有较高的理论和辑佚学价值。

其次,《冷斋夜话》虽多遭非议,但它毕竟代表了惠洪的诗论,有些论说如"妙观逸想"、诗贵含蓄、诗有"天趣""奇趣"、诗歌用事之论等,在宋人诗话中别为一家,有着不可忽视的理论价值;又其书中多称引元祐诸人之论,并引述诗句加以说明,对元祐诗人尤其是苏轼、黄庭坚的诗论有传释作用。因此,搜辑佚文,补全《冷斋夜话》,有助于从整体上把握《冷斋夜话》的诗学价值。

第三,新辑《冷斋夜话》佚文,不仅有补全此书的意义,还对宋代诗词的辑补

---

① 惠洪撰,陈新点校:《冷斋夜话》,第23页。

大有裨益。如第一条中所录邹志完词:"慧眼舒光无不见,尘中一一藏经卷。闲话大千摊已遍。门方便,法轮尽向毛端转。月挂烛笼知再见,西方可履休回盼。要与老岑同挐电。(新与岑禅师游。)酬所愿,欣逢十二观音面。"查《全宋词》和孔凡礼《全宋词补辑》,未见此词,可为辑入词人条目及词作。又如第二条中所录惠洪自作诗:"雀罗门巷榻凝尘,千里相寻骇四邻。好事真诚虹贯日,照人情气水含春。忽言我净今无比,高笑君痴亦绝伦。此别遥知对标格,断云残处拥冰轮。"查《石门文字禅》未见此诗,亦可辑入。

第四,新辑《冷斋夜话》佚文,还可作为诗词论评、本事来看,为宋代诗词研究提供更多材料。如第三"贺方回妙于小词"条对贺铸《青玉案》的论评,是为数不多的论评中的珍贵资料;第四"予留南昌"条、第五"陈莹中北归"条较通行本中多增文字则是对诗、词本事的有益补充。

第五,新辑《冷斋夜话》佚文,也有补全惠洪创作之意义,如第一条中所录其自作偈文两篇:"知有道乡何处是?(邹自号道乡居士。)个中归路滑于苔。方机罢后见城郭,一念不生金锁开。""丹霞未见彭居士,已有言词满四方。何似他时亲面识,不劳语默强遮藏。"查《石门文字禅》未见此偈,亦可辑入。

# 第三章　惠洪与黄庭坚的交游及对其诗法的传释

在宋代的黄庭坚诗歌接受中,较有特色的是惠洪对黄庭坚诗法的传释。惠洪、黄庭坚年龄差距很大,但缘于惠洪对黄庭坚的倾慕及两人对诗歌的共同爱好,惠、黄交游甚密,唱酬诗作、谈诗论法。惠洪的诗学著作《冷斋夜话》和《天厨禁脔》中称引、诠释黄庭坚论诗之语颇多,二书对黄庭坚诗法理论进行了传引、阐释和总结,成为江西诗派诗歌理论的重要典籍。

## 一、惠洪与黄庭坚的交游

惠洪(1071—1128),俗姓喻①,14 岁出家为僧,字觉范,江西筠州新昌(今江西宜丰)人。19 岁在东京天王寺试经得度。在此时期,他不仅广学经论,同时也旁猎子史,并以诗文与京师达官贵人相酬唱,在当时的诗坛上崭露头角。四年后(1094),到庐山归宗寺依临济宗黄龙派下高僧真净克文学禅,为临济宗黄龙系传人。经过七年时间的努力,终于明心见性,名振丛林。

惠洪的一生,早中期主要从事文学创作,晚期则从事僧传和佛学述作。从文学创作来说,其涉足的体裁主要有诗、词、散文等,其中,诗文集《石门文字禅》是他的代表作。集中计有古诗 433 首,律诗绝句 1200 多首,偈颂 128 首,赞文 135 篇,序记 73 篇,还有铭、词、赋、跋、疏、书、行状、祭文等一大批作品。就整体上讲,惠洪所涉猎文学体裁之广、作品数量之多、创作水平之高,是宋代其他如契

---

① 《四库全书总目》卷一百二十《冷斋夜话提要》谓其本彭氏子,有误。惠洪《寂音自序》明确说明自己"本江西筠州新昌喻氏之子",见《石门文字禅》卷二十四。

嵩、重显、道潜、祖可、善权等僧人所难以望其项背的。出于对文学的偏爱,惠洪一直保持着与当时文人群体的密切交往,特别是与黄庭坚、韩驹、李之仪、秦观、李廌、徐俯、许顗等人的关系相当密切,不仅其诗歌风格受到这些文人的影响,而且其创作观念、诗法理论,乃至对文学的审美追求,也多与他们相近相通。

在上述诸人中,惠洪与黄庭坚为同门关系,因为黄庭坚曾于元祐四年(1089)丁母忧,馆住于祖心禅师庵旁两年,相从甚密,并由祖心开悟,成为黄龙弟子。从入门序属关系看,黄庭坚早惠洪五年入黄龙派,是惠洪的道兄。但他们的交游主要是因为文学的关系,大致开始于黄庭坚晚年仕途遭遇坎坷、诗歌创作颇为丰盛成熟的时候。惠洪《跋珠上人山谷酢池寺诗》云:"予绍圣初留都下,闻士大夫藉藉诵青石牛诗,而此四绝尤着闻,恨不见此老。"①绍圣初(1094),惠洪24岁。所谓"青石牛诗",当指黄庭坚《题山谷石牛洞》,这是黄庭坚颇感自得的一首六言绝句。"恨不见此老",表明此时惠洪尚无缘见到黄庭坚,但他已在心中把黄当作崇拜的偶像,因此创作出数量远远超过偶像的六言绝句,其中有不少优美之作,如《李端叔》《和人春日三首》等。又过了几年,惠洪创作出成名作《崇胜寺后竹千余竿,一根秀出,呼为竹尊者》,诗云:

> 高节长身老不枯,平生风骨自清癯。
>
> 爱君修竹为牛者,却笑寒松作大夫。
>
> 不见同行木上座,空余听法石为徒。
>
> 戏将秋色供斋钵,抹月披云得饱无?②

诗作通过拟人手法形象地表达了作者清雅高洁的生活理想,诗的表层结构是以人拟物,深层意旨却是由物见人,语言平淡诙谐,意境清淡含蓄,可谓得咏物三昧。黄庭坚一见此诗,十分称赏,并亲手书写它。《僧宝正续传》卷二记载黄庭坚路过宜春时,见惠洪《竹尊者》诗,"以为妙入作者之域,颇恨东坡不及见之"。吴曾《能改斋漫录》亦记韩驹之言:"始黄太史见之喜,因手为书之,以故名

---

① 惠洪:《石门文字禅》卷二十七,文渊阁影印《四库全书》本。

② 惠洪:《石门文字禅》卷十,文渊阁影印《四库全书》本。

显。"①惠洪因为此诗得到黄庭坚的奖掖,一时诗名大振。考黄庭坚行踪,他于建中靖国元年(1098)从谪地四川戎州至峡州,四月至宜春、萍乡、筠州、江州、太平(今安徽当涂)等地。也就是说,惠洪与黄庭坚的交游很有可能始于此次宜春的往来,时年惠洪 28 岁,黄庭坚 54 岁。

　　惠洪与黄庭坚的频繁交游是在六年之后,黄庭坚被贬宜州的途中——长沙。崇宁二年(1103)十二月,黄庭坚踏上流放宜州之程,崇宁甲申年(1104)抵达长沙时,惠洪尚在湘西。黄庭坚逗留长沙期间,惠洪作诗《黄鲁直南迁,舣舟碧湘门外半月,未游湘西,作此招之》,邀黄庭坚游湘西(湘水之西,也特指衡山)。诗云:

> 江夏无双果无双,子云赋工未必尔。
> 那知一饭在家僧,真是潜山癫居士。
> 春湖白鸥未入手,衣冠林中作蝉蜕。
> 平生俯视造物儿,儿顽不省犹相戏。
> 罗浮旧游今再游,一念去来开眼睡。
> 泊舟隔岸望湘山,应爱烟霏浮幕翠。
> 快当着屐上千岩,要看松风迎笑齿。
> 公虽妍蚩付一目,定自胸中有泾渭。
> 我非破头山下人,闻弦赏音亦风味。
> 知君不传西土衣,一龙一蛇聊玩世。②

但因黄庭坚在长沙半月而"未游湘西",惠洪只好前往长沙与其相会。《冷斋夜话》曾记:"山谷南迁,与余会于长沙,留碧湘门一月。"(《苕溪渔隐丛话》前集卷四十八引)③其《跋山谷字二首》亦云:"山谷初自鄂渚舟至长沙,时秦处度、范元实皆在。予自三井往从之。道人儒士数辈日相随,穿聚落,游丛林。路人聚观,

---

① 程毅中主编:《宋人诗话外编》,第 719 页。
② 惠洪:《石门文字禅》卷三,文渊阁影印《四库全书》本。
③ 胡仔纂集,廖德明校点:《苕溪渔隐丛话》(前集),第 328 页。

以为异人。"①文中提及的秦处度为秦观之子秦湛,范元实为秦观之婿范温,这时两人正护送秦观之丧北归。当此之时,仰慕黄庭坚诗名之人纷纷前来,"穿聚落,游丛林",与黄庭坚相从相游。惠洪与黄庭坚十分投缘,从而结为忘年之交。他们有时同舟而宿,有时抵掌而语。惠洪《跋与法镜帖》谓:"山谷作黄龙书时,与予同在长沙碧湘门外舟中。"②《冷斋夜话》卷八又说黄庭坚"顷与予同宿湘江舟中",亲自向他讲述元祐年间梦游蓬莱之事。这期间,他们谈论诗事,并有不少诗作往来。《僧宝正续传·洪禅师传》说惠洪在湘西结识黄庭坚,并有诗赠之,其中,有"不肯低头拾卿相,又能落笔生云烟"之句。黄庭坚也有两首《赠惠洪》诗,其一见于《山谷内集》,诗曰:"数面欣羊胛,论诗喜雉膏。眼横湘水暮,云献楚天高。堕我玉麈尾,乞君宫锦袍。月清放舟舫,万里渺云涛。"(《山谷诗集注》)其二见于《冷斋夜话》:"鲁直谓予曰:'观君诗说烟波缥缈处,如陆忠州论国政,字字坦夷。前身非篙师、沙户种类耶?'有诗,其略曰:'吾年六十子方半,槁项顶螺忘岁年。脱却衲衣着蓑笠,来佐涪翁刺钓船。'"③此次两人相见,惠洪34岁,黄庭坚60岁,所以,黄庭坚诗中有"吾年六十子方半"之说,诗中充溢着对惠洪这位年轻后辈的称赏,以及对他在自己落魄之时还相依相伴的感激之情。离开长沙时,惠洪于江边送行。《冷斋夜话》曾记:"李子光以官舟借之,为憎疾者腹诽,因携十六口买小舟。余以舟迫窄为言。山谷笑曰:'烟波万顷,水宿小舟,与大厦千楹、醉眠一榻何所异? 道人谬矣。'即解纤去。"(《苕溪渔隐丛话》前集卷四十八引)④惠洪充满崇敬之情的记载,展现了黄庭坚笑对人生逆境的豁达胸襟。

接着,黄庭坚循湘江南行,由潭州(今湖南长沙)至衡州(今湖南衡阳),惠、黄两人又有词作往来。惠洪《冷斋夜话》记:"闻(庭坚)留衡阳作诗写字,因作长短句寄之,曰:'大厦吞风吐月,小舟坐水眠空。雾窗春晓翠如葱,睡起云涛正涌。往事回头笑处,此生弹指声中。玉笺佳句敏惊鸿,闻道衡阳价重。'时余方还江南。"(《苕溪渔隐丛话》前集卷四十八引)⑤黄庭坚亦和其词,作《西江月》,其序云:"崇宁甲申,遇惠洪上人于湘中。洪作长短句见赠云(略)。次韵酬之。

---

①② 惠洪:《石门文字禅》卷二十七,文渊阁影印《四库全书》本。
③ 张伯伟编校:《稀见本宋人诗话四种》,第30页。
④⑤ 胡仔纂集,廖德明校点:《苕溪渔隐丛话》(前集),第328页。

时余方谪宜阳,而洪归分宁龙安。"①

黄庭坚卒后,惠洪痛失诗友,连作《悼山谷五首》来悼祭黄庭坚。如:"苏黄一时顿有,风流千载追还。竞作联翩仙去,要将休歇人间。""人间识与不识,为君折意消魂。独入无声三昧,同闻阿字法门。""须鬓沧浪梦幻,江湖厌饫平生。一旦便成千古,坏桐弦索纵横。""平昔驭风骑气,如今夜雨荒丘。欲动西州华屋,空余南浦渔舟。"②等等。又有《山谷老人赞》称颂黄庭坚:"世波虽怒,而难移砥柱之操;诗名虽富,而不救卓锥之贫。"③对于长眠于地的唱酬诗友,惠洪是又尊敬又仰慕。他的诗与赞,从人品与诗歌成就两方面高度评价黄庭坚,字里行间,感情真挚,哀婉动人。

## 二、惠洪对黄庭坚诗法的传释

黄庭坚作为江西诗派的代表人物,其成就主要体现在诗歌创作方面。他没有着意对其诗学主张作出完整的理论表述,其关于诗歌的理论依赖他人之引录、传释而存世,其中,惠洪在这方面贡献尤为显著。其所著《冷斋夜话》《天厨禁脔》,书中多论元祐诸公诗事,其中称引、诠释黄庭坚论诗之语甚多,以致《四库全书总目提要》讥其假托黄庭坚"引以为重"。此说有失偏颇,但它间接道出了惠洪对黄庭坚诗法的传释之功。惠洪所传释黄氏诗法主要有以下几个方面:

### 1. 夺胎换骨法

黄庭坚关于对诗歌传统的学习,有一条颇具影响的诗法理论,即"夺胎换骨"。它最早完整地见载于惠洪《冷斋夜话》中,其云:

> 山谷云:"诗意无穷,而人之才有限。以有限之才,追无穷之意,虽渊明、少陵不得工也。然不易其意,而造其语,谓之换骨法;窥入其意而形容之,谓之夺胎法。"④

① 唐圭璋编:《全宋词》,中华书局 1980 年,第 404 页。
② 惠洪:《石门文字禅》卷十四,文渊阁影印《四库全书》本。
③ 惠洪:《石门文字禅》卷十九,文渊阁影印《四库全书》本。
④ 张伯伟编校:《稀见本宋人诗话四种》,第 17 页。

　　"夺胎换骨"本来是道教术语,指夺别人之胎而转生,换去俗骨而成仙骨。黄庭坚借用来比喻作诗师法前人而不露痕迹,并另有创新。但"夺胎"与"换骨"确切的意义是什么? 二者是否有区别? 这个问题至今学术界仍聚讼纷纭。在《冷斋夜话》成书之前的《王直方诗话》中,也有"夺胎换骨"条,但只是举例说明,语焉不详。而惠洪《冷斋夜话》转述这条诗法时,首先称"山谷云:诗意无穷,而人之才有限。以有限之才,追无穷之意,虽渊明、少陵不得工也",说明了"夺胎换骨"的起因和作用,即以"夺胎换骨"来弥补人们诗才之有限,从而追求诗歌的无穷之意。接着,又引述黄庭坚对"夺胎""换骨"概念的界定。由于这个界定不太明确,《冷斋夜话》又进一步予以例示,为我们深入理解这条诗法提供了最接近黄庭坚本意的参考:

　　　　如郑谷《十日菊》曰:"自缘今日人心别,未必秋香一夜衰。"此意甚佳,而病在气不长。西汉文章雄深雅健者,其气长故也。曾子固曰:"诗当使人一览语尽而意有余,乃古人用心处。"所以荆公《菊诗》则曰:"千花万卉雕零后,始见闲人把一枝。"东坡则曰:"万事到头终是梦,休,休,休,明日黄花蝶也愁。"又如李翰林诗曰:"鸟飞不尽暮天碧。"又曰:"青天尽处没孤鸿。"然其病如前所论。山谷作《登达观台》诗曰:"瘦藤拄到风烟上,乞与游人眼界开。不知眼界阔多少,白鸟去尽青天回。"凡此之类,皆换骨法也。顾况诗曰:"一别二十年,人堪几回别。"其诗简缓而立意精确。舒王作与故人诗云:"一日君家把酒杯,六年波浪与尘埃。不知乌石江头路,到老相逢得几回。"乐天诗曰:"临风杪秋树,对酒长年身。醉貌如霜叶,虽红不是春。"东坡《南中作》诗云:"儿童误喜朱颜在,一笑那知是醉红。"凡此之类,皆夺胎法也,学者不可不知。①

　　惠洪所举诗例中,王安石、苏轼仿郑谷之诗意,而气韵更加深长;黄庭坚吸取李白诗作写法,而语言境界又有创造。这是"不易其意,而造其语",是"换骨法"。关于"夺胎"法,惠洪举王安石对顾况诗、苏轼对白居易诗的点化为例,说

---

① 张伯伟编校:《稀见本宋人诗话四种》,第 17—18 页。

明什么是"窥入其意而形容之",意即领会原诗构思,用自己的语言去形容,造语和基本意象接近原诗。从惠洪所举诗例中,我们可以这样认为,"换骨"是指借鉴前人的构思立意,而在具体的境界与语言上另有创造;"夺胎"是指透彻领会前人的构思,而用自己的语言去演绎发挥。二者都以仿效前人诗意为基础,寻求新的语言表现,但有着"再形容"与"再演绎发挥"的不同走向。尽管后来的研究者大多认为惠洪所举之例正好与"换骨""夺胎"意思相反,但那可能是研究者根据自己对"换骨""夺胎"的理解来看诗例的。不管怎样,惠洪对"换骨""夺胎"的传释至少为我们探究黄庭坚此法原意提供了一个视角。

**2. 用事法**

所谓用事,包括使用典故与化用经史诗文中的成语。它从根本上讲也是一个语言艺术的问题,尤其是用典,说到底也是一种修辞方法。但它们较一般的语言与修辞方法复杂得多,超越于一般的语言能力之上,它是诗人语言能力与文化素养的综合体现。黄庭坚对于传统的用典、用语艺术有很大的发展,但没有太多的理论表述。我们从惠洪《冷斋夜话》的载述可略知一二。

如《冷斋夜话》云:"前辈作花诗,多用美女比其状,如曰:'若教解语应倾国,任是无情也动人。'陈俗哉!山谷作《酴醾诗》曰:'露湿何郎试汤饼,日烘荀令炷炉香。'乃以美丈夫比之,特若出类。"①惠洪不满前人作诗以美女比花的陈俗,盛赞黄庭坚善用典实,以美男子比拟酴醾花,有出新之妙。他也以自己的创作来推行这种求新求奇的艺术追求。如人们常以柳比女子,是为司空见惯之习,而惠洪却以柳比男子。其《赠范伯履承奉二子》:"大范风月湖,小范烟雨柳"②赞许范家大公子持重含蓄,如湖水般平静内敛,小公子身单体薄,如雨中烟柳,婀娜多姿。又《赠许邦基》:"邦基今年方十九,美如濯濯春月柳。"③《喜会李公弱》:"韵如风蝉蜕尘垢,气如春容在杨柳"④平淡无奇地以杨柳比拟女子的俗套,在惠洪诗中成了其比拟男子的奇思妙想。这也正是黄庭坚求新出奇、不落窠臼,反对随人作计的诗法之一。

《冷斋夜话》又云:"用事琢句,妙在言其用,不言其名耳。此法唯荆公、东

---

① 张伯伟编校:《稀见本宋人诗话四种》,第38页。
②③ 惠洪:《石门文字禅》卷一,文渊阁影印《四库全书》本。
④ 惠洪:《石门文字禅》卷三,文渊阁影印《四库全书》本。

坡、山谷二老知之。荆公曰：'含风鸭绿鳞鳞起，弄日鹅黄袅袅垂。'此言水柳之用，而不言水柳之名也。东坡《别子由》诗：'犹胜相逢不相识，形容变尽语音存。'此用事而不言其名也。山谷曰：'管城子无食肉相，孔方兄有绝交书。'又曰：'语言少味无阿堵，冰雪相看有此君。'又曰：'眼看人情如格五，心知世事等朝三。'"①惠洪认为，黄庭坚等人诗作昭示了诗歌创作的用事之法，即"言其用不言其名"。用其事而能变化，不直接了当地道出事物的名称，而仅言所咏事物的性质与状态，有意造成一定的距离感，含不尽之意于言外，这确是黄庭坚为代表的江西诗人所追求的化俗为雅、化熟为生的一种艺术手法。

### 3. 句法

众所周知，黄庭坚及其追随者以讲究句法而见功力，句法是黄庭坚诗法理论的重心。黄庭坚主张诗人进行创作应通过严格的诗律句法的训练，从而逐渐达到高度自然的境界，因此，在他的诗歌中关于"诗律""句法"的字眼随处可见。如，《奉答谢公定与荣子邕论狄元规、孙少述诗长韵》："无人知句法，秋月自澄江。"《寄陈适用》："寄我五言诗，句法窥鲍谢。"《再用前韵赠高子勉四首》之三："句法俊逸清新，词源广大精神。"《次韵张文潜立春日三绝句》之二："传得黄州新句法，老夫端欲把降幡。"《赠高子勉四首》之四云："拾遗句中有眼，彭泽意在无弦。"他把"句法"二字看作诗歌最重要的因素，但遗憾的是缺乏理论上的阐释。

惠洪与黄庭坚交游甚密，并曾随黄庭坚学诗。黄庭坚有《赠惠洪》诗"数面欣羊胛，论诗喜雊膏"，称赏惠洪得诗法之膏腴。叶梦得《避暑录话》也云："惠洪传黄鲁直法，亦有可喜。"②可知惠洪与黄庭坚的诗法渊源。惠洪十分标举黄庭坚所倡之句法。据统计，其《石门文字禅》提及句法至少有17次，以下略举数例：《赠阎资钦》："句法本严甚，颇遭韩柳侵。"③《见蔡儒效》："欣然诵新诗，句法杂今古。"④《云霁谒景醇》："爱公有俊气，句法洗凡马。"⑤《次韵偶题》："此篇意

---

① 张伯伟编校：《稀见本宋人诗话四种》，第43页。
② 程毅中主编：《宋人诗话外编》，第309页。
③ 惠洪：《石门文字禅》卷二，文渊阁影印《四库全书》本。
④ 惠洪：《石门文字禅》卷四，文渊阁影印《四库全书》本。
⑤ 惠洪：《石门文字禅》卷六，文渊阁影印《四库全书》本。

气更倾写,句法超绝风格完。"①《石门文字禅》中还提及"句中眼"达 3 次之多。惠洪又于《冷斋夜话》中多处传释黄庭坚句法,其云:"造语之工,至于荆公、东坡、山谷,尽古今之变。荆公曰:'江月转空为白昼,岭云分暝与黄昏。'又曰:'一水护田将绿绕,两山排闼送青来。'东坡《海棠》诗曰:'只恐夜深花睡去,高烧银烛照红妆。'又曰:'我携此石归,袖中有东海。'山谷曰:'此皆谓之句中眼,学者不知此妙语,韵终不胜。'"②从惠洪的这条记载可以看出,黄庭坚认为句法的一个基本标准便是造语之工否,并且语言的选择、安排与诗歌的意味密切相关,"诗眼"是"韵胜"的生成条件。正因此,荆公"转空""分暝""护""绕""排""送"以及东坡"睡"诸语,均炼动词,或将物拟人而生动有神,所以黄庭坚认为它们是"句中眼"。《冷斋夜话》又云:"鲁直使余对句,曰:'呵镜云遮月。'对曰:'啼妆露着花。'鲁直罪余于诗深刻见骨,不务含蓄。余竟不晓此论,当有知之者耳。"③这又是黄庭坚的诗句应忌深刻之理论,正因为此,惠洪也许是听取了黄庭坚的意见,在《冷斋夜话》卷四"诗句含蓄"中提出"有句含蓄者""有意含蓄者""有句意俱含蓄者",深化了黄庭坚之论。句法的关键在于用字,在黄庭坚所论锻炼动词外,惠洪《冷斋夜话》又提出:"句法欲老健有英气,当间用方俗言为妙。如奇男子行人群中,自然有颖脱不可干之韵。老杜《八仙诗》,序李太白曰'天子呼来不上船','船',方俗言也,所谓襟纽是也。'家家养乌鬼,顿顿食黄鱼',川峡路人家多供事乌蛮鬼,以临江故顿顿食黄鱼耳。……"④惠洪具体到诗歌实践,认为恰当使用方言、俗语,可以造成句法的刚健有力,使诗歌充满力量(老健)和生命(英气)。

惠洪的《天厨禁脔》,则对句法进行了专门的讨论,其中论析了近体三种颔联法、四种琢句法、就句对法、十字对句法、十字句法、十四字对句法、错综句法、折腰步句法、绝弦句法、影略句法、比物句法、破律琢句法、促句换韵法、子美五句法、杜甫六句法等 19 种句法⑤,将黄庭坚对句法的探讨上升到理论的高度。

---

① 惠洪:《石门文字禅》卷七,文渊阁影印《四库全书》本。
② 张伯伟编校:《稀见本宋人诗话四种》,第 49 页。
③ 张伯伟编校:《稀见本宋人诗话四种》,第 97 页。
④ 张伯伟编校:《稀见本宋人诗话四种》,第 44 页。
⑤ 张伯伟编校:《稀见本宋人诗话四种》,第 107—108 页。

句法问题,唐人也曾注意到,但对句法深入地探讨分析与归纳总结,以严肃的态度、诚挚的热情,不厌其烦地传授和自觉运用这种理论,却是以黄庭坚为代表的宋代诗人,其中,黄庭坚的一些追随者如惠洪等人,又将其上升到理论高度,著书立说,为黄庭坚诗法作理论总结,传播了黄的诗法之论。自此后,宋代诗话由记铁事、资谈谑为主,转变为以议论"诗法""句法"为能事。诗歌也从作为诗人个体"言志""缘情"的载体,部分地变成一门可供众人修习的课程及学问。

# 第四章　曾季貍《艇斋诗话》与江西诗学

从北宋中后期至南宋中期,江西诗派法席盛行,许多诗话著作,大力记载、辨析与阐说江西诗人诗说,从多方面发展、弘扬了江西诗论,如许顗《彦周诗话》、吴可《藏海诗话》、吴开《优古堂诗话》、周紫芝《竹坡诗话》、杨万里《诚斋诗话》,等等。这些诗话在阐扬江西诗学的同时,对江西诗论也进行了一定的反思、修正、总结或提高。

曾季貍《艇斋诗话》便是这样一部著作。曾季貍(？—1178),字裘父,号艇斋,南丰(今属江西)人,是曾巩弟曾宰的曾孙。他师事韩驹、吕本中、张栻,多从吕本中、徐俯游学、酬唱,有诗名。张栻《送曾裘父序》称他"直谅多闻,古之益友",朱熹也赠诗云:"有约来何晚,行吟溯远风,老怀清似水,双鬓断如蓬。晤语非无得,疏慵正略同,清秋湖上集,只是欠车公。"①道出曾季貍为人之高情远韵。曾季貍所著《艇斋诗话》,全书一卷,有残缺,现存 300 余则,成书时间约在南宋高宗绍兴二十年(1150)前后。书中论诗多称引徐俯、吕本中等江西诗人之语,不仅弘扬了江西诗学,而且对他们的诗论主张作出部分修正与充实,显示出独特的意义。

## 一、重句法:江西诗学的承传与张扬

论诗重句法,是曾季貍《艇斋诗话》与江西诗学血缘关系最突出的表现。江西派诗人常将"句法"一词挂在嘴边,给予高度重视。在他们的文集及流传下来

---

① 郭绍虞:《宋诗话考》,中华书局 1979 年,第 90 页。

的诗话著作中,"句法"成为最常见的论诗术语。据不完全统计,黄庭坚谈诗,"句法"一词至少出现 20 多次。其后,"句法"便成为论诗熟语,以至于许颉在《彦周诗话》中甚至提出诗话的主要任务之一就是"辨句法"。

曾季貍重视诗歌句法,体现在《艇斋诗话》中首先便是多对诗作佳句的称赏。其《艇斋诗话》云:"东湖喜诵市苏州《赠王侍御》诗'心如野鹤与尘远,诗似冰壶见底清'一篇,真佳句也。"①"刘梦得'神林社日鼓,茅屋午时鸡',温庭筠'鸡声茅店月,人迹板桥霜',皆佳句,然不若韦苏州'绿阴生昼静,孤花表春余'。"②"唐人诗用'迟'字皆得意。其一:'柳塘春水漫,花坞夕阳迟。'严维诗也。其一:'炉烟添柳重,宫漏出花迟。'杨巨源诗也。又韦苏州《细雨》诗:'漠漠帆来重,冥冥鸟去迟。'亦佳句。"③曾季貍对诗作佳句的称赏,并未表现为具体分析诗句如何为佳,但从他所引诗句来看,都是情韵兼美之作,显示出对诗歌艺术的精悟。"佳句"之说往往是与炼字炼句联系在一起的,《艇斋诗话》就记载不少诗句锻炼之事。如:"东湖见予诵东莱诗云:'传闻胡虏三年旱,势合河山一战收。'云:'何不道"不战收"?'"④此则诗事的记载,表明曾季貍对一字之工的重视,也即"灵丹一粒,点铁成金",改动一字,诗句在达意的适切、语意的轻重等方面就判然有别。《艇斋诗话》又记:"东湖又见东莱'满堂举酒话畴昔,疑是中原无是时',云:'不合道破"话畴昔",若改此三字,方觉下句好。'"⑤此一诗事联系诗作内涵探讨锤炼字句,重视诗意的表达。从曾季貍所记可以看出,锤炼字句就是选择最能抒情达意的字、词,充分发挥词的表意潜能,从而创造出词简意丰的诗作。在曾季貍所载诗事中,我们看到,他所认同的琢句炼字并不仅限于律诗第三、五字,或"响字",或对属工否之类表层化的技巧,而是从整体出发,联系整首诗作意义的表达来看字句的锤炼,灵活透脱,新颖精警,浸润着对诗作的整体把握意识。

曾季貍对诗歌句法的重视,更主要地体现在对诗句点化、事典出处进行多向度的论说。宋诗有别干唐诗的重要特点,就是诗中多用诗语、典故,江西诗人对

---

① 丁福保辑:《历代诗话续编》,第 293 页。
② 丁福保辑:《历代诗话续编》,第 297 页。
③ 丁福保辑:《历代诗话续编》,第 282 页。
④⑤ 丁福保辑:《历代诗话续编》,第 284 页。

此进行了热烈的讨论。诗句点化、使事用典成为江西诗学句法论的重要内容。曾季貍承江西诗学血统,对此多有论说,《艇斋诗话》中论说诗句点化、事典出处条目达132条之多,近乎总数的一半。其论诗句点化常常用"出""本""取""用"之类的字眼表示,如:"山谷《谢人茶》诗云:'涪翁投赠非世味,自许诗情合得尝。'出薛能《茶》诗,云:'粗官乞与真抛却,只有诗情合得尝。'"①"吕东莱诗云:'非关秋后多霜露,自是芙蓉不耐寒。'盖用寒山拾得'芙蓉不耐寒'五字。"②"东坡'纤纤入麦黄花乱',用司空图'绿树连村暗,黄花入麦稀'之句。"③曾季貍指证黄庭坚、吕本中、苏轼等人诗作出处,并寓意他们化用前人诗句深曲变化,能够将前人诗句化入己诗,成为自己抒情达意、创造诗境的有机构成部分。《艇斋诗话》中对诗句点化高超的诗人,还借用黄庭坚论诗之语,以"夺胎换骨手"加以称扬。如云:"东坡和章质夫《杨花词》云'思量却是,无情有思',用老杜'惹絮游丝亦有情'也。'梦随风万里,寻郎去处,依前被莺呼起。'即唐人诗云:'打起黄莺儿,莫教枝上啼。几回惊妾梦,不得到辽西。''细看来不是杨花,点点是离人泪。'即唐人诗云:'时人有酒送张八,惟我无酒送张八。君有陌上梅花红,尽是离人眼中血。'皆夺胎换骨手。"④曾季貍认为,苏轼有着高超的化用才能,能够点铁成金,是"夺胎换骨手"。虽然他并未详细分析,但读者从他并置的诗句可以领悟到苏轼《水龙吟·次韵章质夫〈杨花词〉》中,"思量却是,无情有思"来自杜甫诗句,却反其意而用之,突出无生命之物亦有情思,人又何以堪!其他词句来自唐人诗作,又化俗为雅,将直切的抒情之语化为词作特有的长短之句,有欲伸又止、欲说还休的言情之妙。如此解会,苏轼确无愧乎"夺胎换骨手"之称。《艇斋诗话》又云:"山谷咏明皇时事云:'扶风乔木夏阴合,斜谷铃声秋夜深。人到愁来无处会,不关情处亦伤心。'全用乐天诗意。乐天云:'狭猿亦无意,陇水复何情?为到愁人耳,皆为断肠声。'此所谓夺胎换骨者是也。"⑤这段话中,黄庭坚诗与白居易诗都传达出无情景物触人愁思的相同审美体验,但黄庭坚借用白

① 丁福保辑:《历代诗话续编》,第289页。
② 丁福保辑:《历代诗话续编》,第300页。
③ 丁福保辑:《历代诗话续编》,第310页。
④ 丁福保辑:《历代诗话续编》,第309页。
⑤ 丁福保辑:《历代诗话续编》,第314—315页。

居易诗意,以自己的语言和意象化用之,并进一步渲染"乔木夏阴""铃声秋夜"的意境和气氛,开掘出"不关情处亦伤心"的更深痛情感,这是典型的"夺胎换骨手"。

"夺胎换骨"多指对语典的化用,对前人事典的运用则通常称为"用事"。曾季貍《艇斋诗话》对此予以了揭示。其云:"东坡'羡君怀中双橘红',用陆绩事也。"①"山谷诗'八米'事,用《北史》卢思道事。以绩传考之,云怀中橘三枚,却不云二枚也。"②如此等等,《艇斋诗话》中对诗歌用事的揭示条目甚多,达20余条。诗歌用事往往融入诗作,不予标示,曾季貍在《艇斋诗话》中一一予以指实,有助于读者对诗作的理解。宋人从诗歌创作实践出发,总结出用事有反用、借用、暗用等方法,在此基础上,曾季貍指出,用事有"用人姓事"法,如此翻空出奇,用事更加妙趣横生。《艇斋诗话》云:"诗人用人姓事,无如东湖。《与张元幹》诗云:'诗如云态度,人似柳风流',皆张姓事,暗用之不觉,尤为佳也。"③"东坡诗云:'五百年间异人出,尽将锦绣裹山川',钱氏事也。'五百年间异人出',亦郭璞谶语也,东坡用之。"④"《韦苏州集》载秦系诗,自称东海钓客。少游作启事尝用之,盖秦氏事也。"⑤曾季貍揭示出徐俯、苏轼分别用张姓、钱姓之事作诗送人,不仅化用巧妙,而且使受诗之人倍感亲切;秦观亦用秦系事入诗,活用事典,蕴含谐趣,收到了一般表达无法拥有的效果。

## 二、重体物状景:江西诗学的反思与修正

曾季貍绍述江西诗学,但又力图突破江西诗学藩篱,对流行的江西诗风进行修正与纠偏,这主要体现在其论诗重体物状景方面。它对扭转江西诗人资书以为诗的局面产生积极的影响。

《艇斋诗话》云:"老杜'灯影照无睡,心清闻妙香',韦苏州'兵卫森画戟,燕

---

① 丁福保辑:《历代诗话续编》,第284页。
② 丁福保辑:《历代诗话续编》,第288页。
③ 丁福保辑:《历代诗话续编》,第302页。
④ 丁福保辑:《历代诗话续编》,第308页。
⑤ 丁福保辑:《历代诗话续编》,第719页。

寝凝清香',皆曲尽其妙。不问诗题,杜诗知其宿僧房,韦诗知其为邦君之居也,此为写物之妙。"①曾季貍认为,杜甫、韦应物诗注重细节,景物刻画独特逼真,达到可以精确地验证与理析的程度。《艇斋诗话》又云:"唐人《江行》诗云:'贾客昼眠知浪静,舟人夜语觉潮生。'此一联曲尽江行之景,真善写物也。"②"春晚景物说得出者,惟韦苏州'绿阴生昼寂,孤花表春余',最有思致。"③曾季貍称赏韦应物等人诗体物细微、描摹新巧,也是可以理析的,有"写物之妙"。

那么,"写物之妙"从何而来呢?《艇斋诗话》云:"老杜写物之工,皆出于目见。如:'花妥莺捎蝶,溪喧獭趁鱼。''芹泥随燕嘴,花粉上蜂须。''仰蜂粘落絮,行蚁上枯梨。''柱穿蜂溜蜜,栈缺燕添巢。''风轻粉蝶喜,花暖蜜蜂喧。'非目见安能造此等语。"④曾季貍认为,杜诗写物之工,来自"目见",来自杜甫作为诗人的社会实践和独具慧眼的生活体验。这寓意着,主张诗歌应取材于即目所见之外物,直接抒发对生活的感受,反对借助经史等书本知识;主张诗歌以天机自发的语言进行描写,反对雕章琢句。诗人即心即目有所感兴,自然境与意会,情触景生。这里,曾季貍发挥了钟嵘在《诗品》中所倡导的"直寻"之论,亦即司空图《与李生论诗书》中所提倡的"直致所得,以格自奇"。"目见"要求诗作皆诗人耳之所闻,目之所见,诗作是心曲的盈溢,情兴的凝定;反对"文多拘忌,伤其真美"。因此,"目见"的诗歌语言不是靠拼凑前人的词句或滥用典故而成的,而是"直寻"所得的结果。

曾季貍的这种诗学祈尚是对黄庭坚、徐俯之论予以强化的结果。王直方《王直方诗话》载:"山谷论诗文不可凿空强作,待境而生,便自工耳。每作一篇,先立大意,长篇须曲折三致意乃成章耳。"⑤《艇斋诗话》亦记:"东湖论作诗,喜对景能赋,必有是景,然后有是句。若无是景而作,即谓之'脱空'诗,不足贵也。"⑥黄庭坚认为,诗歌创作不应强自为之、有意而作,而应"待境而生";徐俯在此基础上强调"必有是景,然后有是句",突出了"境"的主体——"景",因为诗

---

① 丁福保辑:《历代诗话续编》,第 299 页。
② 丁福保辑:《历代诗话续编》,第 302 页。
③ 丁福保辑:《历代诗话续编》,第 303 页。
④ 丁福保辑:《历代诗话续编》,第 291 页。
⑤ 郭绍虞辑:《宋诗话辑佚》,第 4 页。
⑥ 丁福保辑:《历代诗话续编》,第 284 页。

歌所待之"境"虽然品类众多,但主要的还是景物。诗作只有情从景出,富有情韵,才能避却脱空之弊。曾季貍承黄庭坚、徐俯之论,进一步强调诗歌应是诗人亲历目睹的产物,是客观外境触发的结果,这是对江西诗派那种偏于议论说理的述意之作的反拨,其立意是使诗歌回复到意境创造的传统上来。

总之,曾季貍主张诗作应重视体物状景,以目力所及为诗,不可镌空妄想。这种力图以体物为突破口,将诗歌引入真实、自然的创作道路,向生活与大自然寻取诗材、诗思的创作态度,与江西诗派中一些人一味地从前人书本文字中讨生活形成鲜明的对照。在宋诗经由黄庭坚等人的创作达到顶峰,形成相对稳定的创作取向与创作路径时,曾季貍此论无疑是对江西诗学的一个反思与修正。

# 三、重悟入:江西诗学的总结与提高

江西诗学重视学养,认为读书治学既为理学入道的方式,也为诗学精进的门径,读的书越多,知识愈丰富,审辨愈精当,见解愈高明,强调的是知识积累之于诗歌创作的重要性。

黄庭坚《与王观复书》云:"所送新诗,皆兴寄高远,但语生硬,不谐律吕,或词气不逮初造意时,此病亦只是读书未精博耳。长袖善舞,多钱善贾,不虚语也。"[1]黄庭坚认为王蕃诗生硬,"不谐律吕",是因为读书不够精博,"长袖善舞,多钱善贾",只有掌握大量的书本知识,写作才能左右逢源,词意高胜。对此,陈师道提出"学诗如学仙,时至骨尽换"[2],认为学诗的艺术修养过程,必须通过艰苦的研习,才能由必然王国走向自由王国。徐俯也以"中的"比喻学诗,强调通过对前人诗句的语言辨析而悟得作诗的方法或诗艺的真谛。韩驹又以"遍参"说诗,提倡作诗应饱览前人诗作,从而获得诗性智慧。在此基础上,吕本中提出了"活法"论,其《夏均父集序》云:"学诗当识活法。所谓活法者,规矩备具,而能出于规矩之外;变化不测,而亦不背于规矩者。是道也,盖有定法而无定法,无定法而有定法。知是者,则可以与语活法矣。谢元晖有言:'好诗流转圆美如弹

---

① 陶秋英编选:《宋金元文论选》,人民文学出版社1984年,第183页。
② 郭绍虞辑:《宋诗话辑佚》,第57页。

丸。'此真活法也。"①吕本中所说的"活法",主要指学诗的态度和作诗的方法,强调的是灵活运用已有的知识积累,使诗作进入到"流转圆美如弹丸"的境地。

这些诗论,都强调以博学多参为基础,以长时期的工夫历练来作诗,其中,吕本中的"活法"论最有代表性,论述也最为具体,鲜明地体现了江西诗人共同的诗学祈尚,反映出江西诗学重视学养,重视烹炼点化之功,并倡导在句法研炼中引入活泼无碍运思的特征。

那么,在"规矩备具"之后,怎样才能"出于规矩之外"而"变化不测"、活泼无碍呢? 曾季貍对此提出了自己的思考。他在上述几论的基础上,提炼出学而至"变化不测"的一个重要因素:悟入。《艇斋诗话》云:"后山论诗说换骨,东湖论诗说中的,东莱论诗说活法,子苍论诗说饱参,入处虽不同,然其实皆一关捩,要知非悟入不可。"②曾季貍此论可以说是对此前江西诗学的一个总结与提高。以吕本中"活法"说为代表的江西诗人诸说,实际上指的是一种学诗态度和作诗方法,所讨论的问题是,怎样或者说以什么样的学诗态度和作诗方法、技巧,才能作出令人反复吟咏的诗篇。这样看来,"活法"论探讨的只是个方法问题,它们重视的是在实践中的可操作性。曾季貍则具体指出,"换骨""中的""活法""饱参"的意义就在于启发诗人的"悟入"。学诗要"悟",唯"悟"才能不执泥于表面文句,唯"悟"才能纵横自如。通过"悟入"这样一个质的飞跃,方可达到"无定法""变化不测"的自由创作状态。虽然,吕本中在其他地方也提到过"悟入",如《与曾吉甫论诗第一帖》云:"要之,此事须令有所悟入,则自然越度诸子。悟入之理,正在工夫勤惰间耳。"③《童蒙诗训》云:"作文必要悟入处,悟入必自工夫中来。"④这里面只提及"此事"(指的是作诗)、"作文"须"悟入",这种说法与直言"活法"之"非悟入不可"相比,毕竟稍隔了一层,显得有些含混;而且,他在《夏均父集序》中表述其"活法"类似于下定义时,也没有将"悟入"作为"活法"说的要素明确提出。当然,吕本中在《江西诗社宗派图序》中也曾说过:"诗有活法,

---

① 丁福保辑:《历代诗话续编》,第 485 页。
② 丁福保辑:《历代诗话续编》,第 296 页。
③ 郭绍虞主编:《中国历代文论选》(第二册),第 369 页。
④ 郭绍虞主编:《中国历代文论选》(第二册),第 368 页。

若灵均自得,忽然有入,然后惟意所出,万变不穷。"①已有"活法"和"入"之类的提法,似可见到"活法"说中"悟入"的影子。但吕本中也只是打了个擦边球,仍未将"活法"与"悟入"的关系明确化,终究令人不畅。曾季貍则在诗论中直截了当地指出,"换骨""中的""活法""饱参"等说,"入处虽不同,然其实皆一关捩,要知非悟入不可"。禅宗认为,"参"和"悟"是有机联系在一起的,只有经过"参"的途径,才可能"悟入",达到"真如"境界。亦即"参"是手段,"悟"是目的;或者说,"参"是量的积累,"悟"是质的飞跃。由"参"而"悟",便如忽然间醍醐灌顶,思维顿畅,大彻大悟。作诗也是如此,诗人在学养积累到一定程度时,灵感如电光火石一般地迸发,在瞬间便把握住作诗入题的切入点,于是就有"信手拈出皆成章"的诗作,亦即"时至骨自换",一切水到渠成,笔端有口。经过"悟入"进入到无所羁绊、不粘不滞的自由境界,这也便是吕本中所说的"无定法"的创作状态。

曾季貍所论的"悟入"也指心灵的感悟。《艇斋诗话》记载苏轼论学而"悟"的一段话:"东坡《与王郎书》云:'少年为学者,每一书皆作数次读。书之富,如入海,百货皆有,人之精力不能兼收尽取,但得其所欲求者尔。故愿学者每次作一意求之,如欲求古今与兴亡治乱圣贤作用,且只作此意求之,勿生余念。又别作一次求事迹文物之类,亦如之。他皆仿此。若学成,八面受敌,与涉猎者不可同日而语。'以上皆东坡尺牍中语,此最是为学下工夫捷径。予少时亦颇窥见此术,然不能以此告人,及见东坡所言,犁然当人心,善为学者不可不知也。"②曾季貍不厌其烦地引述苏轼《与王郎书》的内容,力图表述其读书作诗时的"此术",亦即苏轼所谓"若学成,八面受敌"的过程,实质上也是曾季貍自己提出的"悟入"。"然不能以此告人"说明"悟入"是一种直觉体验,不可凭理性逻辑的推导来完成。可谓"妙处可悟不可传",是不可用语言文字来传授和表达的。这样的直觉体验确实有点神秘化,有如皎然所云"可以意冥,难以言状"一样,是心灵对事物的直觉体验,在文字层面上往往难以表述明白,如果未得其旨就难于理解。所以,《艇斋诗话》又云:"人问韩子苍诗法,苍举唐人诗:'打起黄莺儿,莫教枝上

---

① 郭绍虞主编:《中国历代文论选》(第二册),第368页。
② 丁福保辑:《历代诗话续编》,第291页。

啼。几回惊妾梦,不得到辽西。'予尝用子苍之言,遍观古人作诗规模,全在此矣。如唐人诗:'妾有罗衣裳,秦王在时作。为舞春风多,秋来不堪着。'又如:'曲江院里题名处,十九人中最少年。今日风光君不见,杏花零落寺门前。'又如荆公诗:'淮口西风急,君行定几时。故应今夜月,未便照相思。'皆此机杼也,学诗者不可不知。"①这个"机杼"便是"悟入",是个体性的"自悟"和灵感突发性的"顿悟",主要在于诗人心灵感悟的自得,外界事物只是触发"悟入"的一个契机而已。

可见,"悟入"是"换骨""中的""活法""饱参"说的关键所在。没有"悟入"过程的参与,就无法言及作诗时的"变化不测"。"悟入"是作诗从必然走向自由的关捩点,没有"悟入"之论,"活法"等说便是不完整的。曾季狸综合吕本中、韩驹等人之说,将"悟入"与"活法"联系起来论述,使"悟入"成为"活法"说的有机组成部分,"活法"说因此进一步走向完善。这并且直接导引了严羽承江西诗派以"悟"言诗。《沧浪诗话·诗辨》开篇即强调:"工夫须从上做下,不可从下做上。先须熟读《楚辞》,朝夕讽咏以为之本;及读《古诗十九首》,乐府四篇,李陵、苏武、汉、魏五言皆须熟读,即以李、杜二集枕藉观之,如今人之治经,然后博取盛唐名家,酝酿胸中,久之自然悟入。"②这里的"悟入",与曾季狸总结的江西诗学"悟入"意思相切,指接受主体通过长期学习前人作品,对艺术真谛达到深层的领会与把握,在潜移默化中提高自身的艺术修养。正是在这个意义上,也即从培养创作主体艺术修养的角度着眼,严羽才在强调诗有"别材""别趣",非关书理的同时,作了"然非多读书,多穷理,则不能极其至"这一看似矛盾而又统一的补充。

综上所述,曾季狸《艇斋诗话》论诗从重句法、重体物状景、重"悟入"三个方面对江西诗学予以了承纳与发展,这多向度地表征出《艇斋诗话》与江西诗学的纽结。也正可能缘于此,郭绍虞才在《宋诗话考》中指出,"研究江西诗派者不可不重视之"。

---

① 丁福保辑:《历代诗话续编》,第294—295页。
② 郭绍虞主编:《中国历代文论选》(第二册),第423页。

# 第五章 朱弁诗学思想与诗歌创作综论

朱弁(1085—1144),字少章,自号观如居士,徽州婺源(今属江西)人,朱熹叔祖,太学生出身,南宋名臣、诗人。建炎元年,自荐出使金国,被金人扣留,在金人的威逼利诱下未曾屈服,羁金十六年后才被遣送回国,著有《风月堂诗话》《曲洧旧闻》《续骫骳说》等。朱弁是宋代重要的诗人与诗论家,其《风月堂诗话》在我国诗学理论批评史上具有一定的地位。该书两卷,据郭绍虞《宋诗话考》考证,其最初遗留在金朝,宋度宗时才传回南宋。朱弁诗作大多已散佚,现存45首收录在《全宋诗》中,其中,39首使金时之作原收录在元好问所编《中州集》。朱弁诗作虽总体数量不多,但感情真挚,技巧纯熟,对后世诗歌发展具有一定的影响。

## 一、诗学渊源

### (一)晁氏家族成员的影响

纵观朱弁生平,晁氏家族对他的人生影响深远,尤其是晁说之。晁氏家族世代为官,家世显赫。大观二年(1108),在京师担任官学教授的晁说之认识了朱弁,"一见其诗,奇之,与归新郑,妻以兄女",[①]晁说之对朱弁文才人品非常赏识,并将侄女嫁给他,由此,朱弁成为晁氏家族的一员。年仅二十八岁的朱弁遇上五十岁的晁说之,此时的晁说之无论思想、才学、阅历、性格、气质都令年轻的朱弁

---

① 朱熹:《奉使直秘阁朱公行状》,《朱子大全》卷九十八,《四部备要》本。

仰慕,并得到启发。晁说之乐于奖掖后进,对朱弁这样有才华的年轻人顿生爱才之心,有意提点。两人在政和六年(1116)至宣和三年(1121)间同住东里(今河南新郑城内),朱弁能够随时请益,切磋学问。

晁说之生活在江西派主导诗坛时期,其诗学观与学术观一样,推崇"尊古""博通",在《谢邵三十五郎博诗卷》一文中,他将《诗经》之"风雅"视为诗歌创作的根本,对今人疏于创造而喜于仿拟大加讽刺。在《风月堂诗话》中,朱弁对晁氏"尊古"思想有一定的借鉴。在《诗话》的首则,他提出了对诗歌发展的看法:"魏曹植诗出于《国风》,晋阮籍诗出于《小雅》,其余递相祖袭,虽各有师承,而去《风》《雅》犹未远也。"①在朱弁看来,魏晋的曹植、阮籍二人师法"风雅",得其精髓,其后的诗人各有承袭,尚余"风雅"之味,到了五代,"风雅"已经扫地,在此,他也将"风雅"作为诗歌的本源;同时,朱弁认为论事要辨别源流,而他所认为的源泉可推至"风""雅""颂"之中。

除了晁说之之外,晁氏子弟中的晁咏之、晁冲之、晁载之等当时也住在新郑东里,作为晁氏女婿的朱弁与他们多有交往,并常切磋诗艺。在朱弁的作品中,"晁以道尝为予言""晁以道尝为予说此事""予屡见前辈说此事"等屡屡见到。在《曲洧旧闻》中,有七则材料涉及晁咏之;在《风月堂诗话》中,有三则材料涉及晁冲之。《风月堂诗话》中也有与晁氏论诗和晁氏的诗论记载,如说"予与晁叔用论此"②,"晁无咎晚年,因评小晏并黄鲁直、秦少游词曲"③,"令作对随嫁鸡,晁以道云:'指呼市人如使儿。'东坡最得此三昧"④,等等。朱弁不仅引用、记载诸晁的论诗之语,品评他们的诗作,还与诸晁有直接的诗歌切磋,如晁说之的《次朱少章韵》《和朱少章见寄》,晁冲之的《次韵朱少章芦桥柳桥二首》等。

可见,朱弁的创作与诗学观念或多或少受到了晁氏子弟的影响。郭绍虞《宋诗话考》曾云:"迹其交游,多在诸晁,晁叔用、冲之,晁以道、说之,晁无咎、补之较有名。"⑤

---

① 惠洪、朱弁、吴沆撰,陈新点校:《冷斋夜话·风月堂诗话·环溪诗话》,第99页。
② 惠洪、朱弁、吴沆撰,陈新点校:《冷斋夜话·风月堂诗话·环溪诗话》,第100页。
③ 惠洪、朱弁、吴沆撰,陈新点校:《冷斋夜话·风月堂诗话·环溪诗话》,第101页。
④ 惠洪、朱弁、吴沆撰,陈新点校:《冷斋夜话·风月堂诗话·环溪诗话》,第109页。
⑤ 郭绍虞:《宋诗话考》,第49页。

（二）钟嵘诗学思想的影响

针对宋代诗坛喜于寓事用典的作风，朱弁自觉地继承钟嵘诗学观念来针砭时弊。其《风月堂诗话》开篇便以钟嵘思想发明宗旨，针对江西派"无一字无来处"的创作原则，借用"吟咏性情，亦何贵丁用事"阐明诗歌的本质所在。钟嵘认为："文多拘忌，伤其真美。"①朱弁也认为诗歌之胜在浑成自然，"拘挛补缀而露斧凿痕迹者，不可与论自然之妙"。②在《风月堂诗话》的最后一则中，朱弁重提："故钟嵘云：'经国文符，应资博古；撰德驳奏，宜穷往烈。至于吟咏性情，亦何贵于用事？'"③进一步提出杜甫所说的"无一字无来处"，指的是所论之事当考源流，而非当今一些人"不究其源，而踵其末"，一味地追求字句之来历，从古人诗作中寻求素材。对于当今诗人对老杜这句话的肤浅解读，朱弁借用钟嵘之语回击他们，可见，他十分赞同及推崇钟嵘对寓事用典的疏离态度。

关于诗歌创作方法，钟嵘提出一个重要的观点，即"直寻"说。"'思君如流水'（徐幹《室思》），既是即目；'高台多悲风'（曹植《杂诗》），亦惟所见；'清晨登陇首'（张华诗句），羌无故实；'明月照积雪'（谢灵运《岁暮》），讵出经史？观古今胜语，多非补假，皆由直寻。"④钟嵘主张用即景即事的方法，写出生活中的见闻与感受，直面其景，直抒其情。在诗话的最后，朱弁引用了这段话。他认为，诗歌创作要从客观事物中获取灵感与才思，而不能将"故实"当做创作之源。诗话中关于"体物"及"自然"的阐述，明显发挥钟嵘"直寻"的思想。"体物"一词本指铺陈描写事物的形态，最早可见丁陆机《文赋》"诗缘情而绮靡，赋体物而浏亮"⑤一句中。这里，朱弁赋予"体物"以多层次内涵，其既有传统的意义又加入了新的蕴涵。他所谓"体物"是要抛开古人的诗书典故，直接从客观对象中获得审美体验并生动准确地刻画描绘事物。他抛开"故实"，认为诗歌"皆一时所见，发于言辞，不必出于经史"⑥，将钟嵘的"直寻"思想纳入到了"体物"的创作范畴

① 钟嵘著，曹旭集注：《诗品集注》，第340页。
② 惠洪、朱弁、吴沆撰，陈新点校：《冷斋夜话·风月堂诗话·环溪诗话》，第100页。
③ 惠洪、朱弁、吴沆撰，陈新点校：《冷斋夜话·风月堂诗话·环溪诗话》，第115页。
④ 钟嵘著，曹旭集注：《诗品集注》，第174页。
⑤ 郭绍虞主编：《中国历代文论选》（第一册），上海古籍出版社1980年，第177页。
⑥ 惠洪、朱弁、吴沆撰，陈新点校：《冷斋夜话·风月堂诗话·环溪诗话》，第9页。

之中。

## （三）北宋诗坛状况的影响

我国古典诗歌创作在唐代达到一个鼎盛时期。有唐诗的巅峰在前，宋人要想获得进一步的发展，就必须在唐诗艺术之外另辟蹊径。宋人由最初对唐诗的模仿走向对题材、旨意的渐次开拓，形式的不断变革与翻新。北宋前期与中期，梅尧臣、欧阳修、苏舜钦、王安石、苏轼、黄庭坚等人显现于文坛，奠定了宋诗通俗化、议论化、讲究用事押韵的道路，此时，宋诗不断走向成熟，形成"尚理""重意""求奇"等创作特征。苏、黄诗歌直接影响了同辈及后世诗人的创作，尤其是黄庭坚，他倡导以杜诗为典范，提出"点铁成金""夺胎换骨"之说，为诗歌创作提供门径。其成就卓越，理所当然地成为时人争相效仿的对象，由此，北宋中后期逐渐形成了以他为核心的江西诗派。

然而，在树立新的诗歌体制的同时，江西派的创作弊端也不可避免地显露出来，其信奉"无一字无来处""夺胎换骨"的观念，使得一味推敲文字技巧、追求用事押韵，成为北宋中后期江西派乃至整个诗坛的创作倾向，诗歌面貌呈现相对单调与僵化之态势。在此情形下，不少诗人逐渐意识到江西派的缺陷并从理论和实践上进行补充与修正，如江西派成员徐师川、韩驹、吕本中等人。尤其是吕本中，他努力创造出属于自己的诗作风格，并提出"活法"说："学诗当识活法。所谓活法者，规矩具备，而能出于规矩之外；变化不测，而亦不背于规矩也。"①一些诗论家也开始从理论上批评黄庭坚和江西派的弊病，如张戒在《岁寒堂诗话》中严厉批评苏、黄诗风，认为苏、黄太过于重视用事押韵，导致"风雅"扫地。稍后，严羽针对江西派"以文字为诗，以才学为诗，以议论为诗"，批评其"使事不问兴致，用字必有来历，押韵必有出处"，提出了诗歌创作要有"别材"、"别趣"等主张，将对江西诗人的批评反思推向极致。

朱弁经历江西诗派的鼎盛时期，同时也目睹其后期的逐渐僵化之态，《风月堂诗话》便在此背景下应运而生。朱弁针对江西派的"无一字无来处"提出了自己的诗学主张。在《诗话》的开篇，朱弁提出诗歌要"得于自然"，这也是其诗论

---

① 郭绍虞主编：《中国历代文论选》（第二册），第367页。

的核心所在。这里的"自然",既包括诗歌创作源头的"直寻",也包括创作功力的不露痕迹、自然浑成。朱弁在寓事用典之论大为泛滥的背景下,将"自然"作为诗歌创作的最高理想贯穿于论说之中,形成了承衍前人而又独具特色的诗学观念。

## 二、诗学思想

### (一)提倡自然

朱弁论诗的宗旨在于"自然",针对江西派"无一字无来处""以故实相夸"的做法,他在《风月堂诗话》篇首,借用钟嵘之言引出"自然"观。其云:"诗人胜语,咸得于自然,非资博古。若'思君如流水''高台多悲风''清晨登陇首''明月照积雪'之类,皆一时所见,发于言辞,不必出于经史。故钟嵘评之云:'吟咏情性,亦何贵于用事。'"①钟嵘从诗歌本质所在出发,指出诗歌的主要特点是"吟咏性情",而非堆砌典故,这样才不至于伤害诗作的"自然英旨"。在此基础上,朱弁进一步提出作诗的最高境界是"得于自然"。他认为,诗人是在与客观事物的接触中自然而然获得情思的,而不必到古人经史中去寻找各种故实。作诗如果"句无虚辞,必假故实;语无空字,必究所从",是远远达不到自然境界的。

在《风月堂诗话》的末尾,朱弁又重申"自然"的观点。"江左自颜、谢以来,乃始有之。可以表学问而非诗之至也。观古今胜语,皆自肺腑中流出,初无缀缉工夫。故钟嵘云:'经国文符,应资博古,撰德驳奏,宜穷往烈。至于吟咏情性,亦何贵于用事。''思君如流水',既是即目;'高台多悲风',亦唯所见;'清晨登陇首',羌无故实;'明月照积雪',讵出经史? 其所论为有渊源矣。"②这段话,可视为朱弁所倡"自然"观的总结。他认为,古今胜语皆出于创作主体之肺腑,很多好的诗句并没有运用故实、堆砌经史,有的只是从自然存在与社会事物这一源头出发吟咏性情。这里,朱弁把自然与社会当作了创作的真正源头。在论述杜

---

① 惠洪、朱弁、吴沆撰,陈新点校:《冷斋夜话·风月堂诗话·环溪诗话》,第99页。
② 惠洪、朱弁、吴沆撰,陈新点校:《冷斋夜话·风月堂诗话·环溪诗话》,第115页。

甫诗歌的时候,他对当今不少人着眼于"无一字无来处"感到痛心,认为杜诗的妙处便在于自然天成,杜甫之所以"无出其右",乃缘于从自然和社会中直接获得创作源泉,从而达到自然浑成之境界。

"自然",在朱弁的诗学之论中拥有多重含义,它既指创作论意义上诗歌的根本特征,同时也指诗歌的风格显现。朱弁在《风月堂诗话》中对杜甫、苏轼、黄庭坚等人诗作的大力推崇,也是着眼于它们所达到自然之美的。"自然"的审美理想是朱弁诗论的宗旨所在,始终贯穿于其诗学理论批评之中。

(二) 重视体物

"体物",是朱弁在自然审美观念基础上提出的诗歌创作方法。此词较早大致可见于陆机《文赋》"诗缘情而绮靡,赋体物而浏亮"①,原意指铺陈描写事物的形态。这里,"体物"的内涵是多层次的,既有传统范畴的意义,又加入了新的蕴涵。

首先,朱弁所谓的"体物"是与"以故实相夸"相对的,是要抛开古人诗书典故,直接从客观对象中获得审美体验并生动准确地描绘事物的创作方法。朱弁将钟嵘的"直寻"思想纳入"体物"命题之中,强调作诗乃"一时所见,发于言辞",要在客观事物中直接获取诗思,而不从古人笔墨中来。朱弁所认为的"体物",除了直接描写事物之外还要"自得",要传达出事物的气韵和主体的审美体验。朱弁认为晁文元《咏芭蕉》诗,"'叶外更无叶'。非独善状芭蕉,而对之曰:'心中别有心。'其体物亦无遗矣"。② 也就是诗人在描写事物时注入自我感受,努力达到物我交融的境界。他之所以大力赞赏杜甫诗作,很大原因便是其不仅不用故实,直接描写事物的形态,而且还达到"写影之功"的艺术效果。

其次,朱弁的"体物"除了指描写事物之外,同时也指诗人的亲身经历,特别是在亲身经历中融合自我体验。朱弁对杜甫入蜀诗和苏轼过海诗的高度评价,也是其诗学思想的具体体现。他在《风月堂诗话》中接连论说杜甫入蜀诗,称赞《剑阁》为实录,还直接录引《水会渡》一诗,又引用苏轼之语进行评价。"东坡

---

① 郭绍虞主编:《中国历代文论选》(第一册),第 177 页。
② 惠洪、朱弁、吴沆撰,陈新点校:《冷斋夜话·风月堂诗话·环溪诗话》,第 107 页。

云:'老杜自秦州越成都,所历则作一诗,数千里山川在人目中,古今诗人殆无可拟者。'①杜甫的这些诗作,描写了经历艰难险阻的入蜀过程,描写巴蜀山水景象传神,朱弁对杜甫诗作的欣赏很大部分着眼于"实历"的特点,正因为亲身经历过,又真实地记录了所见之景并由此抒发自己的审美体验,才能造就出不朽的诗篇。朱弁对苏轼诗作也推崇备至,虽然他也赞赏黄庭坚之义,但认为苏轼过海后,"则虽鲁直亦若瞠乎其后矣"。② 在他看来,正因为苏轼亲历了人生磨难,才使得其创作达到"夺造化"的高超艺术境界。

"体物"是朱弁诗学思想中的重要内容,作为诗人,他也将此观念付诸创作实践。其诗作描述了当时亲身经历的情境与独特情感体验,有着亲历纪实的特点。《炕寝十三韵》《苏子翼送黄精酒》《谢崔致君饷天花》等,细致地描绘了北方独特的风物,山川、朔雪、黄精酒、瑶草、菌子等事物,都是诗人亲眼所见的,带有独特的视角与感受。《送春》一诗中,诗人既写眼中所见金国春景,"小桃山下花初见,弱柳沙头絮未飞";又将所思所感融于其中,即景生情、情景交融,一句"把酒送春无别语,羡君才到便成归",含蓄婉转地表达出作者被困金国的漫长与难耐,抒发了对故国的无限思念和深情眷恋。

### (三) 追求浑成

朱弁在《风月堂诗话》中甚为推崇杜甫和苏轼之作,在他看来,两者达到真正的浑成境界。在《诗话》的篇末,朱弁评价杜甫之诗,"此老句法妙处,浑然天成,如虫蚀木,不待刻雕,自成文理。其鼓铸镕泻,殆不用世间橐籥,近古以述,尤出其右,真诗人之冠冕也"。③ 在朱弁心目中,杜甫之诗无人可出其右,就在于它真正达到浑成之境。杜诗中也有"故实",但其对"故实"的运用自然恰当,"掇英撷华,妥帖平稳",是一般人所难以达到的层次与境界,也正是朱弁的创作理想之所在。

朱弁反对江西派追求"无一字无来处"的创作手法,也反对"以故实相夸"的风习,但他并不是完全反对用典。他认为,事典要用得妥帖自然,不露痕迹,达到

---

① 惠洪、朱弁、吴沆撰,陈新点校:《冷斋夜话·风月堂诗话·环溪诗话》,第 105 页。
② 惠洪、朱弁、吴沆撰,陈新点校:《冷斋夜话·风月堂诗话·环溪诗话》,第 107 页。
③ 惠洪、朱弁、吴沆撰,陈新点校:《冷斋夜话·风月堂诗话·环溪诗话》,第 115 页。

浑成之境。他谈论李商隐之诗时,认为其"用事如此,可谓有功矣","用事属对如此者罕有"①,大力肯定李商隐作诗寓事用典的高明之处;同时,他也不排斥诗歌的格律,认为声律辞藻都要和寓事用典一样自然浑成、不露痕迹。如对于苏轼的诗歌,朱弁认为:"其和人诗,用韵妥帖圆成,无一字不平稳。盖天才能驱驾,如孙、吴用兵,虽市井乌合,亦皆为我臂指,左右前却,在我顾盼间,莫不听顺也。"②苏轼语言驾驭能力非凡,用韵妥帖,不受束缚,真正达到浑成的境界。李商隐在这方面也做得很好,用律使典直逼老杜之境。而杜牧之诗"风味极不浅,但诗律少严;其属辞比事殊不精致,然时有自得为可喜也"。③

朱弁对黄庭坚的评价,也可以反映出其对诗歌浑成之境的推崇。他认为,黄庭坚"乃独用昆体功夫,而造老杜浑成之地,今之诗人少有及者。此禅家所谓更高一著也"。④ 黄庭坚作为江西诗派的开山祖师,提倡学习杜甫,又提出"点铁成金"的主张,为江西诗的创作提供了法则。但其"无一字无来处"的主张也颇遭人诟病,后世诗论家在批评江西诗之弊时,黄庭坚首当其冲。如张戒在《岁寒堂诗话》中,就批评"诗妙于子建,成于李、杜,而坏于苏、黄",⑤认为黄庭坚"专以补缀奇字",其作诗在某种意义上不过玩弄文字游戏而已,本末有所倒置,论说不可谓不严厉。严羽也批评苏、黄"以文字为诗,以才学为诗,以议论为诗",认为"终非古人之诗"。⑥ 张戒和严羽都将"吟咏性情"作为了诗歌的本质所在,朱弁亦然,但他并没有因此而否定黄庭坚的创作,而认为黄氏的创作克服西昆体弊端,用"昆体功夫"达到老杜"浑成之地"。用"昆体功夫"指的是黄庭坚在汲取西昆体创作技法的前提下,以旧典翻出新意,诗作的风格达到浑成境界。尤其在晚年,黄庭坚更明确提出"文章成就,更无斧凿痕迹,乃为佳作"的观点,在使律和用典上也都能够做到自然贴切,达到"浑成"的境界。朱弁在批评黄庭坚的同时能看到黄诗的独特之处,给予其较高的评价,正是基于他对浑成之境的推崇。纪昀《四库全书总目》高度评价了朱弁的这一论断,认为"其论黄庭坚用昆体功

---

① 惠洪、朱弁、吴沆撰,陈新点校:《冷斋夜话·风月堂诗话·环溪诗话》,第 111 页。
② 惠洪、朱弁、吴沆撰,陈新点校:《冷斋夜话·风月堂诗话·环溪诗话》,第 109 页。
③ 惠洪、朱弁、吴沆撰,陈新点校:《冷斋夜话·风月堂诗话·环溪诗话》,第 107 页。
④ 惠洪、朱弁、吴沆撰,陈新点校:《冷斋夜话·风月堂诗话·环溪诗话》,第 113 页。
⑤ 张戒著,陈应鸾校注:《岁寒堂诗话校笺》,巴蜀书社 2000 年,第 36 页。
⑥ 严羽著,郭绍虞校注:《沧浪诗话校释》,第 26 页。

夫而造老杜浑成之地几为窥见深际,后来论黄诗者皆为所未及"。①

## 三、诗歌创作

（一）主要内容

朱弁羁留金国十六年,他一直守节不屈,但在异国的孤寂及战争所带给人民的苦难促使他以诗排忧,留下了不少珍贵的篇什。朱弁的诗作,就体裁看,大多为律诗,共有五律 19 首、七律 11 首、五言排律 1 首、绝句 1 首,另有五古 4 首、七古 3 首。从题材来看,可分为节日咏怀诗、咏物抒怀诗、羁旅思乡诗、告别诗。作为一位在异国他乡羁旅十几年的诗人,他深深思念着故土,然而使命未完归国无望,在双重的痛苦之下,朱弁的诗作如滴滴血泪,倾吐着对故国的思念、对战乱止息的盼望。

**1. 坚守不屈的信念**

朱弁出使金国早就抱定必死的决心,据《宋史》载,在遣返一人归宋时,朱弁选择留下。他说:"吾来,固自分必死,岂应今日觊幸先归。愿正使受书归报天子,成两国之好,则吾虽暴骨外国,犹生之年也。"②此后金人又诱使他为官,却宁死不从,其耿耿忠心令人深为叹服。

朱弁身处金朝,但金人的威逼利诱未曾使他屈服,而表现出坚贞不屈的情操。他常常在诗中流露出坚守不屈的信念,以苏武自勉,坚决不改其志,想像与苏武一样"兵气尚缠巢凤阁,节旄已落牧羊天"(《寒食》),"仗节功奚在,捐躯志未闲"(《有感》),希望有朝一日能"终期汉节回"。在异国他乡,朱弁担心的不是自身的安危,而是使命能否完成。他对于自己出使而未能改变战争现状甚至还被关押的情形充满愧疚,认为有辱使命,"君心想更切,臣罪何由赎"(《炕寝三十韵》),甚至认为"偃戈息民术有述,虽复加餐祇增愧"(《谢崔致君馈天花》),其拳拳爱国之情表露无遗。身在他乡,心系故国,朱弁对苍生的系念及对使命的

---

① 永瑢等:《四库全书总目》,第 13 页。
② 脱脱等:《宋史》,第 11553 页。

坚守是支撑其活下去的内在动力。他只盼在有生之年能再见到君主,"不知垂老眼,何日见龙颜"(《有感》),即使垂垂老矣,仍然心系故国,期待有一日能再见龙颜,再回故土。

**2. 对故国亲友的思念**

朱弁从宋高宗建炎元年(1127)随王伦使金被拘,直至绍兴十三年(1144)被放回国,这十六年,对他乡的不适和对祖国的思念,使其诗中表现出强烈的思归之情。如"愁工萦客思,梦故绕将乡"(《夜雨枕上》),"已负秦庭哭,终期汉节归"(《客怀》),"使节空留滞,侯归未会同"(《独坐》),等等,直接诉说着对故国的思念及归家的渴望。

在异国他乡,朱弁始终找不到归属感。作为一个外乡人,他对金国的气候和风物十分不能适应,不少诗都通过描写这种不适应,表达出对故国的思念和羁旅之愁。如《炕寝十三韵》中,塞北的朔雪纷飞让作者感受到南北的差异,但他以旁观者身份打量这一切,只能要求自己"入国暂同俗"。朱弁在《送春》中描写金朝春天来临时的景象,"风烟节物眼中稀,三月人犹恋褚衣",显然这里的春天与故国不同,"把酒送春无别语,羡君才到便成归",写出了金国春天的短暂。在春景交替之中,作者并没有表现出对春天的赞赏而联想到客居他乡,用"羡"字含蓄婉转地表达自己被困金朝的漫长,抒发无可抑制的思乡之情。再如《上巳》:"行行春向暮,犹未见花枝。晦朔中原隔,风烟上巳疑。"在上巳节,诗人由异国的景象联想到故地,通过对比,表达出对故国的深切思念之情。

此外,朱弁还常借助节日咏怀。他在诗中抒写了除夕、中秋、寒食、上巳、重九等传统节日,这些节日随着时代的演变都被人们赋予亲人团聚、友人集会的内涵。朱弁羁留异国十六年,故国的节日只能在他乡度过,每逢节日来临,他对亲朋好友及家乡故园的思念之情也变得分外强烈。如《寒食》:"绝域年华久,衰颜泪点新。每逢寒食节,频梦故乡春。草绿唯供恨,花红只笑人。南辕定何日,无地不风尘。"诗人久滞异域,但无论时隔多久,每逢此日都会梦到故乡。寒食节本是踏青郊游、祭祖之日,但诗人孤独地滞留异国,梦中家乡的春草和娇花只能平添愁绪;转而诗人又想到战争未息,自己使命未达,这种由节日引起的思念与对国家的担忧相互结合,显得格外悲凉。其他如:"关河中土异,灯火上元愁"(《元夕有感》),"九日今何地,寒深紫塞霜"(《重九》),"中秋万里月,何处驾冰轮"（《丙申中秋不见月》），这一个个节日，他都记得清清楚楚，似乎每一节日的到来都提醒着自己的处境。朱弁借助对这些的回忆与咏叹，表达出了对故国的眷恋、对亲朋的思念、对长年羁旅他乡的愤恨之情。

### 3. 偃戈息民的心愿

朱弁的诗作，除了表达自己的坚守和对故国的思念之外，还有一个重要内容，便是表达偃戈息民的愿望。朱弁出使就是希望能与金国达成和解，在金期间，他亲眼目睹了战乱，更触发了这一愿望。在其仿杜甫"秋风赋"之《炕寝十三韵》中，诗人描述了从南宋到金后的感受，由此联想到战士长年征战饱经风寒之苦，"壮怀羞灶媚，晚悟笑突曲。因思随指人，暴露苦鞭鞯。频年未解甲，蹈此锋刃毒"。战乱频繁，战士们长年征战未尝卸甲，既要经历战场上的厮杀又要忍受苦寒之地的风霜，诗人对此深感同情，在诗的最后表达了"论武贵止戈，天必从人欲。安得四海春，永作苍生福"的美好愿望。在留金期间，朱弁想到自己未能完成的使命，感到深深自责和悲痛。他的一些五律直接表达了南北修好、偃戈息民的期望，如："战伐何年定，悲愁是处同"（《战伐》）；"兵革何年息，乾坤此夜愁"（《客夜》）；"端能洗兵甲，足慰此时心"（《冬雨》）；"病骨怯风露，愁怀厌兵甲"（《十七夜对月》）。这些诗作，虽没有正面描写战争的激烈，也没有直接叙说战士的英勇，而是运用萧瑟的意象渲染悲戚的意境，充分表达出其对战争的厌恶之情。

### （二）主要特色

### 1. 选材：以身边事物及亲身经历入诗

朱弁之诗大多使金时所作，以描写身边事物和感受为主，或触景生情或直抒胸臆。他以身边事物和亲身经历入诗，在客观上摆脱了北宋很多诗人所推崇的"文以载道"的传统，也打破了"以文入诗、以议论入诗"的创作路径。

诗人在金国羁留已久，对异国的景致已然十分熟识，因此，常以周围的景致入诗。在《独坐》中，诗人以身边的"草""桃花""黄云""春风""白雪"入诗，然而诗人并不言其美，而是无视这些景色，"独立数归鸿"，诗人以美景衬托哀情，深切的思念让他对任何景色都熟视无睹。再如，《有感》云："容貌与年改，鬓毛随意斑。雁边云度塞，鸟外日衔山。仗节功奚在，捐躯志未闲。不知垂老眼，何日睹龙颜。"诗人未叙及战事,只是描写了自己的处境和所见景致,年岁渐老,望着眼前的情景,想到使命还未完成,不知何日才能归国面君,一种对时光流逝却无所作为的无奈与悲愤之情跃然纸上。还如,《客怀》云:"兵气常时见,客怀何日开。形骸病自瘦,鬓发老相催。已负秦庭哭,终乞汉节回。风雨识我意,一雨洗氛埃。"此诗叙写作者的亲身处境,客居他乡终究不能开怀,诗人的命运是和国事紧密联系在一起的,战事未息,作者终究无法像苏武一样持节回朝,只能任凭风雨洗刷身上的哀怨之情,全诗一句未及战争残酷,但从中可以窥见战事未息、山河飘摇给人们所带来的痛苦。

朱弁的诗歌选材以身边事物和亲身经历为主,看似狭小,但能以小见大,诗作描写的是个人感受,但从中可看出国家破亡给个人的巨大创伤,所表达的情感真挚沉郁,境界颇高。作者选择以身边事物入诗也是"体物"创作观念的表现,这些作品描述了其亲历之境与独特的情感体验,有着鲜明的纪实特点。

### 2. 风格:沉郁苍劲又缠绵深婉

朱弁的使金诗常常融情于景,情景交融,意境苍茫,诗意沉郁苍劲,深得杜诗精髓。朱弁对杜诗极为推崇,在《风月堂诗话》中,他将杜诗作为最高的审美理想。因此,在创作中会自觉模仿学习,尤其是他与杜甫一样饱经磨难,心系天下,有着深沉的爱国情怀。如《炕寝十三韵》一诗,就直接仿杜甫《茅屋为秋风所破歌》。该诗作于使金二年之时,叙写作者的所思所感。当时天气极寒,作者想到战士长年征战,饱受风霜及刀锋之苦,希望能止兵息戈,使苍生安宁,诗中饱含深沉的忧国忧民之情,风格沉郁顿挫。又如,《战伐》《有感》《夜客》等,与杜甫叙写安史之乱的五律非常相似,这些诗中都饱含对时局的忧虑,对战乱的痛恨以及羁旅的愁思,感情深沉,读来格外悲怆。

除此之外,朱弁一些想念故国的诗作风格则显缠绵深婉,钱锺书先生评价他的这些诗作"仿佛晚唐人的风格和情调"。[①] 如《春阴》云:"河迢递绕黄沙,惨惨阴风塞柳斜。花带露寒无戏蝶,草连云暗有藏鸦。诗穷莫写愁如海,酒薄难将梦到家。绝域东风竟何事?只应催我鬓边华!"诗作描写北方阴冷萧瑟之春景,没有飞舞的戏蝶,只有草丛中瑟缩的乌鸦,景色渲染阴冷可怖。诗人借酒入眠,但

---

① 钱锺书:《宋诗选注》,第225页。

酒力不够,还未梦到家就醒了,作者将对故国的眷恋之情写得曲折凄挚。又如《送春》中,"把酒送春无别语,羡君才到便成归",以春天的易逝衬托自己在异国的长久,两相对比,诗作显得缠绵深婉而意味幽长。

**3. 手法:多白描,炼字炼意**

朱弁主张作诗要"得于自然",他的诗就是"自然"创作观念的具体体现。朱熹评价其"于诗酷嗜李义山,而词气雍容,格力闲暇,不蹈其险怪奇涩之弊"。①朱弁欣赏李商隐之诗,自然不可避免地要借鉴学习,但他所学的不是李诗的用事晦涩,而是其对性灵的抒写。朱弁很少以议论入诗,而注重描写所见所感,在艺术手法上多用白描,如:"朔雪余千里,东风遍九州"(《元夕有感》),"行行春向暮,犹未见花枝"(《上巳》),"客滞殊方久,山围绝塞深"(《摅抱》),等等,这些诗句都语无雕饰,平淡自然。

朱弁的诗作感情真挚,自然妥帖,多用白描,这是他追求的艺术风格。在具体用字上,他比较注重炼字炼意,往往能做到用意独特又自然晓畅。炼字如"雁边云度塞,鸟外日衔山"(《夜雨枕上》),一个"衔"字将山日相接的情形生动地表达出来;"低云惨众木,寒雨失群山"(《岁序》),"惨""失"二字将云雨拟人化,营造出大雨来临时压抑沉闷的氛围;"织云萦雁塞,重雾逼貂裘"(《客夜》),一个"萦"字显示出塞外云雾之多,"逼"字更传神地表现出在塞外寒冷的气候下,人们不得不穿上厚厚的衣物御寒。这些诗句炼字精妙,"度""衔""失""逼"等字的运用,准确传神。有的炼意新奇,词语洗炼,如"把酒送春无别语,羡君才到便成归"(《送春》),诗人以春的短暂衬托自己在异国时光之漫长,意境新奇,情感含蓄真挚;"诗穷莫写愁如海,酒薄难将梦到家"(《春阴》),诗句言简意赡,诗人有着浩荡的愁绪,可这愁绪难以用语句写尽,后句将作者酒薄无力、家尚未梦而人却先醒的失望淋漓尽致地表达出来。

综上所论,作为南北宋之交的诗论家,朱弁深受其师晁说之的影响,与晁氏家族的交往在一定程度上对其诗学思想的形成有着显著的影响;钟嵘"吟咏性情""直寻"的创作观念也深深濡染着他;面对南北宋之际诗坛寓事用典颇为泛

---

① 朱熹:《奉使直秘阁朱公行状》,《朱子大全》卷九十八,《四部备要》本。

滥的现象,朱弁以"自然"为宗,强调"体物"为要,追求"浑成"的艺术境界,他的这些主张都显示出一定的承衍性与创见性。朱弁不仅是一位富于继承创新的诗论家,同时也是一个有成就的诗人。羁旅金国的特殊经历使他表现出浓烈的爱国情怀,其诗表达了对家国的深切思念及心系苍生的仁爱情怀。在诗作风格上,其大多直抒胸臆;多用白描,但注重炼字炼意;艺术风格沉郁发敛、缠绵深婉、真挚感人。总之,朱弁既有诗论家应有的理论批评自觉,在诗坛弊端日益显露之时吸取前人所论,提出了一些新颖且富有创见性的主张;同时,作为诗人,他的创作是其理论主张的实践展开与形象说明,显示出丰富深沉的思想内涵与独具的艺术特色。他在我国古典诗学史上有着一定的地位,理应引起我们更多的关注。

# 第六章　周必大与杨万里的交游及其影响下的诗歌创作论

周必大(1126—1204),字子充,一字洪道,号省斋居士,晚年自号平园老叟,庐陵(今江西吉安)人。绍兴二十一年进士及第,后中博学鸿词科,从此仕途通达,历任宋孝宗、光宗、宁宗三朝重臣,官至左丞相。周必大一生著述颇丰,诗、词、文方面皆有建树,其《周益国文忠公集》达二百卷。纪昀等《四库全书总目提要》称其"制命温雅,文体昌博,为南渡后台阁之冠。考据亦极精审,岿然负一代重名,著作之富自杨万里、陆游以外未有能及之者"。[①] 周必大集文、仕于一身,交游甚广,尤其是与中兴四大诗人的交游更加频繁,其中,又与同乡杨万里的交游特别密切,并且深刻影响到他的诗歌创作理论。

## 一、周必大与杨万里的交游

宋代,举世重交游。同年乡旧、亲友世交、士人方外以各种各样的社会关系形成不同形态的交游。周必大作为南宋时孝、光、宁宗三朝重臣,交游甚广,结交的诗侣文友"灿若弦上星",相互赠答,切磋诗艺,被誉为"一时词臣之冠"。

周必大与杨万里的交游,是属于同年乡旧之间的交往。周必大生活在靖康元年到嘉泰四年间,杨万里生活在建炎元年到开禧二年间,两人同籍于江西吉水。应该说,两人主要是文友,而不是仕友。因为在仕途上,周必大对杨万里是不予认同的。杨万里性格刚直、锋芒毕露甚或有点不饶人,正如周必大所说:

---

① 　永瑢等:《四库全书总目》卷一百五十九。

"至于立朝谔谔,知无不言,言无不尽,要当求古人,真所谓'浩然之气至刚至大,以直养而无害,塞于天地之间者'";①周必大则知足保和、圆融通达甚或不乏世故老练。尤其是在孝宗朝,作为同年乡旧,周必大曾为杨万里的仕途努力过,但杨终未获孝宗宠幸,张端义《贵耳集》曾记其缘由,认为乃宋孝宗认为杨万里语音不正而将之移作奉册,但真正的原因恐缘于杨万里的性格缺陷问题。这也是周必大之所以不能与"刚而褊"的杨万里成为仕途好友的内中关节。之后,当孝宗想重用杨万里时,周必大坚持"和而不同"的原则,力避与杨万里牵涉。《宋史》曾载:"万里为人刚而褊,孝宗始爱其才,以问周必大,必大无善语,由此不见用。"②

然而,仕途的不合道并不影响周、杨两人在文坛上的友谊。周必大曾极力称赞杨万里之人品与文学地位,其《题杨廷秀浩斋记》认为杨万里有"仁者之勇",总是"立朝谔谔,知无不言,言无不尽",充满一股"至刚至大"的浩然之气。其《跋杨廷秀所作胡氏霜节堂记》又云:"清风严霜本不相为谋,兼二美者,竹也。友人杨公廷秀平居温厚慈仁,真可解愠,临事则劲节凛然,凌大寒而不改。名堂作记,曲尽竹之情状,盖身之非假之也。"③周必大认为,杨万里为人有如清风,温情可解愠;遇事则有如严霜,刚果凛然,独具修竹之高风亮节。周必大又高度肯定杨万里的文学成就与文坛地位,这也是两人交游频繁的主要原因。他说:"友人杨廷秀,学问文章,独步斯世。"④又云:"庐陵王公主庐陵文盟者,六十年继之者今诚斋杨廷秀也。"⑤其《跋杨廷秀赠族人字道卿诗》亦云:"江西诗社,山谷实主夏盟,后四方人才如林,今以数计,未为多也。诚斋家吉水之溁塘,执诗坛之牛耳。始自宗族,延及郡邑,孰非闯李、杜之门,睎欧、苏之踪者。"⑥周必大论评杨万里远承李、杜,近师于欧、苏,是继黄庭坚之后的诗坛主盟。可见,他们的交游主要是以诗文作为纽带的。

周必大与杨万里的交游以周必大罢相为界,分为罢相之前与罢相之后两个

---

① 周必大:《周益国文忠公集·省斋文稿》卷十九,文渊阁影印《四库全书》本。
② 脱脱等:《宋史》卷四百三十三。
③ 周必大:《周益国文忠公集·平园续稿》卷五,文渊阁影印《四库全书》本。
④⑤ 周必大:《周益国文忠公集·省斋文稿》卷十八,文渊阁影印《四库全书》本。
⑥ 周必大:《周益国文忠公集·平园续稿》卷八,文渊阁影印《四库全书》本。

时期。罢相之前,周、杨两人有过断断续续的交往,但交往甚少。例如,周必大在《回江东漕杨秘书监万里启》中云:"公当访我之旧游,声画遥陈,悃愊莫书。"以回忆的形式记载两人的交往,重现其书信往来、以诚相待、同享人间乐事之情景。笔者在周必大《文忠集》的《省斋文稿》和《平园续稿》二集中,仅仅发现《奉新宰相杨廷秀携诗访别次韵送之》一诗抒写两人之间的交往,当年为宋孝宗乾道六年,也就是杨万里晋为国子博士这一年,杨万里要远行,两人借诗互相道别,杨万里为了"五斗"而"辍万卷",这足以见出,在周必大罢相之前,两人的交往是比较稀疏的。

　　周必大与杨万里交游频繁的时间,主要集中在其罢相之后,此时,杨万里也正好归田还乡。据罗大经《鹤林玉露》记:"庆元间,周益公以宰相退休,杨诚斋以秘书监退休,实为吾邦二大老。益公尝访诚斋于南溪之上,留诗云:'杨监全胜贺监家,赐湖岂比赐书华? 回环自辟三三径,顷刻能开七七花。门外有田供伏腊,望中无处不烟霞。却惭下客非摩诘,无画无诗只谩夸。'诚斋和云:'相国来临处士家,山间草木也光华。高轩行李能过李,小队寻花到浣花。留赠新诗光夺月,端令老子气成霞。未论藏去传贻厥,拈向田夫野老夸。'"①说明两人在退休之后,访于南溪之上,互相酬诗和韵。《吉水县志》卷三十六《儒林传》为杨万里作传时亦云:"史家谓'孝宗爱其才,以问周必大,必大无善语,由此不见用',愚窃谓不然,观益公致政后,诚斋亦相继归田,末路往还倡酬,情好颇密,篇章具在,可考而知也,益国公固非忌才者,诚斋又岂匿怨而友者哉!"由此可以看出,周必大虽然与杨万里仕道不合,但于文学之事却志同道合。周必大致政之后,杨万里相继归田。也就是在杨万里"居家十五年"间,两人"末路"相逢,交往颇密,酬诗唱韵,创作了大量的诗作、序跋。而且在此时期,两人的交游出现一个高峰,即宋宁宗庆元元年至宋宁宗嘉泰二年间。庆元元年,南宋朝廷外戚韩侂胄专权,斥道学为"伪学",周、杨与韩侂胄之间早已存有芥蒂,两人首当其冲被指为罪魁祸首。因此,他们便成为互诉衷肠的密友,仅庆元元年,《平园续稿》所录周必大和杨万里酬唱诗竟有 7 首;庆元二年 2 首;到庆元三年,两人成为宋籍"伪党"50 余人中的成员,仍唱酬不减,互写序跋多篇。宋宁宗嘉泰二年,"伪学"之党禁开始

---

① 罗大经著,王端来点校:《鹤林玉露》,中华书局 1983 年,第 210—211 页。

松弛,交游渐少,直到嘉泰四年周必大卒。此时,由于两人已经年迈体衰,交游的地点也受到限制,已不能是远在野外的山川河流、峡谷密林,甚或寺庙道观,而主要是在衣锦还乡后的各自居所,或幕友之家。宋光宗绍熙三年,周必大与杨万里同登尚书谢昌国之桂山堂,各作《题桂山堂》一首。宋宁宗庆元元年至嘉泰二年间,杨万里之万花川谷和周必大之平园是两人赋诗唱酬的主要处所。

## 二、周必大的诗歌创作论

周必大游访杨万里之作颇多,"文体昌博",有诗歌、序跋、题、谢、启等,其中,较为丰富的有两类:交游诗与题跋。据初步统计,在《省斋文稿》与《平园续稿》两个集子中,周必大酬唱杨万里之诗共26首,其中,作于中年的《省斋文稿》中录2首,而作于晚年的《平园续稿》中录24首。而在《省斋文稿》《平园续稿》以及《江西通志》中,周必大给杨万里所写的题跋共有7篇,都作于其晚年,这进一步说明周必大与杨万里之交游主要是在晚年。这些酬唱之作,体现出周必大在受到杨万里影响的同时有其独特性的诗歌创作论。

### 1."触物感兴"的创作发生论

从创作发生论看,周必大接受杨万里"触物感兴"说,基本上与杨万里保持一致的看法。杨万里转易多师,最终形成以自然山水和心灵感受为抒写对象,以俚语白话入诗的"诚斋体"。"诚斋体"的特点之一,便是从大自然中感发诗情,周必大正是吸吮了杨万里"诚斋体"这一营养成分,极赏杨万里平易自然、清新活泼、通俗易懂的诗作特色。例如,他在给杨万里《石人峰》作跋时,评价杨万里"至于状物姿态,写人情意,则铺叙纤悉,曲尽其妙"①,高度肯定杨万里描摹自然时,极尽万物之千姿百态,对人情意体贴入微,抓住自然之神妙的创作特征。与此相应,周必大也表现出积极投身于自然万物之中,以自然山川和日常生活为感受对象,倾听大自然声音,描绘大自然风雅,体验日常生活之恬淡的创作特点。如,《寄题谢昌国尚书桂山堂》:

---

① 周必大:《周益国文忠公集·平园续稿》卷九,文渊阁影印《四库全书》本。

> 京国薪如桂，家山桂满林。
>
> 叶留经岁碧，花雨成秋金。
>
> 作楫商舟稳，为梁汉殿深。
>
> 幽香宜自秘，莫待斧斤寻。

《杨廷秀送牛尾狸侑以长句次韵》：

> 江南十月方肃霜，小槽初滴鹅儿黄。
>
> 颇思指动异味尝，门正张罗谁末将。
>
> 披绵强来推下去，枯虾欲进上之户。
>
> 羊膻豕腥犹可厌，盼截脂凝在何处？
>
> 草玄子云黄门郎，遗我黑面质白章。
>
> 形之硬语努力强，写以奇字伴史仓。
>
> 愧无纤手色倾国，压糟磨刀走臧获。
>
> 喜于左手持蟹黄，美胜八珍熟熊白。
>
> 古来狸首歌侯门，名以牛后真屈君。
>
> 从金玉汝洗俗谚，好与纨袖陪梁园。
>
> 公诗如貂不烦削，我续狗尾句空着。

诗中对大自然进行精雕细琢，对日常生活的描绘也曲尽其妙。前首诗描写京国桂林满山，桂叶绿盈欲滴，桂花化作金黄，幽香四溢，哪怕是深宫大殿也阻匿不了花香飘溢，写出一派优美的自然景象；后首诗虽然是写自己诗作如狗尾，而杨万里之诗则"如貂不烦削"，然而，前一部分对日常生活中陆上走禽、海里虾蟹的抒写细腻有加。可以看出，周必大交游诗写得自然透脱，不加雕饰，正如刘勰所说的"傍及万品，动植皆文：龙凤以藻绘呈瑞，虎豹以炳蔚凝姿；云霞雕色，有逾画工之妙；草木贲华，无待锦匠之奇；夫岂外饰，盖自然耳"[1]，有如"清水出芙蓉，天然去雕饰"。又如，其《杨廷秀秘书监万花川谷中洛花甚富乃用野人韵为鱼儿牡

---

[1]　刘勰著，范文澜注：《文心雕龙》，人民文学出版社 1958 年，第 1 页。

丹赋诗光荣多矣恶语叙谢》云：

> 万花川谷第芳菲，也许湘灵媵伏妃。
> 翠叶迎风牵荇带，红绡浴日湿宫衣。
> 共船不妒龙阳钓，警乘犹疑洛渚飞。
> 谁把荒园一鱼目，换将五十六珠归。

周必大像杨万里一样，用心灵去体悟大自然的微妙，尤其是"翠叶迎风牵荇带，红绡浴日湿宫衣"诗句，抒写大自然那种与人"心有灵犀"之性，具有王维诗"空翠湿人衣"同样的艺术审美效果。再如，《次韵杨廷秀待制二首》中"十年不侍殿东头，临水登山隐者流"诗句，则从杨万里"先贶二诗，曲尽登临之胜"的角度出发，进而流露出临水登山的自然情怀，实做到了"诗以体物验工巧"，具体贴切地描写自然大化，不仅写出自然之形，而且显示万物之神，表达了诗人的情志。

### 2. "闲适淡雅"的创作效果论

虽然周必大与杨万里一样，有意识地投身大自然中去感发诗情，但是从创作效果看，周必大却表现出与杨万里对平凡事物进行哲理思考不同的取向。杨万里是位理学家，对自然进行清新活泼的描绘时，总是于诗中塞满了理学味道，而周必大诗则没有理学说教的意味，表现出与杨万里"理趣"诗不一样的特色，即自然淡雅与超然闲适，孕育着一种热爱人生的"闲趣"。周必大的诗中总蕴含着"一语天然万古新，豪华落尽见真淳"[①]的淡雅闲逸，追寻一种超然自得，寄托其人生理想与心灵归宿。如《次韵杨廷秀待制》（其二）：

> 官府新辞上界仙，碧瑶洞口晋桃源。
> 默存常在清都境，归去休无靖节园。
> 为问龙楼并凤阁，何如侁老及平原。
> 明年大作南溪社，会访拾遗花柳村。

---

① 刘克庄著，王秀梅点校：《后村诗话》，中华书局1983年，第99页。

《乙卯冬杨廷秀访平园即事二首》云：

乘兴不回安道舟，销忧同倚仲宣楼。
莫嫌四面酸风射，犹胜三场渖汗流。

梅得诗翁八月歌，至今万朵压枝多。
明年结子应无数，金鼎调羹味正和。

这些与杨万里的交游诗也是赠答酬唱之作，但是，不像宋初西昆体诗那样雕润华丽，整饬深密，而是描写纯净雅致的"仙境""清都境"，以及悠然自得的"晋桃源""花柳村"。哪怕是"四面酸风射"也觉得胜过"三场渖汗流"，毫无富赡台阁之气，充溢着淡雅闲逸的风格情调。

周必大的这种闲适淡雅不是一种山林隐士的闲适淡雅，而是一种仕人的闲适淡雅。一般地说，隐士的闲适是一种消极避世的闲适，这种闲适并不"闲适"，往往充满复杂矛盾的情结；而周必大的闲适是一种积极入世的闲适，他知足保和，既无衣食牵绊，亦少人事拘泥，更多的是"乐"之悠闲，这一点，在他的诗中表现得尤为明显。如《次韵杨廷秀》云："江国群芳自有余，诗才酒兴不愁无。"抒写自己怡然自得的潇洒情怀。四季时序之"秋"对一般隐士意味着"枯藤残叶""断肠之思"，但在周必大的笔下，却是一年四季各有所获，正如其《中秋招王才臣赏梅花廷秀待制有诗次韵》所云："春自春兮秋自秋，总把繁枝插满头。"以至于他在《胡季亨渔圃中有观生亭取天地万物生意杨诚斋赋二诗次韵》一诗中，对那些只知春荣秋凋的人提出了置疑："只道春荣夏乃亨，谁知四序总生生。"在周必大的自然创作中，取景处无不是生机勃勃，他在访杨万里时，也是"望中无处不烟霞"（《上巳访杨廷秀赏牡丹于御书扁榜之斋其东园仅一亩为街者九名曰三三经意象绝新》）。

诚然，周必大不排斥杨万里的以自然万物为感兴对象，体验诗情画意，但其交游诗的自然淡雅与超然闲适，则又体现了其诗歌创作效果论独具的特色。

### 3."由学而悟"的创作过程论

从创作过程论看，杨万里强调以"悟入活法"为重点，这与其从大自然中

"悟"人生道理的创作主张是相吻合的。周必大则不然,他强调"以学问为诗",更确切地说,周必大认为要悟"活法",首先要修炼才学,厚积学问,必须经历一个由学问而到大彻大悟的过程。其《跋杨廷秀石人峰长篇》云:

> 韩子苍赠赵伯鲁诗云:"学诗当如初学禅,未悟且遍参诸方;一朝悟罢正法眼,信手拈出皆成章。"盖欲以斯道淑诸人也。今时士子见诚斋大篇巨章,七步而成,一字不改,皆扫千军、倒三峡、穿天心、透月协之语,至于状物姿态,写人情意,则铺叙纤悉,曲尽其妙,遂谓天生辨才得大自在,是固然也。抑未知公由志学而从心,上规赓载之歌,刻意风雅颂之什;下逮左氏、庄、骚、秦汉魏晋南北朝隋唐以及本朝,凡名人杰作无不推求其词源,择用其句法,五六十年间,岁锻月炼,朝思夕维,然后大悟大彻,笔端有口,句中有眼,夫岂一日之功哉? 吉水惠卿之子且示公石人峰长韵,读之如身履羊肠,耳闻斑寅,心胆震悸,毛发森耸,诗能动人,一至是也。予惧夫不善学者,欲以三年刻楮叶之巧,而睎秋花发杜鹃之神,望公将坛竭蹶趋之,非但失步邯郸,且将下坠千仞,故历叙公真积力久,乃入悟门,证子苍之知言。①

周必大指责当时士子认为杨万里文章天然浑成、妙造神合乃其天才所至的观点,他认为,事实上,杨万里之所以"下笔如有神",是由于他"上规赓载之歌","下逮左氏、庄、骚、秦汉魏晋南北朝隋唐以及本朝",推究古人之辞,采摘名句,岁锻月炼,朝思夕维的结果;而非一日之功。周必大提出,作诗像参禅一样,要悟诗道,创作出上乘之作,必须精通古今,不能邯郸学步,浅尝辄止;要锲而不舍,不断积累,方能悟门,作诗的过程就是一个积累学问到悟出诗道的过程。

周必大还提倡诗歌创作要言辞通达,曲尽其妙,有自然之神韵。"辞达"是我国古代文论中的一条基本准则,所谓的"辞达",就是指不刻意修饰,而又能准确地把握自然之神韵,以求达到"随物赋形,文理自然的境界"。在周必大看来,"辞达"要求质文并重,质极而文,淡而不厌。即不事点染,而文采自生;不要矫情,而妙造无痕,自然流畅。其《跋杨廷秀对月饮酒诗》云:"韩退之称柳子厚云:

---

① 周必大:《周益国文忠公集·平园续稿》卷十一,文渊阁影印《四库全书》本。

'玉佩琼琚,大放厥辞',苏子瞻答王庠书云:'辞至于达而止矣',诚斋此辞可谓乐斯二者。"①周必大认为杨万里文辞壮美,有如"玉佩琼琚",清丽透脱,且又非华而不实,而是表意确切,恰到好处,"辞达而止"。周必大又在《跋杨廷秀石人峰长篇》中称赏杨万里诗"笔端有口,句中有眼","大篇短章,七步而成,一字不改,皆扫千军、倒三峡、穿天心、透月协之语"②,极力赞扬杨万里诗歌如禅家悟道,言辞自然流出,文章一气呵成,体现了"妙造自然"之笔力。

总之,周必大与杨万里频繁的交游,不仅使其创作了大量的酬唱之诗与题跋之作,而且这些交游之作,体现了周必大在杨万里影响下的别具一格的诗歌创作论,成为其诗学理论的重要组成部分。

---

① ② 周必大:《周益国文忠公集·平园续稿》卷八,文渊阁影印《四库全书》本。

# 第七章　罗大经《鹤林玉露》诗"兴"论

罗大经(生卒年不详),字景纶,庐陵(今江西吉安)人,南宋文学家。曾任容州法曹掾,抚州军事推官,后为叶大有所弹劾,罢官还山。其文学成就并非名噪一时,著书亦不多。据《江西通志》与《吉水县志》记载,仅有《鹤林玉露》《心学经传》《易解》三书,后两者已佚。其所著《鹤林玉露》为笔记体著作,纪昀等《四库全书总目提要》称:"其书体例在诗话、语录之间,详于议论而略于考证。"①书中记载诗事,评论诗人,摘赏佳句,探讨诗法,阐说理论,内容非常丰富。罗大经的论诗主张,在当时独树一帜,对宋代诗歌创作及诗学理论批评的发展都产生一定的影响。其中,关于诗"兴"的论述,就在继承前人及同时代人的基础上,有自己独特的解会,显示出鲜明的个性,为古典诗"兴"论的完善作出了贡献。

## 一、"兴"重"观物"

"兴"是我国古代文论中一个内涵丰富的美学范畴。钱锺书先生曾说"兴之义最难定"。的确,自从"兴"在《诗大序》中作为"六义"之一被提出来之后,对其涵义的界说就众说纷纭。代表性观点主要有以下几种:1.郑玄、郑众等人以汉儒的视点对"兴"进行解说,认为"兴"是"托事于物","取善事以喻劝之","兴"被视为道德教化的工具;2.南宋,李仲蒙提出"兴"是"触物以起情","物动情者也",认为"兴"是用来起情的;3.稍后的朱熹提出"兴者,先言他物以引起所咏之词也",认为"兴"只是诗歌创作中的"引子",起兴与表意并不一定存在意义上的

---

① 永瑢等:《四库全书总目》卷一百六十一。

必然联系。上述三种观点中,郑玄、郑众对"兴"的阐说充满说教意味,李仲蒙的阐说主要偏重于诗"兴"的表现内容,朱熹的阐说则侧重于诗"兴"的表现形式而论。罗大经论诗极力倡导"兴",他对诗"兴"的阐说既继承"兴者,起也"这一基本观点,又摒弃关于"兴"的劝诫讽喻之说,提出了自己独到的见解,体现出将诗歌表现形式与内容相结合的特征。罗大经认为,诗"兴"重"观物",且要做到"静观"与"活观"的辩证统一。

罗大经《鹤林玉露》云:"诗莫尚乎兴,圣人言语,亦有专是兴者。如'逝者如斯夫,不舍昼夜','山梁雌雉,时哉时哉!'无非兴也,特不曾隰括协韵尔。"①"兴"对于诗歌创作而言,是指诗歌的生发,罗大经把"兴"看作诗歌生发的最重要基质。他认为,诗歌没有不崇尚"兴"的,古代圣人之言没有不合乎"兴"这一基本创作准则的。《鹤林玉露》"柳诗"条评道:"唐人柳诗云:'水边杨柳绿烟丝,立马烦君折一枝。惟有春风最相惜,殷勤更向手中吹'朱文公每喜诵之,取其兴也。"②罗人经认为,朱熹之所以爱唐人咏柳诗,是因为咏柳诗起兴自然,情蕴其中,极表人对生活的体悟。《鹤林玉露》又云:"盖兴者,因物感触,言在于此,而意在于彼,玩味乃可识。"③罗大经这一对"兴"的涵义的阐说,继承前人关于诗"兴"乃"触物起情"的观点,认为"兴"是因物感触而激发起作者所咏之情,从言意关系看,达到内容与形式的统一。从"言"这一表现形式层面看,"兴"是借助"物"来暗示、象征与传情达意的,是一种表达"含蓄不露"之意的"曲笔";从"意"这一表现内容层面看,"兴"在于要表达一种情意,抒发诗人的感情,而且诗人笔下的这种感情只有"玩味"才可以觉察到。《鹤林玉露》"山静日长"条载:

　　唐子西诗云:"山静似太古,日长如小年。"余家深山之中,每春夏之交,苍藓盈阶,落花满径,门无剥啄,松影参差,禽声上下。午睡初足,旋汲山泉,拾松枝,煮苦茗啜之。随意读《周易》《国风》《左氏传》《太史公书》及陶杜诗、韩苏文数篇。从容步山径,抚松竹,与麛犊共偃息于长林丰草间。坐弄

①③　罗大经著,王瑞来校点:《鹤林玉露》,第185页。
②　　罗大经著,王瑞来校点:《鹤林玉露》,第27页。

流泉,漱齿濯足。既归竹窗下,则山妻稚子,作笋蕨,供麦饭,欣然一饱。弄笔窗间,随大小作数十字,展所藏法贴、墨迹、画卷纵观之。兴到则吟小诗,或草玉露一两段。①

"兴到则吟小诗",道出"兴"因物起情的特点,也即罗大经所说的"大抵登山临水,足以触发道机,开豁心志,为益不少"。"触发道机"之时就是诗人进入到诗"兴"有发之时,如此由于万物感触,作者诗兴大发,"兴"之所到,即成诗篇。

罗大经并未囿于对"兴"之涵义的一般阐发,他进一步对"兴"发的机理予以阐说,强调"兴"的前提基础是"因物",认为"兴"之所以能自然生发,乃心中有"物",就像"了然于心"是"了然于口与手"的前提一样。没有"眼中之竹"就不可能有"胸中之竹",更不可能形成"手中之竹",因此,对"物"的认识如果不真切、不深入,就很难把内心所藏的真实感情表达出来,文学作品也就不成其为文学作品,诗歌也就不成其为诗歌了。《鹤林玉露》又提出:"大概画马者,必先有全马在胸中。若能积精储神,赏其神俊,久久则胸中有全马矣,信意落笔,自然超妙,所谓用意不分乃凝于神者也。"②罗大经认为,绘画前首先必须对所要描绘的对象仔细观察,"马在眼中",然后积精储神,观赏"马之神俊",从而达到"马在胸中"。绘画如此,作诗更如此,"凡作文章,须要胸中有万卷书为之根柢,自然雄浑有筋骨,精明有气魄,深醇有意味。"③作诗须通过"观物"达到胸中有万卷书的状态,这一所谓"胸中万卷书",不仅指饱读前人的文章典籍,还包括观察与解读大自然与人类社会这一本大书,只有这样,才能使所创作的诗歌自然雄浑,精气充蕴,意味深醇。可见,罗大经认为,"观物"的过程其实就是一个由"观形"到"观神"的过程。

那么,怎样才能做到有效地"观物"呢? 罗大经强调必须做到"静观"与"活观"的统一。"静观"与"活观",都是从佛教禅语中引用过来的术语。在罗大经看来,"静观"主要是一种禅定式的观照,要求诗人内心空静,排除一切外在尘扰,"直指人心",寂然静坐而观照世界,使万事万物呈现于眼前,景象便不知不

---

① 罗大经著,王瑞来校点:《鹤林玉露》,第304页。
② 罗大经著,王瑞来校点:《鹤林玉露》,第343页。
③ 罗大经著,王瑞来校点:《鹤林玉露》,第332页。

觉进入头脑中,进入一种诗"兴"的状态。《鹤林玉露》云:

> 伊用每见学者能静坐,便叹其善学。余谓静坐亦未可尽信,固有外若静
> 而中未免胶扰者,正所谓坐驰也。尝闻南岳昔有住山僧,每夜必秉烛造膻
> 林,众牛打坐者数百人,或拈竹篦痛惺之,或袖中出饼果置其前,盖有以窥其
> 中之静不静,而为是征劝也。彼异端也,尚能洞察其徒心术之隐微,而提撕
> 警策之,吾儒职教者有愧矣。①

这种"静坐",相对于诗歌创作与审美而言便是一种"静观"。罗大经认为,外表
看起来静而内心却有"胶扰"的不是真正的"静观",只有做到"心无杂念""旁无
一物",才算得上真正的"静观",可见,罗大经所谓的"静观"已非单指肉眼所见,
而主要是心灵对万物生命绵延的体悟、接纳与包容。然而,这种"静观"又不同
于"闭门觅句"式的"冥思苦索",而是诗人对世界"静观"的同时要做到"活观",
即其所说的"活处观理"。《鹤林玉露》又云:"古人观理,每于活处看。故《诗》
曰:'鸢飞戾天,鱼跃于渊。'夫子曰:'逝者如斯夫,不舍昼夜。'又曰:'山梁雌雉,
时哉时哉!'孟子曰:'观水有术。必观其澜。'又曰:'源泉混混,不舍昼夜。'明道
不除窗前草,欲观其意思与自家一般。又养小鱼,欲观其自得意,皆是于活处看。
故曰:'观我生,观其生。'又曰:'复其见天地之心。'学者能如是观理,胸襟不患
不开阔,气象不患不和平。"②"活观"这一禅语被罗大经用来分析"兴"之观物非
常恰当。首先,"活观"的对象必须是活脱脱的生命,或者说观"物"之"活"的一
面。例如,山川草木、鸟兽虫鱼原本具有生命力,观此等物必须看其"活"动的方
面,看山必须观群山之连绵不断、起伏不定,看孤峰之直冲云霄的气势;观水则必
须观其流动不居、波涛之急骤舒缓,否则,就只是"一潭死水",是不能入诗的,更
不能"兴"起作者的激情,这也就是他所说的"古人观理,每于活处看"之意。罗
大经认为,《诗经》中的作品之所以具有经久不衰的生命力,是因为诗人往往于
"活处"观理,观"鸢飞",看"鱼跃",察逝者如斯,水之有澜,赋予万物以绵延的

---

① 罗大经著,王瑞来校点:《鹤林玉露》,第 290 页。
② 罗大经著,王瑞来校点:《鹤林玉露》,第 163 页。

生命力。其次,作为"活观"主体的诗人必须"胸次玲珑活络",胸襟开阔。罗大经认为,李、杜"二公所以为诗人冠冕者,胸襟阔大故也"。因此,"活观"便是从大自然充沛的生命创造力中感兴自然生命的律动与和谐。古人作诗能自得其意,境界开阔,胸次活络,兴致高妙,便是因为"古人观理,每于活处看",只有这样,才能启迪诗人以一种透脱的心灵去观照世界,从而在作诗时达到言与意会的高潮,即"兴"起。罗大经从审美观照的角度,对我国古典诗"兴"发生论予以很好的阐说。

## 二、"兴"意乃"赋"、"比"之归宗

文学创作与审美欣赏中,"兴"与"赋""比"相较,具有更高的艺术审美价值,因此,阐明"兴"与"赋""比"的关系显得甚为重要,罗大经在这方面交出了自己的答卷。相对而言,"兴"与"赋"是较易区别的两种艺术表现方式,所谓"赋",即"铺陈""直言其事""敷布其义",其最大的特点是直接性,无论写景状物,还是叙事抒情,都不是"引譬连类",而是直言其事,直抒胸臆,在言与意之间,"赋"省略了"物"这一中介;所谓"兴",即触物而起,其最大的特点是间接性,在言与意之间,"兴"是万万绕不开"物"这一中介的。相对与"赋"的关系,"兴"与"比"的关系则纷繁复杂。汉代以前,"比""兴"合论,两者依靠"引类譬喻"这一纽带联系在一起。发展到唐代,皎然试图将两者区分开来,其《诗式》云:"今且于六义之中,略论比兴。取象曰比,取义曰兴,义即象下之意。凡禽鱼草木人物名数,万象之中义类同者,尽入比兴,《关雎》即其义也。"[1]皎然将"比""兴"看作文学创作表现手法的两个方面,即形式与内容,"比"就是从自然中捃摭异质之象,是属于形式层面的;"兴"是万象所蕴含的深层意义,是属于内容意义层面的。但是,皎然仅仅将"比""兴"看作表现手法的两个方面似乎太过于简单。宋以降,"比""兴"分论的情况更加普遍,其中,以朱熹为代表,他极力将两者掰分开来。其《诗集传》云:"兴者,先言他物以引起所咏之词也。赋者,敷陈其事而直言之也。比者,以彼物比此物也。"又云:"但比意思切而却浅,兴意虽

---

[1] 张伯伟:《全唐五代诗格汇考》,第 230 页。

阔而味长。"①朱熹认为,"比"与"兴"的差别关键在于:"兴"的"所咏之词"与"他物"之间表面上看来,似乎联系不很紧密,"先言他物"只不过是引起"所咏之词"的一种表现工具而已;而"比"的"彼物"与"此物"之间的关节点却很明显,很紧贴,即"彼物"与"此物"之间取决于两者之间的相似点。而且两者的区别还在于,"比"意"思切而却浅","兴"意则"虽阔而味长",这也就是刘勰所谓的"比显而兴隐",是一种含蓄委婉的表现手法。

罗大经未取汉儒的"比兴"之论,亦未活吞朱熹将"赋比兴"分开的观点,他从辩证观照的视点,既看到"赋比兴"的不同之处,同时又精到地分析三者的紧密联系。《鹤林玉露》云:

> 盖兴者,因物感触,言在于此,而意在于彼,玩味乃可识,非若赋比之直言其事也。故兴多兼比赋,比赋不兼兴,古诗皆然。今姑以杜陵诗言之,《发潭州》云:"岸花飞送客,樯燕语留人。"盖因飞花语燕,伤人情之薄,言送客留人,止有燕与花耳。此赋也,亦兴也。若"感时花溅泪,恨别鸟惊心",则赋而非兴矣。《堂成》云:"暂止飞乌将数子,频来语燕定新巢。"盖因鸟飞燕语,而喜已之携雏卜居,其乐与之相似。此比也,亦兴也。若"鸿雁影来联塞上,鹡鸰飞到急沙头",则比而非兴矣。②

从这段文字可以看出,第一,罗大经认为"兴"与"比""赋"不同。首先,从整体来看,在于"曲"与"直"之不同,"兴"是"言在于此而意在于彼",只有"玩味"才能得其真意,是一种含蓄曲折的表现手法,而"赋"和"比"最大的特色是"直言",是一种直截了当的表现手法。这与朱熹的观点是不约而同的。其次,从"赋"与"兴"的关系看,两者的不同除了"直"与"曲"之外,还在于:诗作中所写之"物"与诗人主体的感情之间是否映射有异,"赋"只是一种铺陈而已,不管"物"是否已经激起诗人的感情,也不管作者的感情是否移入了"物",就其本身而言,只是一种叙述方式;"兴"则不然,它要求所写之"物"一定要激发起作者感

---

① 朱熹:《诗集传》卷一,文渊阁影印《四库全书》本。
② 罗大经著,王瑞来校点:《鹤林玉露》,第185页。

情才为"兴",即物必然是在先,而情必然是在后的或同时的。物感发诗人,诗人的感情与物之间相互映射,从而达到物的感发与人的情感外射不期而遇、自然统一的状态。所以在"岸花飞送客,樯燕语留人"这一诗句中,铺陈"花"与"燕"是赋笔;对于杜甫即将离去,却只有燕与花送客留人,自然而然作者就产生对"人情薄如纸"的感叹,这却是作者"触物感兴"之笔。那么,为何"感时花溅泪,恨别鸟惊心"是"赋"而非"兴"呢? 这又涉及另一个问题,即作者主体感情的投射方向问题。"兴"不等于"移情",不是作者感情投射到"物"上,而是"物"触发作者的诗情,是"生情"。"感时花溅泪,恨别鸟惊心"是作者心中满腔的国破家亡之痛,移情到外物之上,觉得花都与人产生共鸣,属于"移情"的范畴。所以,这一句诗只是"赋"而不是"兴"。最后,从"比"与"兴"的关系看,两者虽然都借物达情,但思维方式却完全不同。如前所论,"兴"是触物在先,起情在后,而"比"呢,则是情意在前,索物在后,作者要寻求人与大自然之间某种相似性。换句话说,"比"是有意识的,理性多于直觉,而"兴"则是无意识的,直觉多于理性,实质上是人心与物象之间一种偶然的异质同构关系。因此,在"暂止飞鸟将数子,频来语燕定新巢"这一诗句中,大概是因为鸟飞燕语,而喜自己携雏卜居,所得之欢乐与鸟燕相似,此"比"也,亦"兴"也。而在"鸿雁影来联塞上,鹡鸰飞到急沙头"一句中,并没有作者之心与自然物象之间的偶然恰合,此"比"也而非"兴"也。第二,罗大经认为,"赋、比、兴"三者不是截然分开的,而是紧密联系在一起的,是"兴多兼比赋,比赋不兼兴",也就是说,在大多数情况下,"兴"往往兼有"比赋"的特点,而"比赋"不一定兼有"兴"。从它们的这种表现范围来看,"兴"较之"比赋"要广得多,此亦为其"诗莫尚乎兴"的论断提供一个佐证。由此看来,罗大经认为,舍弃"比"或"赋"就不能成"兴",离开"比"或"赋"又无法释"兴",因为"比""赋"是一定与"物"相关的,"兴"又正是离不开"物"的,往往要靠"比物""赋物"来"起情"。总之,"比""赋"是"兴"生发的基础;去"兴"则"比""赋"无所归依,"兴"意乃"比""赋"之归宗。

## 三、影响罗大经诗"兴"论的因素

罗大经诗"兴"论与其文学思想、批评旨向是分不开的。他以儒家正统文艺思想论诗,要求诗歌"须有劝戒之意",担当起伦理教化的使命,继袭儒家"温柔敦厚"的诗教说,主张词婉意微、不迫不露。然而,如果说"《鹤林玉露》以儒家正统文艺思想论诗,坚持'文以贯道'的功利主义观点,主张为人须恪守'人之职分',致力于'三不朽'中之'立言',为文应取法《风》《骚》,立意应'忠厚雅正',用语要'优柔谆切',存'劝戒',补'实用'"①,那么,它只是道出罗大经诗论所受的整体影响,相对于其具体的诗"兴"论来说,他主要受所处时代儒学即理学的影响。罗大经在《鹤林玉露》中极力推崇朱熹及二程,汲取理学"格物致知"的践行主张来论诗歌创作与欣赏。"格物致知"乃指穷究事物的原理法则而总结为理性知识,其最重要的前提条件便是"格物"。罗大经非常重视"格物",但他所论"格物"并不指向"致知",而是用来"起情",这充分体现其诗"兴"论的独特之所在。宋代理学家"格物致知"强调"格物"需"因闲观时,因静照物",主张"观物"时需心灵虚静,才能"万物静观皆自得",在静寂的观照中将主体的生命与宇宙的生命融会贯通,从万物的生机中获得一份生命的愉悦。这种"观物"论的主旨,实质上便是通过观察自然界中活生生的万物,去开启心灵之窗,洞察万物之理,达到主体生命与客体生命的共构。罗大经的"静观"与"活观"相统一的观点,与上述论述是不谋而合的。

罗大经关于诗"兴"的论说,与其禅学因缘也是分不开的。罗大经极力治心学,《鹤林玉露》"文章性理"条云"余尝辑《心学经传》十卷",这种"心学"实际上是宋代普遍流行的禅学。"兴"论早已有之,与禅的兴盛似乎并无必然的联系。但在罗大经来说,禅学使其诗"兴"论有了更加丰富的内容。其一,禅家爱自然与其"兴发于物"有着内在的联系,进而强调"观物"时应"静观",这与禅学提倡"心静"又不无关系。作为禅家修习的根本要求,"静"就是"定",要求习禅者心如止水,不起妄念,于一切法不染不著,但是并非空无一物而是"心量广大,犹如虚空","世界虚空,能含万物色象,日月星辰,大地山河,泉源溪源,草木丛林"。②罗大经的"静观"正是要求心无旁骛,达到对万物生命之流的体悟。其二,罗大经对"兴"之发生偶然性的论说,与禅悟的随机性有着很深的内在联系。悟是禅

① 王大鹏等编选:《中国历代诗话选》,第838—839页。
② 惠能:《六祖坛经》,江苏古籍出版社2002年,第30—31页。

之根本,没有悟就没有禅,就像太阳没有光和热,悟道者随所触遇而得解脱,学禅者就是在这种偶然的、随机的契机下顿悟的。"兴"的产生就是人的心灵与自然物象之间达到一种无意识、非理性直觉的契合。罗大经关于"兴"之"因物触发"的偶然论与禅宗的这种随机性有着明显的相似、相通之处。

罗大经诗"兴"论,还与其特殊的生活经历与人格气质有着千丝万缕的联系。他"性本爱丘山",为官在位期间亦"不忘山林",认为士虽不能长守山林、长亲蓑笠,只要意趣与之相投则留守山中,不合则拂袖便去,毫无拘绊。罗大经为官之位不显赫,后又为人所弹劾,还归山林,这为其与大自然的亲近提供了条件。罗大经沉浸于大自然中,"兴到则吟小诗,或草玉露一两段",他在《鹤林玉露》甲篇自序中说:"余闲居无营,日与客清谈鹤林之下。或欣然会心,或慨然兴怀,辄令童子笔之。久而成编,因曰《鹤林玉露》。"[1]这一切都是罗大经走近自然、观照万物、触物兴会的结果。

---

① 罗大经著,王瑞来校点:《鹤林玉露》,第 1 页。

附　　录

# 中国古典诗学对"宋诗"之抑的消解与反思

宋诗,在我国传统诗学中有着独特的内涵与意义。大致从南宋前期以来,以张戒、朱熹、叶适、严羽等人为线索,出现对宋诗的贬抑甚至全盘否定之声;此线索一直延伸至元代的杨维桢,明代的刘绩、刘崧、周叙、徐师曾、李东阳、陆深、李梦阳、何景明、李攀龙、谢榛、屠隆、彭辂、李沂,清代的冯班、冯舒、毛先舒、聂先、王夫之、郎廷槐等,他们从不同角度将对宋诗的贬抑之论承衍开来。比此稍后,大致从元代后期开始,不少人针对贬抑宋诗之论展开多样的辨说,有力地伸张了宋诗的价值,提升了宋诗的地位。此两方面线索形成对垒与交集,成为我国传统诗学论说的一个焦点,显示出独特的批评价值,富于历史观照的意义。本文对我国古典诗学对"宋诗"之抑的消解与反思予以考察。

## 一、元后期至明前中期:对"宋诗"之抑消解与反思的导引和突显

我国古典诗学对贬抑"宋诗"之论的消解与反思,大致出现于元代后期。周霆震《刘遂志诗序》云:

> 近年风气益漓,士习好异。妄庸辈剽闻先进一二语,遂谓宋诗举不足观,弃去之惟恐不远;专务直致,傲然自列于唐人。后生小子争慕效之,相率以归于浅陋,诗之道固若是乎哉?①

---

① 陈伯海主编:《历代唐诗论评选》,第490页。

周霆震较早对贬抑宋诗予以反思。他认为,当世诗坛风气整体上好尚唐音,其中,少数识见不高之人只从表面上听到几句批评宋诗之语,便认为宋诗无足可取,惟恐弃之不远,他们论诗片面发扬"直致"之求,专以自然真实、不作修饰为审美原则,并由此而一味推扬唐人诗作,体现出甚为片面的态度。这是十分浅薄鄙陋的看法,诗作之道由此偏于一隅。

佚名《诗法源流》云:

> 宋诗比唐,气象复别。今以唐、宋诗杂比而观之,虽平生所未读者,亦可辨其孰为唐、孰为宋也。盖唐人以诗为诗,宋人以文为诗。唐诗主于达情性,故于《三百篇》为近;宋诗主于立议论,故于《三百篇》为远。然达情性者,国风之余;立议论者,国风之变,固未易以优劣也。[①]

《诗法源流》作者从相互比照的视域论说唐宋诗之别。他认为,体现在创作路径上,唐人以作诗之法作诗,因而显得本色;宋人以作文之法作诗,因而较为新奇。在诗作旨趣上,唐诗以表现人之性情为本,宋诗以发抒议论为宗,因而在对《诗三百》的承继上,前者相对更多而后者较少。它们分别偏于不同的创作统绪,唐诗多承"风骚"之体而来,宋诗多沿"风骚"之变而下,但相互间是没有优劣高下之分的。《诗法源流》作者对唐宋诗的论说较早体现出平正的态度,这在唐宋诗之论的初期是甚为难得的,为后世对"宋诗"之抑的消解与反思作出有力的导引。

明代前期,黄容《江雨轩诗序》云:

> 近世有刘崧者,以一言断绝宋代,曰宋绝无诗。他姑置之,诗至《三百篇》至矣,何子夏、毛苌之伦尚遗所昧,寥寥千五百余年,至朱子而始明,宁无一见以及崧者?人不短则己不长,言不大则人不骇。欲炫区区之才,无忌惮若是,诟天吠日,固不足与辨。[②]

---

① 张健编著:《元代诗法校考》,北京大学出版社 2001 年,第 236 页。
② 陈伯海主编:《历代唐诗论评选》,第 548 页。

黄容针对刘嵩所持"宋无诗"之论予以驳斥。他认为,自先秦《诗三百》以来,诗歌历史发展已走过一千五百余年的漫长历程,这之中,尤其至宋代朱熹,人们对诗歌艺术表现及功能的认识逐渐更为明晰,其中难道没有一个人的见识可及刘嵩吗?黄容批评刘嵩故意以惊人之语而耸人听闻,完全是不负责任的"惊世之论",意在炫人闻目,制造轰动效应,其在本质上是不足与辨的。黄容对　概否定宋诗予以严厉批驳,显示出对武断之论的坚决拒斥。

瞿佑《归田诗话》云:

> 又谓世人但知宗唐,于宋则弃不取。众口一辞,至有诗盛于唐坏于宋之说。私独不谓然,故于序文备举前后二朝诸家所长不减于唐者,附以己见,而请观者参焉。仍自为八句题其后云:"《骚》《选》亡来雅道穷,尚十律体见遗风。半生莫售穿杨技,十载曾加刻楮功。此去未应无伯乐,后来当复有扬雄。吟窗玩味韦编绝,举世宗唐恐未公。"①

瞿佑对当世宗唐弃宋的诗学风尚持以异议,不以为然。他在为自己所编《鼓吹续音》的序文中,例举宋元二代之诗优长并附以评说,体现出对宋诗的努力推扬态度。其所作论诗绝句,在对传统"骚体"与"选体"之诗予以称扬的同时,肯定诗歌历史发展是波浪式向前推进的,认为历代都会出现像扬雄一样才情兼擅之人,他们致力于创作之道,不断推进了诗歌历史的发展,因而,举世宗唐之风气肯定是不一定公允的。

明代中期,都穆《南濠诗话》云:

> 昔人谓"诗盛于唐坏于宋",近亦有谓元诗过宋诗者,陋哉见也!刘后村云:"宋诗岂惟不愧于唐,盖过之矣。"予观欧、梅、苏、黄、二陈至石湖、放翁诸公,其诗视唐,未可便谓之过,然真无愧色者也。元诗称大家,必曰虞、杨、范、揭。以四子而视宋,特太山之卷石耳。方正学诗云:"前宋文章配两周,盛时诗律亦无侔。今人未识昆仑派,却笑黄河是浊流。"……非具正法

---

①　陈伯海主编:《历代唐诗论评选》,第548页。

眼者,乌能道此。①

都穆对贬抑宋诗之论予以驳斥,论断持唐、元二代之诗高于宋诗之论为鄙陋之见。他引述刘克庄所云宋诗无愧于甚至超过唐诗之言,认为欧阳修、梅尧臣、苏轼、黄庭坚、陈师道、陈与义、范成大、陆游等人,其诗作是毫不逊色于唐人的;而元代虞集、杨载、范梈、揭傒斯等人的创作与宋人相比则见出相当差距,是不在同一艺术层面的。都穆引述方孝孺论诗绝句,将宋人诗文标树到很高的地位,论断其为传统诗歌历史发展中的"正体",从独特的角度弘扬了诗歌创作之道。都穆对方孝孺之言予以高度肯定,称扬其"具正法眼",是甚富于批评识见的。

俞弁《逸老堂诗话》云:

> 古今诗人措语工拙不同,岂可以唐宋轻重论之。余讶世人但知宗唐,于宋则弃不收。如唐张林《池上》云:"菱叶乍翻人采后,荇花初没舸行时。"宋张子野《溪上》云:"浮萍断处见山影,小艇移时闻草声。"巨眼必自识之,谁谓诗盛于唐而坏于宋哉!瞿宗吉有"举世宗唐恐未公"之句,信然!②

俞弁对贬抑宋诗之论也予以驳斥。他认为,唐宋诗在用字造语上确存在差异,但世人一味贬抑宋诗却是不妥的。他例举唐代张林与宋代张先同咏荷叶诗句,认为后者便明显优于前者,由此,评断瞿佑"举世宗唐恐未公"之论是十分正确的。俞弁通过例述唐宋人诗句,从一个具体角度对扬唐抑宋之论予以了否定,进一步突显出对"宋诗"之抑的消解与反思,是富于一定说服力的。

## 二、明后期:对"宋诗"之抑消解与反思的拓展和延伸

明代后期,对"宋诗"之抑的消解与反思,主要体现在何乔远、陶望龄、袁宏道、袁中道、毕自严、郑之玄等人的论说中。他们大力肯定宋诗的存在及其价值,

---

① 丁福保辑:《历代诗话续编》,第1344—1345页。
② 丁福保辑:《历代诗话续编》,第1300页。

将对宋诗的评说努力置放到较为公允的平台之上，在对"宋诗"之抑的消解与反思中显示出拓展和延伸的意义。

何乔远《郑道圭诗序》云：

> 今世称诗者，云唐诗唐诗云尔，余恨不宋，又乌唐也！天地古今，景色法象，布濩流衍，何所可穷？千百世上，千百世下，心思神智，何所不及？有宋诸公业挺然以文章自命，其有不竭一生心力，思维结撰，出前人所未尝有，而徒袭其影响迹象以相师者耶？且夫既唐矣，胡不汉魏也？既汉魏矣，胡不《三百》也？且夫一唐矣，自分初盛中晚，而何独宇宙之间，不容有一宋也？宋亦一代之人，凡前辈、今日所以不喜宋诗者，目皆未尝见宋，如瞽人随人而言日月耳。予读文与可、秦少游、陈无己、戴世之诸公诗，莫不镂心刻意，有物外之思。①

何乔远针对当世之人多好尚唐音予以论说。他认为，对前人的学习应该是由近而远的，亦即先"趋宋"而后"入唐"，这是文学效仿的普遍原则。他称扬宋人善于在前人的基础上变化生新，创造出独特的体制。何乔远针对传统"四唐"划分之论，认为人们对唐诗的认识可以如此细致，何以独容不下宋诗之体呢？这是令人不解的。他提出，宋诗为一代之诗，自有其精妙独特之处，一些人不喜尚它，这大致缘于对宋诗缺乏了解认识、人云亦云之故。何乔远称扬宋代文同、秦观、陈师道、戴复古等人，认为他们在诗歌创作中巧于用思，精于立意，表现出深远的思致，较好地体现出时代特色，是值得认真学习吸收的。

陶望龄《马曹稿序》云：

> 而说者遂谓唐以后无诗。于戏！诗也者，富有日新之业也。无诗焉，是无才与情也。斯人之生久矣，其状貌有同而莫辨者耶？童而老，辰而暮，酬对论说，有穷而莫继者耶？此不求异而异，无意为新而时出焉。人之材如其面，而情如其言。诗也者，附材与情而有者也，欲不新与异得耶？……然则

①　陈伯海主编：《历代唐诗论评选》，第721页。

> 所云宋以后无诗者,非诗之果穷,为者穷之耳。夫杜、韩之诗信大矣,群宋人之称诗者而毕效焉,不亦至小而可笑乎?①

陶望龄从历史发展角度对贬抑宋诗之论予以消解与驳斥。他界断"唐以后无诗"之论为游戏之言,认为诗歌创作乃"富有日新之业",是不断变化发展的。"唐以后无诗"之论,应该是针对唐人所秉具的独特才思与情性表现而言的,而并非指唐以后的人便不具有其他方面的艺术才思与创作情性。陶望龄认为,就像世上确有面貌相似而不容易辨认之人,但随着时间的推移变化,其相互的差异是会逐渐更多地呈现出来的。因而,求新与显异是历史发展的必然规律,这是任何人都无法阻止与消弭的。正由此,那些以一语而截断诗歌历史流程的人,都是眼目深受拘限的。陶望龄论说宋人作诗善于效仿杜甫与韩愈,他们从另一种取径创新了诗道,建构出新的诗歌范式,是切不可小觑的,理应得到人们的一同推尚。

袁宏道《与李龙湖》云:

> 近日最得意,无如批点欧、苏二公文集。欧公文之佳无论,其诗如倾江倒海,直欲伯仲少陵,宇宙间自有此一种奇观。但恨今人为先入恶诗所障难,不能虚心尽读耳。苏公诗高古不如老杜,而超脱变怪过之,有天地来,一人而已。仆尝谓六朝无诗,陶公有诗趣,谢公有诗料,余子碌碌,无足观者。至李、杜而诗道始大。韩、柳、元、白、欧,诗之圣也;苏,诗之神也。彼谓宋不如唐者,观场之见耳,岂直真知诗何物哉!②

袁宏道通过论说欧阳修与苏轼诗作特征,对贬抑宋诗之论予以了消解。他称扬欧阳修之诗自如腾挪、起伏跌宕,如翻江倒海,很好地承扬了杜甫诗的创作特征;苏轼之诗则善于变化,超迈奇逸。他们的诗作都达到很高的艺术境界,无愧于唐代韩愈、柳宗元、元稹、白居易等人。正由此,袁宏道论断持宋诗不如唐诗之说

---

① 陈伯海主编:《历代唐诗论评选》,第633—634页。
② 陈伯海主编:《历代唐诗论评选》,第720页。

者,只看到诗歌历史的表象而并未深入到本质之中,并非真正懂得诗艺之道,是应该受到批评的。

袁中道《宋元诗序》云:

> 宋元承三唐之后,殚工极巧,天地之英华,几泄尽无余。为诗者处穷而必变之地,宁各出手眼,各为机局,以达其意所欲言,终不肯雷同剿袭,拾他人残唾,死前人语下。于是乎情穷而遂无所不写,景穷而遂无所不收。无所不写,而至写不必写之情,无所不收,而至收不必收之景,甚且为迂为拙,为俚为狷,若倒困倾囊而出之,无暇拣择焉者。总之,取裁吟臆,受法性灵,意动而鸣,意止而寂,即不得与唐争盛,而其精采不可磨灭之处,自当与唐并存于天地之间,此宋元诗所以刻也。①

袁中道从历史因革的角度对贬抑宋诗之论予以消解与反思。他认为,宋人生于唐人之后,其面对的现状是唐诗在各方面都达到很高的水平,要想在其已开拓耕耘的基础上有所成就,这显然是不容易的。由此,宋人在向唐人学习的过程中,避免一味仿拟,而努力探求自身创作之道。相比于唐人,他们在情感表现上无所不写,在景致描绘上无所不入,这源于唐人在一般性写景言情上都已臻于极致,宋人不得不另辟蹊径所致。总体来看,宋诗讲究剪裁,精于立意,性灵发抒与法度彰显并融,虽表面上难与唐诗相提并论,但自有“精采”之处,同样具有不可磨灭的价值,在传统诗歌大厦中有着独特的地位,是值得大力推扬的。

毕白严《类选四时绝句序》云:

> 今世论诗者,多尊盛唐而卑中晚,况宋元乎?是选兼取宋元者何?夫宋元蕴藉声响,间或不无少逊李唐,至匠心变幻,则愈出愈奇矣。昔人谓唐人绝句至中晚始盛,余亦妄谓中晚绝句至宋元尤盛。如眉山之雄浑,荆公之清丽,康节之潇洒,山谷之苍郁,均自脍炙人口,独步千古,安可遗也!袁石公贻张幼于书云:世人喜唐,仆则曰唐无诗;世人卑宋黜元,仆则曰诗文在宋元

---

① 陈伯海主编:《历代唐诗论评选》第716页。

诸大家。此虽有激之言,抑亦足为二季解嘲矣。①

毕自严对其时宗唐抑宋之论予以分析论说。他认为,宋元诗作可能在含蓄蕴藉之艺术传达与音律表现之婉转流丽方面逊色于唐诗,但其富于匠心,追求变化,以奇崛为美,自有独特的表现空间与艺术张力。毕自严引述袁宏道贬抑唐诗而推扬宋诗之语,认为其虽存在过激之处,但确为比较唐宋诗提供了一个新的看法,是足以引起人们认真深入思考的。此论实际上对扬唐抑宋现象明确予以了颠覆。

郑之玄《陈古白诗序》云:

> 唐宋人诗可相有不可相无。尊唐甚者诎宋,尊宋甚者诎唐,二者非是。唐力取其声韵,宋力取其才情。声韵不足而才情之,古今人不相及已可知也。独空腹之夫,食唐余吐,竞诧唐音,盖病马腐鼠不堪之极。于是一舍之宋,而有科头乱发之过,有观者犹得新其耳目。是趋宋者以唐人难学,而厌唐者非厌唐,厌今人之为唐者也,古白曰:吾但能为性情之诗,吾但喜人之能为性情者,他所弗问。今古白之诗,纵横而韵,清颖而才,境取其真,意取其快,诚所谓性情之诗,而非有意趋舍唐宋者之所能及也。②

郑之玄通过为陈元素诗作序,鲜明地表达出融通唐宋的批评主张。他提出,唐宋诗其实是相互补充而非对立的。一些人过于推扬唐诗而极力贬抑宋诗,另一些人又过于推扬宋诗而极力贬抑唐诗,都是不正确的。他提出,诗歌创作要努力汲取唐人在音律表现与宋人在才力彰显方面的优长,将唐宋人各具的创作特点尽可能地融合到一起。郑之玄批评那些缺乏一定文学修养与创作才情之人,在诗歌创作中盲目效仿"唐音",但食之不化,诗作面貌不堪入目;一些人又转而趋尚"宋调",但诗作同样呈现出乱杂无序的面貌,这些人都是有待变化创作路径、提高创作识见的。郑之玄推称扬陈元素以性情为诗的主张,论断性情乃诗歌艺术

---

① 毕自严:《石隐园藏稿》卷二,文渊阁影印《四库全书》本。
② 陈伯海主编:《历代唐诗论评选》,第722页。

表现的本质所在。正因此,陈元素诗作情真意切,纵横自如,无适不可,在很大程度上,超越了唐宋诗之尊尚的论题,将诗歌创作推向一个很高的标度,的确是值得大力肯定的。

## 三、清前期:对"宋诗"之抑消解与反思的充实和深化

清代前期,对"宋诗"之抑的消解与反思,主要体现在黄宗羲、叶燮、徐乾学、邵长蘅、吴之振等人的言论中。他们主要从顺应诗歌历史发展的角度,将对宋诗的肯定提升到更富于学理的层面,在很大程度上,对"宋诗"之抑的消解与反思予以了充实与深化。

黄宗羲《张心友诗序》云:

> 余尝与友人言诗:诗不当以时代而论,宋元各有优长,岂宜沟而出诸于外,若异域然?即唐之诗,亦非无蹈常袭故、充其肤廓而神理蔑如者,故当辨其真与伪耳。徒以声调之似而优之而劣之,扬子云所言"伏其几,袭其裳,而称仲尼"者也。此固先民之论,非余臆说。听者不察,因余之言,遂言宋优于唐。夫宋诗之佳,亦谓其能唐耳,非谓舍唐之外,能自为诗也。于是缙绅先生间谓余主张宋诗。噫!亦冤矣。①

黄宗羲对以所处时代不同而抑扬诗作之论予以否定。他论断宋元之诗是各有所长的,不应置于诗歌历史发展的正统流程之外。他针对世人所普遍推崇唐诗的现象,认为唐诗中也存在不少"蹈常袭故"者,其虽表面上承扬前人而内在精神与韵致却大相径庭。正因此,黄宗羲提出,辨析诗作当看创作主体情感表现真挚与否,而不应只从音调运用与表现的角度抑扬高下。他坚决反对袭貌遗神之作,认为其舍本逐末,是不得要领的。与此同时,黄宗羲对将宋诗置于唐诗之上的论调亦予以否定,论断这也是不见公允的。他认为,宋诗之妙便在善于接受与变化唐诗创作因子,宋人并非完全抛弃唐人自创出一个艺术世界,而是在有机承衍中

---

① 陈伯海主编:《历代唐诗论评选》,第797页。

化传创变的。

叶燮《原诗》云：

> 至于宋人之心手日益以启，纵横钩致，发挥无余蕴。非故好为穿凿也；譬之石中有宝，不穿之凿之，则宝不出。且未穿未凿以前，人人皆作模棱皮相之语，何如穿之凿之之实有得也。如苏轼之诗，其境界皆开辟古今之所未有，天地万物，嬉笑怒骂，无不鼓舞于笔端，而适如其意之所欲出。此韩愈后之一大变也，而盛极矣。[1]

叶燮之论在对宋诗善于创造变化的推扬中，体现出对贬抑宋诗的消解意义。他大力肯定宋人在作诗时巧于心智，极意发挥，纵横变化，挥洒自如，比譬其如石中探宝，"穿凿"之法不同，则所得便有所差异。叶燮主张不断变化创作之法，他对苏轼诗作极力称扬，认为其在艺术境界的开拓上前所未有，笔调变化收放自如，很好地承扬了韩愈喜创变的创作路径，将宋诗的创作推向一个极致层次。

徐乾学《宋金元诗选序》云：

> 唐以后无诗之说，予心疑之久矣。文章之道，以变化为能，以日新为贵。天之生才无穷，事物之变态无穷，以才人之心思与事变相遭，而情景生焉，而真诗出焉，不可以格调拘，不可以时代限也。从来作者，风会迁流，体制各别。……唐人未尝祖汉魏而桃六朝，后人辄欲宗唐而黜宋元。夫宋元人诗，风调气韵诚不及唐，而功深力厚，多所自知，如都官之清婉、东坡之豪逸、半山之坚老、放翁之雄健、遗山之新俊、铁崖之奇矫，其才力更在郊、岛诸人上，而辄云唐后无诗。是犹燕、冀之客，不信有峨眉、罗浮之高，扬、粤之人，不信有盘江、洱海之阔，徒为陋而已矣。[2]

徐乾学对"唐以后无诗"之论予以猛烈抨击。他大力肯定变化求新乃一切事物

---

[1] 叶燮著，霍松林校注：《原诗》，人民文学出版社1979年，第9页。

[2] 陈伯海主编：《历代唐诗论评选》，第872页。

的本质特征,也是文学创作发展的内在规律。他认为,只要人们凭借心灵去感受事物,就可以产生真情,就能够创作出好诗,不能随时都以唐人格调来为后人之诗划分高下。诗作面貌的呈现是没有固定不变格套的,切不可以某一特定时代特征而对其他时期创作形成拘限。徐乾学肯定在"风调气韵"的呈现上,唐宋诗确乎存在差异,但他认为宋诗体现出创作主体深厚的功力,产生了梅尧臣、苏轼、王安石、陆游等许多杰出的诗人,他们推陈出新,开创了诗歌创作的新时代。徐乾学比譬持"唐以后无诗"之论,就像燕赵之人不知有峨眉山与罗浮山之高峻,淮扬与岭南之人不知有六盘江与洱海之宽阔,其眼目之拘限,是十分鄙陋的。

邵长蘅《研堂诗稿序》云:

> 诗之不得不趋于宋,势也。盖宋人实学唐,而能夏逸唐轨,大放厥辞。唐人尚酝藉,宋人喜径露。唐人情与景涵,才为法敛。宋人无不可状之景,无不可畅之情,故负奇之士不趋宋,不足以泄其纵横驰骤之气,而逞其赡博雄悍之才,故曰势也。①

邵长蘅之论对"宋诗"之抑亦显示出消解的意义。他从历史发展角度大力肯定宋诗出现的必然性,认为宋人作诗实乃从仿拟唐人开始,但又逐步超越其藩篱,大胆变化创新;宋人在创作取材上体现为无所不入,在创作表达上体现为无所不道,在艺术表现上相对直接显露。唐宋之诗都很好地体现出文学历史发展的本质特征,都是顺乎历史发展规律的。

吴之振《宋诗钞序》云:

> 自嘉、隆以还,言诗家尊唐而黜宋,宋人集覆瓿糊壁,弃之若不克尽,故今日搜购最难。黜宋诗者曰"腐",此未见宋诗也。宋人之诗变化于唐,而出其所自得,皮毛落尽,精神独存,不知者或以为腐。后人无识,倦于讲求,喜其说之省事而地位高也,则群奉"腐"之一字以废全宋之诗。故今之黜宋者,皆未见宋诗者也;虽见之,而不能辨其源流,则见与不见等。此病不在黜

---

① 陈伯海主编:《历代唐诗论评选》,第874—875页。

宋,而在尊唐,盖所尊者嘉、隆后之所谓唐,而非唐宋人之唐也。唐非其唐,则宋非其宋,以为腐也固宜。①

吴之振对明代嘉靖、隆庆以来扬唐抑宋现象予以分析评说。他认为,明中后期以来的诗坛普遍贬抑宋诗,这导致宋人诗集难以搜求;一些人以迂腐板滞而论评宋诗,实际上是对宋诗艺术特征的误解,并未识见到宋诗的本质所在。吴之振认为,宋诗一方面从唐诗中承衍而出,另一方面又善于变化创新,因而,它虽然在形式上表现出"皮毛落尽"、瘦劲矍铄的特点,然其内在却"精神独存",是寓含深远思致与丰厚意味的。吴之振批评那些盲目推扬唐诗而贬抑宋诗之人是毫无识见的,认为他们所尊"唐诗",其实并非真正的诗歌历史流程中的唐代,而是当世人所赋予及"认定"的诗之"唐代",两者间是两码事的。他们才真正显示出迂腐呆板,是令人惋惜的。其《瀛奎律髓序》云:

> 作者代生,各极其才而尽其变,于是诗之意境开展而不竭,诗之理趣发泄而无余。盖变而日新,人心与气运所必至之数也。其间或一人而数变,或一代而数变,或变之而上,或变之而下,则又视乎世运之盛衰,与人材之高下,而诗亦为之升降于其间,此亦文章自然之运也。由是言之,时代虽有唐、宋之异,自诗观之,总一统绪,相条贯如四序之成岁功,虽寒暄殊致,要属一元之递嬗尔。而固者遂画为鸿沟,判作限断,或尊唐而黜宋,或宗宋而桃唐,此真方隅之见也。②

吴之振论断变化发展乃时代的本质特征,正由此,诗歌意境创造才能不断出新,意趣表现才能不断生巧。他论断变化生新有着丰富复杂状况,即使同一个人也可能有很多变化,同一历史时期之人也有很多的差异,而其变化之高下与时代运会及人之才力都是紧密相连的。吴之振论断从时代变化来看,其虽有唐宋的不同,但从诗歌历史发展来看,它们又是顺递而下、相衍而出的,内在并不存在判然

---

① 陈伯海主编:《历代唐诗论评选》,第 875—876 页。
② 方回选评,李庆甲集评校点:《瀛奎律髓汇评》,第 1813 页。

的鸿沟。正由此，吴之振批评"尊唐黜宋"或"宗宋祧唐"之论者，都体现出一隅之得，其眼光是甚为狭隘的，他们真正缺乏以发展的眼光而观照诗歌历史流程，是无甚可道的。

## 四、清中后期：对"晚唐"之抑消解与反思的完善和张扬

清代中后期，对"宋诗"之抑的消解与反思，主要体现在袁枚、翁方纲、陈衍等人的论说中。他们或从诗歌艺术表现的本质所在，或继续从对唐宋诗的细致分析，或从具纵深性的诗史发展角度加以论说，将对"宋诗"之抑的消解与反思予以了完善与张扬。

清代中期，袁枚《答施兰垞论诗书》云：

> 夫诗无所谓唐宋也。唐宋者，一代之国号耳，与诗无与也；诗者，各人之性情耳，与唐宋无与也。若拘拘焉持唐宋以相敌，是子之胸中有已亡之国号，而无自得之性情，于诗之本旨已失矣。[1]

袁枚对传统诗学批评中的分唐界宋之论予以直接的破解。他提出，唐与宋，乃不同国号而已，其与诗歌创作在本质上是不相关涉的，诗歌本质在表现人之性情，这与是否唐宋之属也是少有关系的。如果我们斤斤计较于从模唐拟宋的角度来加以衡量，这实际上是人为地在自己心中横亘进历史流程中的两个朝代，而并未将自有自如之性情放置于诗歌创作的本位，诗作之丰富旨趣是必然有失的。其又云：

> 来书云：唐诗旧，宋诗新。更不然也。夫新旧可以年代计乎？一人之诗，有某首新、某首旧者；一诗之中，有某句新、某句旧者。新旧存乎其诗，不存乎唐宋。[2]

① 陈伯海主编：《历代唐诗论评选》，第 965 页。
② 陈伯海主编：《历代唐诗论评选》，第 965—966 页。

袁枚针对施谦以新旧之属论评唐宋诗,认为唐宋诗其实是不存在新旧之别的,不能以诗作所产生时代的远近而界断新旧之属性。其实,倒是同一个人所作之诗,是有新旧不同的;同一首诗中,其字语表现也有新旧的差异。新旧之属确是存在于诗歌创作之中的,但却不属于唐宋诗相互比照的属性判断。袁枚在这里对意欲从新旧属性上拔高宋诗之论也予以了否定,体现出甚为公允的论说态度。

翁方纲《石洲诗话》云:

> 谈理至宋人而精,说部至宋人而富,诗则至宋而益加细密。盖刻抉入里,实非唐人所能囿也。[1]

翁方纲论说宋诗最主要的特点在于肌理细密、思理深致,他认为,这一特点非唐人所有,乃变化创新的必然结果。其又云:

> 唐诗妙境在虚处,宋诗妙境在实处。……若夫宋诗,则迟更二三百年,天地之精英,风月之态度,山川之气象,物类之神致,俱已为唐贤占尽。即有能者,不过次第翻新,无中生有,而其精诣,则固别有在者。宋人之学,全在研理日精,观书日富,因而论事日密。[2]

翁方纲比照唐宋诗意境创造之异,即一在偏于用虚,一在偏于见实,两者在虚实相生上是各有侧重的。他概括宋人生唐人之后,唐人诗歌创作经过近三百年的不断探索与建构,在对事物描绘及神致表现上都已达到相当的水平。在这种背景下,宋人没有继续沿着唐人所开创的道路往前行进,而是在摸索中积极探求,发挥了对事理细致探究、融以学问入诗和精于以议论为诗的创作路径。他们将唐诗中的某些潜在创作因子予以放大,创造出自身独特的体制,因而是甚为成功的实践,确是值得大力推尚的。

晚清,陈衍《石遗室诗话》云:

---

[1] 郭绍虞编选,富寿荪校点:《清诗话续编》,上海古籍出版社1983年,第1426页。

[2] 郭绍虞编选,富寿荪校点:《清诗话续编》,第1428页。

> 盖余谓诗莫盛于三元,上元开元,中元元和,下元元祐也。君谓三元皆外国探险家觅新世界殖民政策开埠头本领,故有开天启疆域云云。余言今人强分唐诗宋诗,宋人皆推本唐人诗法,力破余地耳。庐陵、宛陵、东坡、临川、山谷、后山、放翁、诚斋,岑、高、李、杜、韩、孟、刘、白之变化也;简斋、止斋、沧浪、四灵,王、孟、韦、柳、贾岛、姚合之变化也。故开元、元和者,世所分唐宋人之枢干也。若墨守旧说,唐以后之书不读,有日蹙国百里而已,故有唐余逮宋兴及强欲判唐宋云云。①

陈衍独创性地提出"三元"说。他将唐代开元、元和时期与宋代元祐时期论断为诗歌历史发展的三个盛期,认为它们的共同特点都体现为善于开拓、独创体制。陈衍并以此而破解扬唐抑宋之论,指出宋诗是在源于唐诗的基础上创变而来的,两者是不可以截断分开的。他例举宋代很多代表性诗人,认为其诗作便直接脱胎变化于唐人,相互间有着无法割断的联系。陈衍认为在唐代的开元与元和时期,便孕育了后来所谓唐宋之诗界分的因子,体现出创作路径的鲜明差异,因此,那种以一语而否定唐以后之诗的论断是十分武断的,毫不足取。其又云:

> 自咸、同以来,言诗者喜分唐、宋,每谓某也学唐诗,某也学宋诗,余谓唐诗至杜、韩而下,现诸变相,苏、王、黄、陈、杨、陆诸家,沿其波而参互错综,变本加厉耳。②

陈衍进一步对唐宋诗界分之论加以辨说。他论断晚清时期,唐宋之分的言论依然昌盛,人们论诗每谓学唐或效宋,然其实质则是,自唐代杜甫与韩愈之后,诗歌创作便在继承前人的基础上不断追求变化生新,苏轼、王安石、黄庭坚、陈师道、杨万里、陆游等人,便是这一变化生新之时代洪流中的佼佼者,他们善于吸收他人创作养料,形成独特的创作路径,将诗歌创作之道予以了发扬光大。

---

① 陈衍:《石遗室诗话》,辽宁教育出版社 1998 年,第 4 页。
② 陈衍:《石遗室诗话》,第 196 页。

  总结我国古典诗学对"宋诗"之抑的消解与反思,可以看出,其大致分为四个阶段:一是元代后期至明代前中期为导引与突显阶段;二是明代后期为拓展与延伸阶段;三是清代前期为充实与深化阶段;四是清代中后期为完善与张扬阶段。我国古典诗学从不同方面对贬抑宋诗之论予以了不遗余力的消解,诗论家们由对宋诗存在及价值的大力肯定到对唐宋诗优劣高下之论的猛烈批评,由一定程度上对宋诗的努力推扬到更具学理层面的平正分析,其总体上呈现出不断趋向公允与辩证的特征,宋诗由此也最终被置于到诗歌历史发展的应有位置。这一消解与反思线索,从一个侧面显示出我国传统诗学丰富博大而复杂交织的体系内涵,体现出富于论辩的鲜明特色,具有独特的批评价值与观照意义。

# 中国古典诗学视域中的"江西派"之论

  江西派是我国古典诗学中人数较多、影响较大的一个诗歌流派,其前后绵延上百年,内在地建构与影响了传统诗歌演变发展的流程。其出现及兴盛,引起同时期及后世不少诗论家的多样论说,他们或对江西诗之艺术渊源,或对其创作缺失,或对吕本中《江西诗社宗派图》是否有意而作、"有无诠次"及所列人员影响等予以辨析,从不同维面上展开了传统诗学中的"江西派"之论,为后人全面深入地认识把握江西诗派提供了甚为丰富的辨识。本文对我国古典诗学视域中的"江西派"之论予以考察。

## 一、艺术渊源论

  我国古典诗学视域中"江西派"之论的第一个维面,是对江西诗之艺术渊源的论说。在这一维面,胡仔、叶适、严羽、刘埙、朱濂、周叙、冯武、张泰来、冯咏、纪昀、高步瀛等人作出过论说,他们将对江西诗创作渊源的考察从不同线索上予以了推溯。

  宋金时期,胡仔《苕溪渔隐丛话》云:

   近时学诗者,率宗江西,然殊不知江西本亦学少陵者也。故陈无己曰:"豫章之学博矣,而得法于少陵,故其诗近之。"今少陵之诗,后生少年不复过目,抑亦失江西之意乎?江西平日语学者为诗旨趣,亦独宗少陵一人而已。余为是说,盖欲学诗者师少陵而友江西,则两得之矣。①

---

① 胡仔纂集,廖德明校点:《苕溪渔隐丛话》(前集),第332页。

319

胡仔较早将江西诗的创作渊源上溯至杜甫,他拈出陈师道以黄庭坚得法于杜甫之论,认为当世一些人在诗歌创作中,极少向杜甫学习,见其流而少溯其源,这是有所偏颇的。胡仔认为,应该在对杜甫与江西诗人的共同学习中,将诗歌创作之道向前推进。胡仔在对江西诗持以肯定的基础上,将其创作渊源向前予以了推溯。

叶适《徐斯远文集序》云:

> 庆历、嘉祐以来,天下以杜甫为师,始黜唐人之学,而江西宗派章焉。[1]

叶适论说北宋中期以来,人们作诗开始以杜甫为宗尚,在与效仿晚唐诗的渐趋分离中,江西诗创作由此而得以突显,江西诗派亦得以形成。叶适也将江西诗创作渊源上溯至杜甫诗作中。

严羽《沧浪诗话》云:

> 国初之诗尚沿袭唐人:王黄州学白乐天,杨文公、刘中山学李商隐,盛文肃学韦苏州,欧阳公学韩退之古诗,梅圣俞学唐人平淡处。至东坡、山谷始自出己意以为诗,唐人之风变矣。山谷用工尤为深刻,其后法席盛行,海内称为江西宗派。[2]

严羽论说宋人诗歌创作最初是在对不同唐人的学习效仿中走出新路的。发展到苏轼与黄庭坚,他们在诗歌创作中善于出以己意,自创一体,由此,宋代诗坛学唐、效唐之风习为之一变。其中,黄庭坚作诗用功甚勤、用力甚深,特别注重锤炼字语,精于构思立意,其创作影响到周围及之后的很多人,从而形成江西诗派。它成为宋代中后期诗坛的主流派别,一时影响颇大。

元明两代,刘埙《隐居通议》云:

---

[1] 陈伯海主编:《历代唐诗论评选》,第391页。
[2] 严羽著,郭绍虞校释:《沧浪诗话校释》,第246—247页。

　　山谷负修能,倡古律,事宁核毋疏,意宁苦毋俗,句宁拙毋弱,一时号江
西宗派。此犹佛氏之禅,医家之单方剂也。①

刘埙论说黄庭坚在诗歌艺术追求与创作能力上高人一筹。他宗尚古诗之体,主
张诗歌述事宁可显板滞而避却空疏,意致表现宁可显艰深而避却俗化,字语运用
宁可显拙致而避却纤弱。其创作主张影响到不少人,犹如佛教中禅宗一支独出,
医家之单方药剂,导引出一个独特的创作宗系,是很值得称道的。

　　宋濂《答章秀才论诗书》云:

　　元祐之间,苏、黄挺出,虽曰共师李、杜,而竞以己意相高,而诸作又废
矣。自此以后,诗人迭起,或波澜富而句律疏,或锻炼精而情性远,大抵不出
于二家。观于苏门四学士,及江西宗派诸诗,盖可见矣。②

宋濂论说北宋元祐年间,苏轼、黄庭坚二人挺立于诗坛,他们在向李白、杜甫学习
的同时,更多地出以己意,自创体制。就黄庭坚一系而言,形成精于构思、锤炼字
句而于情性表现不够真切生动的创作特点。这成为北宋中期以来诗歌艺术表现
的一种主要模式,其在江西派诸人手中得到广泛的呈现。

　　周叙《叙诗》云:

　　宋初言诗,犹袭晚唐。杨大年、刘子成等出,遂学温飞卿、李商隐,号
"西昆体",人争效之。其语多僻涩细碎,甚至不可省识。欧阳永叔欲矫其
弊,专以气格为诗,其言平易疏畅,学之者往往失于快直,倾囷倒廪,无复余
地。其后黄山谷别出机杼,自谓得杜子美诗法,海内翕然宗之,号"江西
派"。③

周叙论说宋初之人是在对晚唐诗的具体效仿中入乎诗道的。以杨亿、刘筠为代

---

① 陈伯海主编:《历代唐诗论评选》,第488页。
② 陈伯海主编:《历代唐诗论评选》,第520页。
③ 陈伯海主编:《历代唐诗论评选》,第697页。

表的一些人,在向温庭筠、李商隐学习的过程中,创作出"西昆体"诗歌,然其呈现出生僻晦涩、细碎小巧的缺点。之后,欧阳修对"西昆体"诗作缺失不断予以消解,在诗歌创作中贯注气力,注重格调呈现,用语平易直畅,然其又呈现出余蕴、余味不足的特点。在此背景下,黄庭坚独辟蹊径,从对杜甫诗歌的学习中获得创作灵感,充分汲取其创作养料而加以变化创新,从而形成独特的体制,最终导引江西诗派的出现。

清代前期,冯武《重刻西昆酬唱集序》云:

> 自宋以来,试士易制,诗各一途,遂将李唐一代制作,四分五裂。若黄山谷、陈后山辈,雅好粗豪,尊昌黎为鼻祖,而牵连杜工部径直之作为证,遂名黄、陈,号江西体。①

冯武论说宋人在向唐人学习的过程中,各自发挥唐人诗歌中所融含的不同创作因子,就黄庭坚、陈师道等人而言,他们以韩愈诗歌为宗尚,并一直将创作渊源上溯至杜甫诗歌中的相对直畅之作,不断放大与张扬杜、韩诗歌中散体化、议论化的因子,从而创制出独特的诗体,导引了江西诗派的出现。

张泰来《江西诗社宗派图录跋》云:

> 江西之派实祖渊明。山谷云渊明于诗直寄焉耳,绛云在霄,舒卷自如,宁复有派;夫无派即渊明之派也。钟记室谓其源出于应璩,又协左思风力,果何所见而云然耶?宗风既祧,居仁移其俎豆于山谷,山谷易似而渊明不易似也。嗣是作者林立,海内翕然向风,往来投赠,目不给赏,篇什之富,梓于厌原山中者,《诗派》一百三十七卷,《续派》十三卷,可谓极豫章之大观矣。②

张泰来论说江西地域之诗最早是发轫于陶渊明的。但正如黄庭坚所云,陶诗的

---

① 陈伯海主编:《历代唐诗论评选》,第239页。
② 傅璇琮编:《古典文学研究资料汇编·黄庭坚和江西诗派卷》,第461页。

最大特点在于直言寄意、自在自如,其于法无凭、无章可循,又何以能导引诗派的出现与兴盛呢? 吕本中将江西诗的导源锁定于黄庭坚,便在于黄诗相对容易效仿,而陶诗则不易寻着门墙。张泰来认为,向黄庭坚学习之人甚多,一时蔚成风气,且相与投赠,推波助澜。他们创作出大量的诗作,在黄庭坚所开辟的创作路径上不断探索实践,将黄庭坚追求创变的艺术精神与讲究法度的创作原则发挥开来。

冯咏《江西诗派论》云:

> 诗之有派,犹水之有渎也。凡水止者为泽,别流者为派。派之出自江西,则北条之河、南条之江也。宋元祐间,海内盛称"苏黄",名曰"元祐体",亦曰"江西体"。世谓苏文胜黄,黄诗胜苏,无论其胜也,既已独辟源泉,孤行仄出,其别为一派也固宜。①

冯咏对江西派的出现与兴盛持以肯定。他比譬诗派的产生如水之涟漪,其"别流为派"是甚为自然的事情。冯咏认为,苏轼、黄庭坚在诗文创作上各擅所长,然其呈现出一个共同的特征,便是都善于独自开辟、努力探索,显示出有别于他人的强烈创新精神,终究成就一代诗歌之体,导引出独特的诗歌流派,这是有着内在合理性的。其又云:

> 南渡后,吕舍人本中尤钦仰之,作《宗派图》,自山谷而下,列陈后山等二十五人。其后刻诗于厌原山中者百三十七卷,续派又十三卷,西江之派于是乎漪澜既清、波沦涌出矣。西江诗辟自渊明,舍人不宗渊明而宗山谷者,山谷可派而渊明不可派也。治河者不导昆仑而导积石龙门以下,治江者至湖汉九水入彭蠡,而后其势孔殷,此舍人宗派始山谷之意欤! 且夫水之势盛则众流并纳,诗之派盛则百家同归。图中所载后山,生于徐,二潘、二林、夏、高二子,并生于楚;而邠老学于子由;韩子苍,蜀人也,学储光羲;晁叔用,兖人,学杜子美;祖可、善权并学韦苏州。人不产于江西而以江西派之,学不出

---

① 黄庭坚:《山谷全书》,《宋集珍本丛刊》本,线装书局 2004 年,第 238 页。

> 于山谷而以山谷派之,故曰出异归同。若洛、汭、渭、泾之同入于河,汉、沔、沱、澧之同入于江也。①

冯咏论说吕本中对黄庭坚等人诗歌创作甚为称赏,其所作《江西诗社宗派图》自黄庭坚以下列陈师道等 25 人,将江西诗派人员构成及其堂庑规模予以了具体的呈现。冯咏认为,虽然江西地域诗坛最初是起源于陶渊明的,但陶诗未能更广泛地导引后人,而相对地,黄庭坚之诗则有法可依、有章可循,其更多地影响后人,形成声势不小的诗歌流派。冯咏并且指出,江西诗派中的 20 余人,虽然各有籍地,也各有诗歌宗尚,但他们在总体上又都可归之于黄庭坚一系,此乃缘于"出异归同"的理路,就像中华大地的很多支流最终都汇入黄河与长江一样,黄庭坚之诗奄有众长,包孕丰富,足以开创一代诗歌体制。总体而言,黄庭坚在诗歌创作上善于继承创新,取得很大的艺术成就,其诗歌融含丰富多样的创作取径与笔法之道,成为江西派创作的"土壤"与"武库"。

清代中期与后期,纪昀《四库全书总目提要》评《御选唐宋诗醇》云:

> 至于北宋之诗,苏、黄并鹜;南宋之诗,范、陆齐名。然江西宗派,实变化于韩、杜之间,既录杜韩,可无庸复见。②

纪昀将江西诗的艺术渊源论定为可上溯至杜甫与韩愈的创作取径之中。他称言《唐宋诗醇》既已选录杜诗与韩诗,则江西诸人之诗便似无择取之必要了。

高步瀛《唐宋诗举要》云:

> 杜子美以涵天负地之才,区区四句之作,未能尽其所长,有时遁为瘦硬牙杈,别饶风韵,宋之江西派往往祖之。③

高步瀛论说杜甫具有高超的艺术表现才力,正因此,短小的绝句之体是很难充分

---

① 黄庭坚:《山谷全书》,《宋集珍本丛刊》本,第 238 页。
② 永瑢等:《四库全书总目》,第 1728 页。
③ 陈伯海主编:《历代唐诗论评选》,第 930 页。

展现其创作才能的,其创作往往呈现出瘦硬枯瘠而风韵依然的特点。这方面,恰恰为江西派诸人所承衍,他们片面发扬了杜诗中瘦硬劲健的风格表现,从而形成独特的诗歌风貌与格调。

## 二、创作缺失论

我国传统诗学视域中"江西派"之论的第二个维面,是对江西派创作缺失的批评。在这一维面,吕本中、严羽、李纯甫、元好问、李东阳、冯武、吴乔、毛先舒、冯咏、纪昀、朱绪曾、刘熙载、朱庭珍等人,主要围绕江西诗在艺术表现方面的不足等加以评说,他们将对江西诗的批评不断展衍开来。

宋金时期,吕本中《与曾吉甫论诗第一帖》云:

> 近世江西之学者,虽左规右矩,不遗余力,而往往不知出此,故百尺竿头,不能更进一步,亦失山谷之旨也。(胡仔《苕溪渔隐丛话·前集》引)①

吕本中批评一些江西诗派中人盲目注重摹拟仿效,而在生活体验与自然悟入方面少有切近,这导致其创作难有更多的创新,艺术层次不见提高,他们在一定程度上偏离了黄庭坚的诗学主张,其创作取径是不见高明的。

陈岩肖《庚溪诗话》云:

> 本朝诗人与唐世相抗,其所得各不同,而俱自有妙处,不必相蹈袭也。至山谷之诗,清新奇峭,颇造前人未尝道处,自为一家,此其妙也。至古体诗,不拘声律,间有歇后语,亦清新奇峭之极也。然近时学其诗者,或未得其妙处,每有所作,必使声韵拗捩,词语艰涩,曰"江西格"也。②

陈岩肖称扬黄庭坚诗歌笔法奇崛而风格清新,认为其古体诗创作亦贯注以开拓

---

① 胡仔纂集,廖德明校点:《苕溪渔隐丛话》(前集),第333页。
② 丁福保辑:《历代诗话续编》,第182页。

创新精神,不拘泥于一般音律表现,并且常常将俗语化入于诗中,呈现出奇崛清新的面貌特征。但江西派中后学大多未得黄诗之精髓,他们在用字造语上流于艰涩难懂,音律表现过于讲究拗救之法,形成更为怪奇的风格,将诗歌创作引向偏途,是令人惋惜的。

严羽《沧浪诗话》云:

> 近代诸公乃作奇特解会,遂以文字为诗,以才学为诗,以议论为诗。夫岂不工,终非古人之诗也。盖于一唱三叹之音,有所歉焉。且其作多务使事,不问兴致;用字必有来历,押韵必有出处,读之反复终篇,不知著到何处。其末流甚者,叫噪怒张,殊乖忠厚之风,殆以骂詈为诗。诗而至此,可谓一厄也。①

严羽对江西诗的创作予以最猛烈的批评。他概括江西派创作主要在三个方面呈现出弊端:一是"以文字为诗",执着于对字句的片面探求;二是"以才学为诗",过于注重张扬创作主体才力与融含学问于诗中;三是"以议论为诗",常常将大量议论性字语置入诗歌艺术表现之中。上述几方面,使诗歌创作呈现出不够含蓄隽永、缺乏意味的特点。并且,江西诗人的创作大多喜好寓事用典,追求字语运用讲究出处,音律表现讲究来历,这使诗歌创作过多地注重于细枝末节而在不经意中忘置了艺术本质之所在,有损兴会之意与本色之美;更有甚者,一味将议论之法发挥到极致,对诗歌艺术表现产生很大的破坏作用。严羽对江西诗的批评,虽不一定完全入理,然切中要害,醒人耳目,在传统诗学"江西派"之论中具有十分重要的意义。

李纯甫《西岩集序》云:

> 黄鲁直天资峭拔,摆出翰墨畦径,以俗为雅,以故为新,不犯正位,如参禅着末后句为具眼。江西诸君子,翕然推重,别为一派,高者雕镌尖刻,下者

---

① 严羽著,郭绍虞校释:《沧浪诗话校释》,第 26 页。

模影剽窜。①

李纯甫称扬黄庭坚天资超迈,独辟蹊径,其诗歌创作善于化尘俗为雅致,以故旧为新颖,开拓创新,在诗歌发展中产生很大的影响,受到江西派诸人的广泛推尚。但江西派中不少人未能更深入地领会黄诗精髓,其诗作或失于雕琢尖新,或流于模拟仿效,未能将诗歌创作推向新的层次与水平,很大程度上失却了黄诗中所融含的开拓创新精神。

元好问《论诗三十首》(其二十八)云:

> 古雅难将子美亲,精纯全失义山真。论诗宁下涪翁拜,未作江西社里人。②

元好问认为,江西诸人之诗既缺乏杜甫诗歌古朴雅致之体制,亦有失李商隐诗歌真挚之情感表现。对于宋人诗歌,他界断黄庭坚之诗算是甚富于艺术魅力的,但江西派中的很多人在不经意中抛弃了其独创精神,将诗歌创作引向偏途,是应该大力批评的。

元明两代,刘埙《隐居通议》云:

> 江西学山谷不至,则曰:"理路何可差,学力何可诬? 宁拙毋弱,宁核毋疏。"兹非一偏之论欤?③

刘埙批评一些江西后学未能真正学到黄庭坚诗作精髓,反而指责黄诗少显诗理,少见学力,他们对黄庭坚宁显拙致而避却纤弱、宁显板滞而避却空疏的创作原则不以为然,将黄庭坚所开创的诗歌之路引向偏道。

李东阳《麓堂诗话》云:

---

① 陈伯海主编:《历代唐诗论评选》,第433页。
② 郭绍虞笺释:《元好问论诗三十首小笺》,人民文学出版社1998年,第82页。
③ 陈伯海主编:《历代唐诗论评选》,第488页。

唐人不言诗法,诗法多出宋,而宋人于诗无所得。所谓法者,不过一字一句,对偶雕琢之工,而天真兴致,则未可与道。其高者失之捕风捉影,而卑者坐于粘皮带骨,至于江西诗派极矣。①

李东阳批评宋人诗歌创作片面在法度上作文章,执着于偶对之工与雕饰之美,很大程度上,有损于真挚之情与兴会之意的传达。一些创作能力与艺术水平不高之人,更使诗作呈现出拖泥带水、细碎零乱的面貌,这与诗歌创作的本质要求是相背离的,此种创作偏向被江西诗人发挥到极致,是令人遗憾的。

清代前期,冯武《二冯评阅才调集凡例》云:

两先生教后学,皆喜用此书,非谓此外皆无可取也。盖从此而入,则蹈矩循规,择言择行,纵有纨绮气习,然不过失之乎文。若径从江西派入,则不免草野倨侮,失之乎野,往往生硬拙俗,诘屈槎牙,遗笑天下后世而不可救。今学者多谓印板唐诗不可学,喜从宋元入手,盖江西诗可以枵腹而为之,西昆则必要多读经史骚选,此非可以日月计也。②

冯武在论评韦縠所编《才调集》时,认为学习诗歌创作,从《才调集》这样的集子入手虽然也会呈现出有失浮泛华丽的缺点,但因其诗作大都讲究艺术表现,中规中矩,故总体上是比较合适的;而如果从对江西诗的效仿入手,则难免呈现出粗率浅陋的面貌,其笔法运用生涩板滞,风格表现拙直俗化,是难以真正趋入正道的。冯武对江西诗粗率直露的艺术表现与逼仄褊狭的创作取径,是持否定态度的。

吴乔《围炉诗话》云:

永叔诗学未深,辄欲变古。鲁直视永叔稍进,亦但得杜之一鳞只爪,便欲自成一家,开浅直之门,贻误于人。迨江西派立,胥沦以亡矣。③

---

① 丁福保辑:《历代诗话续编》,第 1371 页。
② 陈伯海主编:《历代唐诗论评选》,第 821 页。
③ 郭绍虞编选,富寿荪校点:《清诗话续编》,第 617 页。

吴乔论说欧阳修于诗歌之道所涉并不很精深,却意欲变化古人。之后,黄庭坚在诗歌之道上虽比欧阳修稍胜一筹,但仍少得杜甫诗歌之精髓,"一鳞只爪",不够全面系统。其诗歌创作意欲自创一家,然也洞开浅露直率之门径,对后世产生不小的负面影响。及至江西诗创作流衍而成体派,更登峰造极,无以复加,诗歌之道由此走向末途。吴乔对江西诗派的创作取径亦是持否定态度的。

毛先舒《诗辩坻》云:

> 严仪卿生宋代,能独睹本朝诗道之误,谓"近代诸公乃作奇特解会,遂以文字才学议论为诗,于一唱三叹之音,有所歉焉。其末流甚者,叫噪怒张,乖忠厚之风"。论眉山、江西,亦可称沉着痛快,真夐绝之识,其书之足传宜也。①

毛先舒持同并称扬严羽对江西诗的批判。他认为,严羽与江西派诗人所处时代相近,故而对江西诗之弊端有更切身的体会认识,其概括富于针砭性。毛先舒称扬严羽论说直接,富于真知灼见,切中江西诗之要害,其批评观念是值得广泛传扬的。

清代中期与后期,纪昀《四库全书总目提要》评《唐诗品汇》云:

> 宋之末年,江西一派与四灵一派并合而为江湖派。猥杂细碎,如出一辙,诗以大弊。②

纪昀批评南宋后期,江西派后学将诗歌创作不断导入细碎小巧与猥杂俗化的路径中,其诗歌创作和江湖派在某种程度上合流了,诗歌创作由此进入到十分逼仄的胡同之中。

朱绪曾《自鸣集》云:

① 郭绍虞编选,富寿荪校点:《清诗话续编》,第62页。
② 永瑢等:《四库全书总目》,第1713页。

> 宋江西诗派祖黄、陈,其弊也郁轖槎枒,读之不快人意。①

朱绪曾论说江西派以黄庭坚、陈师道为宗,然其创作呈现出晦涩枯燥与韵律不协的面貌特征,难以给人较多的快感,是不为成功的探索。

刘熙载《诗概》云:

> 杜诗雄健而兼虚浑。宋西江名家学杜,几于瘦硬通神,然于水深林茂之气象则远矣。②

刘熙载批评江西派诸人在向杜甫学习的过程中,未能较好地领悟杜诗雄豪健朗与返虚入浑的一面,而更多突显其韵瘦格硬的一面,未能将杜诗中更具魅力的创作因子加以发扬,与杜诗的艺术层次相距甚远。其又云:

> 西昆体所以未入杜陵之室者,由文减其质也。质文不可偏胜。西江之矫西昆,浸而愈甚,宜乎复诒口实与!③

刘熙载论说西昆体创作并未能真正地入乎杜甫诗作精髓之中,其缘由便在文胜于质,在对社会现实内涵的表现上见出不足;而江西诗人在对西昆体的矫正中,又过于突显质实的一面,艺术表现虚灵性不强,亦同样未能真正领会杜诗之精妙,是令人遗憾的。

朱庭珍《筱园诗话》云:

> 南渡后,江西派盛行,推崇山谷,而槎枒晦涩,百病丛生,既入偏锋,复堕恶趣。④

朱庭珍认为,发展到南宋时期,江西派创作呈现出弊端丛生的状况,其声律运用

---

① 傅璇琮编:《古典文学研究资料汇编·黄庭坚和江西诗派卷》,第467页。
②③ 郭绍虞编选,富寿荪校点:《清诗话续编》,第2433页。
④ 郭绍虞编选,富寿荪校点:《清诗话续编》,第2329—2330页。

拗折不协,寓事用典日益僻涩,面目呈现日益枯瘦,而意趣表现也日益趋入俗化之中。他们曲解了黄庭坚诗歌的创新精神,偏离了诗歌之正道,确将诗歌创作引向逼仄褊狭的境地中,是无甚可道的。

## 三、"宗派图"之论

我国传统诗学视域中"江西派"之论的第三个维面,是对吕本中《江西诗社宗派图》是否有意而作、"有无诠次"及所列人员影响的辨说。在这一维面,胡仔、曾季貍、刘克庄、冯咏等人,从不同方面对"宗派图"创作的随意而为及无所诠次的状况予以了阐明及廓清。

南宋,胡仔《苕溪渔隐丛话》云:

> 所列二十五人,其间知名之士,有诗句传于世,为时所称道者,止数人而已,其余无闻焉,亦滥登其列。居仁此图之作,选择弗精,议论不公,余是以辨之。①

胡仔对吕本中《江西诗社宗派图》所列人员予以评说。他认为,"宗派图"中所列真正的"知名之士"甚少,相反,不少人则影响不大甚至缺乏影响,这足以说明,吕本中当初作"宗派图"是考虑不多的,并未有过多的择取,乃不为成熟之举,不用太把它当回事。胡仔明确将"宗派图"视为随意而为之作,对吕本中所自述"乃少时戏作"予以了肯定。

曾季貍《艇斋诗话》云:

> 东莱作《江西宗派图》,本无诠次,后人妄以为有高下,非也。予尝见东莱自言少时率意而作,不知流传人间,甚悔其作也。然予观其序,论古今诗文,其说至矣尽矣,不可以有加矣。其图则真非有诠次,若有诠次,则不应如

---

① 胡仔纂集,廖德明校点:《苕溪渔隐丛话》(前集),第328页。

此紊乱,兼亦有漏落。如四洪兄弟皆得山谷句法,而龟父不预,何邪?[①]

曾季貍对《江西诗社宗派图》是否有意而作也加以辨析,他亦持"宗派图"乃无意而为的观点。他认为,吕本中的"宗派图序"分析论说古往今来之诗文有理有据,显示出经过认真考虑与精心结撰;但其所列"宗派图"则显得比较随意,内中是并无"诠次"之意的。其最明显的例证便是,黄庭坚外甥"四洪"兄弟皆传扬黄庭坚诗法,但唯独洪朋未被列入"宗派图"之中,这是令人难以解释的,也是毫无道理的。

刘克庄《江西诗派小序》云:

> 吕紫微作《江西宗派》,自山谷而下,凡二十六人,内何人表颙、潘仲达大观有姓名而无诗,诗存者凡二十四家。王直方诗绝少,无可采。余二十三家,部帙稍多,今取其全篇佳者,或一联一句可讽咏者,或对偶工者,各着于编,以便观览。派中如陈后山彭城人,韩子苍陵阳人,潘邠老黄州人,夏均父、二林蕲人,晁叔用、江子之开封人,李商老南康人,祖可京口人,高子勉京西人,非皆江西人也。同时如曾文清乃赣人,又与紫微公以诗往还,而不入派,不知紫微去取之意云何,惜当日无人以此叩之。后来诚斋出,真得所谓活法,所谓流转圆美如弹丸者,恨紫微公不及见耳。派诗旧本,以东莱居后山上,非也。今以继宗派,庶几不失紫微公初意。[②]

刘克庄论说《江西诗社宗派图》所列人员令人疑惑与不解。他认为,何颙、潘大观二人都无有诗作存世,王直方所存诗作亦少,但都被列入"宗派图"之中;其他二十三人,从籍地而言,大多不是江西人;但与吕本中相与唱和过的曾幾本为江西人,却又未被列入"宗派图"之中。从这些现象都难以揣摩吕本中之意。刘克庄进一步提出,杨万里的诗歌很好地体现出变化创新的艺术精神,遗憾的是,其比吕本中晚出诗坛,但从江西诗派传承发扬的角度而言,也是应予列入"宗派图"的,这才不至于违背吕本中标树江西派之初衷。刘克庄对"宗派图"所列人

---

① 丁福保辑:《历代诗话续编》,第 296 页。
② 丁福保辑:《历代诗话续编》,第 486 页。

员予以更具体的辨析,他进一步补充完善了江西派的人员构成。其辨说体现出反思观照的态度与历史发展的眼光,是甚富于启发性的。

清代,张泰来《江西诗社宗派图录跋》云:

> 且居仁作图,名虽为诗,意实不专主于诗,大约如制科以诗赋取士,不过借以为请献之资焉耳,岂真据诗以定人之生平哉!观图中首后山而终子勉,其寓意固已微矣。后人舍立身行己不论,仅举有韵之言,称为宗派诗人而已。嗟乎!几何不与吕公论世尚友之旨大相径庭也哉![1]

张泰来论说吕本中所列《江西诗社宗派图》,其表面虽在论诗,然实际上并不专仅于诗道。他比譬如科举取士试以诗赋之体,只不过是起用人才的一种依凭而已,并不能作为衡量人才的唯一依据。张泰来认为,从“宗派图”所列人员始于陈师道而终于高荷来看,所谓寓含“诠次”之意是本儿所有的。他感慨后世之人在对“宗派图”的理解上与吕本中之初衷相差甚远,往往忽视了其“论世尚友之旨”,将吕本中“随意之作”视为“有意而为”,将其多个意念并存之举视为单纯诗道之事,这一方面拔高了“宗派图”的创作初衷,同时,也视偏了“宗派图”的表达意旨,是很不合适的。

冯咏《江西诗派论》则云:

> 江西为吴楚之交,其俗好文而尚气。好文故风易动,尚气则力不摇。凡为文章,一唱百和,经数十年而不改所宗,此则江河万古于渎为尊耳,而岂谓天下之水尽在是哉!舍人之图,为一时同社而作,其自序有“同作并和”之语。“四洪”并号才子,而鸿父不得与。江子我诗多且工,而不得与其弟同列。晁仲石、范顾言、曾裘父、苏养直、秦少章、张彦实诸人并宗江西,而坛坫不及图,亦逸之。然则二十五人,未足以尽江西之派也明矣。或云图首后山,而终子勉,以先后寓褒贬。故夏均父耻居下列,祖可不欲居行间,子苍自谓学古人,此不过诗人耻为天下之意。而舍人之作图岂有列之而复贬之者

① 傅璇琮编:《古典文学研究资料汇编·黄庭坚和江西诗派卷》,第462页。

耶！河者，下也，众流所公共，而下流所通也。其或流而溢，则为子苍之自异；或壅而溃，则初均父诸子之愤争。然何伤于江河之大哉！①

冯咏论说江西地域之人表现出两方面的突出特点：一是好尚文章，二是崇尚气节。这两方面相融合，使江西人的文学创作呈现出具有相对稳定性的特征。冯咏认为，《江西诗社宗派图》中所列人员其实是很有限的，如黄庭坚外甥"四洪"兄弟中就少了洪羽；而同为兄弟之人中，江端友又未与江端本同列；同时，晁公庆、范顾言、曾季貍、苏庠、秦观、张扩等人都在创作之道上传扬江西之诗，然都未予列入，这足以说明"宗派图"所列人员不够全面，是有待补充完善的。冯咏又针对有人所持"宗派图"寓含褒贬之意，认为这是根本不成立的。他例举夏倪、祖可、韩驹不愿置身于"宗派图"中，便很可能受此观念影响。冯咏提出，其实，吕本中作"宗派图"是不可能寓含褒贬之意的，根本不存在位置在前者为"褒"而位置在后者为"贬"之意。恰恰相反，他以江河水流为喻，认为下位者往往汇集众流，而终成河湖大海，其在实际上是高于上位者的。冯咏之论，将《江西诗社宗派图》视为一个有待完善的文本，认为其端口是开放性的，这是难能可贵的。其对"宗派图"高下抑扬之意的消解，亦体现出崭新的批评观念，在我国传统诗学批评史上有着重要的价值及意义。

总结我国古典诗学视域中的"江西派"之论，可以看出，其主要体现在三个维面：一是对江西诗之艺术渊源的论说，二是对江西诗派创作缺失的批评，三是对吕本中《江西诗社宗派图》是否有意而作、"有无诠次"及其所列人员影响的辨析。其中，在第一个维面，人们主要道出江西诗之渊源近取于黄庭坚而远溯于杜甫与韩愈；在第二个维面，人们主要对江西诗中所呈现逐新求异的创作之法、粗率直露的艺术表现、逼仄褊狭的创作取径、质胜于文的面貌呈现等予以了批评；在第三个维面，人们主要对"宗派图"创作的随意而为及无所诠次的状况予以阐明及廓清。以上三个维面，从主体上展开了传统诗学中的"江西派"之论，为后人全面深入地认识把握江西诗派提供了甚为丰富的辨识。

---

① 黄庭坚：《山谷全书》，《宋集珍本丛刊》本，线装书局 2004 年，第 238—239 页。

# 杨万里诗歌接受史及其诗法意义

## 一、杨万里诗歌接受史简述

杨万里在南宋中后期备受推崇。诗评家们在诗歌唱酬中,对杨万里大加称扬。张镃《次韵杨廷秀左司见赠》云:"愿得诚斋句,铭心只旧尝。一朝三昧手,五字百般香。"①这表达了他对杨万里诗的爱重。其后,姜特立《谢杨诚斋惠长句》云:"平生久矣服诗名,况复亲闻玉唾声。便拟近师黄太史,不须远慕白先生。巨编固已汗牛积,长句犹能倚马成。今日诗坛谁是主?诚斋诗律正施行。"②姜特立不仅表示自己的钦服,更把杨万里推为诗坛盟主。与杨万里齐名,同为"中兴四大诗人"的陆游,亦作《杨廷秀寄〈南海集〉》之诗道:"夜读杨卿南海句,始知天下有高流。"③他于《谢王子林判院惠诗编》中又道:"文章有定价,议论有至公。我不如诚斋,此评天下同。"④周必大《奉新宰杨廷秀携诗访别次韵送之》云:"诚斋诗名牛斗寒,上规大雅非小山。"⑤可见,时人对杨万里评价之高。

当时人如此推重杨万里,与他们将杨万里归入江西诗派有很大关系。如,周必大《跋杨廷秀赠族人复字道卿诗》云:"江西诗社,山谷实主夏盟,后四方人才如林,今以数计,未为多也。诚斋家吉水之沼塘,执诗坛之牛耳。"⑥周必大把杨

---

① 湛之编:《杨万里范成大资料汇编》,中华书局 1964 年,第 2 页。
② 湛之编:《杨万里范成大资料汇编》,第 3 页。
③④ 湛之编:《杨万里范成大资料汇编》,第 4 页。
⑤ 湛之编:《杨万里范成大资料汇编》第 6 页。
⑥ 湛之编:《杨万里范成大资料汇编》,第 8 页。

万里看作继黄庭坚之后的江西诗社主盟。王迈《山中读诚斋诗》云:"万首七言千绝句。九州四海一诚斋。……江西社里黄陈远,直下推渠作社魁。"①王迈亦同周必大之意。其后,刘克庄《茶山诚斋诗选序》道:"比之禅学,山谷,初祖也;吕、曾,南北二宗也;诚斋稍后出,临济德山也。"②刘克庄把江西诗派比作佛教禅宗,黄庭坚是初祖,而杨万里就好比禅宗临济宗的高僧德山,即把杨万里推作江西诗派的一代宗师。然而,也有不同看法。姜夔《白石道人诗集》卷首引尤袤之言:"近世人士喜宗江西,温润有如范致能者乎?痛快有如杨廷秀者乎?……是皆自出机轴,宣有可观者,又奚以江西为。"③尤袤认为杨万里诗"痛快",是因为有个体特色而取得较高的艺术成就,并不是宗法江西诗派的缘故。为什么会出现这么分歧的意见呢?这与杨万里本身的创作方法复杂有关。他出入江西诗派,一方面保留了相当多的江西派文学主张,另一方面又标举"活法""无法",力主创新。这样,诗评家们各执一端,费尽笔墨也难辨雌雄。

金元两代,杨万里继续受到推崇。刘祁《归潜志》记:"李屏山教后学为文,欲自成一家,每曰当别转一路,勿随人脚跟。……晚甚爱杨万里诗,曰:'活泼刺底,人难及也。'"④金南渡诗坛上,李纯甫为诗界领袖,影响颇著。他取重杨万里活泼圆转、独具一格的诗作,其后学均宗乃师之论,金代诗坛之推重杨万里于此可见一斑。元代,方回《跋遂初尤先生尚书诗》云:"宋中兴以来,言治必曰乾、淳,言诗必曰尤、杨、范、陆,……尤、杨、范、陆特擅名天下。"⑤方回在此已明确将杨万里作为"中兴四大家"之一而推举出来。他又在其唐宋诗大型评点本《瀛奎律髓》中特别推尊杨万里。《瀛奎律髓》选诗 3000 余首,评点诗人 380 余家,人均入选诗作约 8 首,杨万里则被选入 29 首之多。方回称"杨诚斋诗一官一集,每一集必一变。……诗不变不进"⑥,肯定了杨万里善于变化的创新精神。他并具体评点其曰:"诗格尤高","通体警策","瘦健清洒","千变万化,横说直说","枯瘦甚矣"等,这些论评从多个角度考察杨万里诗,道出了杨诗的千变万态,风

---

① 湛之编:《杨万里范成大资料汇编》,第 24 页。
② 湛之编:《杨万里范成大资料汇编》,第 25 页。
③ 湛之编:《杨万里范成大资料汇编》,第 11 页。
④ 湛之编:《杨万里范成大资料汇编》,第 39—40 页。
⑤ 湛之编:《杨万里范成大资料汇编》,第 40 页。
⑥ 湛之编:《杨万里范成大资料汇编》,第 41 页。

格多样,各臻其美。陈栎《勤有堂随录》云:"杨诚斋亦间气所生,何可轻议。其诗文有无限好语,亦有不惬人意处。"①陈栎推尊杨万里之诗,认为其独具一格,不可轻议,但同时也辩证地指出杨诗存在不足。这在杨万里接受史上实乃首开批评之声。

　　明代诗坛主盟是前后"七子",他们主张取法盛唐之诗,宋诗不受重视,于杨万里更少注目。宋濂《答章秀才论诗书》评"中兴四家"称"杨廷秀之深刻",但四人"终不离天圣、元祐之故步,去盛唐为益远"。②李东阳《怀麓堂诗话》云:"杨廷秀学李义山,更觉细碎,……概之唐调,皆有所未闻也。"③何良俊《四友斋丛说》云:"南宋陈简斋、陆放翁、杨万里、周必大、范石湖诸人之诗,虽则尖新,太露圭角,乏浑厚之气,然能铺写情景,不专事绮缛,其与但为风云月露之形者,大相径庭,终在元人上。"④他们都将杨万里诗与盛唐诗作比较,认为其细碎、尖新,缺乏盛唐浑厚气象,因此贬之甚力,只有何良俊稍见平和,认为杨诗绘景寓情,在元诗之上。胡应麟于诸子中乃属有见识者,但否定杨诗却也不例外。其《诗薮》云:"杨、范矫宋而为唐,舍其格而逐其词,故绮缛闺阃而远大夫。""南渡诸人诗尚有可观者,如尤、杨、范、陆时近元和。"⑤胡应麟尽管没有完全否定杨万里,但也只肯定其接近元和体之诗,而对其大多数诗则认为离盛唐尚有距离。从拟古派的眼光来看,杨万里诗的可取之处固然是不多的。但反拟古派,像公安派、竟陵派,却又没有注意杨万里。尤其是公安派的袁宏道,他主张独创,重视趣味,与杨万里极其相似,但其诗评却对杨万里付之阙如。明人对杨万里诗的不满不仅表现在形诸文字的评论上,更表现在这种不形诸文字的忽略上。杨万里诗歌的接受在明代跌落至最低谷。

　　清代,宋诗受到重视,随着诗派的纷争,对杨万里的评价也形成褒与贬两大阵营。黄宗羲《安邑马义云诗序》称许杨万里"忽若有悟,遂谢去前学,而后涣然自得"的创作转变。⑥黄宗羲论诗,主张"诗以道性情",重视创新,因而,对杨万

---

① 湛之编:《杨万里范成大资料汇编》,第 52 页。
② 湛之编:《杨万里范成大资料汇编》,第 53 页。
③ 湛之编:《杨万里范成大资料汇编》,第 54 页。
④⑤ 湛之编:《杨万里范成大资料汇编》,第 58 页。
⑥ 湛之编:《杨万里范成大资料汇编》,第 61 页。

里有自得之悟的诗歌创作颇为赞赏。同是遗民诗人的吕留良,他和吴之振等编
选《宋诗钞》选录了大量杨万里之诗,并云:"后村谓放翁学力也似杜甫,诚斋天
分也似李白,盖落尽皮毛,自出机杼,古人之所谓似李白者,入今之俗目,则皆俚
谚也。"①吕留良赞赏杨万里诗"落尽皮毛,自出机杼",独辟一格。后来的袁枚高
举"性灵"大旗,对杨万里诗颇为激赏,推尊杨万里与盛唐李白同为天才诗人,在
诗史上有同样的地位。总的来说,主性灵、重创新的评家对杨万里大都是褒扬与
推尊的。对杨万里诗持贬斥态度的,则主要是主格调、肌理之说者。朱彝尊《叶
李二使君合刻诗序》云:"下乃效及杨廷秀之体,叫嚣以为奇,俚鄙以为正。"②
《橡村诗序》云:"杨廷秀、郑德源吾见其俚。"③朱彝尊以学古为宗旨,主张不分
唐宋,实际上攻击宋诗颇力,言词激烈地抨击杨万里诗俚俗。其后,继有叶燮、田
雯、翁方纲指责杨万里诗"俗",全祖望、纪昀等人批评杨万里诗"颓唐""粗率",
即文笔粗率,不谨严,还有批评其"油滑"的。在持这些论调的同时,叶燮、沈德
潜、翁方纲等人对杨诗进行了全盘否定。叶燮《原诗》云:"宋人富于诗者,莫过
于杨万里、周必大,此两人所作,几无一首一句可采。"④沈德潜《说诗晬语》云:
"不朽之作,不必务多也。杨诚斋积至二万余,周益公如之。以多为贵,无如此
二公者,然排沙简金,几于无金可简,亦安用多为哉!"⑤翁方纲《石州诗话》云:
"若诚斋以轻儇佻巧之音,作剑拔弩张之态,阅至十首以外,辄令人厌不欲观,此
真诗家之魔障。"⑥他们都认为杨万里诗虽丰富多样,却俚俗轻艳,艺术粗疏,无
一可取,并对诗歌创作造成恶劣影响。这当然是颇不足取的态度。后来的延君
寿《老生常谈》便说:"少读《说诗晬语》,谓杨诚斋诗如披沙拣金,几于无金可拣,
以是从不阅看。四十岁后方稍稍读之,其机颖清妙,性灵微至,真有过人处,未可
一笔抹杀。"⑦延君寿跳出"宗唐""宗宋"的套子,以平正的眼光看待杨万里之
诗,认为杨诗轻妙灵动,充满机趣,是不可一笔抹杀的。这代表了清代突破门户

① 湛之编:《杨万里范成大资料汇编》,第70页。
② 湛之编:《杨万里范成大资料汇编》,第63页。
③ 湛之编:《杨万里范成大资料汇编》,第64页。
④ 湛之编:《杨万里范成大资料汇编》,第65页。
⑤ 湛之编:《杨万里范成大资料汇编》,第72页。
⑥ 湛之编:《杨万里范成大资料汇编》,第86页。
⑦ 湛之编:《杨万里范成大资料汇编》,第99—100页。

藩篱的诗评家的普遍认识,也是较为平正可取的一种批评态度。

## 二、杨万里诗歌接受的诗法探讨意义

诗法之说盛于江西派诗论。严羽《沧浪诗话》最早以"诗法"标目进行立论。元人受此影响,推出了以杨载《诗法家数》为代表的一大批"诗法"论著。从中国古代诗学和诗评来看,"诗法"一语含有法则、手法、技法等含义。"诚斋体"被人们作为创作学习的体式,其诗法意义不言而喻,因而,对杨万里诗歌论评主旨便更多具有诗法探讨的意味。概括起来,其阐说的诗歌创作与审美法则大体有如下三端。

### 1. 活法

诗评家们首先肯定杨万里诗歌创作"善变"、自出机杼。杨万里《诚斋荆溪集序》自述道:"予之诗,始学江西诸君子,既又学后山五字律,既又学半山老人七字绝句,晚乃学绝句于唐人。"至五十一岁时,"忽若有悟,于是辞谢唐人及王、陈、江西诸君子,皆不敢学,而后欣如也"。① 杨万里表述了几经变更的学诗过程及不囿于江西门派的诗学观念。对于杨万里"五学四变",最后变师法古人为师法自然,诗评家予以了肯定。尤袤称杨万里诗"痛快",陆游诗"俊逸",并说:"是皆自出机轴,宜有可观者,又奚以江西为。"他评说范成大、陆游、杨万里等人独具的艺术特征,并认为这创获于其创新善变、不拘一隅的诗法精神,与江西诗派无涉。袁说友《题杨诚斋南海集二首》(之二)云:"诗以变成雅,骚以变讬意。变其权者徒,中有至当义。水清石自见,变成道乃契。文章岂无底,过此恐少味。"②袁说友强调指出,"变"是诗歌不断发展的内在动因,杨万里诗歌秉承这一艺术精髓,以其创新善变给诗歌创作指出向上一路。项安世《题刘都监所藏杨秘监诗卷》云:"我虽未见诚斋面,道得诚斋句里心。醉语梦书辞总巧,生擒活捉力都任。雄吞诗界前无古,新创文机独有今。"③项安世认为,杨万里诗歌意义的核心便在"新创",他能弃绝江西诗派学习古人的衣钵,从大自然中汲取诗材,激

---

① 郭绍虞主编:《中国历代文论选》(第二册),第399—400页。
② 湛之编:《杨万里范成大资料汇编》,第14页。
③ 湛之编:《杨万里范成大资料汇编》,第15页。

发灵感,从而创作出独具一格的诗歌,并"雄吞诗界"。其后,韩淲《杨秘监〈江东集〉》云:"句句多般都有格,篇篇出众不趋时。"①他们均指出杨万里诗歌展示的意义便在于"变""不趋时""别出机杼"。

对于杨万里这种"善变"、自创机杼的创作方法,诗评家们沿用吕本中《夏均父文集序》中提出的"学诗当识活法"之"活法"二字称之,但其内涵却已悄悄置换。张镃《携杨秘监诗一编登舟因成二绝》(之二)云:"造化精神无尽期,跳腾踔厉即时追。目前言句知多少,罕有先生活法诗。"②张镃认为,杨万里独步诗坛,是因为其诗歌的"活法"。细考张镃前二句诗,则其"活法"包含多重意蕴,即题材内容上撷取自然万象("造化"),艺术手法腾挪跌宕,变化自如,诗歌风格圆转宛美,生机流动。葛天民《寄杨诚斋》云:"参禅学诗无两法,死蛇解弄活泼泼。气正心空眼自高,吹毛不动会生杀。生机语熟却不排,近代独有杨诚斋。……知公别具顶门窍,参得彻兮吟得到。赵州禅在口皮边,渊明诗写胸中妙。"③葛天民以禅喻诗,拈出禅家"死蛇弄活"的著名比喻,以禅家破除束缚、反对拘执、变化无常的精神来说明杨万里的"活法",并认为杨万里不仅在理论上解悟"活法"("参得彻"),而且在创作中践行"活法"("吟得到"),实现了理论与实践上都对江西派的超越,给宋诗带来勃勃生机。此外,周必大《次韵杨廷秀待制寄题朱氏焕然书院》云:"诚斋万事悟活法。"④刘克庄《江西诗派小序》云:"后来诚斋出,真得所谓活法。"⑤也表述了相同的见解。其后,俞成《萤雪丛说》又云:"文章一技,要自有活法。若胶古人之陈迹,而不能点化其句语,此乃谓之死法。……吕居仁尝序江西宗派诗,若言:'灵均自得之,忽然有入,然后惟意所在,万变不穷,是名"活法"。'杨万里又从而序之,若曰:'学者属文,当悟活法。所谓活法者,要当优游厌饫。'是皆有得于'活法'也如此。"⑥俞成此论,是"活法"论嬗变的一个总体勾勒。他称黄庭坚的"夺胎换骨"是"活法",而后吕本中、杨万里都沿用这种"活法"。但"活法"到了吕本中和杨万里手中,又各以不同的面貌出现。对于

---

① 湛之编:《杨万里范成大资料汇编》第19页。
② 湛之编:《杨万里范成大资料汇编》,第3页。
③ 湛之编:《杨万里范成大资料汇编》,第18页。
④ 湛之编:《杨万里范成大资料汇编》,第8页。
⑤ 丁福保辑:《历代诗话续编》,第486页。
⑥ 王大鹏等编选:《中国历代诗话选》,第599页。

这种变化,钱锺书有详切的阐述。其《宋诗选注》道:"'活法'是江西派吕本中提出来的口号,意思是要诗人又不破坏规矩,又能够变化不测,给读者以圆转而'不费力'的印象。杨万里所谓'活法'当然也包含这种规律和自由的统一,但是还不仅如此。根据他的实践以及'万象毕来''生擒活捉'等话看来,可以说他努力要跟事物——主要是自然界——重新建立嫡亲母子的骨肉关系,要恢复耳目、观感的天真状态……不让活泼泼的事物做死书的牺牲品,把多看了古书而在眼睛上长的那层膜刮掉,用敏捷灵巧的手法,描写了形形色色从没描写过以及很难描写的景象。"①钱锺书的这段论述,形象生动而又甚为中的,可视作古代诗评家简短论评的最恰当注释。确实,从黄庭坚的创造性摹仿,到杨万里的独立性创造,已把江西诗派创作的消极方面转化为积极因素,对于诗歌创作法式的研究,已经前进一大步。诗评家们对杨万里诗歌"活法"的揭示,大大丰富了古典诗学的技法之论。

### 2. 自然天成

中国古代诗论十分重视诗歌的自然天成之美,他们极力推崇诗作须符合自然之道。唐末司空图,其《二十四诗品》除专列"自然"一品外,多处论及之,"妙造自然,伊谁与裁"(《精神》);②"若其天放,如是得之"(《疏野》);③"荒荒坤轴,悠悠天枢"(《流动》)。④ 从理论上倡导自然之美,并以此作为贯通《诗品》内在系统之血脉。这一诗歌美感,在以学问为诗的宋诗中,遭到一定程度的丧失,因而,杨万里"师法自然"的作品一出,诗论家们围绕令人耳目一新的"诚斋体",多角度与多层面地予以了申张和阐扬。

首先,诗论家们从审美主体善于发现、把握客体对象的美,从变化万端的自然触发诗思的角度,揭示杨万里诗歌的意义。姜夔《送朝天续集归诚斋时在金陵》云:"年年花月无闲日,处处山川怕见君。箭在的中非尔力,风行水上自成文。"⑤姜夔认为,杨万里善从大自然中撷取诗材,得自然之象,蕴自然之理,成自

---

①　钱钟书选注:《宋诗选注》,人民文学出版社 1958 年,第 183—184 页。

②　司空图著,郭绍虞集解:《诗品集解》,人民文学出版社 1963 年,第 24 页。

③　司空图著,郭绍虞集解:《诗品集解》,第 28 页。

④　司空图著,郭绍虞集解:《诗品集解》,第 42 页。

⑤　湛之编:《杨万里范成大资料汇编》,第 12 页。

然之美,实为诗之极致。刘克庄《茶山诚斋诗选序》云:"汤季庸评陆、杨二公诗,谓诚斋得于天者,不可及。"①刘克庄与姜夔之意相通。

其次,诗论家们又从创作主体天分才性的角度,论评杨万里诗作,认为只有以创作主体情志才性与有感有应的自然共鸣,才能成就诗歌自然本体。刘克庄《后村诗话》云:"放翁学力也似杜甫;诚斋天分也似李白。"②刘克庄将杨万里与天才诗人李白相提并论,认为二人诗作均出于诗人主体气质情性的自然发露,含蕴的意义便是凭借天分的人进行创作,既不模拟前人,也不求似于前人,不以模求似,便具备了自己的本来面目,得自然之格。有人称袁枚诗似杨万里,袁枚不以为讪,反以为喜,他在《随园诗话》中道:"诚斋一代作手,谈何容易!后人嫌太雕刻,往往轻之。不知其天才清妙,绝类太白;瑕瑜不掩,正是此公真处。"③又云:"诗有音节清脆,如雪竹冰丝,非人间凡响;皆由天性使然,非关学问。在唐,则青莲一人,而温飞卿继之。宋有杨诚斋,元有萨天锡,明有高青丘。本朝继之者,其惟黄莘田乎?"④袁枚秉持"性灵"之说,从创作主体的角度,强调诗人的天性,即未被"名教"、学问扭曲淹没的诗人之纯天然的情性、悟性、至性。李白是为人公认的天才诗人,袁枚认为,杨万里、萨都剌、高启、黄宗羲都是这样的天才诗人,他们写诗是自己气质情志才性的自然发露,因而颇具自然之格。

又次,批评家们在评论杨万里诗作时,又强调诗作以艺术表达自然而来构筑天成之美。对于诗,诗体本身就能体现一种形式美,形式与内容是否自然契合,影响整体自然美的呈露。方回《跋遂初尤先生尚书诗》云:"诚斋时出奇峭,放翁善为悲壮,然无一语不天成。"⑤方回认为,杨万里、陆游诗作虽风格各异,但其艺术表现均天然而成,不假人力,不假古人陈言,故而光彩照人。清代,潘定桂《读杨诚斋诗集九首》亦云:"每于人巧俱穷处,直把天工掇拾来。"⑥"但爱纵横穿月窟,绝无依傍寄人篱。"⑦潘定桂倡扬天工偶成之美,强调表现创作主体与对象客

---

① 湛之编:《杨万里范成大资料汇编》,第 25 页。
② 湛之编:《杨万里范成大资料汇编》,第 26 页。
③ 袁枚著,王英志校点:《随园诗话》,第 204 页。
④ 袁枚著,王英志校点:《随园诗话》,第 243—244 页。
⑤ 湛之编:《杨万里范成大资料汇编》,第 40 页。
⑥ 湛之编:《杨万里范成大资料汇编》,第 92 页。
⑦ 湛之编:《杨万里范成大资料汇编》,第 93 页。

体的自然神态。他认为,在任何特定环境下的事物,都有各自独具的神态,能写出主客体间的神态与生气,便是表达了天工,脱却了人为的雕琢之迹,诗作因而文理自然,姿态横生。

归结上述之论,我们看出,诗评家们围绕杨万里诗作,提出了从审美客体到创作主体再到创作表现的三层"自然天成"之说,具有理论阐释深度,他们提出的这种创作法式,即把三种"自然"融合从而达到诗之至美,对于诗歌创作具有普遍的意义。

### 3. 忌粗率滑俗

"忌粗率滑俗"这一论题,诗论家们大多是通过对杨万里诗歌之失的指责与批评提出的。如前所述,清人主"格调"说、"肌理"说者,对杨万里诗颇多贬斥。概括而言,主要集中于"俗"与"熟""颓唐""油滑"三个焦点。

指责杨万里之诗俚俗,除朱彝尊外,还有田雯、沈德潜等。田雯《论诗》云:"诚斋一出,腐俗已甚。"①其《鹿沙诗集序》又云:"南辕以后,杨诚斋辈又俚俗过甚。"②沈德潜《说诗晬语》云:"杨诚斋、郑德源变为谐俗。"③王昶《舟中无事偶作论诗绝句四十六首》道:"杨监诗多终浅俗。"④他们均认为杨万里诗俚俗、浅俗,不入大雅之流,故学诗者不可取。翁方纲《石洲诗话》云:"诚斋之诗,巧处即其俚处。"⑤其《七言律诗钞·凡例》又云:"诚斋诗什之富不减放翁,白石推许虽至,然俚俗过甚,渐多靡靡不振之音,半壁江山所以日即于屏弱矣。"⑥翁方纲是宗尚宋诗的,其"肌理"说即以宋诗为法,认同宋诗"皆从各自读书学古中来",但他对转变宋代诗风、变学古为学自然的杨万里诗颇多指责,并将对杨诗"俚俗"的批评,上升为指斥其为影响国运的靡靡之音。这当然言之过甚。与"俗"相关的则是"熟",这也是朱彝尊、翁方纲等人大加指责的。王昶《答李宪吉书》云:"查初白学诚斋圆熟清切,于应世谐俗为宜,苦无端人正士高冠正笏气象。"⑦王昶通过对查慎行学诗的分析,认为杨万里诗通俗浅切,缺乏"端人正士"的雅致,

---

① 湛之编.《杨万里范成人资料汇编》,第65页。
② 湛之编:《杨万里范成大资料汇编》,第66页。
③ 湛之编:《杨万里范成大资料汇编》,第72页。
④⑦ 湛之编:《杨万里范成大资料汇编》,第81页。
⑤ 湛之编:《杨万里范成大资料汇编》,第85页。
⑥ 湛之编:《杨万里范成大资料汇编》,第86页。

不足为法。翁方纲《石洲诗话》云:"杨、范、陆极醋肆处,正是从平熟中出耳。"①翁方纲更将批评的范围由杨万里扩展至范成大、陆游,认为他们作诗淋漓酣畅,洋洋洒洒,正因为其平易浅切,言辞陈腐,言中无物又无言外之意。其又云:"平熟则气力易均,故万篇酣肆,迥非后山、简斋可望。而又平生心力,全注国是,不觉暗以杜公之心为心,于是乎言中有物,又迥出诚斋、石湖上矣。"②翁方纲赞赏陈师道、陈与义之诗关注国计民生,言中有物,虽不酣畅,却戛戛生新,远胜于杨、范之诗。

二是颓唐粗率。纪昀《四库全书总目提要》论"诚斋集"云:"不免有颓唐粗俚之处。"③其批注《瀛奎律髓》也道:"诚斋作诗多患粗率。"纪昀等人论断杨万里作诗往往下笔粗率,游戏为文,很不谨严。李慈铭《越缦堂日记》云:"《退休集》尤晚年之作,老笔颓唐,其甚率俗者,几可喷饭。"④李慈铭也认为杨万里率意作诗,粗鄙腐俗,令人不堪吟读。纪昀、李慈铭之评,似不可一概否定,杨万里以自然为诗材,认为生活中的一切都是诗,如其《戏笔》诗:"哦诗只道更无题,物物秋来总是诗。着意染须玄尚白,梳头得虱素成缁。"把染须、梳头都纳入诗中,确实粗率,选材不够精审。就这类诗而言,纪昀、李慈铭的指责是正中其弊的。但他们仅攻一点而不及其余,亦有失公正。

三是"油滑"。爱新觉罗弘历等《唐宋诗醇》云:"宋人如杨廷秀辈,有意摹仿此种,徒成油腔滑调耳。"⑤弘历等人认为杨万里作诗模仿白居易的浅切直白,袭其貌而失其神,堕为油腔滑调之诗。李慈铭《越缦堂日记》亦云:"诚斋则粗梗油滑,满纸村气,似《击壤》而乏理语,似江湖而乏秀语。"⑥李慈铭论断杨万里诗貌似理学家与江湖诗人之诗,却失其理致、隽秀,因而粗鄙油滑,满纸俗气,令人生厌。杨万里诗风趣幽默,正是其独具之特色,与"油滑"是有本质区别的。但其间又有天然的联系,前者一过头,便堕为后者。如杨万里《春菜》诗写春菜丰美:"此诗莫读恐咽杀,要读此诗先捉舌。"这类诗,确有油滑之嫌。弘历、李慈铭之

---

① ② 湛之编:《杨万里范成大资料汇编》,第86页。
③ 湛之编:《杨万里范成大资料汇编》,第79页。
④ 湛之编:《杨万里范成大资料汇编》,第98—99页。
⑤ 湛之编:《杨万里范成大资料汇编》,第73页。
⑥ 湛之编:《杨万里范成大资料汇编》,第98页。

评,若对此类而言,是切中肯綮的。

综观上述批评,大多是攻其一点,不及其余,有失公正。但抽取出来,见出诗评家们对诗歌审美法则的深刻思考,同样具有诗法意义。总之,杨万里诗歌虽受杜甫、王安石、苏轼及江西诗派等的影响,但能戛戛独造,用"活法"进行创作,因而形成轻灵圆熟、诙谐风趣的独特风格。诗评家们对于这种诗作有肯定也有贬斥,在一定程度上切中其利弊,对于诗歌创作有导向意义,并由此昭示了诗歌创作的规律,即"每种艺术都用一种媒介,都有一个规范,驾驭媒介和牵就规范在起始时都有若干困难。但是艺术的乐趣就在于征服这种困难之外还有余裕,还能带几分游戏态度任意纵横挥扫,使作品显得逸趣横生。这是由限制中争得的自由,由规范中溢出的生气。艺术使人留恋的也就在此。"[1]这是杨万里诗歌及其接受给予人们的丰厚馈赠。

总之,杨万里是南宋"中兴四大诗人"之中别具一格者,他创辟了新鲜泼辣的"诚斋体",成为当时诗歌创作转变的重要枢纽。对于他的这种诗体,宋金元人多是推崇,明人忽略,清人有推重也有贬斥。这一曲折的论评史,昭示了古代诗论家对"活法"的重视,崇尚自然天成,诎粗率滑俗的诗学主张,具有诗法探讨的意义。

---

① 朱光潜:《诗论》,生活·读书·新知三联书店1984年,第45页。

# 江户诗人斋藤拙堂诗歌对宋诗的受容

斋藤正谦(1797—1865),字有终,号拙堂,又号铁研,私谥文靖先生。出生于日本江户津藩邸的一个武士家庭,青少年时期就读于幕府昌平黉,师从名儒古贺精里。24 岁时赴津,任职于津藩黉有造馆,历任讲官、督学、藩主侍读等职。斋藤拙堂学奉朱子,又博综诸家,善文论,亦精于史传。

在日本汉文学史上,斋藤拙堂是作为散文家与文论家而著名的。事实上,他也是一位出色的诗人,但其诗名被文名所掩。其所处的江户后期,汉诗日益大众化而臻于烂熟,大多数诗人博采众家所长,于唐宋明清诸代之诗一并吸收,在诗学方面往往采取折中调和的态度,融合各派观点。斋藤拙堂的诗歌便是这种趣尚的典型体现,其诗作于唐得杜、韩,于宋得苏、黄,杜、韩乃唐诗中的宋调,因此,究其实,是对宋诗的深层受容。本文从题材内容与艺术表现两方面对斋藤拙堂诗歌对宋诗的受容状况予以考察。

## 一、题材内容上对宋诗的受容

### 1. 题材内容丰富多样,尤重人文题材

中国诗歌进入到宋代,政治和社会题材得到极大的发展,生活中随处而有的诗意也被发掘出来,可以说,宋诗的题材扩大到无所不在、无所不包的新境地。一般而言,唐人诗以自然的题材、意象为多,由景而生发的多为情,而宋人诗则以人文的题材、意象为多,由景而生发的多为理。

斋藤拙堂的诗作,题材内容丰富,举凡友朋往返,胜境游历,四季物候,咏史述怀,家事国政,均有咏写。其中,有大量以题画、观棋、听琴、品茶、饮酒、赏花等

为内容的作品,这既是其雅致文人生活的生动反映,也是其诗作在题材内容上对宋诗受容的体现。

斋藤拙堂的这类诗作中,以咏写赏花的为多,如欣赏樱、荷、黄梅、墨梅、卧龙梅、六如樱、牡丹、兰、菊、芦花、水仙花、桃花、李花、棣棠、木兰、海棠、梨花、踯躅、米囊、酴醾,等等。其他人文题材的诗作如:《寒夜读书》《寒夜闻霜钟》《上杉谦信咏月图》《过平等院》《题蔫瘦亭》《题七老亭》《本愿寺》《访诗仙堂》《题谢安围棋图》《读〈资治通鉴〉》《广禅寺寓居,双松、竹坞、绿溪三子见过》《江村方友图》《折花背立美人图》《浣花醉归图》《洗砚》《与客谈诗》,等等。甚至还有一些咏写寻常琐碎事物的诗,如《观萤》《家人寄衣》《买菊》《锄菜》《书中干蝴蝶》《戊申正月十日,孙男生》,等等。这类诗作,其立意每每有触物感兴、随机生发的特点。如果说,唐诗中由物感发者多为情,在斋藤拙堂诗中则多为理,是诗人对生活的参悟,因而其"意"富有思致机趣,耐人寻绎回味。如《咏龟》:"神智参知邦国谋,九江纳锡已千秋。即今无复庙廊用,曳尾泥中尽自由。"[1]在咏写平常事物中熔铸典故,翻出匪夷所思的新意,令人寻味不已。

斋藤拙堂诗中还有不少集会诗。江户时期,文人集会盛行,文人们在集会时吟山咏水,往来唱和,表现出乐观精神与群体意识。斋藤拙堂的这类诗主要有:《黄梅精舍集分韵,座有黄门小仓公,诗拜谒,故及》《同花亭、竹沙、勉庐、云淙游应寺》《庚寅仲夏同赖山阳饮三条柏叶亭》《华顶山遇畑橘洲、中岛棕隐,遂俱上圆山碧云楼,欢饮至夜,分韵》《畑橘洲宅小集分韵》《暮春十一日如浪华,访条崎承弼,承弼招后藤世张、广濑公坦等十余人,设宴,分韵得虞》《伊洲广禅寺寓居,服部竹坞、濑尾绿溪见过,分得月字》《江山诗屋集同赋游春得韵覃》《访门田尧佐,分得竹字》《十一月廿八大雪,山田鹰羽云淙来访,遂俱会于宫崎氏,分舍号白沙翠竹为韵,得翠字》《三宅氏雅集,得韵肴》《僧院赏梅,分韵得鱼》《席上分眼看春色如流水为韵,得流字》,等等。这些集会诗以人文题材为主,充满人文意象,体现了深厚的人文旨趣。创作时,往往"以学问为诗",着力于立意、用韵、用事,是典型的文人之诗,从题材上体现出对宋诗创作的学习效仿。

---

① 斋藤拙堂著,吴鸿春辑校:《铁研斋诗存》,汲古书院2001年,第198页。

### 2. 抒写淑世的情怀

北宋中叶,儒学复兴运动达到高潮,南宋以后形成以程朱理学为代表的新儒学。两宋士大夫用融会贯通的儒佛道三家思想学说重新诠释儒家经典,高扬"内圣外王"的大旗,以重建社会秩序为共同的理想。他们把学术探索与社会实践结合起来,匡教护道,力图在社会变革上表现经世济用之学。

相类似的是,19世纪中后期的日本社会,一直处于动荡不安之中,农民反对幕府封建统治的斗争日趋激烈,并形成大规模的武装起义。随后,又爆发了倒幕运动。这之中,主张维新的志士们很多是汉诗人,他们同两宋士大夫一样,忧国忧民,为维新运动的成功而置个人生死于度外,并选择了中国传统思想中的儒学作为精神养料,朱子之学一时蔚然成风。

这种思想反映在诗歌创作上,便是诗歌题材比较偏重政治主题,以国家兴亡、民生疾苦、胸怀抱负、宦海浮沉等为主要内容,抒发的主要是社会群体所共有的情感。像斋藤拙堂诗中的《锄菜》《秋晚出郊》《哀流民》《赠间宫林藏》《诸葛孔明草庐图》《寒夜读史》《凑川碑》《辛丑七月初九,除郡奉行,菲才任重,竦然有作》《熊野道中杂诗(其三)》《地震行》等,这类诗,主题明确,但已经不像唐诗那样直接和外露,而摒弃了那份张扬与恣放,表现出更多的独立思考。在上述诗中,《哀流民》便是反映天灾人祸给人民造成的苦难之作,苍凉凄切,感情真挚。其他更多的诗写出内心的忧患意识与使命意识。如《锄菜》:

> 浇圃霜融菜甲新,锄耰在手立畦畛。
> 谁呼刘备为英杰,自笑樊须信小人。
> 忍听频年告艰食,惭无奇策救贫民。
> 平生坐吃盘中粒,聊代老丁尝苦辛。[1]

即便是日常生活中小小的锄菜一件事,诗人联想到的也是希望有杰出英雄出现,以"奇策"来救民于水火,而自己作为一介书生,又无济民"奇策",只好以自己躬耕行为来体会民众的苦辛,达到不忘民众及自赎灵魂的目的。这同时承继的是

---

[1] 斋藤拙堂著,吴鸿春辑校:《铁研斋诗存》,第112页。

孟子推崇的"推己及人"的情怀,要求"饱而知人之饥,暖而知人之寒,逸而知人之寒",关心百姓,体恤百姓,关心民生疾苦,即"乐以天下,忧以天下"。斋藤拙堂之诗特别多地抒写这种"推己及人"的情怀,它全然没有一般意义上那种"忧国忧民"的粉饰与做作,更没有高高在上的赏赐与矫情,它是发自其内心的自愿与自觉,是官民之间、社会之间的和谐与人性。

## 二、艺术表现上对宋诗的受容

斋藤拙堂诗歌对宋诗的受容,更多地体现在艺术表现上。神田喜一郎在《江户时代的汉文学》一文中,曾将江户时代汉文学划分为三个时期:第一个时期,从庆长八年(1603)至宝永六年(1709),为汉文学复兴期;第二个时期,从正德初年(1711)年至天明末年(1788),为倡导唐诗的拟古主义时期;斋藤拙堂所处的时期为第三个时期,即从宽政初年(1789)至庆应末年(1867),是为主张清新性灵的宋诗时代。①

一般人们论评斋藤拙堂的诗歌,往往称其学杜、韩、苏、黄,其中杜、韩实为由唐而宋的转型,所以,斋藤拙堂诗作在实质上是学习宋诗而自成一体。在表现手法上,他发展了杜、韩、苏、黄以文为诗、以议论为诗的传统,打破格律束缚,以古文的气势、叙事的手法与大量的散文章法、句法来丰富诗歌的表现方式,使诗作具有散文般流动的气韵与品格;他还喜好撼思说理、发表议论,无论写景状物,还是咏史言情,触处即生议论,其议论往往能与叙事、抒情融为一体,富于意趣情韵。这些特点都显露出宋诗的创作个性与艺术特征。

### 1. 破弃声律

杜、韩、苏、黄诗尤喜破弃声律,即打破格律诗固有的声调格律,造成平仄不协,以求奇拗不平。这类诗作一般大量采用拗体与拗句,并且往往拗而不救,节奏上有意打破五、七言诗的"二二一"或"二二二一"的结构,变成"二一二"或是"三一三"式的结构。这些韵律方面的结构特征,使宋诗明显区别于前代格律自

① 神田喜一郎:《江户时代的汉文学》,《岩波讲座日本文学史》(第16卷),岩波书店1959年,第28—34页。

由的古诗与讲究音律、气象的唐诗。

斋藤拙堂诗亦擅破弃声律，所不同的是，其诗破弃声律后读来亦自然宛转，比较倾向于杜、苏，而不是韩、黄那种拗劲奇峭之味。如《观萤》《紫野黄梅院清集，黄门小仓公在座》《题陶令采菊图》《放衙后书事》等。如《观萤》：

> 夕阳初收见点萤，一点两点逗烟汀。
> 俄顷纷飞千万点，满江影乱满天星。①

其格律为：平平平平仄仄平，平仄仄仄仄平平。平平平平平仄仄，仄平仄仄仄平平。斋藤拙堂此类诗爱连用平声，显得较为平和自然，正如冈本花亭所评："拗体有自然之妙。"②而黄庭坚诗则既连用平声又连用仄声，力图通过音节、语调的配合来表现其主观世界的傲岸奇倔。斋藤拙堂拗体诗的创作手法，部分地消解了宋诗的创作模式，表现出向唐诗回归的一面。

### 2. 以议论为诗

宋诗为了独步蹊径，常常就传统题材翻出新意，而其新意则以议论出之，读后耐人回味。如苏轼即将韩愈、欧阳修、梅尧臣等人开头的"以文为诗"进一步推进，达到别开生面，成一代之大观的地步，其中，就吸取了文长于议论的特点，或以新鲜的意象示人以奇想，或以丰富的哲理启人深思。其长篇如《百步洪》，一气呵成连用七个比喻"有如兔走鹰隼落，骏马下注千丈坡，断弦离柱箭脱手，飞电过隙珠翻荷"，新颖独特，短制如《题西林壁》，隽永蕴藉。

斋藤拙堂诗颇得苏诗神髓，将以议论为诗运用得出神入化。其《灯下拭剑》《过琵琶湖》《观花火》等即喜用比喻，特别是《观花火》中：

> 金蛇万条电迸空，旋飘红雪扑烟水。
> 乍如猛将舞双刀，乍如神兵送万矢。
> 乍如蜃楼起海天，十层突兀呈奇诡。

①② 斋藤拙堂著，吴鸿春辑校：《铁研斋诗存》，第2页。

乍如花卉发东风,千朵离披斗红紫。①

将花火的变幻百出,璀璨夺目形象地传达出来。而《赠剑客》《僧房看枫》《夜读兵书》《武陵桃源图》《题刘先主访诸葛图》《熊野道中杂诗(其四)》《题坡公莲烛归院图》等则融入诗人的思考,从常见的事物中体悟深刻的哲理。如《僧房看枫》:

市朝何处涤尘颜,远觅风光上碧山。
岂识空门还着色,离披锦树拥禅寰。②

这里的"枫",不再是唐人笔下具体场景中的"物",而是诗人为表达其理念与情感而高度概括出来的象征,显得内涵浑厚,耐人咀嚼。

访友之作,最是关情,而访友不遇,则常令人黯然销魂,斋藤拙堂的《过憩长谷寺,主僧不在,入庖作羹,欢饮尽醉而去,赋此嘱村民看守者,待僧归与之》却以议论出之:"本来无物我,何分主与宾。叩寺僧不在,我来为主人。……"③本来该一唱三叹的惋惜之情,在斋藤拙堂这里变成了齐物论、心游论的说法之"物"。

以议论为诗,显然在传统的具象方式外,开拓了直接抒发议论的新路,有利于诗人随心所欲地抒情达意,并使诗歌立意更为深刻。

**3. 以才学为诗,擅用典故**

以才学为诗,运用典故是宋诗的又一大特色,也是对"以议论为诗"的有益补充。宋诗用典富赡奥博、翻新出奇。特别是黄庭坚诗,其用事范围极广,古今罕见。他从各类书籍中爬罗剔抉,经、史、子、集、道释典籍、稗官小说等,都曾为其所用,并且不为事典所囿,常常翻新出奇,不遵循寻常的思维定势,在典故的选择上别出心裁,或用僻典,或以熟典表达新意,收到出人意想的效果。

斋藤拙堂学识渊博,具有多方面的文化艺术修养,因此,在诗歌创作中自觉

---

① 斋藤拙堂著,吴鸿春辑校:《铁研斋诗存》,第18页。
② 斋藤拙堂著,吴鸿春辑校:《铁研斋诗存》,第127页。
③ 斋藤拙堂著,吴鸿春辑校:《铁研斋诗存》,第198页。

或不自觉地向宋诗靠近,以才学为诗,常常点化中国古诗的意旨或诗句,征引中国古代文献中的事典。如《题东求堂》用"周王避债台"之典,《黄梅精舍集分韵,座有黄门小仓公,诗拜谒,故及》用"莲社"之典,《赠赖子成》称赏赖家父子有才,连用"刘墙""贾垒""班马""鲰生""三都序"等事典,《瀑布樱》用李白《望庐山瀑布》诗典,《题园田君秉〈子规亭诗集〉》用罗邺《闻子规》诗典,《九月九日巡到三重郡》用陶渊明归隐事典,《蚁阵》用"南柯梦"事典,《立秋有感》用张翰思家乡美味事典,《题陶令采菊图》用伯夷叔齐之事典,等等。斋藤拙堂尤喜用史典,其诗歌在呈现出更加文人化、个性化气质的同时,也凸显出浓重的史鉴意识与深沉宏远的历史感。

斋藤拙堂的诗中用典,不仅贴切达意,还往往反用事典,使诗意翻出一层,更耐人寻味。如《二月十日,亲率部卒操练于演武庄,次杨炯〈从军行〉韵》:"投笔执鞭弭,时仍属太平。行军非死地,列卒独干城。未免儿童戏,且随金鼓声。自嗤百夫长,犹是一书生。"[①]诗人不仅次杨炯《从军行》诗韵,亦用其"愿为百事长,胜作一书生"之典,却反其意而用,融自己的思考于旧事之中,"犹是一书生",包涵了诗人的百般感受。

### 4. 次韵、分韵

次韵、分韵诗作为大量存在于斋藤拙堂作品中的诗作类型,是其诗歌不可忽视的一部分。次韵、分韵诗亦即文人士大夫间的唱和诗,就其本身的特点而言,它使诗人改变"自说自话"的传统方式而有了具体的交流对象,使诗歌成为一种互动的表现形式。它虽然以应酬为主要目的,但有文字驾驭能力的诗人,能将这种从内容到形式都趋于僵化和程序化的创作进行革新,"出新意于法度之中,寄妙理于豪放之外",在必然的艺术规律中展示创作的自由,这无疑更具挑战性。富有创新精神的宋人喜爱这一形式,深于诗道的斋藤拙堂也偏好这一形式。

斋藤拙堂诗集中,次韵诗主要有:《同前次中山逊卿韵》《同前次棕隐韵》《西郊夜归次子章韵》《复同风床上人、小岛精斋往焉,时余在乡,皆有诗见示,因次风床韵却寄》《盐田士鄂寓居城西长江园,有诗见示,次韵赠之》《同前次士鄂韵》《同前,次云淙韵》《云淙、竹坡与余年齿相若,交亦已旧,又叠前韵,赠二人》《赠

---

① 斋藤拙堂著,吴鸿春辑校:《铁研斋诗存》,第 167 页。

琴客,次檗僧高泉韵》《芦岸秋晴,次子愿韵》《九月十三夜,至乐窝集,同次赖杏坪韵》《同前,次园田君秉韵》,等等。分韵诗主要有:《畑橘洲宅小集分韵》《华顶山遇畑橘洲、中岛棕隐,遂俱上圆山碧云楼,欢饮至夜,分韵》《暮春廿一日入浪华,访筱崎承弼,承弼招后藤世张、广濑公坦等十余人,设宴,分韵得虞》《伊洲广禅寺寓居,服部竹坞、濑尾绿溪见过,分得月字》、《江山诗屋集同赋游春得韵覃》《访门田尧佐,分得竹字》《十一月念八大雪,山田鹰羽云淙来访,遂俱会于宫崎氏,分舍号白沙翠竹为韵,得翠字》《三宅氏雅集,得韵肴》《僧院赏梅,分韵得鱼》《席上分眼看春色如流水为韵,得流字》,等等。

斋藤拙堂不仅与当时诗人酬韵唱和,使情感在相同的节奏音韵中得到共鸣,使艺术技巧互相补益,他还酷爱和古人之诗,如《秋晴出游次放翁韵》《辛亥晚秋,买地于城北茶磨山下,谋置草堂,次老杜〈卜居〉韵》《草堂成,名曰栖碧山房,次老杜〈堂成〉韵》《十月望,山房雅集,次老杜〈客至〉》《同前,醉后同登后秋望海,又次前韵》《山庄与平松子愿别业相邻,次老杜〈南邻〉韵以为赠》《伊贺蕉石大夫渡边勘兵为之裔、平安中岛棕隐见访山房,次老杜〈宾至〉韵》等。

总的来看,斋藤拙堂的和诗,无论是和今,还是步古,都没有脱离现实生活,而是借他人之酒杯,浇胸中之块垒;是在借鉴他人、古人成功的艺术形式,来抒发自己对现实生活的强烈感受,是在学习他人、古人的艺术风格中,熔铸冶炼自己独特的艺术风格。

### 5. 讲究字句篇法

讲究字句篇法也是宋诗的显著特征,是"以文为诗"的必然结果。这首先表现在句式的散文化上,最重要的方式是大量运用虚词,特别是在句中多用语气助词,使诗歌产生一种浑灏古朴的文章气势。斋藤拙堂这类诗不少,其中用"之"字最多,如"烜如千电之逐雷坠"(《灯下拭剑》),"泛驾之材脱短辕"(《赠赖子成》),"溟海之东毛人国"(《赠间宫林藏》),"譬如入昆仑之山"(《寄吴竹沙气其画水》),"挂之清风生素壁"(《寄吴竹沙气其画水》),等等。其他用"也""矣"、"哉""耶""所""尔""乎""无乃……""何……为"等的例子也有不少。如用"也"字:"真率茶杯也尽欢"(《风寒绿溪见过》),"各其子也掌中珠"(《哭女》);如用"矣"字:"剑兮虽利长已矣"(《灯下拭剑》),"死者已矣生者饿"(《哀流民》),"邈矣黄虞世"(《题陶令采菊图》);用"哉"字:"披襟呼快哉"(《六月念二夜,热殊甚……》),"壮哉鳌背三百岛"(《松岛歌寿山台南山和尚八十》);用"乎"字:"呜呼幻乎将真乎"(《奥田氏宅观明王建章画山水》);等等。诗句经过虚词的斡旋就变得曲折回环,宛转深幽,避免了平直板滞。

斋藤拙堂诗还擅用虚词对,如:"何嫌幽竹无千亩,未有一官污老松"(《闲中富贵》);"笑我忘形兼忘世,任他呼马又呼牛"(《立秋有感》);"只须一室聚头话,何必西山挂笏看"(《风寒绿溪见过》);"欲从南郡问经旨,且向高阳为酒徒"(《暮春廿一日入浪华,访筱崎承弼,承弼招后藤世张、广濑公坦等十余人,设宴,分韵得虞》);"纵使岚山甲京郊,不及此地冠天下"(《芳野看花》);"此君不可无,过多还猥俗"(《洗竹》);等等。本来诗句中用虚词,是要使句式散化,打破其整饬的形式,而虚词对又使句式散中有工,工散相间,别致新颖。

"以文为诗"在篇法上的表现是如散文般讲求顿挫之法。顿挫之法能使诗作结构更为曲折驰骤、跌宕跳跃,非寻常构思所能及。

斋藤拙堂对顿挫之法深悟其妙处,他的《拙堂续文话》专门录出魏禧的相关言论,称:

> 叔子论文语,散见于日录中。今又抄出之曰:"文之感慨痛快驰骋者,必须往而复还。往而不返,则势直气泄,语尽味止。往而复还,则生顾盼,此呜咽顿挫所从出也。"……又曰:"古文接处用提法,人所易知。转处用驻法,人所难晓。凡文之转,易流便无力,故每于字句未转时,情势先转,少驻而后下,则顿挫沉郁之意生。譬如骏马下阪,虽疾驱如飞,而四蹄着石处,步步有力。若驽马下峻阪,只是滑溜将去,四蹄全作主不得。更有当转而不用转语,以开为转,以起为转者。以起为转,转之能事尽矣。"①

斋藤拙堂在诗中常用此法,长篇如《赠间宫林藏》《续琵琶行赠山阳外史》,突兀发端,纵横捭阖,气势雄健。短篇如《立秋有感》:

---

① 王水照、吴鸿春编,吴鸿春译,高克勤校点:《日本学者中国文章学论著选》,上海古籍出版社1994年,第162页。

铁石心肠不识愁,海南一去八年留。

炎云烈日犹残暑,月色涛声已立秋。

笑我忘形兼忘世,任他呼马又呼牛。

忽然忆起莼鲈美,欲向江东问钓舟。①

一般说来,长篇之作多转折变化,而斋藤拙堂却能在短章中使诗意腾挪曲折,给人以跳荡之感。

## 三、对宋诗受容的缘由

斋藤拙堂诗歌从题材内容到艺术表现,都对宋诗有诸多受容,其原因除当时政治背景及诗坛风气外,还有以下几方面的因素:

### 1. 由文入诗

斋藤拙堂的文学创作历程是先为文,后为诗,即由文入诗的。他在首部诗集《卜居集》前即称"余少时不甚留意于风骚"②,但他此时却在文坛崭露头角。在理论上,斋藤拙堂持"诗文一体"观,其《拙堂续文话》云:"余常谓诗文本非两途,诗特文中一体耳。至近体之行,始与文判矣,亦未曾不同也。""少陵《北征》、昌黎《南山》,首尾开辟,顿挫抑扬,布置有叙而弗紊,直为一篇,纪事可矣,为一首游记可矣。其它长篇亦皆莫不然,如乐天《长恨歌》《琵琶行》,亦可为一篇传奇也。"③此论是对韩愈首创的"以文为诗"之法的认同,是对诗歌传统表现手法的一种革新。作为一位"洵为独步"(中内惇《拙堂先生小传》)的散文家与理论家,斋藤拙堂以笔卷波澜的古文家笔墨为诗,自然也就把自己在这一文体强势中的生命体验与智能技艺移植和嵌入于其他文体,从而使诗歌呈现出崭新的面貌。

### 2. 师承关系

斋藤拙堂师从古贺精里,古贺精里名朴,字淳风,号精里,世仕佐贺藩。其为当时之鸿儒,文坛之首领,他精于朱子之学,属当时六个主要流派之一的"宽政

---

① 斋藤拙堂著,吴鸿春辑校:《铁研斋诗存》,第22页。
② 斋藤拙堂著,吴鸿春辑校:《铁研斋诗存》,第1页。
③ 王水照、吴鸿春编,吴鸿春译,高克勤校点:《日本学者中国文章学论著选》,第128—129页。

以后朱子学派"。古贺精里在诗歌创作上擅于用典,以至于列典如阵,人称"一句一典诗"。如《题赤壁图》:

> 大江横白露,明月斗牛傍。
> 知彼盈虚者,歌兹窈窕章。
> 洞箫托遗响,桂棹泝流光。
> 素练飞仙迹,山川望武昌。

诗中大量征用苏轼《赤壁赋》文句,意境虽不及苏作,但二作相与应和,颇有中国古风。这种以文为诗、喜用典故的诗歌创作之法,对其学生斋藤拙堂来说,是有显著影响的。

### 3. 论评的期许

斋藤拙堂特别重视诗人间的相互批评,常常将诗集抄寄友人,以邀品评,今存诗稿上还留有不少评者墨迹。论评过斋藤拙堂之作的诗人与批评家主要有:篠崎弼(字承弼,号小竹,浪华人)、藤森大雅(字纯风,号宏庵,江户人)、广濑谦(字吉甫,号旭庄,丰后人)、冈本成(号花亭,幕臣)、梁川星岩(名孟纬,字公图,又无象,号星岩,美浓人),盐田随斋,等等。其评语略列其下:广濑旭庄云:"自古诗文分二途,作家具体或偏枯。君能兼得鱼熊味,欲继昌黎与大苏。"①"翻案绝巧。"②"使典如意。"③梁川星岩云:"颔联工,颈联亦好。结,顿挫有法,洵为令作。"④"议论颖妙。"⑤盐田随斋云:"如读坡翁诗。"⑥冈本花亭云:"好典故才收全篇。"⑦藤森弘庵云:"前半未见其奇,读到君不见以下,议论慷慨,词意奋迅,真是大手笔。"⑧"议论颖妙,措词洒脱,实是合作。"⑨"'风行水上',《易》语,而脚

---

① 斋藤拙堂著,吴鸿春辑校:《铁研斋诗存》,第 4 页。
② 斋藤拙堂著,吴鸿春辑校:《铁研斋诗存》,第 167 页。
③ 斋藤拙堂著,吴鸿春辑校:《铁研斋诗存》,第 183 页。
④ 斋藤拙堂著,吴鸿春辑校:《铁研斋诗存》,第 22 页。
⑤ 斋藤拙堂著,吴鸿春辑校:《铁研斋诗存》,第 186 页。
⑥ 斋藤拙堂著,吴鸿春辑校:《铁研斋诗存》,第 31 页。
⑦ 斋藤拙堂著,吴鸿春辑校:《铁研斋诗存》,第 43 页。
⑧⑨ 斋藤拙堂著,吴鸿春辑校:《铁研斋诗存》,第 169 页。

字自行字生,蹴字自脚字生,展转相承,好句法。"①"笔气流转,议论骏发,真是苏子后劲。"②等等。这些诗友论评,既是对斋藤拙堂诗歌受容宋诗特征的概括,同时又是一种审美期待之评,促使了斋藤拙堂的诗歌创作更向这方面发展,论评与创作在对话互动中不断丰富和提高,创作作为论评的开始,也成了论评的延续与提高。

　　总之,日本江户汉诗人斋藤拙堂的诗歌从题材内容到艺术表现,都对宋诗有诸多受容。在题材内容上,主要表现为题材的丰富多样,尤重人文题材及抒写淑世情怀;在艺术表现上,主要表现为破弃声律、以议论为诗、以才学为诗、擅用典故、善作次韵、分韵诗及讲究字句篇法。究其对宋诗受容的原因,除当时政治背景及诗坛风气影响外,其创作的由文入诗、师承关系与诗友论评的期许,也是极其重要的因素。

---

① 斋藤拙堂著,吴鸿春辑校:《铁研斋诗存》,第 188 页。
② 斋藤拙堂著,吴鸿春辑校:《铁研斋诗存》,第 196 页。

# 20 世纪以来宋代诗话研究述略（至 2002 年）

## 一、20 世纪以来对宋代诗话文献的整理

在我国诗话发展史上,诗话的整理工作由来已久,它并成为我国古典时期诗话研究的传统形式之一。进入 20 世纪,伴随新文化运动的开展和我国现代学术的兴起,诗话的整理工作首先为一些深具学术眼力的学者所注重,成为古代典籍整理一项重要内容。20 年代末,郭绍虞在搜集资料,准备撰著《中国文学批评史》时,即留心于诗话的辑佚整理。他通过艰苦的搜辑,于 1939 年出版《宋诗话辑佚》。是书将宋代 35 部仅见于历代著录或称引的传本不全,或完全散佚的诗话予以补全、辑成,在对宋人诗话的钩索与整理上首建功绩,其工作也因此显示出开创意义。比郭氏稍晚,罗根泽在宋代诗话文献的整理上也较早付出心血。他辑有《两宋诗话辑校》一书。40 年代初,梅花香馆杂记《临汉隐居诗话校补》一文,对魏泰《临汉隐居诗话》所进行的清理补充,则成为 20 世纪较早以单篇论文形式,对古典诗话进行文献性清理补充尝试的开始。

建国以后,古典诗话的整理工作得到多方面地展开,其整理主要体现在以下几方面:1. 诗话的点校;2. 诗话的汇编和辑佚工作;3. 对诗话文献点校的献疑和对已辑佚诗话条目的补正。首先,在对宋代诗话的点校上,出现:郑文点校的《六一诗话》《白石诗说》,王利器和廖德明分别点校的《苕溪渔隐丛话》,周本淳点校的《诗话总龟》,常振国、降云点校的《诗林广纪》《竹庄诗话》,王秀梅点校的《石林诗话》,陈新点校的《冷斋夜话·风月堂诗话·环溪诗话》,王仲闻校勘的《诗人玉屑》等。这些诗话点校本,为宋代诗话的普及和研究提供了较为完

整清晰的文本材料。其次,在诗话的汇编和辑佚工作方面,常振国、降云所编《历代诗话论作家》,大量汇辑两宋诗话中论评包括宋在内的以前诗人的言论,为研究宋代诗学对诗人的批评接受提供了便利。王大鹏等人所编《中国历代诗话选》,其中,第二、三卷将宋代 207 部诗话和类似于诗话的笔记体著作中的有关诗歌理论、诗歌鉴赏与批评的主要言论予以汇辑。此外,武汉大学中文系编《历代诗话词话选》、张福勋《宋代诗话选读》、贾文昭《中国古代文论类编》、程毅中《宋人诗话外编》等资料汇辑,都在不同程度上为宋代诗话的普及整理作出努力。90 年代中期,吴文治主持"中国历代诗话全编"这一古籍整理项目。其中《宋诗话全编》一书,编者们从较广泛的意义上钩索汇辑,大量收集散见于古人诗文集、随笔、史书、类书等之中的论诗之语,共辑列宋代诗话家 562 人,汇辑篇幅达 700 多万字,极大地扩展了宋人诗话搜辑的范围,在宋代诗话的整理上见出集成之功。第三,在对诗话点校的辨误和对已辑佚诗话条目的补正上,新时期以来,这方面工作也有所进展。周本淳对《苕溪渔隐丛话》《诗话总龟》及《历代诗话续编》中《碧溪诗话》的有关点校,钟振振对《宋诗话辑佚》中的《古今诗话》、《王直方诗话》《诗史》的有关点校分别进行辨正,吴企明则对《宋诗话辑佚》所辑录的《古今诗话》的按语予以补正。上述几人的工作,进一步从细处补充完善了对宋代诗话文献的整理。

## 二、20 世纪以来宋代诗话研究中的专书专家研究

### 1. 对专书专家的考证、笺释

20 世纪以来,古典诗话的研究取得成就是从诗话文献的研究起步的。这方面,前辈学者承乾嘉学风,致力于对诗话文献的清理;同时,又努力将对诗话文献的考辨与义理的疏证结合起来。他们的努力起到引领学风的作用。1936 年和 1937 年,罗根泽在《师大月刊》和《文哲季刊》分别发表《两宋诗话存佚辑年代表》《两宋诗话辑校叙录》,对近百部宋人诗话进行类似于版本学意义上的粗略清理。随后,郭绍虞分别在《燕京学报》和《文学年报》发表《北宋诗话考》《南宋诗话残佚本考》,着手对宋代诗话作者、作年、文献、版本、辑佚诸问题进行更系统的清理。他们努力匡谬辨误、征考精洁,为初步勾划宋代诗话发展轮廓作出标

树。中华人民共和国成立以后，郭氏又对其旧文详加补充订正，厘为三卷，于1979年以《宋诗话考》为名出版，是书成为20世纪宋代诗话研究史上的标志性成果之一。三四十年代，也出现极少数诗话笺释成果。如胡才甫《沧浪诗话笺注》，在清人胡鉴《沧浪诗话注》的基础上，增注辞意，并选辑后人对《沧浪诗话》的评语入注，为后人更深入研究《沧浪诗话》提供了文献参证。

建国以后，对宋人诗话的考证、笺释工作在60年代初曾有所起色。1961年，郭绍虞《沧浪诗话校释》出版，此书在原有几家《沧浪诗话》注释的基础上，不仅根据宋人魏庆之编的《诗人玉屑》对《沧浪诗话》原文进行缜密的校勘、订正及合理的分段，而且作了较为详尽的注释，将严羽诗论的理论要点及来龙去脉和对其的阐释均融汇于"注"和"释"中，做到了文献整理与义理疏证的较好结合。围绕郭绍虞的《沧浪诗话校释》，《文汇报》《光明日报》等相继发表有关文章。孟新、杜维沫撰文对郭书整理的成就、特点予以高度评价；彦羽则撰文指出《沧浪诗话校释》仍有小误，并对其予以修正。来祥、秀山就《沧浪诗话》中的有关论题和郭氏展开讨论。他们的工作，为新时期《沧浪诗话》研究的繁荣奠定了基础。

进入新时期，对宋代诗话中专书专家的考证、笺释，出现前所未有的新气象。曹济平、周本淳对胡仔的生平、家世及其《苕溪渔隐丛话》的成书年代，王瑞来对《鹤林玉露》的作者，耘庐对《诗人玉屑》的成书年代，周本淳、刘孔伏对《诗话总龟》的版本源流、条目补正和始刻情况，周祖撰对《后山诗话》的作者，刘忱石对黄庭坚的几条诗话文本材料，陈伯海、王士博、蔡厚示、张连第分别对严羽的生平、身世及其行踪，陈应鸾对张戒生平及其《岁寒堂诗话》的作年，蔡镇楚、金英兰、王友胜对《唐宋分门名贤诗话》的有关问题，张健对《沧浪诗话》的成书年代，周兴陆、朴英顺、黄霖对郭绍虞《沧浪诗话校释》据"玉屑本"的校订，等等，分别进行了较充分的考辨。他们的工作，直接触及宋代诗话发展史上的不少关键性论题，对梳理宋代诗话发展历史及其传播接受提供了不少突破点。如，对佚名《唐宋分门名贤诗话》的考辨，蔡镇楚在韩国学者赵钟业发现、介绍的基础上，对其作出进一步的比较辨析。金英兰、王友胜二人又分别进一步对蔡文进行辨误、驳正或补正。整体来看，他们的考辨将宋代诗话类编问题的研究大大往前推进一步。又如，张健对《沧浪诗话》成书问题的考辨，历来的研究者一般认为，此书是诗话从以资闲谈的笔记体著作走向具有完整体系的严肃理论著作的标志。但张健经考证提出,《沧浪诗话》并非严羽所编。《诗辨》等五篇原本并不是一部诗话,而只是一些单篇的著作,这些著作由严羽的再传弟子元人黄清老汇集在一起,到明代正德年间,才被胡琼冠以《沧浪诗话》之名,而其定名为《沧浪诗话》则在明末。此论断引发人们对诗话发展历史的重新认识,甚富学术价值。周兴陆、朴英顺、黄霖又对郭绍虞《沧浪诗话校释》据"玉屑本"校订撰文予以"献疑"。他们通过详细考察《沧浪诗话》之元刻本、明正德本、《诗人玉屑》本及《沧浪诗话校释》的处理情况,论证郭氏《沧浪诗话校释》"以《诗人玉屑》所引,作为《沧浪诗话》的宋刻本,用来改正通行各本的错误",存在诸多问题,不够可靠,特别是在文字、排序上,应该恢复《沧浪诗话》的本来面目。这将对《沧浪诗话》文献、版本的研究无疑又向前推进一步。

**2. 对宋代诗话所含括诗学理论的研究**

　　早在二三十年代,诗话研究者在深摸古典诗话家底的同时,就开始了对不同诗话所含括诗学观念与理论的研究。1927 年,刘开渠在《晨报副刊》发表《严沧浪的艺术论》,这是 20 世纪较早对宋代诗话家诗学理论尝试阐释的开始。之后,秋斋《白石诗说之研究》、唯我室圣《白石道人诗说》、缪钺《姜白石之文学批评及其作品》等相继出现。它们成为 20 世纪以来对宋代诗话家诗学理论清理的先导。

　　五六十年代,结合对郭绍虞《沧浪诗话校释》的介绍和论评,《光明日报》和《文汇报》等刊物就严羽《沧浪诗话》发表过不少理论探讨文章。这对推动当时的古典文学研究也起到很好的作用。刘思虹、黄海章、吴彩章、马茂元、郭绍虞、张少康、吴调公、叶朗、刘光裕、王文生等人纷纷撰文,探讨的论题涉及《沧浪诗话》的本来面貌、理论体系,其"别才"说、"别趣"说、"兴趣"说、"妙悟"说,与后世诗论家如高棅、王士禛、王国维等人诗学理论的联系和区别,其理论成就、价值与局限等方面,这形成 20 世纪《沧浪诗话》研究史上的一个高潮。当然,此时对宋代诗话家诗学理论的梳理也不只仅限于严羽《沧浪诗话》,还涉及杨万里等人的诗学理论。

　　进入新时期,对宋代诗话家诗学理论的梳理与阐释,成为宋代诗话研究中的一项最重要内容。但其研究的着力点主要集中在以下几家:欧阳修《六一诗话》、苏轼《东坡诗话》、黄庭坚《黄山谷诗话》、胡仔《苕溪渔隐丛话》、杨万里《诚斋诗话》、张戒《岁寒堂诗话》、姜夔《白石道人诗说》、罗大经《鹤林玉露》、严羽《沧浪诗话》。据不完全统计,70 年代末以来,共发表有关严羽研究的论文 200 余篇,其中,大部分都是对严羽诗学理论进行梳理与阐释的。

从研究的路径和取向来看,对宋代诗话所含括诗学理论的研究,大都体现为对单个诗话家诗学理论的个案化阐释。这方面成果占对宋代诗话所含括诗学理论研究的大部分。这之中,令人高兴的是,一些平常不太为人注意的诗话家,其诗学理论也逐步得到清理。如胡明《关于刘克庄的诗论》、吴善辉《试论〈韵语阳秋〉在古代文论史上的独特贡献》、汤炳能《唐庚论诗——读〈唐子西文录〉》、耿文婷《论朱弁的诗学思想》等。这使对宋代诗话家诗学理论的研究不断拓展、丰富开来。

在新时期对宋代诗话所含括诗学理论的研究中,出现几种有利于拓展视野的研究思路:

1. 从历史纵向梳理内在相关诗学理论形态及诗学发展线索。如:蓝华增《"言志"派和"缘情"派的理论基础——〈原诗〉、〈沧浪诗话〉的比较研究》,朱金诚、朱易安《试论〈诗源辨体〉的价值及其与〈沧浪诗话〉的关系》,(日)荒井健《〈潜溪诗眼〉与〈沧浪诗话〉比较——宋代诗学从"意"到"气"的发展》,张立德《试论古文论中的"趣味说"种种:从刘勰的〈文心雕龙〉到严羽的〈沧浪诗话〉》,罗仲鼎《从〈沧浪诗话〉到〈艺苑卮言〉——严羽与王世贞诗论之比较》,范海波《司空图、严羽美学思想比较》等。

2. 从时代、社会文化或创作现状横向考察宋代诗话家的诗学理论。如:李伟国《〈六一诗话〉与〈归田录〉》,胡明《严羽诗论与儒家诗教》,谢思炜《日本中与〈江西宗派图〉》,韩湖初《论严羽的审美理想与时代的关系》,沈晖《论吕东莱与江西诗派》等。

3. 中外诗学理论的比较研究。如:陈良运《严羽的"无迹可求"与瓦雷里的"纯诗"》,袁贵远《诗:严羽与布拉德雷对话》,蓝华增《"兴趣"与直觉思维》,韩湖初《康德和严羽美学思想比较》等。

## 三、20 世纪对宋代诗话的一般综论性研究

对宋代诗话的一般综论性研究最早可上溯到 30 年代。1933 年，郭绍虞在《小说月报》和《文学》刊物上发表《诗话丛话》，即力图通过"话"这种较为自由灵性的形式对我国古典诗话作一般理论性探讨。之后，徐英《诗话学发凡》、梁孝翰《宋代诗话家之文艺理论》、徐中玉《诗话的起源及其发达》《论诗话的起源》等，都不同程度地对宋代诗话的起源、发展或构架等论题予以了考察。

中华人民共和国成立以后，对宋代诗话的一般综论性研究，在很长时期内是一块无人问津的荒地。80 年代初，钱仲联率先发表《宋代诗话鸟瞰》一文，对宋人诗话别集和总集的类别从学理上予以分类；同时，就宋人诗话所阐述的几个最为重要的诗学命题予以举隅和理论性探讨。这对推动新时期对宋代诗话的一般综论性研究起到很好的作用。之后，陆续出现有不少这方面的研究成果。如：吴景和《宋代诗话浅说》，葛兆光《宋代诗话漫谈》，刘德重《北宋诗话概说》《南宋诗话概说》《宋人诗话与江西诗派》，刘泉《关于宋代诗话》，陈庄、周裕锴《语言的张力——论宋诗话的语言结构批评》，黄河《宋代诗论中的以禅喻诗漫议》，张伯伟《宋代诗话产生背景的考察》，梁道礼《禅学与宋代诗学》，蔡镇楚《唐人诗格与宋诗话之比较》，王德明《宋代诗话"以资闲谈"的创作目的及其影响》，周裕锴《自持与自适：宋人论诗的心理功能》《宋代诗学术语的禅学语源》，许总《伦理学文化观念与宋代诗学》等。上述论文，或从宏观概括角度，或从某一维独特的视角考察宋代诗话的起源、体例、特征或演变等一般理论性论题。引人注意的是，其研究进程自 80 年代中期以来也明显呈现出几种不同的研究思路，大致有：1. 从大文化的历史人文背景整体审察宋代诗话；2. 从诗学批评文体体式的内在演变考察宋代诗话的产生和流变；3. 从某种独特的文化或文化积淀形态入手探讨宋代诗话独特的质性。上述几方面，建构出新时期对宋代诗话一般综论性研究的基本格局。分别以二三两种研究思路为例。蔡镇楚《唐人诗格与宋诗话之比较》一文，拈出"规范性""知识性""实用性"来辨析两种诗论体式的内在渊源与差异。他认为，诗格偏重论法式，具有很强的规范性，而诗话尽管也常用诗格来论评和赏析诗歌，但其天地要比诗格、诗式之类广阔得多；其次，诗格以介绍诗

歌格律为己任,具有很强的知识性,是专业化的论诗之作,而诗话虽不无诗律之论,但体大旨宏,标举宗旨,推溯源流,论评诗作,记事释典,考证本事等,乃综合性的论诗之体;第三,诗格具有强烈的实用色彩,缺乏学术价值,而诗话则托寄旨趣,消遣玩味,在貌谐实庄中极具理论与批评的穿透力。通过这样对文体内在质性的分析,宋人诗话的特征清晰地呈现出来。又如,关于宋代诗话的发展兴盛问题,刘德重《宋代诗话与江西诗派》一文认为,除了诗话本身的随笔体为论诗开"方便法门",使得许多诗人和批评家乐于用它来发表自己的论诗意见外,宋代诗坛的风气、江西诗派的形成以及围绕江西诗说展开的探讨和论争,是促使宋代诗话发展、兴盛的一个十分重要和直接的原因。很显然,这种考察对我们更深入把握宋代诗话兴盛是极富启发性的。再如,陈庄、周裕锴《语言的张力——论宋诗话的语言结构批评》一文,通过对宋诗句法、章法、对偶、拗律、语词、字眼六个方面的比照分析,提出宋诗话的最大价值恰在于立足对作品的分析,以及对诗法诗病的寻绎阐释,这使中国古典诗论从传统的外部社会学研究进入到诗歌艺术的内部研究,从浮游于语言之上的性情、韵味研究转向从语言出发的诗歌特质研究上来,从而,创立了中国文学批评史上以语言结构为中心的真正的作品本体批评。该文尝试从中西文学批评的纽结上来切入探讨,将对宋代诗话理论批评价值的认识提高到一个新的层次。

总之,20世纪以来的宋代诗话研究,是古典诗话作为独立的学科体系逐步确立与完善过程的一部分,它取得了不少成绩,但留下更多研究的召唤点,期待我们能进一步深入考察与探讨。

# 后　记

　　本书主要由五部分构成：一是宋代诗学中的范畴与命题，二是宋代诗学中的诗人批评接受，三是宋代诗学中的唐诗学展开，四是宋代诗学中的江西籍诗论家，五是对有关宋代诗学命题之通论性考察或反思。其主要呈现的，是我们在近十几年中围绕宋代诗学研究所做的一些力所能及的工作。

　　在第　部分中，主要考察的是宋代诗学理论批评中的一些基本论题，即诗意论、诗韵论、诗趣论、诗气论、诗格论、雅俗论、用事论、法度论，意在对宋代诗学理论批评骨架及不同维面的展开有一个大致的认识了解，以期为更深入把握宋代诗学理论批评提示门径。

　　在第二部分中，主要考察的是宋代诗学批评视野中的陶渊明之论、李白之论、杜甫之论、韩愈之论、欧阳修之论、苏轼之论、黄庭坚之论。这些命题，大都为宋代诗学批评的热点所在，于此大致可以发见宋人诗学观念的渊源所自与应用所得。它们深深浅浅地印刻着我们对古典接受诗学最初理解、学习与探索的痕迹。

　　在第三部分中，主要收录胡建次在上海师范大学攻读博士学位期间随陈伯海老师从事"唐诗学史研究"所承担"宋代唐诗学"部分。这些内容，试图将有宋一代对唐诗的研究予以较系统地梳理和条贯叙述，以体现当时人从接受唐诗传统到逐步开创诗学新路的演进轨迹。它们已体现在陈伯海先生所主编《唐诗学史稿》一书中。现在论述体式上略有变化，收录于此，借以从一个独特视域观照宋代诗学演变发展的多维流程及其内在特征。

　　在第四部分中，主要收录有关宋代江西籍诗话家的研究论文。其最初缘由是胡建次主持江西省社会科学规划项目"宋代江西籍诗话家研究"。这些内容，有些便是这一课题的结项成果。后又与研究生徐爱华合作补写了两篇小文。收于此,大致意在从江西区域历史文化角度,进一步拓展与丰富对宋代诗学的认识;同时,作为赣地儿女,也意在表达我们对乡邦先贤的一份崇敬,对红土地的一份眷念。

在第五部分中,主要附录的是我们围绕宋代诗学不同专题研究所撰写的几篇文章,其意大致在通观性视域中进一步观照、反思与把握宋代诗学演变发展的逻辑历程、内在特征及传播接受、对外影响等,以更利于丰富、充实与深化、完善对宋代诗学的认识把握。

借书稿出版之机,我们衷心感谢陈伯海先生、曹旭先生、黄宝华先生,没有十多年前与几位老师的结缘,完全可以肯定,便不会有这本小书的面世。曹旭老师说:"师生之间有缘,那是生命之缘。缘是什么?缘是经线与纬线的交织,好不容易交织在一起。没有交织的人,此生难再交织;此生交织的人,应该珍惜。"这本小书,在某种意义上,可视为我们与几位老师"结缘"的收获之一。我们将永远珍惜师生之间"过往"的一切!

同时,我们要衷心感谢南昌大学人文学院为本书出版所提供的支持;衷心感谢黄志繁院长等人所做的具体组织与联系工作;衷心感谢商务印书馆编辑所付出的辛勤劳动,他们认真负责的精神令我们感念!

本书肯定存在很多缺点与不足,祈请方家多多批评指正!

胡建次、邱美琼

2016 年 7 月 30 日于南昌红谷滩寓所